MEER DAN ALLE MODERMISMEN

De Bezige Bij Kapitaal

KEES VAN KOOTEN

De ergste treitertrends 1976
Koot droomt zich af 1977
Koot graaft zich autobio 1979
Veertig 1982
Hedonia 1984
Zeven sloten 1988
Modermismen 1984
Meer modermismen 1986
Meest modermismen 1989
Zwemmen met droog haar 1991
Verplaatsingen 1993

DE BEZIGE BIJ

Kees van Kooten

Meer dan alle modermismen

1994
UITGEVERIJ DE BEZIGE BIJ
AMSTERDAM

Omslag Leendert Stofbergen
Foto's Kees van Kooten
Druk Knijnenberg bv Krommenie
ISBN 90 234 3432 3 CIP
NUGI 300

In deze verzamelbundel zijn, behalve de stukken uit *Modermismen* (1984), *Meer modermismen* (1986) en *Meest modermismen* (1989), vierendertig verhalen opgenomen die niet eerder in boekvorm zijn verschenen. Zij zijn in de inhoudsopgave gemerkt met een asterisk. De oude Modermismen heb ik hier en daar herschreven, ingekort of aangevuld en de inhoud van de drie oorspronkelijke bundels is, gelardeerd met de nieuwe stukken, dusdanig herschikt dat de persoonlijke en algemene ontwikkelingen van de afgelopen tien jaar een chronologische volgorde hebben gekregen.

K.v.K.

MIJN GEBOORTEDAG

Om nog eens precies van haar te horen hoe de dag eruitzag waarop ik werd geboren, ga ik drieënveertig jaar later op weg naar mijn moeder, in Den Haag.

Halverwege onze woningen stop ik om te tanken, bij een station waar ik dit nog niet eerder deed; je hebt nu eenmaal pompen die je enkel aandoet in geval van nood. Ik zou liever doorrijden naar mijn vaste adresje, maar die gok is te groot want mijn benzinewijzertje staat al in het rood. Het is een zelftankstation en wanneer ik, mijn pompnummer onthoudend, naar binnen loop om af te rekenen (na als altijd even te hebben rondgekeken hoe ik, zonder te betalen, ongezien weg zou kunnen scheuren) krijg ik een Gratis Drinkglas.

Als ik hier de volgende keer weer kom tanken, belooft de beheerder, krijg ik een bon van twintig punten en zodra ik zestig punten bij elkaar heb getankt, mag ik deze verzilveren voor nog een Gratis Drinkglas!

Ik besluit hier voorlopig terug te blijven komen, want ik ben verzot op zulk soort acties.

Het glas heeft een whisky-maatje en veel te veel en te dikke ribbels. Bovendien zijn er sierlijk bedoelde belletjes in meegeblazen. Ik leg het op de stoel naast me, waar het, wanneer ik rem, rechtop probeert te gaan zitten. Omdat ik nogal laat ben koop ik, tegen mijn gewoonte, geen bloemen voor mijn moeder. Wel vraag ik of zij soms een mooi whiskyglas kan gebruiken.

– Ach jongen nou toch, zegt zij; dat had je nou niet moeten doen!

Nog maar dertig jaar geleden zou ik haar in de waan hebben gelaten en mijn zogenaamde teleurstelling hebben uitgespeeld, maar nu stel ik haar gerust.

– Ik heb het niet gekocht hoor, zeg ik; het was een toegiftartikel van de benzinemaatschappij.

– Voor niks? vraagt mijn moeder verbaasd; hoe is het mogelijk! Maar dan hou je het toch zeker fijn zelf? Ik barst van de glazen en jullie breken met zijn vieren in een week meer dan ik in mijn eentje in een heel jaar. En het is altijd handig, een extra glas, voor als je ineens veel mensen krijgt. Maar dat ze dat zomaar weggeven, voor niks! Daarom is dat hele idee van dat het slecht gaat ook zo betrekkelijk, volgens mij tenminste. De mensen hebben gewoon geen idee meer van wat echte armoede eigenlijk is. Of armoede – dat zeg ik eigenlijk verkeerd. Ik bedoel zoals in de oorlog, dat er gewoon helemaal niks was! Als je ziet hoe leuk je baby's tegenwoordig kunt aankleden en dat ik jouw eerste broekje toch heb moeten maken van dat groene, fluwelen gordijn in het halletje beneden, weet je nog wel? Wil je koffie?

– Graag, zeg ik. Daar wilde ik het trouwens even over hebben. Ik moet weten wat dat voor een dag was, toen ik werd geboren.

– Nou, het begon dus eigenlijk al op zaterdag de negende, herinnert mijn moeder zich; en het was prachtig weer, want je vader lag dus op het dak. Je weet wat een zonaanbidder hij was. Ik lag dus met mijn weeën beneden en hij lekker in zijn zwembroek op het dak!

Ze zegt het niet kwaad meer, eerder vertederd. Toen ik voor het eerst over dit verraad van mijn vader hoorde nam ik mij voor dat ik, mocht het ooit zover komen, mijn vrouw geen seconde in de steek zou laten tijdens haar barensnood. Zij mag dan ook graag vertellen hoe ik, gedurende haar bevallen van ons eerste kind, op de rand van het bed trillend in de weer was met een nat washandje waarmee ik om de anderhalve minuut haar voorhoofd depte. ('Dat had hij gehoord want dat hadden ze mij verteld op zwangerschapsgymnastiek; dat de echtgenoot zich nuttig kon maken door tijdens de persweeën af en toe een nat washandje op je voorhoofd te leggen. Nou dat had hij onthouden hoor! Ik werd er knettergek van! Was zo'n wee net aan het opkomen, kwam hij weer met zijn kletsnatte washandje!')

– Dus het was een zaterdag? vraag ik.

– Ja, zegt ze. Het begon dus op zaterdagmiddag 9 augustus 1941. Maar je bent pas 's nachts geboren, om half twee. Dus je was wat je noemt een zondagskind, maar dat heb je zelf al wel gemerkt, inmiddels.

– En wat deed je, toen je voelde dat er wat ging gebeuren?

– Ik ben van de bank opgestaan en naar het balkon gegaan, om je vader te roepen, want die lag dus te zonnebaden, op het dak.

– En toen naar het ziekenhuis.

– Naar het Westeinde, was dat. Daar was een katholieke verloskundige kliniek. Die heette Bethlehem. Allemaal nonnetjes. Maar zelf waren wij dus niks.

– Hoe ging je daar dan naartoe? Reden er nog wel taxi's?

– Dat denk ik niet, eigenlijk. Maar je vader zal wel iets hebben geregeld, toen hij eenmaal van het dak af was. En ik had een ontzettende steun aan mevrouw

De Munck, van nummer 170. De hele oorlog trouwens.

– Woonden er ook NSB'ers, bij ons in het portiek?

– Niet op ons portiek nee, wel een eindje verderop. Het was een grote straat, moet je rekenen; er zat van alles tussen. Ook kerels die bij de WA zaten. Twee broers waren dat. Die zijn nog officieel beëdigd op het Binnenhof, moet je toch nagaan! En dezelfde dag gingen ze nog naar het Oostfront. Stumperds. Dat was zo'n beetje rond de tijd dat jij geboren werd. Iets later misschien, september, oktober 1941. Maar die groette je natuurlijk niet, die buren.

– En de bevalling zelf? Ging dat een beetje voorspoedig?

– O schei uit! Je deed er ontzettend lang over. Uren!

– Je zou ook kunnen zeggen dat jij er lang over deed, sputter ik tegen.

– Natuurlijk, geeft mijn moeder toe. Maar hoe dan ook: op het laatst kreeg de dokter medelijden met me en toen kwam de schaar er aan te pas.

De schaar, ril ik schuldig; ze hebben mijn moeder moeten inknippen omdat ik er anders niet uit kon!

– Was het een aardige dokter? praat ik eroverheen.

– O ongetwijfeld. Maar ik heb hem nooit vergeven wat hij zei, toen je er eindelijk uit kwam.

– Wat was dat ook alweer?

– Hij zei dus: jongen, wat val jij me tegen! Moet je nagaan dat dat de eerste woorden zijn die er tegen je gezegd worden op de wereld!

– Waarom viel ik hem dan tegen?

– Omdat je zo'n groot hoofd had, denk ik. Hij had,

afgaande op je hoofd, een veel steviger lijfje verwacht.

– Hoeveel woog ik dan?

– Zes pond en 1 ons.

– Dat was toen toch een heel behoorlijk gewicht voor een baby?

– Ach welja! Daarom kan ik me nu nog kwaad maken op die kerel!

– Was pappa erbij?

– Bij de bevalling? Dat mocht niet. Wat hem wel goed uitkwam denk ik, want hij vond het allemaal maar eng. Maar zodra het voorbij was, mocht hij komen kijken. Hij was verschrikkelijk trots toen er zo'n nonnetje zei dat ze nog nooit een kind had gezien dat zo op zijn vader leek.

– Lagen we alleen op een kamer?

– Ben je gek. Het was een zaaltje, met een stuk of zes andere moeders. Jij lag trouwens ergens anders, de eerste twee dagen. Daarna kwam je in een wiegje bij mijn bed te liggen.

– En toen is pappa nog diezelfde nacht na de bevalling naar huis gegaan?

– Ja, lopend. Van het Westeinde naar de Vreeswijkstraat. En alles was verduisterd, maar dat was hij wel gewend.

– Hoe bedoel je?

– Je moet dus rekenen dat hij ook al een Moedercursus had gevolgd.

– Pappa?

– In Loosduinen, 's avonds. Maar er reden geen bussen en trams. En er was geen straatverlichting en alle ramen waren verduisterd, dus dat vond hij te gevaarlijk voor mij en toen is hij zelf gegaan. Hij wist dus alles beter, dat begrijp je. Ik liet dat maar zo.

– Herinner je je verder nog iets van die eerste dag?

– Dat er 's middags een taart kwam, van je vaders kantoor.

– Op zondag?

– Ja, die hadden ze zelf gebakken. Een taart, in die dagen, kun je nagaan! De andere moeders op die zaal wisten niet wat ze zagen! Maar ik had nog koorts en geen trek, dus toen heb ik gezegd: geef die taart maar aan de zusters. Daar kan ik me nu nog om voor mijn kop slaan!

– Zo erg was dat toch niet? Die nonnetjes zullen dat best gewaardeerd hebben, die taart.

– Reken maar! Maar dat was het nou juist! Ten eerste hoe kon ik in die tijd zo'n kostelijke taart versmaden en ten tweede wat moet ik je vader teleurgesteld hebben, want die had ze natuurlijk gauwgauw ingelicht, van kantoor, anders hadden ze nooit al op zondagmiddag die taart kunnen komen brengen. Maar ja, berouw komt altijd na de zonde.

– En is hij toen diezelfde zondag nog naar het Haagsch Dagblad gegaan, pappa? Voor die geboorteadvertentie?

– Ja, dat moet wel, want hij stond er maandag al in, maandag de elfde. Daar was je vader goed in, in van die dingen regelen. Want je moet ook rekenen dat er toen een heleboel kranten al niet meer mochten verschijnen, van de Duitsers.

– Weet je die tekst nog uit je hoofd?

– Ja, wat dacht je! Nee, die vergeet ik nooit meer, want we hadden hem samen opgesteld, van tevoren:

Op 10 Augustus 1941 werd tot onze groote vreugde geboren onze zoon KEES. En dan daaronder: dat het een echte Hollandsche jongen zal worden hopen, enzovoorts. Dat Hollandsche jongen, daar ging het natuurlijk om. Dat we daarmee bedoelden dat de Duitsers gauw opgedonderd zouden zijn. Dat we dat hoopten. Maar daar heeft in Volk en Vaderland dus nog een heel stuk over gestaan, omdat boven jouw advertentie de geboorte-aankondiging stond van een kind dat alle negen namen van Prins Bernhard had gekregen en de redactie van Volk en Vaderland die daarover schreef: wie geeft zijn kind de negen namen van een Verrader! En dat die ouders dus een voorbeeld moesten nemen aan de ouders van Kees en dat ze zich dood moesten schamen. Dat was zo stom van die NSB'ers, dat je vader en ik eigenlijk nooit hebben geweten of ze wel hadden begrepen wat wij met die geboorte-advertentie bedoelden.

– Maar andere mensen begrepen het wel?

– Nou en of! Ik geloof dat we wel honderd reacties hebben gekregen. Kaarten, brieven, boeketjes met roodwitblauwe linten. En allemaal van wildvreemden!

– Maar geen extra taarten.

– Nee, jammer genoeg niks te eten. En ook geen spaarbankboekjes. Nou hadden we het daar niet om gedaan, maar ik had wel graag een wat mooiere uitzet voor je gehad, want dat was niet veel soeps. Met heel veel in de rij staan bij winkel na winkel had ik zeven luiers weten te bemachtigen. Ik weet niet meer hoe dat ging – of je nou een doktersverklaring moest laten zien of dat je dikke buik voldoende was, maar in elke winkel kreeg ik dus één luier. Zeven luiers, dat was je hele uitzet. Maar gelukkig waren het mooie zomers, '41 en '42, dus alles droogde lekker snel. Na een paar maanden heb ik nog een kruipbroekje voor je gemaakt, van flanel dat je vader van de zaak had meegenomen, maar dat bleek van een linieermachine te zijn. Kroop je als je geplast had rond met paarse billetjes.

– Leuk, zeg ik; leuk dat je dat nog weet allemaal.

– Heb je het ergens speciaal voor nodig? vraagt mijn moeder.

– Ja, voor Vrij Nederland, verklap ik; daarin is een serie aan de gang van een stuk of twintig mensen, over de dag waarop ze zijn geboren.

– Gut, wat leuk, zegt ze; uitgerekend in Vrij Nederland, die oorlogsdag! Ze meent het. Mijn moeder meent nog alles wat zij zegt.

– Blijf je eten? vraagt ze. Zal ik gauw wat voor je bakken?

– Hoeft niet, wuif ik; ik heb heel veel ontbeten en morgen zou het af zijn, dat stuk, dus ik moet aan de slag.

Ik moet weg, maar ik zit te schuifelen met het vervelende gevoel dat ik niks ben komen brengen; alleen maar wezen halen. Ik vraag of zij nog wat van haar vaas heeft gehoord. Die is een maand geleden gestolen, op een zaterdagmiddag, toen mijn moeder even naar de hoek was om het NRCHandelsblad te halen, voor het scryptogram, en zij de buitendeur van haar benedenwoning niet goed in het slot had getrokken. Toen zij terugkwam, was de vaas weg. Het was een grote, roodkoperen vaas, eigenlijk meer een kan, maar wij noemden hem van kindsbeen af de Vaas. Hij had een hengsel met een delftsblauwporseleinen handgreep en een gebutste, geelkoperen deksel, met een scheefzittende knop, ook van porselein. Daar kon je Hallo Hallo Wie Stinkt Daar Zo in roepen, in die deksel. En de knop paste precies in je mond. Met Pasen was de vaas, als verstopplaats, altijd wel goed voor een eitje of twee. Hij stond op de schoorsteen in de kamer aan de straatkant, een paar meter van het raam vandaan, maar door de opengeschoven gordijnen – mijn moeder haat vitrage – was hij zichtbaar voor elke voorbijganger. De dief had van mijn moeder allerlei andere dingen mogen meenemen, als hij de vaas maar had laten staan, want die vormde het enige echte stuk antiek dat mijn ouders bezaten. Maar het was een kenner geweest, want alleen de vaas bleek verdwenen. Mijn moeder was nog stiekem hier en daar in een paar antiek-etalages wezen zoeken of onze vaas er niet toevallig tussen stond, maar tevergeefs. Ze had er veel en oud verdriet om gehad, maar gelukkig wint haar nuchterheid het nog altijd; van alles.

Wel heeft zij twee etiketten onder haar naambordje geplakt, naast de bel, en daar heeft ze twee verzonnen jongensnamen op geschreven, met daarachter het aantal malen dat er voor deze niet bestaande onderhuurders moet worden gebeld. Dat schrikt de inbrekers misschien een beetje af, hoopte ze.

Wanneer wij elkaar in haar deuropening gedag omhelzen, lees ik over haar schouder:

Joost Vens 2x
Bob van Dam 3x*

* Om het inbraakrisico te verkleinen, heb ik de door mijn moeder verzonnen namen op mijn beurt gefingeerd. Wie desondanks inbreekt bij mijn moeder, die sla ik dood.

Anderhalf uur later ben ik thuis. Ik haal het gratis drinkglas uit mijn jaszak.

– Schenk mij hier maar eens een lekkere whisky in, beveel ik mijn vrouw.

Zij pakt het aan, vraagt: wat is dit voor een monsterlijk glas? en kiepert het in de pedaalemmer.

Mijn vrouw is na de oorlog geboren.

Hij is gek op kinderen, daar kan hij niets aan doen.

Ze als baby's in hun badjes doen, bloemen met ze plukken, schelpen aan hun oortjes houden, met ze mee hollen wanneer ze fietsen leren, eendjes met hen voeren, sneeuwpoppen voor ze rollen, vliegers oplaten, langs de lijn staan juichen bij hun sportwedstrijden; ja zelfs het overhoren van hun huiswerk schenkt hem een diepe, met niets te vergelijken vreugde.

Kinderen van onder de twaalf: hij zwelgt erin. Het liefst zou hij een full-time vader zijn; een man die overdag, waar dan ook mee, voldoende geld verdient om 's avonds en 's ochtends en in de weekeinden onafgebroken bezig te zijn met kinderen. Zijn eigen kinderen, wel te verstaan.

Uit zijn vorige huwelijk heeft hij er drie, maar dat zijn al tieners. Bij deze vrouw, een lieve vrouw, daar niet van, heeft hij er twee. Eentje is er net twaalf geworden, de ander is negen. Met de oudste vallen al geen kinderdingen meer te doen. Samen schaatsen wou ze al niet meer van de winter, paddestoelen zoeken vindt ze kinderachtig en in het museum gaat ze met opzet een paar schilderijen bij hem vandaan staan.

Nog even en hij zal weer verstikkend alleen zijn en niemand meer hebben om mee te praten in het kindertimbre; de intonatie waarbij zijn stem zich het meest op haar gemak voelt. Hij hongert naar jonge, open ogen, volgekakte luiers, eerste, wankele stappen, bevlogen omhelzingen, stamelende stemmetjes.

Straks als grootvader, akkoord; als hij geluk heeft

komt er af en toe misschien een kleinkind langs gekropen, maar wat moet hij in de tussentijd? Tien jaar zonder kleine kinderen? Hij zal uitdrogen, verkommeren en stukje bij beetje sterven.

Maar voor nieuwe kinderen heeft hij een jonge vrouw nodig en dat wordt slecht begrepen. Daar wordt over gepraat. Oude bok, groene blaadjes. Terwijl het hem om die vrouw niet eens gáát! Hij wil en moet en zal nog een keer een kind maken – niet uit wellust, maar uit honger.

Hij pakt zijn pocket-calculator en berekent wat een tweede scheiding hem zou kosten.

MIJN WIJNKELDER

Sinds een tiental jaren houd ik mij bezig met de opbouw van een riante wijnkelder, waarbij ik mij omwille van de overzichtelijkheid beperk tot Franse wijnen en dan daarvan alleen de rode, want van wit krijg ik, al zijn het nog zulke goede jaren, onherroepelijk rode vlekken.

Ons huis beschikt helaas niet over een souterrain, zodat de benaming 'Wijnkelder' wellicht wat te weids is. Het gaat echter om de luxe idee: de weloverwogen vorming van een voorraadje uitgelezen wijnen dat zich bij feestelijke gelegenheden passend laat ontkurken!

Daartoe ruimde ik destijds een keukenkast uit, waarin een honderdvierenveertigtal flessen is verzekerd van een onbekommerde ligplaats. Het gaat bij het 'opleggen' van wijn immers niet zozeer om de laagte of de hoogte, maar veeleer om de constante waarde van de temperatuur. Schommelingen schijnen uw wijnen te fnuiken. Het geeft niet of de bewaartemperatuur te hoog of te laag is – als zij dan ook maar consequent ALTIJD te hoog of te laag is!

In 1972 kocht ik een cahier, op de omslag waarvan ik 'Wijnboek' kalligrafeerde. Hier zou ik alle opgelegde wijnen in bijschrijven, met vermelding van de voor optimale rijping gewenste wachttijden.

Mijn eerste aanschaf betrof zes flessen Nuits Saint Georges 1968, à *f* 29,75 per stuk – een kapitale wijn, die in 1976 op zijn hoogtepunt zou zijn...

Om de een of andere bioritmiese reden was het jaar waarin ik de opbouw van mijn kelder begon nogal uitgelaten van aard – wij kregen bijzonder veel aanloop te verwerken en ik herinner mij dat wij onze eerste zes Bourgognes op één avond soldaat maakten, toen een lang-niet-gezien ploegje van vier vrienden onverhoeds binnenwipte. Hoewel mijn wijnen officieel nog niet 'op dronk' waren, proefden wij de beperking nauwelijks, en toen de bezoekers tegen de ochtend vertrokken, pakte ik mijn Wijnboek, schrapte de Nuits Saint Georges door en noteerde onder het kopje Opmerkingen: Lekker.

Toch was dit niet de manier om een knappe kelder op te bouwen – ik moest sterk zijn, de betere wijnen rustig laten liggen en intussen zorgen voor de permanente aanwezigheid van wat simpeler flessen, voor bij de maaltijd.

Op grond van een voordelige, tijdelijke aanbieding bij onze kruidenier, kozen wij een zekere Château d'Escroc tot onze huiswijn en in een aanval van zoemende hebbekoorts zeulde ik er vierentwintig liters à *f* 5,75 per fles van naar ons hol.

Nu hadden wij een knap basis-voorraadje, waar ik bij tijd en wijle een handvol duurdere flessen aan toe zou voegen; op mijn reizen door Nederland en België begon ik 'grappige wijntjes' te ontdekken in allerhande slijterijen. Ik meende een wijnneus te ontwikkelen, in het bijzonder voor Bordeaux; had ik mij bij mijn kelder-opbouw oorspronkelijk nog in hoofdzaak laten leiden door de fraaite van het etiket – reeds na enkele maanden wijnschuimen kende ik de goede jaren en betere Châteaux van buiten!

Wanneer u een beetje van wijn houdt, kunt u billijken dat wij binnen vier weken door onze voorraad huiswijn heen waren. Toen wij ons om een nieuwe partij tot de slijterij wendden, meldde men mij dat Château d'Escroc niet meer bestond – het kasteel was de vorige week afgebrand of het spookte er, zodat ze geen plukkers voor de druiven meer konden krijgen. Ik moest dus overschakelen op een nieuwe huiswijn.

Dat werd een eenvoudige Corbières, niet onvriendelijk, maar een tikje wrang en snel verbitterd. In mijn Wijnboek lees ik dat we hem nog in november 1976 de kwalificatie Gaat Wel meegaven, terwijl hij al in maart 1977 de toevoeging VMH (volgende morgen hoofdpijn) verwierf. Toen ze alle 48 op waren, besloten wij nooit meer flessen wijn met schroefdop te kopen en ons niet langer te beperken tot 1 huiswijn; ik kocht allerlei Bordootjes in de aanbieding, steeds per zes stuks, zodat wij ons gedurende dat jaar op wel acht verschillende huiswijnen konden beroemen!

Met de opbouw van onze cave wilde het intussen maar niet vlotten. Na lezingen in het land kreeg ik wel eens één of meer flessen mooie wijn mee die ik enkele jaren had moeten laten liggen om hem op zijn juiste waarde te kunnen schatten, maar altijd won mijn nieuwsgierigheid, zodat deze krijgertjes, ternauwernood bijgeschreven in het Wijnboek, meestal nog dezelfde avond werden beproefd.

Drie jaar lang heb ik het pronkdeel van mijn wijncollectie, het hart van onze cave, weten te bewaren. Het gaat hier om vier flessen Château Latour 1976, die ik in 1979 van een rijke kenner voor mijn verjaardag kreeg. 'Voor je wijnkelder,' zei hij erbij, want mijn nieuwe hobby had zich al snel rondgegiecheld, 'en in 1993 is deze op zijn lekkerst!'

Om niet weer in de verleiding te komen, verstopte ik de vier flessen op zolder, in de hoop dat ik hen zou vergeten.

Maar toen we dit jaar maart weer eens door onze huiswijn heen waren (het was op een zaterdag, na zessen, en we hadden zojuist welkom bezoek gekregen) schoten de Latours mij te binnen en sloop ik naar boven. Drie dan, niet alle vier.

Die vierde fles staat nu halfleeg voor me. Bewaren heeft dan verder geen zin.

'U moest mij goed begrijpen, daar ging het om. Dus als het u begint te vervelen, moet u het eerlijk zeggen, maar ik moet weer even terug naar Daar en Toen want anders kom ik niet waar ik wezen wil: Hier en Nu. Ik zat thuis op de wc. Mijn benen haalden de vloer nog niet, zodat ik zittend zicht had op het matje dat men bij mijn weten alleen op nederlandse toiletten voor de pot legt. Ik moet u dus even voortekenen hoe dat matje eruitzag. Ze zijn van urinebestendig rubber, want mikken kunnen ze hier ook al niet:

Nou, daar zat ik dan boven te fantaseren. Meestal was het een Hippodroom: het toiletmatje stelde een complex van Paardenrenbanen voor, door mij ontworpen, betaald en aangeboden aan de Gemeente 's-Gravenhage, waar ik destijds woonde. In de hoeken A en B had ik de kleedruimte voor de jockeys, paardeboxen, kantines en een dansgelegenheid ondergebracht. De

Burgemeester en de gehele Koninklijke Familie waren aanwezig bij de overdracht. Onvoorstelbaar dat een nog zo jonge inwoner van Den Haag dit gigantisch project op zich had genomen en tot een wonderbaarlijk mooi einde gebracht (u zult moeten toegeven dat het er nu, ruim dertig jaar later, nog heel modern uitziet) en dat hij bovendien weigerde ook maar een gulden vergoeding voor al dit fraais te toucheren. Tot tranen toe was men geroerd. Zelf voelde ik natuurlijk ook wel een lichte emotie, maar ik woof alle dankbetuigingen en huldeblijken minzaam weg. Slechts één krans liet ik mij omhangen: die van Prinses Irene, want Haar vond ik toen al veruit de smakelijkste van het stel. Om de duizenden toegestroomde paardenliefhebbers en kinderen (ik had ook aan de jeugd gedacht; langs de gehele plint van onze wc strekte zich een lunapark uit) nog dankbaarder te stemmen, had ik een half jaar tevoren de oude renbaan geheel door brand doen verwoesten. Wanhopig was men geweest. Geld voor een nieuw complex was er niet en bij het rijk hoefde men ook niet aan te kloppen.

Maar wie was die geheimzinnige mecenas die daar, met een pyjamabroek slobberend rond zijn enkeltjes, moeiteloos miljoenen guldens zat te drukken? Precies. Hoewel ik geen enkele affiniteit met paardenraces voel en zelfs nog nooit een draverij heb bezocht, bleef die renbaan terugkeren in dag- en nachtdromen. Het heeft, denk ik, te maken met mijn dwanghang naar overzichtelijkheid, en een gefantaseerde wereld, zo behaaglijk en gesloten als dat destijdse rubberen matje, vermocht ik sindsdien niet meer op te roepen.

Mijn hele jeugd lang heb ik geprobeerd één zo'n

droomwereld hard te maken. Honderden van een kijkgat voorziene schoenendozen heb ik, koortsig van herfstige scheppingsdrang, gevuld met eikels en bladeren en al snel verpulpende paddestoelen, maar mijn kabouterplannen bleken altijd te reusachtig en hoewel ik met mijn ogen stijf dichtgeknepen precies voor me zag hoe geheimzinnig en tegelijk gezellig de herfstkijkdoos moest worden (slingerende paadjes, op elk kruispunt een behulpzaam de weg wijzende kabouter op een paddestoel zittend, hier stroomde een heus beekje en daar lag een weidetje van mos) ontaardde de boel binnen tien minuten in een drassige rotzooi, waarin alle kastanjes weer gewoon kastanjes waren en zelfs het kleinste kind mijn eikeldopjes niet voor de gesuggereerde elfebadjes aanzag om de eenvoudige reden dat ze bij het bedekselen van de kijkdoos allemaal waren omgekukeld, evenals de paddestoelen, terwijl de kabouterhoofdman wanhopig zat verstrikt in het te slap gespannen witte garen dat 'herfstdraden' voor had moeten stellen.

Als u nu even met mij de tuin in loopt dan ziet u daar, op schaal vergroot, ongeveer hetzelfde tafereel: ik droom mij elke winter een prachtige, warme, geheime tuin, een gesloten botanische wereld, maar twee seizoenen later sta ik radeloos tussen totaal uit de hand gegroeide plantsels. Hoe was het ook alweer? Waar had ik nu dat stukje Drente bedoeld en dat met die rotsblokken dat waren toch de verkleinde Ardennen met overeenkomstige flora? Niets van alle bloeiende plannen terug te herkennen. Heb ik nu ook al geen tuinaanleg? Ik ben bang dat het dieper zit.

Want het poppenhuis dat ik voor mijn dochtertje

timmerde om, zo niet een hele wereld dan ten minste een volledig huis te creëren, werd door haar bij het uitpakken niet als zodanig herkend. 'Een burootje!' riep ze stralend, schoof haar stoeltje ervoor en zit thans op het dak te schrijven, met haar linkervoetje in de bad- en haar rechter in de slaapkamer geplaatst. Rond het wc-tje had ik uit een oude kaplaars zelfs een klein, geribbeld rubbermatje geknipt, maar dat is spoorloos en definitief verdwenen.'

WAKKER WORDEN

Vroeger riep mijn moeder mij als ik op moest.

Mijn kamertje bevond zich tweehoog in ons huis en dat viel voor haar alleen te beschreeuwen wanneer zij 'Keesje' riep.

'Kees' roept niet makkelijk, 'Keesje' wel.

Tot mijn twintigste klonk het dus 'Keeeeeesje!' en dan was het half acht en moest ik op en naar school of, later, naar mijn eerste baantje.

Toen ik het ouderlijk huis verliet kreeg ik een wekker van mijn moeder mee. Dit was een joekel met groen fosforescerende cijfers, die mij met zijn harde tikken uren wakker hield en me 's ochtends met een hersensplijtende bel uit de droom hielp. Dan sloeg ik hem af, met de vlakke hand op de doofknop, en sliep nog een kwartiertje door, want om mijzelf te verwennen liet ik de wekker 's avonds een half uur voorlopen. Op school daarentegen draaide ik mijn horloge een kwartier achteruit, waardoor de lesuren sneller leken om te kruipen. Zo, door middel van mijn jokkeklok, zette ik de tijd naar mijn hand.

Twaalf jaar geleden liep ik voorop in de elektronische revolutie. Flip Koopziek is de naam. Wij schaften ons een wekradio aan, die je de avond tevoren in 'sluimerstand' kon zetten, waarna hij je 's ochtends wakker schrokte met een willekeurig radioprogramma.

Was er toevallig een vroege spreker op wanneer hij aanklikte, dan gleden diens woorden naadloos mijn droom binnen en in die halfslaap sprokkelde ik net voldoende bewustzijn bij elkaar om met een slappe arm de wekradio het zwijgen op te leggen en door te slapen.

Sprong er om zeven uur een nog niet eerder gehoord muziekje aan, dan klonk dit in mijn droomtoestand dikwijls zo aantrekkelijk dat ik slapend tot de afkondiging wachtte, de titel onthield, de radio afzette en weer doorsliep.

Later op de dag vroeg ik dan in een platenzaak om het die ochtend gehoorde plaatje, maar in wakkere toestand herkende ik de Sirenenzang vrijwel nooit. Driemaal vond ik in een op deze wankele gronden aangeschafte grammofoonplaat de betovering terug van een door de slaap mysterieus vervormde melodie: in 1970 was dat het geval met het nummer 'She'll come again' van de weggewaaide groep Bread, in 1975 werd ik 's ochtends tussen zeven uur en kwart over zeven gegrepen door de Mis van Stravinsky, voor gemengd koor en dubbel blaaskwartet, en laatstelijk in 1980 bleek bij 'I'll fly away' van Randy Crawford na herbeluistering precies dezelfde droomsfeer te horen waar ik op slaapgolven in was weggedeind.

Twee jaar geleden kreeg mijn vrouw voor haar verjaardag, van haar ouders, een wekradio.

'Hebben jullie eigenlijk al een wekradio?' hadden ze mij de dag ervoor om half acht 's ochtends aan de telefoon gevraagd. Vroeger kwam je niet in de slaapkamer van je ouders, tegenwoordig kennen zij de onze niet.

Ik sliep nog, want mijn vrouw was al naar beneden en ik was zojuist wakker geworden met de berichten voor land- en tuinbouw, maar die had ik snel weten uit te schakelen.

'Nee,' antwoordde ik met dikke stem, 'die hebben we nog niet, een wekradio.'

Toen hadden we er dus twee.

De oudste bleef staan waar hij al tien jaar stond – op het nachtkastje aan mijn vrouws kant van het bed – en de nieuwe zette ik aan mijn zijde, naast het vorig jaar vaderdag van mijn dochtertje kadogekregen reiswekkertje dat ik elke avond opdroeg 's morgens een half uur eerder te rinkelen dan de wekradio naast mijn vrouw startte, zodat ik alvast de hond kon uitlaten en het ontbijt klaarmaken.

Het voordeel van dat reiswekkertje was dat ik hem, als hij afliep, onmiddellijk dicht kon klappen, zodat ook het tikken mij niet langer stoorde en ik, ongehinderd door enig teken van tijd, kalmpjes door kon slapen.

Het nadeel was dat mijn vrouw, eenmaal wakker door mijn belletje, tussen half zeven en zeven uur haar slaap niet kon hervatten, en door haar gemopper en gewoel sliep ik ook niet echt wat je noemt lekker verder.

Ik besloot daarom tot de aanschaf van een extra wekker, voorzien van een minder luidruchtige, elektronische zoemer, en sindsdien is mijn systeem van opstaan volmaakt: om half zeven loopt mijn zoemwekker af, zonder mijn vrouw te wekken. Ik druk hem in, slaap door en word om zeven uur wakker van de wekradio van mijn vrouw. Dan zet ik mijn eigen wekradio op half acht, val weer in slaap en schakel hem uit zodra hij begint te spreken of te spelen.

Om kwart over acht, wanneer de kinderen naar school zijn, stelt mijn vrouw zich boos onder aan de trap op en roept zo hard mogelijk naar boven: 'Keeeeeesje!'

Wij gingen een weekje naar Frankrijk, mijn vrouw en ik. Samen, zonder kinderen, in de auto. Wij hadden een koffer met boeken bij ons en mijn racefiets.

Het reisdoel was een hotel in het plaatsje Sainte-Enimie, gelegen aan de rivier de Tarn. Die stroomt door het district Lozère en dat kenden wij nog niet.

Het was er heel mooi. De Tarn bleek te bestaan uit onwaarschijnlijk helder water, dat zich klaterend tussen honderden meters hoge rotswanden door slingert: Les Gorges du Tarn.

Wat is er toch voor bijzonders met die rotsen? vroeg ik mij de dag na aankomst af en toen zag ik het ineens: er staat niets op geschilderd! Geen OAS, geen MORT AUX VACHES en zelfs nog geen ALLEZ FIGNON – de natuur is er nog bars en maagdelijk zichzelf.

Ik had mijn vrouw, die blij was dat ze voor een week verlost zou zijn van de reportages op Hilversum III en de televisie-uitzendingen vanaf vier uur 's middags, niet verteld dat de plaats van onze vakantiebestemming langs de route van de Tour de France lag, maar onmiddellijk na aankomst (10 juli 1984) bestudeerde ik op het routeschema in de Midi Libre waar de renners zo ongeveer zouden passeren, zette het bad in onze hotelkamer voor haar aan en ging per auto op weg om het mij betreffende stukje van de op 12 juli te verrijden veertiende etappe (RODEZ-LE ROURET) te controleren.

Ze zouden van MASSEGROS komen, afdalen via SAINT ROME DE ROLAN naar LES VIGNES en dan weer 950 meter stijgen naar de COL DE RIEISSE. Daar moest ik gaan staan begreep ik; vlak voor de top en met water bij me, voor de Nederlandse renners.

Hoewel: water? Ik had wel eens gehoord dat sommige coureurs in de hel der bergen meer prijs stellen op hollend aangereikte, volwassen dranken als bier (Peter Winnen) en gekoelde champagne (Knetemann).

Ik kocht dus tien flessen bronwater, twee kartonnetjes met ieder zes flesjes Kronenbourg en een fles champagne, propte alle dranken in een koelbox en verstopte deze in mijn kofferruimte.

Terug in het hotel gingen wij lunchen (waarbij wij rondlopende kleine kinderen vergeleken met onze eigen kinderen en hoe die rondliepen toen ze nog zo klein waren), een uurtje met onze blote voeten in de Tarn zitten lezen, anderhalf uur slapen of wat daarvoor moest doorgaan, vervolgens dineren (waarbij wij de overige aanzittende huwelijken vergeleken met het onze) en daarna vroeg naar bed.

– Waarom zo vroeg? wilde mijn vrouw weten.

– Omdat ik morgen een stuk wil fietsen, zei ik. De Tour de France komt hier namelijk langs, in de buurt. En ik wil even een stukje voelen wat die jongens meemaken.

– Ik had het kunnen weten, zei ze. Als je in godsnaam maar voorzichtig bent.

– Maak je geen zorgen, zei ik; ik zal mij niet forceren.

Die nacht droomde ik dat ik meereed in de Tour de France 1984 waarin ik, door een onwaarschijnlijk lange reeks van tegenslagen, als laatste eindigde. Maar ik kreeg de roodzwarte Duiveltjestrui van de Grootste Pechvogel en schreef, voor l'Equipe, een verhaal over mijn Touravonturen onder de titel 'Ik Ben Mijn Eigen Bananeschil'.

Schitterend warm weer, de elfde juli 1984.

Ik opende mijn kofferruimte, goot een halve fles Vittel in mijn bidon, schroefde mijn fiets in elkaar, koos een damesverzetje en zette koers in de richting van Massegros. Als ze hier morgen langskwamen hadden ze er zeventig kilometer opzitten en moesten ze er nog honderdzevenenvijftig naar Le Rouret.

Hoog boven de snelstromende Tarn, waarin je tientallen toeristen halsbrekend zag kajakken, peddelde ik naar Les Vignes, waar de karavaan de volgende dag om plusminus 12.03 uur zou moeten passeren, tot er om de tweede daalbocht na het plaatsje La Malène plotseling een Nederlandse Volvo op mijn weghelft verscheen; de bestuurder moest uitwijken voor drie, half op de rand van de afgrond en half op zijn helft van de weg geparkeerde auto's waar de inzittenden naast stonden te verifiëren hoe panoramique het point de vue wel niet was, ter plekke. Zijn uitwijkmanoeuvre maakte het mij onmogelijk om tussen hem en de rotswand door te passeren, zodat ik in een flits besloot dat er niets anders opzat dan te remmen.

Dat deed ik dan ook, maar omdat mijn linkerhand net op weg was naar de achterzak van mijn Gazelleshirt voor een tabletje vleugelsgevende druivesuiker, remde ik alleen met mijn rechterrem (les één!), waardoor het voorwiel ogenblikkelijk gehoorzaam blokkeerde en mijn fiets mij, als een bokkend paard, over het stuur heen van zich afwierp.

Nog in de vlucht kreeg ik een déjà-vu (ik heb dit al eens eerder meegemaakt en toen moet het ook goed zijn afgelopen want anders zou ik nu deze déjà-vu niet kunnen hebben) en terwijl ik keihard met mijn kop en rechterschouder op het kokende wegdek knalde, zag ik de Nederlandse auto nog net langs mijn een stukje doorstuitende fiets scheren en maken dat hij wegkwam.

Ik lag daar en kromp, durfde mijn hand niet naar mijn hoofd te sturen uit angst dat hij daar vol ketchup weer vandaan zou komen en kon mijn rechterarm ook helemaal niet omhoog brengen, want de minste beweging zond vlammende speren door mijn schouder. Ik krabbelde duizelend overeind en begon instinctief te dansen; verwrongen als een radeloze boeienkoning die zich met zijn laatste krachten tracht te bevrijden uit de boven zijn hoofd dichtgeknoopte, grote juten zak van pijn.

De volgende tien minuten werden postuum geregisseerd door Jacques Tati. Enkele van de Fransen uit de geparkeerde auto's (het waren een Renault 4, een Renault 6 en een Renault 8) hadden gezien wat er was gebeurd en twee van hen zetten, met veel ARRÊT! en HOLA! te voet de achtervolging op de Nederlandse Volvo in; bij voorbaat kansloos, maar meer voor de camera.

Drie, vier dames in shorts en iets minder dito heren dromden mij klem tegen het vangmuurtje, honderd meter boven de Tarn.

Sommigen riepen dat ik moest gaan zitten en duwden mij bij mijn zwellende schouder naar beneden; anderen riepen dat ik rechtop moest blijven staan en vooral diep ademhalen en trokken mij bij dezelfde schouder weer overeind; iemand beval mij diepe kniebuigingen te maken en daarbij grote slokken water te drinken en intussen vroeg een lief, debiel meisje van een jaar of veertien maar steeds of ik haar pop wilde zien.

Ontroerd door zoveel hartelijkheid en dankbaar dat ik nog leefde, gaf ik iedereen een hand, wat mij een snerpende pijn door mijn gehele lichaam joeg.

Waar ik heen moest, wilden zij weten. Ik kon alleen flauwtjes met mijn linkerarm in de richting wijzen waar ik vandaar kwam; de naam Sainte-Enimie was ik vergeten en ik had geen idee hoe ons hotel heette.

Twee potige Parijzenaars (alle drie de autonummers eindigden op 75, zag ik nu) tilden mijn verfrommelde fiets op het imperiaal van de voorste Renault en zelf werd ik, na wat heen en weer gebald te zijn, hier en daar bloedend en misselijk van de pijn, achter in de middelste auto gepoot, naast het meisje met de pop. Een negerpop was het; aardige mensen. Zij begon hem voor mij uit te kleden.

Ik zeg wel Arrêt zodra ik mijn hotel herken, beloofde ik, en toeterend zette de karavaan zich in beweging.

'Les Français ils sont très gentils,' begon ik alvast met bedanken, maar ik moest stil zijn van de man en de vrouw voorin, want ze luisterden naar de uitslag van de 13e etappe:

1. Menthéour 2. Garde 3. Andersen 4. Kelly 5. Hoste.

Behalve Leo van Vliet (9e), weer geen Nederlanders bij de eerste tien, maar dat zou morgen veranderen, want dan stond ik langs de weg, met een keur aan verfrissingen!

Bij ons hotel aangekomen, werd mijn fiets van het dak getild en tegen de pui gezet en wilden ze allemaal mee naar binnen; precies zoals wij vroeger, op loodkleurige woensdagmiddagen met zijn twintigen de ene jongen naar huis brachten die een gat in zijn hoofd had gevallen. Kijken hoe zijn moeder zou kijken.

Ik vroeg de baas van het hotel om hun, op mijn rekening, allemaal wat te drinken te geven, drukte ze nogmaals een voor een de hand maar nu met mijn linker (de rechter kreeg ik met geen mogelijkheid meer omhoog), kreeg een zoen van het meisje met de negerpop en haastte mij naar onze kamer, waar mijn vrouw op bed met huis lag te bellen.

– Ik moet nu ophangen, zei ze; want zo te zien is er weer eens wat met Kees gebeurd.

– Het was de schuld van een Hollandse Volvo, huilde ik.

– Nee hoor, zei ze; niks bijzonders. Ik bel nog wel. En ze hing op, kwam overeind en hielp me mijn shirt uittrekken. Mijn rechterschouder was een paarse reuzenpaddestoel.

– Jezus! riep ze, zette het bad aan en belde de balie, om het adres van een dokter.

Een kwartier later trok Docteur Faudrez te Sainte-Enimie mijn hempje uit en zei, toen hij mijn schouder zag: olalalala.

– Est ce que c'est l'os du clef docteur? vroeg ik hoopvol; is mijn sleutelbeen gebroken? Dit is immers de standaardbreuk bij wielrenners; stelt niets voor. Even naar de dokter in België en twee dagen later zitten ze alweer op de fiets.

Nou nee, zo op het eerste kloppen niet, dacht hij, maar het was wel een lelijke contusion.

Kon hij een foto maken?

Nee; röntgenfoto's namen ze alleen in Mende en dat lag dertig kilometer verderop. Maar hij zou er een elastisch verband omheen doen en dan moest ik het maar even aanzien. Wist ik trouwens dat de Tour hier morgen langskwam, met Zoetemlek en Kwieper?

– Ik rij, zei mijn vrouw de volgende morgen; zeg maar waar we heen moeten. Ik was de nacht goed doorgekomen, want met pijnstillers zijn ze gul, Franse doktoren.

– Hier gebeurde het gisteren, zei ik na een kwartiertje. Of nee: hier. Nee, wacht: hier was het! Het door mijn voorwiel getrokken, korte maar krachtige remspoortje zou hier nog een heel seizoen, als was het mijn handtekening, op het wegdek blijven staan. Een warm idee.

Wij waren ongeveer een halve dag te laat, zag ik toen we de Col de Rieisse op reden – de berg was al vergeven van de klapstoelen, parasols en picknicktafels, waartussen opgewonden Franse, Belgische en Hollandse vakantiegangers, te oordelen naar de schillen en de dozen, al uren naar het beste plekje zochten.

– Daar ga ik niet bij staan hoor, waarschuwde mijn vrouw; ik rij nog wel een stukje door.

– Dan missen we de klim! riep ik, maar ze was niet te vermurwen.

Zo stopten we, weer een kwartier later, langs een opnieuw begrindsteende weg – wanneer een Franse burgemeester zijn bestrating vernieuwd wil zien, moet hij zorgen dat de Tour zijn dorp aandoet. Ik was wel zo slim haar te laten parkeren langs een stuk vals plat, op een plek waar de weg een vork maakte. De vork werd bewaakt door een hoogst aimabele gendarme.

– Is dit uw eerste Tour de France? vroeg ik hem.

– O mijn God nee! pufte hij stoer; en de laatste zal het ook wel niet zijn.

– Wanneer komen ze? wilde ik weten.

– Te laat, zei hij hoofdschuddend; ze zijn altijd achter op het schema. Nog nooit meegemaakt dat ze op tijd waren.

Dan had ik mooi de gelegenheid om mijn ravitailleringspost in te richten. Ik deed mijn kofferdeksel open. Alleen mijn kapotte fiets.

– Waar is die koelbox? vroeg ik mijn vrouw; waar heb je die tas met bier en champagne gelaten?!

– Die koelbox? vroeg ze; die heb ik uit de auto gehaald, gisteren. Toen ik je fiets achterin wurmde. Die had je buiten laten staan, tegen de pui van het hotel.

– Maar waar zijn alle flessen voor de jongens? riep ik.

– In de koelkast op de kamer, zei ze verbaasd. Was die dan niet voor ons, die champagne? Ik vond het al zo lief van je.

– Die was voor Knetemann! riep ik. En dat bier was voor Peter Winnen! Nou kan ik ze niks te drinken aanreiken!

– We hebben nog een halve fles Vittel onder de

voorbank liggen, herinnerde zij zich. Maar ga jij nou in godsnaam niks aanreiken, want stel dat ze tegen je schouder op rijden. Daar komen ze, geloof ik!

Ze had gelijk. Er naderde een helgeel geschilderd Citroënbusje, waaruit opgewonden gebral het landschap overschalde; dit was de kop van de reclamekaravaan, begreep ik, maar ik vergiste me.

De officiële reclamekaravaan wordt namelijk voorafgegaan door een stuk of tien beunhazende bestelwagens, die voortdurend halthouden bij plukjes toeschouwers, waarna twee of drie goochem ogende Gamins de Paris snel en soepel uit de laadruimte springen; hun armen vol met verlopen tijdschriften, een Tourblad van het vorige jaar en illegale petjes met ALLEZ FIGNON op de klep, van welk verrassingspakketje het publiek, opgezweept door de chauffeur achter de micro, zich voor twintig francs meester maakt. Ik natuurlijk ook. Wanneer ze een voor een zijn doorgescheurd, hun twaalftonige toeters verwaaiend in het landschap, komt er, afgezien van een enkele, hautain de dorpsgendarme groetende, razende motoragent, een half uur lang nog altijd niets voorbij. Dan verschijnen er een paar volgauto's die dus, merkwaardig genoeg, voorop rijden. In de derde herkende ik Raymond Poulidor die, onderuitgezakt naast de bestuurder, een uiltje knapte. Dat beloofde niet veel goeds, voor wat betreft het strijdbeeld. Zou je zien dat ik natuurlijk weer een wandeletappe moest treffen.

Na nog minstens twintig wagens van reporters en officials, allemaal over hun toeren, werd het landschap een kwartier lang beheerst door levensgrote speelgoedleeuwen (Spaarkas), reuzenflacons Total motorolie, echte Michelinmannen, bananen van drie meter en accordeonmuziek: de reclamekaravaan, gelardeerd met tientallen motoren.

– Ik loop ze een stukje tegemoet, zei ik tegen mijn vrouw; misschien zijn er een paar ontsnapt.

– Denk aan je schouder, riep ze me na.

Ik zal zo'n tweehonderd meter tegen de karavaan in hebben gelopen toen er, voorafgegaan door vijf gierende, dronken motoren, één renner verscheen. Die moest dus als eerste zijn bovengekomen op de Col de Rieisse. Zeer hoog tempo, mooie stijl. Hij kwam me bekend voor, maar door de zenuwen kon ik niet op zijn naam komen. Europ-Decor. De ploeg van Knetemann, maar die was het niet. Ploegleiderswagen erachter, materiaalwagen. Ik holde terug naar mijn vrouw, maar dat deed pijn. Dan maar gewoon lopen, toch nog geen peloton in zicht.

– De fles! riep ik; vlug, de fles water!

– Die heb ik net aan hem gegeven, zei mijn vrouw, en zij knikte dromerig naar de rij platanen, waarachter de ontsnapte renner inmiddels was verdwenen.

– Aan Hem? schreeuwde ik.

– Dewolf, zei de gendarme.

– Hij was toch zeker de eerste? vroeg mijn vrouw; die verdient het het meeste.

Dewolf. Fons De Wolf! Ze had een fles water gegeven aan die slapjanus van een Fons De Wolf!

– Die knul had een benen joh, zei ze stralend; ik heb nog nooit zulke gespierde benen gezien.

– C'est un Belge, smaalde de gendarme: Dewolf.

– Z'n armen mochten er trouwens ook best wezen,

klakte mijn vrouw. Wat zijn ze lekker bruin hè, echte wielrenners.

– Olalala, zei de gendarme, en hij keek op zijn horloge. De Wolf had inderdaad een krankzinnige voorsprong, zeker al vijf minuten.

– Leuke kop had hij ook vond ik, ging ze nog even door. Hoe heette die jongen, zei je?

– Fons De Wolf, beet ik terug. Die nou lekker mijn fles water zit op te drinken!

– Lang was hij ook, zag zij hem nog voor zich; minstens eenvijfentachtig, schat ik.

– Nou je wordt bedankt! riep ik, voorzichtig stampvoetend. Je wordt namens alle Nederlandse renners hartelijk bedankt! Het gaat toch al zo fantastisch met de Nederlanders maar niet heus!

– Doe nou niet zo kinderachtig, zei ze, geïrriteerd nu; die jongen had dorst, dat zag ik.

Waar stond hij eigenlijk in het Algemeen Klassement, meneer Fons De Wolf?

Hèhè: daar kwam eindelijk het peloton. Voorop, in het midden, genietend van zijn gele Trui, Vincent Barteau. Peddelend, allemaal de handen op het stuur. Toch nog veel te flitsend om er meer dan drie, vier te herkennen. Kelly. En daar Van Impe! O nee, die reed niet mee. Wie had er dan ook weer de Bolletjestrui? Te laat, voorbij, ploegleiderswagens, getoeter. Geen achterblijvers, ja toch: drie stampende, snuivende Portugezen.

– De Wolf fietste veel mooier dan deze, vond mijn vrouw.

Jaja. Toen mijn vrouw hem, tijdens de veertiende

etappe van Rodez naar Le Rouret, een halve fles Vittel aanreikte, stond de Belg Fons De Wolf nog 52e in het Algemeen Klassement...

CLASSEMENT GENERAL

1. Vincent Barteau (Renault) 54 h 17 :21 ; 2. Maurice Le Guilloux (La Vie Claire) à 7'47" ; 3. Laurent Fignon (Renault) à 10'25" ; 4. Gérard Veldscholten (P-B , Panasonic) à 12'28" ; 5. Bernard Hinault (La Vie Claire) à 12'38" ; 6. Phil Anderson (Aus-panasonic) à 13'29" ; 7. Greg Lemond (E-U, Renault) à 14'23" ; 8. Sean Kelly (Irl, Skil) à 14'31" ; 9. Pedro Delgado (Esp-Reynolds) à 14'37" ; 10. Robert Millar (G-B, Peugeot Shell) à 14'47".

11. Peter Winnen (P-B) à 16'54 ; 12. Angel Arroyo (Esp) à 17 10 ; 13. Marc Madiot à 17'34 ; 14. Roberto Visentini (Ita) à 17'34 ; 15. Guy Nulens (Bel) à 18'22 ; 16. Nicki Ruttiman (Sui) à 18'25 : 17. Pascal Simon à 19'01 ; 18. Eric Caritoux à 19'16 ; 19. Jean-René Bernaudeau à 19'35 ; 20. Pierre Le Bigaut à 19'38 ,

21. Criquielion (Bel) à 20'07 ; 22. Acevedo (Col) à 20'19 ; 23. Herrera (Col à 20'41 ; 24. Boyer (E-U) à 20'54 ; 25. Breu (Sui) à 20'55 ; 26. Zimmermann (Sui) à 21'12 ; 27. Menthéour à 21'13, 28. Sergean (Bel) à 21'37 ; 29. Rodriguez (Col) à 22'05 ; 30. Lubberding (P-B) à 22'45.

31. Laguia (Esp) à 23'44 ; 32. Jimenez (Col) à 23'44 ; 33. Laurent à 23'53 ; 34. Munoz à 23'55 ; 35. Chaurin à 24'27 , 36. Aguedelo à 24'30 ; 37. Gavillet (Sui) à 24'31 : 38. Flores (Col) à 24'42 : 39. Loro (Ita) à 24'54 : 40. Kuiper (P-B) à 24'55.

41. Aja (Esp) à 25'10 ; 42. Seznec à 25'32 ; 43. Didier (Lux) à 25'41 : 44. Peeters (Bel) à 25'46 : 45. Vigneron à 26'17 ; 46. Echave (esp) à 27'11 ; 47. Prieto (Esp) à 27'36 ; 48. Mas à 27'38, 49. Leali (Ita) à 27'55 ; 50. Vichot à 28'04.

51. Gallopin à 28'20 ; 52. De Wolf (Bel) à 28'22 ; 53. Cabrera (Col) à 28'35 , 54. Grezet (Sui) à 29'44 ; 55.

Na de door hem gewonnen veertiende etappe Rodez-Le Rouret, waarin mijn vrouw hem mijn fles Vittel aanreikte, was Fons De Wolf plotseling opgeklommen naar de vierde plaats!

Au général

1.	Barteau (Fra)	66 h 46'16''	72.	Vallet (Fra)	36'38''
2.	Le Guilloux (Fra)	à 08'07''	73.	Andersen (Dan)	36'45''
3.	Fignon (Fra)	10'13''	74.	Lopez (Col)	36'46''
4.	De Wolf (Bel)	11'42''	75.	Clerc (Fra)	37'11''
5.	Hinault (Fra)	12'26''	76.	Hernandez-Ubeda (Esp)	37'16''
6.	Veldscholten (P-B)	12'28''	77.	Clère (Fra)	37'24''
7.	Anderson (Aus)	13'17''	78.	Dietzen (RFA)	37'53''
8.	Lemond (E-U)	14'23''	79.	Simon (Fra)	37'58''
9.	Kelly (Irl)	14'27''	80.	Martens (Bel)	39'49''
10.	Delgado (Esp)	14'27''	81.	Vanderaerden (Bel)	40'42''
11.	Millar (G-B)	14'56''	82.	Maechler (Sui)	42'22''
12.	Menthéour (Fra)	15'01''	83.	Knetemann (P-B)	42'40''
13.	Winnen (P-B)	16'42''	84.	Coll (Esp)	42'48''
14.	Arroyo (Esp)	17'06''	85.	Hernandez (Esp)	43'05''
15.	Madiot (Fra)	17'30''	86.	Alban (Fra)	43'17''
16.	Nulens (Bel)	18'22''	87.	Garnier (Fra)	43'25''
17.	Ruttimann (Sui)	18'25''	88.	Dierickx (Bel)	43'31''
18.	Simon (Fra)	19'01''	89.	Castaing (Fra)	43'32''
19.	Caritoux (Fra)	19'16''	90.	Lang (Pol)	44'21''
20.	Bernaudeau (Fra)	19'35''	91.	Hoste (Bel)	44'25''
21.	Le Bigaut (Fra)	19'38''	92.	Poisson (Fra)	44'41''
22.	Criquielion (Bel)	20'03''	93.	Bonnet (Fra)	44'44''
23.	Acevedo (Col)	20'19''	94.	Gauthier (Fra)	44'48''
24.	Boyer (E-U)	20'54''	95.	Peiper (Aus)	44'53''
25.	Zimmermann (Sui)	21'12''	96.	Rogiers (Bel)	45'05''
26.	Breu (Sui)	21'13''	97.	Madiot (Fra)	45'31''
27.	Sergeant (Bel)	21'37''	98.	Greciano (Esp)	45'59''
28.	Herrera (Col)	21'49''	99.	Chappis (Fra)	46'31''
29.	Lubberding (P-B)	23'03''	100.	Bossis (Fra)	46'54''
30.	Rodriguez (Col)	23'08''	101.	Hanegraaf (P-B)	47'21''
31.	Laguia (Esp)	23'44''	102.	Brun (Fra)	47'55''
32.	Jimenez (Col)	23'44''	103.	Rault (Fra)	48'03''
33.	Munoz (Esp)	23'55''	104.	Chagas (Por)	48'21''
34.	Laurent (Fra)	24'11''	105.	Zeferino (Por)	48'42''
35.	Chaurin (Fra)	24'27''	106.	Dhaenens (Bel)	49'34''

Nu is het allemaal nog goed afgelopen met de Tour de France van 1984 en Fons De Wolf is tijdens het verdere verloop nog behoorlijk op zijn nummer gezet, maar u ziet hier weer eens aan dat een ongeluk in een klein hoekje zit en dat er in dat hoekje meestal vrouwen staan.

Ik heb de elfhonderd kilometer terug naar huis gereden met een bij de schouderkap op drie plaatsen gebroken sleutelbeen rechtsboven, vertelden de röntgenfoto's na thuiskomst.

– Dat is dus nog wel even iets anders dan tweehonderd kilometer op een fiets met onderweg volop water, hield ik mijn vrouw voor, recht uit het ziekenhuis. Maar ze willen niet opereren.

– Hoe lang moet je hem omhouden, die mitella? vroeg ze bezorgd.

– Minstens de hele Olympische Spelen, zei ik, om emmers medelijden smekend.

– God zij dank, zuchtte mijn vrouw.

Deze slager is eigenlijk te duur, maar die ander is te ver weg. Dat haalt ze niet meer, met haar benen.

Er komt hier een heel ander publiek; dure, de hele week op hun zondags geklede mevrouwen die lange gesprekken over vlees voeren, met de slager die eruitziet als een dokter. Nee, gezellig winkelen kun je dit niet noemen. Bij de bakker bleef ze vroeger nog wel eens wat langer met haar man, voor een babbeltje. Wat goed uitkwam. Dat haar man dan even kon uitpuffen op het krukje voor de vaste klanten. Maar dat staat er niet meer. Overgenomen door een vent die het een Brotiek noemt, waar zij geen weg meer in weet en alles veel te duur is en zij niet eens blieft, al die rare broden.

– Mag ik anderhalf ons achterham? vraagt de mevrouw links van haar. Die heeft wel tien verschillende jassen. Deze kende zij nog niet.

– Is het voor bij de asperges? vraagt de slager.

– Ja, zegt de mevrouw, dus snij maar zo dun mogelijk.

– Goddelijk hè? smult de mevrouw aan haar andere kant; verrukkelijk dat ze er weer zijn, de asperges.

Nu waagt zij het erop. Ze heeft potdome al in geen twee dagen meer een praatje kunnen maken.

– Weet u wat óók lekker is? vraagt ze.

Geen van de beide dames vraagt: nou? De een wijst de slager nog iets delicaats aan en de ander vult zo'n betaalkaart van de giro in.

– Een plakje worst op een verse witte boterham met dik boter, zegt de oude mevrouw, bijna smekend.

Ik zal hem op ware grootte schetsen, wacht even:

Dit is dus de nagel van mijn linkerpink. Om mijn minderwaardigheidscomplex te begrijpen is het niet nodig ook nog mijn andere negen nagels na te tekenen. Die zijn maar een fractie groter: wanneer de punt van mijn pen, halverwege het weergeven van deze pinknagel, een liftend haartje had opgepikt, zou u gelijk de maat van mijn wijsvingernagel hebben geweten. Ring- en middelvinger ibidem dito.

Mijn duimen, die kunnen er net mee door. Als duim zijn ze te klein, toegegeven, don't rub it in, maar die nagels lijken tenminste nog ergens op. Had ik ze zo maar op mijn pinken!

Het eerste waar ik bij andere mannen tersluiks naar kijk, is hun handen. Ze hebben allemaal grotere nagels dan ik. Mooie, zachtglanzende, bikkelharde nagels, waarmee zij obers kunnen optrommelen en in vier seconden een heel Swiss army knife uitklappen. Nagels die hun lange, slanke vingers sterk en vanzelfsprekend bekronen.

Ik leg mijn handen wel eens onopvallend naast die van hen, om vanonder mijn oogleden vast te stellen dat ze daar gemiddeld anderhalf maal in passen. En mijn nagels gaan soms wel driemaal uit de hunne!

Ik heb overwogen mijn nagels eens per week uit handen te geven aan een manicure. In het telefoonboek stonden er vijf. Maar alle namen lazen als van getrouwde vrouwen. Kneedde de manicure, aan de huiskamertafel, mijn vingers in een steelpannetje sodawater, kwam natuurlijk net haar man thuis. Schuift neuriënd aan, vraagt of ik er bezwaar tegen heb dat hij rookt en begint een gesprek over vissen of duiven. Na ieder kostbaar kwartier tikt hun schoorsteenklok dankbaar tegen zijn pet. Nee ik kon beter mijzelf gaan manicuren, op vaste uren.

In de nail-corner van de drogist begon ik te speuren naar de nieuwste nagelverzorgende snufjes. Ik wilde zelfs niet weten of er dierproeven aan de fabricage vooraf waren gegaan – zo hongerde ik naar mooie lange nagels.

Gedurende drie weken goochelde ik, op steeds ongeregelder tijden, met mijn voorraad tubetjes, flaconnetjes en pipetjes vol zalven, druppels, oliën en vetten.

Ik smeerde van alles de dubbele dosis, spatelde mijn nagelriempjes tot scheurens toe terug, penseelde flesjes vol Revitalisant pour Ongles leeg en ijsbeerde door mijn werkkamer, handenwapperend als een vrouw. Met een zogeheten clippette, ik droeg er permanent eentje in iedere broek, hield ik de randjes rond.

Dit deed ik allemaal in het geheim, in de hoop dat de huisgenoten mijn nieuwe nagels zouden opmerken.

Ik dacht hen hierbij te helpen door vaak met mijn kin in de kom van mijn handen te zitten, de vingers bevallig gespreid langs mijn wangen, maar dan vroegen ze of ik ergens over piekerde.

Zelf nam ik ook nauwelijks enige groei waar en in een dinsdagnacht – toen ik, een handdoek tegen de kou (prostaat!) onder mijn blote kont gevouwen, om half drie op de rand van het bad zat omdat ik mij vlak voor het inslapen had gerealiseerd dat ik mijn nagels nog niet had gedaan – legde ik ze definitief in mijn schoot.

Als het zo uitkomt, pulk ik nu een potje met een lucifer en bij het neuzen in laden of het rommelen in mijn pennenbakje kom ik nog wel eens een verdwaald tubetje cuticle-cream tegen, waaruit ik een rupsje langs mijn nagelriemen knijp dat ik schuldbewust begin in te masseren, maar van systematische, kosmetische handverzorging is allang geen sprake meer.

Door ze zo weinig mogelijk in beeld te laten verschijnen, heb ik weten te voorkomen dat mijn handen onze televisiecarrière dwarsboomden. Gelukkig heeft mijn collega hele mooie lange sterke vingers en nagels en daarom mochten wij, op Humo's Grote Pop Pollavond in Brussel, twee prijzen in ontvangst komen nemen. De nazit in Ancien Belgique was zo hartelijk en warm, dat er voor de boven de bar wiekende reuzenpropeller niet tegenop viel te ventileren.

Met mijn handen in mijn zakken voerde ik geanimeerde gesprekken met tientallen sympathieke Belgische Laureaten.

Om kwart voor twaalf onderschepten wij de gefluisterde mare dat Guy Mortier, Humo's hoofdredacteur, te middernacht zou verjaren. Dronken van roem, dankbaarheid en Duvel, besloot ik dat dit niet onopgemerkt mocht passeren. Als ik het mij goed herinner heeft de jarige zelf mij nog een kontje gegeven, zodat ik op de bar kon klimmen, 'Dames en Heren!' roepen, om stilte gebaren en mijn beide armen in de lucht steken.

Mijn rechterhand werd onmiddellijk gegrepen door de op topsnelheid rondgierende turboventilator. Een broodmes van pijn.

Met een achteraf onbegrijpelijke koelbloedigheid acteerde ik een komische schrikreactie toen ik mijn zichzelf langzaam roodvervende hand ontwaarde en ik heb geloof ik ook nog 'Lang zal ie leven' ingezet, maar de meeste aanwezigen staarden ongelovig en met ingehouden adem naar mijn verwonding, zodat er bijna niemand meezong.

Duizelend hakkelde ik nog iets over een groot man en een onvergetelijke avond en toen kapseisde ik. Het was een vorm van stage-diving, want ik kwam veilig terecht op een groepje schrikogende vrienden dat mij halsoverkop terugleidde naar onze kleedkamer.

Bravo. Eens te meer was ik erin geslaagd mijzelf tot het bloedend middelpunt van andermans feestje te manoeuvreren. Een lief, streng meisje zei dat ze verpleegster was geweest en vroeg om mijn hand. 'Olala,' zei ze. En wanneer ik mijn laatste tetanus-injectie had gehad. De oudste zoon van de jarige struikelde binnen met een verbanddoos uit zijn vaders auto en de koude kraan spoelde mijn blessure tot haar ware omvang terug: de ventilator had geprobeerd het topje van mijn rechterringvinger eraf te maaien. Een jaap van een schuine keep, vlak langs de nagelrand.

Toen ik was verbonden, wilde ik vlug terug naar de bar, om Humo's hoofdredacteur met mijn linkerhand te feliciteren en om te vertellen hoeveel pijn ik had en wat er allemaal door me heen was gegaan en om mij door alle aanwezigen in plukjes te laten troosten en bewonderen, maar dat mocht niet, van mijn vrouw.

Via de achteruitgang verlieten wij het nog denderende gebouw en buiten hees zij mij op haar rug en bracht mij in looppas – over de verlaten Boulevard Anspach, waarbij de twee mij omgehangen medailles vrolijk rinkelden – naar ons hotel op het De Brouckere Plein. Daar gebood zij de Receptie ijlings een nachtdokter naar kamer 207 te verzoeken.

Om de wachttijd te doden en de pijn te vergeten wilde ik een Adult Movie op de hoteltelevisie zien, maar het toestel mocht niet aan, van mijn vrouw. Dan kon er koorts bij komen.

De dokter arriveerde en meldde dat hij net gezellig aan een diner zat toen de receptie belde, maar dat ik mij daar niet bezwaard om hoefde te voelen.

'Olala,' zei hij vervolgens. Nee, daar kon hij niks aan doen. Zeker niet hechten; veel te veel infectiegevaar. Hij zou mij voor de zekerheid een tetanusprik geven en er wat antibioticum-zalf op smeren en dan dit gaasje er zo overheen en de boel omwikkelen met deze pleister. Voilà.

Ik vroeg of ik de tweeduizenddriehonderd francs in Nederlands geld mocht betalen en of het een litteken bleef.

Een mens telt zijn littekens en dit zou mijn totaalscore op vijfentwintig brengen dus dan liet ik, als de dokter weg was, een fles Champagne bovenkomen.

Een litteken? Ja, dat zeker. Maar wist ik wellicht hoeveel de gulden stond, ten opzichte van de franc? En die nagel zou er vanzelf wel af gaan vallen.

Dat is inmiddels gebeurd.

Toen had ik er nog negen.

Maar ach, wat doet het er eigenlijk toe! Als je vrouw maar van je houdt!

Ik heb haar die nacht beloofd dat ik, zodra mijn hand weer bruikbaar was, als een gek zou beginnen te trainen om een prachtig gespierd, geheel nieuw lichaam te kweken, zodat zij de liefde als het ware nog eens met een hele andere man zou kunnen bedrijven; afgezien dan van zijn nagels.

Zij is nog niet binnen of ze vraagt of wij het al gehoord hebben. Wat moeten wij gehoord hebben? vragen wij, want wij weten van niks. Nou: dat H. nu met I. is! roept zij met grote, droefronde ogen en of ze even mag gaan zitten. Is H. met I.? Nee, dat wisten wij niet. En dat J. sinds kort K. heeft? Hadden wij dat al gehoord? Wacht even! schrikken wij overeind: bedoel je dat J. met de een of andere K. is of wil je zeggen dat J. K. heeft? Nee, was het maar waar! Wàs J. maar met ene K. Maar hij hééft het! Godallemachtig, stamelen wij en we gaan weer zitten. J.? K.? Ja, knikt ze heftig; J. heeft K. En in een vergevorderd stadium, dreigt zij erachteraan. Daarom is ze meteen toen ze het wist langs hier gekomen. Ze wou het ons persoonlijk vertellen, van J. En onder vier ogen natuurlijk; niet door de telefoon. En is ze erg brutaal wanneer ze om een kopje koffie vraagt? Want ze is er nog helemaal van ondersteboven; het meest natuurlijk van de K. van J., maar toch ook van het bericht dat H. nu met I. is, dus dat die arme G. voor de zoveelste keer in de steek is gelaten. En mag het TV-journaal even aan? Er schijnt een treinramp geweest te zijn vanmiddag, in Frankrijk. Misschien hebben ze daar al beelden van. Hebben wij gisteravond trouwens gezien van die vreselijke overstromingen in Mongolië? God wat voelt zij zich toch altijd machteloos bij die dingen. Maar ja, wat kun je doen? Niks toch zeker? Alleen zo veel mogelijk helpen in je eigen directe omgeving. Daarom zal ze morgen die arme L. opbellen, de vriendin van J., om te vragen of zij soms wat kan doen, nu J. K. heeft. Hee: is dat de nieuwe Story? Goh, dat wist ze niet, dat wij die onzin lazen. Neenee, haasten wij ons, de koffie op tafel zettend: Oma logeert hier momenteel en daar kopen wij hem altijd voor, omdat het van die lekkere grote letters zijn. Mag ik een bonbonnetje pakken? vraagt ze, maar ze heeft de lekkerste (die dikke witte, die wij voor onszelf bewaard hadden) al in haar mond en bladerend en behaaglijk achterover zakkend zegt ze: ik was op dieet maar sinds die herdenkingsprogramma's over de atoombom ben ik helemaal van slag af.

Twaalfenhalve gulden, vraagt de tweedehandsboekhandelaar voor deze oude en ongebruikte, zwartwitte ansichtkaart van een brede, kaarsrechte, verlaten Haagsche straat. Dit is nu toevallig mijn vroegere straat, maar precies zo levenloos en zonnig kende ik er minstens vier in onze buurt. De Heelsumstraat en de Driebergenstraat, de Maarsbergenstraat en de Renswoudelaan.

Ze waren allemaal te breed in verhouding tot de hoogte van hun huizen. Nooit meer dan drie woonlagen. Daardoor viel er hier veel meer licht naar binnen dan in Amsterdam.

In 's-Gravenhage moet toen een man hebben rondgetrokken met een schitterende camera die hij, niet door verkeer gehinderd, midden op de rijweg kon opstellen, om de jaren vijftig in te vriezen. Ik kende ze wel, deze haarscherpe kaarten, maar was ze vergeten.

Witte lettertjes, links onderin. 's-Gravenhage, naam van de straat. Zo'n saaie ansicht verzond je niet, in die jaren. Er was wel wat vrolijkers te koop. Komische kaarten met dikke dames en Groeten uit Scheveningen erop en twee gaten erin waardoor je je vingers kon bewegen, alsof het haar benen waren. Wie kocht er nou zo'n tamme foto van zijn eigen straat? Welnee, dat doen we nu pas. Zoals ik hier; tegen een bedrag waarvan ons hele gezin destijds warm uit eten had kunnen gaan. Bij levende muziek, in Heck's Lunchroom op het Spui.

Toen stuurde je zulke duffe prentbriefkaarten hooguit naar je buitenlandse penvriend, met een gelogen kruisje bij het raam waar zogenaamd jouw kamer was, want die lag niet op de begeerde begane grond maar op de tweede etage en niet aan de voor- maar aan de achterzijde van de linkerrij huizen.

Ik tel drie geparkeerde auto's over een trottoirlengte van honderd meter. Een Austin A 40, een Simca Aronde en een Citroën Traction Avant. Er loopt een man met een hond aan een riem en er rijdt een vrachtwagen. Een kiepwagen, met zand.

Ik dacht toen dat vrachtwagens buiten de wet vielen en nooit bekeuringen kregen. En dat het telefoonnummer wat er soms op de klep stond het bedrag aangaf waarvoor die wagens te koop waren.

En er stept een jongetje. Ik wil natuurlijk dat ik dat jongetje was en misschien zag ik er ook wel zo uit, maar dit is er eentje met luchtbanden en een bagagedragertje en zo'n autoped heb ik nooit bezeten.

En dit was ons licht! Zo romig schijnt het namelijk niet meer, lijkt mij. Hoe kun je dat bewijzen? Dat ligt moeilijk. Oude lucht is er gelukkig nog volop. Als ik het intussen afgebroken huis van mijn overleden grootouders wil ruiken, hoef ik mijn neus maar op te halen boven een lade van hun dressoir, dat bij mij in de keuken staat. Maar waar hangt nog het oude licht van dertig, veertig jaar geleden? Alleen op foto's. Die verkleurd zijn. Of de rolletjes van toen waren minder gevoelig, zegt de vakman. Dus dat er daarom in het echt nooit van dit vredige, nog niets verhullende licht kan hebben gehangen. En toch was dit het licht waarin wij speelden.

– Ik wil graag deze kaart, zeg ik tegen de antiquaar.

– Verder niks? vraagt hij zuinig.

– Nee, dat is alles, zeg ik beslist.

Ik betaal, hij doet hem ook nog in een zakje en dan ga ik op weg naar mijn moeder, die nog altijd woont op het adres dat wij betrokken toen wij eindelijk uit die vreselijke Vreeswijkstraat verhuisden. Ik zet de kaart op mijn dashboard en blijf mij eraan vergapen.

Alle stoelen uit alle kamers zijn gemobiliseerd en staan langs de wanden van onze woonkamer, want mijn vader of moeder is jarig. Uit mijn blote hoofd zie ik zitten: mijn Oma en Opa, Tante Bets, Tante Ria, Oom Leo en Tante Pitje, Beppie Solex, Ome Tinus, Tante Jetje, de allebei minstens zestig jaar oude zusters van mijn Oma – Tante Sjaan en Tante Dina –, Oom Jan Zoetermeer en Tante Mira, Tante Cockie en Oom Jan Loosduinen, mijn neven Henk, Gerard, Anton en Bert. Neef Bert stond op zichzelf, was in elk geval niet voortgesproten uit enige oom en tante maar ooit op een verjaardag aan de hand van een nichtje langsgewaaid en, nadat de verkering was verbroken, gewoon blijven komen.

Niemand was er fout geweest in de oorlog en op alle verjaardagen werd er gezongen en muziek gemaakt door Ome Tinus, Oom Jan Loosduinen en ikzelf op mondharmonika, mijn vader op banjo en een gemengd koor van bassende ooms en neven, hoog vibrerende tantes en niet helemaal van harte meeneuriënde nichtjes.

Die nichtjes! Ik begeerde ze allemaal even wanhopig en kon niet wachten tot ik er met eentje getrouwd zou zijn. Stel je voor: dan kon je immers de hele dag vrijen! Net als al mijn ooms en tantes, van wie ik dan ook niet begreep dat ze zo lang bleven zitten, terwijl ze lekker met elkaar in bed konden liggen kroelen.

Bij een stoplicht schieten mij een voor een de bedwelmende droomgestalten te binnen van mijn nichten Carolien, Fien en Tootje, Magda, Ida en Marie.

En vier uur lang tinkelden de kopjes onafgebroken op de schoteltjes; iedereen kreeg bij binnenkomst koffie met een moorkop, daarna drie of vier keer thee en ten slotte, vlak voor het weggaan, nogmaals twee of drie keer koffie. Bij die laatste ronde kon geen enkel kopje meer op het bijpassende schoteltje bogen en dat was zo ongeveer het wildste wat er op zo'n verjaardag gebeurde, want afgezien van twee advocaatjes voor Tante Sjaan en Tante Dina en zes flesjes bier voor twee ooms en vier neven, werd er geen alcohol geschonken.

– Ach Leo, mag ik even jouw lepeltje lenen?

– Voor jou altijd Carolien, dat weet je best!

Verder ging de erotiek niet, bij mijn weten.

Laat ik negen geweest zijn. Dus ik mocht de verjaardag nog niet tot en met de laatste koffieronde meevieren.

Ik lig in mijn opklapbed, met oren op steeltjes en ik hoor de stem van Oom Jan Loosduinen. Nee, Zoetermeer. Dit is Oom Jan Zoetermeer. Verder praat er niemand, wat betekent dat er een mop wordt verteld. Als een sfinx heb ik mij half opgericht op mijn ellebogen en ik houd mijn hoofd scheef, mijn adem in en mijn mond open en daardoor versta ik de flarden 'blote kerel', 'boom gebonden', 'komt die bok' en 'begint te sabbelen'. Dan barst de visite in lachen uit. Ik herken het hoge kraaien van nicht Ida en de astmatische hiklach van Ome Tinus, maar ook het schateren van mijn moeder. Mijn vader haal ik er niet tussenuit. In mijn oren breekt een fluittoon los. Ik zet het op een krijsen en hou dit vol tot mijn moeder mijn kamertje binnenstruikelt.

– Maar knulletje knulletje! Wat is er nou toch aan het handje?

– Dat weet je best, schijnheil! Schijnheilen zijn jullie, schijnheilen!

– Wie zijn er schijnheilen?

– Jullie allemaal! En jij nog het meeste! Lachen om schuine moppen hè, lekker met zijn allen zitten lachen om schuine moppen!

– Ach welnee knulleman, dat is helemaal niet waar! Oom Jan vertelde gewoon een verhaaltje.

– Ja an me hoela een verhaaltje! Ga weg! Ik wil niks meer met jullie te maken hebben, ga weg, ga weg!

Over mijn toeren ben ik nu en niet meer te stoppen. Een grote warme tranenbrok verspert mijn keel. Ik krijg hem niet weggeslikt. Wil dat ook eigenlijk niet. Ik proef macht, voor het eerst. Macht en gelijk.

– Maar wat heeft mamma dan verkeerd gedaan? vraagt mijn moeder wanhopig. Zij plukt zenuwachtig aan mijn gele deken.

En dan bler ik, zonder te weten waar ik die woorden vandaan haal, het zinnetje zal wel ergens in mijn achterhoofd zijn blijven sudderen van die twee bezoeken aan de zondagsschool, dan gil ik buiten zinnen: jullie spotten met de Schepping Gods!

Ik zie tranen wellen in mijn moeders ogen, maar ik geef geen krimp, draai mij woest op mijn zij, met mijn hoofd naar de muur en krijs nog een keer: ga weg! Ga maar gauw terug naar al die andere schijnheilen, dan kunnen jullie lekker door met spotten met de Schepping Gods!

– Het spijt me schattebout, zucht mijn moeder en zij staat op en verlaat mijn kamertje. Vlak voor ze zacht de deur dichtdoet plaats ik nog twee hartverscheurende uithalen.

Honderd tellen later komt mijn moeder opnieuw binnen, nu begeleid door tante Mira en nicht Marie. Ik heb besloten ritmisch te blijven snikken, met snotterende schokjes van mijn schouders.

Mijn moeder aait mijn haar van mijn voorhoofd en tante Mira begint op mij in te praten. Dat het gewoon een grotemensenmopje was, helemaal niks bijzonders en in elk geval zeker geen spotten met, hoe noemde ik dat ook alweer?

– Spotten met de Schepping Gods! schreeuw ik; ga weg! Ik wil slapen!

– Goed Kees, zucht mijn moeder en voor de tweede keer laat ze mij alleen en weer haal ik heel hard en hoog en huilend uit tot zij met hun drieën mijn kamertje verlaten.

Even schurk ik mij nog in het verdriet dat ik haar heb aangedaan, maar al snel weet ik geen weg meer met mijn bokkige gekwetstheid en voel ik mij hopeloos eenzaam, als was ik zelf de allereerste Schepping Gods.

Ik zet dus voor de derde maal een keel op, maar het is nu eerder huilen om hulp dan gieren van verdriet. Al gauw gaat de deur weer open en schiet ik rechtop, met mijn armen in vergevensgezindheid uitgestrekt om mijn lieve moeder te omhelzen, maar zij is het niet, zie ik wanneer ik mijn bolgehuilde ogen open. Nee, God bewaar me: het is Tante Dina! Snel laat ik mij terugvallen en hou mij slapende, maar daar trapt deze oudste, plat Haags sprekende en strengste van al mijn tantes niet in. Zij beent tot naast mijn hoofdeinde, plaatst haar knokige handen op haar heupen en zegt: Is dat nou godverjume eens een keer afgelopen met dat gezeik? Vooruit, gaat slapen jij!

– Ja tante, fluister ik.

Zij buigt zich met haar snor over mij heen en stopt mijn deken aan beide kanten strak tussen het spiraal en de matras, zodat ik eventjes geen vin kan verroeren.

– Ziezo. Weltruste droppie.

– Welterusten Tante Dina. Wilt u vragen of mamma nog even komt?

– Je moeder heb het veels te druk met koffie zetten. Dus laat ik potverjume niet horen dat je zometeen weer zo lijp begint te gillen. Gesnopen?

– Ja tante.

Weg was ze. En ik huilde mijzelf in slaap, maar nu onhoorbaar.

– Gut wat leuk, zegt mijn moeder, als ik haar de ansichtkaart laat zien; waar heb ik mijn leesbril?

Dan halen wij een half uur lang herinneringen op. Ik vraag of zij nog weet hoe die mop ging, maar mijn moeder weet niks van een blote man en een bok. Zegt ze.

– Als je nou weer eens in Den Haag bent en van mij vandaan komt en als je dan nog een half uurtje over hebt dan kan je misschien nog eens een keer bij haar langs gaan, suggereert zij voorzichtig; dat zou ze prachtig vinden.

– Wie?

– Nou, Tante Dina natuurlijk.

– Tante Dina? vraag ik verbaasd; die was toch al dood?

– Welnee, schrikt mijn moeder, geprikkeld omdat ik het zicht op onze familie heb verloren en zij mij altijd moet waarschuwen wanneer er iemand een kroonjaar viert; Tante Bets is dood en Tante Ida, maar Tante Dina mankeert nog niks.

– Hoe oud is die dan?

– Negenennegentig, zegt mijn moeder.

– Negenennegentig? vraag ik ongelovig.

– Ja. Is in november negenennegentig geworden. Maar je kunt gerust bij haar langs gaan, want ze ziet er absoluut niet eng uit.

– Woont ze nog steeds in de Oudemansstraat?

– Welnee, al jaren niet meer. Ze zit op een flatje, in de Heeswijkstraat, achter de Moerweg. Maar ze doet nog alles zelf.

– Denk je dat ze nu thuis is?

– Natuurlijk. Waar zou ze anders moeten zijn? Ze zit de hele dag voor het raam te lezen. Het is gelukkig een druk kruispunt met lekker veel aanrijdingen, zei ze laatst nog.

– Weet je wat ik doe? zeg ik met de plotse energie die dertig jaar onachtzaamheid moet goedmaken; ik ga nu nog wel even bij haar langs. Wat is het nummer?

Mijn moeder bijt nadenkend op haar onderlip.

– Drieëntwintig, zegt ze dan; zo gek is dat. Namen kan ik niet meer onthouden, maar er komen steeds meer getallen terug. Ik kan zo alle oude autonummers van je vader opnoemen.

In een winkelgalerijtje op de Moerweg koop ik een witte cyclaam en twee moorkoppen, waarmee ik naar haar straatje rijd. Abnormaal weinig auto's staan hier; ik kan voor de deur parkeren. Wanneer heb ik mijn Tante Dina voor het laatst gezien? Dat moet in 1968 zijn geweest, bij mijn huwelijk.

Toch herken ik haar ogenblikkelijk en ik vraag mij af waaraan. Aan hoe haar haar zit, denk ik. Tantes van tegenwoordig kiezen elk kwartaal een ander kapsel, maar die van toen doen hun hele leven met een en dezelfde coupe, waartoe zij besloten toen ze achttien waren, leren de familiefoto's. Zij herkent mij niet, begrijp ik uit haar aarzelende manier van terugzwaaien. Misschien is zij wel bang. Denkt ze dat ik haar kom beroven. Ik til de cyclaam en het gebaksdoosje van de achterbank, sluit mijn auto af en steek, terwijl ik geruststellend blijf knikken en glimlachen, het trottoir over. De glazen toegangsdeur van het flatportaaltje is niet op slot en ik beklim een trap van veertien galmende, granieten treden. Voorzichtig bel ik aan bij nummer drieëntwintig. Door de deur van eenentwintig komt de lucht van hachee en de bewoners van nummer negentien eten Indisch, zo te ruiken. Dan doet mijn tante open.

– Jezus! Bill! roept ze en ze slaat een klein, verfrommeld handje voor haar mond. Heldere, donkerbruine ogen, wijd van verrassing.

– Nee, ik ben Kees tante, verbeter ik; ik ben het maar, Kees.

– Kees! herhaalt zij; godverjume wat vin ik dat leuk! Ik dacht potverdomme even dat je je vader was! God kind wat ben jij op je vader gaan lijken! Kom binnen, kom binnen! Jezus, wat een mooie plant! Is die voor mij? Je lijk wel krankjorum! Ga lekker zitten, daar: voor het raam!

– Mooi woont u hier tante! roep ik volgens het boekje. Het is mei en er staan nog kerstkaarten op haar dressoir.

– Ik mag niet mopperen, sputtert zij en ze dribbelt mij voor naar het raamtafeltje met de twee makkelijke stoelen; ze moesten alleen wat minder kapses hebben. Ik heb geen deining met ze hoor, dat niet, maar gezellig is anders.

– Deining met wie, tante Dina?

– Die blauwe luitjes van nummer 19. Vroeger had ik daar een fijne buuf aan, maar die kreeg het aan d'r tikker en pats, asjewijne. Maar voor de rest, mensen? Etterbakken, dat zijn het. Nee, geef mij maar dieren. Maar ja; die neem je niet meer als je honderd moet worden. Want waar moeten die stumpers straks dan blijven?

Soepel en zonder kreuntje gaat zij zitten.

– U ziet er goed uit tante, zeg ik naar waarheid en ik zet de cyclaam op haar tafeltje. In haar vensterbank tel ik er in de gauwigheid al zeven. Porseleinen poesjes en hondjes staan er om en om tussen.

– Verrek, nou zie ik het! roept ze; dat was jij, die vent met die wagen! Dat is sodeju ook een knappe automobiel zeg! Jezus kind, wat is dat lang geleden! Ja, je moet zo zien ik zie jou natuurlijk wel steeds op de televisie, maar ik dacht zoëven toch heuselijk dat ik je vader zag staan. Fijne vent was dat, Bill. Hoe lang is die nou alweer dood?

– Tien jaar tante. Januari negenenzeventig. Maar met u gaat alles goed hè, hoorde ik van Annie?

– Ach welja! De mensen moeten niet zo ouwehoeren. Gewoon anpakken en niet leggen te zeiken. Maar weet je wat het is, met die moeders van tegenwoordig? Die willen allemaal een eigen autootje hebben en een wasmachine, dus gooien ze die schapen van kinderen zo huppekee in de kres, dat moeder maar lekker veel ken verdienen. Nou eer dat ik mijn kinderen uit huis had gedaan! Als ik met ze wandelde en dan kwam er zo een of ander zeikwijf zo van je weet wel met d'r vinger onder dat kinnetje van ach god wat een lekkere kleine, weet je wat ik dan zei?

– Nee?

– Dan zei ik: hou je poten thuis mens! Ja ze hoefden d'r bij mij maar naar te wijzen en dan wou ik ze al een knal voor d'r kanis verkopen! Maar daar komt het allemaal door hoor, al die ellende met die sjunks. Dat ze te weinig moederliefde krijgen. God kind, hebbie ook nog gebakkies bij je? Lekker!

– Mag u dat eten, een moorkop?

– Ja wat dach jij dan? Tuurlijk! Een mens moet gewoon alles eten en niet leggen te memmen! Jezus, een moorkop! En ik ben geeneens jarig! Wacht, laat ik eerst effe een lekker bakkie leut voor je zetten.

– Lekker, roep ik. Zal ik u helpen? En ik kom weer overeind.

– Ben je besodemieterd, is ze mij voor; ik mankeer nog niks aan m'n handen hoor! Zal ik jou eens laten zien wat ik nog kan?

– Doe nou maar voorzichtig tante, bezweer ik, maar ze staat al en dan strekt ze haar sprieten van armpjes langs haar kalende, bij de slapen ingevallen hoofdje en schalks kijkt zij me aan en dan buigt ze in één keer gestrekt voorover en links en rechts naast haar geruite pantoffeltjes plaatst ze haar handen plat op de vloer.

– Goh, klap ik bewonderend drie keer in de mijne; wil u wel geloven dat ik dat niet eens meer zou kunnen?

– Dan moet je elke dag oefenen, waarschuwt tante Dina en ze komt gelukkig weer overeind; anders haal jij de honderd niet hoor!

– Negenennegentig, proef ik nog maar eens hardop; het is echt ongelofelijk, tante.

– Ik ken het zelf ook niet geloven, schudt ze en ze vergeet de koffie en gaat weer zitten; kind het gaat allemaal zo vlug! Een mens heb het zelf geeneens in de gaten! Zo ben je tien en fttt, zo ben je negenennegentig. Ik zat vanmiddag nog te prakkezeren hoe dat wij vroeger met ons moeder naar Scheveningen gingen. En dan mochten we kiezen, aan het begin van de Scheveningseweg: of we gingen lopen en dan kregen we op het strand een ijsco, of we mochten mee met de paardetram en dan kregen we verders niks die dag. Dus ging je net zo makkelijk zeven kilometer lopen en dan was je afgepeigerd hoor, want mijn vader, ja Jezus, die goeie man zat het meeste van de tijd zonder werk. En een uitkering had mijn moeder natuurlijk nog niet. Later kregen we wel wat van de bedeling, maar dat was tweeguldenenzesentwintig cent in de week en dan kwamen die klerelijers ook nog bij je thuis om te kijken of je daar geen vlees van at. Daarom zeg ik: de mensen moeten niet zo zeiken, met d'r warme water en d'r elektra en d'r centrale verwarming! Potverjume: vergeet ik helegaar je koffie!

En ze wil weer opstaan.

– Blijf nou lekker zitten, zeg ik en ik vouw het gebaksdoosje open; ik heb vandaag toch al veel te veel koffie gedronken. Hier, op uw gezondheid! Ik scheur de deksel los, til mijn moorkop erop en schuif haar de doos met de andere toe.

– Maar kind, ik heb prachtige taartstellen staan in de keuken. Kasten vol!

– Ben je gek, wimpel ik af; een moorkop eet je als een haring. Gewoon uit het handje.

– Nee, ik mag goddank nog alles hebben, zegt ze even later als we door secuur happen trachten te voorkomen dat de kwakken slagroom ons ontvallen; maar ik zal hier op het eind toch wel een keer mijn snor moeten drukken natuurlijk, met die trap van de winter.

– Maar zover is het toch nog niet, tante Dina?

– Nee, maar je moet er als de sodemieter bij zijn, anders kommie op de koffie en dan hebben ze geen plaats meer. Dus ik ben vrijdag, nee jokkenie, donderdag ben ik met Leo wezen kijken naar een bejaardenhuis want Leo zeg ook: moeder je moet je laten inschrijven zolang je ze nog alle vijf bij mekaar heb want anders douwen ze je in een verpleeghuis en daar zit je tussen allemaal kwijlende oudjes en dan wor je gewassen door van die brutale meiden met van die rattekoppen, nou, dan spring ik net zo lief van de Laakbrug. Een mooi huis was het, in Wassenaar, met mooie bomen. En weet je wat ik nog zag lopen, in het gras?

– Nee?

– Een konijn! Een levendig konijn! En die directeur, zo'n jong ventje was dat, met zo'n halve zonnebril dat je d'r ogen geeneens goed ken zien, die praat een beetje met me en die wil weten hoe ik me voel en die vraagt: en mevrouw, hoe is uw stemming over het algemeen? Dus ik zeg: de socialisten. Ik heb nooit anders gestemp dan op de socialisten.

Juist, zei die vrijer met zo'n kakstem en die schreef dat op.

Maar toen we terug naar hier reden zeg Leo: hoe ken je dat nou zeggen Ma? Op de socialisten, en dan uitgerekend in dat sjieke Wassenaar! De directeur bedoelde hoe je je voelde!

Ik zeg verrek: dat ken die toch zelf wel zien? En anders moettie maar een paar normale glazen in z'n bril laten zetten. Ja toch?

– Tuurlijk, zeg ik en lik mijn vingers af.

– Dus ik ben nou zo'n beetje an het bekijken wat ik weg ken doen, want ik krijg daar één klein peskamertje. Maar nou heb ik altijd foto's gespaard en uit de Haagsche Courant geknipt en ouwe ansichten, omdat ik wat te doen wou hebben toen Ome Koos was overleden en die heb ik dus veertig jaar lang in ik geloof wel tien albums geplakt en die gaat ik nou niet meer allemaal meesjouwen maar het zou ook zonde zijn om ze weg te kieperen, dus is dat niks voor jou?

– Graag! roep ik; daar doet u me echt een ontzettend plezier mee!

– In die kast, wijst tante Dina; links in de hoek, op de grond, naast me schoenen. Een hele doos vol.

Ik ga erheen, open de deur en mijn neusvleugels vliegen veertig jaar terug in de tijd: precies dezelfde zoetfluwelen zaagselgeur hing er bij mijn oma en opa in de kast achter de haard, die uitgeruimd werd en waarin ze een klein matrasje op de vloer legden, als ik kwam logeren.

Het is een zware kartonnen margarinedoos. Ik til hem behoedzaam omhoog en verdwijn met mijn hoofd onder de rok van een gebloemde jurk. Tante Dina ziet me zo staan en kraait koket. Dan draag ik de kostbare doos tot bij haar tafeltje.

– Laat maar dicht, zegt ze sinterklazig; je moet ze thuis maar eens op je gemak bekijken. Misschien kennen jullie d'r met de camera een foto van nemen en dan af en toe d'r eentje op de televisie laten zien. Dat is vast leuk voor de ouwe mensen, want die hebben haast niks meer, op de televisie.

– Reken maar! zeg ik en ik denk: ik wil nu meteen naar huis, want ik zit goed vanavond. Wie weet wat voor unieke prentbriefkaarten ertussen zitten, met oude postzegels erop en ontroerende, handgeschreven vakantieboodschappen.

– Hè, ik ben blij dat ze nou in goeie handen zijn, zegt tante Dina en ze schokt behaaglijk met haar smalle schoudertjes. Wil je nou echt geen koppie koffie?

– Nee ik moet weer eens naar huis tante, zeg ik, bedroefd op mijn horloge kijkend. Zal ik haar nog vragen of zij zich dat van toen met die verjaardag soms herinnert, van die schuine mop? Nee, niet doen. Ik wil zo snel mogelijk beginnen met schatgraven.

– Het was in elk geval heerlijk dat ik je weer eens

in het echt gezien heb, zegt Tante Dina; en je komp toch nog wel een keer weer langs als ik eenmaal in Wassenaar zit? Ik geef het adres wel an Annetje.

– Annetje?

– An je moeder.

– Doen we, beloof ik en voorzichtig zoen ik allebei haar gerimpelde wangen. Ze zwaait als ik de doos met haar albums achter in mijn auto zet en ik gebaar dat ze moet gaan zitten, maar als ik de hoek omsla staat ze daar nog steeds.

Anderhalf uur later sleep ik de doos in triomf naar mijn kamer en sla, op mijn bureau, voorzichtig het eerste album open. Nog het authentieke papier met de spinneweb-motieven.

Ik zie een keurig uit een tijdschrift geknipte foto van een witte angorakat die ligt te dutten in een theemuts, waarvoor een bont beschilderd eitje in een dopje is geplaatst.

'Zoo beleeft Poes ook een Vrolijk Paaschen,' vermeldt het onderschrift. Ik sla om en zie een krantefoto van een chimpansee met een baby. Het bijschrift verklaart dan ook 'Chimpansee Judy is de lieveling van een oppasscher in de dierentuin van het Engelsche stadje Southam. Ze mag zelfs zijn dochter Tracy de fles geven!'

Ik blader door, langs een stoet van eerste lammetjes, laatste zwaluwen, honden met hoedjes op en pijpen in hun bek, poezen met shawls om, met jumpertjes aan en met zonnebrillen op en reeksen kalveren, veulens en biggetjes. Een chiwawahondje in een koffiekopje, twee paarden met een petje op, een muizenfamilie in een speelgoedhuisje. Uit.

Het tweede album opent met een zwemmende pony. 'Blacky, de pony van de heer Dotterjé uit Garderen, heeft er een gewoonte van gemaakt om wanneer het hem te warm wordt, uit eigen beweging een koele duik te nemen in het Uddelermeer.' Ooievaars op de volgende bladzijde, een marmottenfamilie op pagina drie.

'Wat een scheetjes!' staat er in hanig handschrift onder geschreven. En dat gaat zo maar door. Alle aaibare dieren der schepping zijn vertegenwoordigd. Ook album nummer drie bevat niet de interessante ansichtkaarten waar ik zo op hoop. Album vier blijkt geheel gewijd aan ons Koningshuis. De albums vijf, zes en zeven wemelen weer van dieren in alle staten. Ik doe de albums terug in de doos. Weggooien kan ik hem niet; ik voel dat tante Dina's albums mijn verdere leven lang zullen blijven meeverhuizen, zonder nog ooit te worden geopend.

Dan belt mijn moeder.

– Ben je nog langs tante Dina geweest? vraagt ze.

– Nou en of, zeg ik; wat een ongelofelijk vitaal mens hè?

– Ze was vroeger een beetje pinnig, maar toch is het op de een of andere manier altijd mijn liefste tante gebleven, verklapt mijn moeder. Trouwens: toen je weg was wist ik ineens weer hoe hij ging.

– Hoe wie ging?

– Die mop van die bok, zegt mijn moeder; toen jij zo over je toeren was. Wil je hem horen?

– Nou nee, liever niet, weer ik af; ik zit net te werken, eerlijk gezegd.

– Oh sorry.

– Geeft niet.

– Nou ja, niet dat ik preuts ben, maar ik vertel hem ook liever niet.

– Ik hou helemaal niet van moppen, zeg ik knorrig.

– Nee, beaamt mijn moeder; ik ook niet. En helemaal niet als er dieren in voorkomen. Daarom krijg je mij ook met geen stok naar een circus.

– Mij ook niet, zeg ik.

– Maar ja, ik was toen jarig en dan wil je de stemming niet bederven. Maar daarom had je wel gelijk, zo jong als je was.

– Hoezo gelijk?

– Met dat van De Schepping Gods.

– Welnee, zeg ik; ik raaskalde maar wat. Hoe voel je je?

– Goed. Hoezo?

– Jij wordt ook nog wel eens honderd, beloof ik haar.

Mijn moeder zwijgt. Dan zegt ze: ik hoop in godsnaam van niet.

– Waarom niet? vraag ik beledigd.

– Dan ben jij zeventig! ijst zij.

– Nou en?

Zij zucht.

– Dat je zelf zo oud wordt dat went nog wel, prevelt mijn moeder; maar je hebt geen idee hoe erg het voelt als je je eigen kind zo'n ouwe bok ziet worden.

Af en toe sta ik op uit mijn stoel en kijk uit mijn raam. Ze staan er nu al drie kwartier, kan ik zien van hier. Haar ken ik wel, maar die jongen is nieuw voor me. Zij is vijftien en ze heeft een jaar lang zo'n bit van een american football-helm gedragen, om haar ontsnappende boventanden binnen te houden. Die kostbare maskerade heeft kennelijk het beoogde resultaat gescoord, want toen onze hond mij gisteravond mee uitnam en ik haar met de hunne ontmoette, groette zij me beleefd met alleen nog maar een binnenbeugel: een over de boventanden gespannen zilveren draad, die op zes à zeven plaatsen wordt onderbroken door een kwak corrigerende soldeer. Ik zei dat haar tanden er prachtig uitzagen en vroeg voorzichtig hoe lang ze die beugel nu nog moest dragen en zij antwoordde stralend: 'O nog een half jaar maar.'

De zon staat laag en het kan verbeelding van me zijn, maar ik meen dat ik bij die jongen met wie ze staat te praten ook iets beugelachtigs zie flikkeren. Zo te zien zijn het bij hem de ondertanden.

'Gelukkig voor ze,' denk ik; 'als ze allebei een bovenbeugel hadden gehad dan hadden ze onmogelijk goed kunnen zoenen.'

Ik schud deze platte volwassenengedachte meteen uit mijn hoofd, laat de vitrage terug op haar plaats ruisen en ga weer zitten. Pak wat papier en een stel enveloppen. Achter mijn voorhoofd lopen de excuses zich alvast warm. Mijne Heren! Waarom ik u helaas niet eerder heb kunnen schrijven. Komt door de lente, die mij denken doet aan zoenen. Waar die twee bijna aan toe zijn. Dat zie je aan hun hele manier van staan.

Ze zijn met de fiets, bij wijze van excuus voor thuis. Zal ik even je brieven gaan posten, pa? Vorige winter sprak ze op deze zelfde hoek vaak af met een jongen uit de straat hierachter. Planden ze het zo, dat ze op een afgesproken uur allebei de hond gingen uitlaten.

Soms wel driemaal, tussen uit school komen en naar bed gaan. Na een week wilde haar hondje niet meer; zag je hoe ze hem moest meesleuren. Het was of zijn pootjes iedere dag een stukje korter werden. Ze droeg hem, op het laatst.

De hond van die vorige jongen zag dat hondje van haar niet zitten. Niet agressief of zo; gewoon geen interesse. De eerste keer nog wel een beetje gehijg en gesnuffel, maar daarna mekaar niks meer te vertellen. Gingen ze met opzet elk een andere kant op liggen kijken.

Geachte heer dus. Allereerst mijn excuses voor mijn late reactie op uw vriendelijke brief. Het is nog maar de vraag of mijn antwoord vanavond rondkomt, want nu moet ik weer even uit het raam kijken, omdat het buiten lente is. En voor de hoeveelste keer nu alweer niet? Toch blijft zij altijd weer nieuw; ondanks al die oude, steeds dezelfde dingen waar het hedenavond weer van wemelt, als je goed kijkt.

Zo staan er hier beneden een jongen en een meisje op de hoek. Ze zijn verliefd. Hun fietsen zitten vol met stickers die ze er deze week van af zullen peuteren. Alleen om elkaar, gaat het hun nu nog maar.

Ze zijn niet afgestapt, maar op hun fietsen blijven

zitten. Hij op de stang, met aan elke kant een balletje, want zo zat je het makkelijkst.

Zij staat wijdbeens boven de hare en ze kneedt gespannen haar handvatten. Hun voorwielen raken elkaar en af en toe zeggen ze wat. En daarna kijkt zij ongerust om zich heen, of er nog niemand aankomt. Daar hoeft zij niet bang voor te zijn, want hun vaders en moeders zitten veilig voor de televisie. Als ze even niets weten te zeggen, praten ze met hun voorwielen, die ze liefdevol tegen elkaar slaan. Per ongeluk, zogenaamd.

Ze hebben zelf niet in de gaten dat die meppen steeds heviger worden. Over een kwartiertje zullen zij afscheid nemen met de belofte dat zij elkaar hier morgen weer zullen treffen. Dan zal ik weer voor dit zelfde raam staan; uit het zicht, op mijn hoede en dertig jaar jonger. En de jongen rijdt zometeen naar huis en merkt na honderd meter dat er een slag zit, in zijn voorwiel. En op het ritme van die golving zal hij binnensmonds haar naam scanderen. U wilt mij dus wel excuseren dat ik u nog altijd geen antwoord op uw schrijven heb kunnen geven, maar ik heb het nu even te druk met mee leven.

Hoogachtend,

Kan hij er soms iets aan doen dat het zulk opzwepend warm weer is en dat de meisjes er weer bij lopen om stuk voor stuk rauw in te bijten? Hij doet veel meer boodschappen dan hij nodig heeft, om zo lang mogelijk deze adembenemende tentoonstelling van bedwelmende, op blote bruine benen langs wandelende schilderijtjes te kunnen genieten.

God wat zijn de meisjes mooi dit jaar en wat halen ze toch oneindig veel meer uit de zon en het weer dan de jongens! Het lijkt trouwens wel of die jongens ieder jaar lomper en dommer worden, zoals ze met hun meisjes omgaan. Blind en stom zijn ze. Moet je die twee daar nou zien staan. Hoe is het mogelijk dat zo'n lelijke jongen aan zo'n prachtig meisje komt! Wat een botte, kortzichtige kerel, zoals hij daar ongeïnteresseerd de andere kant op kijkt, terwijl zij hem staat te smeken of hij komt zwemmen in haar ogen. Ze begrijpen het niet, gromt de man, de snotneuzen zien nog niet hoe mooi hun meisjes zijn. Ze zijn ze niet waard, verdomme! Hij weet zeker dat hij aan twee zinnen en één blik voldoende zou hebben om tot de kern van zo'n meisje door te dringen. Maar zijn vrouw zal wel denken waar hij blijft. Dus gaat hij maar weer eens op huis aan. En hij denkt: al die mooie meisjes zouden, om ongelukken te voorkomen, een vaste vriend moeten hebben die hun vader had kunnen zijn.

En hij huivert, want hij weet het zeker: hij zal deze hele zomer weer geilboos blijven.

Het schijnen allemaal uitvluchten te zijn om niet te hoeven schrijven, las ik pas nog ergens, want lezen deed ik dus wel; op mijn vorige kamer die in een jaar was dichtgegroeid tot een elke dag onbeschrijfelijker struikgewas van papieri.

Het was een moeras, ik verdronk in mijn stoel. Langs de randen van mijn bureau vormde zich een duinenrij van boeken, bijvoegsels, brieven en bankafschriften. Rekeningen riepen om betaling, kladjes om nadere uitwerking, punaises, potloden en paperclips om iets wat op een doosje leek al was het maar een kopje. Kammetjes en brillen zworven er rond, afgescheurde krantranden met telefoonnummers, lege pennen en glazen, dropjes trokken voorbij, buitenlands kleingeld, kinderpostzegels, lege tubes lijm, drie monsterflesjes aftershave en heel veel gebruikte en ongebruikte builtjes met gemengde kruiden voor het trekken van kruidenthee voor de verzorging van een gezonde blaas en nieren, want daar had ik het aan, dacht ik. Dit keer had ik het aan mijn nieren.

Wanneer ik hoogbeens over de torens van troep naar mijn stoel ploegde, voelde ik het ook nog aan mijn hart en als ik eenmaal zat keek ik lang naar mijn handen en zag ik hoe ze weer droger dan gisteren waren en als ik mijn hoofd op zijn kant hield en even peuterde, sneeuwde er roos uit mijn oor. Ik verschrompelde, in die kamer.

Het Midden-Oosten volgde ik allang niet meer en evenmin zette ik mij in voor de actie ter renovatie van het Concertgebouw. Geen tijd! huilde ik als ze om de hoek van mijn deur, die door de rommel niet meer dicht kon, riepen dat er iemand aan de telefoon of aan de voordeur was die iets voor me had of wat van me wou. Ik was nog niet eens naar La Grande Parade in het Stedelijk Museum geweest en theater zag ik alleen nog maar als het op de televisie kwam. Ik vocht met de draak van mijn chaos. En maar roken en maar drinken. To be in heaven is to steer, to be in hell is to drift. Ik wachtte op de verlossende plons van een calamiteitje dat de emmer zou doen overlopen.

Toen moest ik naar België en was ik mijn paspoort kwijt. Iets is weg als wij zeker weten dat het er niet meer is, maar weten wij zeker dat iets wat weg is nog ergens moet zijn, dan spreken wij van kwijt. Mijn paspoort was dus kwijt. Ik groef de duinen af, keerde laden en schoenendozen om en zocht alle plastic tassen met nog ongelezen bladen na. Mijn paspoort bleef zoek. Ik begon, eindelijk bevangen door de hemelse energie, alles uit mijn kamer te donderen. Ook de duizend boeken en platen. Op de gang groeide een iglo. Toen hij af was ging ik ernaast staan en riep dat ik een grotere werkkamer moest hebben, omdat ik mijn paspoort kwijt was.

– Waarom ga je niet lekker in de logeerkamer helemaal boven zitten? vroeg mijn vrouw. Dan heb je nergens last van.

– Helemaal boven, proefde ik.

– En wij ook niet van jou, zei ze.

Dat was op 5 januari 1985 en daarom heb ik zo'n tijd niets van me laten horen maar dat gaat nu allemaal veranderen.

Op 6 januari begon ik met het uitmesten van de ongebruikte zolderkamer. Zij was ooit opgezet als logeerkamer maar in korte tijd verworden tot een rommelkamer waar je met goed fatsoen en zonder gevaar niemand kon laten slapen. Bovendien stond het bed rechtop, want daar was geen plaats meer voor. Drie dagen later doemden er nog twee iglo's, nu een verdieping hoger. Op de overloop, waar mijn vrouw langs moest, met de was. Ik zou dit karwei in één lange ruk zien te klaren en kocht tien liter allesdekkende muurverf waarmee ik mijn nieuwe kamer egaal wit schilderde, bij wijze van uitgangspunt. Ik haalde de gordijnen naar beneden, zeemde de beide ramen, schrobde de houten vloer en legde twee nieuwe stopcontacten aan, zonder het geringste schokje.

Mijn bewegingen kregen iets hoekigs, iets stoers. Ik plaatste een draagbare radio in de verlaten vlakte, naast het stapeltje schuurpapier, en zette hem harder dan ik gewend ben. Ik waande mij een handige zwartwerker in mijn eigen huis.

Mijn hoeveelste kamer werd dit? Ik was de tel kwijt. De zesde, misschien de zevende. Wie weet was het wel mijn laatste. Maar als ik er eenmaal zat zouden alle pijntjes wel verdwijnen, ook mijn nieren. Man wordt kerngezond door nieuwe kamer! Was het nog lang niet mijn laatste. Ging ik nog in hele andere delen van de wereld wonen. Of desnoods verhuizen binnen Nederland. Iets anders in de buurt hier. Maar in de tussentijd nog eenmaal mijn zaakjes op orde brengen en voor altijd zien te houden, want dan breekt het lijntje niet.

Op 11 januari vroeg ik een nieuw paspoort aan en liet

ik een container voor de deur plaatsen. Daar kieperde ik, van een- en tweehoog, driekwart van de iglo's in – honderden ordners, mappen, tassen en dozen vol verlopen trivia. Uit de twintigduizend, sinds hun kleuterschooltijd bewaarde tekeningen en werkjes selecteerde ik er van elk kind vijftig en die deed ik in een stevige, friskartonnen archiefdoos waar ik er honderd van had gekocht, in plano-vorm, zodat ik ze zelf tot dozen mocht vouwen, wat een feest was. Deze dozen zette ik in de kast van mijn nieuwe kamer, die ik had veroverd op een leger Playmobil-soldaten, te klein geworden schaatsen, lekke ballen, kokers met affiches, stekkerloze snoeren, losse poppeledematen, twee matrassen, een ski, veertig petjes en honderd Suske en Wiskes. Schouder aan schouder staan daar thans de papieren soldaten die ons bestaan bewaken. 'Verzekeringen' staat er op hun kartonnen rug of beter op hun borst; 'Autopapieren', 'Ziektekosten', 'Belastingen', 'Garantiebewijzen', 'Hypotheekakten'. Ik heb een doos waar 'Foto's' op staat, een doos met 'Kritieken' en een doos met 'Kinderrapporten'. Alles bij elkaar staan er toch nog tien dozen met 'Sentimentalia'. Voor ieder land van Europa heb ik een aparte doos vol wegenkaarten, plattegronden en hotelbrochures. Na vijf dagen van ijsberen rond de iglo op de eerste verdieping, koos ik precies honderd boeken om mee naar boven te nemen. De boven de honderd te bewaren exemplaren zette ik op stapels terug in de kamer waar ik ze een week tevoren uit had gegooid. Hier stond nu ook het logeerbed van boven, weer rechtop. Scherp luisterend naar mijn geweten vulde ik twee hutkoffers met de boeken die ik toch nooit meer of toch niet nog een keer zou lezen, waarna ik een kop kruidenthee tegen de nieren dronk, ze de trap af zeulde, achter in de auto schoof en bij mijn vaste tweedehandsboekwinkel naar binnen tilde. Er zaten zeker vijftig boeken tussen die ik daar de laatste paar jaar voor een schijntje gekocht had, maar desondanks ontving ik, in totaal, houd u vast: driehonderdvijftig gulden. Zwart!

Ik kocht er verf, kwasten en een blankhouten zelfbouw-magazijnrek voor, dat ik eigenhandig in elkaar zette. De lege, witte doos van mijn nieuwe kamer zou ik vervolgens aflakken in een subtiel samenspel van bruintinten. Ik ben, zeer tegen mijn zin, want het is een volstrekt ziel- en vreugdeloze kleur, nogal in de ban van bruin. Met bruin kan weinig misgaan. Echt lelijk bruin bestaat niet. Iets kan nooit schreeuwend bruin zijn. Bruin dus.

Ik koos drie nuances; van even voorbij beige tot een flink stuk na oker. Ik bestelde ze alle drie in de gradatie eiglans, omdat ik dit woord zelf heb verzonnen toen ik, twintig jaar geleden, reclameteksten schreef voor een verffabriek en ze zochten naar een dekkende omschrijving voor de glimgraad tussen mat en hoogglans. Ik was in de wolken om mijn vondst van Eiglans, maar de harde handelspraktijk zette mij weer met beide benen op de grond – pas na enkele jaren en duizenden boos geretourneerde bussen begreep de gemiddelde verfwinkelier dat onze fabriek met 'eiglans' niet de matheid van de schil, maar de zachtvochtige glans van het gepelde eitje zelf bedoelde.

Ik kan prachtig verven. De schuine, goedgeschuurde en dubbelgegronde houten wandgedeelten schilderde ik wat lichter, om ruimte te winnen, en de middelste bruine eiglans voor de plinten kwam harmonisch en net niet lullig terug in de met een kleurcorresponderende muurverf behandelde schoorsteen. Ik zong mooier dan ooit. Als je goed keek, wat ik, tevreden achteruitstappend, om de vijf minuten deed, liepen al mijn bruinen door de hele kamer in een simpel, rustgevend spel van wisselende lijnen en kleurvlakken harmonisch in elkaar over. Ik werkte op rolletjes. Wanneer ik mij al vergiste, doordat de deksels 's nachts wel eens van bus wisselden waardoor de kleurnummers niet meer met mijn gedroomde schema klopten en ik, ten gevolge van het zo subtiele verspringen van mijn eiglanzen ergens al een paar meter op streek was voor ik bemerkte dat dit hetzelfde bruin was waarmee ik de avond tevoren de contrasterend bedoelde dwarsbalk had geschilderd, pakte zo'n fout altijd beter uit dan de oorspronkelijke opzet gedaan zou hebben. Dat vond mijn vrouw ook, en die houdt niet eens van bruin.

Toen het schilderij van mijn kamer af was, droeg ik mijn bureau naar boven. Ik pootte het in een hoek van mijn driedimensionale doek. Het is een ooit zelfgetimmerde, manstaltige tafel en het licht komt aangegolfd van links, over een weide van boomkruinen, zoals hij nu staat. Ik heb berekend dat daar het noorden is en het noorderlicht is net zo goed om bij te schrijven als om bij te schilderen. En mijn oude draaistoel. Voor het overige laat ik deze kamer leeg, dan klinkt mijn trombone ook beter. Alleen, links tegen de wand, het houten magazijnrek, waarin mijn platenspeler. Aan het begin van de werkweek beneden zeven platen kiezen, mee naar boven nemen, in dit rek zetten en volgende week weer wisselen voor zeven nieuwe. Kranten en weekbladen gaan niet meer voor zolang mee naar boven. Geen bloemen. Geen bezoek.

Die honderd boeken in het rek zijn er nog te veel. Elsschot had, wanneer hij schreef, alleen Shakespeare en de Bijbel bij zich, om de taal. Wanneer ik dat nu ook eens deed. Shakespeare, de Bijbel en het verzameld werk van Elsschot. En dan de rest zolang terug naar beneden, naar mijn vorige kamer. Ik wil volgende week beginnen die uit te ruimen, want mijn nieren houden zich fantastisch. Ook geen gedoe meer met theepotten, hier boven. En hier wordt niet gerookt. Hier wordt gewerkt.

Vanmorgen kwam mijn nieuwe paspoort. Ik lijk er wel vijf jaar jonger op.

Aan zijn voorbereiding kan het niet hebben gelegen, dat weet hij zeker.

Aan zijn instelling ook niet.

Noch aan zijn vechtlust en al evenmin aan zijn koershonger.

Waar aan dan wel? Hoe is het in hemelsnaam mogelijk dat het wielerseizoen van de Nederlandse profrenner Karel van Loenen, voor de zestiende keer in successie, reeds nu als volledig mislukt kan worden beschouwd? Wij zochten de onfortuinlijke coureur op in zijn ongezellig ingerichte huis in Hasselt en vroegen het hem zelf.

– Ik weet het niet meer, zucht De Loen; het begint elk seizoen met een laat ik maar zeggen lulligheidje, dus een griepje, een ingegroeide teennagel of een sneetje van na het scheren. Nou, daar train je natuurlijk mee door, want het is je vak. Maar dan is het net of er een sneeuwbal begint te rollen en dan haalt zo'n blessuurtje van niks weer wat groters uit en voor je het weet ligt Ome Karel volledig in de lappenmand. Pech is het, gewoon domme pech, waar geen kruid iets aan doen kan!

En machteloos haalt de geplaagde sportman zijn schouders op. Onmiddellijk vertrekt zijn scherpe kop zich in een grimas van pijn: de laatste sleutelbeenbreuk genas minder voorspoedig dan was gehoopt. Dit keer was het de rechterschouder. Op drie plaatsen gebroken, in de Omloop Het Volk. En eigenlijk niet eens tijdens de koers, maar vlak ervoor; toen Karel ('ik voelde mij in een bloedvorm') op weg was naar de start en de wind het rugnummer 113 afrukte en in zijn derailleur blies, waardoor de ongelukkige coureur over de kop klapte en in zijn val een overstekende zigeunerin, een agent, een hond, twee rondemissen en de hele Spaanse Ovando-ploeg met zich meesleurde.

– Drie weken absolute rust, beval huisarts Fledderus. Maar fanaat Van Loenen eiste via het ziekenfonds een second opinion en toog naar botbreukspecialist Hoegaarde in Leuven.

– Vier weken rust, rust en nog eens rust, luidde het professorale oordeel; en elke overbodige beweging vermijden.

Maar dat is makkelijker gezegd dan niet gedaan, als het noodlot je onophoudelijk tot schouderophalen dwingt...

– Achteraf had ik ons huis ook nooit zelf moeten opknappen, recapituleert de geblokte Reuwegcoureur. De kleine maar inhoudrijke Reuwegploeg wordt gesponsord door Matthijs Lameire, fabrikant van dierartikelen, waaronder de populaire Reuwegspray voor loopse teefjes. ‘Om hinderlijke achtervolgers af te schudden,’ in de woorden van Lameire; zelf een groot fietsgek.

– Ik denk waarschijnlijk dat ik bij het behangen te veel stijfseldampen heb ingeademd, waardoor de aanmaak van zijn witte bloedlichaampjes begon te stagneren, reconstrueert Van Loenen achteraf zijn ontbreken bij alle belangrijke voorjaarswedstrijden.

Omdat professor Hoegaarde een hoogtestage adviseerde, bracht de stijlvolle renner de tweede week van maart door op het dak van zijn huis, om zelf een nieuwe schoorsteen te metselen. Na vier dagen waren al zijn witte bloedlichaampjes teruggekeerd, maar toen Karel dit goede nieuws aan zijn vrouw wilde vertellen (die in de schots en scheef behangen woonkamer met zwangerschapsproblemen kampte) miste hij in zijn opwinding een sport van de ladder en verstuikte beide enkels, zodat het profpeloton niet alleen in de Omloop van het Waasland, maar ook in Dwars door België en in de E3-prijs Harelbeke, flyer Van Loenen in zijn gelederen moest missen...

Een kuur met ijzerpreparaten, pinguïncellen en koperinjecties hielp Loentje net voor de Driedaagse De Panne weer op de been, maar de enorme hoeveelheden rauwe ossepens (hem door sponsor Lameire onbeperkt ter beschikking gesteld) waren waarschijnlijk verantwoordelijk voor het buikvirus waarmee de dappere klimmer-tijdrijder-sprinter plotseling kreeg te kampen. Het virus hield Van Loenens spijsvertering dermate op dat zijn buikomvang, toen hij een week voor de Waalse Pijl weer op de been mocht, met maar liefst veertien centimeter bleek toegenomen; waardoor onze sympathieke pechvogel prompt door zijn vrijwel genezen enkels zakte. Ergo voor Karel geen Bellegem, geen Ronde van het Leiedal, geen Scheldeprijs Schoten...

Maar Van Loenen is een vechtertje dat ('voor de bovenste helft') gewoon bleef trainen. Om zijn longinhoud te vergroten begon hij dagelijks vijf kilometer op zijn handen te lopen. Achteraf is dokter Fledderus ervan overtuigd dat daar de zware voorhoofdsholteontsteking vandaan kwam die hem uit 'zijn' Nokere weghield, maar Van Loenen zelf wijst op een wortelontsteking aan dezelfde verstandskies die hem in '89 verhinderde te starten in Wanzele.

Het tekent de zeldzame inzet van deze bij de staart van het peloton zo populaire coureur dat hij, met het oog op het naderende Gent-Oostakker, geen enkel risico wilde nemen, zich in Antwerpen meldde bij wielertandarts Geuens en 'het hele zakie liet trekken'. Daardoor miste hij Ruddervoorde en, drie dagen later, door domme autopech op weg erheen ook Hoboken, maar het einde van de lijdensweg lijkt nu definitief in zicht.

Zal Karel van Loenen eindelijk weer eens vlammen, zoals in '86, het jaar van die onvergetelijke zevende plaats in Wezembeek-Oppem?

Alles wijst erop.

Zijn nieuwe aluminium gebit weegt slechts vierentwintig gram en die gewichtswinst zal hem, zeker bergop, geen windeieren leggen. Maar men moet redelijk blijven. Wonderen zijn zeldzaam; ook in de wielersport. Het zou al getuigen van een bovenmenselijke veerkracht, wanneer Loenidor erin zou slagen om in het naseizoen aan de start van Veurne-Middelkerke-Veurne te verschijnen.

– Maar als Nadine voor die dag bevalt van onze eerste kleine, dan blijf ik natuurlijk thuis bij het gezin, ook al steek ik in een bloedvorm, bezweert de aanstaande vader ons met eerlijke, wijdopen ogen.

In zijn blik zien wij een groot sportman, een waardevol mens, een trouwe echtgenoot, een goede vader, een bruikbare knecht en een slecht behanger om de voorrang strijden.

En hij wil zijn woorden kracht bijzetten en met zijn linkervuist op zijn alcoholvrije huisbar bonken en hij slaat ernaast, tuimelt van zijn zelfgetimmerde kruk en breekt zijn rechterpols.

Je ziet het aan de mensen zodra hij ergens binnenstapt: ze verstijven en zetten snel een gezicht op dat tegen een grapje kan. Wij voorop. Hallo! lachen wij hem al bij voorbaat hardop toe en met een gebeitelde grijns rond onze lange tanden wachten wij angstig af welke kwinkslagen hij nu weer zal gaan uitdelen. Waar hij verschijnt moet je er voortdurend op bedacht zijn dat hij je woorden bij de neus neemt, de stoel onder je zinnen vandaan trekt en je bepaalde uitspraken laat herhalen; niet omdat hij je niet verstaan zou hebben, maar om zodoende tijd te winnen waarbinnen hij een uitslieperig antwoord kan verzinnen. Jeukpoeder, windkussens en zich als naakte vrouwtjes ontpoppende suikerklontjes gebruikt hij niet meer, maar hij is nog altijd niet te beroerd om achter je hoofd twee vingers op te steken en wanneer je even de kamer uit bent geweest en weer terugkomt en de televisie aanzet terwijl je mompelt 'even naar het journaal kijken' kun je er donder op zeggen dat hij je eerst vijf minuten tevergeefs aan de knoppen laat modderen om dan het loze snoer onder je neus heen en weer te bengelen en te vragen: zou het niet makkelijker gaan met de stekker in het stopcontact? Die heeft hij er zelf uitgetrokken toen jij weg was om koffie voor hem te maken. Koffie met alles erin, behalve suiker en melk! roept hij je steevast achterna. En wanneer hij je sukses wenst, spreekt hij van sukzeven. Op je verjaardag gaat zijn handdruk vergezeld van een 'hartelijk gecondoleerd kerel!' Zei hij nu maar 'hartelijk gefeliciteerd' wanneer er iemand is overleden, dan waren zijn grappen tenminste nog consequent in hun flauwe smakeloosheid, maar zo zit hij niet in elkaar. Nee, wij twijfelen alsmaar heviger aan de oprechtheid van zijn vrolijke karakter. Hij vergeet ook steeds vaker te lachen, na het plaatsen van een jouwerige jijbak. De Kwinksliep is in zijn geval zo'n automatisme geworden, dat hij ongeacht de maand waarin je iets laat vallen, altijd ogenblikkelijk roept dat je niet moet strooien, omdat het nog geen Sinterklaas is.

Wij waren thuis niet religieus.

Werd mij op het een of andere formulier naar 'godsdienst' gevraagd, dan kon ik slechts 'geen' invullen. Omdat ik dit een beetje kaaltjes vond staan en ik, de schaarse keren dat hierom verzocht werd, als alle kinderen graag zoveel mogelijk op te schrijven en in te vullen wilde hebben, kwam ik met mijn ouders overeen dat wij eigenlijk protestant waren, zodat ik in voorkomende gevallen 'godsdienst: protestants' kon noteren.

Protestants was kennelijk zo goed als niks – een onzijdige geestesgesteldheid die je niet tot kerkbezoek dwong.

Om mij toch enig godsdienstig besef bij te brengen, zonden mijn ouders mij naar een overbuurvrouw die, in een permanent geblindeerde benedenwoning, een vaag bijbelclubje dreef.

Daar luisterde ik, te zamen met een tiental buurtkinderen, een jaar lang elke woensdagmiddag van twee tot drie uur naar eindeloos durende verhalen waarin hel, zonde, offers en verdoemenis de boventoon voerden. Ik heb nooit begrepen welke richting die mevrouw aanhing, maar de liturgie verplichtte haar aanhangers hand in hand op de vloer te zitten. Zij ging gehuld in een oud, perzisch kleed, maar haar gezicht kan ik mij niet meer voor de geest halen, uit verdringing.

Aan het einde van de dienst moesten wij een door onze voorgangster aangestoken, in een zelfgebakken kandelaar gevatte kaars doorgeven die, nadat zij de kring gelovigen was rondgegaan, elke week door een ander kind mocht worden uitgeblazen. Dit deden wij overdreven hard, uit opluchting.

Onze godsdienst geen stond het vieren van Kerstmis niet in de weg, thuis. Ieder jaar hadden wij een boom en werden er platen van Vera Lynn gedraaid. Behalve de piek, de ballen en een ons chocoladekransjes, hingen er een harpje en een zilveren trompetje in onze kerstboom. Toen ik op achtjarige leeftijd wilde proberen of je ook echt op dat trompetje kon blazen, heb ik de hele boom nog eens omgetrokken. Het trompetje deed het, en dit ben ik altijd als een wonder blijven beschouwen – dat ze ergens diep in Tsjechoslowakije waar, zoals u weet, de kerstversiering vandaan komt, de moeite hadden genomen om een heus toetermechaniekje te monteren!

Gelukkig ontstond er geen brand, want wij hadden, als een van de eerste families in Nederland, elektrische kaarsjes. Wanneer onze vader, vloekend, het na de vorige kerstmis keurig in de doos weggeborgen, maar desondanks telken jare weer totaal in de war te voorschijn geviste elektrisch verbindingssnoer had ontrafeld, verdeelde hij de zestien kaarsjes zo eerlijk mogelijk over de boom, riep ons aan de voet ervan bijeen en stak de stekker in het stopcontact. Wanneer de verlichting weigerde, wat elk jaar het geval was, werden alle lampjes een voor een gewisseld tegen een reserve-peertje, tot het defecte exemplaar was gelokaliseerd. Gedurende de kerstdagen en tot diep in de eerste week van het nieuwe jaar, startte en doofde vader de versiering door een van de bovenste, voor ons kinderen zonder stoel niet te bereiken lampjes vast en weer los te draaien. Deze kerstboomverlichting had als voordeel dat de kaarsjes ook scheefgezakt, horizontaal of ondersteboven hangend konden blijven doorbranden, maar ik was het met mijn moeder eens dat die elektrische gezelligheid het niet haalde bij de warme gloed van echte kaarsen.

Dat ik, ondanks de behaaglijke herinnering aan die kerstdagen thuis, nog altijd heel even huiver bij het zien van enige kaars, komt door een traumatische ervaring op de middelbare school.

Ik bezocht een school waar buitengewoon veel aan zogeheten 'buitenschoolse activiteiten' werd gedaan; ieder kwartaal werd besloten met een bijeenkomst van de circa vijfhonderd leerlingen en veertig docenten, in de Aula. Hier werd, na een paas-, pinkster- of kersttoespraak van de rector, een paas-, pinkster- of kersttoneelstuk opgevoerd. Ik was dertien en zat in de tweede klas toen ik mijn toneeldebuut maakte met HOUDT DE VLAM BRANDENDE – een drama waarin ik, als leider van een groep Eerste Christenen ten tijde van de Romeinen, de hoofdrol speelde. Wij waren onderdrukt en voortdurend op de vlucht, wat, op een toneel van vijf meter diepte en negen meter breedte en met twintig jongens in de groei, geen geringe opgave was. De tocht ging richting Bethlehem en wij waren in het eerste bedrijf net buiten Rome geraakt, toen we op de Via Appia zouden zijn gekruisigd door een langsdreunend garnizoen Romeinen, indien ik onze ontdekking niet had weten te voorkomen door met mijn Christenen bliksemsnel weg te duiken achter een de maanden tevoren tijdens de lessen Handenarbeid uit triplex vervaardigd bosschage. Zo stond het in het stuk. Helaas ging bij deze manoeuvre de Kaars uit die de geheime christelijke boodschap symboliseerde en die, in een gouden kandelaar, onafgebroken brandend naar het o zo verre Oosten gedragen moest worden. (Voor het opvoeren van HOUDT DE VLAM BRANDENDE had onze rector een speciale ontheffing vuur op toneel gevraagd, bij de Haagse brandweer.)

Onze nieuwe leraar Nederlands die, als regisseur, het stuk hardop in de coulissen meelas, was vergeten een doos lucifers bij zich te steken en uit het opgewonden geroep en gehol in het zijdoek begrepen wij dat er koortsachtig naar vuur werd gezocht. Wij probeerden intussen, elkaar in paniek en schaamte verdringend, met ons twintigen achter de twee houten struikjes beschutting te vinden tegen de lacherige blikken uit de zaal. Echt gevaar viel er na een paar minuten al niet meer te duchten – de Romeinen, volkomen van hun stuk gebracht door de gedoofde kaars (bij welks schijnsel zij ons hadden moeten waarnemen) waren allang van het toneel verdwenen. Sommigen stonden zelfs, verkleed en wel, na vijf minuten alweer klaar als de Egyptenaren die zij in het negende bedrijf moesten spelen en wij zagen hoe zij, op ons wijzend, elkaar proestend in de rokjes porden.

Twee van onze Christenen begonnen uit zenuwen en ellende te huilen. Na een kwartier liet een Griekse slavin uit het vijfde bedrijf zich tegenspartelend het toneel op duwen om achter de struiken onze kaars opnieuw aan te steken. Wij verrezen en schuifelend, een hand om de vlam gevouwen, verliet ik met mijn getrouwen het toneel, waarna het doek viel.

In de zaal ontlaadde zich de opwinding in massaal

gemompel, doorschoten met het hysterische lachen van moeders. Ik had het geluk dat mijn ouders die avond waren verhinderd, vanwege 'iets met oma'.

Het tweede bedrijf speelde zich af in een balkancafeetje. Met één tafel en vier stoelen was de armoe van de landstreek hier raak getroffen. Toen ik na onze binnenkomst in een vloeiende beweging de kaars op de tafel zette en ging zitten, gleed ik van de manke stoel. De kaars viel om en rolde van de tafel op mijn mantel, waar zij doofde.

Maar nu had ik vuur bij me! Beheerst kwam ik weer overeind, pakte de stoel, ging in evenwicht op zijn drieënhalve poot zitten en deed, koelbloedig mijn tekst vervolgend, onze kaars opnieuw branden met de van de leraar Nederlands meegekregen aansteker.

Zij bleef vlammen tot in Rusland, waar wij per abuis terecht waren gekomen omdat de kaars, volgens het stuk, te weinig licht gaf onderweg en waar zij, in het vierde bedrijf, driemaal werd uitgeblazen door een vanuit het zijdoek opgewekte Steppestorm. Hoewel ik gaandeweg een behendige, door veel afschermende, wijde mantelgebaren prachtig binnen mijn rol van samenzwerende christenleider passende motoriek in het weer aansteken van de kaars ontwikkelde, hadden ik en mijn mannen vooral in India de grootste moeite om haar te beschermen tegen het gewapper en gefladder van de als Dolle Derwisjen rondrazende meisjes uit 2b. In het gedrang op de Turkse Markt (het achtste bedrijf), moest mijn aansteker er zelfs vijfmaal aan te pas komen om de goede boodschap brandende te houden! De zaal leefde enorm met het gebodene mee. Wanneer na een land het doek viel, scandeerden de vierde- en vijfdeklassers: HOUDT DE VLAM BRANDENDE, HOUDT DE VLAM BRAN-DEN-DE! en hoewel wij door een foutief changement tussen het elfde en twaalfde bedrijf nòg een keer in dat balkan-cafeetje moesten zitten beraadslagen, marcheerden wij tegen twaalven met een nauwelijks geslonken maar dapper brandende kaars Bethlehem binnen. Er barstte een bevrijd, ovationeel applaus los en er was limonade en veel gegil in de kleedkamer, waar ik voor de rest van het schooljaar verliefd werd op de Indiase buikdanseres die de stofzuigerslang van thuis bij wijze van python om haar hals hield gekronkeld.

In een roes van eerste roem fietste ik door de nacht naar huis. Halverwege werd ik aangehouden door een agent, omdat mijn achterlicht niet brandde.

– Waar kom jij vandaan? vroeg de agent.

– Uit Bethlehem, antwoordde ik, van de spanning.

– Zozo, zei de agent. En hij besloot, links van mij rijdend, met mij mee naar huis te fietsen. Ik lag toch op zijn route.

We hebben nog heel gezellig gepraat onderweg. Hij had zelf ook eens een keer in een toneelstuk moeten spelen, dat wist hij nog goed. Maar dat was eens maar nooit meer. Wat wilde ik later worden?

– Agent, antwoordde ik uit veiligheidsoverwegingen, terwijl ik dacht: toneelspeler.

Er was een nieuwe jongen op school gekomen bij wie thuis een drumstel stond, van zijn broer, die liever als soldaat naar Koninklijk Nederlands-Indië was gegaan.

Ook hadden ze een piano in dat huis en zelf had die jongen een trompet. Bob heette hij, ook dat nog. Een jongen die een trompet had – daar hadden wij nog nooit van gehoord. En omdat wij zelf een gitaar hadden en een van een theekist, een bezemsteel en een plastic waslijn gemaakte contrabas, vormden wij nu een quintet, dat elke woensdagmiddag bij Bob thuis zou repeteren en later geld zou gaan verdienen met optredens op feesten van andere middelbare scholen. Voor het spelen op onze eigen school zouden wij geen geld vragen, hadden wij na stemming besloten.

Wie dit het beste kon, mocht drummen, was de afspraak. Ik viel af en kreeg de theekistbas toegewezen.

We zouden een Dixieland-orkest vormen, want Bob kon de St. James Infirmary spelen, op zijn trompet.

Het probleem was alleen, dat hij niet durfde te beginnen als wij erbij waren, omdat hij bang was dat wij hem uit zouden lachen.

– Echt beloven dat jullie niet gaan lachen als ik speel hoor, zei hij telkens.

– Jahaaa, zeiden wij. Speel nou maar! Wij zullen echt niet lachen.

Dan blies hij twee maten – lalalala lalala la la laa: hij kon echt trompet spelen – maar dan liet hij hem weer zakken, blozend, omdat hij dacht dat wij lachten, wat op het laatst ook wel zo was, van de zenuwen, want we zouden over een maand al op ons schoolfeest spelen en we hadden nog steeds geen ander nummer dan de St. James Infirmary.

– Jemig, Bob nou toch! riepen wij wanhopig; we lachen niet, echt niet!

Maar hij vertrouwde ons niet en hij wou niet langer met ons samen spelen. We hebben nog een tussenoplossing geprobeerd (piano, gitaar, drums en theekistbas in de huiskamer en Bob alleen met zijn trompet op de gang), maar dan kwam hij toch na de eerste vier maten weer binnen om te controleren of wij echt niet lachten. En toen de drummer, na de zoveelste afgebroken take, van irritatie dwars door het vel van de trommel van Bob zijn broer sloeg, moesten we van Bobs moeder ons quintet opheffen, hoewel we nog niet eens een naam hadden!

Wat was dat toch? Bob speelde het beste van ons allemaal (de pianist en de gitarist kenden samen vijf akkoorden en dat waren nog niet eens dezelfde; de drummer was veel te hard, riep voortdurend break! en wou alleen maar solo's spelen en zelf stond ik op goed geluk maar wat aan die theekistbas te plukken), maar hij kon niet door zijn schaamte heen breken. Hetzelfde gevoel van gêne dat je had bij een toneelrepetitie.

We waren blank en veertien en we wilden negermuziek maken, maar we moesten om zes uur thuis zijn, dus konden we, door dat gedonder met Bob, hooguit een uur of twee de blues hebben. Onze vrolijkheid was vals en het verdriet niet echt en daarom weet ik nog steeds niet hoe hard ik moet hollen om hem af te zetten, als ik op de radio een dixieland-plaatje hoor.

– We moeten veel meer naar muziek van andere orkesten luisteren, zei Bob toen we de volgende woensdagmiddag weer even zo vrolijk met ons ontbonden quintet bij elkaar kwamen; we moeten eerst veel meer luisteren, anders kunnen we nooit een eigen stijl ontwikkelen. Moet je horen wat ik hier heb. Van mijn oom. En hij zette een plaat op.

Het stortregende buiten. Alles had de kleur van zink. Binnen rook het naar vier natte jongens. Toen klonk Basin Street Blues, van Louis Armstrong. We wisten niet wat we hoorden. Nog eens en nog een keer en nog zes keer. Dat was het, voelden we. Swingen! Beyond New Orleans, mijlen verder dan Dixieland. Het was een 78-toerenplaat en hij duurde vier minuten, dus halverwege moest je hem omdraaien en dan begon kant twee in een ander tempo, met een drumsolo.

Ik vroeg twee weken zakgeld vooruit want ik moest hem hebben en toen nog een keer een voorschot van drie weken, want om zo min mogelijk maten te missen, draaide ik, in het ritme blijvend, de schellakschijf zo snel om dat hij tot twee keer toe brak. Er waren middagen dat ik Basin Street Blues veertig keer achter elkaar draaide voor de betovering was verbroken. Wat een wonderlijk nummer.

Bij het doorploegen van mijn stapel oude platen, stuitte mijn zoon onlangs op 'The Best of Louis Armstrong', een slordige Duitse dubbelelpee. Tien jaar geleden voor het laatst gedraaid, denk ik. De Sprookjes van Andersen heb ik ook nooit meer herlezen; zo voelt het ongeveer, met Louis Armstrong. Moet je luisteren, zei ik. En ik draaide Basin Street Blues. Draai nog eens? vroeg hij peinzend, na de eerste keer. Vanmiddag ging hij weer direct uit school naar zijn kamer, en ik ben de tel kwijt: Basin Street Blues, al minstens een uur.

Het is jammer dat ik hem niet meer bezit op Achtenzeventig en dat dit toerental niet langer op platenspelers zit, want dan zou hij, behalve wat wij lekker in de muziek vonden, ook begrijpen wat snelheid voor ons betekende.

Vroeger hielden wij hem voor beschaafd en bescheiden, maar intussen weten wij beter; hij is bang. Bang tot in zijn vezels, voor alles, de hele dag lang. Sommige van die fobieën heeft hij van thuis meegekregen (loop, strak de andere kant op kijkend, met een grote boog om zelfs de kleinste honden heen; trek bij naderend onweer ogenblikkelijk alle stekkers uit het stopcontact en ga met het hele gezin onder tafel zitten), andere angsten heeft hij van zichzelf.

Zo moet hij altijd net naar het toilet wanneer het in cafés of restaurants op afrekenen aankomt. Hij is allerminst te krenterig om zijn portemonnaie te trekken, integendeel: bang als hij is voor gedoe, opzichtig gereken en luidruchtig over en weer geschuif met geld, zou hij het liefst voor allen te zamen betalen, maar omdat hij te bedeesd is om de ober te roepen zegt hij tegen het gezelschap dat hij nodig zijn handen moet wassen en of zij intussen om de rekening willen vragen.

Vroeger, toen hij nog met de fiets was, reed hij na het passeren van een groen stoplicht meer dan eens een stukje terug om te controleren of het intussen niet van kleur was veranderd, maar tegenwoordig, in de auto, heeft hij zijn stoplichten eerlijk gezegd het liefste rood. Wanneer het bij zijn naderen nog groen is verlaagt hij, wanneer de verkeerssituatie dit toelaat, met kloppend hart zijn snelheid dusdanig dat het veilig op rood springt voor hij het kruispunt bereikt heeft. Ziezo. Dat is toch maar het veiligste. Nu heeft hij tenminste niet het bange gevoel dat de boel, wanneer hij zou zijn doorgereden, achter zijn rug op oranje was gesprongen.

Zijn grootste angst geldt intussen zijn gezin. Niet eens dat hun iets overkomt, maar veeleer dat zij op een goede dag ontdekken wat een denderende schijtebroek hun man en vader wel niet is. Vermoedt zijn vrouw al iets? Bevreemdt het haar nu nog niet dat hij 's middags altijd griep krijgt wanneer ze 's avonds naar een ouderavond zullen, zodat zij alleen moet gaan? Hij is bang voor de meester, nog steeds.

Toen hij zondag met zijn zoon naar het voetballen ging, zich gewoontegetrouw ver van het gewemel van de kassa's hield en de jongen het geld gaf om twee kaartjes te kopen, keek deze hem voor het eerst aan met een vermoeden van twijfel, en vroeg spottend of hij soms bang was om bij al die matnekken in de rij te gaan staan. Ik? probeerde de vader smalend; ik bang? Maar hij voelde hoe zijn hoofd op rood sprong.

Toen zij besteld hadden en de ober de enorme menukaarten als lakens van een kinderbedje dichtvouwde en weer meenam, kroop zij met haar linkerhand in de rechtermouw van zijn jasje en vroeg, te hard: 'Vraag jij de pianist straks even of hij onze song wil spelen?'

Hij schrok. Onze song? Hadden zij die dan? Een lied dat onverbrekelijk met hun relatie was verbonden? Op de wijs waarvan zij elkaar voor het eerst hun liefde hadden bekend? Melodietje van toen daar dat terrasje aan ergens een zee? Hij had geen idee.

'Goed,' glimlachte hij; 'doen we.'

Hij wachtte eerbiedig tot de pianist was uitgespeeld, boog zich toen schroomvallig over de witte vleugel en vroeg: 'Doet u ook verzoeknummers?'

'Graag meneer,' glimlachte de muzikant; 'wat mag het wezen?'

'Geeft niet,' zei hij; 'speel maar wat.'

In 1962, toen we nog maar arme studentjes waren, werkten wij voor een honorarium van vijftig gulden all-in nog eens mee aan een onderzoek van de Criminoloog Doctor Wouter Buikhuisen!

Het zat zo. In Den Haag, waar wij toen woonden, was het elke Oudejaarsavond opnieuw in bepaalde buurten een enorme heisa: vechtpartijen werden uitgelokt, brandjes gesticht en auto's omgekeerd. Doctor Buikhuisen nu, wilde onderzoeken of hier wetenschappelijk iets aan te doen zou zijn. Gedragswetenschappelijk, als dat toen tenminste al zo heette.

Hij verzocht hiertoe de medewerking van een twintigtal jongemannen; studenten en hun kennissen. In een Leids collegezaaltje legde de heer Buikhuisen ons uit wat de bedoeling was: wij dienden, in koppels van twee, van half elf tot half twee heen en weer te lopen over de Haagse Goeverneurlaan, één van de meest relgenegen oudejaarsavondstraten. Onder het lopen moesten wij onafgebroken en hardop teksten zeggen, die opgewonden jongens en meisjes de lust tot het schoppen van keet zouden benemen. Relpreventie door beïnvloeding, daar ging het om.

Doctor Buikhuisen hanteerde een aanwijsstok die een verlicht pijltje projecteerde op een minutieuze plattegrond van de gevaarlijke Goeverneurlaan: daar en daar en hier waren de portieken vanwaaruit wij in relpreventerende koppels onze apathiserende wandelbabbels moesten beginnen. En dan maar rondjes lopen, drie uur lang.

'Hebben jullie parkajassen?' vroeg Doctor Buikhuisen, 'en spijkerbroeken met een geruite omslag in de pijpen? Want jullie moeten eruitzien alsof jullie in de buurt wonen.'

Koortsachtig wisselden wij garderobes uit. En wàt moesten wij dan hardop zeggen, tijdens de jaarwisseling?

'Dat heb ik op stencil gezet,' antwoordde de professor in spe. En hij deelde vellen rond.

VERTROUWELIJK!
Het doel van de hardop gevoerde gesprekken is tweeledig:

1. Het ondermijnen van de verwachting dat er iets gaat gebeuren.
2. Het bevorderen van de tendens naar huis te gaan of het heil elders te zoeken.

Teneinde dit te kunnen bereiken, zullen de volgende punten steeds weer in de gevoerde conversatie moeten terugkeren:
Ik blijf niet langer.
Laten we nou maar naar huis gaan.
Waarom zouden we nog langer blijven.
Iedereen schijnt naar huis te gaan.
De meesten zijn trouwens al weg.
Ik begin er ook genoeg van te krijgen.
Ik ga naar huis, daar is het lekker warm.
Het is mij te koud hier.
Er gebeurt toch niks.
Nee, het zit er niet meer in.
Als er wat had moeten gebeuren had het al lang geweest moeten zijn.
Er zijn nu veel te weinig mensen.

Zo net ging het nog, maar nu gaat iedereen al naar huis.
De mensen komen niet eens meer.
Nee vroeger was dat anders.
Toen kon je nog eens gein hebben.
Maar toen waren er ook veel meer.
Ze bleven ook langer.
Maar nou gaat iedereen al meteen naar huis.
Er is niks meer te beleven.
Er gebeurt de laatste jaren nooit meer wat.
Verleden jaar was het ook al niks.
Nee mij hebben ze hier voor het laatst gezien.
Ik heb er meer dan genoeg van.
Het is hier alleen maar kou lijden geblazen.
Het is de laatste keer dat ik me heb laten overhalen.
Als je die verhalen achteraf hoort is er altijd een heleboel gebeurd.
Nou verleden jaar was ik er toevallig nog eens een keertje zelf bij.
Nou toen is er toch ook niks gebeurd.
Zeg nou zelf.

Wij spoorden van Leiden terug naar Den Haag en begonnen enthousiast de relpreventerende dialogen in ons hoofd te pompen:

'Waar zijn de anderen eigenlijk?'
'Nou ik kwam Jan net nog tegen. Hij zei dat ie naar huis ging.'
'En Willem? Die zou toch ook komen?'
'Willem had er geen zin meer in. Er gebeurde toch niks meer, zei hij.'
'Het is alleen maar kou lijden geblazen.'

'Je komt toch voor niks.'

'Er gebeurt toch niks.'

'Je kan hier wachten tot je een ons weegt.'

'Nee, ik zie er niets meer in.'

'Zou er nog wat gebeuren?'

'Nee, daar geloof ik niets meer van.'

'Het is nou te riskant.'

'Er zijn veel te weinig mensen.'

'Als je nou wat doet hebben ze je zo in de gaten.'

'Nee, wat zou je nou nog kunnen doen met die paar mensen.'

'Ik stap maar eens naar huis.'

'Het zit er dit jaar niet meer in.'

'Volgend jaar zien ze me trouwens hier niet meer.'

'Ik heb er nou meer dan genoeg van.'

'Ga je mee naar huis.'

Dat werd nog blokken. We hadden nog maar een week. Behalve de voorgeschreven dialogen suggereerde de heer Buikhuisen nog wat andere mogelijkheden:

Ik ga naar de TV kijken, er komt een goeie show.
Wim Kan schijnt nog voor de TV te komen.
Ik ga naar huis, zien dat ik nog wat te eten krijg.
Ik ga naar de binnenstad.
Ik ga naar Rijswijk, misschien dat daar nog wat te beleven valt.
Hier is het in ieder geval niets.

Op oudejaarsavond verzamelden wij om 22.00 uur onder het viaduct aan het einde van de Fruitweg, op de rand van Spoorwijk. Traditiegetrouw stond het wegdek onder water (alle regenbuien van heel Den

Haag stroomden naar dit viaduct) maar de heer Buikhuisen droeg groene lieslaarzen en een militair camouflage-regenjak. Ook staat ons iets van een vechtpet bij, maar dat is waarschijnlijk een gekleurde herinnering. Wij sopten in onze suède halfhoge Clarks. De jonge wetenschapsman was op alles voorbereid. Uit zijn canvas legertas staken de koppen van een ploeg lichtpijlen die hij om kwart voor twee 1963 zou afvuren van voor het Rembrandttheater, ten teken dat we moesten verzamelen. Te 22.20 kozen wij positie in de ons toegewezen uitgangsportieken. Dit was het honk dat bij elke ronde moest worden aangedaan. Op de portieken van de Goeverneurlaan kwamen gemiddeld zes kinderrijke woningen uit en wij moesten nogal eens ruim baan maken voor mannen met armen vol bier en vuurwerk. Van nummer 128 kregen wij nog een pilsje aangeboden, want in het onthouden van huisnummers zijn wij altijd sterk geweest. Om elf uur begon het knallen en zetten wij ons luid pratend in beweging:

'Denk jij dat het nog wat wordt?'

'Nou ik denk van niet.'

'Zullen we maar naar huis gaan.'

'Ach welja, laten we maar naar huis gaan.'

Buikhuisen had een waterdicht net van roulerende 'stillen' uitgezet, want regelmatig passeerden wij, twee aan twee, identiek geklede koppels uit ons onderzoekleger.

De stuiptrekkingen van het oude jaar golfden nu op hun hevigst: polonaises slingerden zich van portiek tot portiek, er ontstonden spontane kerstboombranden, steeds meer dronken vaders begonnen hun rotjes voor sigaretten aan te zien en toen de kerkklok van de De Genestetlaan, flauw hoorbaar boven het tumult, twaalf uur sloeg, ploften van driehoog de eerste matrassen in de vreugdevuren op de rijweg.

Na twaalven liep het volkomen uit de hand, op de Goeverneurlaan.

Hoe nadrukkelijk wij ook onze bezwerende dialogen voerden – de opwinding en vreugde om het nieuwe jaar 1963 ontaardden in een voortdurend ruwer wordend gestomp, geduw, gegil, geknijp, gesmijt, gedeuk en gebreek.

Men had ons bovendien reeds enkele malen herkend. Straatjongens (Doctor Buikhuisen zou hen later 'Provo's' noemen) hadden al een paar maal geroepen 'Nou wat ouwehoer je dan?! Als je dan zo graag naar huis wil, gá dan naar huis!' Bij elke volgende ronde begon men opzettelijker tegen ons op te botsen. Wij zagen hoe aan de overzijde van de Goeverneurlaan een ander onderzoekskoppel met de hoofden voorover in twee vuilnisbakken werd geduwd. Tegen enen moesten wij een goed heenkomen zoeken. Vanuit een zijstraat hielden wij de hemel boven het Rembrandttheater in de gaten, speurend naar rode waarschuwingspijlen van Buikhuisen...

'Op hersens groeit geen haar' was toentertijd een volkswijsheid die ongetwijfeld opging voor onze vroegkale leeftijdsgenoot. Dat van die rode pijlen was desondanks ontzettend stom geweest van Buikhuisen, constateerden wij, toen in het uitspansel boven de Goeverneurlaan om half twee het grootste vuurwerk knetterde dat Den Haag in jaren had meegemaakt; elke rode pijl kon van Buikhuisen zijn!

'Laten we naar huis gaan,' zeiden we tegen elkaar.

Sinds 31 december 1962 hebben wij nooit meer contact gehad met Doctor Buikhuisen. Wel veel van gehoord. Toen we 1 januari 1963 enkele vrienden uit de andere koppels naar hun belevenissen vroegen, kregen we te horen – hoewel zij het ook maar van horen zeggen hadden, maar het kon best, want het was de rumoerigste, schadelijkste jaarwisseling sinds eeuwen geweest – dat Buikhuisen, pal voor het Rembrandttheater, met jeep en al op zijn kop was gezet door een twintigtal jongens van de Goeverneurlaan.

Mijn ouders hebben hem gelopen: ieder ten minste zeven keer. Kan ook negen keer geweest zijn, maar heb geen zin om dat uit te zoeken, want ik haat hem, die Vierdaagse. Niets wil ik ervan weten! Ook geen beelden, wil ik ervan zien. Als het journaal ze aankondigt, vlucht ik naar een ander net en in een met opzet onachtzame vogelvlucht scheer ik zonder ze nader te bekijken over de foto's in de krant, die immers ieder jaar hetzelfde zijn: peloton Israëlische soldaten neemt gul twee blonde Hollandse meisjes in zijn midden op; drie dapper glimlachende blaarkoppen steken twee vrijwilligers hun voeten toe om zich te laten doorprikken en oudste deelnemer bezwijkt bij binnenlopen Nijmegen bijkans onder bloemenhulde. En niets zo fnuikend voor de pracht van een vrouwenbeen als de stevige wandelschoen.

O voor nog geen duizend gulden startgeld per dag zou ik aan de Vierdaagse willen deelnemen, afgezien van de vraag of ik hem zou kunnen uitlopen. Ongetwijfeld kan ik dat, denk ik minachtend: de ontberingen lijken mij niet te vergelijken met het afzien waar de deelnemers aan de Elfstedentocht, de Marathon en de Bia-, Tria- en Megathlon voor tekenen.

Mijn bezwaar tegen het georganiseerde wandelen is dus in de eerste plaats van heroïsch-sportieve aard. Zo'n mars heeft niets te maken met sport zoals ik die, in de rol van toeschouwer of beoefenaar, wil ondergaan: adembenemend, uitputtend en grensverleggend. Atleten die gebukt gaan onder een met zes nullen geschreven zuurstofschuld. Huiveringwekkend en lachwekkend van nutteloosheid. Als sport maar nooit gezellig wordt! Naar het theater ga ik toch ook niet voor de gezelligheid? Maar mijn weerzin heeft nog een diepere grond.

Mijn ouders waren wandelaars. Mijn moeder liep als een kievit en mijn vader, struikelend en zwikkend, als een pinguïn, maar zijn liefde overwon, zodat zij na tien jaar huwelijk konden bogen op een lade vol medailles. Het was de middelste lade, van het dressoir op hun slaapkamer. Daar lagen niet alleen alle Vierdaagse-trofeeën, maar ook tientallen andere wandelonderscheidingen, uitgevoerd in koper, in brons en in blik en bevestigd aan halslinten, aan draagspelden of aan in drie kleuren uitgevoerde linnenweefseltjes ter grootte van Oostenrijkse postzegels.

De Duinen- en de Plassenmars, de Eiber- en de Piet van der Brul-loop: ik zie al die medailles nog voor me, hoewel ik er niet eentje meer bezit. En mijn moeder evenmin.

Van alle wonderen waar wij in Nederland na de oorlog mee kennis maakten, was kauwgom wel het meest begerenswaardige. Maar te koop was het nog nergens, in 1950.

Het werd in kleine postpakketjes Nederland binnengesmokkeld door Amerikaanse ooms en op school verhandeld door hun neefjes – op een andere manier viel er nog niet aan te komen. Ik was meteen verslaafd. Niet alleen smaakmatig en lichamelijk, maar bovenal geestelijk, omdat ik mijn identiteit eraan ontleende. Voor de komst van de kauwgom wist ik mij absoluut geen houding te geven, maar toen ik het eerste reepje rillend van opwinding in mijn mond stak, nam de nonchalance bezit van me, verdwenen mijn handen als vanzelf in hun broekzakken en voelde ik mij op slag drie jaar ouder.

Ik droomde van niets anders meer. 's Nachts plakte ik de bij elkaar gekauwde bonk op de stang aan het hoofdeinde van mijn spiraalbed en na het wakker worden smoorde ik mijn eerste gapen door hem terug in mijn bakkes te steken en met malen te beginnen.

Hij groeide gestadig; van knikker, via pingpong- tot tennisbal.

Hoe kon dat? Ik kreeg toch nog geen zakgeld? Hoe kwam ik dan aan al die kauwgom?

Door alle medailles van mijn ouders te verpatsen, geachte wandelvrienden! Door 's ochtends na het ontbijt stiekem de dressoirlade open te trekken, in het geniep drie of vier onderscheidingen bij mij te steken en deze in de kleine pauze te verruilen tegen kauwgom! (Wrigley, Everest, Maple Leaf en DoubleMint.)

De dressoirlade herschikte ik sidderend tot een quasi ongeschonden tableau; ongeveer zoals men de bovenste laag opnieuw schuffelt om de gastvrouw, die even koffie was gaan zetten, niet te laten merken dat u aan de doos bonbons hebt gezeten, die u nota bene zelf had meegebracht!

De volgende morgen na het ontbijt frommelde ik er weer drie in de zakken van mijn drollenvanger. En ik werd brutaler. Na een week begon ik openlijk reclame voor mijn handeltje te maken door ze op te spelden. Als de sandwichman voor mijn eigen bedrog wandelde ik over het schoolplein.

En zo, de door mijn moeder bij het licht van de eerste gloeilamp gebreide wintertrui bespeld met gestolen medailles, werd ik op een donderdagmiddag wegens onophoudelijk hinderlijk kauwen ons klamme angstlokaal uitgestuurd en moest ik mij melden bij de bovenmeester Meester Vos, die de vijfde klas had, waarin een meisje zat dat Hetty heette, op wie ik hopeloos verliefd was. Al bij binnenkomst zag ik haar zitten, in de eerste, middelste bank van de drie rijen en Meester Vos zette mij voor het bord en prikte met een vinger als een pistool op mijn borst en hij zei: 'Zozo! Dus jij hebt al viermaal de Vierdaagse gelopen! Weet jij wel dat dat hele flinke mensen zijn, de mensen die de Vierdaagse lopen? Dat die nooit gummi kauwen?'

'Ja meester,' hapte ik naar adem. Vier zal ze niet geloven, dacht ik, maar misschien denkt ze dat ik hem een keer heb gelopen; één keertje maar, dan maar, alsjeblieft, Hetty?

Het moest een zondag in Mei zijn en het gezin moest er vroeg voor opstaan. Eerst de kinderen. Die schoven hun gordijn open, zagen dat het mooi weer was en controleerden in hun pyjamaatjes de temperatuur, op het balkon. Dan gingen zij hun ouders wakker schudden, roepende dat het zeven uur was en al hartstikke warm.

Vader en moeder wilden eerst nog even blijven liggen, maar beloofd was beloofd, dus een half uur later werd er ontbeten. De kinderen waren te opgewonden om te gaan zitten en aten hun boterham terwijl zij elkander rond de tafel achternazaten. Er ging een thermosfles koffie mee en de regenjassen voor de zekerheid en een plaid om op te zitten, ergens in de berm, als het tenminste zonnig zou blijven.

Half negen was het nu. Ze waren lekker vroeg, maar toch bijlange na de eersten niet; op de Wassenaarseweg telden ze wel twintig auto's. Die gingen allemaal richting Sassenheim, Lisse en Hillegom: naar de Bollen!

Wie het eerste een bollenveld ziet, jongens! riep vader. Maar de kinderen waren veel meer gespitst op de Slingers. En daar stonden ze! Dorpse jongens en meisjes, naast tafeltjes vol bloemenkransen. Slingers hier twee gulden! stond er gekalkt op borden waar kleine bollenkwekerskinderen naast stonden, nog slaperig. Ze hadden er een stuk of tien om en hielden er bovendien nog twee of drie gespreid in hun armen, zoals moeder de streng wijd hield zodat oma die tot een knot wol kon opwinden.

Ze reden stapvoets, om de slingers goed te kunnen keuren. Deze zijn nog veel te duur, vond vader. In Noordwijkerhout, daar wist hij goedkopere. Hier alle Slingers een rijksdaalder, stond er in Noordwijkerhout op de borden.

Nu kwamen hun de eerste auto's tegemoet die al een slinger hadden. Sommige vaders hadden hem in een V op de motorkap bevestigd (Volkswagens), andere automobilisten hadden hun trofee horizontaal voorop hun grille gehangen. Ze reden weer terug naar Lisse. Aan de rand van het dorp, zei vader; daar hebben ze de voordeligste slingers. Hier alle Slingers drie gulden! lazen ze even later.

Laten we die dan maar nemen, zei moeder; anders blijven we maar rondrijden. En anders zijn ze op! riepen de kinderen bang. Dus stopte vader en mochten de kinderen er eentje uitzoeken, bij een jongetje dat veel jonger was dan zij. Met twee touwtjes bond vader de slinger voorop de neus van de Vauxhall. Zo konden ze hem zelf niet zien, maar alle kale auto's die hun tegemoet reden en die nog moesten, zagen zodoende des te beter dat zij al naar de Bollen waren geweest!

Het was pas elf uur toen ze hun straat weer inreden, waar al wat kinderen buiten speelden, die helemaal niet verbaasd keken, toen ze hun versierde auto zagen. Jaloers, dachten de kinderen. Omdat hun vader geen auto heeft en zij lekker niet naar de bollenvelden kunnen. Maar toen ze koninklijk uitstapten en hem eraf wilden halen (ze hadden in de auto afgesproken hoe lang ze de slinger ieder om beurten om hun hals mochten dragen, de hele verdere dag), toen zat hij er niet meer op.

Om zonder ongelukken auto te rijden, voetbalwedstrijden van mijn zoon en tennispartijen van mijn dochter te volgen, bioscoopfilms, toneelvoorstellingen en televisieprogramma's scherp te zien en concerten in stereo te kunnen beluisteren, heb ik een bril nodig. Til ik tegenwoordig de krant tussen mijzelf en het beeld, aangezien het vertoonde mij even niet interesseert, dan moet ik deze bijziende bril afzetten. De tijd die de oogballenjongens dan nodig hebben om hun spieren tot de nu gewenste scherpte te laten verslappen, neemt de laatste maanden toe met zo'n vijf seconden per dag. In deze niet onbehaaglijke wolk van vaagte wacht ik tot mijn gezichtsvermogen zich bij mijn nieuwe wensen heeft willen aanpassen, opdat ik ook de in het kleinste letterkorps gezette mededelingen zonder bril kan lezen: 'Onze meisjes ontvangen u geheel naakt', staat er. Vader heeft bij toeval de krantepagina met de sexclub-advertenties opgeslagen, maar hij kijkt erbij als las hij het hoofdredactionele commentaar.

Dat gaat dus onstuitbaar richting leesbril, waar ik niet tegenop zie, want wie weet ga ik dan eindelijk eens wat beters lezen. Je wordt namelijk, maak ik mijzelf nu alvast lekker, veel selectiever met een leesbril. De meeste kranten en het gros van de weekbladen zijn als leesvoer beneden de stand van de duurdere leesbril. Ik hoop tenminste dat mijn leesbril hier zijn neus voor op zal halen; althans de eerste maanden, zolang hij nog nieuw is. Een leesbril vraagt om goede boeken, fijne brieven en fraaie etiketten. Dan klikte vader zijn prachtige oude koker open, haalde zijn leesbril eruit, poetste de glazen met een speciaal doekje, een heel ritueel was dat en dan plaatste hij zijn bril bedachtzaam op de punt van zijn paarse neus en dan ging de televisie uit, al was het de lottoshow, Lendl-McEnroe of een film met Marilyn Monroe, niks mee te maken, en fluisterend en op kousevoeten moesten wij dan door het huis lopen want owee als je vader stoorde, achter zijn leesbril! De allermoeilijkste boeken las hij daarmee. En tot ver in de negentig.

Maar zover zijn we nog niet. Voorlopig red ik mij nog met een bril die, bij de laatste controle in 1984, links min twee en rechts min tweeëneenhalf moest wezen. Zo heb ik er nu zeven, allemaal met precies dezelfde glazen, want privé draag ik zogenaamd geen bril, dus gebruik ik de brillen waar ik mee op de televisie kom. Meestal zijn er vier of vijf van de zeven zoek. Soms zes. Een enkele keer zijn ze alle zeven onvindbaar. Dan gaan wij naar bed, daar lees ik nog wat zonder bril en wanneer ze de volgende morgen nog niet te voorschijn hebben willen komen, ga ik naar de kast met de kleren van de door ons gespeelde heren en zoek er al hun zakken na op mijn brillen.

Doorgaans vind ik er drie. Twee steek ik er bij me, de derde zet ik in mijn auto op mijn neus en zo ga ik mijns weegs. Bij het uitstappen zet ik mijn bril af, wrijf ijdel de rode moeten uit mijn neusbrug, doe ergens in de buurt datgene waar ik voor gekomen was, stap weer in en ben mijn bril kwijt. Gelukkig had ik twee vervangende brillen bij me. Vlug nu, want eentje van die reserves is alweer zoek! Hoera: de bril van Koos Koets zit nog in mijn binnenzak. Ik haal hier zonder problemen mijn huis mee en daar is zojuist de bril van Arie Temmes teruggevonden. Lag in de keukenweegschaal. De bril die ik op had toen ik hem bij het uitstappen afzette, wordt nog diezelfde avond aangetroffen in de schoenpoetsdoos en mijn dochter meldt dat zij, omstreeks half zes, de bril van Ralph Ternauw heeft gezien, die zich ophield in de buurt van het medicijnkastje. Als ik die, vlak voor het journaal, boven ga ophalen, is hij daar alweer verdwenen. Weer dezelfde fout gemaakt: als ze ergens een bril hebben zien lopen moet je er ogenblikkelijk op af om hem stante pede bij zijn poten te pakken, want doe je dat niet dan is hij weer voor weken spoorloos. Gelukkig hoor ik er bij het zitten gaan eentje knappen en als ik het kussen van de bank til liggen daar, in elkaar verstrengeld, de brillen van wethouder Hekking en Carla van Putten. Die twee miste ik al een week. Later op de avond betrap ik de bril van Cor van der Laak; die was na Holland-België onder ons vloerkleed gekropen. Dit brengt mijn voorraad voor morgen op vier en dat moet voldoende zijn. Nu eerst, met sellotape, de gebroken poot van de bril van Hekking spalken. Ik heb altijd acht rolletjes plakband in huis, maar die geven vanavond weer eens niet thuis. Onder het zoeken ruim ik gelijk mijn bureau op. En dat van mijn vrouw en die van de kinderen. Rond middernacht – mijn vrouw ligt al een uur in bed te lezen zonder leesbril – vang ik eindelijk het eerste rolletje plakband; onder in de fruitschaal. Het heeft een baard van suiker en tabakjes.

Nu een schaar. Daar bezitten wij er negen van, de nagelschaartjes meegerekend. Ze zijn allemaal onvindbaar. Ik besluit de gebroken bril ten slotte te repareren met een fruitmesje. Daar hadden wij er toch zes van? En die lagen toch in de bovenste la?

Wij hebben hem nu drie jaar, waarin hij is uitgegroeid van een doodse, zwarte kunststofbak vol vijandig leidingwater tot een evenwichtige, volwassen vijver van circa twee meter lang, een meter breed en een halve meter diep. Dit alles niervormig.

Wij hebben nooit iets aan de vijver hoeven doen, behalve hem ingraven en vol laten lopen. En wij lieten wat mandjes met waterplanten op de bodem zakken, dat was alles. Nu duizelt het daar van het leven! Er drijven zelfs waterlelies op! Dwars over hun bladerschalen zitten wekelijks van gedaante verwisselende raadselspinnen elkaar 's avonds van zeven tot acht achterna.

Gisteren zagen we nog een heel nieuw sprietenwonder dat wij de achtpotige waterloper hebben genoemd, tot wij beter weten.

Van wat zich op de bodem van onze vijver allemaal afspeelt aan gevechten om het bestaan tussen torren, bloedzuigers, wormrups en slakken, hebben wij niet het flauwste benul, maar in de eigenlijke waterspiegel herkennen wij ieder jaar meer vertrouwde gezichten. Wij zeiden pas nog tegen elkaar: de schrijverkes zijn vroeg dit jaar! Waren vroeg; ze zijn alweer weg. Jammer. Schrijverkes zijn de enige wateroppervlaktedieren van wie wij de naam kennen (namelijk door hun rimpelingen), maar het lijkt alsof onze vijver niet tegen het gekriebel van twee verschillende insektenfamilies tegelijk kan, op zijn gezicht: sinds het verschijnen van de achtpotige waterloper valt er geen schrijverke meer te lezen.

Deze nieuwe spinachtige uit de Lentereeks '86 troont driemaal sprietiger en hoger op het water dan zijn voorganger. Toch veroorzaakt de achtpotige waterloper niet de minste rimpeling, zelfs niet wanneer hij, bij het betreden van een lelieblad, even met drie poten uitglijdt. Ze lopen zoals kunstrijdsters, wanneer die een stukje op de punten van hun schaatsen trippelen. En weer hebben wij geen idee waarom zij zo hollen, maar wij geloven rotsvast in hun onmisbaarheid voor het leefklimaat van onze vijver. Over een week stappen hun aflossers – de zilveren wybertjes, als ik het mij goed herinner – in een gespreid bedje, reken maar.

De doorschijnende kettingen kikkerdril, honderden zwarte speldeknoppen in strakke strengen geile gelei, zijn ontploft tot evenzovele kikkervisjes.

Tien staan er in een jampot bij mijn dochter voor het raam, maar zo dat ze wel de vijver kunnen zien.

Wij kunnen nauwelijks wachten tot het kikkers zijn; straks zal de avond kwaken! En voor het eerst zullen onze vissen de hele zomer halen.

Onze vijver huisvest negen jonge goudvissen.

Dat waren er oorspronkelijk tien, maar wij hadden de stoplichten tegen. Wanneer wij vissen voor in de vijver gaan kopen, voelen wij ons een beetje van het Dierenbevrijdingsfront. Dit was de derde keer al. Vijvervissen kosten een gulden of vijf en je krijgt ze mee in een dichtgeknoopte plastic zak met water.

– Moet u ver? vroeg de vissenverkoper.

– Kwartiertje, antwoordden wij ernstig. Maar dan moet je natuurlijk wel door kunnen rijden.

Eerst de zak een uurtje in de vijver hangen, zodat de vissen kunnen wennen aan het verschil in temperatuur met hun winkelaquarium. U kunt dit uur goed gebruiken door uw vissen alvast namen te geven. Behalve de tiende, want die bewoog dus niet meer.

Het eerste jaar hadden wij zes goudvissen en twee goudkarpers. Goudkarpers kostten toen veertien gulden per stuk, maar je zag ze niet, in het water. Wij moesten alsmaar zoeken waar ze zaten, dus dat geld zag je er niet van af. Goudvissen zie je nu eenmaal het beste. Dat geldt niet alleen voor ons, maar natuurlijk ook voor de reiger.

Omwonende eigenaars van vijvertjes hadden ons al een paar maal gewaarschuwd voor de Reiger. Het ging om een oude, uitgekookte vogel die zich als een parachute naar beneden liet zweven, met gestrekte poten midden in je vijvertje landde en binnen een minuut je hele visbestand heeft opgevroten buurman; ik waarschuw je maar even als vijverhouders onder elkaar. Ik heb deze zomer al driemaal hele nieuwe vissen moeten nemen! Dat blijft gewoon geld in het water gooien, zolang die reiger vrij rondvliegt. Er moet nu echt wat aan dat beest gedaan worden. Ik ga morgen naar het gemeentehuis en ik haal een afschotsvergunningsbewijs, verdomd als het niet waar is!

Maar daar wilde onze gemeente gelukkig niets van weten. Intussen gingen de geldverslindende bliksembezoeken van de Reiger gewoon door. De buurt was radeloos. Een lijst met handtekeningen haalde niets uit.

Sommigen spanden netten over hun vijvertjes, anderen staken schrikaanjagende vlaggen van aluminiumfolie tussen de waterplanten en twee buurmannen bouwden samen een vogelverschrikker.

Niets bracht de Reiger van de wijs. Ook onze vijver werd twee zomers achtereen leeggegeten!

De eerste keer zagen wij hem nog juist opstijgen; loom, nog nasmakkend en zwaar van onze verse goudvissen. Toen we durfden te gaan kijken, zwom er helemaal niets meer.

De tweede keer, vorige zomer, zagen wij de Reiger pas toen hij al lang en breed in onze vijver rondstapte, trefzeker bezig te ontbijten voor een kleine vijftig gulden. Wij vloekend en tierend en halsoverkop naar buiten, maar we waren al te laat. Hij bleef trouwens gewoon staan en de Reiger werd groter en groter naarmate wij dichterbij kwamen en hij keek ons zo zelfverzekerd en vol minachting aan, dat wij hem nog maar even zo lieten en hij ook de laatste goudvis nog achterover kon klokken waarna hij, ten afscheid een strakke straal schijt spuitend, statig het luchtsop koos – op weg naar zijn volgende eetadresje.

Hier moest iets gebeuren! Die Reiger moest niet uit zijn nek kletsen dat dit de natuur was en dat die zijn loop moest hebben; er zijn hier volop sloten in de buurt en hij heeft maar mooi uit onze vijvertjes te blijven! Maar hoe schrikken wij hem af? Wij kunnen toch moeilijk zelf op een stoel aan de rand van onze vijver gaan zitten? Bij mooi weer zetten wij oma er wel eens neer, met een mooi boek, en zonder dat zij weet waartegen zij daar zit, maar er moest een elegantere oplossing zijn.

Die was er ook sinds kort, meldde ons de meermalen overvallen buurman op een morgen, buiten adem: een plastic reiger op een stok, die steek je in de grond, vlak naast je kostbare vijver, net echt! Dan durven andere reigers niet te landen, schijnt het. Die zijn Duits, die namaak-reigers, maar je moet wel vlug zijn, want ze vliegen weg.

– Waar? Waar? wilden wij weten.

– Bij de dierenwinkel natuurlijk! riep hij, en wij zaten al in de auto.

Hij staat kaarsrecht aan de rand van onze vijver, een beetje scheef, zodat wij zijn gezicht kunnen zien en je zou zweren dat het een echte reiger was. Die Duitsers maken die reigers namelijk zo dat ze net zo stil kunnen staan als een levende reiger. De kleuren zijn bijzonder natuurgetrouw en ook het afstaande haar in de nek is niet vergeten. Zijn snavel heeft precies het goede geel. Je zou hem gewoon in de kamer willen zetten, zo mooi, maar dan denkt de Reiger dat de kust weer veilig is en ik wil dit jaar niet nog eens naar de dierenwinkel, want ik kan daar niet tegen de vogels. Elke dag verplaatsen wij hem een klein stukje, opdat de boze Reiger niets in de gaten krijgt. De situatie lijkt nu ideaal en zonder gevaar; alles wriemelt en bloeit, zwemt en groeit en de vijver kan weer rustig liggen nadenken. Toch zitten wij nog met een probleem.

Het was mijn dochter die na drie dagen vroeg:

– Wat vinden de vissen er eigenlijk van?

– Van onze reiger?

– Ja. Zijn ze niet bang? Nou zien ze de hele dag die reiger boven zich staan.

– Nou, ze weten best dat hij niet echt is hoor, deed ik of ik wist; goudvissen zijn wat dat betreft heel erg intelligent, die hebben dat zo door.

– Ja maar misschien pas 's avonds, zei ze zorgelijk, als hij de hele dag niet heeft bewogen, dat ze dan pas gaan slapen. Maar de volgende morgen staat hij weer ergens anders, dus dan zijn ze de hele dag weer als de dood!

Ik voelde hoe gruwelijk haar gelijk was.

– Maar we kunnen hem niet weghalen, nu meer, sprak ik zwak; we moeten kiezen. Beter dat ze een heel klein beetje bang zijn dan dat ze worden opgegeten.

– Nee! riep ze, niet weghalen natuurlijk, want dan komt die ouwe rotlul weer, maar laten we hem dan een stukje bij de vijver vandaan zetten, dat de vissen hem niet de hele dag hoeven te zien staan.

Wij kozen een punt op een cirkel, op een meter van de vijver.

Ik kijk uit mijn raam en daar zie ik hem staan, met zijn rug naar mij toe.

Het heeft iets van een kruisraket, zoals onze reiger daar staat.

Het was drie uur 's nachts en ik verliet nuchter – we hadden na twaalven bij broodjes en koffie de wereld verdeeld en ik moest nog rijden – de in het hart van Amsterdam gelegen sociëteit die ik, buiten de stad wonend, alleen betreed wanneer ik, na het draaien van steeds kleiner wordende concentrische grachtencirkels, vrijwel voor de deur kan parkeren. Buiten liep de uitgaansnacht op haar einde. Bus en taxi's reden af en niet meer aan, maar alle lantarens en lichtreclames brandden nog en verspreid over het plein hingen mensen in plukjes van twee of meer tegen elkander aan, dralend; nog niet van zins of in staat om naar huis te gaan.

Haastig, alsof die tien seconden tijdwinst mijn aangevreten nachtrust nog konden goedmaken, beende ik in de richting van mijn auto. Naderbij komend, zag ik mijn portier wijd open staan: alsof je je vrouw met een ander betrapt.

Binnen was alles overhoop gehaald en mijn autoradio bleek, voor de tweede keer, op klaarlichte nacht gestolen.

Ik declareerde de diefstal niet bij mijn verzekering, omdat ik daar niet in geloof, tot mijn vrouw drie dagen later zei: 'Maar je kunt het toch proberen? Ik ga wel naar de politie en dan doe ik alsnog aangifte van die twee keer.' Mijn vrouw is heel goed met de politie. Ik kreeg beide gestolen autoradio's vergoed en kocht, om het te vieren, van die opbrengst een nieuwe autoradio annex cassetterecorder.

‘Laat er dan een slee aan maken,’ zei mijn vrouw.

‘Een slee?’ rilde ik.

‘Ja,’ zei ze, ‘dat je hem eruit kan tillen en overal mee naar binnen nemen.’

De slee kende een levertijd van vier maanden. Ik liet de radio dus nog maar niet monteren.

Na een half jaar kreeg ik een telefoontje van de garage dat de slee was binnengekomen.

Hij werd om de radio geklonken en het geheel verzonk, met een mooie degelijke klik aan het eind, in de al die tijd op dode kauwgumpjes, lollystokjes en toffeepapiertjes na leeggebleven elektronische schacht tussen de beide voorstoelen.

Toen ik voor de eerste keer met mijn nieuwe radio naar Amsterdam reed, was ik hem vergeten; merkte ik toen ik hem halverwege aan wilde zetten, hongerig naar gesproken woord. Hij stond thuis in de vensterbank. Dat was sindsdien zijn vaste plaatsje, want ’s avonds haalde ik hem eruit, omdat de eerste radio uit de voor mijn eigen deur geparkeerde auto was gestolen. Een enkele keer zette ik mijn nieuwe autoradio ’s avonds klaar, dicht bij de buitendeur, op de kapstok bij voorbeeld, maar dan was het de volgende dag zulk mooi weer dat ik geen jas aan hoefde en dan vergat ik hem weer!

Twee keer gedurende de vier maanden die ik er nu al plezier van had moeten hebben, stopte ik mijn nieuwe autoradio in zijn sleuf, voor ik naar de hoofdstad reed. Beide keren nam ik hem mee naar binnen op het adres waar ik moest wezen en beide keren belde er de volgende dag iemand op dat ik mijn radio had laten staan. Ik haalde hem weer op en zette hem thuis klaar op het aanrecht, om hem de volgende morgen zeker niet te vergeten.

En kon hij nou maar áán – dan hadden wij tenminste nog een gezellige radio in de keuken, maar hij doet het alleen in zijn antidiefstalschede, in de auto.

Als ik hem niet vergeet mee te nemen naar Amsterdam, maar hem wel bij het uitstappen in de auto laat zitten, zal hij onherroepelijk worden gestolen en met zo'n slede wordt hij natuurlijk nooit vergoed.

Maar laat ik vorige week zaterdag nu nòg een diefstalvariant beleven! Ik ging naar Amsterdam, met slederadio. Kon auto bij vrienden voor deur parkeren. Nam radio mee naar boven. Vijf uur later trap afdalend, word ik nageroepen dat ik mijn autoradio heb laten staan. Terug naar boven, braaf met radio onder arm weer naar buiten. Rondkijken en mijn ogen niet kunnen geloven: auto gestolen.

Laat míj maar! roept zij wanneer er 's avonds laat wordt gebeld en iedereen zich geschrokken afvraagt wie dat kan zijn.

Ik ga wel! besluit zij als er een rij voor de kassa staat en het handiger is dat eentje van ons alle kaartjes haalt.

Geef maar hier! dringt zij zich naar voren wanneer de ovenhandschoenen zoek zijn en er een kokend hete pan van het vuur moet worden gepakt; laat mij maar, want ik heb handen van ijzer en gaan jullie maar een stukje achteruit tegen het spetteren.

Haar vader had altijd een zoon willen hebben, die piloot zou zijn geworden, maar daarnaast stamt deze durfdrang uit haar lagere-schooltijd – er lag ijs van 1 nacht waar de jongens uit haar klas pas overheen durfden nadat zij geprobeerd had of het hield. Haar hield het, maar alle jongens haalden natte pakken.

Wij zijn opgelucht wanneer zij arriveert, want met haar erbij kan je niks gebeuren. Zij kan obers roepen over afstanden van dertig, veertig meter. Zij komt op de motor, zet haar helm af en speurt hunkerend naar kansen om te bewijzen dat er niets is wat zij niet durft. Zij smacht naar kortsluitingen, schoorsteenbranden, ballen in de dakgoot, slagaderlijke bloedingen, losgerukte armen en benen die zij met haar panty kan afbinden en hongerende wolven die zij een voor een de strot kan doorbijten.

Wanneer zij zich begint te vervelen, omdat er nog niets gebeurd is wat, als zij er niet geweest was, uit de hand zou zijn gelopen, stelt zij voor dat wij wedstrijden houden wie het langst op zijn hoofd of op 1 been kan staan of, zonder met zijn ogen te knipperen, de meeste brandende lucifers in zijn mond kan doven.

Het is dat zij al vanaf haar vijfde een bril draagt, anders was zij stewardess geworden.

Vanmorgen wilde zijn zoon plotseling keepen.

De vader heeft het daar niet zo op, dat zijn zoon keept; hij ziet hem liever als voorhoedespeler nog even alle kansen benutten die hij zelf, dertig jaar geleden, miste. Al zijn doelpunten moge hij nog maken.

Pupillen E, zit de jongen nu en dan mogen ze over het hele veld spelen, met buitenspel, halve corners en de echte doelen.

Zolang ze nog pupillen F zijn gebruiken ze kleine ijzeren bijzetdoeltjes, zonder net. Vorig seizoen werden er, over de breedte van het hoofdveld, elke zaterdagmorgen drie pupillenwedstrijden tegelijk gespeeld: zes witgeschilderde buizenstelsels, drie aan drie tegenover elkaar geplaatst, met daartussen zesenzestig voetballertjes van zes tot acht jaar, die elkanders ballen, wanneer zij hun voor de voeten kwamen, onmiddellijk in de eigen wedstrijd betrokken en van wie de spelertjes in de beide buitenste matches zelden de verleiding konden weerstaan om bij het passeren van het echte doel de bal terzijde in het net te punteren, goal! te roepen en hun favoriete juichsprong uit te voeren die ze, naar de televisiebeelden, iedere week choreografisch herschreven.

Vaak staan er moeders met geld in hun ogen langsbinnen de zijlijn. Filtersigaretten rokende vrouwen die hun zonen over afstanden van dertig, veertig meter aan het huilen kunnen krijgen.

Wat moeten ze anders worden, straks, met die werkloosheid?

En hij kan het best, de leider zegt het zelf, maar meneer is lui hè, zoals met alles. Ja, vind je het gek, van wie zou hij het hebben?

'Schoppen dan Thomas! Schoppen dan, naar voren!' Als het regent staan ze met plastic kappen over hun haar dat net van de kapper komt; moeders die hun hele leven lange passes aan hun zonen zullen blijven geven.

Deze vader roept helemaal niet. Hij kan niet schreeuwen op een voetbalveld, dat durft hij niet. Toen het elftal van zijn zoon er vorige week na tien minuten in slaagde om met bal en al de middellijn te passeren, juichte hij even met een moeder mee en daar schrok hij zelf van. Al die tijd had de minuscule doelverdediger van de tegenpartij, de achterkant van zijn doel verdedigend, wat staan trappen met een jonger broertje. Hij had zelfs een paar keer zijn te grote keepershandschoenen aan de mond gezet en 'ik verveel me zo!' geroepen, over het hele veld.

De opgave om tweemaal twintig minuten mee te blijven voetballen als je bijna niets te doen krijgt, is bijna ieder F-keepertje nog te zwaar. Meestal gaan ze aan de lat hangen, daarbij geholpen door een reservespeler. Of ze klimmen in de paal. Sommige keepers gaan op de grond zitten. Een enkele gaat wel eens even liggen dromen in zijn net.

Nu, in pupillen E, beginnen de veldspelers zichzelf te zien lopen en de keepers hun beeld te zien staan, hoewel er in ieder elftal drie of vier jongens meehobbelen die er het fijne nog altijd niet van begrijpen, wat je kunt aflezen aan het gebrek aan fantasie waarmee ze de boorden van hun kousen hebben omgeslagen.

Er komt, kortom, model in hun lichaam en hun spel

en daarom willen ze ook allemaal een wedstrijd keepen, om te voelen hoe dat staat.

Vanmiddag is zijn zoontje aan de beurt.

De vader stelt zich op naast zijn rechterdoelpaal. Ze spelen een thuiswedstrijd en ze zijn zoveel sterker dan de tegenstander, dat de jongen na vijf minuten, als ze met 2-0 voor staan, nog niets te keepen heeft gekregen.

'Blijf maar een beetje heen en weer lopen hoor,' waarschuwt de vader, 'anders worden je spieren stijf.'

Gehoorzaam huppelt de keeper wat op en neer en hij maakt een paar duiken naar verbeelde ballen.

'Na de rust hebben zij wind mee,' voorspelt zijn vader als er na een kwartier nog altijd geen bal in hun buurt is geweest, 'en dan krijg je vast een heleboel schoten.'

Zijn zoon, ziet hij, is niet gelukkig als keeper, ook al omdat hij zich niet kan mengen in het juichende kluwen dat na ieder doelpunt naar de middenstip terugstuitert. Het staat nu 4-0. Rust.

'Zal ik een flesje fris voor je halen?' vraagt de vader als het twee minuten na aanvang van de tweede helft 6-0 wordt.

'Een flesje fris,' herhaalt de doelverdediger, opgewonden piekerend. Hij proeft de overtreding.

'Ik ben zo terug,' zegt de vader en hij schakelt zichzelf in zijn zaterdagse looppasje.

'Nog wat te doen gekregen?' vraagt hij, met twee kantineflesjes terug bij zijn keepertje.

'Het staat nou al 9-0!' trapt zijn zoon kwaad tegen de paal, 'en ze hebben nog geeneen keer naar mij geschopt!'

De vader reikt hem zijn flesje aan. De zoon haalt het rietje eruit. Bij topsport hoort het flesje aan de mond. Hij gaat, met zijn rechterhand in het zijnet leunend, staan drinken in zijn veel te grote doel, terwijl hij achteloos het wedstrijdverloop bekijkt. De vader drinkt ook, buitenkant rechterpaal. Zo zien ze samen hoe het 10-0, 11-0 en 12-0 wordt.

'Lekker?' vraagt de man.

'Gaat wel,' gromt de jongen. Hij neemt zijn laatste slok en overhandigt het flesje zonder te kijken aan zijn verzorger.

'Hou jij even bij je,' zegt hij geconcentreerd. Net op dit moment fluit de scheidsrechter, in zijn gewone kleren, het eindsignaal. Ze hebben met 14-0 gewonnen.

'Denk je dat ik de rode kaart zou hebben gekregen?' vraagt de keeper als ze tussen een tros vaders en moeders het veld verlaten.

'Waarvoor?'

'Voor dat flesje natuurlijk!' roept hij geprikkeld, 'als de scheids had gezien dat ik dat flesje stond te drinken.'

'Nou nee, dat valt denk ik wel mee. Hij was niet zo gek streng hoor, deze scheids.'

'De rode dan misschien niet,' peinst de keeper hardop, 'maar als hij ons gezien had dan had ik zeker de gele kaart gekregen.'

En hij verdwijnt in de kleedkamer, waar de vaders en moeders niet meer mee naar binnen mogen, van hun pupillen E.

Daar trekt hij tevreden zijn handschoenen uit: hij heeft vanmiddag niet voor niets staan keepen.

Ik woonde dus in een heel groot, heel oud huis.

Mijn vrouw, die heel hard werkt, kon dit huis niet alleen schoonhouden.

Ik deed wel of ik het huis kon schoonhouden, maar als ik daar mee bezig was, was ik niet te genieten. Ik haalde bij voorbeeld uit naar de langslopende poes, met de stofzuigerslang. Vloekend sopte ik de plinten.

'Dit kan zo niet langer,' zei ik jongstleden januari tot mijn vrouw, 'wij nemen een werkster.'

'Nee asjeblieft geen werkster!' riep mijn vrouw, 'want daar moet ik koffie mee drinken!'

'Dan bel ik een schoonmaakbedrijf,' zei ik. 'Als die één keer per twee weken twee mannen of twee dames sturen die d'r van onder tot boven doorheen gaan, dan is het huis schoon zat.'

Ik zocht in de Gele Gids onder Schoonmaakbedrijven. Ik stuitte op Schoonmaakbedrijf 'Clean' Cleaning Service BV, directie de heer J. Netjes, en die zou u dus ook hebben genomen.

'Inderdaad,' sprak de heer Netjes, 'wij zien zeker een mogelijkheid om hier in schoonmaak-opzicht in te voorzien. Wanneer kan ik langskomen voor een werkplan?'

'Morgen gaarne,' antwoordde ik.

Dit had ik niet moeten doen.

De volgende morgen belde er een keurige meneer, te negen uur precies. Hij zal ongeveer 1 meter 75 lang zijn geweest. Nogal mager. Een ruimvallend bruin kostuum, zeer grote, groene ogen en tamelijk verwilderd krulhaar. Hij stelde zich aan ons voor als de heer Netjes, directeur van 'Clean' Cleaning Service BV. Hij wilde wel een kopje koffie (zoetjes, deed hij erin) en ik legde uit wat de bedoeling was: het huis in grote trekken schoonhouden, ramen zemen, tegelvloer in de badkamer en keuken misschien eens een keertje lappen, de ergste stofnesten in kamerhoeken en langs plafondranden wegzuigen, dat zo'n beetje.

'Als u mij het project misschien even kunt laten zien,' zei de heer Netjes, 'dan kan ik op de zaak een werkplan laten uitwerken.'

Prima. Wij het huis rond. De heer Netjes noteerde en legde hier en daar een duimstok langs de wanden.

'Zo hebben wij wel zo ongeveer een globale indruk van de problemen,' zei de heer Netjes ten slotte. 'Wij zullen u zo snel mogelijk onze offerte doen toekomen. Goedemorgen meneer Koot, bedankt voor de koffie mevrouw.'

'Dag meneer Netjes.'

Mijn vrouw en ik vielen elkaar om de hals.

Dat we dit niet veel eerder hadden gedaan! Perfect! Wat een keurige, zakelijke man! Nooit meer over hun mannen en ziektes zeurende werksters, nee, een geruisloos leger van schoonmaakspecialisten zou er van nu af aan voor zorgen dat wij ons niet langer om dat tijdrovende huiswerk hoefden te bekommeren!

De volgende morgen viel de offerte van de heer Netjes in de bus.

'CLEAN' CLEANING SERVICE BV

Onderwerp: AANBIEDING OFFERTE
Periodiek Schoonmaakonderhoud

Geachte Mijnheer Koot,
Naar aanleiding van uw telefonisch verzoek om inlichtingen en de daaropvolgende gesprekken betreffende uw wensen m.b.t. het periodiek schoonmaakonderhoud van uw woning en de diensten die ons bedrijf u hierin kan bieden, doen wij u hierbij offerte.

Met de samenstelling van bijgaande offerte hebben wij getracht een zo groot mogelijke duidelijkheid na te streven, desondanks zijn wij er ons terdege van bewust, dat wellicht e.e.a. nadere explicatie behoeft, laat u ons dit dan in ieder geval weten, zodat wij alsnog datgene kunnen toelichten.

Voor nu zeggen wij u hartelijk dank voor de uitnodiging en de aandacht die u hieraan hebt willen geven en verblijven inmiddels geheel tot uw dienst met beleefde aanbeveling.
Hoogachtend,
'Clean' Cleaning Service BV
J. Netjes
De Directie

'CLEAN' CLEANING SERVICE BV

Onderwerp: OFFERTE
Periodiek Schoonmaakonderhoud

Het verrichten van schoonmaakwerkzaamheden in de ruimtes en uitgevoerd zoals is omschreven in het werkprogramma (bijlage 1), berekenen wij op: 192 uren per jaar verdeeld over 2 werkdagen per maand.

('Zie je wel!' riep ik tegen mijn vrouw, 'er komt een ploeg eens in de veertien dagen en dan is het hele huis een maand lang schoon!' 'Geweldig,' zuchtte mijn vrouw.)

Berekening van deze uren volgens uurtarief (bijlage 2) komt neer op: 192 uren per jaar x *f* 24,09 = *f* 4.625,28 : 12 = *f* 385,44 per maand.

('Dat zouden we aan een werkster met drie halve dagen per week óók kwijt zijn!' juichte ik, 'en die zou het zwart moeten krijgen en dat kan sowieso niet, want bij dat jaarlijkse belastingonderzoek moet ik elke uitgegeven cent kunnen verantwoorden!' 'Heerlijk,' zei mijn vrouw.)

Raambewassing BINNEN- en BUITEN-zijde, inclusief kozijnreiniging buitenzijde, met een frequentie van 4x per jaar komt neer op: 5 uren per bewassing = 20 uren per jaar x *f* 32,16 per uur = *f* 643,20 per jaar.

('O wacht even,' zei mijn vrouw, 'de ramen rekent hij apart, Netjes.' 'Dat uurtarief ligt ook hoger,' merkte ik op, 'waarschijnlijk een andere CAO dan van de Schoonmaakbedrijven, kijk maar':)

Genoemde prijzen zijn gebaseerd op de CAO Schoonmaakbedrijven en exclusief 18% BTW.

Bijlage 1: WERKPROGRAMMA

Bijlage 2: SPECIFICATIE UURTARIEF

J. Netjes.

Bijlage 1

WERKPROGRAMMA

ENTREE-HALL

Stof afnemen houtwerk niet gelakt	24
Nat reinigen houtwerk gelakt	24
Stof afnemen radiatoren, vensterbanken	24
Vingertasten verwijderen van deuren en kozijnen	24

Inloopmatten kloppen c.q. stofzuigen	24
Aanwezige kleden stofzuigen	24
Vloeren dweilen (marmer)	24
Stofdraden verwijderen van plafond en wanden	12
Nat reinigen van vensterbanken en radiatoren	6
Deuren en kozijnen geheel nat reinigen	4
Stofvrij maken + natreinigen van alle richels boven 1.80 meter	1
Stofvrij maken van verlichtingsarmaturen	1

'Alsjeblieft,' zei ik. 'Vakwerk!'

'Wat betekenen die cijfers?' vroeg mijn vrouw.

'Dat zijn de uren per jaar,' dacht ik.

'Dus bij elkaar 24 uur per jaar voor het afstoffen van de verwarming en de vensterbank?' vroeg ze ongelovig.

'Nou ja, omgeslagen per jaar moet je rekenen,' zei ik.

'Dat is bij elkaar als ik even snel reken tegen de tweehonderd uur per jaar voor dat ene halletje!' riep mijn vrouw.

Zij bloosde ervan.

'Kun je nagaan,' riep ik, 'hoe het er hier straks uit zal zien voor driehonderdvijfentachtig gulden per maand!'

'En met verlichtingsarmaturen bedoelt hij zeker de lamp,' knikte ze.

TRAP + OVERLOOP

Klamvochtig reinigen van houtwerk gelakt	24

Vingertasten verwijderen van deuren en kozijnen	24
Stof afnemen van vensterbanken en radiatoren	24
Stof afnemen van richels, plinten etc. tot 1.80 meter	24
Stofzuigen van het tapijt	24
Storende vlekken verwijderen (tapijt)	12
Stofdraden verwijderen van plafond en wanden	12
Nat reinigen van vensterbanken en radiatoren	6
Deuren en kozijnen geheel nat reinigen	4
Stofvrij maken van verlichtingsarmaturen	1
Stofvrij maken van richels tot 1.80 meter	1

'Hee, zie je dat?' vroeg mijn vrouw, 'op de overloop gaat Netjes maar tòt een meter tachtig.'

'Dat zal ik met hem opnemen,' besliste ik.

'Vraag dan gelijk waarom hij de lamp boven niet reinigt maar alleen stofvrij maakt,' zei mijn vrouw.

KAMERS (begane grond + 1e verdieping)

Vingertasten verwijderen van deuren en kozijnen	24
Klamvochtig reinigen van houtwerk gelakt	24
Stof afnemen van vensterbanken en radiatoren	24
Reinigen van richels en plinten etc. tot 1.80 meter	24

('Zie je wel!' riep mijn vrouw, 'boven gaat hij óók niet hoger dan 1 meter 80. Dat is vast een vuiligheidje van die Netjes.'

'Onzin,' antwoordde ik, 'die man verstaat zijn vak. Dat is een fanaat, dat zie je zo.')

Stofzuigen tapijt en aanwezige kleden	24

Stof afnemen aanwezig meubilair	24
Dweilen c.q. wissen parketvloer	24
Stofdraden verwijderen van plafond en wanden	12
Storende vlekken verwijderen (tapijt)	12
Controleren c.q. herstellen beschermlaag parket	12
Nat reinigen van vensterbanken en radiatoren	6
Nat reinigen van gelakt houtwerk, deuren en kozijnen	4
Inwaxen en uitwrijven niet gelakt meubilair	4
Stofvrij maken van verlichtingsarmaturen	1

'Weet je nog wel zeker dat die getallen de uren per jaar zijn?' vroeg mijn vrouw, buiten adem van het hardop voorlezen, 'we zitten toch al op duizenden uren per week, als je dat allemaal optelt? En hoe kwam hij ook alweer aan die *f* 385,– per maand? Toch op basis van 192 uur per jaar?'

'Rustig nou maar,' stelde ik haar gerust, 'zal ik hem allemaal vragen. Waarschijnlijk zijn het codecijfers. We krijgen nu nog de badkamer en de keuken.'

'Het is wel een bezetene, die Netjes,' moest mijn vrouw toegeven.

SANITAIR 1 (toiletten)

Borstelreinigen toiletpotten (desinfecterende reiniger)	24
Toiletbrillen binnen- en buitenzijde nat reinigen en nadrogen	24
Toiletpotten buitenzijde nat reinigen en nadrogen	24

('Dat is 72 uur per jaar voor het schoonmaken van één wc!' riep mijn vrouw, 'waar ziet die Netjes ons voor aan?' 'Stil nou,' zei ik, 'we zijn er bijna.')

Vingertasten verwijderen van wanden, deuren en kozijnen 24
Wastafels + chroomwerk reinigen en nadrogen, omliggende wanden nevelreinigen 24
Spiegels vochtig reinigen en nadrogen 24
Vloeren dweilen 24
Vloeren schrobben en nadrogen 12
Stofdraden verwijderen van plafond en wanden 12
Stofvrij maken en reinigen van richels tot 1.80 meter 1
(‘Alwéér maar tot 1.80!’ riep mijn vrouw.)
Stofvrij maken van verlichtingsarmaturen 1

SANITAIR 2 (badkamer)
Gelijk aan SANITAIR 1, inclusief reiniging ligbad

‘Zal ik jou eens wat zeggen?’ zei mijn vrouw, ‘we hebben hier met een gek te maken.’

‘Hoe weet jij dat nou?’ protesteerde ik, ‘we hebben toch nog nooit eerder contact gehad met een Schoonmaakbedrijf? Waarschijnlijk gaat het in die hele sector zo. Daar zijn het specialisten voor.’

KEUKEN
Vingertasten verwijderen van deuren, kozijnen, kast 24
Klamvochtig reinigen van gelakt houtwerk 24
Reinigen aanwezig meubilair 24
(‘O, dat is ook fantastisch,’ schamperde mijn vrouw, ‘ik was al bang dat hij het niet-aanwezige meubilair zou gaan reinigen.’ ‘Ssssst,’ snoerde ik haar de mond, ‘die man heeft hart voor zijn vak en waar vind je dat nog vandaag de dag?’)

Stof afnemen vensterbanken en radiatoren	24
Reinigen van richels, plinten etc. 1.80 mtr.	24

('Kijk eens,' mijn vrouw begon nu echt hatelijk te doen, 'in de keuken maakt hij alleen de richels en plinten schoon die precies op 1 meter 80 liggen! Hij zet er hier namelijk geen onder of tot aan meer bij!'
'Wacht jij nou maar rustig!' beet ik terug, 'dan zal jij nog raar staan te kijken met al je kritiek vooraf!')

Dweilen c.q. wissen van de vloer	24
Stofdraden verwijderen van plafond en wanden	12
Stofvrij maken en nat reinigen van verlichtingsarmaturen	1

Wij adviseren u de aanwezige zachte vloerbedekking 1 x per jaar machinaal door ons te laten reinigen d.m.v. de 'Injectie-Extractie'-methode.

De heer J. Netjes, Directeur van 'Clean' Cleaning Service BV geeft u geheel vrijblijvend nadere informatie hierover.

'Daar zal ik het nog wel even over hebben met Netjes,' zei ik vastberaden.

Bij de Offerte van 'Clean' Cleaning Service BV was ook nog een bijlage 2. Deze behelsde de Kosten:

SPECIFICATIE OPBOUW UURTARIEF

UURLOON		*f* 10,75
SOCIALE LASTEN (werkgever)		
Ziekenfonds	4.05%	
Ziektewet	9.80%	
WA/WW	0.675%	
AKW	2.00%	

AAW	4.20%		
AWBZ	3.20%		
WAO	2.93%		
		26.855%	*f* 2,89
			f 13,64
Vakantieloon	13.94%		
Vakantietoeslag	10.00%		
Soc. Lasten vak.	6.26%		
		30.20%	*f* 3,25
			f 16,89

'Jemig,' zei mijn vrouw verbijsterd, 'wat een percentages allemaal!'

'Tja, dat krijg je als je het helemaal legaal en volgens de regels doet,' zuchtte ik. 'Maar we zijn er nog niet hoor.'

Toen ging de telefoon. Het was de heer Netjes die meedeelde dat hij met onvoorziene personeelsproblemen kampte en of het goed was dat hij zondag zou beginnen.

'Maar zondag is het zondag!' wierp ik tegen.

'Vrije dagen kennen wij niet in onze Cleaningbranche, meneer Koot,' besloot de heer Netjes.

Vervolg Specificatie Opbouw Uurtarief

		f 16,89
Aanv. soc. uitk.	2.35%	
BPF	3.00%	
VUT	0.20%	
	3.50%	*f* 0,59

Totaal		
opslag perc.	62.605%	
LOONKOSTEN PER UUR		*f* 17,48
Materiaal	7.50%	
Algem. Kosten	9.00%	
Overhead Kosten	11.50%	
	28.00%	*f* 4,89
UURPRIJS		
INCLUSIEF KOSTEN		*f* 22,37
Bedrijfsresultaat	7.7%	*f* 1,72
EXTERNE UURPRIJS		*f* 24,09

'Dus hij begint op een uurloon van *f* 10,75,' vatte mijn vrouw de duizelingwekkende rekensom samen, 'en dan komt hij uit op een bedrag van *f* 24,09!!'

'Dat is de verzorgingsstaat, popje,' wist ik.

Zondagochtend. De heer Netjes, Directeur van 'Clean' Cleaning Service BV was in gezelschap van een oudere dame, die ons werd voorgesteld als Mevrouw Hogenbirk.

'Ik ben een beetje laat,' verklaarde hij (het was half tien), 'maar dat komt omdat mevrouw Hogenbirk niet helemaal lekker was, vanmorgen.'

'Ach jeetje,' schrok mijn vrouw.

'En gaat het nu wel een beetje?' vroeg ik de oude dame.

'Jawel meneer Koot,' antwoordde mevrouw Hogenbirk met een flauw glimlachje, 'maar misschien heeft u even een glaasje water voor me.'

In de keuken, die ik 's ochtends vroeg had aangedweild om het personeel van 'Clean' Cleaning Service niet onmiddellijk af te schrikken (ik had ook de vensterbanken en radiatoren klamvochtig afgenomen), kwam mevrouw Hogenbirk bij het door mijn vrouw ingeschonken kopje koffie weer enigszins op verhaal.

'Waar blijven de anderen?' vroeg ik tegen tienen.

'Welke anderen?' wilde de heer Netjes weten.

'De mensen van De Schoonmaakploeg,' zei ik; 'ik heb uw heldere offerte gelezen en daaruit begrepen dat het hele huis in twee dagen per maand schoon kan worden gehouden...'

'Laat u dat maar aan mevrouw Hogenbirk over!' riep meneer Netjes. 'Nietwaar mevrouw Hogenbirk? Zullen we het project eerst eens even samen langslopen?'

'Goed Jaap,' zei mevrouw Hogenbirk, en met een welgemeend 'ogottogottogot' kwam zij op luidruchtig krakende knieën overeind, zond een matte glimlach in onze richting en volgde de heer Netjes, onze keuken uit en de trap op...

Wij zagen elkaar aan, mijn vrouw en ik, in wassende twijfel.

'Jij had toch óók gerekend op eh... twee snelle Turken?' vroeg ik.

'Zoiets ja,' zei mijn vrouw. 'Maar ik ben bang dat we alleen mevrouw Hogenbirk hebben voor die vijfentwintig gulden. Is het jou ook opgevallen dat ze zo op elkaar lijken, Hogenbirk en Netjes?'

'Nee, niks bijzonders,' antwoordde ik, koortsachtig hoofdrekenend.

'Volgens mij is het gewoon zijn moeder,' mopperde mijn vrouw hardop, 'ze zei trouwens Jaap tegen hem.'

'Nou ja, hoe dan ook eh...' riep ik opgewekt, 'hij

heeft in zijn zeer exacte offerte gezegd dat hij de boel voor driehonderdvijfentachtig gulden per maand schoon houdt, dus wie weet is die mevrouw Hogenbirk een waanzinnig ervaren schoonmaakster en stráált de boel hier straks om vijf uur!'

'Ik help het je hopen,' zei mijn vrouw flets, maar toen werd ze beleefd doch dringend naar boven geroepen door de heer Netjes.

'Wat had Netjes?' vroeg ik, toen ze weer beneden kwam.

'Mevrouw Hogenbirk heeft een dweil nodig, een bus vim, twee poetslappen, een trekker, een trapje, groene zeep en een ragebol,' las ze van een briefje.

'Maar wàcht nou eens even!' riep ik, 'dat wordt toch àl te gek! Op zijn Specificatie Opbouw Uurtarief berekent hij notabene 7.50% aan Materiaal!'

'Volgende keer neemt ze het ook zelf mee,' stelde mijn vrouw mij gerust, 'maar nu waren ze het vergeten, omdat ze vanmorgen niet lekker was.'

Ik keek op de keukenklok. Het was nu half elf.

Tegen elven vertrok de heer Netjes, met de belofte dat hij in de loop van de dag nog een keer zou terugkeren om 'de voortgang van het project te valueren'.

'Ik zal haar nog maar een kopje koffie brengen,' besloot mijn vrouw, 'dat arme mens kan er uiteindelijk niks aan doen.'

'Hoe ver was ze?' vroeg ik even later gretig, want naar mijn idee raasde er intussen een geluidloze witte tornado over de bovenverdieping.

'Ze was met de toiletpot bezig,' meldde mijn vrouw. 'Juist!' riep ik, 'dat klopt!' en ik pakte de Offerte erbij. 'Kijk maar, hier staat het: Borstelreinigen toiletpotten met desinfecterende reiniger, Toiletbrillen binnen- en buitenzijde nat reinigen en nadrogen en Toiletpotten buitenzijde nat reinigen en nadrogen! Staat in het schema voor 24 uur per jaar, als het dat tenminste betekent. Ben ik het nog vergeten te vragen, help me onthouden.'

'Nou daar komt ze makkelijk aan,' zei mijn vrouw, 'als ze in dit tempo doorgaat tenminste. Ik bedoel ze heeft nog niks anders gedaan dan die ene toiletpot hoor!'

'Ze werkt waarschijnlijk volgens een bepaald systeem,' zei ik geruststellend, 'en bovendien hoeven wij ons daar geen zorgen om te maken, want Netjes zelf komt halverwege inspecteren, heeft hij gezegd.'

Rinkeldekinkel. Dat kwam van boven. 'Ga jij eens kijken,' stelde mijn vrouw voor. Het was een vaasje, op de overloop. Geen dure vaas gelukkig, maar aan het opruimen besteedde mevrouw Hogenbirk zeker een kwartier. Liet de stipte offerte van de heer Netjes wel ruimte voor vijftien verloren minuten? vroeg ik mij af. Zou mevrouw Hogenbirk niet trachten de opgelopen achterstand weg te werken door, ik noem maar wat, het Houtwerk gelakt slechts Droog in plaats van Klamvochtig te reinigen? Zou zij zich er nu niet toe laten verleiden de Vingertasten de Vingertasten te laten, op de Overloop? Wat een zegen dat ik dit niet allemaal zelf hoefde na te lopen, maar dat Netjes straks een paar keiharde steekproeven kwam nemen!

Pas om drie uur stond de heer Netjes weer voor mijn natte neus. 'Ziezo mijnheer Koot,' zei hij. 'Wat bent u laat voor de controle,' verstoutte ik mij hem op de vingers te tikken. 'Dat komt mevrouw Hogenbirk moet vandaag iets eerder naar huis,' verklaarde de heer Netjes, 'maar vanzelfsprekend loop ik het project nu nog even in zijn geheel na.'

En hij begon in het wilde weg wat rond te kijken. Vijf minuten later trad hij weer binnen met de uitgeputte mevrouw Hogenbirk aan zijn zijde. 'Zullen wij dan nu een datum afspreken voor de tweede periode van het Periodiek Schoonmaakonderhoud?' vroeg de heer Netjes. Wij trokken onze agenda's. 'Appelepap,' klakte hij mistroostig, 'wat zitten wij over veertien dagen alweer vol. Dat komt door diverse nieuwe projecten hè. Clean heeft diverse nieuwe projecten onder handen. Kwaliteit blijft de beste reclame meneer Koot, dat ziet u maar weer. Maar wij kampen momenteel nogal met een personele onderbezetting...' En hoofdschuddend bladerde de heer Netjes wat heen en weer.

'Donderdags kan ik niet hè Jaap, dat weet je,' meldde mevrouw Hogenbirk.

We kwamen vrijdag de negentiende overeen.

Onmiddellijk na het vertrek van 'Clean' Cleaning Service BV begonnen wij overal te kijken hoe het huis glansde. Dat viel tegen. Wij zagen eigenlijk geen verschil. 'Ik heb de hele dag de stofzuiger niet gehoord,' realiseerde mijn vrouw zich nu. 'Hele dag?' vroeg ik spottend, 'die vrouw is vierenhalf uur hier geweest!'

Ons bed, dat onder Meubilair Niet Gelakt viel, was ingewaxt noch uitgewreven. 'Die stofdraden doet ze dan zeker over veertien dagen, tijdens de tweede periode,' veronderstelde mijn vrouw, op de overloop naar de hoeken van het plafond wijzend. De verlichtingsarmaturen in de badkamer en op het toilet echter, waren schoon. Klamvochtig gereinigd, schatte ik.

De volgende morgen was er een Factuur van 'Clean' Cleaning Service bij de post. Dat wil zeggen: de brief was niet gefrankeerd, maar waarschijnlijk die nacht door Netjes zelf in de bus gedaan. Ik opende de enveloppe en ik las:

Factuur nr. 3.635.421

Voor geleverde schoonmaakwerkzaamheden gedurende de maand februari 1982 *f* 192,72

18% BTW	*f* 34,69
TOTAAL	*f* 227,41

Hoogachtend,
De Directie J. Netjes
Betalingscondities binnen 14 dagen netto.

Ik besloot de heer Netjes op te bellen.

'Met 'Clean' Cleaning Service.'

'Goedemorgen, u spreekt met Van Kooten. Mag ik de heer Netjes van u?'

'Een ogenblikje, ik verbind u door.'

'Met Netjes,' sprak dezelfde stem tien seconden later.

'Met Van Kooten meneer Netjes. Ik vind hier net uw nota in de bus en daar heb ik een paar vraagjes over.'

'Er is op dit moment niemand op de administratie aanwezig, mijnheer Koot.'

'Tja. Ik wil daar toch wel graag snel opheldering over hebben.'

'Eens even kijken mijnheer Koot... ja. Morgen

moet ik toch bij u in de buurt zijn, dan kan ik wel even langs komen, hangt ook van de voortgang van dat project af... nee, dat lukt wel. Tot morgen mijnheer Koot.'

Met behulp van mijn vrouw en een rekenmachientje was ik erachter gekomen waarom de heer Netjes *f* 227,41 vroeg voor vierenhalf uur lichte schoonmaakwerkzaamheden, in dienst van 'Clean' Cleaning Service BV verricht door Mevrouw Hogenbirk.

De optelsom was briljant van brutale eenvoud.

De oorspronkelijke rekensom luidde:

Per jaar 192 uren schoonmaakwerkzaamheden à *f* 24,09 per uur = *f* 4625,28. Dit bedrag gedeeld door twaalf bracht de kosten op *f* 385,44 per maand.

Trok je 18% BTW af van zijn gevraagde *f* 227,41, dan hield je *f* 192,72 over.

f 192,72 was precies de helft van *f* 385,44!

Hij had voor die paar uur mevrouw Hogenbirk gewoon het maandbedrag in tweeën gedeeld!

De heer Netjes bekeek de factuur met keihard gespeelde verbazing. 'Inderdaad,' zei hij, 'ik zal dit op de zaak laten uitzoeken.'

'Kunt u niet even bellen met de zaak?' vroeg ik met een van macht gonzend hoofd.

'Dat zou ik wel kunnen doen,' keek de heer Netjes op zijn gouden Rolex, 'maar het probleem is dat er momenteel niemand op de zaak aanwezig is hè?'

Wij keken elkander aan en zwegen. Langzaam begon de heer Netjes te blozen, tot zijn gezicht met groene zeep geschrobd leek. 'Clean' Cleaning Service BV zakte voor mijn ogen in elkaar. Wat ervan restte zat, met zijn jas nog aan, hier in mijn ongedweilde kamer: een schichtige, niet onaardige man met briefpapier, een telefoon, een vlotte schoonmaakbabbel en 1 werkster.

'En doet u vooral de hartelijke groeten aan uw moeder,' probeerde ik, 'ook namens mijn vrouw.'

'Dat zal ik zeker doen,' versprak de heer Netjes zich en hij verdween uit mijn leven.

Ik heb de heer Netjes een keurige brief geschreven waarin ik hem meedeelde dat ik afzag van de verdere diensten van 'Clean' Cleaning Service BV, aangezien de kosten mijn begroting te boven gingen en ik nog eens verder wilde kijken of er niet iets in een andere vorm, waarbij ik echter niets ten nadele wilde zeggen van de kwaliteit van het werk van 'Clean' Cleaning Service BV en met name van mevrouw Hogenbirk, enzovoort. In die geest mompelde ik nog wat verder en ten slotte deelde ik de heer Netjes mede dat ik zijn factuur ad *f* 227,41 vanmorgen per giro had voldaan. Nooit meer iets van de heer Netjes vernomen. Toch keurig.

R. uitgezonderd, bezitten al mijn schrijvende vrienden nu een tekstverwerker. Een tekstverwerker is een computer met een toetsenbord, een beeldscherm en een printer.

Ik hoop dat ik de apparatuur aldus duidelijk voor u heb omschreven, maar waarschijnlijk is dat niet eens nodig – het zit er dik in dat ook ú reeds de trotse en knappe bezitter van een tekstverwerker bent! Straks heeft iedereen een tekstverwerker, behalve ik! Waarom wil ik geen tekstverwerker hebben? Is dat aanstellerij van mij? Computerangst? Kinderlijk gekoketteer met mijn technisch onvermogen? Wil ik, in een mengeling van alphapoch en bètabang, soms graag de indruk maken dat ik een bedaagde en ouderwets gedegen stijl van leven heb waarbinnen geen digitaal wordt gesproken? Nee, dat klopt niet. Daar is mijn weren van moderniteiten te weinig consequent voor. Was ik soms nog af met de hand? Onzin: in de machine met die vuile hap. Sta ik nog altijd op uit mijn stoel wanneer ik bij het televisiekijken van kanaal wil wisselen? Allesbehalve: ik heb afstandsbediening en overweeg, uit luiheid, de aanschaf van die nieuwe afstandsbediening waarmee je de afstandsbediening naar je toe kunt halen. Mijn citrusvruchten pers ik elektrisch, houtwerk schuur ik machinaal en ook mij scheren doe ik via het stopcontact. Ik bezit een elektronische rekenmachine, een magnetron-oven en een CD-speler. In de gang, naast het toilet, heb ik uit een oogpunt van besparing, een zelfdenkende lichtschakelaar gemonteerd, zodat de lamp in ons halletje tien minuten blijft branden, waarna hij het voor gezien houdt tot je opnieuw de knop indrukt.

Je kunt dus niet zeggen dat ik geen deel heb aan het moderne leven en zijn tientallen tot ons genoegen bedachte gemakken. Maar een tekstverwerker wil er bij mij niet in. En ik weet niet waarom eigenlijk niet, want al mijn vrienden zijn wild-enthousiast. En sinds het bezit van hun tekstverwerkers schrijven ze meer en beter dan ooit, constateer ik met afgunst – dat beeldscherm waarop al je gedachte woorden zich puntsgewijs aaneenrijgen moet buitengewoon stimulerend en inspirerend werken. In het begin hoopte ik nog dat dit nieuwigheid was en dat hun geestdrift wel snel zou slijten, maar nu, maanden later, zie ik dat mijn schrijvende vrienden nog steeds aanstekelijk in de ban van hun nieuwe speeltje zijn. Dat we hier, in de MacLuhaneske terminologie, met een hot medium van doen hebben, werd al wel bewezen door mijn vriend P., die zelfs een paar dagen eerder van zijn vakantie terugkeerde omdat hij het daar, zonder tekstverwerker, niet langer uithield!

Toch wil ik geen tekstverwerker. Ik kan er niet mee omgaan! zeg ik; daar ben ik gewoon te dom en te zenuwachtig voor! Ik begin al te transpireren bij het lezen van de gebruiksaanwijzing! Onzin! roepen mijn schrijvende vrienden; je moet er niet zo bang voor zijn want in 1 middag heb je het door en dan heb je in feite niets meer of minder dan de perfecte typemachine! Nooit meer corrigeren met Tipp-Ex, geen carbonpapier meer nodig, geen vieze vingers meer van het typelint wisselen! Je verbetert je teksten op het schermpje, net zolang tot er staat wat er staan moet en pas dan geef je je machine opdracht om je tekst te printen. Kijk maar: zo. En met een hand steunend op de leuning van hun commandostoel volg ik de zoveelste demonstratie, knorrend van bewondering; precies zoals ik pianisten op hun vingers sta te kijken, hangend op een hoek van de vleugel.

En je kunt hem bij voorbeeld zo programmeren dat al je correspondentie er uniform uitziet, gnuiven mijn vrienden. Alle brieven hun vaste indeling en kadrering. Maar de enveloppe dan? vraag ik slim; hoe betik je dan je enveloppe? Want de tekst rolt op speciale vellen uit de printer, maar een enveloppe of ander papiertje kun je er dus niet insteken, in je tekstverwerker. Nee, dat is waar en daar moeten ze mij dan gelijk in geven, maar dat bezwaar valt volkomen weg tegen de mogelijkheid om, zij noemen maar wat, al je teksten te bewaren. *Saven* heet dat en dat gaat op Floppy Discs. En wil je weten wat je toen en daar hebt opgeschreven, dan steek je gewoon de betreffende floppy ergens in en dan roep je je tekst op en die floept dan op je beeldscherm. Dus na aanschaf van een tekstverwerker zou ik al mijn pakken papier met oude teksten moeten overzetten op floppy discs? Eigenlijk wel ja, als ik het helemaal goed wou doen.

Ik denk aan die honderden oude vellen met hun onderlinge kleurverschillen, jaarringen en gradaties van verschotenheid. Op sommige staan belangrijke telefoonnummers en adressen in de marge. Op andere prijken dierbare koffiekringen en ik weet nauwkeurig uit mijn blote hoofd welke teksten dat zijn. Ik kan ze oproepen door een van mijn bergladen open te trekken en door de inhoud te bladeren. Wanneer ik al die oude teksten overtik en op floppy zet en mijn oude papieren verscheur, heb ik het gevoel dat ik mijn teksten de ruimte in stuur – ze zijn er nog wel, maar eigenlijk niet. Ze zijn niet langer tastbaar, maar zweven ergens rond. En al behoor ik niet langer tot de goedgelovigen die denken dat hun saldo ergens bij de bank bewaard wordt in een doosje waar hun naam op staat en waar het precieze tegoed in zit – als straks de floppy discs worden vervangen door CD-schijven, waar duizendmaal zoveel informatie op kan en die eraan schijnen te komen; mijn hemel dan heb ik het gevoel dat mijn oude woorden ergens in de Melkweg cirkelen!

Begrijpt u wat ik probeer te formuleren? Ik tracht hartstochtelijk te rechtvaardigen dat ik niet tot de aanschaf van een tekstverwerker zal overgaan. De reden dat ik dit niet doe is angst en die angst is gegrond op mijn zelfkennis; ik zal niet met een tekstverwerker overweg kunnen. En omdat ik best weet dat die onnozelheid in wezen een vorm van luiheid is, sprong ik jongstleden donderdag een ouderwets gat in de lucht toen ik eindelijk een gerede grond voor mijn instinctieve afkeer van de tekstverwerker vond. Dit is mijn excuus: als ik zit te tikken op deze (elektrische!) machine en even niet weet hoe ik verder moet, kijk ik op van het papier en richt ik mijn vertwijfelde blik recht vooruit op de wand achter mijn bureau. Daar hangt een permanente collectie van persoonlijke foto's, knipsels en kindertekeningen. Welnu – op die manier wegdwalen, in het vertrouwde niets kijken en bidden om inspiratie, lukt niet met een tekstverwerker! Je schrijft je tekst niet met een schuin benedenwaarts gerichte blik, maar je zit onafgebroken recht vooruit te kijken. Het beeldscherm neemt je hele uitzicht in beslag! Als je wilt zien wat er voor je (dus achter de tekstverwerker) op de muur hangt, moet je je stoel achteruit schuiven, recht overeind gaan staan, eroverheen kijken en weer gaan zitten. En omdat ik per A4-vel gemiddeld twintigmaal op- en peinzend voor mij uitkijk en ik nu te oud ben om nog wat te versleutelen aan die ingesleten motoriek, kan ik de aanschaf van een tekstverwerker niet riskeren. Deed ik het wel, dan zou, om maar iets te noemen, de tekening die mijn dochter Kim op vijfjarige leeftijd voor mij maakte, voorgoed uit het gezichtsveld van mijn schrijven verdwijnen:

Vandaar.

Draai je eens om, zegt hij. Wij doen dit en drie tellen later roept hij dat we weer mogen kijken. Hij heeft een gek petje opgezet. Een petje met een grote klep, waar wel drie reclames op staan. Nu moeten wij raden waar dit petje vandaan komt. Wij hebben geen idee, want dat is de bedoeling. Dit is de pet van Alain Prost geweest! roept hij; die had in de Grote Prijs van Argentinië deze pet op. Hij zet hem af en bekijkt zijn petje plechtig, van een afstandje. Nounou, mompelen wij met ons mondje in bewonderende rimpels. Meer weten wij niet van zijn petje te zeggen, want wij kennen Alain Prost niet. Hij heeft de zijne trouwens ingeruild; wisten wij dat al? Zijn pet? Nee, zijn auto. De top van deze ligt veertig kilometer hoger dan die van de vorige en hij zal zometeen even zijn nieuwe alarm laten horen. Dat zijn de eerste drie maten van My Way, en die worden net zolang herhaald tot hij het geheime contact omdraait, met dit sleuteltje. Zien wij niks bijzonders aan dit sleuteltje? Nee, lijkt ons een gewoon sleuteltje. Ja pas op: het lijkt een doodgewoon sleuteltje, maar daar moeten wij ons niet in vergissen. Deze staalsoort bestaat namelijk nog niet eens officieel. Dit ijzer gebruiken ze alleen nog maar bij de Nasa. Daar heeft hij viavia een half onsje van op de kop kunnen tikken en dit sleuteltje van laten gieten. Doe het licht eens uit? Zien wij wel? In het donker geeft dit sleuteltje licht. Net als zijn petje trouwens. Hebben wij op Oudejaarsavond die lichtkogels nog gezien, boven het park? Die waren van hem! Had hij via de Marine. En of wij nu nog even willen fluiten. Gehoorzaam tuiten wij onze lippen. Horen wij die pieptoon? Nee? Nou, die komt uit zijn jaszak. Daar zit zijn huissleutel in en die gehoorzaamt, als hij fluit. Moeten wij ook nemen, zo'n apparaatje; zijn wij nooit meer onze sleutels kwijt.

Wisten wij trouwens dat hij zich elke ochtend vijfenveertig keer opdrukt? Moeten wij, voor de aardigheid, zijn spierballen eens voelen.

Kunnen jullie Finland Twee ontvangen? vraagt zij. Nee, dat kunnen wij niet. Alleen bij heel mooi of vreselijk mistig weer; dan zien wij wel eens een zweempje BBC. De BBC? Die heeft zij dag en nacht opstaan! Hoe kan dat dan? willen wij weten. Dat kàn ook eigenlijk helemaal niet, lacht zij sluw. Dan doet zij de deur dicht, rolt met haar ogen en fluistert dat zij hier een mannetje voor heeft. In de loop van ons gesprek laat zij een stoet van mannetjes de revue passeren. Al die mannetjes behartigen een bepaalde discipline voor haar. Verrek! roepen wij plotseling – die deurknoppen daar: die zoeken wij al jaren! Oja? Nou, dan hoeven wij geen moeite meer te doen, want die zijn gegarandeerd nergens meer te krijgen. Dit zijn namelijk de drie allerlaatste van de hele wereld. Heeft zij de hand op weten te leggen via haar deurenmannetje. Mijn hemel! roepen wij nu weer, wat een enorme sinaasappels zijn dat daar! Zij straalt. Die heeft ze via een mannetje bij de groenteboer. Niet de groenteboer zelf, die weet daar niks van, maar in die groentezaak zit een klein mannetje onder de toonbank en via dat mannetje krijgt zij haar sinaasappels. En wat dachten wij van deze rollen keukenpapier? Daar stuurt ze 's nachts een mannetje voor naar de haven. Die koopt ze daar per container, van een dronken Algerijnse stoombootkapitein. Wij voelen ons met de minuut onbenulliger worden. Wat betalen wij toch al veel te lang al veel te veel voor van alles en nog wat! Zij geniet van onze verbijstering: hoe groter onze ogen staan, des te slimmer en spletiger worden de hare. Moeten wij binnenkort nog naar Londen? Nee? Anders moeten wij doen wat zij gedaan heeft! Wat heeft zij dan gedaan? Nee, dat kan zij helaas niet zeggen. Dat heeft zij haar reismannetje moeten beloven. Kijk, dat is nu niet aardig van haar. De man met wie zij vroeger samenwoonde was precies zo'n weggetjesweter en daar heeft ze het meeste ook aan overgehouden, maar die gaf zijn tips tenminste door! Zij niet. Zij houdt alles voor zichzelf. Haar sluwpret om al die slinks behaalde resultaten stoelt veeleer op hebberige jaloezie dan op vrijgevig plezier – van vroeg tot laat zal zij het bittere feit wreken dat zij voor alles een mannetje heeft, behalve daarvoor waarvoor zij het liefst een mannetje zou hebben.

DOOR DE KNIEËN

Geen ruggegraat en geen principes. Schreef tijdje terug nooit Tekstverwerker te zullen nemen. Zit nu trillend van de opwinding achter eigen Home-computer. Wil het daar niet over hebben. Hel & Hemel dienaangaande al luisterrijk bezongen door Gerrit Komrij, Jan Mulder, Wim de Bie, Piet Grijs en H.J.A. Hofland. Heb een Harde Schijf, waar een Schrijf- en een Tekenprogramma op zitten. Heb eerste tekening met computer gemaakt en geprint! Wilde eerst harde politieke cartoon tekenen over wapenonderhandelingen tussen Amerika en Rusland (zegt Reagan : "ik praat pas verder als Mevrouw Gorbatsjov óók 1 borst inlevert!"), maar kreeg hoofd Reagan niet lijkend. Dáarom wat makkelijkers geprobeerd. Kreeg tekening geprint, maar tekst printen lukt nog steeds niet. Kan wel op schermpje tikken en verbeteren. Tik vervolgens met oude tikmachine tekst over van schermpje, op ruimte boven tekening, gecreëerd na negenmaal proefprinten. Ben hier 8½ uur mee bezig geweest, maar zie toekomst, hoewel dubbel,vol vertrouwen tegemoet !

zegt de middelste gevangene: "dan moeten jullie kontakt opnemen met je advocaat, want dat kun je namelijk eisen!"

16 januari 1987,

Kees van Kooten

Zijn dochter is negen geworden en wilde van de huiskamer een Discotheek maken, bij wijze van verjaardagspartijtje.

De halve klas zal komen. 'Discokleding verpligt!' heeft de jarige op haar negentien uitnodigingskaarten uit de Snoopywinkel geschreven.

De jongetjes verschijnen met vetgekamde hoofdjes en oude colbertjes van hun vaders aan, de meisjes met groen haar en beenwarmers in alle kleuren van de regenboog, en zijn dochter draagt, tot vaders verrassing, de zilveren lurex mini-jurk die hij nog in 1968 voor zijn vrouw heeft gekocht, in Parijs.

Om haar tot de meerderjarigst haalbare kortte op te schorten, heeft ze een rosegroene sjaal (nog van DOE MAAR) zo strak mogelijk tot een middeltje gesnoerd.

Dus dat was haar bedoeling, begrijpt vader, als hij ziet hoe het gezelschap zich in discotrance tracht te dansen: het ging de jarige uitsluitend om die ene jongen (Michiel? Michèl?), en ze heeft die andere achttien er alleen maar bij gevraagd, zodat het niet zo op zou vallen, hoe zij op elkander vielen.

En de vader moet toegeven: het knulletje (Michaël?) ziet er leuk uit en kan al zo soepel bewegen als de vader het nooit heeft gekund. Vader kan niet dansen.

Dat knulletje swingt, net als zijn dochter. Alle anderen blijven wanhopig staan wrikken om in het ritme te komen.

Vanmiddag heeft vader alle kappen van de staande schemerlampen geschroefd en de witte gloeilampen vervangen door in haast gekochte rode, gele en groene discoperen. Tevreden rondkijkend, staat hij tot iets boven zijn middel in het kluwen hopsende jeugd van morgen. Hij moest een andere broek aan van zijn dochter.

Zo dadelijk zal hij, na haar dwingende wegwezen-grijns, de kamer verlaten, want dan is het pas een echte discotheek natuurlijk.

Hij moet steeds opnieuw beginnen, door het gewriemel, maar na de zoveelste telling komt hij, goddank, tot negentien. Het waren er toch negentien? Nee – twintig! Nog een keer tellen, vlug, voor het ergens ligt flauwgevallen! Wéér negentien!

Vader gaat als een haas op zoek naar nummer twintig, en vindt haar op de gang. Eenzaam, met haar groene hoofd gebogen, zit ze op een van de hier bijeengedreven huiskamerstoelen.

'Wat is er meisje?' vraagt de vader voorzichtig.

Keurig beleefd staat ze onmiddellijk op als hij haar aanspreekt.

Zij is anderhalf hoofd groter dan de rest. Toch is ze net zo negen als alle anderen.

'Ik heb een beetje pijn in mijn knie meneer,' fluistert ze.

Wij dachten dat wij ons nooit meer zouden vervelen, thuis, toen wij die videorecorder kochten. Als er weer eens een avond niks op de televisie was, stelden wij gewoon ons eigen programma samen. Dan konden wij hopla een prachtfilm pakken uit onze huisvideotheek. Of een spannende voetbalwedstrijd. Zo'n schitterend Engels toneelstuk!

Die collectie hoogtepunten gingen wij zorgvuldig opbouwen, echt iets moois van maken. Met duidelijke, zonder fouten betikte etiketjes op de ruggen van de cassettes. Al die banden kregen een nummer en al die nummers gingen in een schrift.

Dat was een jaar geleden. Gisteren kwam ik, in de rommelkast, mijn Videoschrift tegen. Bij Cassette Nummer 1 stond *Casablanca*, bij Nummer 2 *Sunset Boulevard* en achter 3 was al geen filmtitel meer ingevuld. Toch wankelden er, op de schoorsteenmantel in de huiskamer, zeven stapels banden. Op de helft van hun ruggen stond niks; op de andere helft waren haastige runen gekrabbeld. Drie doosjes droegen dansende plaklettertjes, losgepulkt van de bijgesloten vouwkaart met zelfklevende archiveringstekens. De aangevreten kaartjes had ik terug in de cassettedozen geschoven. De letters en cijfers kleefden op en door elkaar, als vliegen aan een vliegenvanger.

Het was weer het oudje liedje van ieder nieuw audiovisueel apparaat: de software werd ten slotte zo goedkoop, dat je cassettes begon in te slaan als pakken lucifers, tubes tandpasta of rollen toiletpapier –

per drie, per zes of per twaalf stuks tegelijk, afhankelijk van de voordeligste aanbieding.

Hoeveel banden bezaten wij nu, in totaal?

Tien keer meer dan nodig. En wat stond erop?

Daar hadden wij geen flauw idee meer van.

Wij zouden ze waarschijnlijk allemaal kunnen wissen. Behalve dan de nummers 1 en 2 uit mijn videoschrift. Maar daar moesten wij ze eerst voor terugzien. Anders weet je niet wat je wist.

Daarom ben ik een week eerder teruggekomen van vakantie en hebben wij elke avond, druk drukkend op de fast forward-toets, drie à vier cassettes teruggekeken. Helemaal opgewonden en zenuwachtig en uitgelaten waren wij ervan, na afloop. Het programma was volslagen onvoorspelbaar geweest. Geen gids ter wereld had kunnen vermelden wat wij te zien hadden gekregen en geen kijker op aarde zag wat wij zagen. De videorecorder tilde ons als het ware uit de anonimiteit. Het riekte zelfs een beetje naar guerrilla. Zo intensief hadden wij in geen jaren meer televisie gekeken!

Wat er op de cassettes stond deed er niets toe: alles was adembenemend verfrissend. Vooral de banden van de keren dat de videorecorder slaafs een verkeerd geprogrammeerd net had opgenomen. De oude journaals bezorgden ons rillingen van superieur genot, omdat wij de afloop al kenden: waar ze zich toen toch druk om maakten! Bij dramatische verslagen van inmiddels ten einde gevochten oorlogen en nog altijd niet gelenigde noden, van opgeloste kapingen, vergeten milieurampen en intussen al herhaaldelijk verbeterde records, ervoeren wij vreemd vervlochten gevoelens van leedvermaak en medelijden. Een parade van gestorven gelijkhebbers, vergane eendagszangers, achterhaald geklede huichelaars, gebleken leugenaars en oud geworden of juist jong gebleven presentatoren trok aan onze puilende ogen voorbij. Wij smulden!

Linksboven in het beeld liep de kilometerteller van de tijd mee. Na dertig cassettes wisten wij weer nauwkeurig hoe hard alles ging en exact hoe laat het was.

Onvergetelijke week was dat geweest! Elke avond pakjesavond. Uitgeput maar gelukkig hingen wij in onze bank. Hand in hand, nota bene. Zo ouderwets; wij leken wel stoned.

– We stoppen ermee, zei mijn vrouw toen.

– Waarmee? vroeg ik.

– Met die belachelijke videotheek van jou. Ook geen nieuwe cassettes meer kopen. We hebben genoeg aan deze, voor de rest van ons leven.

– Vandaag is niet leuk voor later, filosofeerde ik; alleen gisteren is leuk voor nu.

– Wij gaan een maand alleen maar lezen, zei mijn vrouw; en onze boeken nou eindelijk eens alfabetisch in de kast zetten.

– En dan kijken we niet, maar we nemen elke avond op, proefde ik.

– En we zetten niks op de doosjes, zei mijn vrouw streng. Ook geen datum. En na elke maand houden we zo'n surpriseweek.

– Een reis door tijd en ruimte, zei ik zweverig: een VideOdyssee.

Maar mijn vrouw deed net of zij niets hoorde, want als zij iets aan mij haat zijn het wel mijn woordspelingen.

Zie je wat? vraagt hij angstig en intussen trekt hij het onderste lid van zijn rechteroog naar beneden, waarbij hij zijn onberispelijk gekapte hoofd licht voorover buigt, zodat wij onze blik speurend langs de waterige, rosbiefrode binnenrand van zijn zogenaamd door een vuiltje gekraakte oogkas kunnen laten gaan. Nee, wij zien niets. Gek is dat, zucht hij; ik voel het de hele dag al zitten. Hebben jullie hier een spiegel? Wij wijzen hem het toilet. Zodra hij de kamer heeft verlaten zegt iemand dat je kunt zeggen wat je wilt, maar dat hij er fantastisch uitziet voor zijn vijfenveertig jaar. Daar zijn allen het mee eens. Ooit schijnt hij nog eens bijna bij de televisie te zijn gekomen, als presentator. Visueel waren ze buitengewoon over hem te spreken, maar het ketste af op zijn praten, waar te veel slis in voorkwam, of zoiets. Anderen horen dat onmiddellijk. Ons valt dat al niet meer op – ook al omdat hij constant een pepermuntje in zijn mond heeft, voor de algehele frisheid naar buiten toe.

Daar is hij alweer terug. Wij hebben hem niet eens horen doortrekken, realiseren wij ons nu! Heeft hij waarschijnlijk alleen zijn handen gewassen. Doet hij een paar keer per avond. Hij wappert ze nog een beetje na. Kijk: nu trekt hij zijn zakdoek. Hij zal toch niet openlijk zijn neus gaan zitten snuiten? Nee, natuurlijk niet. Hij vouwt het schitterend in vieren gestreken herenaccessoire niet eens uit, maar dept er met kleine klapjes zijn neus mee, tot de dreigende nies is weggetrokken van zijn gezicht, dat nu weer de gebruikelijke, serene rust vertoont: als had het een tijdje in zijn drie gereden en heeft hij het nu, met zijn zakdoek, in de kalmere vierde versnelling gezet.

Wordt het niet eens tijd voor zijn nagels? Gelukkig: daar vraagt een dame om een vuurtje. Hij bezit vanzelfsprekend een aansteker, maar met lucifers kan het veel eleganter, vuur geven, dus pakt hij ze van tafel, strijkt er eentje af, houdt hem bij haar sigaret, blaast hem krachtig uit, breekt het geblakerde kopje eraf en ragt met het gepunte restant terloops even vliegensvlug onder de nagels van zijn beide handen langs. Ziezo. Nu is hij volslagen opgetut en kan hij zich smetteloos in ons gesprek mengen. En om te demonstreren dat, ondanks zijn beeldige verschijning, niets menselijks hem vreemd is, geeft hij zich met een elegant gekromde pink om de vijf minuten drie tot vier kleine, vederlichte krabjes aan zijn linker- of zijn rechterslaap. Wij durven er ons oude, morsige hoofd onder te verwedden dat hij in de verste verte geen jeuk heeft – die bezorgt hij ons alleen maar, met zijn pronktut.

Van alle Nederlandse Antillen, wilde ik altijd al het liefste naar Bonaire.

Bonaire! Die naam leek te zweven in het rijtje Aruba-Bonaire-Curaçao, op school al.

Wanneer je hem hardop moest zeggen, hield je hem langer aan dan nodig was: Bonaiaiaire.

En nu was ik er, voor het eerst, met mijn gezin, en het was er precies zo luchtig en prachtig als het al die jaren had geklonken – de fameuze flamingo's staan er als roze vraagtekens in de diepblauwe meren en zoutpannen; de chibi-chibi, een geel, reggaes fluitend neefje van de kolibrie, vliegt de als feestmutsen bloeiende hibiscusbloemen in en uit en hartelijke, zwartelijke mensen spreken een vriendelijk en verzorgd Nederlands, met stemmen die net zo warm zijn als het weer. Veertig graden, maar omdat ze de Benedenwindse Eilanden heten staat er altijd net een lekker briesje.

– Heb je ooit zoiets moois gezien? vroegen wij elkaar om het uur. Nee; niemand van ons vieren was ooit eerder op zo'n paradijselijke plek geweest en voor het eerst sinds jaren moesten wij de thuis bestudeerde folder na aankomst op onze vakantiebestemming gelijk geven: 'Van de Benedenwindse Eilanden biedt Bonaire de toerist, die zich volkomen vrij wil ontspannen, de meeste rust. De vakantiegangers hebben er zich nog niet meester van gemaakt en om deel te nemen aan het gezelschaps- en amusementsleven moet men er beslist niet naar toe gaan. Het zal echter niet lang meer duren of ook dit wel als Assepoester van de Benedenwindse Eilanden beschouwde gebied zal door de dollarprins met de gouden koets naar de toeristenwelvaart worden geleid! Wanneer bv. prominenten als de Amerikaanse negerzanger Harry Belafonte geld steken in een bungalowproject, is dit wel een aanwijzing in die richting. Thans gaat het leven er echter nog zeer rustig zijn gang.

Bon Bini! zeggen de bewoners van Bonaire – wees welkom op ons mooie eiland!'

Bonaire meet 288 vierkante kilometer en behalve het hoofddorp Kralendijk zijn er nog vier kleinere nederzettingen. Kralendijk heeft nog geen duizend inwoners en is gebouwd op een rif van koraalkalk.

Veel huizen in de karakteristieke Oudhollandse koloniale stijl. Een fort met kanonnen uit de Napoleontische tijd. In het amper boven de zeespiegel uitstekende zuiden staan de beruchte Slavenhuisjes; de hondehokkige verblijfplaatsen van de vroeger in de zoutpannen werkende slaven. In enkele Boca's (inhammen in de koraalkust) vallen Indiaanse rotstekeningen te zien en op de zuidpunt van het eiland verrijst een Obelisk, die dienst deed als oriëntatiepunt voor de zoutschepen.

Dit zijn, de Divi-Divibomen en haar bewoners buiten beschouwing gelaten, de enige bezienswaardigheden die Bonaire bovengronds te bieden heeft.

Bonaire heeft twee laagbouwhotels en wij zaten in het mooiste, met een kamer direct aan de Caribische Zee. Ik zou hem graag willen kunnen beschrijven, die zee, maar er is geen beginnen aan. Zij gaat mij te hoog.

Van boven is zij vlak en aan het eind heeft zij een horizon, maar voor de rest lijkt zij in niets op enige andere mij bekende zee. Ook doet zij niet aan eb en vloed.

– Hebben jullie ooit zulk helder water gezien? riepen wij zwemmend naar elkaar. Nee, niemand had ooit zo mooi gezwommen in zijn leven; we werden hier voorgoed verpest op zeegebied.

De visa van Bonaire is nog sprookjesachtiger dan haar flora en fauna te zamen. Je kunt ze niet verzinnen, de vissen die je ziet. Hun model misschien nog wel, met behulp van een spirograaf, maar op die kleurencombinaties komen wij niet, als Hollanders.

– Hebben jullie je ooit ergens zo snel thuis gevoeld? wilde ik weten aan het einde van de eerste dag. Nee, niemand van ons vieren had zich ooit zo fantastisch gezond, verwend en op zijn gemak gevoeld.

Binnen een beschermde zoveelmijlszone mag er rond Bonaire niet gevist worden, zodat de vissen er uit je hand eten. Sommige types zijn al zo verwend en brutaal (de Doktervis, de Stoplicht Papegaaivis en vooral Dikke Koffervisjes), dat ze voor gewoon brood hun neus ophalen, maar in het paalrestaurant kregen we tevens cake bij het ontbijt en daar namen we dan een paar extra plakken van mee, in zee.

Je zwemt daar rond in een tropisch aquarium en je raakt er, met een duikbril op, niet in uitgekeken; elke dag ben je bezig met het sparen van nieuwe exemplaren voor je ogenverzameling en opgewonden wijzend en Oerm! Oerm! roepend door onze snorkels, stootten wij elkaar, onder water, de hele dag aan. Daar: de Verlegen Hamlet! Het Oranje Tabaksvisje! En daar bij het koraal, die school paarse kleintjes, met die sprieten! Mijn God: het zijn er miljarden! En bij iedere golfbeweging draaien ze zich synchroon honderdtachtig graden om, alsof ze onderling verbonden zijn. Op bevel en uit naam van wie? Wie op het droge al dan niet in God gelooft, die gelooft daar, onder water, onvoorwaardelijk aan Neptunus.

Nu moet u weten dat mijn vrouw absoluut niet bang is uitgevallen en van alles durft, maar niet met haar hoofd onder water. Ik legde dus mijn duikbril plat op de Caribische Zee en dan liet ik haar er van bovenaf doorheen kijken; de eerste dagen nog alleen naar kleine vissen, omdat zij bang was dat de grote vissen kleine haaien waren, later ook naar Puddingvissen, Snappers en Margaten. En Koralen!

Op Bonaire is gelukkig al koraal waar je nog kunt staan, want dat is de voorwaarde waaronder zij wil zwemmen: zij moet onmiddellijk kunnen gaan staan. Het doet denken aan vrouwen die, bij het naderen van een druk kruispunt, snel van hun fiets afspringen. Je zwemt in een beeldentuin tussen de koralen, en het overweldigende zit hem, behalve in het brilverblindende palet van nooit gedroomde kleuren, vooral in de ontelbaarheid van symmetrische vormen, zich herhalende patronen en tweehonderd miljoen jaar oude poliepenmotieven – als je je door de Sirenen-aanblik van een hersenkoraal liet verleiden om te proberen je samen uit zijn doolhof te kijken, vanaf een punt dat een van ons tweeën aanwees met een luie grote teen, dan was je, zonder het te merken, al snel een half uurtje van de wereld. De zee is immers net zo goed een binnenste der aarde.

– Doe hem nou op, zei ik, en kom dan met je hoofd mee onder; want na een week hield mijn vrouw haar duikbril nog altijd als een loep boven het water. Maar nee hoor, dat deed ze niet. Nog een beetje eng; misschien over een paar dagen.

Wij zouden drie weken op Bonaire blijven.

Wanneer we niet in het water dreven, lagen we op een van de verlaten Bounty-strandjes of in ons Aircobed. Of we zaten aan tafel met een flesje Amstel Bier; op Curaçao met zeewater gebrouwen en dientengevolge tweemaal sneller anheiterend dan in Nederland.

– Heb je ooit zulk lekker bier geproefd? vroeg ik mijn vrouw. Nee, zulk lekker bier had ze nog nooit gedronken. Om kort te gaan: als mij zou worden gevraagd een paradijs te ontwerpen, dan zou ik niets beters weten te schetsen dan Bonaire.

Of we huurden een jeep en reden rond het eiland. We picknickten aan het Goto-meer, met zicht op duizend flamingo's. We ontdekten in het Washingtonpark – een cactussen- en vogelreservaat op de noordpunt van het eiland – nieuwe, verlaten baaitjes die je alleen vanuit zee kon bereiken, na een snorkeltocht tussen de koralen door. Mijn vrouw bleef bij de auto achter en voerde cake aan de leguanen. De baas van een cafeetje in Rincon (de Amstel Bar) liet ons foto's van zijn in Wageningen studerende kinderen zien en wees glunderend de plek waar Koningin Juliana, daar, onder die Divi-Diviboom, bij haar laatste bezoek aan de Nederlandse Antillen nog had geroepen dat dit hier het mooiste plekje van Nederland was en dat we altijd vrienden zouden blijven. Wilde hij dan niet los van Nederland? Nee, alstublieft niet. Hij moest er niet aan denken. Want dan kwamen onmiddellijk de Venezolanen, en die zouden de zaak hier overnemen. Olie meneer; die gaan boren. Boren is slecht voor de zee.

Ook maakten wij kennis met een stuk of wat Nederlanders die zich hier hadden gevestigd en bevreesd de dag van de Antilliaanse Onafhankelijkheid tegemoet zagen. Surinaamse toestanden jongen, dan krijgen we Surinaamse toestanden hier! Ze merkten het nu al, bij de benzinepomp, dat de blanken gediscrimineerd werden en als laatste werden geholpen. Macamba, zeiden sommige Bonairianen tegen je, steeds vaker; allemaal zenuwen vanwege straks die zelfstandigheid, want negen-tiende wil helemaal niet los van Nederland. Alleen een klein groepje dat zijn kans ruikt en dat het eiland zal verkwanselen. Nee, wij zagen alleen de buitenkant, maar je moest hier eerst maar eens een tijdje wonen.

– Zullen we hier blijven wonen, jongens? had ik nog de vorige avond gevraagd, na mijn derde Amsteltje.

– Ja! had mijn gezin in koor geroepen.

Het was te veel allemaal en te warm en ik werd hier ook nog jarig. Het kon niet op en daardoor moest er natuurlijk wel iets verkeerd gaan.

Ik herinner mij een verjaardag van dertig jaar terug, toen ik twaalf werd. Wij stonden met onze ouders op een camping in Zuid-Frankrijk, vlak bij Menton. De hele dag op het strand. Wanneer, aan het einde van de middag, de meeste vakantiegangers naar hun camping waren teruggedruppeld om de knakworsten op het butagas te zetten, kwam zij.

Zij kwam tevoorschijn uit het geheimzinnige huis in de heuvels en dan daalde zij, een donkerblauw luchtbed in haar armen wiegend, de in de rotsen uitgehouwen privé-trap naar ons kiezelstrandje af.

Zij was wat toentertijd 'een hert van een meid' heette en achteraf verdenk ik mijn vader ervan dat hij, bij het verzamelen van onze strandspullen, met opzet treuzelde tot zij was verschenen: een melkchocoladebruine Française in een bikini van een kleur groen die ik nadien nooit meer heb gezien, zelfs hier op Bonaire onder water niet.

Vaak deinde zij op minder dan tien meter afstand langs ons heen de zee in, waar zij zich met luchtbed en al voorover liet vallen, om met soepel malende armen weg te peddelen tot zij zich buiten oogbereik van de toeristen wist. Mijn moeder en mijn zusje sloften al vooruit op hun touwschoenen, op weg naar de tent, maar ik vond nog net een heel mooi steentje en mijn vader kreeg de gesp van zijn sandaal maar niet goed. En dan gebeurde het: wanneer zij dertig, vijfendertig meter uit de kust was, deed zij het bovenstuk van haar bikini af!

Zij kon natuurlijk niet rechtop gaan zitten, want dan zou ze van haar luchtbed afrollen. Ze bleef dus plat op haar buik liggen en dan moest ze, om haar bustehouder achterwaarts te kunnen loshaken, haar bovenlichaam een beetje ophoepelen, waardoor je, als je scherpe ogen had, even duidelijk haar beide borsten kon zien! Ze glommen van de zonnebrandolie.

Haar borsten. De borsten van een Française! Misschien een seconde of tien, kon je ze zien; dan ging ze weer liggen. Zij deed dit om van boven helemaal bruin te worden, begreep ik.

– Hè, hijgde mijn vader, die rotgesp! Ik moet morgen in Menton een tangetje zien te vinden.

– Mag ik dan een duikbril met een luchtpijp?

Ik wist dat hij ze al gekocht had, maar ik moest wachten tot mijn verjaardag, daar was hij streng in.

– Wacht maar af, zei mijn vader; er is hier straks ook nog iemand jarig als ik me niet vergis.

Zo kreeg ik op 10 augustus 1953, 's ochtends om zes uur, in onze tent: het boek Nou Wij Boys van Ir. Ad van Emmenes, een plak Franse melkchocolade (Nestlé met, tussen het zilverpapier en de wikkel een kleurenplaatje van een Flamingo uit een nergens beginnende of eindigende reeks die Les Miracles de la Nature heette) en een duikbril met een snorkelpijp. De bril was blauw, van rubber, en hij had twee glazen, zoals bij de vroegere vliegeniersbrillen. En die pijp: was die niet rood?

– Als ik in Holland voor twee kwartjes elektriciteitsbuis koop, zaag ik daar zo tien van die snorkels uit, zei mijn vader, die de gewoonte had om van ieder buitenlands artikel te berekenen hoe hij dit in Holland tweemaal zo goedkoop zou kunnen fabriceren om het hier, met miljoenen francs winst, voor iets meer dan de helft van de plaatselijke prijs op de markt te gooien. Nee: hij was geel. En hij had nog niet zo'n rubberen kooitje waar een pingpongbal in dobbert tegen het binnenkrijgen van zeewater. Ik geloof dat die eerste snorkel nog niet meer behalsde dan een dertig centimeter lange pijp, die je als een omgekeerd wandelstokje tussen je hoofd en de rubberen band van je duikbril moest wurmen, waarna je het nog niet van een rubberen bit voorziene uiteinde krampachtig tussen je lippen klemde en zee koos, wat ik op die verjaardag tientallen malen deed. Ik kwam alleen aan land om af en toe een bladzij uit mijn nieuwe boek te lezen. De plak chocola had ik meteen opgegeten, tegen het smelten.

Binnen een uur had ik het snorkelen met los pijpje onder de kin. Van Franse mannen keek ik af hoe je het binnenstromende zeewater, rustig doorzwemmend, kon terugfonteinen. Ik zag ook hoe ze even flink in hun bril spuugden voor ze hem opzetten, tegen het beslaan van de glazen. Ik spotte die eerste dag vier vissen (waarvan driemaal dezelfde), een oude sandaal en het vijftig meter van de kust in zee uitmondende riool van Menton.

We aten op het strand. De lunch bestond uit van thuis meegenomen knakworsten, die mijn vader in een 's ochtends aan de campingwinkel gekocht, gevierendeeld stokbrood propte. Ik ben blij dat hij het wereldsucces van de hot-dog niet meer heeft hoeven meemaken, want hij zou zijn verteerd door verongelijktheid om de miljoenen die er dagelijks werden verdiend aan wat goedbeschouwd zijn uitvinding was.

Tijdens de lunch rijpte er een duivels plan in mijn twaalfjarige hoofd en naarmate de dag vorderde, groeide mijn geheime opwinding. Toen ik om half vijf voor de twintigste maal ging zwemmen, had ik koorts van de zenuwen. Voor de vorm wierp ik nu en dan een blik naar beneden, in een onderwaterwereld waar niets te beleven viel, maar mijn werkelijke aandacht richtte zich op de kust en de bergen erachter.

Ze zou toch wel komen vandaag? Ik had bedongen dat ik, als jarige, tot minstens zes uur mocht blijven zwemmen.

Kwam ze daar? Daar kwam ze! Daar golfde haar donkerblauwe luchtbed de trap af. Ik dook. Nu was het een kwestie van niet in paniek raken en steeds zo lang mogelijk onder blijven.

Wij waren de enige twee baders in de hele Méditerranée: zij op haar luchtbed en ik met mijn nieuwe duikbril op.

Voorzichtig tilde ik af en toe mijn hoofd op, om over de rand van het watergordijn te zien waar zij bleef. Zij kwam recht op mij af gepeddeld; ik verbeeldde mij dat ik haar ademhaling kon horen en ik zag hoe het luchtbed wellustig tegen haar bewegingen in dobberde.

Zij had mij niet in de gaten. Door het bovenste kwart van mijn brilleglazen spiekend zag ik, op tien meter afstand, hoe ze haar armen naar achteren bracht. Even leken ze op grote, bruine krekelpoten. O God het ging gebeuren!

Gehypnotiseerd als een konijn in de koplampen van een auto, hing ik te watertrappelen; mijn ogen puilend gericht op het bolle kussen van haar luchtbed, waarachter zometeen haar ontblote bovenlijf zou oprijzen. En dat deed het! En de zon, bezig onder te gaan, bedacht zich, en kwam weer op! En ik zag de eerste twee vrouwenborsten van mijn leven. En toen zag ze me en ze lachte! Betrapt keek ze, maar niet boos. Want ze tuitte haar mond en ze maakte zeven, zogenaamd afkeurende klakgeluidjes. Ik kon van de emotie geen vin meer verroeren en hing verstijfd in het water. Toen ging ze weer liggen, plat op haar buik, en ze spetterde een handje water van ga weg jij in mijn richting. Dat verbrak de betovering en gehoorzaam begon ik te snorkelen; terug, in de richting van het strand, waar mijn vader stond te zwaaien dat ik komen moest.

– Stik maar, dacht ik; en ik vertel het je nooit. Had ze nou zes of zeven keer zo met haar mond gedaan, van dat soppende klakken? Ze was ook veel overeinder gekomen dan nodig was. Ik durfde niet meer om te kijken, en morgen gingen we hier weg!

Het was niet alleen deze belevenis die mij, dertig jaar later, daar op Bonaire weer tintelend helder voor de geest zweefde, och heden nee!

Gedurende de week na mijn verjaardag werd ik, in onze op advies van dokter Abraham uit Kralendijk verduisterde hotelkamer op bed liggend, bereden door de wildste herinneringen, ongemeen erotische fantasieën, tropische waanvoorstellingen en megalomane hervormingsplannen.

Wat was er gebeurd?

Bonaire is een duikersparadijs, dat voornamelijk wordt bezocht door Amerikanen met Texashoeden die rechtstreeks vanuit Dallas naar Kralendijk vliegen. In ons Hotel was een Dive-shop waar je diepzeeduiken kon leren; met zuurstofcilinders, compressoren, onderwaterkompassen, hogedrukbrillen en nog veel meer mannenspeelgoed. Geslaagde fat boys liepen de hele dag rond met enorme, rond hun roodverbrande kuiten gegespte antihaaienmessen. Ze zaten er zelfs mee aan tafel. De laatste haai werd hier, veertig mijl uit de kust, gesignaleerd in 1842. Aan de wanden van de Dive-shop hingen op stukken juthout geschilderde visitekaartjes van de Scuba-gekken die hier allemaal al hadden gedoken: The Houston Hell Divers, The Caribbean Daredevils, Oregon Divers do it deeper, The Gorgeous Gauges, Scuba Dooba Denver, enzovoorts. 'It gives you a kind of Greenpeace-feeling,' had een in zijn wetsuit blubberende bright young lawyer tegen ons geroepen toen hij, bepakt met dieptemeters, klokken, ballastriemen, messen, cilinders en slangen, op zijn supersonische zwemvliezen langs het steigertje kwam gekletst waar de kinderen en ik elke morgen vanaf sprongen, alleen maar met brillen en snorkels.

De duiksport. Scuba! Ze jagen hier niet onder water, spearfishen is verboden, maar ze laten zich om acht uur 's ochtends op een duikersboot vervoeren naar het tegenoverliggende, onbewoonde Klein Bonaire, waar de mooiste koralen en de grootste vissen huizen.

Daar gaan ze dan met hun hele uitrusting te water en dan maken ze op dertig, veertig meter diepte (een afstand die door het kristalheldere water ook van bovenaf valt te overzien, met een enkele duikbril) met speciale camera's honderden diepzeedia's, die 's middags achter de Dive-shop worden ontwikkeld en die ze 's avonds – ik heb geen zin om de goeden niet te na te spreken – met veel kinderachtig gejoel en gefluit aan elkaar vertonen op de witte muur van het dakterras, achter de openluchtbar.

– Now this beautiful triggerfish we called him Henry and Henry was quite a funny fellow who was quite fond of us and he used to swim up to us so that we could pass Henry around in our hands all along our bunch of divers and we could make these truly unbelievable slides. Next one please! Applaus, meer whisky.

Als ze tegen tienen dronken waren gingen ze nachtduiken, met onderwaterschijnwerpers. Over de rand van ons balkon hangend zagen wij ze passeren, want in het donker durfden de meesten niet te ver bij het hotel vandaan te zwemmen. Ter identificatie van bovenaf door vliegtuigen deden ze een groenig licht verspreidende slang van polyethyleen op hun cilinder, die je 's ochtends zag drijven; als ze waren uitgewerkt, gooiden ze ze weg.

– Je doet het niet hoor, zei mijn vrouw. Ik had, nooit tevreden, al een paar dagen lopen jengelen dat ik ook duiken wilde leren. En dan nog zweefvliegen, parachutespringen, hanggliding, windsurfen en motorrijden. En dan dood natuurlijk, maar alles eerst wel ten minste een keer gedaan hebben.

Ik was jarig. Ik stond ruim voor de anderen op en ik ging naar de Dive-shop.

– Dag grote, aardige neger: kan ik duiken leren?

– Dat zou ik wel denken meneer.

– En wat kost dat, duiken leren?

– Dat staat daar op die bord meneer.

Nu is Bonaire waanzinnig duur. Nederlanders komen er nauwelijks. Bonaire moet het dus van de Amerikanen hebben en ons hotel, schakel in een Amerikaanse keten, berekende alles in dollars. Die stond net weer eens heel ongunstig. Vanaf de tweede week ontbeten wij dan ook met zijn drieën, om niet voor vier te hoeven betalen. Dan smokkelde ik in mijn zwembroek wat broodjes mee naar de kamer voor degene die daar, bij toerbeurt, met zogenaamde hoofdpijn op bed was blijven liggen.

Ik berekende wat het mij zou kosten om te leren duiken. Hier was geen denken aan, want dan kwamen wij nooit uit. Leren duiken kwam, omgerekend, op twaalfhonderd gulden!

In het kinderzwembad naast de Dive-shop kreeg het de dag tevoren binnengevlogen groepje Amerikaanse heren zijn eerste duikles. Ze hadden nog geen cilinders op hun rug, alleen maar zwemvliezen aan en daarmee moesten ze, terwijl ze hun verbrande neuzen dichtknepen, plat op het water springen, rechtstandig vanaf de kant. Ze sprongen om beurten, op commando van een glanzende Antilliaanse Adonis, en ze gaven er cowboykreten bij. Wanneer ze via het trapje terugklommen op de rand van het bassin, trokken ze elkaars grote geruite zwembroek naar beneden.

Ik besloot niet te leren duiken. Om dit besluit te vieren zou ik een fles champagne gaan kopen, in Kralendijk.

Dat is een half uur lopen, heen en terug. Onderweg is nergens schaduw. Ik herinner me nog heel goed de supermart met al die helmen van krulspelden dragende Bonairiaanse vrouwen en ook dat ik terugliep langs Zeezicht, waar ik iemand op het terras herkende en groette, die mij toen een Amstel aanbood en ik hem er eentje terug, omdat ik dus jarig was. En dat we later, tegen elven zal dat geweest zijn, de kinderen om ijsblokjes uit de ijsmachine hebben gestuurd en dat we de champagne hebben gekoeld in de prullenmand, die ging lekken.

En toen kreeg ik van mijn dochter een nieuwe zwembroek, van mijn zoon een paar sokken met Marilyn Monroe erop, en van mijn vrouw het in de Kralendijkse Kantoorboekhandel gekochte 'Belastingwetgeving op de Antillen'; een grapje. Ik weet nog dat we daar erg om moesten lachen.

Toen schijnt mijn vrouw te hebben gezegd dat ze, omdat ik maar een keer in het jaar jarig was, voor mijn plezier nu dan een keer met een duikbril op en haar hoofd onder water zou zwemmen.

Ze zeggen dat ik toen mijn nieuwe zwembroek heb aangetrokken en dat we, Lang zal die Leven zingend, naar het houten piertje zijn gelopen. De normale weg, zoals elke dag.

De kinderen sprongen erin en mijn vrouw ging via het trapje en ik zie nog hoe ze haar mijn duikbril helpen opzetten en dat zij toen langzaam voorover boog, haar hoofd onder water, en dat ik toen dacht: zal ik een grapje uithalen en dat ik toen gedoken ben. Heb. Gedoken heb. Maar vanaf dat moment weet ik niets meer.

– Ik ben nog nooit zo verschrikkelijk geschrokken, zei mijn vrouw nog weken later. En dan kreeg ze weer bruin kippevel.

– Wat gebeurde er dan?

– Ik kijk voor het eerst van mijn leven onder water en ik zie jou, zo, als een plank, recht met je kop op de grond duiken! En godzijdank net waar het zand was.

Tien centimeter naar rechts en je was op het koraal gedoken.

– Ik moet een blackout hebben gehad. We doken daar nooit, we sprongen altijd. Het was veel te ondiep om te duiken.

– Jij dook. Als een gek. Je had dood kunnen zijn.

– Hoe ben ik eruit gekomen?

– Je dreef eerst even, kreunend, en toen stond je op, wankelend; je waggelde en je had je ogen dicht.

– Had ik bloed?

– Nee, niks. Ook geen bult. Je dook recht op je kop, recht op je schedeldak.

– En toen hebben jullie me naar bed gebracht?

– Ja. En je riep maar steeds dat je jarig was en waar de mensen bleven.

– Wat zei die dokter?

– Hersenschudding. Week blijven liggen, daarna een hoed op. En dat je God op je blote knieën mag danken dat het zo is afgelopen.

– Heb ik verder nog rare dingen gezegd?

– Je hebt drie dagen en nachten aan een stuk door liggen ijlen. Hadden we het maar op kunnen nemen. Je had de gekste plannen.

– Plannen waarvoor?

– Voor Bonaire en hoe dat verder moest met de Antillen. Dat Bonaire in elk geval Nederlands moest blijven, want dat de Amerikanen het anders helemaal over zouden nemen. Yankee go Home! riep je die eerste nacht maar steeds. En Johnson Moordenaar, zelfs nog. Kun je nagaan hoe ver je weg was.

– Ik weet er niets meer van.

– En ik moest een telegram sturen aan Wijnie Jabaay, dat ze onmiddellijk over moest komen voor het te laat was en je wist ook wat die Indiaanse rotstekeningen voorstelden; dat was een CIA-boodschap in code.

– Het is niet waar.

– Nou en of. En alle Flamingo's van Bonaire moesten geringd worden, dat we konden nagaan waar ze zaten in Venezuela en wat daar de plannen van de bouwmaatschappijen waren, voor Bonaire. Harry Belafonte, die moest ik ook een telex sturen. Dayooh, daydaydaydayooo. Weet je wel? Dat zong je de tweede nacht. En wij zouden vast hier blijven wonen om alles te regelen en dan zou je een videotheek openen waar je onderwater-videocassettes ging verhuren. Daar zouden we dan van leven. Zolang je in bed lag ging het nog wel, maar toen je na een week weer op mocht werd je echt lastig.

– Hoezo?

– Je wou alsmaar naar de notaris, in Kralendijk, om een stichting op te richten.

– Een stichting?

– De Stichting Behoud Bonaire, moest hij heten. Zou geld verzamelen om Bonaire gewoon te kopen. Freddy Heineken moest in het bestuur, vanwege Amstel, en Pierre Janssen en dokter Portielje. En je had het maar over het grote geld, het grote geld en dat Bonaire anders een doorvoerhaven zou worden van de Boliviaanse Cocaïnemaffia. We moesten een foto van je maken bij de zoutbergen, jij in je T-shirt met I love Cocaine, en die moest ik naar alle kranten in Nederland sturen, als waarschuwing, om ze wakker te schudden, weet ik wat allemaal. En de laatste dagen ging je 's middags naar het postkantoor, om allemaal telegrammen te verzenden dat je er aankwam en dat je ze zo snel mogelijk moest spreken. Willem Duys, Frits Bom, Prins Bernhard, Rien Poortvliet – weet ik wie allemaal nog meer. Maar ik had de mensen van het loket ingelicht, dus ze lieten je rustig schrijven en dan verscheurden ze ze, die telegrammen, zodra je de deur uit was.

Op de terugvlucht van Bonaire naar Nederland, gedroeg ik mij alweer redelijk normaal. Alleen op de luchthaven van Willemstad; daar wou ik per se een tax-free Edammer Kaasje kopen. En toen de stewardess het zuurstofmasker demonstreerde, wilde ik mijn duikbril opzetten, schijnt het. Die moest mee in mijn handbagage.

– En nu? vroeg ik mijn vrouw onlangs. Merk je nu af en toe nog iets vreemds aan me?

– Nou eigenlijk altijd, zei ze. Helemaal normaal ben je nog niet geweest, sinds die dodenduik.

– Maar het zou toch moeten kunnen?

– Wat zou moeten kunnen?

– Bonaire behouden! En dan roept iedereen van dat is je reinste neokolonialisme maar dat zou toch ten bate van Bonaire en de mensen daar zelf zijn?

– Dat bedoel ik nou. Daar ga je weer.

– En dan verbieden dat er gedoken wordt. Er mag alleen gesnorkeld worden, meer niet! Als Nederland gewoon zijn scheur opentrekt dan gebeurt dat! Nu kan het nog!

– Hoor je het zelf nou niet? Dat is allemaal sinds je verjaardag, dat je zo bezig bent.

– De mensen moeten eens een beetje wilder leren denken! riep ik.

– Precies! zei ze; maar denk aan wat de dokter heeft gezegd. Voorlopig driemaal daags voor een uurtje je bed in duiken.

U bent hier net aangekomen en u staat verdwaasd voor een rare etalage. Naast u duikt een man op. Ook een Hollander. Hij kijkt u niet aan, maar vraagt: 'En, bevalt het hier een beetje?'

Nu herkent u hem. Het is de Imponeur. Toen u vorig jaar in Knossos de springende dolfijnen stond te bewonderen, stelde dezelfde man zich op tussen uw gezin en de fresco's en vroeg hij: 'En? Kunt u het hier een beetje uithouden?'

Er klinkt geen hartelijkheid of belangstelling in zijn vraag; hij stelt haar op een temende toon vol leedvermaak.

Er is een formule voor de arrogantie waarmee Hollanders elkaar bejegenen, op buitenlandse vakanties.

Zij luidt: A = P x DV. Hierbij staat A voor Arrogantie, P voor Plek op Aarde, en DV voor Duur van het Verblijf. Anders geformuleerd: hoe verder wij van huis zijn en hoe langer we daar al verblijven, des te verwatener is de verwaandheid waarmee wij onze zojuist ter plekke gearriveerde landgenoten aanspreken.

Zijn blik vol kak gericht op de gemakkelijk te herkennen prooi die de witte nieuwkomer vormt, zit de Imponeur de hele dag te loeren op zijn vaste terrasje. Of hij paradeert zonder onderbreking de hoofdstraat op en neer.

'Heeft u het een beetje naar uw zin hier?'

Er klinkt dreiging in die vraag. De aangesprokene krijgt het gevoel dat hij hier op proef te gast is en dat de imponeur hem van het eiland kan laten zetten. Ontevreden gezichten? Die moeten wij hier niet!

De imponeur is vijfenveertig jaar en richt zich uitsluitend op mensen van om en nabij zijn eigen leeftijd. Tegen jongeren durft hij niet en aan bejaarden valt geen eer te behalen.

‘En? Vermaken wij ons hier een beetje?’

‘Tot u dit vroeg uitstekend,’ kunt u het beste antwoorden.

Daar heeft de imponeur niet van terug.

‘Mooi zo,’ zegt hij argwanend en dan loopt hij snel verder. Vanmiddag maar weer eens een beetje rondhangen in het supermartje. Wachten tot zo’n zenuwachtig nieuw Hollands echtpaar gespannen een mango streelt of een ananas betast. Dan schuift hij, zelf zogenaamd naar iets anders op zoek, snel in beeld en zegt meewarig: ‘U moet hier ergens anders zijn hoor, voor goeie ananassen.’

– Dank u wel mijnheer Streefkerk, leuk dat we nu iets meer van u weten, in het persoonlijke vlak ook vooral. Dan zit hier aan mijn andere zijde drs. Bart Kegge. Mijnheer Kegge; politiek weten we wel waar u zo ongeveer voor staat, maar als mens weten we eigenlijk nog maar heel weinig van u. Wie is dat nu eigenlijk, die Bart Kegge?

– Laat ik beginnen te vertellen, over mijzelf dan, dat ik helemaal mesjokke van Jazz ben.

– Van Jazz?

– Daar ben ik namelijk he-le-maal gek van. Ik speel zelf ook niet onaardig piano, maar natuurlijk niet half zo goed als ik noem u nu maar een Art Tatum.

– Art Tatum is een fanvoriet van u.

– Ja. En vooral omdat hij blind was hè.

– Ach, dat wist ik niet.

– Nou en of. Art Tatum zag niets. Speelde volkomen op zijn gevoel.

– En eh... Carol Garner, zegt u dat ook wat?

– Errol Garner, bedoelt u.

– Hee, ik dacht dat het Carol Garner was. Errol Flynn toch?

– Ook blind.

– Errol Flynn?

– Nee, Errol Garner.

– Ik dacht al. Blind schermen, dat zal niet meevallen.

– En George Shearing, niet te vergeten. Miste óók het licht in beide ogen. Maar ja, op de een of andere manier hoort dat, in de jazz. Ik bedoel het is eerder regel dan uitzondering.

– En Charlie Parker?

– Charlie Parker, The Bird! Nou en of. Maar The Bird was blind hè, dat weet u toch?

– En Dave Brubeck?

– Nee, Dave Brubeck mankeerde niets aan zijn ogen, maar Paul Desmond daarentegen...

– Blind?

– The Des miste het gezichtsvermogen. Ben Webster? Blind. Buddy Tate? Speelde in inktzwarte duisternis. Gerry Mulligan? Zag geen hand voor ogen.

– En dat grote orkest wat je toen had, van Duke Ellington?

– Duke Ellington, The Duke! Het was altijd nacht voor The Duke, want Duke Ellington was...

– Blind?

– Blind as blind can be. Count Basie, blind. King Oliver, blind. Earl Bostic, blind.

– En Louis Armstrong?

– Ah! Satchmo! Louis the Lips.

– Maar Louis Armstrong was toch niet blind?

– Aan één oog. Maar neem nou bij voorbeeld The Ramblers van voor de oorlog...

– Theo Uden Masman.

– Precies.

– Die was toch niet blind?

– Nee, Theo Uden Masman niet. Maar The Ramblers zelf!

– Zaten daar blinde muzikanten tussen?

– Alle Ramblers waren blind.

– Behalve Theo Uden Masman.

– Behalve, gelukkig, Theo Uden Masman, want anders had die ze niet kunnen dirigeren.

– Maar dan zagen ze toch niks als hij dirigeerde, The Ramblers?

– Dat hoefde ook niet. Het waren zulke ongelofelijke rasmuzikanten, die hadden helemaal geen dirigent nodig. Hetzelfde wat je, als het goed is, ook binnen een partij als de onze ziet gebeuren.

– Ja, als je dat allemaal zo hoort, hè, dan denk je wel eens van nou, wat zijn wij toch gelukkig dat wij het nu tenminste weer lente kunnen zien worden.

– Nou, u misschien, maar ik dus niet.

– Hè?

– Ik zie dat niet.

– Wat niet?

– De Lente niet, de Zomer niet, de Herfst niet en de Winter, als het toch al zo vroeg donker wordt, helemáál niet.

– Bent u...

– Blind.

– Ach jeetje, dat spijt me. Ik dacht dat u die zonnebril droeg vanwege uw jazzvoorkeur...

– Blind EN doof.

– U bent ook doof? Mijn hemel, dat doet mij verdriet om te horen.

– Dat is het. U kùnt horen, maar ik hoor dus absoluut niets.

– Maar uw jazzplaten dan?

– Geen noot. Maar ja – je draait ze om wat te doen te hebben hè. Anders gaat een mens maar zitten kniezen. Ik ben namelijk ook nog eens een keertje verlamd.

– Verlamd! Ook dat nog!

– Aan allebei de benen. En ik ben niet alleen doof, maar ook nog eens een keer stom, dus.

– Doofstom. Allemachtig.

– Ik kan geen woord spreken hè.

– Nou meneer Kegge – u heeft het niet cadeau gekregen, allemaal.

– Ach, ik vind dat je daar niet zo moeilijk over moet doen. Het is nu dat u naar wat meer persoonlijke dingen vraagt, anders heb ik het er ook nauwelijks over. Het is mijn eigen probleem, zo zie ik dat. Maar weet u wat ik het ergste vind?

– Blindheid lijkt mij wel het ergste.

– Nee, dat went wel. Maar dat ik al vijf jaar dood ben, dat is lastig. En daarom hoop ik dat ik via deze verkiezingen terug kan komen.

Hoewel er volgens mij geen direct gevaar dreigt, hebben we voor alle zekerheid de dieren naar binnen geroepen.

Ik denk dat het om nog twintig-, dertigduizend liter water gaat; hoewel dat lastig exact valt te schatten, van bovenaf.

Hangend uit het raam van de kamer van mijn dochter, zien wij hoe vrijwel de hele tuin nu blank staat. 'Ik denk dat het straks net tot hier onder aan de rand van mijn raam komt,' hoopt zij. Haar broer houdt de ramp voor gezien. 'Nou hebben we deze hele grote vakantie precies één keer gezwommen!' roept hij huilend van woede. Hij ramt met zijn vuist op de vensterbank en spuugt ziedend in het onzichtbaar langzaam leeglopende doe-het-zelf-zwembad.

'Erg hè knul?' piep ik, terwijl ik mij afvraag voor de hoeveelste keer ik erin ben gestonken: in de opgeklopte leugen, de valse belofte van het bijna-echte, de minderwaardige kwaliteit van de slappe nabootsing.

Ihr eigenes Privatbassin: ein aufregender Luxus! had de enorme doos mij toegeroepen. 'Van vierhonderd negentig voor tachtig gulden!' luidde, in viltstift, de onweerstaanbare toevoeging van de uitverkopende speelgoedwinkelier. Dat kon ik niet laten lopen! Er is hier in de wijde omtrek maar één openbaar zwembad, waarin men, op regenloze dagen, schouder aan schouder soft-ice staat te eten. Het is bovendien te ver weg en mijn kinderen zijn nog te klein om hen alleen uit spelebaden te sturen, zodat er altijd één van ons tweeën mee moet. Ik, meestal. En hoe onherkenbaar ik te water ook kijk en beweeg – altijd zijn er wel een paar uitgekookte knulletjes die mij door hebben. Herkend te worden is heerlijk, vooral door twintigjarige blondines en 1 voor 1, maar wanneer een vol kinderbad 'Koot en Bie! Kloot en Debiel!' begint te scanderen, wens je je met terugwerkende kracht een muisgrijze kantoorcarrière.

Voor slechts tachtig gulden zou dit ongemak nu voorgoed tot mijn verleden behoren! De bijgesloten kleurenfoto van ons zelfbouwbassin 'Acapulco' toonde immers hoe vier kinderen (Medium), één volwassen man (Large) en twee beroepsstoten (Extra Large), de laatste drie zelfs uitgerust met ultrarechtse longdrinkglazen, languit liggend, schaterend en genietend van hun volkomen privacy in de liefst drie meter doorsnee metende plastic kuip pasten en plasten!

De hoogte, gemeten van bodem tot bassinrand, bedroeg tachtig centimeter, oorspronkelijk rondom, nu dus nog maar op enkele plaatsen. Hoeveel water ging daar wel niet in? Hoe berekent men de inhoud van een rond lichaam? Was dat hoogte maal straal? Maal diameter maal wandoppervlak? Hoogte maal vloeroppervlak maal soortelijk gewicht water maal lengte Archimedes? Geen idee: een uur geleden heb ik de stop uit de bodem moeten trekken en nog altijd is de Acapulco bezig leeg te lopen. De fouten uit de door de speelgoedmagnaat in het koeterwaals opgestelde brochure met montagevoorschriften zal ik u besparen; het komt erop neer dat ik gistermiddag om twaalf uur met bouwen ben begonnen en dat ons Privatbassin 's avonds tegen elven klaarstond om met Zerfrischendes Wasser te worden gevuld. Uitgeput van de aufregende Luxus rolde ik in bed; ik durfde ons privézwembad nog niet vol te laten lopen, want stel je voor dat het water na een tijdje over de randen van onze Acapulco zou beginnen te stromen terwijl wij rustig lagen te slapen!

Een berekening achteraf leert mij dat ik het instant-bassin makkelijk vannacht had kunnen vullen, want toen wij vanmorgen, kippevellend van de opwinding, in alle vier onze zwemuitrustingen buiten stonden en ik de tuinslang erin hing, was het precies zes uur. Af en toe pakten de kinderen de slang op en mikten in de rondte langs de randen, om het water gelijkelijk te verdelen, want dan is het bad eerder vol. Nadat het water aldus zeven uur lang op volle kracht had gespoten, reikte de spiegel vanmiddag tegen drieën tot halverwege de binnenwand van het bad.

Die wand wordt gevormd door muizetrapsgewijze gegolfd blik, dat ik rechtop neer had moeten zien te zetten in een soort van holle rails. Alleen al met dit onderdeel van de montage ben ik gisteren drie volle uren bezig geweest voor ik een redelijk sluitende cirkel had verkregen. De slonzig van slap ijzer gevouwen koppelsleufjes hielden deze als bassin-basis bedoelde ijzeren kring nauwelijks op zijn plaats en ik moet zeggen dat ik mij tijdens het leggen, waarbij ik, op één knie zittend, af en toe omkeek naar hoe ver ik al was gevorderd en dan zag hoe de rails op drie, vier, vijf plaatsen alweer waren losgeschoten, voortdurend angstig afvroeg of dit geringe geraamte de naar mijn schatting honderdduizend liters water zou kunnen ‘houden’, die straks in het over de rand van het golfblik opgehangen plastic kuipzeil zouden klotsen. Ik suste mijn twijfel met mijn domheid: mijn technisch onbenul kon natuurlijk niet bevatten dat juist de slapte en het harmonikamodel van de wand een waterbouwkundig omkeereffect zouden sorteren – de uitgekiende constructie van ons model Acapulco zou zelfs bij een tienvoudige inhoud geen krimp geven! Aan de buitenzijde hebben ze het blik bedrukt met een haastig zomermotiefje: de ontwerper heeft ons Privatbassin voorzien van een repeterende reeks gestileerde bloemen. Vanmiddag tegen drieën draaide ik de kraan dicht en betraden wij ons Zwembad. Ook de via veel gillen door mijn zoon en dochter uitgenodigde buurkinderen mochten meezwemmen.

IJskoud was het water, maar dat voelden ze niet. Ik wel. Desondanks tevreden dobberend op mijn rug, liep ik de hele stoet van tot op heden gecreëerde poedelmogelijkheden in eigen tuin nog eens langs. Wat was het toch altijd behelpen geweest, glimlachte ik klappertandend. Eerst dat afwasteiltje met warm water waarin wij baby's van 1 jaar rechtop zittend klem konden zetten, met alleen een hoedje tegen de zon op; daarna die twintig centimeter hoge, uit hardoranje plastic gestanste zand- speel- en zwembak, en ten slotte, vorige zomer, dat van een lekkend kuipzeiltje voorziene zeshoekige kinderzwembadje waarin ze weliswaar net languit op de bodem konden liggen, anderhalve centimeter onder het wateroppervlak, maar dan hielden ze geen ruimte meer over voor het maken van een echte zwemslag. Nee, dan onze Acapulco! 'Kijk eens, meneer!' kliefden de buurkinderen mijn gemijmer, 'we zwemmen zonder met onze buiken op de bodem te komen!' Goed zo jongens, dan gaat pappa er eventjes uit, want buurman krijgt het een beetje koud.

Als ik twee cognacjes later weer de tuin in kom, zie ik dat ons zwembad enigszins begint te bollen. Of is dat gezichtsbedrog? Vermoeidheid misschien, van het bouwen. Nee, niet: de wanden staan duidelijk bol, naar buiten! Kalmte bewaren. Ben ik soms iets vergeten? Kan niet, de doos was helemaal leeg. Of het moet er überhaupt niet bij hebben gezeten. Nu komen ook de honden naar buiten. Uitgelaten springt de jongste, die van zestig kilo, tegen ons Privatbassin op. Niet doen! roep ik nog, maar het is al te laat: waar hij zijn voorpoten op de met een slap tweede railsje afgedekte bassinrand heeft geplant, ontstaat op hetzelfde moment een knik in de bloemenwand waaroverheen honderden liters water verheugd de tuin in beginnen te gutsen. Vertwijfeld tracht ik de knik terug te duwen, maar drie miljoen liter zwaar water laten zich niet zomaar verplaatsen.

Mijn zoon komt behulpzaam aangezwommen en gaat belangstellend op de rand van het bad zitten. Prompt buigt ter plekke het blik door! Weer een knak in de wand! Dat kleinste buurjongetje is vier en wordt straks door het wegdenderende water meegezogen, over de rand! Die ligt zometeen met een opengehaald buikje bloedend in de tuin! Allemaal deruit jongens, nu meteen deruit komen allemaal vlug!

'Gaat u het zwembad vanavond maken dat we morgen weer derin kunnen meneer Koot?' vragen de buurkinderen rillend. Die van mij vragen niks, ze vermoeden het ergste al. 'Nee, dat gaat niet meer jongens en jullie moeten nu naar huis en zeg maar tegen pappa en mamma dat ze niet moeten schrikken als er straks een beetje water in jullie tuin staat,' zet ik een droeve punt achter de feestvreugde.

Is het water nu trouwens al gevorderd tot bij de buren? Ja, verdomd. Toch maar even bellen zometeen, dat ze zich er vandaag en morgen op kleden. Als dat mens vanavond de hond uitlaat, moet ze minstens tot haar kuiten door het water. 'Nemen we nou een ècht zwembad pap?' vraagt mijn zoon. Omdat ze op deze leeftijd, net voorzien van hun eerste Brevet van Mensvermogen (zwemdiploma A) niets liever doen dan de hele dag in en uit een zwembad plonzen, hoor je de hartstocht voor het water trillen in hun stemmen. 'Nee jong,' zeg ik, 'een zwembad is onzin.' 'Ik vind dit nog veel grotere onzin!' roept hij. Beng doet de deur.

'Pappa?' Mijn dochter. 'Het kan dus niet hoor, want het is onzin, en het hóeft ook niet, maar als jij een echt zwembad in de tuin zou willen laten maken, kan jij dat dan betalen?' En ze kijkt mij aan. Ik spied naar dobberend tuinraad in het water beneden ons. 'Nou nee meid,' zeg ik. 'Pappa verdient wel heel veel geld, maar pappa moet van dit huis nog wel twintig miljoen centjes betalen. Dat heet hypotheek. En we zouden er misschien maar tien dagen per jaar in kunnen zwemmen, meer niet.'

Laten we elkaar niets wijsmaken: ik zou dat doorlopende bankkrediet (handig! Steeds kunt u opnemen wat u heeft afgelost!), waar ik toch nooit meer van afkom, best met laten we zeggen vijftienduizend gulden kunnen doen ophogen om er een echt zwembad van in de tuin te laten ingraven. Maar ja. Wat, maar ja? Waarom wil ik geen zwembad? Ik ben gek op water. Reken maar dat ik er elke dag in zou springen, weer of geen weer. Waarom is het hebben van een eigen zwembad zo belast? They have a swimming pool! Op welke plaat zong Zappa dat, al in '67 of zo? Absolutely Free? En The Graduate natuurlijk, die heeft ook een behoorlijk handje bijgedragen aan het beschamende beeld van het eigen zwembad. Besmuikt projecteer ik een niervormig bassin in de watervlakte. 'Hè, wat jammer nou,' zucht mijn dochtertje naast me. Hoewel: niervormig? Hoe rechter des te goedkoper. Ik herinner me een televisieportret van de grote socioloog Norbert Elias. Had achter zijn huis een zwembad van twee meter breed en twintig meter lang, waarin hij elke morgen zijn baantjes trok. Maar ja. Oude wijze man. Hele leven hard gewerkt en veel gestudeerd. Waarschijnlijk doktersvoorschrift, bovendien. Dat mag. Maar wij? Ik? Nu? In dit westen? In deze wereld? 'Nee Kim,' zucht ik, 'een echt zwembad kan echt niet.'

Centimeter of dertig moet er nu nog weglopen en dan is de droom van ons eigen zwembad voorgoed voorbij. Het heeft geen zin om daar nog op te wachten. Repareren is uitgesloten. Morgen schop ik de Acapulco tot één grote blikken prop en dan kan hij overmorgen naar de grofvuilstortplaats. Ik kijk op mijn dochters wekkertje. 'Komop schat,' zeg ik zo opgewekt mogelijk, 'de Verlaten Eilanden beginnen. Laten we lekker samen gaan kijken.' 'O ja!' herinnert zij zich. 'En dan houden we allebei onze zwembroeken aan!'

Elke nacht tegen enen, juist wanneer hij op de grens van de slaap balanceert, komt het piepen. Het is een door deuren en dekens dringend piepen op een toonhoogte die hij een jaar geleden nog niet kende. Een elektronisch hoge E. Hij weet precies waar dat piepen vandaan komt – het is het digitaal-horloge van zijn zoon dat daar piept dat het terug moet naar de winkel, wat beloofd was. Op dezelfde traptrede staan het stoomstrijkijzer waar zijn vrouw bang voor is aangezien het indicatielampje niet langer oplicht, en een sprekende pop die, tot klein verdriet van zijn dochter, sinds veertien dagen geen woord meer zegt. Pop en horloge zijn sinterklaasgeschenken van vorig jaar en wanneer de sinterklazen op bezoek zijn, informeren zij dringend naar beide cadeautjes. Ze doen het toch nog wel en anders moet hij ermee terug hoor! Hij had het garantiebewijs toch nog wel? Jazeker. Alle drie zijn het garantiegevallen, maar dan moet hij wel vlug zijn en hij heeft de bonnetjes nog, maar het komt er niet van: te druk. Waarmee? Nergens mee, maar toch.

Zijn broer, die zelf een allesbrander en een huiscomputer voor zijn gezin heeft gebouwd en eigenhandig hun dak heeft geïsoleerd, heeft het driemaal drukker. Er is nu een halve minuut voorbij; met tussenwitjes van drie seconden sliepen de piepen hem uit dat hij de tijd niet langer kan bijhouden. Tweemaal heeft zijn broer het digitaal-horloge, wanneer dit weer eens op hol was geslagen, met trefzekere technopressuur van de waanzin genezen; voor het laatst van de zomer, in de tuin, toen broer met zijn hele gezin op bezoek was. Dit gebeurt drie of vier keer per jaar. Zij dronken witte wijn die hij vergeten was vooraf koel te zetten en die zijn broer omschreef als 'très, très petit Chablis'. Al hun kinderen, vijf in totaal, sprongen bloot in en uit een grote teil met water die hij naar het midden van hun tuintje had gezeuld. 'Lijkt het je niet makkelijker als je hem eerst in het midden zet en dan volspuit met de tuinslang?' had zijn broer geroepen, opkijkend van de fiets van zijn vrouw waar hij de handremmen van bijstelde, waar Gerda hem achteraf voor had gezoend, veel te lang en innig naar zijn zin. Later op die middag had zijn zoon die knappe oom Frits zijn falende digitaal-horloge voorgehouden en in een mum van tijd functioneerden alle wonderen weer als nieuw.

'Begrijp je het nou, broertje? Dit is nou echt de laatste keer dat ik het heb uitgelegd.'

'Ik zie het gewoon niet Frits! Ik kan die gebruiksaanwijzing honderd keer lezen, maar ik zie het niet. Van algebra heb ik ook nooit iets begrepen. Je hebt me er op school altijd mee geholpen, maar ik heb er nooit iets van begrépen! Daar is het begonnen. Ik ben nou eenmaal een ontzettende alfa.'

'Krijgen we díe weer! Ach jongen, lul toch niet! Iets niet begrijpen betekent alleen maar dat je te lui bent om het te willen begrijpen! Wanneer dacht je overigens eens iets aan dat schuurtje te gaan doen?'

'En trouwens: ik lees liever iets anders dan gebruiksaanwijzingen,' had hij nog fijntjes geglimlacht, maar toen ze daarop doorgingen bleek dat zijn broer tijdens de vakantie drie romans had gelezen die bij hem al maanden op de nog te moeten stapel lagen.

'Fantastische vent toch, je broer,' had zijn vrouw

gezegd, 'wil je wel geloven dat ik echt van hem hóu?' en dromerig afdrogend brak zij een wijnglas in haar handen. Gelukkig zat de theedoek ertussen, want van EHBO wist hij niets. Toen zijn vrouw zich op haar verjaardag in een reep koude roastbeef verslikte, was het uitsluitend aan het koelbloedige wrijven, kloppen en kneden van zijn broer te danken geweest dat zij niet gestikt was. En toen Frits Gerda's voorhoofd nog een kwartiertje met een natte theedoek wilde nadeppen was hij als een kind van hun eigen slaapkamer gestuurd, terwijl zijn broer een jaar jonger was!

Nu houdt het piepen op: de wekminuut is om. Nog even blijft het, hoger zelfs, in zijn oren nafluiten. Dan laat hij zich uit bed in zijn pantoffels glijden en hij gaat naar de gang. Pakt het horloge van de derde traptrede en vouwt de gebruiksaanwijzing open, die tevens garantiebewijs is. Wat zou het toch een overwinning zijn wanneer er morgenochtend aan het ontbijt een hersteld horloge naast het bordje van zijn zoon zou liggen! Of kon hij ten minste deze gek-makende alarmtijd van het wekkermechanisme verzetten naar twee uur 's middags of tien uur 's avonds! Vreemd dat zijn vrouw erdoorheen slaapt. Hij niet – hij ligt erop te wachten, als verlamd, niet in staat zijn gedachten bij een boek te houden: daar komen de piepen! Niet morgenavond wéér een keer, of wil hij zijn leven lang aan deze keten van nederlaagjes blijven lijden? Hij voelt van wel, wanneer hij voor de zoveelste maal leest: 'Als u 2 x op S1 drukt, verschijnt de Dual Time in beeld. U kunt weer omschakelen naar de normale tijdsaanduiding door nogmaals op S1 te drukken. U kunt de Dual Time naar eigen inzicht als volgt programmeren: als de Dual Time op de display staat (hij weet niet eens wat dat betekent: de display), drukt u s2 en s4 gelijktijdig in. Hierna lichten de uren knipperend op. U kunt nu uw eigen tijdsverschil programmeren door middel van s3. Indien u nu nogmaals s2 en s4 gelijktijdig indrukt, verschijnt de door u geprogrammeerde Dual Time op de display en kunt u door middel van s1 terugschakelen naar de normale tijdsaanduiding.' Het zweet breekt hem uit. In het wilde weg drukt hij wat op de knopjes, eerst één voor één, dan op twee knopjes tegelijk en, ten einde raad, omdat er voortdurend andere, op niets slaande cijfers in de display verschijnen (als dat tenminste de display is) op s1, s2, s3 en s4 tegelijk.

Er wordt niet naar hem geluisterd, in Japan. Hij vouwt de gebruiksaanwijzing dicht en legt het horloge erop, naast hun stoomstrijkijzer. Dan gaat hij naar de badkamer voor een glas water. De wastafelafvoer moet hoognodig worden ontstopt; de eerste twee glazen (weer leeggegooid omdat het water dan nog niet koud genoeg is naar zijn smaak; met koud water is hij wèl flink, gek is dat) blijven in een plasje liggen dommelen. Hij drinkt en kijkt rond.

Stralend staat zijn varen naast het bad. Die doet het tenminste! Het komt hem voor dat zijn planten er de laatste jaren steeds beter bij staan. Hij noemt ze zijn planten omdat Gerda het zuchtend over 'zijn plantjes' heeft.

Om deze varen geeft hij in dit huis het meest – wanneer hij ze 's ochtends hun water heeft gegeven, zorgt hij er altijd voor dat er een bodempje in het rode gietertje achterblijft, om de volgende morgen speciaal aan de varen te voeren.

Dat vindt hij lekker, water dat een beetje brak is van een nachtje overstaan. Dit heeft de varen hem zelf verteld.

Ik was graag een wat ervarener en wereldwijzer reiziger geweest, maar daar is mijn aard te bedaard voor en mijn smaak te burgerlijk, ben ik bang. Of weet ik eigenlijk wel zeker.

De echt verre en gevaarlijke reizen laat ik dus over aan Jan Donkers, Carolijn Visser, Jan Cremer, Lieve Joris en Cees Nooteboom, zodat ik mijn eigen blik op mijn gemak kan blijven vernauwen in Frankrijk.

Ik ben net weer een weekje langs een snoer van duttende dorpjes getuft, over de oude Route Nationale 51, van Rocroi, via Reims en Epernay, tot aan Sezanne. In de meeste gehuchten spanden de verschoten vlaggetjes van de veertiende juli nog boven de hoofdstraat, maar ze hadden zich vreugdeloos vastgewapperd. En iedereen leek weer te slapen, als altijd, op elk uur van de dag.

In ieder dorpje speur ik naar oude, ooit op blinde zijmuren geschilderde reclames. Die fotografeer ik, want ik spaar ze.

De meeste muurschilderingen zijn overgepleisterd, weggepoetst of voor driekwart afgedekt door enorme, op een houten of metalen raamwerk gespannen affiches voor Supermarchés, maar nog altijd kan om iedere bocht het sinds mijn kindsbeen zo vertrouwde patina van de verweerde muurreclame blauwen. Of roden en groenen en gelen. Om nooit te vergeten kleuren. Het is dertig graden en ik ruik Franse middagmalen. Hier en daar waait een wakkere radiostem uit de ramen. De hoofdstraat is leeg, op twee kleine jongens na. Ze staan onzeker op de stoep, voor een open cafédeur en ze zijn allebei zeven. De grootste doet of hij zich uitrekt en steekt daarbij zijn duimpje omhoog; half hopend dat ik het zien zal en denken dat zij al minstens twaalf zijn en samen op vakantie en hier toevallig staan te liften. De ander durft niet goed te kijken en zal weghollen als ik zou stoppen, want wat moeten ze dan zeggen? Dan worden ze misschien wel naar honderd kilometer verder meegenomen en moeten ze tien dagen teruglopen, zonder eten en drinken, alleen aan de dorpspomp en zien ze hun ouders naar alle waarschijnlijkheid nooit meer levend terug!

Als ik passeer wuif ik ze plechtig toe en de bange van de twee zwaait, na een kleine aarzeling, opgelucht terug, maar het liftertje blijft in zijn rol, houdt zijn duimpje zelfs nog wat hoger en kijkt boos.

In het volgende dorpje stop ik, voor een kop koffie. Een reiziger drinkt alles, toeristen enkel koffie. In het smalle, koele café-tabac is niemand, behalve de eigenaresse. Zij is een knappe, rond vijftigjarige vrouw met zwart strak haar en een strakke mond. Ze staat wat over haar zinken toog te aaien, met een theedoek. Haar gedachten zijn ergens anders. Ik moet mijn verzoek om une grande crème tweemaal herhalen. Weer zegt ze Oui oui, maar nu loopt ze langs me, naar de openstaande cafédeur en begint ze te doen of zij hiervan de stijlen opwrijft, terwijl zij strak naar links blijft kijken, het zinderende straatje af. Dan draait zij zich fronsend om, komt weer naar binnen, schikt in de spiegel van de Loterie Nationale achter de bar haar haar, staart nog even naar de bierpomp en begint mijn koffie te zetten.

Als ik, van een algeheel welbehagen bezeten, blazend mijn eerste slok wil nemen, stopt er voor de deur zo'n geel Renaultje van de Franse posterijen. De facteur, een tevreden bloezende en blozende kerel, stapt eruit en verdwijnt in het steegje naast het café. De waardin gaat naar achteren, werpt de natte theedoek op het laatste van de vier tafeltjes en strijkt, vanonder haar billen tot aan haar middel, haar handpalmen langs haar heupen droog. Door de openstaande deur verdwijnt zij in de keuken.

Ik drink mijn koffie en prijs mij gelukkig. Er steekt een manke hond over, schuin. Hij snuffelt terloops aan het postautootje, hipt op drie poten mijn cafeetje binnen, ruikt ook nog even aan mijn broek en hinkt dan routineus door naar achteren.

Uit een stapvoets langszoemende auto wappert een flard van de Tour de France-reportage. Ik besluit te vragen of de televisie aan mag. Door Rooks heb ik recht van spreken. Hoog in de linkerachterhoek ondersteunt het toestel, als een vierkante kariatide, het vergeelde plafond. Dan wacht ik hier lekker de finish af, met zometeen misschien een biertje.

– Madame? roep ik. Zij komt niet. Ik schuif behoedzaam mijn stoel achteruit – van het gierpiepen van metaal op graniet houd ik de hele middag kippevel –, been energiek naar achteren en stap de keukenruimte binnen. Daar staat de waardin, gewikkeld in de armen van de postbode; met haar hoofd op zijn schouder en het haar nu half los. Zij slaat haar ogen op en kijkt mij troebel aan.

– Pardon Madame, buig ik.

Nu ziet ook de postbode wie hen betrapte.

– Et monsieur aussi pardon, voeg ik er beleefd aan toe.

De vrouw wil weg uit zijn omhelzing en bukt zich om, onder zijn armen door, aan de greep van haar facteur te ontsnappen, maar die laat haar niet gaan en kijkt mij koelbloedig aan. Zijn blik kan zowel spottend als verzaligd zijn bedoeld. De koelkast slaat af en de zeven slastelletjes die er bovenop staan moeten er even van rinkelen. Dan is het weer stil. Ik moet iets zeggen.

– Je vous félicite monsieurdame, verklaar ik; je vous félicite avec votre heureusitation. Et parce que les Hollandais roulaient si bien dans votre Tour de France, je veux vous offrir une bouteille de Champagne!

– Ah, Tunis! roept de postbode en pas als we tien minuten later gedrieën aan het mooiste tafeltje zitten en proosten op het tweehonderdjarig bestaan van de Revolutie, begrijp ik dat hij Theunisse bedoelde. Mijn tong raakt losser en losser en ik vertel ze van mijn fotosafari.

– Dan moet mijnheer Jacques Anglade bezoeken, zegt de waardin; Jacques Anglade in Champaubert, want die maakt hele mooie.

– Wat madame?

– Des peintures murales!

– Ah oui, le Jacques, beaamt de postbode en weer kan ik zijn glimlach niet plaatsen.

Als ik een half uur later het café uit zweef, staan ze mij in de deuropening na te zwaaien; hij met zijn arm om haar middel.

Als u eenmaal in Champaubert bent, kunt u Jacques Anglade eenvoudig niet missen: zijn visitekaartje heeft hij over een vlak van drie bij acht meter op de gevel van zijn atelier geschilderd. In de verwilderde tuin naast het huis, de bovenste helft van de zijgevel bekleed met de bekende slangehuid van leistenen pannen, stookt een kabouter met een baard een vuurtje van twee stoelen en wat dozen en heel veel verdorde boeketten.

– Kent u mijnheer Anglade? probeer ik.

– Dat ben ik, antwoordt hij.

– Bent u de reclameschilder? vraag ik. Lange trappen nodig, denk ik.

Jawel, die is hij, maar die is vandaag dicht, bromt de kabouter en hij blijft mistroostig in zijn vuurtje porren.

Ik vertel hem dat het mij niet om een opdracht gaat, maar dat ik hem, de specialist, zo graag een paar dingen over reclamemuurschilderingen zou vragen.

– Die maak ik niet meer, moppert Anglade.

– Nee, maar vroeger misschien? dring ik aan; heeft u misschien ooit van die oude muurschilderingen gemaakt? Van deze? Ik laat hem een paar van mijn fotootjes zien en dan veert hij op, verrast en gevleid, gooit zijn stok in het vuurtje en noodt mij aan zijn keukentafel, met een fles van zijn eigen wijn.

Nu start Jacques Anglade een snelle, met veel knipogen verluchte monoloog van een half uur. De helft van zijn verhaal ontgaat me, maar wat ik ervan begrijp beantwoordt zo'n beetje alle vragen die mij, bij het zien van Franse muurreclames, in de loop der jaren kwelden. Hoe noem je zo'n schilder nou, meneer Anglade? Toch niet gewoon een peintre? Maar nee! De muurschilders heetten officieel de Pignonistes (het Franse Pignon betekent gevel) maar in de volksmond gingen zij door voor 'Barbouilleurs' (van Barbouiller: bekladden) en zij hebben de Franse dorpen 'geripolineerd'; 'ripoliner' komt van het verfmerk Ripolin, dat een van de allereerste produkten was waarmee op deze nieuwe manier werd geadverteerd. Hoewel, dat is onzin, schudt Anglade zijn baardje, want rond 1800 werden in Parijs al pignons van hotels en winkels beschilderd, maar dans la campagne begon het gevecht om de meest in het oog springende blinde muren, waarop de nieuwe industrie zijn produkten zo verleidelijk mogelijk kon afficheren, pas met de komst van de auto. En met de uitbreiding van het spoorwegnet. Olie- en benzinereclames natuurlijk en automerken, Panhard, Citroën, Simca, Hotchkiss zelfs nog en pas later verschenen de reclames voor de apéritifs, voor chocolade, koekjes en babyvoeding; voor hotels die honderd kilometer verderop aan de route lagen, noem maar op. En Ripolin, zei ik u, u weet misschien wel, die drie mannetjes in die witte jassen. Die heeft mijn vader nog wel gemaakt, Ripolin. Mijn vader was nog een authentieke pignoniste. Mijn God, wat heeft die niet allemaal geschilderd, tussen 1910 en laten we zeggen 1940! Margarine Astra, Jambon Olida, Bouillon Kub, Byrrh, le Vin Tonique! Hij was steeds een week thuis, voor besprekingen met de bureaux de publicité, verf mengen, werktekeningen maken, leerling-schilders instrueren en dan vertrok hij weer voor een week of drie. Dat was heel normaal. En Frankrijk is groot. Heel soms mocht ik met hem mee.

– Dat heb ik me nou altijd afgevraagd, onderbreek ik mijn gastheer; ze trokken dus rond, die pignonistes? Een beetje als zigeuners?

– Zigeuners? Mais non! Ah oui, het waren natuurlijk bohémiens, des vagabonds, olala, dat spreekt. U moet zich voorstellen, dans la campagne, als er drie van die jonge kerels zo'n slaperig dorpje binnen kwamen rijden, waar nooit iets gebeurde! Die brachten avontuur! Het publiek had alleen te maken met deze artistes des routes en men had geen idee van het gevecht om de mooiste pignons. Je had dus aan de ene kant de gemeentebesturen en de ambtenaren van het arrondissement en aan de andere kant de reclamebureaus en de agentures concessionaires (types die de rechten hadden of zegden te bezitten op alle blinde muren in een bepaalde streek), want het ging natuurlijk om enorme bedragen.

– Dat hoorden Hollandse kinderen ook altijd van hun ouders, als we in Frankrijk zo'n muurreclame zagen, knik ik; dat de mensen in zo'n huis daar een heleboel geld voor kregen. Dat soms de hele huur werd betaald door Suze of door Saint Raphaël. Dus dat was waar?

Hier moet Jacques Anglade hartelijk om lachen. Welnee! Hoe komen die Hollanders daarbij? Geen sou, kregen die mensen. Weet u hoe het ging? Een ploegje pignonistes slenterde met een meneer van het reclamebureau een tijdje rond tot ze laten we zeggen de vier geschiktste blinde muren hadden gevonden en dan zeiden ze tegen de huiseigenaren dat die muur er niet best uitzag en dat ze niet vreemd moesten opkijken als daar vandaag of morgen vocht doorheen kwam slaan, tenzij hij nu snel werd overgeschilderd en dat zij dat karweitje wel wilden klaren, voor niks. En dan gaf bijna iedereen zijn toestemming. Ja, als het om een Dubonnet-reclame ging dan kregen ze wel eens een litertje cadeau van het partijtje weggeefflessen achter in de schildersauto en als mijn vader een reeks Rasurel-muren moest maken, lingerie was dat, dan gingen er van het reclamebureau altijd een paar dozen onderbroeken mee om halsstarrige gezinnen mee te paaien, maar de meeste Fransen hoefden er niks voor te hebben, dat was het gekke! Die mensen waren veel te trots op hun muur met reclame, want daarmee onderscheidde hun huis zich van de rest en kon je het al aan het begin van het dorp herkennen. Nee, dat zou je nu niet meer hoeven proberen! Maar zoals ik u zeg: het waren echte cowboys, de pignonistes, want het ging dikwijls hard tegen hard. Mijn vader heeft het wel meegemaakt dat ze in een dorpje een pignon hadden beschilderd voor Olie Antar en als ze dan een week later terugreden en door datzelfde plaatsje kwamen, was hun muur overgeschilderd met reclame voor Kervoline, de concurrent!

– En dan bleven ze slapen in die dorpjes?

– Maar natuurlijk, glundert Anglade; een goede muurreclame schilderen kostte vier, vijf dagen, dus dan logeerden ze in het plaatselijke hotelletje, dat er zelden was, dus dat werd slapen bij de mensen thuis. En het waren kunstenaars hè, pas op! Dus 's avonds in het café tekenden ze op verzoek portretten van de dorpsbewoners, zo verdienden ze nog wat bij. Vooral van de jonge meisjes natuurlijk, maar die kregen ze dan voor niks. Hoewel, voor niks? Enfin, u begrijpt wel hoe dat ging. D'r hebben heel wat pignonistes halsoverkop hun potten en kwasten moeten pakken en een halve muurschildering moeten achterlaten, wanneer er weer eens een bedrogen verloofde verhaal kwam halen. Nee, die mannen leefden als God in Frankrijk mijnheer! Stel u voor: je staat lekker op je ladder te kwasten en door het raam krijg je je glas aangereikt door de vrouw des huizes! Ik heb er, helaas, alleen nog het staartje van meegemaakt.

Ik ben nu zo vertrouwd met monsieur Anglade dat ik zijn fles pak en zijn lege glas vul en ook mijzelf nog eens bijschenk.

– En kwam er dan nog een soort van inspecteur achteraan, van de fabrikant, om te zien hoe zijn reclame er bij stond? wil ik weten.

– In het begin niet, zegt Anglade. Ja, zijn vader had zich nooit aan die praktijken bezondigd, maar er zaten reclamebureaus en schildersbedrijven tussen die de zaak verschrikkelijk konden flessen. Die zeiden ijskoud dat ze zestig pignons hadden gedaan, daar en daar en daar en dan waren het er misschien maar vijftig geweest, maar Frankrijk is zo verschrikkelijk groot dat zo'n fabrikant gewoon geen tijd en geen mensen had om die hele lijst van dorpjes nog eens na te lopen. Daar kwamen ze pas veel later achter, bij toeval, en toen moesten de pignonistes van iedere Mur Peint een foto nemen, waar ze zelf op stonden, met al hun gebruikte materiaal. En die opsturen naar het hoofdkantoor, als bewijs. Maar, zoals ik al zei, toch bleven het gouden jaren. Toen was je nog iemand, als muurschilder!

Nu niet meer, begrijp ik. Met de bodem van zijn

glas aquarelleert Anglade een kringetje rode wijn tot de vijf Olympische ringen.

– Nu niet meer, zucht hij.

– Worden er überhaupt nog muurreclames geschilderd? vraag ik.

– Onee, in het geheel niet. Dat zijn tegenwoordig allemaal grote affiches en posters, gescreendrukt en geplastificeerd. Is natuurlijk honderdmaal goedkoper. Maar vindt u ze mooi?

– Brrrr, zeg ik in het Frans.

– En het tragische is nou juist dat er op het laatst steeds meer protesten kwamen tegen de originele Muurschilderingen, vanwege het Aspect Rural en dat ze de Pignons de lepra van de wegen gingen noemen en dat ze werden witgeschilderd, door actiegroepen. Nou, moet u kijken wat we ervoor hebben teruggekregen!

– Dus u maakt ze niet meer?

– Nee, sinds 1955 al niet meer. En de vraag naar losse, geschilderde reclameborden werd ook steeds minder. Ik doe nog wel eens een enkel paneeltje voor een restaurant, maar de laatste muur die ik heb beschilderd was mijn eigen muur. Heeft u hem daarstraks gezien?

– Jawel, zeg ik. Ik wou er zometeen nog een foto van maken, als u het goedvindt.

– Als ik er maar niet bij hoef, zegt Jacques Anglade en hij staat op om, ondanks mijn protesten, een tweede fles wijn te pakken. Ik was vergeten hoe klein hij was, maar nu ik hem zo zie lopen begrijp ik waarom hij niet wil poseren.

– Wat doet u dan, als ik vragen mag? roep ik hem na.

– Marmer, zucht de schilder en hij ontkurkt de fles tussen zijn beentjes.

– Marmer?

– Zerken. Ik hak hoofdzakelijk namen en motieven in grafstenen. En hij schenkt mij nog eens in.

– Vive la France! proost ik.

– Vive la Vie, zegt Anglade.

N.B. Op de achter- en aan de binnenkant van het stofomslag zijn enkele muurschilderingen afgebeeld.

Hoe hij het klaarspeelt begrijp je niet. Hij heeft altijd alles. Nog nooit zat hij zonder wat ook maar. Daar heeft hij zijn adresjes voor, zijn wegen en relaties. Jammer is alleen dat hij er niet open en bloot van kan genieten; diep in hem bast een stem dat hij eigenlijk geen recht heeft op al dit lekkers. Daarom zie je hem ook zo verstolen rondneuzen, in gezelschap. Omzichtig, als een visser met een schepnet, besluipt hij het lopende buffet; bang dat bij een onverhoedse beweging de zalm het hazepad zal kiezen. Er is genoeg en het wordt hem gegund en hij drinkt net zo lief rood, maar toch krijgt hij even een schokje als hij ziet dat de fles witte wijn bijna leeg is: smulsteels levende mensen lijden altijd aan leegbang.

Heerlijk deze makreel, mompelt hij met bolle wangen tegen zijn buurman. Hoewel hij zich zojuist voor de derde keer heeft opgeschept en niet eens een volgende portie zou blieven, kan hij weer niet nalaten even snel te spieken of er nog voldoende is voor het geval zijn maag, later op de avond, van mening zou veranderen. Intussen slaat hij, ongeacht het merk, geen enkele hem gepresenteerde sigaret af. Net mijn merk! zal hij roepen en gulzig laat hij zich een vuurtje geven, want dat scheelt hem weer in zijn aansteker.

Alles wat hij gratis naar binnen kan werken ervaart hij als mooi meegenomen en dat heeft zijn blik voor altijd sluw gemaakt en zijn bewegingen schichtig. Hij is nog een paar jaar getrouwd geweest maar dan keek hij stiekem videoporno als zijn vrouw al naar bed was en wanneer zij vroeg of hij aan de doos bonbons had gezeten, zei hij glashard nee. Dus nu is hij vrijgezel en heeft hij vaak meerdere vriendinnen tegelijk, die dit niet van elkander weten. En dat kost hem allemaal niks! Ja, af en toe een bloemetje, maar die haalt hij tegen zessen; zijn ze namelijk goedkoper en dan zet hij ze zolang 's nachts in een emmer regenwater. Zo bietst hij zelfs zijn orgasmen bij elkaar; heimelijk, tussen de middag, en in de woonkamer, als ze luxaflex hebben.

Niks zeggen, denkt hij intussen; niet hardop laten merken dat ik alles voor niks krijg, want dan pakken ze het af.

Vanmiddag zagen wij toevallig nog hoe hij, hoopvol, een stiekem pasje dichterbij deed toen de slager een plakje worst gaf aan een peuter.

– Fijn dat u tussen uw drukke commissiewerkzaamheden door nog even tijd heeft kunnen vinden professor, want ik zit hier met een kolossale maar natuurlijk ook ontzettend gezellige stapel post vol met vragen van vaak oprecht opgewonden Nederlanders en Belgen, die in grote lijnen allemaal over hetzelfde gaan: de huidige taalverwarring. Dus talloze mensen die momenteel iets hebben van Zeg ik het zo wel goed, Hoe moet het eigenlijk, Dat ik tenminste niet voor gek sta...

– Nou die dag zit er natuurlijk ook nog wel aan te komen, ik bedoel dat niemand meer voor gek staat omdat al het geschreven en gesproken Nederlands als correct zal zijn, maar tot zover zie ik persoonlijk liever dat de men in de straat zich druk maakt om ons mooie Nederlands als om de voetbal!

– Ben ik helemaal met u eens, maar u zei daar iets waar ik graag maar meteen even bij aantik, omdat zich daar nogal wat vragen over handelen, namelijk het verwarrende gebruik van Als en Dan, tegenwoordig. U zei daar zelf: liever Als. Nu meen ik mij uit mijn schooltijd te herinneren dat het liever Dan was. Groter dan, langer dan, beter dan. Maar: even lekker Als...

– Het is, helaas, want het is een enorm karwei om dat recht te trekken, een tijd usance geweest om na een comparativus, de vergelijkende trap dus, het woordje Dan te gebruiken, maar heden ten dage is het zonder meer correct wanneer u groter Als zegt hoor. Daar zult u zich tot in de hoogste kringen geen buil meer aan vallen.

– Groter Als is dus niet fout?

– Kijk: fout is er natuurlijk in principe niets, want dan er iets een levend geheel is, als is het de taal wel. En wat hebben wij nu zien gebeuren? Dat Als en Dan steeds vaker door elkaar werden gebruikt; elkaar zijn gaan overlappen, dan het ware.

– Dus ze mogen allebei?

– Als danmede dan zijn straks volmaakt gelijkwaardig. U leest dat nu toch al regelmatig, dat er staat: De Inflatie In Nederland Is Even Sterk Dan In Duitsland?

– Jawel, maar dat is toch lelijk? Even sterk dan?

– Ach, na een tijdje als als weet men niet beter meer. Ik zit hier vanzelfsprekend dan rijksgedelegeerde naar onze Belgische collega's toe. Ik zit hier dus met nadruk niet dan mijzelf. Als zou ik misschien, dan ik heel eerlijk was, ook zeggen: ik vind even duur dan minder mooi als even duur als, maar mijn persoonlijke mening doet niet ter zake. Het gaat erom dat wij komen tot een zo breed mogelijk taalbassin, waarin zoveel mensen dan maar haalbaar is niet kopje ondergaan dan zij als en dan verwisselen. Dus dan ik u zou vertellen welke zogenaamde taalfouten wij allemaal nog meer moeten zien te destigmatiseren, als zaten wij hier morgenochtend nog!

– Toch nog even over als en dan dan graag. In samengestelde woorden blijven die partikels toch onverwisselbaar, hoop ik, officieel? Het blijft toch Even-Als?

– Mag. Is zonder meer goed. Maar evendan is even correct. Alleen het Zuidnederlandse Alsdan, toen – dat blijft gelijk. Anders zou je Dandan krijgen, of Danals of Alsals. Nee, dat blijft Alsdan.

– Dus Jan heeft honger, evendan Piet?

– Prima.

– Parijs kent diverse bezienswaardigheden, zodan de Eiffeltoren?

– Is in orde. Eiffeltoren mag overigens ook met één F hoor. Dan beroemdheden meer als dertig jaar dood zijn, mag de naam naar goeddunken worden geschreven, wordt de regel, hopen wij.

– Maar als als nou strikt voorwaardelijk wordt gebruikt? Dus: als het morgen mooi weer is gaan wij ballen?

– Dan het morgen mooi weer is gaan wij ballen is absoluut niet fouter als andersom hoor, maak u geen zorgen. In deze overgangsfase kan men, dan men dan nog niet als als wil gebruiken, met een gerust hart indan schrijven.

– Indan als Indien?

– Indan het morgen mooi weer is, dus dan Woals ons gunstig gezind is, ga ik naar Japan. Is prima.

– Indan Anton Geesink naar Japan gaat?

– Heel goed. Indan de oud-judoka Anton Geesink, houder van de negende Als, naar Japan gaat. Echt, ik zie het probleem niet! Laten we danjeblieft toch wat democratischer denken zeg! Nee, zolang ons taalgebruik nog een discriminatoire factor vormt, zijn wij nog een heel eind verwijderd van de samenleving zodan die ieder zinnig mens voor ogen moet staan. Niet als?

– Daar zit wat in. Kunt u alvast een tipje van de sluier van volgende week oplichten? Wat u als gaat bespreken?

– Dan alles goed gaat de derde persoon meervoud.

Dat het niet langer dan verkeerd wordt ervaren dan u zij en hun door elkaar gebruikt. Hun hebben honger dan het tegen de avond loopt is prima Nederlands, straks.

– Dank u wel professor en graag tot als, dan maar. Of tot dan, alsmaar.

– Geen alsk!

WOORDGULS

Geef hem een paar losse woorden en je hebt geen kind aan hem. Er hoeft geen verhaal in te zitten en ze hoeven zelfs niet logisch achter elkaar te staan; als het maar woorden zijn. Met een vreemd lucifersdoosje of een tablettenbuisje is hij al tevreden en het etiket van de gemiddelde wijnfles houdt hem tien minuten zoet. Woorden, woorden! Hij kan er niet van afblijven, allemaal moet hij ze lezen. Chaufferend, fietsend of wandelend door hem allang bekende straten eten zijn ogen, met onverflauwde gulzigheid, steeds opnieuw dezelfde winkelnamen, vlaggeteksten, uithangborden, haltepalen, automerken en graffiti. Geen lettertje ontsnapt hem. Hangen ze, woord voor woord, nog net zo te lezen als gisteren? Goddank! Van sommige woorden houdt hij meer dan van andere. Zo leest hij liever Gentlemen dan Mannen, Sortie voldoet hem meer dan Exit en nog altijd springt zijn hart op wanneer hij ergens in Nederland langs een De Harmonie komt. En nou zou je zeggen, waarom leest hij ze dan telkens weer, steeds dezelfde woorden, maar daar kan hij niks aan doen en trouwens niemand heeft er last van want wij weten het niet, dat hij Woordguls heeft. Stille jongen, denken wij, maar intussen jongleert hij met zijn losse, geheime woorden die hem veilig over dode punten helpen. Zo neemt hij in restaurants steevast de Tong Picasso, omdat hij dit nu eenmaal het lekkerste woord vindt en vooraf, aan de bar, kiest hij uit de kaart de cocktail die de smakelijkste combinatie van namen draagt; doet er niet toe wat erin zit. Wat was hij graag getrouwd geweest met een vrouw die Brigitte heet!

– Doctor Kipping.

– Goedemiddag.

– U bent bestuurslid van de Nederlandse Taalunie, die de spelling wil vereenvoudigen, om tot één officiële versie van de taal in Nederland en Vlaanderen te komen, toch?

– Uiteindelijk wel, ja.

– Kunt u een paar van die overeenkomende gevallen noemen?

– U bedoelt wat wij voorlopig zijn overeengekomen?

– Ja en graag kort samengevat, want de aflopende minuten zijn wij nogal uitgelopen.

– Nou het gaat mij persoonlijk niet eens zozeer om de spelling. Mijn bezorgdheid geldt de verloedering van ons Nederlands over de gehele linie. Niet alleen de spellingfouten, maar vooral de grammaticale blunders, die je overal hoort maken. En ziet schrijven. Nu bent u toch de presentator van een Taalprogramma, nietwaar?

– Nou en of en al zeven jaar.

– Toch pleegt u in uw eerste zinnen al meteen twee enorme taalkundige vergrijpen.

– Wat doe ik dan verkeerd?

– U haalt het tegenwoordig en het voltooid deelwoord door elkaar! Het participe présent en het participe passé, waar zij bijvoeglijk gebruikt worden! U zei: overeenkomende gevallen, terwijl u de overeengekomen gevallen bedoelde.

– Slipje. U heeft gelijk. Ik zal eraan denken. Maar

goed, onder uw bezielde leiding heeft de commissie...

– Weer zoiets! U zegt bezielde leiding, terwijl u, naar ik mag hopen, mijn bezielende leiding bedoelt. Mijn leiding die anderen bezielt, als het goed is.

– Ja. Weer fout. Maar goed: er gebeuren, ook binnen de taal, nu eenmaal verwarde dingen!

– Nee! Strikt genomen kan het wel, verwarde dingen, maar ik weet zeker dat u verwarrende dingen wilt zeggen!

– Dus niet alle voorgekomen fouten zijn honderd procent verkeerd?

– Omdat het, zoals bij uw verwarde dingen, qua betekenis soms weinig verschil maakt of u het bijvoeglijk naamwoord bezigt in zijn tegenwoordige dan wel in zijn verleden vorm, kunnen wij de gebruiker niet alle voorkomende fouten aanrekenen, helaas.

– U bent daar streng in hè? Voordat u in de commissie werd opgenomen was u al berucht als schrijver van ingezonden brieven over zulke taalkwesties.

– Hoort u het nu zelf niet? U zegt keurig: ingezonden brieven. U piekert er niet over om van inzendende brieven te spreken. Vreemd!

– Maar al uw inspanningen sorteerden tot nu toe tamelijk teleurgestelde resultaten.

– Hier! Daar gaat u weer! Hoe kunnen resultaten zelf nou toch teleurgesteld zijn! Nee, ze stellen mij teleur!

– Doctor Kipping, de tijd is om. Ik dank u in elk geval voor uw bemiddelde rol.

– Hoho! Dit is een erebaantje hoor, ik verdien er niets mee. Mijn rol is slechts bemiddelend.

– Ja, dat zeg ik.

– Nee, dat zegt u niet!

– Ik wil u alleen maar een complimentje maken over uw voorgelichte taak...

– Ach, technicus, mag ik een glaasje water?

– Wilt u niet liever een kopje koffie?

– Nee, ik heb mij weer veel te druk gemaakt. Ik moet een rustgevend pilletje innemen.

– Het spijt mij werkelijk als dit mijn schuld is.

– Het is niets. Ik ben dit gewend.

– Neenee, ik sta erop. Hier: neemt u twee gekalmeerde tabletjes van mij!

Ik ben nog acht maandelijkse termijnen van honderdenzestig gulden verschuldigd en dan is het tuinhuisje zogezegd vrij van hypotheek en ook voor het overige rechtens mijn eigendom. Dit tuinhuisje staat in feite direct aan de straat. Vanuit het raampje kan ik net over de laurierhaag kijken. Personenwagens met een imperiaal op het dak kan ik zien passeren.

Er staan, liggen of hangen thans de volgende voorwerpen in mijn tuinhuisje: een grasroller, een schop, een opvouw- en opblaasbare rubberboot, twee metalen harken en een rieten grashark, de opgerolde tuinslang (circa veertien meter), zestien bloempotten, de kapotte crossfiets van mijn zoontje, een rolschaats van mijn dochter, een uitgeklapte opklaptafel en een linnen vouwstoel; alsmede een stapel van vijftig relatie-blocnotes van de zaak, op eentje waarvan ik dit zit te schrijven, bij het licht van een looplamp die ik binnen in de gang heb aangesloten en welks snoer ik door het WC-raampje heb geleid.

Het grote publiek denkt vaak dat verzekeringsmensen allemaal Saaie Pieten en Brave Hendriken zijn, maar niets blijkt bij navorsing vaak minder waar, hetgeen mijn geval moge bewijzen.

Rijdend over de snelweg Den Haag-Utrecht, de A12, werd ik op of omstreeks 3 april 1989 te 15.31 uur gepasseerd door een zwarte Honda Accord, kenteken ST-38-KP.

Mijn snelheid zal rond de honderd kilometer per uur hebben bedragen; die van de Honda beliep vanzelfsprekend iets meer. Ik heb mij als goede gewoonte aangewend om de gezichten van alle medeweggebruikers met aandacht in mij op te nemen, indien althans de verkeerssituatie dit toelaat. Dus keek ik automatisch opzij naar de mij ter linkerzijde voorbijrijdende Honda. Toen is het begonnen.

De wagen werd bestuurd door een werkelijk adembenemend mooie vrouw en voor het overige nam ik geen mede-inzittenden waar.

De aanblik van haar profiel duurde ten hoogste acht seconden, maar deze periode was voldoende om mij in een geestesgesteldheid te brengen die zich het correctst als 'van opwinding' laat omschrijven. En dit in hoge mate.

Na haar passeermanoeuvre voegde zij zich weer op de rechterrijstrook en kon ik door mijn voorruit constateren dat bestuurster blond haar had, dat zij droeg in opgestoken vorm, zoals de filmster Katharine Hepburn dit vroeger wel gewoon was te doen.

Hier en daar nam ik losse krulletjes waar. De zon stond al wat lager aan de hemel en daardoor kwam een gedeelte van het haar aan weerszijden van haar hoofd op mij over als engelenhaar. Het was alsof er in mij een chemische reactie in gang was gezet waardoor ik niet anders kon handelen dan ik vervolgens deed: ik gaf met mijn knipperlicht te kennen te zullen gaan passeren, gaf extra gas en haalde op mijn beurt de zwarte Honda in.

Bij het passeren keek ik opzij naar de bestuurster, *die eveneens haar hoofd wendde en naar mij lachte.*

Ik bemerkte bij mijzelf een iets versnelde hartslag en zelfs de plotselinge gelaatswarmte zoals deze wordt veroorzaakt door blozen of sauna.

Al met al was ik te verbouwereerd om terug te lachen. Mijn blik drukte naar ik vrees veeleer verbazing uit.

Na de inhaalmanoeuvre keerde ik snel terug naar de rechterrijbaan en raadpleegde ik mijn achteruitkijkspiegel, waarbij ik tevens controleerde of mijn haar niet te kaal zat. Ik kan dit immers dusdanig kammen dat dit niet en/of nauwelijks opvalt. Vervolgens verminderde ik mijn snelheid zo geleidelijk en onmerkbaar mogelijk, langs welke weg ik de vrouw dwong mij ten tweeden male te passeren, *hetgeen zij deed.* Voor de zekerheid was mijn lach nu al van kracht toen zij mijn achterbumper naderde en ik hield hem vol gedurende haar hele inhaalmanoeuvre, die minuten leek te duren.

Hierbij ervoer ik aanzienlijke gevoelens van erotische aard. Haar ogen waren korenblauw, hetgeen sinds 1962 mijn favoriete kleur is ten aanzien van ogen bij vrouwen.

Zij lachte mij andermaal toe en het was of ik 10-20 jaar jonger werd. Het gebeuren laat zich omschrijven als een contact in de aard van Flirten.

Dit spelletje herhaalde zich nog een drietal malen, waarbij onze snelheid, op haar initiatief, opliep tot 130 à 140 kilometer per uur!

Toen ik de vrouw voor de vierde maal voorbijreed, *deed zij haar haar los!*

Dit was op of onder Zoetermeer en hield in dat zij de twee kammetjes verwijderde die halverwege het achterhoofd in haar kapsel waren aangebracht, waarna zij haar hoofd schudde en met nog meer nadruk dan voorheen naar mij lachte.

Daar ik uit mijn praktijk beschik over een ruime kennis van lichaamstaal, kon ik dit gebaar zonder veel moeite interpreteren als zijnde van inviterende aard.

Wat stond mij te doen?

Ik moest om half zes in Hilversum zijn om een tweetal niet onaanzienlijke inboedelpolissen te actualiseren en het was nu rond de klok van vier uur, dus had ik nog een dertigtal minuten speling. Ik trok mijn stoutste schoenen aan en maakte, toen het weer mijn beurt was om te passeren, het gebaar dat 'Kopje Koffie Drinken' beduidt.

Haar antwoord afwachtend, bleef ik een gewaagd lange tijd terzijde van haar voortrijden.

De vrouw, die mij bij elke inhaalhandeling aantrekkelijker was voorgekomen en die ik tussen de 28 en 35 jaar schatte, wees met een gebaar dat spijt uitdrukte op haar horloge. *Ook keek zij hier oprecht beteuterd bij.*

Toen zij mij vervolgens opnieuw voorbijreed, ik was inmiddels de tel kwijt, herhaalde zij enkele van deze lichaamsbewegingen, onder andere het op overdreven wijze hulpeloos ophalen van de beide schouders. Zij droeg een tomaatrood jasje van suède leder. Ik had intussen mijn stropdas losgedaan; op of onder Woerden. Door mijn hoofd speelden, ronduit gezegd, verschillende gedachten van erotische geaardheid. Ook spookten de woorden Motel, Zachte Berm en Zwart Ondergoed door ondergetekende.

Wij naderden nu de afslag Hilversum (E8, waarna A27). De weg gaat hier in eerste instantie door naar Utrecht, en voert vervolgens naar Arnhem, waar ik niets te zoeken had, daar Gelderland buiten mijn rayon valt.

Ik zorgde dat ik voorop reed en gaf reeds in een vroeg stadium te kennen dat ik rechtsaf wilde slaan.

Gespannen sloeg ik de knipperlichten van mijn achtervolgster gade, doch helaas: zij leek mij niet rechtsaf te zullen volgen en ik was al te ver heen op de afslagstrook om nog zonder gevaar voor het overige wegverkeer van rijbaan te kunnen wisselen, waardoor er, te omstreeks vier uur drie, een einde kwam aan onze Autobahnspielerei, zoals onze oosterburen deze activiteit gewoon zijn te omschrijven (dit weet ik van een recent schadegeval bij Mannheim, waarbij een onzer verzekerden was betrokken, je leert in dit vak nog elke dag). Wel vertraagde ik korte tijd mijn snelheid, zodat ik haar links kon zien passeren, *waarbij zij mij een kushand toewierp!*

Gedurende de rest van die middag was ik slechts ten halve geconcentreerd en ik handelde de beide bijstelgevallen grotendeels af op mijn routine.

Na thuiskomst deed ik mijn vrouw, begrijpelijkerwijze, geen mededelingen aangaande het gebeurde, daar ik dit niet van toepassing achtte.

De slaap kon ik die nacht niet of nauwelijks vatten en ook de gehele volgende dag, ik had binnendienst, bleef de beeltenis van de vrouw in de Zwarte Honda door mijn hoofd spoken.

Hoeveel maal precies had zij naar mij gelachen? Had ik haar oortjes gezien, toen zij haar haar omhoog had? Ik moest en zou deze vrouw ten tweeden male treffen, zoveel was zeker.

Daarom wipte ik in de namiddag even aan bij Verkijk van onze afdeling Blikschade en vroeg ik hem, zo nonchalant mogelijk, of hij 'even een nummerplaatje voor me wou screenen'. Ik offreerde Verkijk een sigaret en hij draaide het nummer, maar de Dienst Kentekenbewijzen gaf al geen gehoor meer. Geeft niet, zei ik zo achteloos mogelijk; het gevalletje heeft geen haast.

Die nacht sliep ik nog slechter dan de voorafgaande.

Zou zij getrouwd zijn?

Alsmede minderjarige kinderen hebben?

De prijs van de auto in aanmerking genomen, leek mij dit niet bepaald een 'tweede wagentje', en dat sterkte mij in de overtuiging dat ik met de eigenaresse zelf van doen had gehad; voor welke overweging ook haar aanwezigheid op de snelweg te dien tijde van de werkdag pleitte. Ik kon dus in alle redelijkheid aannemen dat ik erotisch contact had gemaakt met een mooie, zelfstandige vrouw, bezigheden buitenshuis hebbende.

Het kenteken ST-38-KP bleek op naam te staan van mevrouw O.J., woonachtig in de middelgrote provincieplaats P.!

Nu valt P. ten minste veertig kilometer buiten mijn competentie en kon ik mijn afreis derwaarts met geen mogelijkheid verantwoorden naar de directie toe, zodat er niets anders opzat dan mij een dag ziek te melden, hetgeen ik deed te donderdagmiddag twee uur; gelet op het gegeven dat je minder argwaan wekt wanneer je ziek van kantoor naar huis gaat dan wanneer je je vrouw of huisgenoot 's ochtends laat bellen dat je griep hebt.

Ik zei dus tegen Hemelrijk dat ik mij niet lekker voelde en keek daarbij zo witjes mogelijk.

Nu dien ik hieraan toe te voegen dat ik binnen ons kantoor tot de drie beste inspecteurs behoor en dat ik in het bijzonder bij Hemelrijk wel 1 à 2 potjes kan breken, dus dat gaf geen problemen. Hemelrijk wenste mij beterschap en zei nog dat ik de vrijdag maar eens lekker in bed moest blijven met de nieuwe Stephen King, want die kon hij mij van harte aanbevelen.

Ik had mijn vrouw vanzelfsprekend niet op de hoogte gebracht van mijn ziekzijn onder valse voorwendselen en verliet de volgende morgen op de gebruikelijke tijd ons huis, waarna ik koers zette in de richting van het Avontuur. Want dat dit een avontuur was, voelde ik met heel mijn wezen. Om de hoek van onze straat stopte ik, om mijn colbertjasje te verruilen tegen mijn geruite sportjacket, dat ik de avond tevoren, na het aangelijnd uitlaten van onze hond, reu, alvast in mijn kofferruimte had gedeponeerd. Ik droeg mijn bruine vakantiemocassins.

De eerste vijftig kilometer rijdens vocht ik nog tegen schuldige gevoelens op het vlak van echtelijke ontrouw, maar eenmaal voor of voorbij Apeldoorn voelde ik mij op een voor mij vreemde manier vrij van aansprakelijkheid voor de eventuele schade aan derden die zou kunnen worden veroorzaakt door of voortvloeien uit mijn driftmatige handelen.

Ik onderging, kort samengevat, voor het eerst sinds mijn scholierenjaren een gevaar waartegen ik mij niet gedekt wist. Ook bevingen mij gevoelens van trots. Ik zong een aantal liedjes die ik dacht te zijn vergeten, waarbij ik ritmisch op mijn stuur trommelde.

Te half elf arriveerde ik in P., waar ik nog nooit eerder was geweest. De middenstand leek goed te floreren in met overwegend metalen rolluiken tegen braak beveiligde winkels. Bij een ruimgesorteerde drogist kocht ik een flesje after-shave van het merk Aqua Velva (fl. 12,50), dat ik rond mijn twintigste op en onder mijn hoofd placht te sprenkelen en tot mijn vreugde en verrassing nog bleek te bestaan.

In de auto deed ik er wat van op, maar kwam ik, ten gevolge van trillende handen, uit te schieten, zodat ik morste.

Ik was bang dat ik in hinderlijke mate zou geuren, keerde terug naar de langs enkele industrieterreinen en een groot nieuw gebouw van onze voornaamste concurrent leidende ringweg en reed daar een vierhonderdtal meters met mijn hoofd ter buitenzijde van mijn linkerportierraam.

Te elf uur precies draaide ik, in een openbare telefooncel, haar nummer. In plaats van 'draaide' dient u hier 'drukte' te lezen. Een warme vrouwenstem nam op of af, met de zangerige intonatie die zo kenmerkend is voor de streek waarin P. is gelegen. De naam klopte. Snel stak ik van wal en meldde kort en zakelijk het gebeuren zoals dit twee dagen tevoren op de snelweg Den Haag-Utrecht had plaatsgevonden.

Vervolgens informeerde ik of mevrouw O.J. zich dit voorval herinnerde. Even bleef het stil, toen beantwoordde zij mijn vraag bevestigend. Ik verstoutte mij te vragen of zij haar haar op dit moment omhoog droeg of los en zij verklaarde dat het omhoog zat. Ik besloot een grapje te maken en zei dat ik ook omhoog zat en vroeg of het gelegen kwam als ik even langskwam. Een tiental angstige seconden zweeg zij, maar toen informeerde zij waar ik mij bevond en gaf zij mij gehaast doch duidelijk te kennen hoe ik moest rijden. Ik had geen redenen om aan te nemen dat mij een onware opgave was gedaan en begaf mij, mijn Nederlands stratenboek raadplegend, op weg...

Mevrouw O.J. woonde in een welgestelde, recent opgetrokken woonwijk van overwegend vrijstaande bungalows, die ik schatte op drie ton kosten koper. De auto's die ervoor stonden, vielen bijna alle in de prijsklasse tussen de 30 en 50 duizend gulden.

Op het garagepad van huisnummer 19 stond de zwarte Honda met het kenteken ST-38-KP geparkeerd. Ik ging hier eerst recht achter staan, maar zag na het uitstappen dat het nu leek alsof ik haar het ontsnappen wilde beletten. Derhalve stapte ik weer in en reed stapvoets een vijftal meters naar voren. Voor het brede raam van de aan de straatzijde gelegen en op het eerste gezicht met een Inboedel Klasse D gemeubileerde woonkamer, stond een kale man, doch met een snor en gekleed in een overall. Hij knikte vriendelijk naar mij en ik beantwoordde zijn groet. Ook voor de bovenramen ontwaarde ik haar niet. Maar wellicht was zij zich nog wat aan het poederen, dacht ik in mijn overmoed; en was dit de klusjesman die een kleine koffiepauze had ingelast.

Ik betrad het tuinpad (circa dertig vierkante meter flagstones) en wilde aanbellen toen de man in de overall opendeed en mij zijn hand toestak.

– Goedemorgen, zei hij; koffie? Leuk dat u ons heeft weten te vinden.

– Ja, zei ik en zweeg, daar ik niets wist terug te zeggen. Hij ging mij voor naar een ordelijke, begrotelijk ingerichte kantoorkamer aan de achterzijde van het huis en bood mij een stoel aan.

Over de gehele breedte van het gevelraam hing tot de vloer reikende luxaflex. De man nam plaats achter een kolossaal, wit bureau. Ik noteerde twee personal computers, een kopieermachine en een fax-apparaat.

Boven op een archiefkast stond een Hindelooper dienblad vol koppen en schotels. Uit de vernikkelde thermoskan op zijn bureau schonk hij mij een kopje koffie in. Melk en suiker zaten in een verzilverd stelletje, dat hij mij joviaal toeschoof.

– Rookt u? vroeg hij.

Ik antwoordde niet naar waarheid, want ontkennend, terwijl ik mijn hersens op topsnelheid liet werken.

Na kruiscombinatie van de verschillende onbekende factoren kwam ik tot de slotoverweging dat het het verstandigst was hem in kennis te stellen van het feit dat ik zojuist mevrouw O.J. aan de telefoon had gesproken.

– Klopt! zei mijn gastheer en hij stak een sigaar op. Ik nam geen brandblusapparatuur aan de wand van de kamer waar.

– Dat is mijn vrouw, vervolgde hij, maar die laat zich excuseren, want die moest er twee gaan afleveren, met de Landrover. Ze gaan als warme broodjes, dit voorjaar.

– Juist ja, zei ik en ik schoof het roomstelletje nadenkend van mij af, waarbij ik per ongeluk een van de drie zilveren fotolijsten op het bureau een kwartslag draaide. Zij was het: met haar haar omhoog.

– Wel, zei de man energiek; welke maat had u zo ongeveer in uw hoofd?

Hij drukte op een schakelaar naast de personal computer en langzaam zoemde de luxaflex omhoog.

Het thans vrijkomende raam zag uit op een onbeboomde tuin ter grootte van een half voetbalveld, waarin dertig à veertig verschillende tuinhuisjes stonden opgesteld.

ZWAIDS

In Nederland ontstond een jaar geleden groot tumult rond de paniek die was uitgebroken binnen een Haagse biljartvereniging, om reden dat een der leden leed aan aids, wat het bestuur deed besluiten deze ongelukkige de verdere toegang tot haar lakens te ontzeggen.

Nu heb ik niets tegen aids. Ik durf zelfs te stellen dat, indien een van mijn vrienden zelf aids had gekregen, ik toch mijn weekse potje met hem zou zijn blijven schaken, kaarten, vissen of biljarten.

Ik moet hier aan toevoegen dat mijn kameraden uit het voormalig Verzet allemaal bomen van kerels waren, die op zijn tijd hielden van een stevige borrel, een goede sigaar en een charmant vrouwtje en die, als de kans zich voordeed, maar wat graag actief waren 'op de korte queue', maar dit dan altijd in relatie tot de andere sekse; een leefwijze die de kans op aids aanzienlijk verkleinde, temeer daar deze ziekte toen nog niet eens bestond omdat zij, zoals bekend, is veroorzaakt door de rock en rollmuziek, de marihuana en het ringetje in het mannenoor.

Zoals viel te verwachten wierpen alle linkse media zich als hyena's op het bestuur van deze Haagse biljartvereniging, dat natuurlijk weer werd uitgekreten voor ultrarechts, oliedom en intolerant.

Maar is biljarten met een aidspatiënt wel zo ongevaarlijk als men het ons wil doen voorkomen? Is er al eens serieus onderzoek gepleegd naar de queue als bron van besmetting?

Aids kan worden overgedragen door bloed, sperma en vaginaal vocht, ik ken mijn moderne gruwelrijtjes; maar hoe staat het met de andere lichaamsvochten? Wat weten wij in feite van het overdrachtsgevaar door urine?

Kan de mannenplas op een day after the willekeurige night before soms niet een der drie genoemde smethaarden bevatten, al is het maar in een microscopisch kleine hoeveelheid?

Hoe vaak wordt een gemiddelde biljartpartij niet onderbroken om even naar het toilet te gaan? Ik zou de amateur-spelers niet graag de kost geven bij wie het handenwassen er na de lozing bij inschiet, omdat er vanuit het café wordt geroepen dat de tegenstander gemist heeft en dat men alweder aan stoot is!

En wat dacht u van de transpiratie die, bij een aidspatiënt, uit de aard van zijn begrijpelijke, vrijwel permanente nervositeit, vooral bij moeilijke stootbeelden veel eerder zal optreden dan bij de gezonde biljarter?

Wordt het kortom niet eens tijd om het lichaamszweet van de aidslijder onomwonden 'zwaids' te gaan noemen?

Allemaal vragen die ik niet stel om onze zieke medemens te stigmatiseren, maar slechts om te geraken tot een aantal voorwaarden en veiligheidsmaatregelen die, mits zorgvuldig nageleefd, de aidsbiljarter in staat stellen gezellig zijn partijtje te blijven meestoten, zonder dat wij het gevaar lopen door hem te worden aangestoken.

Gebruik in de allereerste plaats uitsluitend uw eigen queue. Pak er nooit 'zomaar eentje' uit het rek. Vraag uw besmette biljartvriend vriendelijk doch dringend of hij een condoom om het dikke uiteinde van zijn van huis meegenomen queue wil gorden; in de meeste cafés hangen dienaangaande voldoende automaten op de toiletten.

Wanneer hij hiertoe niet bereid is, eis dan dat uw aidsdragende tegenstander voor elke stoot zeer zorgvuldig, met een strikt eigen krijtje, zijn pomerans ontsmet – zijn zwaids kan zich immers, vanuit de stoothand, een weg banen door de queue heen en zich daar op het topje nestelen; waarna het virus zich meedeelt aan de speelbal die, in geval van een carambole, ook de bal besmet waarmee u zometeen moet stoten!

Maak om deze reden ook zo min mogelijk trekstoten, want dan trekt u de bacillen uit de aangestoken bal, dwars door uw queue heen, terug tot in de eigen hand, vanwaar zij zich kunnen uitzaaien door uw arm en vervolgens door het gehele lichaam.

Om dezelfde reden: nooit piqueren of masseren, wanneer u met een seropositief persoon biljart! Liever een punt minder gemaakt dan aan het eind van de avond als aidslijder naar huis terug te moeten keren. Zet uw glaasje bier na iedere teug terug op exact dezelfde plaats, teneinde u niet te vergissen en een rampzalige slok van uw tegenstander te nemen.

Wanneer deze laatste zich, bij het maken van een lastige stoot, met een deel van het lichaam horizontaal over een der lange banden uitstrekt, doe dan alsof u uw krijtje heeft laten vallen, kruip onder het biljart en verblijf daar totdat hij zijn beurt heeft voleindigd. Vermijd ouderwetse biljarts met een klikkende teller in de band en houd de stand evenmin bij op het scorebord aan de wand, maar noteer alle door u gemaakte carambolеs op een leitje; vanzelfsprekend weer met eigen krijtje.

Wanneer uw terminale tegenstander de partij onverhoopt mocht hebben gewonnen, feliciteer hem dan niet met een blote handdruk, maar klop hem twee- hooguit driemaal vluchtig op de schouder, mits hij een colbertje draagt. Speelde de patiënt in zijn enkele overhemd, beperk u dan tot complimenteus op de cafévloer stampen met de achterkant van uw queue.

Wanneer u deze geboden in acht neemt, kunt u, zelfs met de zwaarste virusdrager, een zorgeloos potje biljarten.

Laat u echter nooit ertoe verleiden met een aidspatiënt te snookeren, want hierbij is het besmettingsgevaar achttien maal groter.

Het ontbreekt hem aan niets.

Is er een technisch nieuwigheidje onder de zon, steekt een plotselinge interieurtrend de kop op of verschijnt er een nieuw model van zijn auto op de markt – hij maakt er zich als eerste meester van en sleept de aanschaf naar zijn bungalowtje.

Daar stelt hij zijn welvaart te pronk en pocht op de kortingen die hij heeft weten te bedingen. Hij lijdt namelijk ook, maar dit terzijde, aan Prijspoch.

Ernstiger is zijn onafgebroken laboreren aan Halfbruik: van alle apparatuur weet hij slechts voor de helft hoe zij werkt en wat de mogelijkheden zijn. Dat geldt niet alleen voor al zijn audio- en videotoestellen (hij is er nog nooit in geslaagd zijn videorecorder voor te programmeren) maar zelfs voor zijn auto, waarvan hij nog steeds niet weet hoe de motorkap omhoog moet. Dat laat hij over aan de pompbediende. Zijn tuin heeft hij nog maar voor de helft gecultiveerd, zijn hond heeft hij maar half leren luisteren en de bijvoegsels van zijn kranten blijven ongelezen. Hij weet nog altijd niet hoe hij zijn radiowekker in de sluimerstand moet zetten, Radio I tot en met V weet hij niet te vinden, in zijn oven heeft hij zelf nog nooit iets durven klaarmaken en als hij naar Utrecht moet rijdt hij kilometers om, omdat hij de nieuwe afslag op de Schipholweg niet kent.

Vanmiddag komt hij thuis met een prachtig koffiezetapparaat, dat hij alleen zal gebruiken voor het zetten van espresso; hoe cappuccino precies moet, met die hete melk, daar kan hij geen wijs uit. Moeten ze die gebruiksaanwijzingen maar eens een keer wat duidelijker maken.

In de afgelopen negen jaar heeft hij zelfs zijn vrouw nog maar half leren kennen. Hij heeft er geen idee van dat hij amper de helft van haar mogelijkheden gebruikt.

Mijn eerste ski-ervaringen heb ik, aan de hand van foto's, al eens beschreven op de Bescheurkalender van 1979. Dat was in het oostenrijkse Hinterglemm, een op goed geluk door mij gekozen dorpje dat het Torremolinos van de wintersport bleek te zijn.

Ski's en schoenen huurde ik die eerste keer in een aan een doorgebroken sportzaak vastgebouwde keet, waar de debutanten hulpeloos rondklosten op tweemaal te grote skischoenen, hun met het blote oog aangemeten door veertienjarige schaapherders die zich allen, in minder dan tien winters, tot hoteleigenaar ter plaatse zouden opwerken maar nu nog doende waren in onverstaanbaar zangerig oostenrijks de dikke, dampende Helanca-konten van de voor het merendeel hollandse toeristes te becommentariëren, terwijl om hen heen de beginnende skiërs elkander de ogen uitstaken met de op hun schouders rondwiekende, zojuist gehuurde skilatten.

Ik dus op les.

Het is heel moeilijk om als stramme, bijna veertigjarige neoskiet, ontspannen mee te draaien in een klasje van twintig soepele, glanzend bruine twens.

Mijn eerste skileraar schatte me snel op mijn atletische waarde en liet mij al vanaf de tweede lesdag elke oefening als laatste doen; als ik met al mijn stokken en latten naspartelend van de onvermijdelijke val nog op de grond lag, begon hij al met het volgende les-onderdeel.

Ik vind het erg vervelend om dit te moeten zeggen,

maar de Nederlanders in mijn skiklas hadden de twee Fransen, de vier Duitsers, de beide Belgen en de jongeman uit Ghana uitgelegd dat ze zich maar niet om mijn gestuntel moesten bekommeren omdat ik, op de televisie, altíjd zo gek deed. Dat eerste jaar leerde ik op de ski's weinig meer dan stilstaan, omvallen en weer overeind krabbelen.

Mijn tweede skivakantie onderging ik in Zwitserland, want hoe had ik ooit zo dom kunnen zijn om naar Oostenrijk te gaan, vroegen vrienden mij.

Nee, in Zwitserland moest ik wezen, daar hadden ze de mooiste sneeuw en de hartelijkste leraren en de minste Nederlanders.

Wij naar Zwitserland. Dat was tijdens de kerstvakantie van 1980. De naam van het dorpje wil me nu weer even niet te binnen schieten (verdringing; hetzelfde wat ze bij de Skiliften doen), maar het was in ieder geval een uitermate bekakte enclave met opvallend veel banken, truitjeswinkels en parfumerieën.

Mijn beide kinderen gingen voor het eerst met wintersport (katholieke kinderen gaan òp wintersport), namen 1 week deel aan een kinderskiklasje ('s ochtends om 10.00 uur verzamelen bij respectievelijk Goofy en Katrien Duck) en konden skiën toen we weer naar huis gingen.

Mijn vrouw, die het eerste jaar niet met mij had meegeskied omdat ze net in een mooi boek bezig was, overreedde mij om het nog eenmaal te proberen. Samen begaven wij ons naar de skischool. Weet u hoe dat gaat, met die klasjes? Hoe ze dat indelen? Ik bedoel: hoe ze weten in welke skiklas jij thuishoort? Dat gaat zo: alle leerlingen verzamelen zich, maandagmorgen om tien uur, boven op een heuveltje. De skileraren suizen vervolgens naar beneden, maar u moet boven blijven staan. Tot ze u roepen. Een voor een. Dan skiet u op uw best naar beneden en uit deze proeve van bekwaamheid leiden de leraren de klasse af waar u in thuishoort en die zij met lome maar trefzekere bewegingen van een hunner stokken aanduiden: daar, achter die paal met de gefiguurzaagde koebel, dient klasse twee zich op te stellen en daar, bezijden de triplex Bratwurst, bevindt zich voor de duur van de cursus het verzamelpunt van klasse vier.

Mijn vrouw mocht in klasse twee, de een na beste groep, maar ik moest in groep zes, de krukkenklas.

Dat betekent dat je elkaar pas ’s avonds weer terugziet. Ik hoef u niet uit te leggen dat die skileraren niet uitsluitend op skikwaliteiten selecteren... Ik had de docent van klas twee al wel zien lonken naar mijn echtgenote!

Het feestelijke oudejaarsavond-diner duurde van zeven uur tot middernacht en de plaatselijke notabelen zaten mee aan. Braaf in een hoekje waren wij gevieren druk met prikken, snijden en lepelen en aan de grote, lange tafel naast ons dineerden vijf luidruchtig in het zwart en lang geklede echtparen; rijke zelfstandigen uit het dorp, die kennelijk hadden besloten de hoteleigenaar ‘uit te eten’, want de meeste gangen moest men zelf aanslepen van een copieus opgetaste tafel in een zaaltje apart. Een komen en gaan dus, wat al snel leidde tot de stuitende taferelen van vraatzucht die men overal krijgt voorgeschoteld waar mensen voor een vast bedrag zoveel mogen eten als zij kunnen bevatten. Alle tafels waren bovendien, met het oog en oor op de jaarwisseling, rijkelijk voorzien van confettibommen, werpklare rollen serpentines, koud vuurwerk en de meest uiteenlopende feesthoedjes. De jeugd maakte een voortdurende rondgang langs de voor het maken van een dansje of het scoren van nieuw kerstvlees verlaten tafels en verzamelde hierbij zoveel mogelijk feestartikelen.

Zo pakte mijn dochtertje van zes een koker met ballonnen van de tafel naast ons, juist op het moment dat een dikke Zwitser weer op zijn stoel wilde gaan zitten om aan zijn zesde portie reerug te beginnen.

Ik knikte de man vriendelijk toe (goede voornemens), maar mijn blik beviel hem niet, want hij barstte los in een verontwaardigd blaffen, waar ik uit begreep dat hij zijn door mijn dochter ingepikte ballonnen terug wilde en dat ik mijn kinderen strenger diende zu erziehen.

(Opvoeden. Op elke vakantie oostelijker dan Enschede, neem ik 'Schwere Wörter' mee.)

Hij riep van Unverschämtheit en Zurückgabe, maar mijn humeur was die avond niet kapot te krijgen; de maaltijd was voortreffelijk, we waren alle vier bruin en gezond, mijn vrouw had me verzekerd dat er niets was gepasseerd tussen haar en de skileraar van klas twee en de glühwein had mij al flink in de krullen gezet. Maar de boze dikke man bleef tieren, en ik zon op een afdoende zin.

Mijn duits is echter zeer zwak; regelmatig maak ik, het juiste woord niet wetend, klankverwante zijsprongen in het nederlands. Zo had ik eerder die week van een door mijn dochter maar halfleeg gegeten bord rare soep gezegd, tot de gerant: 'Das Mädchen bliebt das nicht.'

Maar déze zin moest foutloos en dodelijk zijn. Ik zette een Fez op en haalde diep adem.

En weet u wat ik zei? Nee: riep?

Ik riep tegen de dikke kinderhater: 'Bàh, was sind Sie ein kleiner Mensch!' en ik ging superieur zitten glimlachen in een veilig hoekje. Ik trilde nog wel een beetje van de spanning, maar ik was niet ontevreden over mijzelf: voor het eerst van mijn leven had ik een Buitenlander in het Buitenland beledigd!

Mijn slachtoffer beende, stoelen omverwerpend, weg. Een minuut later keerde hij terug, samen met de eigenaar van het hotel.

Zij bleken broers; dat zag ik nu duidelijk, ondanks de feestmutsen. De directeur gaf mij in heel begrijpelijk duits te verstaan, dat mijn gezin in het vervolg niet meer tot het hotel zou worden toegelaten.

Ik hoor van vrienden dat Frankrijk zo'n goed wintersportland is maar dit jaar blijven we normaal thuis, met de jaarwisseling. Ik heb honderd ballonnen en vier feestmutsen ingeslagen.

U stapt de gevandaliseerde abri van het gemeentelijk vervoerbedrijf binnen – als je dat tenminste nog binnen kunt noemen met al die kapotte ruiten – en u wilt juist beginnen met het ontcijferen van de laatste graffiti als u met grote ogen wordt aangesproken door een man die daar al stond maar die u nog niet was opgevallen.

– Hij rijdt zó voor mijn neus weg, zegt deze man, verongelijkt.

U glimlacht en zegt dat die dingen gebeuren. Dan antwoordt de man dat dit nog niet alles is. Zijn trein had hij ook al gemist en u moet maar niet op zijn neus letten. Dat komt omdat hij zich vanmorgen gesneden heeft toen hij zich in allerijl moest scheren omdat zijn wekker weer eens een keer verkeerd was afgelopen.

U antwoordt dat er ergere dingen op de wereld zijn. Dan zegt de man dat hij op weg is naar zijn moeder, die drie jaar geleden een hersenbloeding heeft gehad.

Daar komt gelukkig net uw bus. De man blijft op de halte achter; deze bus moet hij niet hebben.

– Dit is mijn bus niet! roept hij u nog verontwaardigd na.

Tien minuten later stopt de goede. Hij stapt in en kiest een zitplaats naast een dame die er wel tot luisteren bereid uitziet.

Hij steekt opnieuw van wal. Dat hij de vorige bus zó voor zijn neus zag wegrijden, dat hij vanmorgen precies een minuut te laat was voor zijn trein en dat zij maar niet op zijn neus moet letten.

De mevrouw zegt dat hij een mooie rechte neus heeft, maar hij hoort het niet. Binnen drie haltes weet zij alles; van zijn nierstenen tot en met de hooikoorts van zijn vrouw en hoe hij er in 1967 dertien goed had in de toto. Maar wat dacht u? Samen met negenduizend anderen, mevrouw! En hij knikt plechtig en heftig naar buiten, waar het stoplicht net op rood springt.

Welja! roept hij. Toe maar! Ja hoor, dat kan er ook nog wel bij vandaag!

Hier moet de mevrouw eruit en zij biedt hem haar laatste pepermuntje aan.

Wat denk je? roept hij even later, bij zijn zieke moeder binnenstappend; wat denk je? Raad eens? Zijn moeder heeft geen idee.

Krijg ik in de bus een pepermuntje, laat ik het vallen! roept hij, op tranen na huilend.

Zo, als de dood voor de echte grote klap, blaast hij, bezwerend, de hele dag zijn kleine pechjes van de toren.

Ze hebben me al drie keer geroepen van beneden, dat ik moet komen eten. Gezellig komen eten. Ik moet er niet aan denken. Ik heb geen trek. En totaal geen puf om op te staan. Ik heb geen trek, geen zin, geen fut en geen puf.

Ik lig hier maar wat naar het plafond te staren. Anderhalf uur al, hechten mijn lusteloze ogen zich nu eens aan een vochtplek, dan weer aan een scheur of aan een bladdertje. Momenteel volg ik een barst. Het is nog net geen in het niets staren, maar wel een vorm van ziende blind zijn. Naar minder kun je niet kijken.

Waar halen anderen toch al die positieve energie vandaan? Als je leest, in interviews, hoe belangrijke mensen, zonder gek te worden, hun dagen tot de rand toe vullen! Met kinderen en kerkgang. Met recepties en eteborrels. En wat ze niet allemaal lezen, bezoeken, bijhouden en doen! Boeken, theater, concerten, bridgen, golf. Puzzelritten, tennistoernooien en halve marathons. Wanneer in godsnaam, wanneer? Terwijl ze dan ook nog eens een keer allemaal schilderen, niemand uitgezonderd. Of zouden ze daar nu juist die mateloze leefdrift aan ontlenen? Dat kan bijna niet anders.

Het kan geen toeval zijn dat uitgerekend de meest succesvolle types het schilderen als belangrijkste hobby zeggen te hebben, tegenwoordig. Ministers, doktoren, advocaten, piloten: het is dat ze al een goede baan bekleden, anders waren ze vast en zeker schilder geworden. Ook de beoefenaars van artistiekere beroepen verklaren, ongevraagd, dat het schilderen hun favoriete vrijetijdsbesteding is. Filmacteurs, musici, televisiepresentatoren en schrijvers – ze doen het er nu maar zo'n beetje naast, maar allen hopen in een volgend leven full-time schilder te mogen zijn. Knarsetandend van afgunst lees ik zulke gesprekken.

Hoe komen ze daar toch in godsnaam aan, aan die vrije tijd om zo maar wat te gaan zitten schilderen? Of wordt tijd automatisch vrije tijd als je hem schilderend doorbrengt? Dat moet haast wel, anders begrijp ik het niet.

'Als ik zo'n hele dag met mijn neus in de papieren heb gezeten, dan is er niets heerlijkers dan achter mijn ezel te kruipen en alles patsboem heerlijk van mij af te schilderen!', las ik gisteren uit de mond van een populaire notaris, in onze plaatselijke krant. En vanmorgen hoorde ik op de radio een vraaggesprek met een burgemeester, die verzuchtte dat hij eigenlijk tijd te kort kwam, omdat hij per dag niet meer dan een uurtje of twee kon vrijmaken 'om zalig wat met olieverf te stoeien'.

Een uurtje of twee! Per dag! Hoe lukt dat zo'n man? En het was geen dorpsburgemeester, nee, hij gaf leiding aan een middelgrote groeigemeente. Twee uur, toe maar! Terwijl het mij toeschijnt dat je ook niet eentweedrie aan de slag kunt, bij het schilderen. Eerst wat ouds aantrekken, baret opzetten, doek opstellen, lichtval en kwasten kiezen, tubes openen, kleuren mengen – ik heb geen idee hoor, want zoals gezegd: IK schilder niet – maar die eerste streek kost u toch ten minste een kwartier aan voorbereiding, dunkt mij? Daarna kunt u zich lekker op uw linnen uitleven, maar als het dan tijd is om terug te keren tot de orde van de dag, dus uw hoofdberoep weer op te nemen, lijkt het mij dat je nogmaals een kwartier mag uittrekken voor het tubes dichtdoen, kwasten spoelen, palet wegleggen, baret afzetten, noem maar op.

Dus vraag ik u, oprecht wanhopig: hoe slaagt u er toch in hemelsnaam in om, naast uw dagtaak, per maand zo'n twintig tot dertig schilderijen te maken?

En exposeert u ze al? Dat is natuurlijk niet iedereen gegeven en, puur praktisch gezien, een kwestie van wandentekort.

Volwassen intellectuelen die over een eigen werk- of praktijkruimte beschikken, zijn wat betreft de mogelijkheden tot tentoonstellen sterk in het voordeel. Ik noem hier onze huisarts en onze tandarts, die allebei hun wacht- en behandelkamer hebben volgehangen met zelfgeschilderde doeken, terwijl het werk van mijn kantoorvrienden, die alleen het woonvertrek als galerieruimte kunnen gebruiken, om die reden nauwelijks belangstelling krijgt.

Dat proberen zij te compenseren door altijd een stapeltje kleurenfoto's van hun recentste stukken op zak te dragen.

Inmiddels is het vrijetijds-schilderen allang niet meer voorbehouden aan de geprivilegieerde elite. Gisteravond mocht ik, aan de deur, zeker twintig gefotografeerde stillevens van de hand van onze melkboer bewonderen en onze domesticale assistente, die normaal elke woensdag stipt om negen uur voor de deur staat, belde vanmorgen dat zij voor haar moederdag een schilderdoos had gekregen en dat zij nu midden in een natuurtafereeltje zat en dat zij eerst de zandweg moest afschilderen, anders kon zij niet op haar snorfiets stappen.

Daar word ik voor de vierde keer geroepen. Mijn vrouw klinkt nu echt kwaad. Logisch: zolang de avondmaaltijd niet aan kant is, kan zij niet achter haar schildersezel kruipen.

Ik moest maar eens naar beneden gaan.

Nog een laatste blik op het plafond van onze slaapkamer.

Drie, vier jaar geleden zou ik het witten.

Tot op ongeveer een derde van de oppervlakte, ben ik gekomen.

Hoe kan ik ooit rustig gaan zitten schilderen zolang er nog zoveel valt te verven!

Als ik het mij goed herinner, hadden wij afgesproken dat ik telkenjare melding zou maken van een amusant financieel fiasco dat mij het voorafgaande jaar was overkomen, zodat u enigszins een indruk zoudt krijgen van de wijze waarop uw geld, via mij, weer wordt teruggepompt in de nederlandse economie.

Dat ons huis heel groot en heel oud en met twee ton hypotheek belast was, wist u al, maar ik heb geloof ik nog niet verteld wat er allemaal is gebeurd voordat wij het oude kookhol hadden vervangen door de Traumküche waarin ik dit nu zit te tikken. Ook lezen doe ik in onze Traumküche. Mijn vrouw strijkt en verstelt in... de Traumküche. In de andere kamers zitten we vrijwel nooit meer. De visite wordt ontvangen in onze Traumküche. Wij hebben ons huis teruggebracht tot deze Traumküche, omdat wij heel, heel oud moeten worden als wij het totale bedrag dat de Traumküche ons gekost heeft (en waarvoor ik mijn hypotheek heb moeten verhogen) er ooit nog 'uit' willen zitten.

Kunt u tegen een stootje? Heeft u (tussen haakjes) ook zo'n hekel aan die gemelijke schichtigheid waarmee Hollanders spreken over 'een lief sommetje', 'een leuk bedragje' en 'een aardig centje'?

Dan komt hier het bedrag dat onze Traumküche kostte: HONDERDENVIJFTIGDUIZENDGULDEN.

Reeds jaren koesterde mijn vrouw als liefste wens een mooie grote keuken. Nu woonden wij tenslotte in een groot huis, wij hadden onze koperen bruiloft al achter de rug, wij verdienden dank zij u een aanzienlijk sommetje en nog kon zij haar kontje niet keren in een op butagas draaiend keukentje waar zij de hele dag, struikelend over kinderen, katten en honden, heen en weer liep tussen de door mij scheef opgehangen kastjes, het spoelfonteintje en de alle malen meeverhuisde koelkast.

Ik heb een neef met een baard, die mij al mijn hele leven tegen alles tracht te verzekeren; die, volkomen ongevraagd, partijen decoratief eikehout en voordelige bielsen laat bezorgen en die mij ook al aan een originele lantarenpaal voor in de tuin heeft gepraat. Die neef wist dus wel een adresje waar ze mooie keukens hadden. Hij zei trouwens nog dat het zonder meer erg verstandig van mij was om het geld dat ik na betaling van de Belasting over had, datzelfde jaar nog zo snel mogelijk in mijn huis te stoppen, want dan zou het later vanzelf weer naar mij toe komen. Hoeveel heb je over, voor die keuken? vroeg hij, maar dat heb ik hem natuurlijk niet gezegd. U kan ik het nu wel vertellen: ik had heel nauwkeurig berekend dat ik voor een mooie grote keuken DERTIGDUIZENDGULDEN had te besteden.

Sinds de Open Haard die ik via hem in ons vorige huis had laten bouwen, was mijn vrouw gebrouilleerd met mijn neef. Het karwei was begroot op tweeduizend gulden, inclusief twee houtbergsleuven, maar dat werden er uiteindelijk VIJFTIENDUIZEND, onder andere doordat onze buitenmuur, die niet bestand bleek tegen het gewicht van de bielsenschoorsteenmantel, op een avond naar binnen omviel, voor een gedeelte op mijn vrouw. Nadat de voorzijde van ons huis van de grond af aan opnieuw was opgemetseld (ik mocht intussen bij mijn neef logeren en mijn vrouw lag zolang in het ziekenhuis) en er een lichtere schoorsteenmantel (spaanplaat) was aangebracht, bleef onze open haard op een verschrikkelijke, beangstigende wijze roken. Vooral wanneer er een plaatje opstond, leek het wel Toppop in onze huiskamer! Toen hebben drie metselaars, nog steeds via mijn neef (die toen trouwens nog geen baard had, realiseer ik mij plotseling!) de buitenschoorsteen vier meter hoger gemaakt voor meer trekkracht, wat ik meen iets van drieduizend gulden kostte, omdat mijn neef had geadviseerd om ook bij die schoorsteen maar beter helemaal opnieuw van de grond af aan te beginnen.

'Die keuken kies ìk,' zei mijn vrouw dus, 'en je neef houden wij erbuiten. We gaan morgen samen naar de Jaarbeurs in Utrecht, want daar is de keukenbeurs. Daar zie je ze allemaal bij elkaar staan. Want die folders zeggen mij niks meer.' Mijn vrouw spaarde al tweeënhalf jaar keukenfolders, die zij dromerig bekeek; altijd net als ik keek.

Wij gingen op een ochtend, toen het stil was en liepen hand in hand door een stad van Keukens. Wit en zwart waren de modekleuren, kunststoffen de materialen, smaakvol de motieven, grappig opgelost de knoppen en handgrepen.

In elke keuken zat een echtpaar aan de koffie, tegenover een heer met zijn naam achter plastic op zijn pak. Uw keukenvoorlichters klappen kasten open, laten laden zoeven, zwenken kranen, grijpen grepen, hurken trots naast deurtjes, slaan met een demonstratie-hamer op slagvaste aanrechten en maken snelle sommetjes in de marge van de kleurenfolder die wij mee mogen nemen om thuis alles rustig op een rijtje te zetten. Ze lijken wel wat lichter, cijfers in ballpoint op kunstdrukpapier, maar het blijven enorme bedragen.

'Maar nu moet je natuurlijk wel rekenen dat dat geld later, bij verkoop of zo, in feite weer naar je toe komt,' stel ik mijn vrouw gerust. We hebben al vijf kopjes koffie gedronken, maar nog altijd niet in een mooie, prettig zittende keuken gezeten. Dan zie ik plotseling, van een elftal meters afstand, aan het einde van het laatste Keukenlaantje, naast een koele ijdeltuit van een witte Italiaanse Keuken, het mooiste mij bekende hout: kersehout!

'Als dat echt is,' hijg ik zenuwachtig tegen mijn vrouw, 'dan nemen we dáár een keuken van. Maar het zal wel weer kunststof wezen.' In de Keuken zit een groene man de krant te lezen.

Hij kijkt niet op. Ik voel aan een van de kasten: de warmte van echt hout. 'Is dit echt hout?' vraag ik. 'Ja meneer, dat bestaat nog,' glimlacht mijn keukenvoorlichter weemoedig, 'Kersehout, met de hand gefineerd. Oostenrijks. Is nog maar één fabriek die dat kan. Wordt speciaal op maat gemaakt. Kaba Küchen. Elke keuken is ook genummerd. Maar is niet te betalen, Kaba, voor de mensen meer.' Hij heette Broekhuis en had roos in zijn wenkbrauwen. Na een kwartiertje namen we afscheid. Hij zou de volgende dag de boel bij ons thuis komen opmeten.

'Maar kunt u zo niet ongeveer een globale prijs geven?' heb ik nog gevraagd. Maar nee, dat kon niet.

Dat zou onverantwoord zijn, dat moest ik toch kunnen begrijpen.

Wij zaten in ons oude keukentje met een kopje koffie tegenover de heer Broekhuis en wij hadden er geen bezwaar tegen dat hij rookte. De heer Broekhuis trad op namens Broekhuis Keukens BV te Hummelo. 'Dus wij hebben hier met de baas zelf te maken,' probeerde ik een ijsbrekertje, want de heer Broekhuis was een sombere, serieuze man, waar geen lachje af kon. Maar nee, dat was een hele andere Broekhuis, zelfs geen familie. Maar als ik even kijken wilde, want nou had hij dit zo ongeveer gedacht. En hij toonde ons, op ruitjespapier van Broekhuis Keukens BV, een schets van onze Kaba Traumküche. Er moesten maar een paar kleine dingetjes voor verbouwd worden en dan zaten we voor zeker de eerstvolgende dertig jaar op rozen, beloofde de heer Broekhuis, maar hij zei het zonder enige vreugde. Zou Broekhuis toen al hebben geweten dat Kaba Oostenrijk... nee dat lijkt me sterk. Broekhuis I was te goeder trouw, dat weet ik zeker. Broekhuis II was de schuld van alles!

Wij waren juist voor de zoveelste maal bezig het door Broekhuis I achtergelaten paneeltje kersehout langs onze oude keukenkast te leggen, waarbij wij onze ogen toeknepen om ons de nieuwe Traumküche makkelijker te kunnen voorstellen, toen de offerte van Broekhuis Keukens BV in de bus viel.

Exclusief de verbouwingskosten, begrootte de heer Broekhuis I onze keuken, inclusief de allermodernste Keuken-apparatuur, alles achter kersehouten panelen ingebouwd, op ACHTENVIJFTIGDUIZENDGULDEN.

Toen had ik verstandig moeten zijn. Ik had de heer Broekhuis I moeten bedanken voor zijn moeite en de offerte moeten verscheuren. Maar ik zat maar met dat betoverend mooie hout in mijn hoofd en wist dat ik met minder geen vrede meer zou hebben!

Samen met mijn vrouw (haar keuken was het allang niet meer) boog ik mij over de offerte. Wij besloten hier en daar een kastje te schrappen om de prijs te drukken. Ook dat elektrische fornuis kon goedkoper. En als we de nieuwe koelkast nu eens twintig liter kleiner namen? Wat had Broekhuis I hier trouwens geschreven? 'Plank voor leuke dingetjes' stond er, tweemaal. Dat kon dus ook weg. Eens zien wat dat alles bij elkaar zou schelen.

De nieuwe offerte luidde, exclusief BTW, ACHTENVEERTIGDUIZENDGULDEN.

'Zullen we niet gewoon een keuken laten timmeren, door een knappe timmerman?' vroeg mijn vrouw angstig, 'dat is toch gekkenwerk, een halve ton voor een keuken?'

'Je vergeet dat zo'n investering uiteindelijk weer naar ons toe komt schatje,' beet ik slim, maar intussen bonkte het 'kersehout, kersehout' in mijn bezeten hoofd.

Ach, u had het zonlicht op dat paneeltje moeten zien vallen! Het stond daar op een vaste plaats, op ons oude aanrecht naast de autoradio en ieder kwartier vlamde het hout anders, in de prachtigste bruintinten. Het deed me denken aan de houten betimmeringen in de vroegere Haagse Bijenkorf, dat was het. En mijn opa was timmerman. Hout! Wat hield ik toch van hout! Of was het pure hebzucht?

Wanneer ik Broekhuis Keukens BV te Hummelo, vertegenwoordiger van de Kaba Luxus Keukens voor Nederland, binnen zeven dagen DERTIGDUIZENDGULDEN overmaakte, kreeg ik op het resterende bedrag een korting van 6%! Ik wist niet hoe snel ik de giroenveloppe op de bus moest doen, want nu ging het erom verder zoveel mogelijk te besparen. Er moest immers ook nog het een en ander verbouwd worden. Een niet-dragend tussenmuurtje diende bij voorbeeld te verdwijnen en ook moesten er waarschijnlijk wat leidingen worden omgelegd.

Hoewel Broekhuis Keukens BV desgewenst ook de voorbereidende verbouwing uitvoerde, leek het mij verstandiger dezelfde aannemer te raadplegen die ons huis van een heel nieuw dak had voorzien toen we hier net een maand woonden en het binnen nog naregende wanneer het buiten allang weer droog was; maar daarover een andere keer.

Laat ik me nu bij onze Kaba Luxus Traumküche houden, want het is al lastig genoeg om nauwkeurig na te vertellen hoe het allemaal precies is verlopen en hoewel de zaak thans gerechtelijk is afgerond, moet ik oppassen dat ik niemand valselijk beschuldig.

Ik betaalde dus DERTIGDUIZENDGULDEN aan Broekhuis Keukens BV. Dat moest, want anders zou Oostenrijk niet aan de fabricage van mijn keuken beginnen. Toen ik een maand na het overmaken van dat bedrag Broekhuis Keukens BV belde om te vragen wanneer ze onze Traumküche ongeveer dachten af te leveren, kreeg ik te horen dat de heer Broekhuis I niet meer in dienst was van de firma en dat de heer Broekhuis II in Oostenrijk verbleef, om wat zaken te bespreken met de Kaba-Fabrieken. Ook over mijn keuken? Ja, ongetwijfeld ook over mijn keuken, nee dat was dik voor elkaar en die zou zo met een maandje wel bezorgd worden. Dat kwam goed uit, want onze aannemer dacht nog wel een week of vier nodig te hebben, ook al omdat het tussenmuurtje drágend was gebleken, bij het eerste breken. De verplaatsing van de oude centrale-verwarmingsbuizen gaf bovendien problemen en de elektricien zag het ook nog niet zo eentweedrie zitten allemaal. Wilde men mijn Kaba Luxus Keuken zonder verdere problemen kunnen installeren, dan moest ik alles bij elkaar toch wel rekenen, zei de aannemer, op zo'n VIJFENVEERTIGDUIZENDGULDEN.

Ik kon niet meer terug. Ergens heel ver weg, in het oostenrijkse plaatsje Woltz, waren tientallen oude ambachtslieden bezig mijn Traumküche op maat te maken. Ik verhoogde mijn hypotheek met VIJFTIGDUIZENDGULDEN en ik nam, waar mogelijk, enorme voorschotten op. Het werd winter, ons televisieseizoen was in volle gang, de oude keuken werd geheel afgebroken en onder een tent tegen vorstverlet geplaatst. Wij verhuisden met het gasfornuis naar de woonkamer, waar we, op twee schragen, een tijdelijke spoelbak plaatsten, met een emmer eronder.

We hadden immers geen afvoer meer. Zullen we allemaal goed aan de volle emmer denken jongens? En niet de stop uit de bak trekken als de emmer al bijna vol is? Tientallen malen heeft de parketvloer blank gestaan.

Na een maand had ik van Broekhuis Keukens BV nog geen ander levensteken ontvangen dan een per

Van Gend & Loos bezorgde afzuigkap, die ik contant moest betalen, hoewel alle apparatuur in Broekhuis I zijn offerte was begrepen geweest. Bellen met Hummelo leverde niets anders op dan een permanente ingesprektoon. Op de folder van de Kaba Luxus Keuken stond alleen een Postfach-nummer in Oostenrijk, waar ik een böse brief aan richtte. Het duurde twee weken voor ik iets terughoorde. Intussen had ik bezoek gekregen van de FIOD, in de persoon van een jonge opsporingsambtenaar die mijn boekhouding van de jaren 1973-1978 wilde onderzoeken. Ik heb geen boekhouding. Het onderzoek duurde vijf volle dagen, die vielen in een filmperiode voor een televisie-uitzending, waardoor ik de opsporingsambtenaar regelmatig te woord moest staan in de vermomming van Cor van der Laak. ('Het onderzoek dient plaats te vinden op de plaats waar de boekhouding wordt bijgehouden.' 'Maar ik hèb helemaal geen boekhouding.' 'Dan dient het onderzoek plaats te vinden op de plaats waar de boekhouding niet wordt bijgehouden.')

Op de ochtend van de derde dag van het Belastingonderzoek (er was nog altijd geen nieuws uit Oostenrijk) slikte ik een gouden kroon door. De beide volgende dagen zat ik, terwijl de FIOD-agent zich in de van keukengeurtjes vergeven huiskamer door schoenendozen vol giroafschriften en bonnen heen vrat, regelmatig op mijn knieën voor de toiletpot om met een oude vork speurend in mijn poep te prakken – want stel je voor dat hij zoek was: waar moest ik in hemelsnaam nog het geld voor een nieuwe kroon vandaan halen?!

De aannemer was inmiddels allang vertrokken met zijn mensen; ik moest hem maar bellen wanneer de keuken zou arriveren.

Toen rinkelde op een avond, uit het niets, de telefoon. Het was ene Herr Gipfel, Direktor Oireupa van de Kaba Küchen Fabrieken. Herr Gipfel moest mij leider meedelen dat Herr Broekhuis niet langer de Kaba-Alleinvertreter für die Niederlande was. Kaba Küchen bekwamen namelijk nog eine Menge geld van Broekhuis en ze leverden geen knopje meer af, aan Broekhuis Keukens BV. Maar mijn aanbetaling dan Herr Gipfel, van DREISSIGTAUSENDGÜLDER? Ja, die haben wir hier nie empfangen, Herr Kooten! Das ist alles von der dreckiger Broekhaus in seine eigene Zack gestoken! Maar luister, Herr Kooten,wij wullen u mal vorslag machen. Alles ist ja genau op uw maten en die Traumküche staat hier klaar voor verzending, dus wij kunnen weiter da auch nichts mit anfangen, ja? So ist onze vorslag: Sie betalen uns die Holzwert, Herr Kooten. Dan bekommen Sie dòch Ihre Traumküche! 'Jaja! Bitte!' roep ik radeloos, terwijl ik mijn vrouw voor het eerst sinds anderhalf jaar om een sigaret wenk, 'ich zahle Ihnen den Holzwert und sie schicken mir die Küche, denn wir bekommen langsamhand verrückt davon, denn wir kampieren seit zwei monaten...'

'Ich versteh Herr Kooten, ich versteh. Also – dies ist unzer Banknummer en zobald wir das Geld empfangen haben, schicken wir Ihnen die Küche. Es handelt zich, umgerechnet, om FÜNFUNDDREISSIGTAUSENDGÜLDER.'

Heb ik betaald. En vervolgens heb ik, voor TIEN-

DUIZENDGULDEN, bij mijn eigen aannemer alle elektrische apparaten opnieuw besteld. Verder heb ik veel in kussens gebeten en met het blote voorhoofd tegen de nieuwe dubbelsteens buitenmuur gebonkt.

De advocaat gaf mij weinig kans tegen Broekhuis BV, maar als ik hem een aanbetaling van DUIZENDGULDEN deed, zou hij zien of hij zijn best zou kunnen doen. Steeds dacht ik mijn gouden kroon terug te zien, maar dan was het weer een boontje. De heer Gipfel belde nog tweemaal, om kleine rekenfoutjes recht te zetten.

Er waren nog wat extra uitvoer-kosten en vergeten invoer-premies en wat geringe koersverschillen, die te zamen nog wat aanvullende betalingen vroegen van een kleine TIENDUIZENDSCHILLING.

We kampeerden al tweeënhalve maand in de woonkamer – we begonnen te vervuilen, niemand maakte zich nog druk om overlopende emmers, de jus zat in de naden van de parketvloer, we gebruikten de gordijnen als servetten en als we theewater nodig hadden hielden we de fluitketel in de toiletpot en trokken net zo lang door tot hij vol was – toen op een morgen een vrachtwagen voor onze deur stopte met 'Kaba Traumküchen' er op. Samen met een gezellig dikke oostenrijkse chauffeur en zijn in echt leder gehoosde bijrijder laadden wij onze Traumküche uit, tot alle kamers er vol mee stonden. Toen de chauffeurs weer waren vertrokken, maakte ik trillend van spanning een golfkartonnen doos open en verdomd: dat was hem! Het kersehout lachte mij tegen! Was nu de nachtmerrie van unsere Traumküche ten einde?

Nog niet helemaal. Het was wel het juiste type in de

goede houtsoort, maar de maten klopten niet, zodat de timmermannen nog drie extra dagen zijn bezig geweest om, met bij HUBO gehaalde plaatjes fineer, de ergste naden en kieren weg te werken.

Van de advocaat kreeg ik een brief waar mij in werd medegedeeld dat het onwaarschijnlijk leek dat er in het faillissement van Broekhuis Keukens BV voldoende activa zouden worden aangetroffen om ook maar enige uitkering aan concurrente crediteuren te doen, en naar hij vooralsnog aannam, kon hij zijn bemoeienissen te dezer zake als afgesloten beschouwen.

Wel zijn we er met het hele gezin nog een dagje heen gereden, toen het voorjaar werd.

Op het adres van Broekhuis Keukens BV hing nog een lichtbakje met 'Kaba Traumküchen' aan de gevel, maar over de beide ondoorzichtig zwart gespoten spiegelruiten links en rechts van de winkeldeur stond inmiddels, in gouden letters: BROEKHUIS FITNESS CENTRE BV.

Je kunt het zien aan de manier waarop zij arriveren.

Veel langer dan nodig is hij bezig met het afsluiten van zijn auto, om niet tegelijk met haar te hoeven aanbellen.

Zij zegt dat ze zich niet helemaal okee voelt en dat ze daarom ook geen bloemetje heeft kunnen kopen maar dat ze toch per se wilde komen want zo is zij nu eenmaal. Bij het kiezen van een zitplaats wurmt zij zich strategisch tussen twee andere gasten; zo zit zij voor vanavond veilig bij hem uit de buurt.

Het komt hun wel goed uit, dat ze naar deze verjaardag moesten. Kunnen ze allebei weer eens wat praten, want je krijgt er een droge mond van, van Zwijgstront. Niet met elkaar natuurlijk (zij hebben immers Zwijgstront), maar elk met een ander; wat zij, om elkaar de ogen uit te steken en de oren af te snijden, veel gretiger doen dan zij gewoon zijn.

Wij kennen hen al jaren en wij schatten hun ruzie op twee dagen oud. Dit zal de avond van de tweede dag zijn. Nee, die twee zitten nog midden in hun Zwijgstront.

Straks, bij het afscheid nemen, zullen zij tweemaal heviger dan normaal het ontvangende echtpaar omhelzen (zij zoent de gastheer vol op de mond, terwijl hij de gastvrouw grommend tegen haar aanrecht schurkt), maar zodra ze in hun auto zitten nemen zij de draad van hun zwijgen weer op. Geen woord.

Zonder iets te zeggen gaan zij slapen en zonder een woord te spreken zullen zij morgen weer opstaan.

Ieder voor zich is er zeker van dat de ander de eerste zal zijn die de stilte doorbreekt, zijn of haar excuses maakt en vraagt of ze maar niet beter weer goed zullen zijn.

Dit gebeurt gemiddeld in de loop van de vierde dag: eentje van de twee is even vergeten dat ze Zwijgstront hadden en begint, waar de ander bij is, plotseling hardop te neuriën, te fluiten of om de televisie te lachen.

Dat is het onbedoelde eindsignaal van hun woordeloze ruzie en daar is het wachten op: tot een van beide geliefden uitglijdt over de Zwijgstront.

Ik schrijf dit op de rand van de mand, dus als deze regels dansen, dan ligt dat niet aan uw ogen. De jarige zweeft zo'n driehonderd meter voor mij uit en ik kan hun champagneglazen horen tinkelen. Hij is vandaag vijftig jaar geworden, mijn vriend X. Bijna al mijn vrienden zijn intussen vijftig. En alle zestien vijftigste verjaardagen die ik tot nu toe heb mogen meevieren, hadden de vorm van een surprise-party; wat inhoudt dat iedereen weet wat er gaat gebeuren, behalve de jarige zelf.

Een maand voor zijn grote dag zit er een giechelig schrijven bij de post: Hallo! X wordt Vijftig! Wie had dat gedacht? Hij zelf wel in de laatste plaats! En wij kennen X: altijd bescheiden, moet niks van feestelijkheden hebben, maar zo gemakkelijk komt hij er niet van af! Daarom gaan wij van het Feestcomité X Vijftig een surprise-party organiseren, waarop wij X een gezamenlijk cadeau willen aanbieden. Over dit cadeau is lang nagedacht, omdat X alles al heeft. Het comité is echter aan de weet gekomen dat het X zijn liefste wens is een originele Ming-vaas te bezitten, voor welk geschenk wij al zijn vrienden een bijdrage van fl. 250,– vragen. En dan zien wij u zaterdag de eenendertigste om zes uur 's ochtends precies in de bar van het Vliegveld Beek, voor de feestelijke ballonvaart. Maar denk eraan: X weet niks! Dus mondje dicht graag!

Ik heb nog nooit meegemaakt dat de opzet van een surprise-party uitlekte en dat de jarige, wetende wat hem allemaal boven het hoofd hing, niet op kwam dagen. Ik denk dat dit komt doordat niemand de onvergetelijke aanblik wil missen van het feestvarken zoals dit een ruimte betreedt waar hij eerst terloops één, dan verrast twee, vervolgens verbaasd vier, dan verbijsterd zestien en per slot van rekening, naar lucht happend, tweehonderdzesenvijftig familieleden, vrienden en bekenden ontwaart.

Op de surprise-party voor X ontmoeten wij Y, die zenuwachtig bekent dat ook hij over een maand Abraham zal ontmoeten, maar dat hij van een toestand als deze verschoond hoopt te blijven. Een vrome wens, want twee dagen later ploft de invitatie voor zijn vijftigste verjaardag in de bus. Y, lezen wij, heeft alles al, maar nog nooit een reis naar de Galapagos-Eilanden gemaakt en daarom wordt ons om een bijdrage van fl. 342,75 verzocht.

En wie lopen wij tijdens die in alle opzichten geslaagde surprise-party voor Y (die, toen hij aan boord van de omgedoopte rondvaartboot stapte, van ontroering moest overgeven) tegen het goed-geconserveerde lijf? Z!

– Hoe oud ben jij nu eigenlijk Z? vragen wij vals.

– Man, schei uit! wuift Z, ik word volgende maand vijftig! Maar ik doe er niks aan; over mijn lijk!

Dat zou je wel willen, verkneukelen wij ons; want diezelfde ochtend hebben wij een uitnodiging ontvangen voor de geheime surprise-party ter gelegenheid van de vijftigste verjaardag van Z, met het verzoek of wij zo spoedig mogelijk de fl. 485,– per echtpaar willen overmaken die nodig zijn om een door Kees Verkade gebeeldhouwde kop van Z zijn tweede vrouw te kunnen bekostigen.

We gaan nu wel erg hard! Als dat maar goed afloopt, straks met de landing. Het zou natuurlijk verschrikkelijk zijn als X daarbij zijn Ming-vaas zou breken.

Ik heb hem eigenlijk nooit gemogen, X. Y trouwens ook niet. En van Z moet ik helemaal niks hebben. Maar wie een keer of tien en zonder mopperen flink heeft meebetaald aan het geschenk voor een verse vijftiger, die verwerft daarmee het recht ook zelf een enorm cadeau af te dwingen. Dat is de stilzwijgende afspraak. Zo maken wij elkaar gelukkig met zaken die wij in ons eentje nooit hadden kunnen bekostigen. Daarom zal ik vanaf 10 augustus, wanneer ik zelf vijftig word, eindelijk op mijn eigen paard kunnen rijden.

Ik had wel door de grond willen zakken, maar omdat het gebeurde in Londen, zou ik dan terecht zijn gekomen in de Underground en overreden, wat een te zware straf was geweest – hoe erg het ook was wat ik deed, daar in Queen's Theatre, op donderdagavond 6 augustus 1981, om zeven minuten voor half negen.

Of niet soms? Ach, hij was het waarschijnlijk tijdens diezelfde voorstelling alweer vergeten. Had in the Interval denkelijk niet eens over mij gesproken met Prunella Scales, James Grout en de overige vier acteurs.

Ik alleen zat er mee en verder natuurlijk niemand.

Toch wil het incident niet uit mijn hoofd. Ieder mens draagt, tot zijn dood, de herinnering aan een handvol onvergetelijke, onvergeeflijke stommiteiten met zich mee en de faux pas die ik daar in Londen zette is mij sedertdien zo zwaar op de maag blijven liggen dat, nu *Quartermaine's Terms* op de televisie komt, ik deze fijnzinnige komedie van Simon Gray niet anders dan met een van schaamte gonzend hoofd zal kunnen bekijken.

Achteraf gezien ging die hele dag al zwanger van allerhande voortekenen, die ik had moeten interpreteren als evenzovele waarschuwingen om mij niet het hoofd op hol te laten brengen en me toch vooral gedeisd te houden, in de bedwelmende wereldstad die Londen toen nog was.

Ik was dus in Londen. Nee: ik zat er. Ik zat er voor zaken. Ik zat voor zaken in London.

Dat maakte ik mijzelf tenminste wijs, hoewel die zaken (de verschijning, bij Faber and Faber, van een op onze *Bescheurkalender* geënte Rip Off Calendar, getiteld *The Not the 1982 Calendar*) al lang en breed tot in de puntjes waren geregeld door onze Nederlandse uitgever Jaco Groot. Ik was uitgenodigd om aanwezig te zijn bij de presentatie, maar in feite had ik daar dus niets te zoeken.

Dat zou je niet zeggen als je mij zo bezeten in gesprek zag met Pamela Stephenson, John Lloyd, Pamela Stephenson, Rowan Atkinson en Pamela Stephenson, tegenover wie ik oppijpte over mijn komische rol binnen Nederland en mijn feeling voor de Engelse humor.

Het was half twee 's middags en ik slurpte gin and tonic. Toen de receptie tegen vieren voor gesloten werd verklaard, heb ik zelfs nog schielijk een glas voor on the road volgeschonken en ben hiermee open en bloot naar buiten gewandeld, waar ik er een taxi mee aanhield, die mij naar het theatre-district moest rijden, omdat ik ontzettend naar kunst hongerde.

'To Charing Cross Road!' had ik de chauffeur te verstaan gegeven. Met de snelheid van een etalages kijkende voetganger kroop mijn taxi door Central London. Innig tevreden met mijzelf zat ik achterin te nippen en medelijdend bekeek ik de gewone man in the street, die wel nooit deel zou hebben aan de grote wereld waar ik nu definitief toe behoorde.

Op Piccadilly zag ik hem plotseling staan. Links van mij, op het trottoir; het verkeer schattend, klaar om over te steken.

Hij keek de verkeerde kant op, zodat ik hem in zijn nek zag, waardoor ik hem ogenblikkelijk herkende: Jack Lemmon heeft de sprekendste nek van alle nog levende filmacteurs. Hij droeg een bruin, geruit tweedjasje en een veel te korte, camelkleurige broek. Toen draaide hij zijn hoofd terug. Lichtpaars was het. Hij torste drie enorme papieren kledingzakken van Acquascutum. Aan zijn rechterarm hing een uitgeputte, onmiskenbaar Amerikaanse vrouw van boven de veertig met een vlinderzonnebril op haar platinablonde hoofd. Veel te jong rokje en verdraaide naadkousen. Wij kwamen tot stilstand en vlak voor de neus van mijn taxi staken zij strompelend over. Bekaf van het winkelen terug naar het hotel natuurlijk. Kijk maar, daar: The Ritz.

Wacht, dat was waar: ik wist zo gauw niet meer in welk stuk, maar hij speelde momenteel in London. Wat een toeval dat Jack Lemmon net in London stond nu ik in London zat!

Snel en zonder morsen bilde ik mij naar de rechterkant van de achterbank en tikte driemaal driftig met mijn glas tegen de ruit. Zij keken allebei om en ik toastte Jack toe.

'Toi-toi-toi Jack!' miemde ik hardop en verdomd: hij schoot in die ontwapenend schuchtere glimlach van hem en knikte terug! Die vrouw vertrok geen spier maar dat was mij worst; het ging hier om de eer die twee acteurs elkander huptwee zo even fijntjes tussen neus en lippen betoonden en daar stond zij buiten, ook al was zij honderd maal Lemmon's eega of maîtresse. Toen reden wij weer verder en tevreden achteroverleunend in het leer dronk ik mijn glas leeg.

Ik had absoluut niet in de gaten in welk een benevelende greep de hoogmoed mij inmiddels hield gevangen.

'Stop here!' beval ik mijn chauffeur op Leicester Square, waar ik mij ergens om de hoek en dan nog een hoek om en dan een klein stukje terug een toffe pub herinnerde, maar die was nog niet open dus bleef ik in de buurt nog wat rondlopen tot ik, voor het Savoy Theatre, ineens niet verder kon omdat daar twee hagen van overwegend oudere mensen stonden opgesteld. Ze waren één persoon dik die hagen, dus kon ik er makkelijk tussen gaan staan.

'What is it that is the matter here?' vroeg ik aan mijn buurman, maar die deed Shhht! want nu meerde er een Rolls Royce aan de trottoirband. De portieren zwierden open en twee potige maar keurige heren hielpen een breekbaar, in het lang lichtblauw gekleed vrouwtje bij het uitstappen. Ik kende dat vrouwtje. Was het Margaret Rutherford? Die was toch al dood? Daar kwam ze langs onze haag getrippeld, vriendelijk knikkend naar links en naar rechts, alsof zij zojuist was geland en de erewacht inspecteerde. Sommige toeschouwsters negen eventjes licht door hun knieën en toen zij mij tot op een meter was genaderd bliksemde het door mij heen: De Koningin-Moeder! De oude Queen Elizabeth was het, die nu haar pasje voor mij inhield en geamuseerd het lege glas bekeek dat ik nog in mijn hand had.

'It is quite a warm day for the time of year, don't you think so?' vroeg ze mij met een omaglimlach en nog voor ik 'it certainly is, Your Majesty' kon antwoorden, was zij alweer doorgeschuifeld, het Savoy Theatre binnen.

Een charity performance, waarschijnlijk.

Ik beantwoordde de jaloerse blikken van de mij belendende Londenaren met een mysterieuze glimlach, schreed dwars door de devoot wijkende haag aan de overzijde en wist mij eerbiedig nagestaard door haar opgewonden mompelende onderdanen. Twee foto's werden er in allerijl van mij genomen, maar ik hield er mijn pas niet voor in.

Bij een videotheek op Shaftesbury Avenue kocht ik twee cassettes met elk drie afleveringen van Fawlty Towers. In de plastic draagtas kon ik mijn glas kwijt.

Het was druk in de Pub, zo druk dat ik mijn zak pas miste toen ik mij, opgewekt aangeschoten maar nog vast ter been, vervoegde aan de kassa van het Queen's Theatre. Vragen of ze misschien een teruggebracht kaartje hadden voor *Quartermaine's Terms* van Simon Gray, met Edward Fox in de hoofdrol en onder regie van Harold Pinter!

Ik looppaste mij het maagzuur, terug naar de uitgedunde kroeg en daar had je nu weer zo iets keurigs typisch heerlijks Engels: mijn plastic tas lag, achter de toog, veilig op mij te wachten. Intens dankbaar stak ik de reddende engel van een barjuffrouw een biljet van vijf pound toe, maar zij wilde niets van een beloning weten.

'But I exist on it!' drong ik aan. Tevergeefs.

Pas in het theater, waar warempel nog vier plaatsen op de eerste rij vrij waren – ik nam de buitenste, om zo nodig snel the Gents te kunnen opzoeken – realiseerde ik mij dat ik niet 'I exist' maar 'I insist' had moeten zeggen.

Simon Gray, de schrijver van *Butley*, *Otherwise Engaged*, *The Common Pursuit* en nog zo wat moderne klassieken, heeft *Quartermaine's Terms* nadrukkelijk 'a comedy' genoemd en ik zie vanaf de eerste minuut waarom. Het tragikomische docentenleven op 'The Cull-Loomis School of English for foreigners', zoals dit zich in Cambridge aan het begin van de jaren zestig afspeelt, werkt onweerstaanbaar op mijn toch zo getrainde lachspieren. Niet alleen door de tekst, maar vooral dank zij de rolbezetting. Is Prunella Scales (Sybil uit Fawlty Towers) op dit moment niet de allerleukste actrice van Engeland? Onder mijn stoel ligt ze zesvoudig in mijn plastic tas en dat dribbelt daar op twee meter afstand!

En Edward Fox! Wat is het geheim van Edward Fox? Hij behoort tot die raadselachtige kaste van acteurs in wie je een permanent, verschrikkelijk verdriet vermoedt en het is dit ongetwijfeld gruwelijke geheim (John Hurt draagt het ook ergens diep in zich mee) dat hem zo volslagen van God en iedereen verlaten en tegelijkertijd onkwetsbaar doet zijn. Hij kan twee kanten op met die absolute eenzaamheid: hij vertaalt haar in een levensgevaarlijk, sinister cynisme (als The Jackal in de film *The Day of The Jackal*) of, zoals ik hier meemaak, in een menslievende, allerhartelijkste goedmoedigheid.

St John Quartermaine is de praat- en pispaal van de vijf andere docenten die, de een nog lachwekkender dan de ander, worstelen met hun relatieproblemen en de manier waarop Fox, wanneer hij enkel maar wordt aangesproken, met een steeds iets verlate glimlach opschrikt uit zijn lijdelijkheid, om dan onmiddellijk te informeren naar het welzijn van de verwanten van degene die het woord tot hem richt, is zo onwaarschijnlijk goed en zoet dat ik mij in het eerste kwartier al vijfmaal moet verbijten om niet in lachen uit te barsten. Komt dit omdat ik een klein beetje dronken ben? Waarom lacht de rest van de volle zaal niet of nauwelijks? Ik heb toch zeker geen poep in mijn ogen?

Hoor, daar komt Quartermaine weer, met zijn door die schitterend schuin afgebroken voortand veroorzaakte en nog wat extra aangezette slappe slis van de volslagen slome duikelaar: 'Oh, jolly good! And how is little Sam?'

En wanneer er drie docenten binnentreden die ieder hun antifietsketting-broekveren nog om de pijpen hebben zitten en Quartermaine hun hier zo wellevend mogelijk op wil wijzen, wordt het mij te machtig. In mijn eentje durf ik geen open doekje aan, dus om Edward Fox te laten weten hoe ik tot in mijn vezels van hem zit te genieten en wat voor een onvergetelijke dag dit was en dat ik zelf ook enigszins een humoristische acteur ben dus dat ik er best een beetje kijk op heb, lach ik hem een kort maar krachtig, persoonlijk applausje toe, zo: hahaHA!

En dan gebeurt het verschrikkelijke. Dat ene onuitwisbare. Edward Fox vervolgt zijn tekst, maakt midden in de zin een pauze en lacht dan hardop, tot in alle hoeken van het Queen's Theatre: hahaHA!

Ik ben op slag nuchter. O mijn God: hij bauwt mij na! Exact mijn stem hoorde ik daar. En hij kijkt mij aan, twee, drie, tien seconden lang. Het is de blik van The Jackal. Ik bid om genade. Dan kijkt Fox van mij weg en glijdt terug in St John Quartermaine.

Uren en uren later is het eindelijk pauze en kan ik eruit. Buiten regent het. Ik ben de naam van mijn hotel vergeten. En, andermaal, mijn plastic draagtas. Handenwringend zwerf ik door Londen. But I exist on it.

Hij is niet langer dan eenmetervijftig, schat ik. Wij noemen hem de mussenkoning van Parijs. U kunt hem dagelijks vinden in de Tuilerieën, terzijde van het gekwadrateerde Louvre. De mussenkoning draagt een pet en voedt de mussen.

Vroeger had je meer van zulke mannen in de grote steden. Straatartiesten met hun eigen kleine nummer, dat niet zoveel voorstelde maar, omdat de zon scheen, welwillend werd bekeken. Vaak waren deze mannen 'niet helemaal in orde', maar toch dusdanig bij de tijd dat ze, omwille van de honorering, hun achterlijkheid een beetje aandikten.

Door Den Haag liep bijvoorbeeld een kwijlende man in een te lange, gerafelde jas, die zich voor een terras opstelde en dan een krant te voorschijn haalde welke hij een groot aantal malen dubbelvouwde, waarna hij er met een schaar een poppetje uitknipte. Nu spreidde hij zijn armen en toonde het publiek een wapperende sliert van zo'n twintig dezelfde figuurtjes, waarvan de gestrekte armpjes elkander vasthielden. En riep de man: 'Dames en heren, het Nederlands Elftal mèt reserves!' Dan werd er flauwtjes geapplaudisseerd en haalde hij zijn centen op.

Die mannen zijn uit het straatbeeld verdwenen en vervangen door jeugdige muzikanten, als standbeeld poserende, wit geschminkte mimespelers, een enkele vuurvreter en de hologige jongens die je vragen om de gulden die zij net te kort komen om per trein hun zieke moeder te kunnen bezoeken.

In Parijs is daar bovendien een groot aantal oudere

mannen bij gekomen met de 'Vitalis-act', die bestaat uit het voortduwen van een supermartkarretje waarin een hond en een poes huizen. De dieren dragen allebei een rode zakdoek om de hals geknoopt en dat is alles.

Nee, dan de Mussenkoning!

Hij slentert wat heen en weer, doet af en toe een greep in een zak met rijst, steekt zijn arm omhoog en roept, met een hoge, vrouwelijke stem, de mussen. Daar komen ze aangevlogen. Ze strijken fladderend neer op zijn gestrekte vingers en pikken er de rijstekorrels tussen vandaan. Voor zijn voeten scharrelen de duiven; domme dikzakken die de mussenkoning vloekend opzij schopt. Het geschrokken en onbeholpen drafje waarmee de duiven zich uit de voeten maken doet denken aan de vooroverhellende manier waarop kleuters over het strand hollen. Bij geen vogel doet het gebrek aan armpjes zich zo gelden als bij lopende duiven. Vertederd blijft u een tijdje staan kijken naar dit vredige tafereeltje. Ah, Parijs!

Als de mussenkoning het woord tot u richt, begrijpt u dat een kleine bijdrage gewenst is. U graait in uw zakken, maar omdat u zojuist bent aangekomen en nog niets hebt uitgegeven, beschikt u helaas niet over kleingeld. U woelt verstolen in het mapje papiergeld van het grenswisselkantoor, maar het kleinste biljet is er eentje van vijftig francs. Hup, daar strijkt weer een nieuw zwermpje mussen op zijn uitgestrekte hand neer. Even overweegt u om te betalen met een glimlach en met een bewonderend schuddend hoofd gewoon door te lopen, maar de mussenkoning kijkt u met zijn waterige oogjes zo doordringend aan dat u besluit hem dan in hemelsnaam maar die vijftig francs toe te stoppen.

Maar hij moet niet denken dat u gek bent, want dat gaat als een lopend vuurtje door Parijs en dan wordt u de hele verdere week getild bij het leven.

'C'est trop hein,' zegt u dus streng, terwijl u hem de vijftig francs overhandigt; 'je sais que c'est trop, mais je n'ai pas plus petit.' Ah, de mussenkoning begrijpt het, klakt medelevend met zijn tong maar steekt uw biljet razendsnel in zijn binnenzak.

'Quoiporconquemoitotmômedujamaisdronque!' verzekert hij u en hij maakt er een afkeurend drinkgebaar bij, waaruit u opgelucht concludeert dat hij het geld waarvan u had willen ontbijten niet zal opdrinken, maar geheel aan voer voor de mussen zal besteden.

En als dank voor uw bijdrage gaat hij zelfs nog even op één been staan. Een wereldnummer.

Een paar jaar geleden bezocht ik met een vriend, wiens naam ik niet zal noemen om zijn positie niet in gevaar te brengen, een middagvoorstelling van de film E.T.

Het was, als ik mij niet vergis, het jaar waarin J.C. definitief door E.T. werd vervangen; 1982, en minister Jack Lang had Frankrijk zojuist snobistisch gewaarschuwd tegen het cultureel imperialisme van Amerika dat, louter vanuit commerciële motieven, doende was de europese zintuigen te verzadigen van rommel met een grote D (Dallas, Dynasty, Disneyworld).

Samen telden wij dus voor vier, wat niet wegnam dat wij binnen vijf minuten na aanvang van E.T. (wanneer je hem nog niet eens gezien hebt, alleen maar gehoord) reddeloos zaten te huilen.

In de hieropvolgende anderhalf uur vergoten wij meer tranen dan in de voorafgaande tien jaar bij elkaar en onder de slotmuziek fluisterde mijn vriend mij snikkend toe: 'Beter even nog maar blijven zitten, misschien.'

Hij had gelijk; dat was geen gezicht voor de kinderen in de bioscoop, twee van die snuffende, roodogige veertigers.

Wij verlieten de zaal dus als laatsten en haastten ons naar een café om ons verdriet zo snel mogelijk te verdrinken.

'En dat E.T. dan alleen thuis is en dat hij dronken wordt.'

'Jij nog een pils?'

'Nee, dat hij dood aan dat vieze riviertje ligt en dan

later op de grond in die kinderkamer. Gottogot wat knap gemaakt!'

'Of heb jij liever wat sterkers, misschien?'

'Wàt een jongensboek!'

'Ja, het is een duivel, die Spielberg.'

Tegen achten kwam ik thuis, aangeschoten, maar nog voldoende nuchter om te kunnen acteren dat mijn tong niet van drank maar van ontroering zo dik was. Het grootste voordeel van niet gedronken hebben, is dat je niet hoeft te doen alsof je niet gedronken hebt.

'En? Hoe vond je hem?' vroeg mijn dochter, die benieuwd was opgebleven, 'heb je nog moeten huilen?'

'Ja schat,' zuchtte ik plechtig, 'pappa heeft gehuild. En Romke ook. We hebben samen zitten huilen, om E.T.'

In haar ogen kolkten minachting en ongeloof. En verontwaardiging; ik was een indringer in haar wereld.

'Dat zeggen grote mensen alleen maar om op te scheppen,' zei ze, 'dat ze hebben zitten huilen om E.T.'

'Waarom zou ik opscheppen dat ik heb zitten huilen?' vroeg ik beledigd, 'dat is toch niks om over op te scheppen, als je zo oud als ik bent en je zit te huilen om een film?'

'Wel als je gaat zitten te huilen om E.T.,' hield ze vol.

'Maar ik moest ècht huilen, ik kon er niks aan doen. Romke moest toch óók huilen zeker? En die is nog ouder dan ik.'

'E.T. is het liefste wat ik ken,' besloot ze. 'Mag ik echt geen aap, pap?'

En weer legde ik uit dat een aap mij ook het einde zou lijken maar dat we onze handen vol hebben aan de honden en poezen en dat chimpansees, paarden, geiten, kleine ezeltjes, loopeenden, lieve lama's, schildpadden, slangen en zelfs maar 1 cavia ons zouden dwingen altijd thuis te blijven – oma's en opa's willen in de vakantie best de katten te eten geven en de honden uitlaten, maar van een struisvogel zouden ze natuurlijk een beetje schichtig zijn.

Dat begrijpt ze, want ze is negen. Maar kinderen kunnen hunkeren naar wildere, sprookjesachtiger dieren dan die eeuwige honden en poezen.

En toen viel er op een dag, in de tuin, een jonge vogel uit zijn nest.

De kinderen kwamen er over hun toeren mee aangehold en in de eerste paniek zag ik alleen maar een verfomfaaid knotje veren waaruit een piepend kopje stak met een wijd opengesperde gele snavel. Hij keek mij strak en hijgend aan.

Mijn dochter holde door op zoek naar een grote doos en ik hield het vogeltje zolang in de tent van mijn handen, banger dan een kind voor het gefladder. Toen dit ophield loerde ik tussen mijn vingers door, nu weer bang dat hij daar zou zitten met een opzijgeknakt kopje. Maar het leefde en het wachtte af; in mensenhanden gevallen.

'Ik geloof dat het een jonge merel is, Kim,' zei ik zo kalm en zelfverzekerd mogelijk, toen ze terugkwam met een schoenendoos vol tissues, 'ik denk dat het een jonge merel is die uit zijn nest is gevallen. Misschien kunnen we vinden waar het zit, dat nest. We moeten hem terug in zijn nest zetten. Tenminste als zijn moeder hem dan nog accepteert, want dat heb ik wel eens gelezen.' Zo kakelde ik mijzelf tot rust. Tot zover ging alles goed. Het bonzen van zijn hartje werd zelfs minder, voelde ik. Nu deze zaak punt voor punt afhandelen. Niks aan de hand, gewoon een jonge vogel die uit zijn nest is gevallen; gewoon een jonge merel. Er vielen dagelijks duizenden jonge merels uit hun nest. Ik was vannacht trouwens zelf nog uit mijn nest gevallen, toen ik droomde dat ik eerst mee was met het ruimteschip van E.T., maar dat ik er op het laatste moment toch nog uitsprong, omdat ik kaartjes had voor Ajax.

We vlijden de vogel in de doos en Kim prikte tweehonderd luchtgaatjes in het deksel, met haar haarspeld. Het deksel moest erop tegen de poezen. We hoorden hem nog even scharrelen (het geluid van karton is het geluid van jonge vogels) en toen hij stilviel gingen we op zoek naar zijn nest dat, tot grote opluchting van mijn dochter, nergens was te vinden. Dus namen we de doos mee naar binnen.

'Het is geen pop hoor Kim,' waarschuwde ik, 'je moet hem vannacht gewoon in zijn doos laten zitten. Niet steeds eruit halen, want daar kan hij dood van gaan.'

'Nu moeten wij hem grootbrengen hè?' vroeg ze gelukzalig. 'Zal ik pap voor hem maken?'

Pap! Daar was ik zelf nooit op gekomen. Pap, natuurlijk! Ik zette de melk op en zij spreidde een pak watten over de bodem van de doos uit, zodat hij lekker zacht zou liggen en geen kou zou vatten en dan daaroverheen een poppedeken.

Ik had mijzelf nu weer zo fantastisch onder controle dat ik er zelfs aan dacht de pap eerst te laten afkoelen.

Wonderlijk genoeg gaf het voeren van onze vogel geen enkel probleem. Hij was gelukkig de leeftijd te boven waarop je hun snavels open moet wurmen om het voedsel op een lucifertje naar binnen te werken; gretig sperde hij zijn bekje en onze pap ging erin als koek. Zijn keel was van een ongekend oranjegeel en tot onze verbazing zagen we dat er in zijn ondersnavel een extra tongetje lag, andersom, een soort wipplankje in de vorm van een zwaluwstaart, dat vastzat aan de binnenkant van zijn snavelpunt en deed denken aan zo'n metalen klakkikker; als je die op zijn kop dacht was dat, op sterk vergrote schaal, precies de constructie van de onderste helft van zijn bekje.

Na de pap, die hij met zijn hoofd achterover naar binnen reutelde (het was synthetische pap met handig veel klonten, die wij tussen duim en wijsvinger konden nemen om achter in zijn keel te laten vallen), liet hij zich nog wat water van een theelepeltje toedruppelen en konden wij hem zonder tegenfladderen in zijn nachtdoos zetten.

Ik begreep dat ons leven de komende dagen, weken, om deze vogel zou draaien en in de encyclopedie zochten wij op met wie we hier eigenlijk het genoegen hadden. Ik weet niets van vogels. Het was in elk geval geen mannetjesmerel, want die waren egaal zwart, las ik, wat ik altijd al wel vermoed had. Geen merel dus. Maar wat dan?

Bladerend in deel 12 (Leys-Meir) en veel heen en weer kijkend van de encyclopedie naar de doos, stelden we na een kwartiertje vast dat wij een jonge Zanglijster zouden gaan opvoeden. Turdus Philomelos. Driehoekige donkerbruine vlekken op de borst. Het stevige, diepe nest ligt gewoonlijk goed verborgen in dicht struikgewas. Vandaar dat we het niet hadden kunnen vinden; wij hadden in de bomen gezocht.

Toen we wisten dat het een Lijster was, noemden de kinderen hem, volkomen terecht, Thijs. 'Ik heb een Leister,' schreef mijn dochter in haar dagboek, 'hij heet Tijs en ik leer hem alles van goed en kwaad.' De eerste week stonden ze om vijf uur op om pap voor hem te koken. Thijs zat er gezond en tevreden bij in zijn schoenendoos, maar zag er niet naar uit dat hij binnenkort zou kunnen vliegen. Wij leenden een vogelkooi tot het zover was, omdat de watten tussen zijn poten gingen zitten, waardoor het leek of hij op grote, witte skischoenen door zijn doos scharrelde.

In het begin sliep hij ineengedoken, niets begrijpend, op de met wat kattebakgrind bestrooide bodem van zijn kooi, maar toen we op de ochtend van de vierde dag beneden kwamen zat hij waarachtig op de onderste van de twee dwars tussen de tralies geklemde stokken te dutten! Hij zat op één pootje. Het rechter. Dat is echter geen regel bij jonge Zanglijsters, constateerde ik in de loop van de volgende dagen met de opwinding van de biologisch onderzoeker.

Thijs had de hele dag honger, zoals het hoort.

Zijn kooi stond boven op de piano, waarvan we de klavierklep open lieten, zodat we bij het horen van een woest akkoord zouden weten dat er een poes tot bij de kooi aan het springen was.

Dan stormden wij naar binnen en zat Thijs om de haverklap met wijdopen bek de kat om pap te vragen.

Bij onze nadering begon poes zich ogenblikkelijk en uitgebreid in onschuld te wassen.

Wij vertelden natuurlijk aan ieder die het maar horen wilde hoe wij een jonge Zanglijster in huis hadden.

'Een Zanglijster?' vroeg een vogelkennende vriend verbaasd, 'wist je dat die waan-zin-nig goed kunnen imiteren? Ik heb eens een zanglijster gekend, ook grootgebracht bij mensen thuis, die op het laatst kon miauwen.'

Zou ik proberen Thijs enigszins af te richten? Kon dat wel, eko-eties bekeken? Hoewel: hij mocht toch wel wat terugdoen, voor al die pap? Wanneer allen sliepen hield ik mij dus nog een kwartiertje bezig met geheime vogeldressuur. Die snelle riedels die je 's avonds wel eens hoorde – als dat zanglijsters waren dan moest 'Wee' van Charlie Parker geen probleem voor Thijs vormen; birds onder elkaar. En ik zette het Massey Hall concert op.

Thijs luisterde, kop scheef, zeer geïnteresseerd, maar het rifje zei hem niks, en hij zweeg. Ik pingelde 'Boer daar ligt een kip in het water' op de piano, maar zelfs dat kon hij niet nafluiten. Toch kon het wonder elk moment uit zijn keeltje breken.

Hoe spannender de situatie, des te banaler zijn mijn invallen en zo hoorde ik mijzelf op een nacht 'Yesterday' tegen Thijs fluiten. Geen noot kreeg ik van hem terug, hoewel ik het thema toch zeker tien keer van heel dichtbij in zijn onzichtbare oortjes blies. Zo van opzij leek het zelfs of hij min of meer minachtend om mij zat te glimlachen; de snavel van de jonge zanglijster verdwijnt de eerste levensweken nog met een knalgeel tekenfilmgolfje in het kopje.

Een andere vogelkennis wist te vertellen dat katten, wanneer ze eenmaal hebben begrepen dat zo'n vogel tot het gezin behoort, het diertje geen veer zullen krenken.

Toen ik dit hoorde trok er voor mijn geestesoog inderdaad een zwerm van honderden poezen langs, allemaal met vogels op hun hoofd. Foto's uit oude nummers van Het Leven, Life en Panorama.

Voor het geval de natuur toch sterker dan de familiezin zou blijken, hielden we een emmer water bij de hand. We namen Thijs mee naar buiten en toonden hem, voor het eerst zonder tralies, aan onze witte kater. De kater heet Sultan. Sultan begon te spinnen en knikte ons met van heerlijkheid half dichtgeknepen ogen toe dat hij begreep wat er van hem werd verwacht. Wij riepen in koor hoe lief hij wel was. Toen we ontroerd zwegen, hapte Sultan Thijs in een flitsende uitval van mijn hand en schoot ermee weg, onder een ligstoel. Idioot die ik was, hufter, dierenbeul! Buiten zinnen door het gegil van mijn gezin, gaf ik voor het eerst van mijn leven een poes een schop en god zij geloofd liet hij de vogel los. Wat uitgerukte rugveertjes, meer niet. Onbetrouwbare klerekatten waren het toch! Samen hadden ze dit jaar al zeker vier veldmuizen doodgehockeyd. Even was ik bang dat Sultan in de gauwigheid toch nog de staart had opgegeten, maar gelukkig hield mijn dochter haar hoofd koel en herinnerde zich dat Thijs nog zo goed als geen staart had gehàd; twee zwarte veertjes waren het nog maar, die elke dag een klein stukje verder vanonder zijn dekkleed te voorschijn kwamen, alsof hij een rokkostuumpje met groeiende jaspanden droeg.

Wilde hij kunnen overleven in de meedogenloze natuur van onze tuin, dan moest Thijs zo snel mogelijk pikken, drinken en vliegen leren.

'Spuug,' wist iemand, 'je moet flink met spuug klokken, dan pikken ze dat zo uit je mondhoeken. Dat vinden ze lekker, zanglijsters, spuug. En zo leer je ze pikken.'

Ik zette Thijs gehoorzaam op mijn hand en riep mijn speeksel op. Zonder ook maar één keer met zijn oranje wimpertjes te knippen, keek hij mij minutenlang vragend aan, maar van mijn spuug moest hij niets hebben. We bleven hem dus voeren met de hand, uit de baal Vogelvoer Universeel, met vruchten en insekten. Het ideale hoofdvoedsel voor alle merel- en lijsterachtige insektenetende vogels. Universeel vogelvoer bevat in de juiste verhoudingen eiwitten, vitaminen, mineralen enz., die nodig zijn om uw vogels even kwiek en levenslustig te doen zijn als in de natuur. Mijn dochter wist tussen de resten van oude poppeserviesjes nog een theekopje met een kip erop en dit werd, tot de rand gevuld met het uit paneermeel, soja, druivesuiker, garnalen, jeneverbessen, koolzaad, hennep, premix, grasbrokken en karwijzaad samengestelde Vogelvoer Universeel, bij Thijs in zijn kooi gezet.

Na een paar dagen begon Thijs zelf zijn voer te pikken. In het begin maakte hij, telkens wanneer hij zijn kopje daartoe boog, waarbij de afstaande nekveertjes leken op een nog van het zwemmen nat jongensachterhoofd, van de weeromstuit bij elke hap een sprongetje; wat hem zo uitputte dat we hem na elke poging tot maaltijden eventjes uit de kooi haalden om hem

dan maar wat bij te voeren met de hand. En voor de gezelligheid natuurlijk.

Thijs leerde vlugger vliegen dan wij vreesden.

U zet de zanglijster op de muis van uw hand en die beweegt u, als moest u een jojo in de lucht houden, langzaam op en neer. Nu zal de vogel beginnen te fladderen. Wanneer dit fladderen op vliegen gaat lijken, werpt u de vogel met een laatste, iets krachtiger beweging, opwaarts de lucht in.

Tijdens de eerste tien vluchten zal uw vliegdier nog overal tegenop fladderen, maar dat kan nu eenmaal niet anders en daar zijn ze op gebouwd, kennelijk. Thijs begon trouwens een beer van een vogel te worden en zulke botsingen deden hem niets. Elke ochtend, middag en avond kreeg hij vliegles, in de keuken. Let u er wel op dat het gas uit is en er geen met groenten, vlees of aardappels gevulde pannen zonder deksel op het aanrecht staan, waar de vogel in zou kunnen landen. Een vogel vliegen leren, doe je met zijn tweeën.

Wij gingen iedere les wat verder uit elkaar staan, en wierpen Thijs een kwartiertje heen en weer.

De eerste keren tollen ze nog wapperend langs je, om ergens in het wilde weg te landen op een stoelleuning, een hond of een bezemsteel, maar na twee volle vlieguren was Thijs al zover dat hij van hand tot hand vloog. Later zelfs van hoofd naar hoofd, waar hij na elke landing even vlug wat van je haar at. Dan zakt u lichtjes door de knieën, u komt weer overeind en u 'kopt' de vogel terug naar uw collega-instructeur.

Die van hoofd tot hoofd vond Thijs de leukste vluchten; te oordelen naar zijn gepiep en gekwek onderweg.

Fluiten deed hij nog steeds niet. Ook de St. Louis Blues, die een vogelvriend hem op een avond voorfloot, inspireerde hem niet. (Natuurlijk! De St. Louis Blues! Hoe had ik die kunnen vergeten! De laatste regels van het gedicht 's Morgens, van Jan Hanlo!

> 'En waarlijk, na enige tijd geleek mijn
> fluiten van de St. Louis Blues
> op de zang van de grote lijster:
> Turdus Viscivorus.')

Wanneer Thijs het welletjes vond landde hij op de hand waar hij de les was begonnen, trippelde stoer puffend net zolang rond tot hij goed zat en deed dan een dankbaar poepje, keurig in je palm.

Daarna wilde hij zich wassen in de spoelbak van

het aanrecht, met veel geroep en baldadig gespetter, en pas wanneer hij drijfnat was wou hij in zijn kooi terug; als je hem er op een meter afstand voor hield vloog hij op eigen kracht het openstaande luikje binnen en ging zich op zijn vaste stokplaats zitten droogtrillen.

Er draait de hele dag een tekenfilm, wanneer je een jonge vogel in huis hebt en er waren dagen waarop wij meer van Thijs hielden dan van alle honden en katten bij elkaar.

Om kort te gaan: de jonge zanglijster, die nog altijd niet zong (was het dan toch een zogenaamde 'Grote Lijster' en voedden wij hem volkomen verkeerd op?) verhuismuste in hoog tempo.

Hij zat soms wel een krant lang op mijn schouder, of op die van mijn vrouw tot de aardappels gaar waren. De poezen zaten dan zolang in de kast op de gang. Thijs begon zo'n beetje op eigen houtje door de keuken te vliegen, reed ook wel eens een paar meter op een hond mee, was tuk op borrelhapjes en kreeg snorharen als van een poes; ter linker- en ter rechterzijde ontsprongen er precies vijf aan zijn snavel. Moest Thijs zo langzamerhand niet eens op eigen wieken verder? Alle kinderen van school en uit de buurt waren hem al minstens twee keer komen bekijken en aan onze dochter, die hem, wanneer er aan de deur werd gebeld, niet meer vlug vlug uit zijn kooi haalde en op haar schouder zette, om vervolgens dromerig en als prinsesje open te gaan doen, merkten wij dat de oorspronkelijke betovering begon om te slaan in gewenning.

Maar toen ik op een avond besliste dat Thijs nu binnen enkele dagen zou worden vrijgelaten, welden bij allen de waterlanders.

Ze wilden Thijs houden!

Ik, diep in mijn hart, net zo goed.

'Hij heeft het hier toch zeker veel beter dan buiten?' riepen de kinderen, 'en het ìs niet zielig want hij weet toch niet beter? Dan kopen we een tien keer zo grote kooi voor hem of dan halen we verder alles eruit en dan mag Thijs de hele achterkamer!'

Mij brak het angstzweet uit wanneer ik me Thijs' eerste dag in de boze buitenwereld voorstelde... hij zou de tuin in fladderen, beginnen te vliegen, de weg kwijtraken, op straat terechtkomen en natuurlijk op de schouder van de eerste de beste voorbijganger neerstrijken, die, dat zul je altijd zien, net een Italiaan zou zijn die hem op zou eten, want dat doen Italianen met zanglijsters...

Of, nog erger: tegen de avond zouden de poezen met hem komen aanzetten, Thijs één en al bloed, zijn kopje geknakt als een bloem, ontroostbare kinderen...

Ik las in de encyclopedie wat er werd verteld over vrijheid, moraal en geweten. En dat de natuur haar loop moest hebben.

Misschien waren we al te laat en was er in het vogelbrein besloten dat dit de hele wereld was; Thijs had zich al een hopeloos beperkte oefenvlucht binnenskoois eigen gemaakt, bij het zien waarvan je hart brak – van de onderste stok vloog hij hard naar de rechterbovenhoek, fladderde dan, door de klap teruggeworpen, achteruit naar linksbeneden, krabbelde overeind, scheerde tussen de beide stokken door, botste tegen het luikje op, hing even watertrappelend in de lucht, ging zitten op de tweede stok, om bij te komen, en begon dan na een halve minuut weer van voren af aan. Zingen deden alleen de tralies van zijn kooi, wanneer hij er tegenop vloog.

'Morgen laten we Thijs vrij, jongens!' besliste ik op een ochtend aan het ontbijt.

'Dat zei je gisteren ook al,' zei mijn zoon. Thijs zat op de rand van zijn bord en slurpte van de pap.

'Nee, mòrgen!' zei ik vastberaden, 'morgen hebben jullie vrij van school en dan houden we de poezen de hele dag binnen, dan laten we Thijs om een uur of acht vrij en dan kunnen jullie hem de hele dag zo'n beetje in de gaten houden.'

Wij tilden de nu al drie weken geleden geleende vogelkooi op de tuintafel, openden het luikje en wezen Thijs wat een prachtige dag het was.

'Hij had eigenlijk eerst extra moeten ontbijten,' beet onze dochter op haar lip, 'voor als hij niet meteen een worm kan vinden.'

'Hij moet,' zei ik streng, 'hij moet zelf. Thijs moet nu alles zelf. Kom maar Thijs.'

Gehoorzaam liet onze huisgenoot zich van zijn stok pakken en op tafel plaatsen. Hij piepte goedemorgen en keek ons stralend aan; weliswaar niet één voor één, maar naar mijn idee toch strakker dan anders.

'Ga maar Thijs,' zuchtte mijn zoon.

'Je zal zien dat hij de volgende zomer terugkomt om voor ons te zingen,' voorspelde mijn vrouw bewogen en toen hipte Thijs de tafel af en begon tussen de tegels te pikken. 'Hij kan het!' riep mijn dochter, 'goed zo Thijs! Pik maar wat je pikken kan!'

Langzaam scharrelde Thijs bij ons vandaan. Een paar meter verderop keek hij even peinzend om. Wij knepen elkander in armen en benen. Thijs schraapte zijn snavel en liep toen verder, in één ruk door de struiken in.

De kinderen wilden erachteraan, maar wij hielden ze tegen.

Zwaar ademend staarden we naar het bosje. 'Niet roepen,' beval ik.

Je hoorde niets dan ons gesnuif en het gezang van de officiële vogels.

Toen zagen we Thijs plotseling te voorschijn schieten: hij vloog! En hoog! Hoger dan ons keukenplafond, in elk geval.

Wij applaudisseerden en Thijs streek neer op een tak van de lijsterbes.

En hij floot! Twee onduidelijke tonen, maar hij kon het!

Toen vloog hij een boom verder en nog een boom verder en toen een hoek om, uit ons gezicht. Dat was eergisteren.

Die eerste nacht zonder Thijs hebben wij slecht geslapen. Ik ben eruit gegaan en heel laat heb ik nog wat rondgelopen door de buurt. Ik ben hier en daar blijven staan om, met mijn hoofd scheef, zachtjes Yesterday te fluiten. Er kwam geen antwoord en wie er gisteren ook aan ons raam tikte – geen Thijs. Thijs was kwijt en zo was het goed.

'Maar je weet het nooit, met zanglijsters,' zeggen ze, 'die staan soms ineens weer voor je neus.'

Dus gisteravond, iedereen witjes naar bed, moest ik zogenaamd nog wat werken. Ik kon roepen wat ik wilde, maar de katten kwamen niet naar binnen. Tegen tweeën sloop ik nog een keer door de tuin. Van Thijs of de poezen geen spoor. Ik ga slapen en droom dat ik kattegeblaas hoor, gefladder, gepiep en vogelgekrijs.

Vanmorgen, als de kinderen naar school zijn en mijn vrouw boodschappen aan het doen is, speur ik wat er waar is van die nachtmerrie.

Alles.

Thijs ligt, zijn kopje geknakt, tussen de viooltjes. Hier en daar pluisjes wit haar op zijn lijfje. Sultan.

Ik begraaf hem in het hoekje bij de hond, de poes en de goudvissen.

'Thijs nog gezien?' vraagt mijn vrouw, zodra ze weer thuis is.

'Nee hoor,' glimlieg ik, 'die zien we hier niet meer. Die heeft lekker de vrijheid verkozen.'

'Zou Thijs nog terugkomen denk je?' vragen de kinderen 's middags.

'Vast wel,' troost ik, 'maar misschien pas de volgende zomer.'

'Zou hij ons dan nog kennen?' piekert mijn dochter angstig.

'Daar zou ik maar niet te vast op rekenen,' antwoord ik. Moordenaar.

Hij weet het wel, maar hij zegt het niet.

Maar je komt er net vandaan! roepen wij onvoldaan; dan moet je toch wat gemerkt hebben? Wie was het, wat is het, hoe doen ze? Ik zeg niks, zegt hij dan slimmig en hij geeft de i van ik een spits toelopend glissando, of hij zijn geheimpje met een touwtje dichtstrikt en dan staat hij op en bestudeert een schilderij alsof dit hem momenteel meer interesseert dan de berichten waar wij naar hongeren. Vindt hij een eetbare afleiding, dan steekt hij die snel in zijn mond, zodat hij zijn verkneukelen nog wat kan rekken door, tussen twee happen, tergend 'raad maar' te mummelen, waar hij zich mee indekt: hem is verzocht niets over de zaak te zeggen maar kan hij er wat aan doen dat wij raadden wat er aan de hand was?

En of je nu informeert naar de uitslag van Ajax-PSV, de leeftijd van de overledene, het benzineverbruik van zijn auto, de maat van zijn schoenen of de rapportcijfers van zijn kinderen – altijd laat hij je even spartelen in het onwetende luchtledige. Heeft hij iets voor ons zullen meebrengen, zal hij al in het halletje zeggen dat het niet gelukt is. Of dat hij het vergeten is. Of nergens meer te krijgen was. Het kan uren duren voor hij de beloofde fotokopie, reservesleutels, vergeten paraplu, aflevering van tijdschrift of kaartjes voor de schouwburg te voorschijn tovert. Ook onze kinderen zien hem liever gaan dan komen, met zijn gespeeld joviale gebaren. Altijd maar weer moeten zij raden in welke hand hij de gulden heeft zitten. En wijzen ze de goede vuist aan, krijgen ze van hem een dubbeltje.

Lastig zijn ze!

Ik had allerhande belangrijke zaken met u willen bespreken en daar komt nu niets van terecht.

Hij zit op de kiesschijf van mijn telefoon, bij de zes. Zij. Zij zit. Ik had willen wijzen op de kortzichtige gemakzucht waarmee fabrikanten van 'centimeters' (het gele, oprolbare meetlint dat in geen ouderwetse naaidoos ontbreekt), steevast een breedte van twaalf millimeter voor hun centimeter aanhouden.

Wacht even, zij is weg. Nee, daar! Op de dop van mijn inkpot. Het lijkt wel of ze weten waar ze moeten gaan zitten om zo flatteus mogelijk uit te komen tegen de achtergrond. Ook had ik iets met u willen afspreken over het gebruik van de eind-groet Hartelijke Groeten, onder aan brieven. Steeds vaker lees ik: Hartelijks!

Ook wel: Hartelijke, waarbij de geadresseerde wordt geacht zelf 'groeten' in te vullen. Die zelfde rammelende losheid kenmerkt het gebruik van vriendelijk, vriendelijks en vriendelijke. Zojuist zat er een brief bij de post die eindigde met 'een hartelijk welgemeends' en een ansichtkaart uit België besloot met de wens 'in welgemeende oprechte'!

Kijk, nu vliegt hij van de inkt- naar de theepot. Ze hebben hittebestendige pootjes. Ik had u willen vertellen dat ik ook nog een officieel schrijven van de belastingdienst trof, waarin het veertien cijfers tellende nummer werd vermeld waaronder ik tot tien fiscale jaren na mijn dood geregistreerd zal staan. De geboortedatum klopte niet, las ik; het was die van mijn zoon. Zelfde voorletter. Fiscaal nummer, staat er boven aan het formulier. Digitale letters, in blauw. Vergissing van de computer, dacht ik ouderwets en ik wilde het papier al verproppen, toen ik mij er met een plotse rilling rekenschap van gaf dat het allemaal wèl klopte: kinderen van veertien jaar krijgen een fiscaal nummer, in Nederland.

Natuurlijk! Wat dat het rijk al die fiscaal nummerloze jaren moet hebben gescheeld! De niet afgedragen loonbelasting van meer dan honderdduizend krantenwijken! De circa twee miljard gulden die er jaarlijks aan zwart autowassen wordt verdiend! Waar blijft trouwens het fiscaal nummer voor mijn dochter van twaalf? Is het de staatssecretaris bekend dat zij het vorige jaar voor ten minste honderdvijftien gulden illegaal heeft gebabysit?

Hij heeft vijf zwarte stipjes. Zeg ik weer Hij. Twee ter grootte van een speldeknop, twee van een idem punt en eentje tussen zijn schouderbladen; precies gelijk verdeeld over zijn beide vleugelbeschermende schildjes.

Zij is zo te zien ergens voor in training, want nu en dan vlagt er een gazig eindje vleugel achter hem aan, dat zij, stevig doorstappend, tracht uit te vouwen; maar dat wil nog niet best. Dan klapt hij zijn andere schildje omhoog en test de tweede vleugel, maar die ziet er nog onvolgroeider uit.

Er zal toch niks met hem wezen?

Zal ik haar vangen en even langs de dierenarts gaan? Plaats nemen in de wachtkamer met een lucifersdoosje op schoot, waar mijn lieveheersbeestje in zit?

Ik zeg Mijn lieveheersbeestje, want zo voelt dat met ze – zolang ze binnen je gezichtsveld zijn, behoren ze aan jou.

Ze laten zich goedgelovig op je vinger lokken, in tegenstelling tot vliegen, nachtuiltjes, langpootmuggen en sprinkhanen, die ook wel eens op mijn bureau landen, maar met wie de vriendschap altijd vluchtig blijft. Die zullen zich nooit op je hand wagen, zoals zij nu bij mij doet. Kijk maar: door handig manipuleren kun je hem meters over de muis en de rug van je duim laten lopen.

Dan weer voorzichtig de vrijheid geven, want ze heten geluk te brengen en ook vervullen zij een orakelrol in liefdeszaken, wat door sommigen in verband wordt gebracht met het feit dat dit kevertje, bij de oude Germanen, aan de godin Freya was toegewijd; lees ik, bladerend met mijn vrije hand, in de encyclopedie. En dat het zevenstippelig lieveheersbeestje in Nederland en België zeer algemeen is.

Nu terug op plat vlak zetten, met de uiterste zorgvuldigheid, zodat hij niet op haar rug valt, want dat is een hartverscheurend gezicht en zo'n schouwspel brengt een heel gezelschap van volwassenen in unanieme, tedere paniek: vlug jongens, allemaal helpen en even stil zijn – daar ligt een lieveheersbeestje ondersteboven te spartelen!

Er zit ook nog een brief van mijn moeder bij de post. Zij schrijft dat ik het haar niet kwalijk moet nemen dat ze weer een aanslag op mijn zo kostbare tijd doet, maar of deze er misschien nog bij kan. Een haiku.

In 1980, een jaar na het overlijden van mijn vader,

begon mijn moeder ze te schrijven. U kent ze wel: de eeuwenoude, Japanse haiku is zo populair geworden dat ieder Nederlands stadje op een eigen Haiku-Kring kan bogen.

Mijn moeder, die niets van kringen moet hebben, schreef ze in haar eentje, aan de keukentafel, waarop altijd een theelichtje brandt.

'Mijn vijf cent gezelligheid,' noemt zij dat waakvlammetje.

Haiku. Drieregelig versje waarvan de eerste regel vijf lettergrepen telt, de tweede regel zeven en de derde weer vijf. Ritme gebaseerd op ademhaling. Het is de kunst om, in die strikte vorm, een dichterlijke waarneming te formuleren. Liefst naar de natuur.

Na een half jaar streng kijken en sleutelen had mijn moeder er vijftig gereed en daar liet ik een boekje van maken dat *Waarlangs streek de wind?* heette. Zij was er dolblij mee, want mijn moeder hunkert niet zozeer naar erkenning als wel naar herkenning; of de lezer dat nu ook heeft, met alles wat leeft. De titel was ontleend aan haar eerste haiku, die luidde:

Waarlangs streek de wind
die ik nu op mijn wang voel?
Hij komt van zo ver!

Wij lieten tweehonderdvijftig boekjes drukken en verzorgden zelf de distributie.

Mijn moeder gaf er honderd weg, ik vijfentwintig, twee Haagse boekhandelaren legden er ieder dertig bij de kassa, twintig stuks raakten er zoek of kregen waterschade (thee) en de resterende exemplaren nam ik wel eens in het geniep mee als ik ergens mijn eigen boekjes moest signeren. Ik had toen nog geen Fiscaal Nummer en dan verkocht ik ze los en vanonder de toonbank, om nog iets zwarts van de drukkosten terug te verdienen, aangezien *Waarlangs streek de wind?* een prachtig, maar peperduur boekje was geworden. Het colofon achterin vermeldde dat dit een uitgave was van Uitgeverij De Liefde, gevestigd op het huisadres van mijn moeder. Alle exemplaren hadden wij met de hand genummerd en na een maand bezaten wij er elk nog eentje. En omdat mijn moeder er zulke leuke reacties op kreeg (familie in Australië, kennissen uit Canada), hebben wij besloten haar boekje te laten herdrukken, uitgebreid met een stuk of twintig nieuwe haiku's van haar hand.

Dit moet dan echt de laatste zijn, want de drukker is al aan het draaien.

Een gelinieerd velletje, gescheurd uit een schoolschrift, in drieën gevouwen. Ik klap het uit en herken de joyeuze letter van mijn eerste, in 1961 thuis achtergelaten tikmachine. Ik strijk de vouwen glad en ik lees:

Je naam beschermt je
in wrede kinderhanden,
Lieveheersbeestje.

Ik wil niet overdrijven, maar het is in het afgelopen jaar ten minste drieënveertig keer gebeurd. En ik wil niet veel zeggen, maar ik schat dat daardoor, van de ongeveer honderd zaken die ik had zullen afwikkelen, minstens de helft onvoltooid is blijven liggen. Reken maar na: het kost mij elke keer een uur. Meestal langer, een enkele keer korter. Vermenigvuldig deze tijd met drieënveertig en je krijgt ruim vijf volle dagen!

Ik heb nog nooit gemerkt dat hij er vierentwintig heeft, dus tel ik een dag als acht uur durende en goed zijnde voor het doen van tien tot twintig dingetjes; een dag is een werkdag en die houden wij, ongeacht welke arbeidstijdverkorting, van negen tot vijf. De rest gaat immers op aan gedreutel. Gekeutel en gereutel. Aan getreuzel en geneuzel. En aan gepeuzel, niet te vergeten. Laat niemand mij daarom verwijten dat ik in gebreke zou zijn gebleven of te weinig gedaan zou hebben – dat ik dezer dagen nergens meer toe kom, komt enkel en alleen door die raadselachtige, nagenoeg ononderbroken stroom van lekke fietsbanden, waar langzamerhand niet meer tegenop te plakken valt.

Wij kregen vroeger eens per jaar een lekke band. Na mijn achttiende heb ik er zelfs nooit meer eentje gehad. Ik kijk namelijk waar ik rijd; iedere zich voor mij uitstrekkende meter wordt in een flits op ongerechtigheden bekeken en die worden in vloeiende stuurbewegingen ontweken. Bovendien fiets ik ten hoogste nog maar eenmaal per maand. Ik zou best vaker willen fietsen, maar dan moet er meestal dus net een lekke band van mijn kinderen worden geplakt.

De huidige kinderen kijken namelijk niet meer waar zij rijden. Die van mij moeten dagelijks door kilometers straattroep, in groepjes variërend van twee tot zeven, op maandag dromerig en op vrijdag uitgelaten, maar altijd minder oog voor het wegdek hebbend dan voor elkaar. Voeg hierbij het tussen de twintig en de veertig kilo schommelende gewicht van hun schooltassen en het onvoldoende op spanning houden van hun banden en dat verklaart waarom er, onder meer, vier plafonds nu al maanden naar mijn witkwast hangen te snakken: ik heb al hun lekke banden zelf moeten plakken. Nee, wìllen plakken. Ten eerste kan ik dit beter dan zij en ten tweede vind ik het leuk werk.

Dag pap, ik had een zeven voor biologie en ik heb weer een lekke band maar ik plak hem zelf wel. Nee, laat mij maar. Ga jij maar aan je huiswerk. Ik heb geluk: het is haar voorband. Ik zet de fiets niet meteen ondersteboven, maar loop er eerst een paar keer dreigend omheen. Dan til ik hem meesmuilend met één hand omhoog, als een konijn bij zijn oren, aan het midden van haar stuur. Nu geef ik het nietsvermoedende voorwiel een woedende oorvijg, waardoor het een tijdje hulpeloos om zijn as tolt. Minachtend bekijk ik het schaamtevol langswiebelende loopvlak. Met deze magnetische blik kan ik voorbijwentelende spijkers uit het rubber trekken en tegelijkertijd de lekke band weer keihard opzuigen, wist u dat? Maar een eerlijke spijker kom je er nooit meer in tegen, net zo min als punaises, kroonkurken of clubspeldjes. Die nieuwe lekken ontspringen aan laffe, niet te achterhalen bronnen en je ziet op het eerste gezicht zelden waar ze zitten. De fiets moet dus toch op zijn kop. Het gevecht is nu begonnen. Voorlopig staat het 1-0 voor de Lekke Band.

Vroeger vroegen wij moeder of wij de onze binnen mochten plakken, op een landingsbaan van oude kranten, naast het van ons nog natte ondergoed walmende droogrek voor de kolenkachel, maar ik ben toch al veel te weinig buiten dus dat komt in feite geeneens zo gek uit, nu even vijf minuutjes in het zonnetje een bandje plakken. Met deze positieve instelling scoor ik 1-1 en de wedstrijd is weer open. Ik zal het goed met deze band maken: hij mag voorlopig nog even blijven zitten. Eerst oppompen, om te luisteren of ik zijn lek soms ergens hoor.

Waar is haar pompje? Weg. Dan zolang pompje van zoonfiets? Zit er niet meer op. Mijn eigen fiets het pompje van dan? Is onlangs voor de vijfde maal gestolen, want de junks in ons dorp hebben, per man, per dag, zevenhonderdvijftig fietspompjes nodig. Ik zal een nieuw pompje moeten gaan kopen. En het doosje met de plakspullen? Waar is. Nergens la. Blijkt in broodrooster gevallen. Het tubetje vulcaniseer-solutie zit er niet meer in. Nog wel twee plakkertjes en een wormpje ventielslang. Nieuwe ventielen dragen deze elastieken steunkousen niet meer; toch kan ik het niet weggooien. Er liggen twee bandewippers te slapen, op hun zij. Ik kan misschien maar beter een heel nieuw reparatiedoosje kopen. Het zijn trouwens handige doosjes, als ze leeg zijn. Doosjes waar dingetjes in kunnen waar we nog eens blij om zullen zijn dat ik ze destijds heb bewaard. Dus een pompje en een reparatiedoosje. Het staat nu 6-1 voor de Lekke Band en ik roep naar mijn vrouw dat ik zo terug ben.

Wat een lekker pompje! Het piept van genot als ik de lekke band er ongenadig mee van langs geef. Zo en daar en pak aan! Harder krijg ik hem niet. Ik til haar voorwiel omhoog en luister, hoofd scheef, mond open, met beide oren de hele band af, maar er is te veel verkeerslawaai. Hij loopt snel en zienderogen leeg. Die moet eraf, zit niets anders op. Ik zet de fiets op haar kop. Met tien centimeter tussenruimte leg ik de drie glimmende wippers uit het nieuwe doosje in het gelid op de stoeptegels, klaar voor de operatie, maar uit piëteit wurm ik er eentje van de vorige lichting onder de buitenband en klem een spaak tussen de kaken van zijn bekje. Dit herhaal ik vijf minuten verderop. Pas nu neem ik een nieuwe bandewipper om, met gezwollen polsaderen, in een scheurende beweging de rest van de band te ontvelgen. Ik trek de intussen volledig lege binnenband onder hem vandaan en pomp hem op. De stand is inmiddels opgelopen tot 8-3 voor de Lekke Band. Hopend op de triomf die je huid registreert wanneer een koud, venijnig naaldje lucht in je wang prikt, kronkel ik hem, op mijn hurken zittend, als een tulband rond mijn hoofd.

Het begint te regenen. Hij loopt weer leeg, maar weigert mee te delen waar. Ik stap de keuken in, kus mijn kokende vrouw in haar hals en vraag of ik binnen mag komen plakken. Als je maar opschiet, zegt ze roerend, want ze komen om een uur of zeven. We krijgen eters, dat was ik vergeten. Ik zeg dat het zo gepiept is. Zij zegt dat de kinderen zelf hun banden moeten plakken. En ook hun eigen kleren zouden moeten strijken. Ik geef toe dat ik veel opvoedingsfouten heb gemaakt, spreid de ongelezen krant van gisteravond uit over de keukenvloer en zet, in het midden van dit papierveld, de fiets voor de tweede keer ondersteboven neer. Haar bel ontbreekt, dus dat staat lekker stevig. Zie je wel: de modale verslaafde moet per dag zevenhonderdvijftig pompjes of tweeduizend fietsbellen stelen om in zijn onderhoud te kunnen voorzien, lees ik hier toevallig in het stadsnieuws.

Ik heb even je emmer nodig, zeg ik vijf minuten later, want de band laat niets los zodat ik moet overschakelen op het tweedegraadsverhoor van de wateronderyraging of, zo u wilt, de onderwatervraging. U houdt de andermaal opgepompte binnenband (9-3) stukje bij beetje, denk aan verraderlijke, lekverhullende knikken, net zolang stijf bij zijn keel onder water tot hij zich overgeeft en door een fontein van bange belletjes verraadt waar zijn lek zit. Maar wij kunnen hem zo snel niet uit de emmer lichten of onderweg droogt hij op en de plek is weer onvindbaar. Deze beweging, in steeds hoger tempo, vier tot vijf maal herhalen. Dan vul ik de emmer bij tot even onder de rand en steek, met de opnieuw opgepompte band voor ogen, mijn hele hoofd erin. Ik kan goed onder water kijken en heb het zilverspuitend lekje juist teruggevonden wanneer er op mijn schouder wordt getikt; als ik uit de emmer omhoog kom staat daar ons buurmeisje met de kinderpostzegels die ik een half jaar terug bij haar heb besteld. Haar ouders hebben de zegels die mijn dochter hun verkocht heeft al de vorige week betaald en mijn vrouw is druk met zeven sausjes en zegt dat ze geen geld heeft, zodat ik wel gedwongen ben om druipend op zoek te gaan in oude broeken, tot ik het gevraagde bedrag bij elkaar heb. Dan gaat u nogmaals onder water, waar u met een van uw bij het bandenlichten afgebroken nagels een kruisje op het lek krast. Nu de band teder droogwrijven en de plek rond het lek gezellig een beetje opruwen met de credit-card van oranje schuurpapier die in ieder doosje wordt meegeleverd. Mijn vrouw vraagt of ik bijna klaar ben en u zegt dat dit een haartje scheelt. Het met een metalen vliesje afgesloten tubetje solutie eerst doorprikken met het ventiel, daarna zien dat er hiervoor een speciaal priempje in het plastic dopje is meegegoten, dan voor de zekerheid de grootste zwartrubberen plakpleister van een van de nieuwe strookjes knippen, even naar houvast zoeken aan het witte papiertje dat de plaklaag beschermt (de stand wordt niet langer bijgehouden) en genieten van het zuigend lospulken hiervan, vooral wanneer u uw plakkertje ziet en voelt krullen van lekkerte; poes wordt wakker en rekt zich op. Ruim solutie op de lekplek smeren en strak blijven toezien hoe dit wegdroogt van stralend helder naar grijs bewolkt. Zorgzaam uitwrijven met rechtermiddelvinger. Hier de plakker met zijn goede, glimmende zijde in drukken en net zo lang met uw beide duimen persen tot hij niet meer tegensputtert. Intussen in het rond kijken en terloops uw vrouw beloven dat u de volgende week de keuken weer eens zult witten. Toen onze dochter nog op haar eerste fietsje reed, dat rode, met die bolle stepwieltjes, sprak ze van gevorven. Ik heb een paard gevorven en wij hebben hard geloopt. Ja, dat herinnert mijn vrouw zich ook nog. Zij wou net een hapje soep proeven, maar laat vertederd haar lepel weer even zakken. Er lag veel minder rotzooi op straat, toegegeven, maar buitendien wisten ze toen nog wat een goede binnenband was. Mijn vrouw geeft u nog een minuut.

De nu genezen band oppompen met lange, zelfverzekerde slagen. Het ventiel willen plaatsen, maar vergeten dat dit alleen gedemonteerd door de velgopening kan. Dit doen, waardoor de tegenstander weer opgelucht leegloopt. Nu het met de binnenband versmolten deel van het ventiel door de velg steken, de rest monteren en, zoals altijd, het smalle velgaandrukringetje vergeten zijn. Dit herstellen. Band opnieuw half oppompen en zonder kronkels onder de buitenband proppen. Mijn vrouw zegt dat ze wil gaan dekken. Ik heb nu zulke sterke duimen dat ik de buitenband tot en met de laatste tien snerpend strakke centimeters terug in zijn velg kan drukken zonder de dommekracht van de bandewipper te hoeven gebruiken.

De fiets terug op zijn wielen zetten en voor de laatste maal pompen. Het rijwiel nu tien minuten laten staan sudderen. De krant van de vloer oprapen en hem aan tafel gaan zitten lezen tot uw vrouw om u heen de borden en het bestek begint te schikken. Dan, met bange vingers, angstig knijpend controleren of de band niet zachter is geworden. Dit is vandaag niet het geval. De gasten komen binnen. Ik laat hun mijn handen zien en vertel dat ik zojuist nog een bandje heb geplakt. Hij klakt bewonderend met zijn tong en schopt de emmer water om. Zij helpt mijn vrouw met dweilen en hij wil het goedmaken door de fiets van mijn dochter hoog over de drijfnatte vloer heen naar buiten te tillen.

Aan tafel zijn wij het erover eens dat je je kinderen zo vroeg mogelijk moet leren hun eigen banden te doppen. Sowieso nooit voor een lekke band capituleren en hem door de fietsenmaker laten plakken, want dat kost je elke keer zevenvijftig. En daar drinken wij nu deze wijn van, veronderstelt mijn gast. Zo is het maar net, glimlach ik slim. Hij vertelt dat zijn kinderen er dit jaar al minstens dertig gehad hebben. De laatste binnenband die hij repareerde, toevallig was dat gisteren, in krap drie minuten, telde zeventien plakkertjes. Van fietsbanden schakelen wij over op brommers en hoe wij daar evenmin onze hand voor omdraaiden, vroeger. En niet alleen de lekke banden, nee, alles: carburateur schoonmaken, cilinderkopje nieuwe pakking geven, remkabels vervangen, noem maar op. Autobanden laten wij vanzelfsprekend aan de vakman over. We zouden ze best zelf kunnen plakken, dat is het probleem niet, maar we hebben er de juiste gereedschappen niet voor. Ook blijken wij allebei wel eens een klapband te hebben gekregen; de een bij een nog hogere snelheid dan de ander. Trouwens een vriend van hem werd eens in Zwitserland, tijdens een afdaling, gepasseerd door een los wiel dat zijn eigen rechterachterwiel bleek te wezen! Dat was jammer, want precies hetzelfde verhaal, maar dan in Oostenrijk spelend, had ik willen vertellen over het linkerachterwiel van de auto van een neef van mijn vrouw. Maar zo wordt het toch nog een gezellige avond.

De volgende morgen word ik gewekt door mijn dochter, die hard op mijn houten hoofd tikt. Of ik haar snel naar school wil brengen.

– Waarom? grom ik.

– Omdat je mijn band nog niet geplakt hebt, zegt ze.

– Nou en of, poch ik slaapdronken; ga maar kijken.

– Heb ik al gedaan, zegt ze; en hij is nog hartstikke plat.

LIEVE SIMON,

In de dagen die volgden op onze eerste twee televisieuitzendingen van dit seizoen 1987-1988, kwam er geen kaartje van je, zoals je ze de laatste tien jaar gewoon was te zenden: een gloedvol geformuleerd applausje van de zorgvuldigste kijker die een programmamaker zich kan wensen. Keer op keer gingen Wim en ik er verlekkerd voor zitten: Ha! Een kaart van Simon! Eerst, koppen bij elkaar, de voorzijde bestuderen (want je vond altijd een samenhang tussen de door jou gekozen afbeelding en het door ons vertoonde – zomaar een kaartje sturen zou beneden je spirituele waardigheid zijn geweest) en dan je stimulerende opmerkingen indrinken en drie, vier keer je prachtige, onverflauwd zwierig gebleven handschrift napluizen. Ik heb ze allemaal bewaard en ik heb al je boeken en een paar uur verhalen op geluidscassette en op videotape, dus je bent er nog en je zult er altijd blijven; dat is het punt niet.

Nee, de onherstelbaarheid van het verlies zit hem in de nationale temperatuurverlaging die er het gevolg van is. Het hart van een land klopt in zijn humoristen en dit cardiogram geeft weinig reden tot opgewektheid, de laatste tien jaar: Godfried Bomans, Wim Sonneveld, Wim Kan, Simon Carmiggelt. Allemaal dood, meneer Sonneberg! Deze generatie veertigers zal zelf voor zijn grote wijze mannen moeten zien te zorgen. Sprak de in Schiedamse nevelen gehulde man, een vanuit zijn heupen acterende zoon van Boris Karloff, met de lijdenstrek van een kolibrie die om den brode voor de Posterijen vliegt, waarbij zijn vrouw, een voormalige stoot, keek als een vanuit een hinderlaag onverhoeds tussen de schouderbladen getroffen marketentster.

Zo, met regelrecht aan jouw bundels ontstolen zinnetjes, wrochtte ik in de jaren vijftig mijn eerste eigen stukjes voor de schoolkrant. Om een onverhoopt verwijt van plagiaat te kunnen weerleggen, ondertekende ik ze niet met Kronkel maar met Krinkel. Ik was niet de enige jongen die gek van jouw werk was. Maar wie zelf iets leuks probeerde te schrijven, raakte al snel verblind door de drie lichtende voorbeelden en koos voor het Absurde Rijmen à la Annie M.G. Schmidt, het Studentikoze Overdrijven van Godfried Bomans of het Gewone van Simon Carmiggelt. Ik schrijf 'gewone', want ik geloof niet dat we toentertijd het begrip 'understatement' al hanteerden. En al doende begon het ons te dagen dat dit derde Leuk verreweg het moeilijkste was; niets was lastiger dan iets gewoons gewoon leuk vertellen.

Twee weken geleden bekende Rinus Ferdinandusse in Carré dat ook zijn Kroegverhalen regelrechte imitaties van jouw meesterwerkjes waren en dat een criticus ooit had geschreven: 'Ferdinandusse probeert als Carmiggelt te schrijven, maar heeft Amsterdam geen cafés in de buitenwijken, waar hij eerst eens voorzichtig kan oefenen?' Ik praat nog maar even in het wilde weg door, als je het goedvindt. Dit is de nacht na je dood en ik heb The Paris Concert van Duke Ellington opgezet. Heb ook nog even halfhartig gezocht naar een nummer van Eartha Kitt waarvan jij ergens een man tegen een andere man laat zeggen: 'Deze vrouw heeft mij door mijn hernia geholpen.'

Welk nummer was dat en trouwens was het Eartha Kitt wel? En in welke bundel staat dat stukje? Het zijn er tienduizend geworden, hoorde ik in het journaal, tienduizend stukjes. Maar ik ben te onrustig om het op te zoeken en moet mijn verdriet ook niet trachten in- en aan te kleden; het is allemaal al mooi en verschrikkelijk genoeg, zo.

Je zat in alle drie de journaals vanavond – die van half zes met Harmen Siezen, om acht uur met Joop van Zijl en om half elf met Elleke van Doorn. Je was ook uitgebreid op België en de VARA had een speciaal programma ingelast.

Het verdriet is diep en landelijk. Ik was bij Wim toen de radio meldde dat je was overleden en toen ben ik naar huis gegaan en daar werd ik om half vijf gebeld en of ik iets over je wilde zeggen in het journaal van half zes. Ze hadden al een voormontage gemaakt, waar een stukje uit de film van Bert Haanstra in zat; de scène die we samen in die boekwinkel in Laren deden, als ik als vieze man een boek door jou wil laten signaleren. Daar hebben we toen nog tien minuten, intens letters proevend over gemummeld; of dat wel kon en niet te dik was, signaleren in plaats van signeren. Ik zat er nogal mee, met dat fragment, want daar trek ik de lach, over jouw lieve, dode hoofd heen, maar ik denk dat jij het ook wel leuk vindt, achteraf. Daarna heb ik in een gesprekje met Harmen Siezen geprobeerd mijn gevoelens onder woorden te brengen. Het kwam er dus op neer dat ik Nederland killer achtte, zonder jou. We hebben nog geen idee! En hoe je ons hebt leren kijken, luisteren, houden van en neerleggen bij. Poezen, kinderen, oude, dichterlijke mensen en het lachwekkende leven zelf. Tot slot heb ik het gedicht Middagoverpeinzing voorgelezen, uit de bundel Het Jammerhout, omdat je daar, in 1948, Magere Hein al zo meesterlijk zijn vet geeft.

Ik tutoyeer je nu al de hele tijd, maar weet U dat me dat nog altijd moeite kost? Als Schrijver bent u gij voor mij, maar ook in al uw andere gedaanten was u te goed, te groot en te lief om Je te heten. Dat komt voor. Ging het tutoyeren van Elsschot u makkelijk af? Ik ben maar één keer bij u thuis geweest, met een fles wijn, Côte de Beaune (Opa Kotebo, Opa Kotebo, riepen uw kleinkinderen van boven aan de trap, als u kwam babysitten), maar toen dronk u een tijd niet en hebben we thee genomen. Ik moet u ook bekennen dat ik uw voorlezen op de televisie wel eens heb overgeslagen. Niet vergeten, maar opzettelijk niet gekeken. Als ik in de gids de titel las en wist dat het verhaal droevig was. Ik kon daar soms niet tegen. U heeft verhalen geschreven die ik wel honderd keer kan lezen, maar er zijn er ook een stuk of honderd die ik maar één keer heb aangekund, omdat ze me aan het huilen brachten. (Niet gevráágd? riep de vader; wat denken die rotjongens wel!) En als u er dan zo eentje voorlas zag ik in uw gezicht de droeve pijn om enige magistraal beschreven vorm van ongelukkig zijn. U heeft uw leven lang karrevrachten kastanjes uit het vuur gehaald voor ontelbaar vele anderen, daar komt het enigszins op neer. En dan zette ik u af, maar ik nam u wel op. Voor later.

Nu schiet mij de kaart te binnen die u mij stuurde, in maart, toen ik u had geschreven dat wij u plotseling zagen opduiken in het journaal; er was iets aan de hand in Amsterdam, en op straat werd Amsterdammers dienaangaande naar hun mening gevraagd en alsof het gescript was dook u plotseling op, op de Dam; kaarsrecht, nog altijd even lang, met uw gezonde reporterskuif, paraplu over de ene arm, uw tas onder de andere. Simon! riepen wij uit zes monden. U gaf een prachtig compacte en milde samenvatting van het schijnprobleem, excuseerde u vervolgens met de woorden ‘maar nou moet ik echt verder’ en liep door. U maakte licht slagzij, naar links. Ik schreef u de volgende dag hoe wij de hele verdere avond zijn blijven zingen en springen en dat uw weglopen mij had doen denken aan de laatste loop van Peter Sellers; als Chance de tuinman, over de vijver, aan het slot van Being There. U schreef terug, ik heb hem hier: ‘Jullie hebben weinig nodig om een hele avond te blijven zingen en springen. En Chance nog wel, de mooiste rol van Peter Sellers! Ik moet toch eens naar de Toneelschool – om les te géven, natuurlijk. Het was een leuk begin van de dag. Hartelijke groet, Simon.’

Lieve Simon. Mede namens miljoenen lezers bedank ik je uit de grond van ons aller hart, dat warm van jouw woorden zal blijven. Ik schrijf je nog eens, binnenkort. Want je bent nog in geen vijftig jaar dood. Je was nog niet eens grijs.

Hartelijke groet, Kees

– Mag ik eerst even weten: hoe lang schrijft u nu al? En radio-interviews? En de rest?

– Och ik ben niet zo'n type die dat allemaal keurig bijhoudt hoor. En trouwens een van de dingen waar ik misschien wel een van mijn grootste hekels aan heb is het denken in jaren.

– Het valt mij op dat u daar iets zegt in de trant van: een van de dingen en een van mijn grootste en nu heb ik hier een map met knipsels bij me met artikelen van uw hand en daar zie je dat eigenlijk voortdurend in terugkomen.

– Is het werkelijk? Ja, ik geloof dat dat toch niet een van de slechtste eigenschappen van een journalist genoemd kan worden.

– Wat niet?

– Dat je altijd die ruimte tot interpretatie laat, naar de lezer toe.

– Maar kunt u zich voorstellen dat die vaagheid behoorlijk kan irriteren? Neem nou uw kunstkritieken. Hier, in 1964, de grote Mondriaan-expositie in Amsterdam. Daar noemt u Mondriaan 'misschien wel één van de tien belangrijkste moderne Nederlandse schilders'. Dacht u nou dat iemand achterovervalt van zo'n kwalificatie?

– U moet dat zien als een stukje informatie. Het is zeker niet mijn bedoeling de lezer achterover te laten vallen.

– Maar wat heeft zulke algemene non-informatie in hemelsnaam voor waarde?

– Kijk: het is altijd één van mijn strengste uitgangspunten geweest dat je het publiek nooit moet onderschatten. Ook niet overschatten, vanzelfsprekend, maar vooral niet onderschatten. Dat lijkt mij als journalist één van de ernstigste regels waar je tegen kunt zondigen.

– Goed. Hier heb ik een artikel dat u schreef in het kader van het Holland Festival 1975. Ik citeer: 'Johan Sebastiaan is waarschijnlijk wel één van de beroemdste loten aan de muzikale stamboom van de familie Bach.'

– U moet niet vergeten dat het Holland Festival zich toen nog op een zeer breed publiek richtte.

– 'De Praagse Symfonie in D kan zonder meer tot Mozart's vijftig belangrijkste symfonieën worden gerekend', lees ik hier.

– Wat stoort u dan in zo'n formulering?

– Daar heb ik tegen dat Mozart, ik heb dat even gecheckt, in totaal eenenveertig symfonieën heeft geschreven!

– Dan zie ik dus niet waar ik fout zit.

– Nee, dat is het nou juist! Op puur feitelijke fouten kun je u nergens betrappen, maar het is de quasi-flinkheid van al uw uitspraken! Al die zogenaamd boude beweringen die ons van uw artistieke smaak moeten overtuigen, maar die uiteindelijk helemaal niets zeggen! Hier: 'Ik durf Van Gogh te rekenen tot misschien wel één van de tien belangrijkste Nederlandse Schilders van de Negentiende Eeuw.' Wat is daar voor durf aan?

– Ik zou daar op willen antwoorden dat er de gustibus nu eenmaal non disputandem est en dat ik waarachtig nog wel meer heb geschreven dan alleen maar over Kunst.

– O zeker. Over Sport bij voorbeeld. Ik heb hier een stuk uit de Volkskrant van 1971. Kop: 'Merckx één der grootste wielrenners aller tijden.' Een artikeltje uit Het Parool, uit 1978: 'Cruijff definitief bij toptien Nederlandse voetballers.' En dan weet u over de Olympische Spelen van 1984 onder andere te melden: 'Carl Lewis behoort tot snelste mensen dezer eeuw.'

Vindt u dat nu zelf niet een beetje laf en vaag allemaal? Heeft u ooit één keer onomwonden durven schrijven dat u deze of gene, dit of dat en zus of zo het allermooiste, allerbeste of allerknapste vond?

– Het is dacht ik niet aan mij om absolute waardeoordelen te vellen. Dat is nu juist één van de belangrijkste taken van de Geschiedenis zelf.

– Akkoord. Ik wil het niet langer hebben over uw vage kwalificaties van personen, maar laten we dan eens kijken wat u over Zaken schrijft. Ik heb hier een artikel over Drugs, uit de Nederlandse Playboy, want daar schrijft u ook wel eens wat voor.

– Inderdaad. Omdat ik denk dat wij de Nederlandse Playboy zeker mogen rekenen tot de zes, zeven smaakvolste Playboy-edities van het Europese vasteland.

– O beslist. Want er zijn er maar drie. Goed. U zet daar in een bijeengestolen flutartikeltje weer eens de bekende Drugs op een rijtje – hoe ze heten, wat ze doen, hoeveel ze kosten en wat we van de gevolgen weten. En dan noemt u, en daar heb je weer exact die zelfde schijterigheid: 'Marihuana één van de gebruikersvriendelijkste Drugs.' Wat móet ik daar nou mee?

– Tja, dat is geheel aan u, zou ik zeggen. Ik kan en wil u daar niet in raden.

– Waarom nou niet ronduit geschreven dat Marihuana DE gebruikersvriendelijkste Drug is? Waarom nou toch weer die kakkebroekige slag om de arm gehouden?

– Ik heb geen zin meer in dit gesprek, want ik weet heel goed hoe dit in uw blad gaat komen en ik moet u zeggen dat ik deze manier van doen één van de vervelendste trends in de hedendaagse Nederlandse journalistiek vindt.

– Wat bedoelt u?

– Dat u dit interview registreert op uw bandrecordertje, waardoor ik nauwelijks de kans krijg om over mijn antwoorden na te denken en dan gaat u zometeen lekker naar huis en daar tikt u alles uit, op uw dooie gemak, waarbij u ervoor zorgt dat uw vragen, die dan ook nog vet gedrukt worden, dat die veel en veel intelligenter dan mijn antwoorden zijn en waarschijnlijk legt u mij ook nog allerhande bewonderende dingen in de mond; dat u mij laat zeggen van: Ja, dat is een goede vraag of: Daar heeft u groot gelijk in of: Ja, nu u het zegt; dat had ik zelf eigenlijk nooit zo bekeken!

– Maakt u zich vooral geen zorgen, want dit is helemaal geen tape-recorder.

– Wat is dit dan?

– Een Satellietgestuurde Teleprintfaxunit. Dit gesprek wordt niet uitgewerkt, maar rechtstreeks ingepoet, elektronisch gezet en met laser-impulsen gedrukt. En dat is nog maar een tussenfase. Binnen vijf jaar zijn wij zover dat onze abonnees als het ware zelf de tekst van ons weekblad te voorschijn kunnen lezen, aan de blote hemel; dank zij contactlenzen die via telefoon, kanaal 56 van het televisietoestel of de magnetron-oven, rechtstreeks op het moederhoofd zijn aangesloten.

– Dat is één van de tien gekste dingen die ik de laatste vier, vijf, zes maanden heb gehoord. Maar goed – ik ben ervan overtuigd dat dit überhaupt een eeuw is die je tot de twintig spectaculairste sinds het begin van onze jaartelling mag rekenen.

Als het mij was overkomen, zou ik in bed zijn gekropen en daar de eerste week van januari gebleven. Maar M. is niet zo kinderachtig. Ze heeft het verlies dapper gedragen. Haar hele vorige jaar is namelijk weg; M.'s 1988 ligt in staat van ontbinding ergens in de bossen tussen B. en H. En één man weet waar.

Een paar maanden geleden waren wij daar aan het filmen. Wij hadden onze auto's visgraatsgewijs geparkeerd aan de bosrand. Bebackpackt en berugzakt (het ging over een Survival-tocht), kraakte ons ploegje zich een weg tussen de naaldbomen, spiedend naar een geschikte locatie.

Toen wij terugkeerden, na drie uur draaien, bleek van M.'s auto het portierslot geforceerd en was haar tas gestolen. Eigen schuld – aangestoken door de komende kerstdagen en heimelijk overwegende dat in deze streek de minst behoeftige Nederlanders wonen, had zij haar tas open en bloot in haar auto laten staan.

Papieren en portemonnaie droeg zij gelukkig bij zich, maar daar is haar agenda te groot voor dus had ze die, te zamen met een paar ochtendbladen en de 's morgens van huis meegenomen post, op haar voorbank laten liggen. Niets van waarde, zou je zeggen, maar de dief had daar anders over gedacht.

Beteuterd gingen wij lunchen in een pannekoekenhuisje. Zij smaakten ons niet. Zwijgend rouwend om het verlies van M.'s gewichtige agenda, zaten wij aan een kerstversierde tafel.

– Wat stond erin M.? vroegen wij.

– Alles, zuchtte M.; alle gegevens van alle programma's bij voorbeeld. De nummers van de uitzendbanden. Adressen, telefoonnummers. Het is een ramp.

Maar de dief had daar toch helemaal niets aan? Nee, geen jota. Aha: dan moesten we ons zien te verplaatsen in zijn (of haar!) gedachtengang; misschien kwamen wij zo de gestolen agenda op het spoor.

Onze man had dus het autoslot geforceerd, M.'s tas van de voorbank gegrist en toen de open plek van het misdrijf zo snel mogelijk verlaten, veilig het donkere bos in. Daar moest hij ijlings de tas hebben nagevlooid en ergens tussen de bomen hebben weggegooid. Ja toch? Natuurlijk: M.'s agenda moest hier nog ergens liggen!

Wij besloten ons tactisch te verspreiden en gezessen het gebied rond onze parkeerplek uit te kammen.

Hier loop ik. Zonder rugzak, maar in mijn camouflagepak. Rambo op dinsdagmiddag. Nu en dan zak ik even door mijn knieën, in de verwachting dat er minder aan mijn aandacht ontsnapt wanneer ik in hurkzit en op moshoogte tussen de stammen door tuur. Ik krijg gelijk: na een kwartiertje zie ik een overvallen tas tussen de bomen liggen, maar ik hoef niet eens dichterbij te komen om te zien dat het niet die van M. is. Toch gaat de eenzame commando onverschrokken kijken. Het is een goedkope damestas van bordeauxrode skai. Leeg, op een aangebroken en beschimmelde fles hoestdrank na. Tegen Beklemde Borst, staat er op het etiket. Ik zie de oude dame voor me. Boswandelingetje gaan maken met kleinkind. Voor de zekerheid haar medicijnen meegenomen. Tas misschien even daar op bankje gezet, om haar handen vrij te hebben bij het samen beukenootjes zoeken. Twee meter verderop ligt haar leeggegraaide portemonnaie. Ook van skai. En een kunstlederen brillehoes, groen geweest. Zit geen bril meer in. De clipsluiting staat open: een vis die op het mos naar adem ligt te happen.

Ik stop de beide accessoires met lange vingers in de tas en draag die aan een schuwe pink naar ons verzamelpunt. Nee, verder niemand iets gevonden. We moeten trouwens door met filmen.

Aan het einde van de draaidag besluiten M. en ik, je weet maar nooit, nog even langs het politiebureau van H. te gaan, voor het geval iemand haar tas zou hebben gevonden en hem daar afgegeven. We mogen boven komen, in een apart kamertje, bij een echte rechercheur, met een hoopgevende handdruk.

Hij is heel blij met de door mij gevonden damestas en ruikt met belangstelling aan de brillekoker. Daarna mogen wij gaan zitten. Achter zijn bureau hangt, naast een op ons neerkijkende Beatrix, een zelfgezaagd instructiebord waarop, met speciale elastiekjes, een stuk of tien verschillende hasjpijpjes zitten geklemd. Ze zijn genummerd.

Het is heel verstandig en nuttig dat wij langs zijn gekomen, dempt de rechercheur zijn stem, want nu weet hij zeker dat de dief vandaag weer actief was, in dat gedeelte van het bos.

– Kent u hem dan, die dief? vragen wij verbaasd.

– Wat heet! wuift de rechercheur. Dat is namelijk al een jaar lang dezelfde kerel. De ene dag is hij bezig in de bossen rond B., dan weer in de buurt van L. en vandaag heeft mijnheer dus kennelijk geopereerd in H.

– Dus de politie weet wie de dief van onze agenda is? vragen wij hoopvol.

– Reken maar! Hij is altijd met de fiets. Daar heeft hij een speciale extra stang aan gelast. Heeft niks met het frame te maken, maar dient om al het geld in op te bergen dat hij uit geparkeerde auto's steelt. Enkel geld en cheques; autoradio's en andere spullen moet hij niks van hebben.

– En dan? vragen wij met grote ogen.

– O dan fietst hij naar huis en daar vist hij zijn buit uit die buis, met een verzwaard haakje, heel handig. Dat weten wij omdat twee van onze mensen hem eens hebben betrapt, voor tachtig procent op heterdaad, maar net niet helemaal. Die zijn hem toen naar zijn huis gevolgd en hebben gevraagd wat die rare stang daar deed, aan zijn fiets. Maar hij wilde niks loslaten en toen hebben die twee agenten, na telefonische toestemming van de commissaris, die op zijn beurt voor alle zekerheid nog even contact had opgenomen met de Officier van Justitie van de Arrondissementsrechtbank te A., zijn fiets doorgezaagd. Op het balkon, want hij woont in een flat.

– En toen en toen en toen? vragen wij met gloeiende oren.

– Zeshonderdtweeënveertig gulden, pocht de rechercheur. Kwam zo uit die stang rollen. Eén week hechtenis had hij gekregen. Maar twee weken later waren er alweer vier nieuwe gevallen van tasjesdiefstal gemeld. Die kerel is namelijk onverbeterlijk. Dat komt het is een oude inbreker, die het van de dokter wat kalmer aan moet doen.

– Maar wacht nou eens even! schiet ik uit mijn slof; u weet dus pertinent wie het is, de man die onze agenda heeft gestolen?

– Voor tweehonderd procent zeker, knikt de politieman ernstig.

– Wij denken dat hij mijn tas ergens heeft weggegooid, huivert M.

– Ongetwijfeld, zegt de rechercheur.

– Kunnen we die vent dan niet laten aanwijzen wáár? roep ik wanhopig. Maar terwijl ik mijn stem verhef voel ik al dat het antwoord ontkennend zal zijn.

– Nee, die optie komt helaas niet in aanmerking, zegt de rechercheur dan ook.

Ik ga weer zitten.

Nee, dat kan natuurlijk niet. Begrijpen wij dat niet? Als de dief – hij heet overigens P. van der K. en is al 64 jaar oud – ons aanwijst waar hij die tas heeft weggegooid, dan bekent hij daarmee toch immers schuld?

– Maar als wij nu beloven dat wij er verder geen werk van maken en dat we geen aanklacht tegen hem indienen? probeert M. met haar laatste krachten.

– Neenee, dat is ten enenmale uitgesloten, zegt de rechercheur, glimlachend om zoveel onnozelheid.

– En als wij hem nou eens een beloning geven als hij die plek alleen maar van een afstandje aanwijst? houd ik vol; een beloning van laten we zeggen vijfentwintig gulden?

– Geen denken aan! schrikt onze politieman; dan zouden wij juridisch namelijk volkomen scheef zitten!

– Misschien een fruitmand laten thuisbezorgen, smeek ik; of een kistje wijn? Heeft de man kleinkinderen? Een schooltje nieuwe vissen voor zijn aquarium? Of als de politie er nu alleen even langsrijdt om de dief, heel beleefd, uit te leggen hoe onmisbaar die agenda voor ons is? Kan hij mij het adres niet geven?

– Mevrouw, mijnheer: daar kan allemaal geen sprake van zijn!

Ik ben te ver gegaan, want de rechercheur trekt een vies gezicht en komt afrondend overeind. Wij leven namelijk in een democratie. Kijk: in een totalitaire staat gaan de overheid en de politie ervan uit dat een verdachte schuldig is tot hij of zij zijn onschuld heeft bewezen. De zogenaamde omgekeerde bewijslast. Nou: lijkt ons dat een prettig systeem om onder te leven?

– Nee inspecteur.

Wij zijn ook gaan staan en buigen deemoedig onze hoofden. Ozo, dat dacht hij ook. Want wat was nou de onschatbare waarde van de democratie?

Wij mompelen schuldbewust dat het antwoord op het puntje van onze tong ligt.

Goed, dan zal hij het ons vertellen. Kijk: in de democratie gaan wij er nu juist van uit dat de verdachte onschuldig is, tenzij de politie het tegendeel kan bewijzen! En daar ligt het probleem, met onze dief! Ze moesten hem kunnen betrappen exact op het moment dat hij iets uit een auto pakte en in zijn fiets verstopte. Maar dat was de politiekorpsen van B., H. en L. nog nooit gelukt. Eén keer hadden ze bijna, voor negenennegentig procent een heterdaadje: kroop hij rond in een auto, maar toen had hij gezegd dat hij bezig was het adres van de bestuurder te zoeken om te waarschuwen dat zijn auto niet goed was afgesloten. Dus begrepen wij nu hoe moeilijk deze zaak lag?

– Jawel inspecteur.

Maar het stond ons natuurlijk vrij, die toestemming verleende hij ons bij dezen, om zelf nog wat verder te zoeken in het bos, want dat onze agenda daar ergens moest liggen, dat stond wat hem betrof voor driehonderd procent vast. En nu moesten wij hem verder excuseren, want hij had eigenlijk al tweehonderd procent te veel gezegd, minstens vijftig procent buiten zijn boekje gesproken en hij had nog verschrikkelijk veel meer te doen, want de bezetting was momenteel maar zestig procent, dus als wij zo vriendelijk wilden zijn?

M. is nog altijd bezig de gegevens van 1988 elders bijeen te sprokkelen en te noteren in haar nieuwe agenda. Ik draag die van mij de hele dag stijf onder mijn arm en ben 1989 een flink stuk rechtser begonnen.

PROPJES

Wanneer de columnist lijdt onder privé-omstandigheden, ten gevolge waarvan hij niet in staat is zijn stukje rond te krijgen, harkt hij wat oude aantekeningen bij elkaar en rijgt deze achteloos aaneen tot een parelsnoer voor de zwijnen; waarmee hij de indruk wekt dat deze wijsheden, waarnemingen en overpeinzingen de hele dag in hem opborrelen en dat hij de lezer deze week, bij wijze van uitzondering, een kijkje onder het deksel van zijn hersenpan gunt.

Om een slag om de arm te houden en de rijkdom van zijn geestesleven te onderstrepen, geeft de columnist een rubriekje als dit een verontschuldigende titel, waar meestal een zelfkleinerende 'o' in voorkomt. Erboven staat bij voorbeeld: Flodders. Of Dropjes. Stoppers, flopjes, korrels, borrels.

De intellectueel wordt geplaagd door privé-omstandigheden, terwijl de arbeider stront met zijn vrouw heeft; zoals een buik op niveau embonpoint en bij de gewone man een pens heet en drankverslaafden met een inkomen van boven de honderdvijftigduizend gulden een alcoholprobleem hebben, terwijl allen die minder verdienen rechttoe rechtaan zuiplap worden genoemd en het in overspel verwekte kind van de handwerksman nog dikwijls als bastaard wordt betiteld, waar dit in het geval van bekende Nederlanders een liefdesbaby heet.

Links en rechts, bovenin, twee halve manen van vuil.

Helemaal onderin, in het midden, een dito driehoek. Zo min als de ruitewissers zijn voorruit helemaal schoon krijgen; zo min krijgt hij ooit haar geestesleven helder voor ogen.

Hij was vooral zo aan haar verslingerd omdat zij hem beter masturbeerde dan hij dit zelf kon.

In het SALT 3-akkoord is godzijdank besloten dat de Aarde nog maar dertien in plaats van zesenveertig keer vernietigd mag worden.

Een alleenwonend iemand die al een week dood is, maar als je hem belt hoor je hem op zijn antwoordapparaat zeggen: 'Hallo, ik ben er even niet.'

Ik was zo dronken dat ik de wc-eend op zijn kop scheet.

Waar lopen batterijen zelf op?

Waar afgevallen en vastgelopen pleisters op straat liggen, daar is de stad gewond zonder het zelf te weten.

De klok weet zelf niet hoe laat het is, maar de auto wel ongeveer hoe hard hij rijdt.

Een boutade is een in een boetiek afgestoken tirade en een retirade is een op het toilet afgestoken boutade.

Als ik thuiskom met de motor, gaat juist de telefoon.

Ik hol naar binnen, pak de hoorn en kwak een barst in de schelp, omdat ik mijn helm nog opheb.

De lach is onze stem in het kwadraat.

Van bovenaf gezien lijkt een pissebed op de geribbelde zuigconstructie aan de onderzijde van de pen van een ouderwetse vulpen.

In de jaren zestig was je wat je at. Tegenwoordig ben je waar je eet.

Archimedes zat niet alleen in bad.

Wij lagen als kind wel eens ziek thuis, op twee tegen elkaar geschoven fauteuils en dan kwamen, op de radio, om vijf over half tien, de waterstanden. De sonore stem van de omroeper sprak eerst de plaatsnaam (Lobith, Karlsruhe, Grave beneden de Sluis), wachtte vervolgens een seconde en kwam dan met het desbetreffende cijfer. In die pauze trachtten wij hem voor te zijn. Met onze diepste stem zeiden wij bij voorbeeld: 'plus drie'. Wanneer nu de omroeper hier achteraan precies hetzelfde zei, had je 's avonds nog koorts.

De leeftijd bereiken waarop je niet meer weet waar al je littekens vandaan komen en je moeder ook niet meer.

Tweeëntachtig, zou mijn vader nu geweest zijn; dus is hij eigenlijk nog steeds niet dood. Pas wanneer hij negentig zal zou zijn geweest, zal hij minder dood voor me zijn, omdat hij dan toch al dood zou zijn geweest.

Het is veel makkelijker iemand met een rare dan met een gewone neus te tekenen.

Heel erg bange meisjes maken zich op om af te stoten in plaats van aan te trekken.

Ik dacht al van die vrouw: wat is ze mooi en wat straalt ze! Blijkt ze zwanger te zijn. Ja, zo kan ik het ook.

De ogen zijn de ramen van de ziel, de lippen de gordijnen van het hart.

Tussen ons was het safe sex op het eerste gezicht.

Kijk eens wat een mooie sterrenhemel, zegt zij romantisch; vooral die daar!

Dat is Venus, zegt hij; en dat is geen ster maar een planeet.

Er ligt een hondedrol in het gras.
Daar zit een lieveheersbeestje op.
Dat valt me van dit diertje tegen.

Het is een vreselijk mondain hotel voor beautiful people. Als vrouw mag je er bij voorbeeld niet met cellulitis in het zwembad.

Waarom werd er in de reclame wel jarenlang eufemistisch gesproken over ‘de derde oksel’ bij de vrouw, maar heeft men, voor wat betreft het mannelijk lid, nooit een geurverdrijvende spray voor 'de elfde vinger' of 'de derde grote teen' durven promoten?

De ontroerende werkeloosheid van het smalle bandje, bedoeld om hem in dichtgevouwen toestand bij elkaar te houden, maar nu over de rand van de uitgeklapte paraplu bungelend.

Wanneer iemand iets laat vallen hem niet helpen bij het oprapen maar je medeleven betuigen door 'hola!' te roepen.

Op een doodgewone zondagmiddag een vreemd kevertje vinden en dit in een lucifersdoosje doen met een blaadje erbij, voor onderweg. Maandagmorgen naar de Universiteit gaan en vragen naar de grootste keverkenner. Zodra u het lucifersdoosje openschuift, raakt deze man in alle staten, want uw kevertje is nog nooit gedetermineerd of in kaart gebracht; het heeft eenvoudig nog geen naam. Thuis kunt u vertellen dat er een kevertje naar u is vernoemd. Met het hele gezin naar het journaal kijken of die het nieuws al hebben.

Ten antwoord op de vraag wat God is een tak breken en de vraagsteller wijzen op het leven hier binnenin.

De taakverdeling is existentieel onredelijk:
je ouders zorgen achttien jaar voor jou,
terwijl jij daarna nog dertig jaar voor hen moet zorgen.

Nederland was het enige land ter wereld waar je al kaal kon zijn en toch nog het minimum jeugdloon verdienen.

Fietsen met een gemiddelde van dertig is net zo moeilijk als biljarten met een gemiddelde van één.

Gilbert and George beginnen steeds meer op Morecambe and Wise te lijken.

'Goedemiddag, ik zoek een nieuw luchtje voor na het scheren. Maar graag eentje waar de vrouwen niet zo opgewonden van raken.'

Een zeer vooraanstaand Politicus horen zeggen: 'De Natuur is natuurlijk belangrijk, maar de mensen zijn belangrijker.'

Tegen een op het trottoir rochelende dakloze roepen:
Hee joh! Doe je dat thuis soms ook?

Bij het schaken een half uur samen zwijgen, omdat elk van beiden denkt dat de ander aan zet is.

Het rijdend antiquariaat.

Huur een bakfiets, schik hier een paar honderd tweedehands boeken in, en fiets er bij mooi weer mee door de stad. Af en toe stoppen voor een terras, om zich vervelende mensen de kans te geven een mooi boek te kopen.

Ik moet u heel eerlijk bekennen dat ik, bij het te voet

oversteken van een drukke straat, met opzet zo dicht mogelijk langs de uitlaten van de auto's laveer, omdat ik die gasplopjes op mijn broek zo'n lekker gevoel vind.

Als de televisie ons verveelt, gaan wij altijd raden welk bedrag aan kleingeld de presentator in zijn broekzak zou hebben zitten.

De plattelandsdokter die voorschreef dat je, wanneer je een druiper had, driemaal per dag tegen het schrikdraad moest pissen.

Wij zitten met zijn allen in een touringcar die, zonder remmen, in de richting van de afgrond dendert. En dan nòg ruzie maken om de beste plaatsen!

Rond openbare papier- en prullenbakken liggen altijd de meeste propjes.

Dat komt omdat vooral mannen hun propje er van een afstandje in willen gooien, alsof ze basketballen. En als ze missen willen ze dit niet toegeven, dus laten ze hun propje liggen.

Maar wat geeft dat? Het ligt toch zeker vlak bij de papierbak?

Wanneer wij nog op tien kilometer van haar huis zijn (maar wij zijn met de auto), boetseren wij alvast een oppeppende glimlach rond onze lippen, besluiten ook deze keer weer extra gul te wezen met grappen en gezelligheden en maken, wanneer zij de deur opent, nota bene nog een paar vrolijke danspassen op haar trottoir. Maar die kunnen wij evengoed achterwege laten, want het mag vanmiddag weer allemaal niet baten.

Wat een droevig weer, hè? huilt zij, zonder druppels; ik word er zo intens verdrietig van, van dit weer! Wij beloven haar dat het morgen zonnig zal zijn. Zij bekent dat zij de hele dag aan de arme boeren heeft zitten denken en aan alle andere mensen die er met dit weer op uit moeten. Denken wij daar wel eens aan? Jazeker doen wij dat, maar niet de hele dag en dat moet zij ook niet doen, want daar help je ze toch niet mee, de mensen en de aardappels. Nat worden ze toch. En al die stumpers van druipnatte zwerfkatten en die doorweekte straathonden, rilt ze. Willen wij thee? Graag meid. Ik kan er niks aan doen, zucht ze, maar ik heb het tegenwoordig al met thee; dat ik denk aan hoe die stakkers van gezinnen die blaadjes moeten plukken, op blote voeten tegen veel te schuine hellingen. En zulke beeldschone kinderen, met die grote zwarte ogen! Wij voelen onze knorrigheid groeien en uit machteloze wrevel smijten wij twee extra schepjes suiker in ons kopje, terwijl wij blaffen dat zij de wereld en het leven van een wat zonniger kant moet bekijken, voor het te laat is. Te laat? smaalt zij;

alsof het al niet jaren en jaren te laat is! Wij waren toch niet zo naïef te denken dat alles nog op zijn pootjes terechtkwam? Zo gaat het nu altijd: zij maakt ons kwaad met haar eeuwige droefdweep en dan schieten wij onvermijdelijk in bitsbijt. In anderhalve gulp klokken wij ons kopje leeg, kletsen het rinkelend terug op zijn schoteltje en roepen luid en verbeten dat zij dit nou gek zal vinden, maar dat wij dit niet eens geheel en al uitsluiten! Wat niet? vraagt zij, eerder spottend dan verdrietig. Alles! schreeuwen wij. Dat alles nog goed komt en dat zij nog gezond is en een mooi huis heeft en niet altijd zo moet somberen. Daar gaat het niet om, fluistert zij, schor van wereldmededogen; de mensen zijn slecht, daarom komt het nooit meer goed. Hier, snuit je neus, gebieden wij en steken haar de maagdelijke, met opzet van huis meegenomen zakdoek toe die wij, het waren er drie, in feestverpakking, met Kerstmis vorig jaar van haar kregen. Maar die hoeft ze niet en ze zal flink zijn. Grote meid, schertsen wij, deppen even onze neus en steken onze zakdoeken weer bij ons. De Koningin, zegt ze bewogen, de oude Koningin, Koningin Juliana, dàt is een goed mens. Wij vallen haar van harte bij – zolang haar zinnetjes maar positief zijn, denken wij. Maar ogenblikkelijk zucht zij erachteraan: die heeft het ook niet makkelijk gehad hoor!

O.

Hij is gestopt met het voorlezen van David Copperfield. Tot bladzijde 321 zijn ze gekomen; nog niet eens op de helft dus. Toch is het niet voor niets geweest. Zij hebben er prettige uren aan beleefd, vaak gelachen, en hij weet nu zeker dat hij niet van Dickens houdt. Het is het pathetische dat hem in die boeken tegenstaat; de overgevoeligheid die hij in zichzelf zo verfoeit en die maakt dat hij het grootste deel van de dag lijdt aan de lichtgeraaktheid van het jongetje dat, in een gezelschap van volwassenen, te laat is opgebleven – de onschuldigste aanleiding kan hem doen uitbreken in tranen van verdriet of van verrukking. Hij vecht al tegen de ontroering wanneer hij zijn dochter alleen maar naar school ziet fietsen, met die veel te dikke tas vol boeken achterop.

Toen hij net met het voorlezen van David Copperfield was begonnen, riep ze regelmatig, met grote ogen van verbazing: hoe wéét die man dat allemaal?

– Omdat Charles Dickens het meeste hiervan zelf heeft meegemaakt, legde hij uit; het is autobiografisch, zo noem je dat, dit boek.

– Ja maar dat hij dat allemaal heeft onthouden! riep zijn dochter ongelovig; dat hij nog precies weet welke kleur rok ze toen aan had, Pegotty, en wat er bij zijn tante op de schoorsteen stond!

Aanvankelijk kende haar bewondering voor dit schrijverschap geen grenzen en gedurende de eerste hoofdstukken nam zij de bij tijd en wijle dreigende langdradigheid nog voor lief, maar gaandeweg begon haar aandacht te verslappen en hij kon het haar niet kwalijk nemen wanneer zij tijdens zijn voorlezen af en toe afwezig in een oude Donald Duck begon te bladeren.

Zelf las hij David Copperfield ook voor de eerste keer en daardoor kon hij bepaalde taaie stukken niet overslaan zonder het risico te lopen plotsklaps op een hem onbekende, maar kennelijk al eerder opgevoerde Broddles, Cruddles, Priddles of Traddles te stuiten.

Hij schreef heel veel voor de krant, Dickens, wist vader te vertellen. Een feuilleton, noemden ze dat. Daarom gingen zijn boeken soms een beetje langzaam, als al die afleveringen dan achter elkaar stonden.

– O ja, gaapt ze. Het lukt haar nog net de geeuw eruit te houden. Hij ziet de slaaptranen in haar dropzwarte ogen springen. Hoe lang las hij haar al voor? Minstens negen jaar. Ze passen eigenlijk niet meer in haar bed, met elkaar. Van De Koe die in het Water viel, Winnie de Poeh, Max und Moritz, Kruimeltje. Andersen, Grimm, Niels Holgersson, Kees de Jongen. Alle kinderboeken van Erich Kästner en Roald Dahl, losse Kronkels van Carmiggelt, sommige meesterwerken van Annie M.G. Schmidt driemaal. Om haar toch iedere avond te kunnen voorlezen heeft hij heel Alice in Wonderland eens op twee cassettes ingesproken toen hij voor een periode van een maand van huis moest.

Allemaal eigenbelang, want wanneer hij geen dochter gehad zou hebben, had hij per jaar hooguit tien boeken gelezen en nu waren het er wel een of twee per week; voorlezen heeft het grote voordeel dat je zelf tenminste nog eens wat leest, ook al begrenst de leeftijd van je gehoor het te kiezen genre. Alhoewel: je bent er zelf bij om moeilijke woorden te verklaren en her en der een loopplankje te leggen over anderszins lastig te nemen verhaalovergangen. Zo heeft zijn dochter van weinig boeken zo genoten als van Elschot's Villa des Roses, waar hij om twee redenen met haar aan was begonnen: ten eerste wilde hij het zelf voor de zoveelste maal lezen en ten tweede hoopte hij dat het afschrikwekkende voorbeeld van de onbetrouwbare Richard Grünewald en de zo tragisch uitpakkende goedgelovigheid van Louise, zijn dochter voor de rest van haar leven bij zouden blijven; zodat zij wat extra voorzichtigheid zou betrachten met de mannen die haar tot ver na het jaar 2000, wanneer zij pas zesentwintig jaar oud zal zijn, zullen proberen in te palmen.

Maar goed, zij leest dus liever helemaal zelf nu. Natuurlijk bezien is het onzin dat het hem moeite kost om hier vrede mee te hebben, maar toch heeft hij al een paar maal met een bête glimlach op de drempel van haar kamertje gestaan; de eerste keer met Oblomov van Gonstjarov, een week later met De Donkere Kamer van Damocles uitnodigend onder zijn arm.

Zijn dochter keek vergoelijkend op uit Het Leven Is Vurrukkulluk en vroeg of hij het niet erg vond dat zij liever alleen las. Nee hoor. Dan gaat vader toch zeker lekker zelf liggen lezen? Heerlijk! Maar wat?

Je ziet een auto rijden in een film en zijn wielen draaien achterstevoren, maar je doet je ogen even dicht, dan kijk je opnieuw en de boel is weer in orde.

Net zo kort, hevig en door wilskracht omkeerbaar zijn, op onvoorspelbare ogenblikken van overbewustzijn, de schichten van totaaltwijfel die meedogenloos door hem neer slaan; in heel zijn holle hopeloosheid gaapt het leven hem aan en het besef dat iedere ter lering of vermaak uitgevoerde handeling, ook de meest kunstige, in haar diepste wezen lachwekkend is van overbodigheid, beneemt hem tijdelijk de zinnen. Die alles en iedereen in zijn ijdelheid doorschouwende blik doet hem zelfs bewonderenswaardige bezigheden als drummen, voetballen en wielrennen plotseling ondergaan als beschamende vormen van aanstellerij; moet je hem nou met die stokken op die trommels zien slaan, dat stelletje daar zo hard mogelijk tegen die bal zien trappen en al die benen dom op die pedalen op en neer zien gaan!

Toen zijn dochter twee jaar oud was en een oorontsteking had – van de pijn kon zij niet slapen – snikte zij onafgebroken, een verschrikkelijk uur lang: Ik vind dit niet leuk, ik vind het niet leuk!

Het gaat óver meisje, het gaat wel weer over, fluisterde vader genezend, maar het kind liet zich niet met zijn kluitje troost in het riet sturen. Het staarde met van koorts dubbelgrote ogen in de hel van het hiernumaals en riep met haar verhoogde stemmetje: nee, néé! Het léven is niet leuk! En ook nog: ik wìl het leven helemaal niet!

Stil maar, stil maar, suste de vader geschrokken; stil maar. Het was een beangstigend staaltje van ouwelijke helderziendheid; gedachten die zij nog in geen twintig jaar behoorde te koesteren.

Sedertdien heeft hij in haar, goddank, niets meer bemerkt van die zijnssomberte, en ook zijn eigen bestaanswanhoop houdt hij aardig in de hand. Desalniettemin draaien de wielen steeds vaker andersom en raakt hij, vooral bij het lezen van moderne, een plakje van het hedendaagse leven verbeeldende romans, bevangen door een vreemde weerzin tegen de kinderachtigheid van het gekunstelde; een afschuw die hij, eigenaardig is dat, veel minder dan vroeger voelt wanneer hij poëzie leest.

Zodra hij zijn dochter niet meer voorlas probeerde hij, in bed, met goede gedichten zijn vrouw onder zijn gehoor te krijgen, maar die pogingen heeft hij gestaakt. Het overkwam hem zo dikwijls dat hij de stilte na zijn declameren van een gedicht uitlegde als haar zwijgen van ontroering om zoveel schoonheid om dan, opzij kijkend, te zien dat zij in slaap was gesukkeld – waarschijnlijk al ergens onder het tweede kwatrijn –, dat hij heeft besloten alleen zichzelf nog maar hardop voor te lezen. Dat bespaart hem ook die ondoenlijke keuze van de juiste dictie. Hij komt wel voortdurend dichter bij zijn ware stem, en wanneer hij ooit zijn kleinkinderen mag voorlezen zal dit geen probleem meer zijn omdat hij er tegen die tijd nog maar eentje over zal hebben, maar nu is het nog altijd zo dat hij hem voor ieder gedicht apart opzet. Dit is nog altijd zijn enig juiste, vanzelfsprekende stem voor 's zondags en doordeweeks niet.

De Basisschool houdt een Ouderavond om de vorderingen van de zevende- en achtsteklassertjes te bespreken en de juffrouw van zijn dochter heeft, per leerling, zeven minuten de tijd voor de ouders of voogden.

Hij arriveert aan de ruim te vroege kant, want hij is de hele dag bezig geweest met het leggen van de nieuwe, lichtgrijze vloerbedekking met roze strepen die zij voor haar kamertje heeft gekozen en daarna is hij in bad geweest om het bloed onder zijn nagels vandaan te borstelen en hij heeft zich extra goed geschoren en hij heeft een schoon overhemd aan en zelfs een dasje omgedaan, want die dingen tellen allemaal mee voor de score van haar Cito-toets.

Voorzichtig glimlachend – wie weet of hun kinderen niet toevallig bij die van hem in de klas zitten; met de vriendjes en vriendinnetjes ben je veel vertrouwder dan met de vaders en moeders die je in deze omvliegende zes jaar ten hoogste vier keer tegenkomt, als ze tenminste niet zijn gescheiden, wat ze in de regel doen als hun kind in de derde zit – dribbelt hij Goedenavond knikkend door de vreemd van kinderen verlaten gangen. Uit de lokalen klinkt bezorgd gemurmel.

Daar heb je plotseling de vent die zijn dochter toen zo schandalig aan haar lot heeft overgelaten, schrikt hij, en hij vlucht op goed geluk in de tekeningen aan de wand boven de vertederend laag hangende kapstokjes. Moet je die lul ook horen lopen, achter hem langs nu, met die patserige stappen. Alle tekeningen heten Lente. Monique, Dennis, Antoine, Minta, Babiche, nee: de naam van zijn dochter staat nergens onder. Dit is waarschijnlijk werk van een lagere klas; hoewel hij in geen maanden heeft gekeken naar haar tekenen, voelt hij dat zij al meer van De Lente zou maken dan hier te kijk hangt. Is hij al verdwenen, die vreselijke vader van hoe heet dat meisje ook alweer? Ja. Hij zal het lokaal van de vijfde zijn binnengegaan; de vroegere vijfde, die nu de zevende heet. Want heeft nog een zoontje.

Zijn eigen dochter zat in de derde, die nu de vijfde heet, drie jaar geleden, en ze zou bij die kerel uit logeren. Dat wilde al weken zeggen: zij zou daar gaan slapen, in een tent, in de tuin, de hele nacht, met haar vriendinnetje. Zij had vier dagen lang haar koffertje gepakt en weer uitgepakt en weer ingepakt, hoewel vader haar zou brengen met de auto. Zij had een zaklantaren en tien boeken bij zich.

Hoe was het? vroegen vader en moeder de volgende morgen in koor, en zij gingen er eens goed voor zitten. Die vader had haar voor hun deur afgezet en was meteen weer doorgereden. Hun dochter gooide haar koffertje in een hoek van de keuken, ging aan tafel zitten, en begon te huilen. Zij maakten warme melk, braken repen chocolade, namen haar om beurten op schoot, veegden natte haren uit haar ogen, snoten haar neusje en vroegen voorzichtig wat er dan gebeurd was. Nou zij had alleen in die tent moeten slapen, kwam er eindelijk uit. Waarom? Omdat zij hadden liggen keten, kwam het gesnikte antwoord. Keten? Ja. En die vader die was een paar keer komen zeggen dat ze stil moesten zijn en toen hadden ze nog een beetje door liggen kletsen en zo zacht mogelijk liggen keten en toen had die vader zijn dochter uit de tent gesleurd en die moest voor straf binnen verder slapen op haar eigen kamertje. Dus die vader van dat vriendinnetje die had haar alleen in de tuin in die tent laten liggen? Ja! De hele nacht? Ja! En aan het ontbijt had die vent niks gezegd en zij zelf ook niet, gedurfd niet. Hartstikke koud was het geweest, de hele nacht. Zij was nog uit de tent gegaan en aan hun keukendeur wezen vragen of zij niet ook binnen mocht slapen, maar alle lichten waren al uit geweest en naar huis teruglopen kon ook niet, want haar kleren lagen daarbinnen en zij was enkel maar in haar pyjamaatje, dus was zij maar weer terug in die tent gekropen.

– I will kill that bastard, zei hij toen tegen zijn vrouw, opdat zijn dochter het niet zou verstaan; maar dat is er dus nog steeds niet van gekomen.

– Ja, uw dochter, zegt de juffrouw; dat gaat eigenlijk best prima, over de hele linie. Vooral haar Nederlands is ontzettend goed.

Hij groeit een decimeter.

– Maar haar huiswerk is eerlijk gezegd nogal slordig.

– Dat gaat veranderen, belooft hij haastig; het was de laatste weken nogal een rommeltje op haar kamer, maar die ben ik momenteel aan het opknappen. Bijna laat hij de juffrouw zijn handen zien.

– En verder is ze soms een beetje afwezig, leest zij. Haar handschrift is een hele generatie jonger dan het zijne, ziet vader ondersteboven in haar klasseboekje. Dan vraagt zij: – Menstrueert ze eigenlijk al, uw dochter?

– Nee, bloost hij; niet dat ik weet.

Zij ziet hem voor de tweede maal na zijn binnenkomst recht in zijn gezicht en vraagt, verbaasd maar streng: – Weet u dat niet?

– Jawel, blaast hij achteloos; nog niet. Ze is het nog niet hoor. Nee, zeker weten.

– Dat zou mij anders niks verbazen, zucht de juffrouw; die meiden gaan zo verschrikkelijk hard tegenwoordig. Ik schat dat het hele stel nog voor de Pasen ongesteld is.

– Tssss, doet de vader. Hij mikt op de juiste mengverhouding tussen verbijstering en medeleven, maar hoort zijn stem als bewonderend overkomen. De bel gaat.

– Maar het is een leuke meid, besluit de juffrouw. En hij krijgt haar tussenrapport mee, en een hand.

– Ongesteld, scandeert hij verstolen, op weg naar huis; ongesteld.

Hij hoorde het woord voor het eerst toen hij, tien jaar oud, een weekend uit logeren was. De moeder van dat vriendje, die hij tot dan toe niet anders dan hartelijk en opgewekt had meegemaakt, deed die zaterdag ongekend snibbig en geprikkeld.

– Dat komt omdat ze ongesteld is, vergoelijkte zijn vriend 's nachts in bed; dan is er geen land met ze te bezeilen. En dat hij 's ochtends maar eens goed moest kijken, dan zou hij het wel zien.

– Waaraan dan? had hij gerild.

– Aan het verband, zei zijn vriend. Als ze ongesteld zijn dan hebben ze altijd een verband om hun enkel. Wist hij dat niet?

Oja op die manier. Natuurlijk wist hij dat en of hij soms dacht dat hij gek was. Wist hij dan ook hoe dat heette? Ja hoor, best wel: ongesteld.

– Nee, zei zijn vriend; Oma. Of Opoe. Je moet zeggen: die meid heeft Opoe. Of de vlag hangt uit, dat is ook goed. En tegen twaalven vertrouwde hij hem toe dat zijn vader altijd Ongesteld Maakt Onbemind zei.

Inderdaad verscheen die moeder de volgende morgen aan het ontbijt met een omzwachtelde enkel. Toen zij hem ernaar zag staren, vertelde ze dat haar voet gezwikt was bij het kolenscheppen; maar hij wist wel beter, van toen af aan.

Is dat zo? Heeft hij er ooit wel iets van hoeven of willen weten? Niets gemerkt aan zijn eigen moeder, vroeger. Hij werd godzijdank ook nooit om zo'n groot pak Nefa Damesverband naar de kruidenier gestuurd. Van die jongens had je. Die pakken pasten niet onder je jas, dus om zich een houding te geven balden ze er een beetje mee, op de terugweg. En later, als getrouwde mannen, vervielen zij gedurende een week per maand steeds opnieuw tot een staat van stumperigheid wanneer zij, hoe terloops ook maar, werden geconfronteerd met het wonder van de maandstonden hunner vrouwen.

Dat hij dit in zulke plechtige termen overdenkt, spruit voort uit schichtigheid, denkt hij er achteraan. Wanneer bloedt een man? Soms in geen jaren en al helemaal niet wanneer hij zich elektrisch scheert. En hoe vaak hebben zij zich al niet voorgenomen om de menstruatie van hun vrouwen in hun agenda's te noteren, zodat zij ruim tevoren weten wanneer zij haar thee op bed zouden moeten brengen, aangepaste grammofoonplaten moeten draaien en hun koppen moeten houden over hun eigen kleine pijntjes?

– O ik wil mij driemaal per dag scheren, met een

mesje en desnoods zonder schuim, enkel met koud water, wanneer mijn dochter de eerste jaren nog maar geen vrouw behoeft te worden! belooft de vader door zijn voorruit aan de avond. Maar wanneer hij tegen tienen thuiskomt, zit zijn vrouw te wachten aan de keukentafel, met een fles wijn. Zij schenkt twee rode glazen vol en tilt er eentje omhoog.

– Op onze dochter, zegt ze.

Meestal proost hij maar wat in het wilde weg, met een slordige, halfhartige armbeweging, maar nu heft hij geconcentreerd zijn glas en hij herhaalt: op onze dochter.

– Het is zover, zegt ze.

– Wat? vraagt hij. Maar hij weet het al en zet zijn glas weer neer.

– Ze is ongesteld geworden, zegt zijn vrouw. De blik waarmee zij hem nu aankijkt; die kende hij nog niet.

– Jezus, stamelt de vader. Ligt ze al in bed? vraagt hij, zo voorzichtig mogelijk.

– Ja. Ze had de hele week al buikpijn.

– Daar heb ik niks van gemerkt. Zal ik naar haar toe gaan?

– Doe maar niet. Ze is net rustig, nu. Ik heb haar een half pilletje van mij gegeven en we hebben heel lang gepraat.

– Nou ja meid, je moet maar zo denken, zegt hij. Meer weet hij niet. Jezus, zucht hij nog een keer. Dan trekt hij zijn gezinshoofd, pakt zijn agenda uit zijn jaszak en zet een kleine, eerbiedige o bij de datum van vandaag. Hij zet er een puntje achter, maar haar naam durft hij er niet bij te schrijven.

Zij zwijgen en drinken.

Hij ziet zijn vrouw aan. Haar ogen zouden zich nu langzaam moeten vullen met tranen van bitterheid, weemoed en geluk, terwijl op de gang vijftig violen aanzwellen, schrijft hij in gedachten. Alleen het gonzen van de verwarming. Zijn vrouw kijkt met droge, zachte ogen door hem heen. Hij hoopt dat zij ziet hoeveel hij van haar houdt.

Dan zegt ze: – En ze was zo bang voor haar nieuwe vloerbedekking, de schat.

Ze draait wel bij, denkt zijn vrouw. Maar hij kent zijn dochter. Nee dat kan wel een week of wat gaan duren.

Het allerergste vindt hij feitelijk dat hij niet weet of hij er verkeerd aan heeft gedaan. Je doet het op je gevoel, zoals hun hele opvoeding, maar misschien mankeert daar wat aan bij hem. Dat hij zonder het te weten in de war is, door wat er tegenwoordig allemaal gewoon is.

Hij heeft drie dochters, maar het gaat om de oudste. Die is dertien en heeft al borsten. Maar die had hij dus nog nooit gezien.

Zijn vrouw wel en die zei dat ze heel mooi zijn, dus dat moet hij dan maar aannemen en dat gelooft hij ook wel, want je hebt natuurlijk altijd bepaalde indicaties.

U moet geen verkeerde dingen van hem denken.

Hij is absoluut geen gluurder.

Hij gaat spontaan en open met al zijn dochters om en die weten dat hij bij voorbeeld in geen honderd jaar incest zou willen plegen. Hij wou alleen zo dolgraag een keer de borsten van zijn oudste dochter zien. Voor zijn trots. Om haar te bewonderen. Verder nergens voor.

Hij durfde het haar niet te vragen. Hij dacht ik krijg wel een keertje de kans.

Maar het lukte alsmaar niet.

'Even wachten!' riep ze, als hij aan haar kamerdeur klopte.

Daar zat volgens hem een onredelijkheid in. Als zijn oudste dochter met haar vriendinnen naar het strand ging, dan zonden zij topless. Hij juichte dat niet toe, maar hij begreep best dat die meisjes dat heel gewoon vinden. Ze zien toch niks anders, op de reclame en in de videoclips?

Nee als hij daar op tegen zou zijn dan zou hij tegen de moderne tijd zijn en daar is geen beginnen aan, dan werd hij gek.

Dus als zijn dochter zonder bovenstuk op het strand ligt, dan legt hij zich daar bij neer. Persoonlijk vindt hij dat een vrouw altijd iets moet blijven verhullen, maar het zijn tenslotte haar eigen borsten.

Alleen kan hij er potverjume niet tegen als hij eraan denkt dat op een zondagmiddag zeg maar zevenhonderd mannen mogen koekeloeren naar dezelfde borsten die haar eigen vader nog nooit te zien heeft gekregen! Moet hij haar soms achterna reizen? Hij kan toch moeilijk met een aangeplakte baard gaan lopen zoeken waar zijn dochter ergens ligt te pronken?

Nu is ze net weer met drie vriendinnen een week naar Texel geweest.

Vanmorgen waren de foto's klaar. Hij heeft ze voor haar opgehaald, want zij had school.

Aan de keukentafel is hij ze gaan zitten bekijken, hij geeft het eerlijk toe. Hij kon het niet houden. Zijn vrouw was niet thuis. Er zaten drie foto's van zijn dochter met haar blote borsten tussen.

Hij legde ze apart, naast elkaar en deed de rest terug in het envelopje. Ook de foto's van haar blote vriendinnen, want daar ging het hem geeneens om.

Hij stak een sigaret op en bekeek op zijn gemak zijn oudste dochter.

Zij had de mooiste borsten die hij nooit gezien had. Toen kwam zij binnen.

VIJF MODERNE MANNEN*

De Neuzer

De neuzer heeft voor alles een Neus. Hij maakt hier nauwelijks selectief gebruik van; hij volgt hem eenvoudig. De neuzer heeft een uitstekende neus voor andermans gezelligheid. Eindelijk zit u weer eens een avond gezellig met uw vrouw bij elkaar en daar gaat de bel. Het is de Neuzer. Ja, hij was hier toch in de buurt, beetje aan het rondneuzen en of hij misschien eerst even van de telefoon gebruik mag maken?

U wilt hem wijzen waar het toestel staat, maar hij heeft de hoorn al in de hand. Gewoon zijn neus achternagegaan. Als hij is uitgebeld ruikt hij even bezorgd aan uw plafond en vraagt of er soms iets aanbrandt, in de keuken. De neuzer heeft gelijk. Hij blijft meeëten.

Terwijl uw vrouw een extra couvert verzorgt, neust de neuzer snuivend rond in uw boeken, platen, planten en kranten. Ook ruikt hij even aan uw poes.

Na de maaltijd neemt de neuzer in de zitkamer naast de hem door u voorgestelde fauteuil op de grond plaats.

Terloops zal hij nog tweemaal aan de zitting ruiken, alsmede aan uw vaste vloerbedekking. Het is over drieën wanneer de neuzer besluit weer eens op huis aan te gaan, met de belofte dat hij snel weer eens zijn neus zal laten zien.

Buiten haalt hij een paar maal diep zijn neus op, ademt de nacht in en voorspelt onweer.

* Vrij naar Canetti.

De Weggetjesweter

De weggetjesweter kent 2001 manieren om produkten goedkoper te verkrijgen, vlekken te verwijderen, procedures te versnellen en afstanden te verkorten. Trots toont u hem een recent aangeschaft weelde-artikel. Prompt wordt de weggetjesweter één grote Frons. Wantrouwig vraagt hij naar de door u betaalde prijs. Ai, waarom heeft u hem niet even gebeld? Want de weggetjesweter weet hetzelfde artikel, via via, maar mondje dicht, half zo duur te krijgen!

Maar nu moet hij weg, naar Amersfoort. Dan rijdt hij binnendoor, over Ruurlo. Tankt hij tevens even vol, aan een geheime Witte Pomp. Gisteren stonden ze daar nog te fotograferen, Rijkspolitie, in zo'n busje, maar mooi dat ze hem nooit vangen: hij heeft nagellak over zijn nummerbord gestreken en dat geeft witte strepen op hun foto's. Wist u dat niet? De weggetjesweter rijdt zodoende al negen jaar zonder Rijbewijs en Wegenbelasting. Wat heeft u voor camera? Die van hem soms kopen? Of die van u verkopen? U zegt het maar hoor. En anders kunt u hem altijd even bellen, op de zaak.

Tijdens de bezetting heult de weggetjesweter met de vijand, wat na de oorlog niet bewezen kan worden.

Een goede weggetjesweter leeft tweemaal zo goedkoop en zesmaal zo ingewikkeld als zijn gemiddelde medemens.

En niemand weet hoe hij aan dat lintje is gekomen.

De Grieper

De grieper is naar eigen zeggen altijd Ziek of nog lang

niet beter of net weer ziek. Dat komt doordat het overal tocht, of te vochtig, of te droog is. Bovendien steken alle mensen hem aan. En het voedsel is nooit in orde, nergens. Het vlees is te rood of te doorbakken, de groente te vers of te belegen, de melk is zuur en de aardappels zijn aangebrand.

De grieper is nog niet binnen of hij vraagt al om een aspirientje en een kopje bouillon. In de bioscoop en in de schouwburg moet de grieper altijd aan het middenpad zitten, zodat hij makkelijk kan overgeven. In de trein vraagt hij of het raampje en in het vliegtuig of het gordijntje dicht kan.

De grieper is ervan overtuigd dat het allemaal door de atoombom komt. Hij heeft hier ook al menige ingezonden brief tegen geschreven, alsook tegen de steeds toenemende hondepoep en dat de haltes van lijn negentien niet kloppen.

Gezeten voor een klein aquarium vol bleke vissen, met zijn voeten in een teiltje warm water, luistert de grieper naar operetteplaten. Met de gordijnen dicht, zodat hij mistroostig kan volhouden dat het buiten aan één stuk door regent. Geen dokter heeft bij de grieper ooit enige vorm van ziekte kunnen constateren.

De Hurker

Geen gelegenheid om door zijn knieën te zakken zal de hurker voorbij laten gaan. Vanzelfsprekend hurkt de hurker neer bij ieder kind en dier dat zijn pad kruist. Al doende drukt hij met zijn hurken belangstelling uit voor al wat leeft. Maar ook bij het levenloze object hurkt de hurker met graagte ter neder. Mankeert er bij voorbeeld iets aan het gasfornuis van uw vrouw of aan enig ander parterre geplaatst voorwerp – niet zodra heeft de hurker lucht van het mankement gekregen of daar hurkt hij reeds naderbij. Niemand kan meubelen en apparatuur zó van onderen bezien als onze hurker. Het kleinste gaatje in de uitlaat van uw wagen wordt door de hurker in één gehurkte oogopslag gelokaliseerd. Niemand heeft de tientallen mierenpaden rond de termietenbehuizing eerder in kaart gebracht dan de hurker. Tussen duizenden uniforme schelpen ontwaart de hurker ogenblikkelijk dat ene exotische unieke exemplaar.

Weer thuis, na de strandwandeling, als er soep is, zal de hurker beurtelings naast elke gestoelde dame op de grond neerhurken en haar tot nooit vermoede hartluchtingen verleiden. De hurker kan namelijk luisteren als de beste. Eigenlijk verzoekt de hurker, maar dan nooit met zoveel woorden, een ieder naast wie hij neerhurkt om hem eindelijk eens voor altijd overeind te helpen.

De Fluiter

Wanneer er tussen twee of meer personen in een ruimte niets gezegd wordt, voelt de fluiter zich onbehaaglijk.

Daar hij op zulke ogenblikken zelf niets weet te zeggen, neemt hij zijn toevlucht tot fluiten.

Hij tuit zijn lippen en laat zijn fluitje uit.

Dit is altijd een onbeduidend riedeltje; het dient slechts tot het verbreken der stilte. Een fluitje van een cent.

Zelden fluit de fluiter een herkenbare melodie; hij wil de aanwezigen niet overtuigen van zijn muzikaliteit, maar van zijn betrokkenheid bij het gezelschap.

Ik ben er nog, fluit de fluiter steeds opnieuw. En ik ben ontspannen, hoor maar, want ik fluit. En hij fluit een opgewekte flutstrofe.

Zo heeft de fluiter ook een somber, een verrast, een medelijdend en een gefeliciteerd fluitje in huis. De fluiter fluit bovendien bij het opstaan en zittengaan, bij het openen en sluiten van deuren, bij verwelkomen en afscheidnemen en bij regen of zonneschijn.

Maar altijd fluit de fluiter Alsof, zonder zelf te merken dat hij fluit.

De fluiter kan namelijk niet fluiten.

Wij hadden ski's gehuurd en schoenen, en een appartement besproken.

Sneeuwkettingen gekocht, een route uitgestippeld en ons ruim voorzien van drie vreemde valuta's.

Wij hadden broodjes gesmeerd, een thermoskan koffie gevuld en, om minder bagage te hebben, onze skipakken vast aangetrokken.

U gniffelt, want u heeft het al in de krant gelezen: twaalf uur later bereikten achthonderdduizend Nederlanders de lentegroene Alpen. Geen vlok te zien.

De weerman en de juffrouw van de ANWB hadden ons al bedenkelijk toegesproken en bij het benzinestation aan de Zwitsers-Franse grens wilde de pompbediende ons spottend een bus spuitsneeuw aansmeren, maar wij wilden onze ogen niet geloven.

De eerste drie dagen dreigden wij dat wij alles weer zouden inpakken en morgen vertrekken, als het niet snel begon te sneeuwen. Ook berekenden wij op onze zakjapanner wat een annuleringsverzekering ons zou hebben gekost en wat wij wel niet voor leuke dingen in Nederland hadden kunnen doen. Vriendelijk knikkende autochtonen werden niet teruggegroet. Verbeten zonnebadend op ons balkonnetje, sloegen wij om de minuut onze ogen op om de staalblauwe hemel af te speuren naar ook maar het geringste wolkje waaruit, zo verzekerden wij elkaar om het hardst, de komende nacht een meters dik pak sneeuw zou gaan vallen.

Toen de thermometer op de middag van de tweede

kerstdag drieëntwintig graden aanwees, sloeg onze hoop om in vertwijfeling, die in de laatste week van 1988 wegebde en plaats maakte voor een giechelig soort aanvaarding.

Alleen al in ons dorpje kwamen tienduizend Fransen, Duitsers, Engelsen, Belgen en Nederlanders tot de bevrijdende ontdekking dat niet skiën veel leuker, veiliger, rustgevender en goedkoper is dan wel.

Wij ontwikkelden een geheel nieuwe vakantielijn!

Bij het Bureau du Tourisme, dat afficheerde waar in de almaar wijder wordende omtrek nog een piste open was, verdrongen zich elke dag minder geïnteresseerden.

De schaarse nieuwkomers die, met hun autodak vol lange latten, ons dommelende dorpje binnenkletterden, verwezen wij verder; richting Finland.

Nu vormde zich een internationaal ploegje prima vaders, dat iedere middag in het café-tabac bij elkaar kwam om, rond een teil Glühwein, het wereldvoetbalelftal samen te stellen. Ik was ook van de partij.

Wij zouden veranderen en voorgoed: de laatste restjes naijver en status smolten als sneeuw voor de zon.

Eindelijk waren wij allemaal gelijk, in de schaarse kleren die wij avant of après-ski hadden willen dragen maar die wij nu de hele dag au lieu du ski aan hadden en waaraan niet langer viel af te lezen of wij voorgaven de zwarte, de rode of de blauwe afdaling aan te kunnen.

Ik maakte nieuwe, internationale vrienden; sommigen zelfs in korte broek.

Om wat gezondheid te snuiven gingen wij elke middag om vier uur, direct vanuit het café, met zijn allen naar boven, in de enige nog werkende télécabine; niks bij ons, handen in de zakken, na u, nee na u, u was eerst. Vervolgens deden wij geen vijf razende, levensgevaarlijke minuten over de afdaling, maar twee onvergetelijke uren.

Wij stonden vaak stil en dachten veel na.

Soms gingen we zomaar ineens op grote, zachte stenen zitten. Ik heb nog een boer geholpen, met het verschuiven van wat schoven.

Tientallen huwelijken zijn daar gered. Iedereen had weer eens tijd om alles bij, uit en weer goed te praten. Glunderende grootouders wandelden hand in hand met kleinkinderen die zij, had er sneeuw gelegen, hooguit drie keer hadden zien langssuizen. Ik heb een vrouw gezien die, midden in een bergweitje, haar man leerde breien. Jongens en meisjes die elkander de tekst en melodie van hun volksliederen bijbrachten. Honderden gezinnen hervonden zich rond de tafel, in de spelletjes die de librairie al dertig jaar in voorraad had.

Er hoefden geen kapitalen aan peperdure skipassen te worden besteed en de vrijgevigheid vierde hoogtij. Sigaren, wijn, elkanders kranten!

Steeds roerender werden wij het eens in alle talen. Smeltende poolkappen, zure sneeuw, het gat in de ozonlaag, glasnost – nee, dat werd nooit meer wat, met die wintersportvakanties. Niet dat dit ons ene moer kon schelen, want geen van ons bezat nog ski's. Die hadden wij, ter verwelkoming van 1989, allemaal op een grote hoop gegooid.

Tot over de Alpen was ons vreugdevuur te zien.

'Het is een samenloop van omstandigheden, een zich toevallig kruisen van ontwikkelingslijnen, waardoor onze lineaire geschiedenis bepaalde snijpunten oplevert waar vanaf in retrospectief goed valt waar te nemen waarom bij voorbeeld het ene decennium uit onze twintigste eeuw in modieuze, muzikale en melancholische zin met zekere tussenpozen wordt herbeleefd; terwijl van een ander tiental jaren, dat in principe misschien even interessant was, de recycling eenvoudig niet eens wordt overwogen!'

Allois Parafnac (58), de beroemde franse cultuurfilosoof, is op bezoek in Amsterdam, om zijn elfde en jongste boek te presenteren (Le Monde Inconnu des Chiffres de l'Ame) en en passant de nieuwe sintelbaan van het Maison Descartes te openen.

Omdat de bar wordt bevolkt door een al te luidruchtige amerikaanse popgroep, praat ik met hem op de stijlvolle en aangenaam koele herentoiletten van het Amstel Hotel.

Parafnac is een geboren ratelaar, maar demonstreert desondanks de bepaald onfranse beleefdheid om regelmatig even te pauzeren, totdat ik geestelijk weer bij hem in de pas loop.

Ik hang aan zijn smalle lippen, want de theorieën van de bebrilde en gepijpte franse denker zijn ronduit fascinerend.

'Ik heb mij van jongs af aan beziggehouden met kabbalistiek en numerologie,' verklaart Parafnac; 'maar wat mij in die getallenleer steeds meer begon te irriteren, was die mystificering, dat metafysische, het extraterrestrale, de fantasmagorische kant van de zaak, die lijnrecht in tegenspraak is met het klinisch concretisme van de cijfers als zodanig.'

'U ontkent dus de magie die getallen kunnen hebben?' probeer ik voorzichtig. Rookte ik zelf ook maar een pijp, dan zou dit gesprek mij een stuk makkelijker afgaan. Het leek mij een hele zinnige vraag, maar de 'histopsychocologiste', zoals hij zichzelf omschrijft, schudt afkeurend zijn kale hoofd.

'Integendeel,' corrigeert hij; 'in cijfers en getallen schuilt veel meer magie dan wij ons tot op heden realiseerden, maar dit betoverend vermogen is stukken aardser en persoonlijker dan altijd werd verondersteld. Wat was bij voorbeeld uw eerste huisnummer?'

De directheid van zijn vraag overvalt mij, maar toch geef ik hem onmiddellijk antwoord, zonder na te denken. 'Honderdvierenzeventig,' zeg ik in het frans.

'Voilà!' roept Parafnac; 'de directheid van mijn vraag overviel u, maar toch gaf u mij onmiddellijk antwoord, zonder na te denken! 'Honderdvierenzeventig' zei u, in het frans. En nu hebben wichelaars en kabbalisten eeuwenlang de idee aangehangen dat dat huisnummer van u een magische meerwaarde had. Door de afzonderlijke cijfers op te tellen komen wij in uw geval immers uit op twaalf en dat getal zou dan weer een geheime boodschap bevatten of een voorspellende vingerwijzing inhouden.'

'En dat is dus onzin?' begrijp ik.

'Het is een opvatting,' verbetert Parafnac mij; 'en ik wil geen enkele cijfermatige interpretatie diskwalificeren, maar vraag mij alleen hardop af of er, behalve deze vaak goochelkunstige en getalsmatige diepteduiding, niet ook zoiets als een platte en oppervlakkige betovering door cijfers bestaat; een zeker magnetisme van de getallen die in onze jeugd grote indruk op ons hebben gemaakt of waarmee wij in later jaren meermalen zijn geconfronteerd; getallen waarmee wij nog altijd een diepe, emotionele, vaak onbewuste verbondenheid gevoelen. Onze eerste huisnummers, het kenteken van uw vaders auto, de schoenmaat, het telefoonnummer van ons eerste vriendinnetje en ga zo maar door! Ik zeg in mijn boek niet dat wij de gevangenen van deze getallen zijn; ik lever slechts het bewijs dat er redenen zijn om aan te nemen dat wij ons bij allerhande keuzes onbewust laten leiden door deze zielecijfers en hartsgetallen, zoals ik ze genoemd heb. Bij het spelen in de toto, in de lotto of in de lucky ten, gaf driekwart van de door mij ondervraagde personen toe dat zij, indien mogelijk, eerder een 'vertrouwd' dan een willekeurig getal aankruisen. Aan cijfers en getallen die emotioneel deel uitmaken van de persoonsgeschiedenis wordt instinctief een groter geluksbrengend vermogen toegekend. En het is mijn stellige overtuiging dat, ten gevolge van de komst van de digitalisering en de filevorming, de jaren dertig, veertig en vijftig veel intensiever zijn herbeleefd dan de jaren zestig, zeventig en tachtig.'

'Kunt u dat wat nader uitleggen?' vraag ik ademloos.

'De verschijning van het digitale cijferklokje,' verklaart Parafnac geduldig, 'viel samen met de opkomst van de file in het autoverkeer. Elke avond tussen vijf en acht uur in de file zittend, worden honderdduizenden automobilisten dagelijks geconfronteerd met de jaartallen 1700 tot en met 2000, zoals deze staan te lezen op hun digitale dashboardklokjes. Thuis stelt moeder de vrouw intussen dezelfde uren op haar oven in, om de avondschotel op tijd gaar te doen zijn. En aangezien de westerse mens tussen zeven en acht uur 's avonds, ook ten gevolge van de moderne vermoeidheid, extra receptief is voor indrukken en herinneringen, dwaalt men eerder met zijn gedachten weg en vertoeft men langer in een jaartal als 1948 dan, ik noem maar iets, 1971 – een tijd die de digitale klok immers nooit zal aangeven. Nee, ik ben er heilig van overtuigd dat het concrete bewustzijn en de uitstraling van bepaalde jaartallen sinds 1959 op een al te laag pitje heeft gesudderd en dat onze levensjaren pas vanaf 2000 hun emotionele meerdimensionaliteit zullen herkrijgen; omdat het nu eenmaal wel drie, vier of vijf over acht kan zijn, maar negentien uur drieënzestig, vierenzestig en vijfenzestig nooit als zodanig zichtbaar zijn geweest.'

'Wilt u zover gaan te stellen dat er een hoop menselijke pijn en geestelijke armoede voorkomen hadden kunnen worden wanneer onze tijdklok gedecimaliseerd zou zijn geweest, in plaats van door zestig gedeeld?' vraag ik Allois Parafnac. Ik schrik er zelf van. Was dit geen verschrikkelijk stomme vraag?

Maar de populaire geleerde zwijgt verrast en kijkt mij peinzend aan.

'Een ogenblikje,' zegt hij vervolgens. Dan draait hij zich om en verdwijnt in een van de toiletten. Ik hoor hoe hij het haakje op de deur doet en mijn gedachte begint uit te werken. Dat wordt dan zijn twaalfde boek.

Het was een Scheveningse zomeravond in negentienvijf- of zesenvijftig. De door de wol geverfde en door het leven getekende trombonist leunde tegen de buitenmuur van Dancing Mont d'Or en rookte tussen twee sets even snel een sigaretje. Toen hoorde ik hem zeggen, tot zijn maat de pianist: 'Dat wijf heeft een trut als een trompet jongen!'

'Zonder dollen?' vroeg de pianist.

'Ik mag blind worden,' bezwoer de trombonist.

Ik deed alsof ik doende was de losgedanste veters van mijn suède schoenen opnieuw te strikken en begreep maar half waar zij het over hadden. Pas toen ik in het ochtendgloren naar huis fietste, daagde mij de ware diepte van dat platte zinnetje. Ik bevroedde natuurlijk wel dat trut in muzikantentaal vrouwelijk schaamdeel betekende, maar ik viel bijna van mijn fiets van de opwinding en de glorende geilheid toen ik bedacht dat met 'als een trompet' niet de maat van het mondstuk, maar die van de beker werd bedoeld! Dus de jongens van een band, die nota bene elkaar al hadden, hadden ook nog eens een keertje alle meisjes, met trutten als trompetten!

O, lid te zijn van een trio of kwartet, een kwintet of een sextet! Een sep- of octet leek mij iets te groot. Dat zou maar ruzie geven door te weinig meisjes. Enfin: als ik eerst maar eenmaal een instrument bespeelde!

Drie maanden lang ging ik, twee avonden per week, naar gitaarles. Fietsen naar muziekschool Zwaag in het Westeinde, met mijn gitaar, gewikkeld in een deken, op de bagagedrager. Maar ik begreep de noten niet. Ik had te korte vingers. Ik kon niet tellen en had geen geld voor een waterdichte hoes. Op een avond werd de hals van mijn instrument, bij het licht van een knipperbol, door een passerende bromfietser van de romp gescheiden en dat betekende het einde van mijn muzikantenloopbaan.

Het liefst was ik een matig trombonist geworden, al begreep ik zelf niet waar die voorkeur voor de melancholisch erotische toon van de schuiftrompet vandaan kwam – totdat ik hoorde wat de Fransman bedoelt als hij het over 'tromboner' heeft. Nu leek mijn wensdroom Freudiaans verklaard. Was het jarenlang draaien van tromboneplaten in wezen een gesublimeerd terugverlangen naar de weergaloosheid van die puberale zomeravond?

De trombonisten Al Grey en J.J. Johnson maakten in 1983, in de Newyorkse RCA-studio, een plaat die in 1984 uitkwam op het Pablo-label, onder de titel: 'Things Are Getting Better All The Time'. Ik kwam hem in 1985 tegen in een tweedehandsplatenwinkel, beluisterde na thuiskomst tevreden meepommend het titelnummer (van Cannonball Adderley) op kant B, zette daarna mijn nieuwe aanschaf zolang weg en draaide de andere plaatkant pas vorige week voor het eerst.

Heuse vonken vlogen er nergens van af en de titel slaat zo te horen op andere dan muzikale Things. Het is eigenlijk een ontzettend slappe, ongeïnspireerde elpee en bij mijn eerstvolgende kamerschoning belandt hij op de stapel voor de tweedehandsplatenwinkel.

Niet dezelfde platenzaak natuurlijk, maar een andere; een hele moderne, waar ze ook al tweedehands CD's verkopen.

Alleen in het vierde nummer van kant A, het aloude 'It's Only A Paper Moon', gebeurt er iets leuks: er gaat wat fout. Niks ernstigs en je hoort bassist Ray Brown, pianist Kenny Barron en drummer Mickey Roker ook onbekommerd doorhengsten, maar trombonist Al Grey, die hier met een demper speelt, glijdt even uit; in een zeker loopje breekt er plotseling een noot waardoor hij een onbedoelde terts zakt. Dan doet hij iets heel brutaals: hij pauzeert een halve maat en dan blaast hij diezelfde fout nog een keer, waarmee hij de luisteraar wil wijsmaken dat dit geen embouchure-ongelukje was, maar juist de bedoeling!

Ik herken dat maskeren van het kleine falen maar al te goed, want ik heb er zelf een grote bedrevenheid in ontwikkeld. Ik loop bij voorbeeld door een winkelpromenade en daar steekt een halflosse tegel boven het trottoir uit en daar struikel ik dan over. Om nu de indruk weg te nemen dat ik zojuist bijna op mijn bek viel, schakel ik, gehaast kijkend, onmiddellijk over in een looppasje, waarbij ik bezorgd mijn horloge raadpleeg. Struikelhul, zou ik die verbloemende pose willen noemen en het tot nu toe grofste staaltje van dit jaar leverde ik in het Zeeuwse dorpje Tholen.

Ik zou hier om 20.15 uur voorlezen uit eigen werk en ik arriveerde tegen zessen, om wat lokale sfeer te proeven. Wat een prachtig, onbedorven dorpje! Vierhonderd jaar oude lantarenpalen, liefdevol gerestaureerde geveltjes, blinkend geboende stoepen, welgeteld één stoplicht en nergens een winkelpromenade. Overal nog de oorspronkelijke kinderhoofdjes, zodat ik al een stuk of vier verhullende looppasjes had moeten maken alvorens ik, in een Botermarkt geheten straatje van Vermeer, op een pand stuitte dat zich, door middel van een smeedijzeren uithangbord, afficheerde als 'De Kogge'.

Dat komt goed uit, dacht ik, want Kogge rijmt op erwtensoep met rogge en daar heb ik nu net een verschrikkelijke trek in!

Door de vitrage achter de metershoge ramen zag ik twee wit gedekte tafeltjes staan, voorzien van kandelaars met brandende kaarsen en kunstig gevouwen servetten. Ha, wat zag dat er smakelijk uit! Ik duwde de monumentale voordeur open, liep een acht meter lange gang door, betrad het restaurantgedeelte en ging zitten. Er was niemand. Ik pakte een servet, vouwde het uit, drapeerde het feestelijk in mijn schoot en wachtte. Er hingen twee prachtige zeegezichten aan de wand. En wat een schitterend Perzisch kleed lag er hier! Restaurantjes van deze intimiteit en verfijning kwam je in de randstad nog maar zelden tegen.

– Ober! riep ik, zo hartelijk mogelijk; Ohober!

Toen er na een minuutje nog steeds niemand was verschenen om mijn bestelling op te nemen, legde ik mijn servet terug op tafel en kwam ik weer overeind. De ruimte was L-vormig en ik zat in de korte poot, zodat ik om de hoek moest kijken waar het bedienend personeel uithing. Ik zag een plastic kinderfietsje, een lege box vol speelgoed, een wand met boeken, een driezitsbank waarvan de rugleuning was behangen met sokken en ondergoed en nog duurde het wel tien seconden voordat de waarheid tot mij doordrong: dit was een woonkamer! De mensen pasten zich hier stijlvol aan bij hun monumentenpandje en dineerden iedere avond op deze gesoigneerde manier en ik was aan hun tafel gaan zitten en had Ohober geroepen!

Ik maakte mij zo klein als ik maar kon, probeerde mijn servet terug te vouwen tot de oorspronkelijke kaboutermuts en zo geluidloos mogelijk vluchtte ik terug naar de gang. Daar stond een deur open en keek ik een slaapkamer binnen. Nu vielen mij ook die twee racefietsen op. Biddend dat mijn braak onopgemerkt zou blijven, schuifelde ik langs de wand in de richting van de verlossende straat. Intussen wijdde ik studeerderige blikken aan de muur om, wanneer ik met een bewoner geconfronteerd zou worden, onmiddellijk van wal te kunnen steken over mijn belangstelling voor oudzeeuws behang. Struikelhul.

Met een rammelende maag meldde ik mij om half zeven aan de entree van Theater De Meulvliet. Drie brede, dubbele glazen deuren en pas de derde die u probeert blijkt zich automatisch te openen. Laten we hopen dat het bij een bult blijft.

Er was alleen nog maar een juffrouw van het buffet aanwezig; zo fris en vrolijk als je van een Zeeuws meisje mag verwachten. Ik vroeg haar naar de kleedkamer en zij bracht mij erheen.

– En het toilet? wilde ik weten.

Tja, dan moest ik weer helemaal terug. Bij de ingang was dat. Maar weet u wat? U kunt voor vanavond het toilet voor rolstoelrijders wel gebruiken. Dat is hier, naast uw kleedkamer.

Fijn Zeeuws meisje, dank je wel. Graag gedaan mijnheer. U vindt het verder wel? Ik moet voor vierhonderd mensen koffie gaan zetten. Ja natuurlijk, nee geen probleem.

Ik scharrel wat rond in mijn kleedkamer, pak mijn koffertje uit, leg mijn tandenborstel keurig recht op de wastafel, hang mijn jasje aan de deur en moet plotseling nodig poepen. Zeker nog van gisteren.

Ik ga het invalidentoilet binnen, doe de deur dicht en strijk met mijn rechterhand over de tegelwand, op zoek naar het licht. Ik ben nog van de generatie die opgroeide in wc's waarvan het lichtknopje rechts op de muur zat, meteen na binnentreden, op een hoogte van één meter en tweeënzestig centimeter.* Daar valt tegenwoordig geen peil meer op te trekken, zeker niet in moderne rijksgebouwen en in culturele centra. Ook hier weer niet. De linkerwand dan misschien? Nee. Dan doe je de deur weer open, je laat buitenlicht binnenvallen en je speurt alle wanden af. Geen knopje te zien. Als het een heel rijtje wc's betreft, wil het licht wel eens buiten zitten, op het zuinige strookje halve tegeltjes tussen de toiletten. Juist! denk je geïrriteerd en je geeft zo'n knop een klap, maar het blijft donker in jouw hokje. 'Dank u wel!' roept er iemand vanaf het toilet naast het uwe, maar die situatie deed zich hier niet voor, want ik was alleen. Hoopvol schoof ik het haakje van de deur wat heen en weer en ik kwam ook nog op het idee de bril een paar keer op

* Zie ook 'Dwaallicht', in *Koot droomt zich af,* Amsterdam 1977.

en neer te klappen, maar niets hielp. Dan maar in het donker. Ik maakte mijn riem los, stroopte mijn broek af tot onder mijn knieën en zeeg neer op de bril voor rolstoelrijders.

Met mijn beide armen testte ik de mat in het donker glanzende metalen hulpsteunen op hun stevigheid, kreunde tevreden en nam mijn vaste, ontlastende positie in: de ellebogen op mijn knieën en mijn handen bij wijze van boegspriet gevouwen.

Na een half minuutje waren mijn ogen gewend aan het duister en raad eens wat ze nu weer hadden verzonnen? Hier was de lichtknop aangebracht op tien centimeter boven de plint!

Ik lichtte dus mijn billen, bukte voorover en drukte. Niets. Dan moet de lamp stuk zijn, dacht ik. Dus was al mijn gezoek van meet af aan verspilde moeite. Even denken hoor, nu even concentreren. Zal ik daar straks mee beginnen, met dat begrip struikelhul; of de zaal dat ook heeft?

Maar verder kom ik niet, want mijn toilet zwaait open en ik zit in het volle licht!

Het is het meisje van het buffet, dat paf in de deuropening staat.

– Had u gebeld meneer? vraagt ze angstig.

Eerst ben ik sprakeloos. Dan plooi ik mijn gezicht in een keiharde struikelhul en zeg ik:

– Jazeker meisje. Ik wou in de pauze graag een whisky.

'Alle boeken die jij dit jaar hebt gekocht zullen voor 2000 zijn verpulverd, wist je dat? Pak jij over tien jaar Hugo Claus nog eens uit de kast, stuift het Verdriet van België door de kamer en hou je alleen de band in je hand. Dat komt door de kwaliteit van het hedendaagse papier, die niet meer is wat zij nooit geweest schijnt te zijn.

Met het thermische papier uit je printer is het nog veel linker: dat lost in vijf jaar tijd op in het niets, las ik nog net net nog ergens!

Dus de vellen die je wilt bewaren moet je onmiddellijk kopiëren op niet-thermisch papier en je moet jezelf aanwennen om al die duplicaten met geregelde tussenpozen te vermenigvuldigen, anders ben jij straks de lul.

Ik wil je natuurlijk niet ongerust maken en daarom zal ik maar niks zeggen over je kostbare videocassettes. Je weet toch dat die zichzelf uitwissen, op den duur? Het medium bestaat uiteindelijk nog maar zo kort, dat we eenvoudig nog niet empirisch hebben kunnen vaststellen hoe lang zo'n tape zijn beeld bewaart. Uit recent radiologisch onderzoek blijkt nu dat jij vanaf 1993, wanneer je bij voorbeeld *Dokter Zjivago* afdraait, alleen nog sneeuw te zien krijgt.

Nu wil ik hier niet de onheilsprofeet uithangen en daarom zal ik het maar niet hebben over de houdbaarheid van onze kleding – synthetische stoffen als nylon, viscose en trivyl wordt, volgens de laatste prognoses, een duurzaamheid van ten hoogste vijftien jaar voorspeld! Alleen in weefsels van honderdvijftig procent wol, zuivere angora, ongeruwde katoen of Mechelse Kant ontloop je, tenminste tot 2004, het risico dat jij op een kwade dag plotseling naakt over straat gaat!

Om kort te gaan: ik ben absoluut geen doemdenker, maar als jij het komende weekend niet alle voor 1984 opgenomen geluidscassettes als de wiedeweerga kopieert, zit jij straks met enkel ruis, op je walkman.

Dus als ik met mijn PC werk, dan seef ik om het kwartier wat ik tot dan toe heb gedaan op een tweede floppy en die kopieer ik op een derde schijfje, voor de zekerheid. Ik heb al mijn floppies dus driedubbel en die bewaar ik in drie verschillende metalen dozen. In drie verschillende kamers natuurlijk, tegen brand of een aanval met kernwapens.

Foto's idem duplo. Van al mijn kiekjes heb ik extra exemplaren laten afdrukken. Ik heb nu twaalf complete contra-albums. Maar dan hou je het probleem van je negatieven, want dat zijn allemaal unica. Gelukkig is er nu ook een adres waar je je negatieven kunt laten dubbelen, dus dat zal ik je zo even geven. Ik zou het zelf wel kunnen doen, maar dan moet ik de hele donkere kamer weer inrichten en daar slapen de kleine meiden dus tegenwoordig.

Maar op geluidsgebied hou ik alles van a tot z in eigen hand. Dus ik heb al mijn platen op band gezet en die banden heb ik gekopieerd op cassettes. En die cassettes natuurlijk gedupliceerd en die gaan straks op CD-schijfjes.

Mijn verzekeringspapieren, hypotheektoestanden, ziektepolissen, autopapieren – alles heb ik in duplo, het meeste in triplo.

In quaplo zou natuurlijk het seefste wezen.

Er komt eigenlijk niks bij ons in huis waar ik niet meteen een tweede exemplaar van maak. Daarom heb ik ook van geen apparaat zoveel plezier als van onze kopieermachine. Daar heb ik er twee van, want in het begin had ik er nog maar eentje en die viel een keer uit zeg! Ik dacht dat ik gek werd.

Op vakantie neem ik alle papieren altijd mee, dat wil zeggen de kopieën. De originelen gaan op een geheim adres, in twee kluizen.

Nou waren wij de vorige zomer op reis met een bevriend echtpaar, in de buurt van Baden-Baden. De kosten deelden we sam-sam. Onze tweelingen zaten achterin, met een zak tum-tum, waar ze alle vier nog vreselijk van aan de beri-beri zijn gegaan, maar dat doet er nou niet toe.

Maar die hadden dus op een gegeven moment de tolkaart kwijt gemaakt!

Ik dacht dat zal mij niet nog eens overkomen, dus koppie-koppie gebruikt en nu gaat de kleinste kopieermachine mee, in de caravan. Trek ik van alle papieren onderweg meteen een kopietje. Campingnota's, benzinebonnen, restaurantrekeningen – gaat allemaal huppekee in de copier.

Ik zal je zometeen even aan mijn nieuwe vlam voorstellen. Ze is even haar neus poederen. Moet je maar eens goed opletten: ze is natuurlijk tien jaar jonger, maar als twee druppels water mijn vrouw!'

Hier is de suiker, zeggen wij wanneer wij, na even aan de telefoon te hebben moeten wezen, terugkeren in de tuin waar wij voor het te verwachten bezoek alvast acht theekommen hebben klaargezet. Suiker heb ik er al in gedaan hoor, zegt onze zorgzaamste vriendin. Waarin? willen wij weten: in welke koppen? Want wij gebruiken zelf geen suiker meer. In alle koppen, wijst zij trots en ziet ons stralend aan. Ik moet nog even iemand bellen, zeggen wij en binnen roepen wij hardop Trut tegen de koelkast. Wij spreken, achter onze handen en op fluistertoon, de laatste tijd steeds meer vrienden en kennissen die alsmaar kregeler worden, van haar. Maar de schat bedoelt het zo goed, werpen onze vrouwen dan tegen. Gisteren nog: ben ik bezig met de bedden verschonen, komt ze toevallig langs, weet ze niet hoe snel ze mee naar boven moet om met de hoeslakens te helpen. Dat is alleen maar om rond te kunnen neuzen in onze kamer, brommen wij ibbel. Nou wij hadden haar vorig jaar mee toen we gingen kamperen, verdedigt een ander haar, maar daar in de Camargue hebben we een ongelofelijke steun aan die meid gehad! Niet alleen met het opzetten van de tent, maar ook met steeds geulen eromheen graven, verse butagasflessen halen, de wilde paarden wegjagen. Steeds een nieuwe latrine bouwen want we stonden dus niet op campings maar volledig in het wild, in de middle of nowhere, en toen Bob, de eikel, in dat wespennest had gezeten toen heeft ze toch maar al zijn beten uitgezogen, nee het is een heel lief vrouwtje, zit geen centje kwaad bij dat kind. Ja, jemig, ze is nou eenmaal niet moeders mooiste, maar ze heeft iets in en ingoeds en je kunt altijd en overal op haar rekenen en van wie kun je dat nog zeggen, tegenwoordig? Zie je wel, bokken wij, jullie vinden het een moordmeid omdat jullie weten dat ze ongevaarlijk is; voor ons, als mannen, is zij veilig onaantrekkelijk. Nog tijdens het trekken van deze conclusie beginnen wij te blozen; wij doen ons nu wel voor alsof alle anderen iets mankeert en alleen wij van fouten vrij zijn, maar zouden wij haar hulpvaardigheid net zo worgend ervaren wanneer zij wat meer zou lijken op Madonna of, want dat is tenslotte haar leeftijd, Catherine Deneuve? Dank je wel lieve Nel, zeggen wij dan ook wanneer wij opnieuw buiten plaatsnemen aan de tuintafel en zij, opdat wij maar geen kou zullen vatten, haar eigen vest om onze schouders schikt. En onhandig knijpen wij in de veel te bolle wang die zij ons toesteekt om een kusje.

Mijn honden kennen hier in de buurt veel andere honden en die andere honden kennen op hun beurt ook weer andere honden en dat loopt allemaal los en dat zoekt elkaar op en dat poept dan vrolijk in elkanders tuinen.

Het meest in de mijne, maar dat vind ik redelijk, want ik heb immers twee honden.

Net als mensen, doen honden het liever in een particuliere tuin dan langs de openbare weg en omdat ze met dit weer de hele dag en een groot deel van de avond buiten spelen, plemp ik iedere morgen zo'n drolletje of dertig in een kartonnen doos, want ik ben nog altijd geen composthoop begonnen en gewoon laten liggen is geen doen, geen stijl en geen gezicht.

Spiedend tussen het gras haal ik de exemplaren van mijn eigen honden er zo tussenuit, maar ik verzamel ook alle vreemde baksels, ongeacht de afzender.

Ik doe dat routineus, zonder tegenzin en met behulp van een plastieken roeispaan die vroeger bij een babybootje hoorde. Wij noemden die zelfverzonnen poepschepper ooit de Kakpeddel. De ietsjes holle vorm van het roeiblad voorkomt dat de zorgvuldig opgeschepte uitwerpselen er tussen gras en doos weer afrollen en wanneer ik het buigzame schepdeel haaks tegen een drol plaats en de steel van de kakpeddel naar beneden druk en vervolgens, licht naar mij toe gekanteld, weer omhoog laat komen, maakt het roeiblad een zwiepende beweging waardoor ik de bolus, met de kracht van een ijshockey-slapshot, onder de heg door tot in de tuin van de buren kan laten suizen;

een kunstje dat ik vanzelfsprekend alleen maar uithaal met de drollen van onze buurhond. Die herken ik meteen aan de uitdagende uitroeptekenvorm waarin zij, altijd op dezelfde plek, gedraaid zijn. Mijn honden zijn al drie jaar gebrouilleerd met die hond, wat hij donders goed weet en dan vind ik het wel heel brutaal om, als wij even niet thuis zijn, in onze tuin een nummertje te komen zitten kakken. Dus die gaan terug.

Maar, zoals gezegd: alle andere drollen, ook incidentele kattebaksels, verdwijnen in een kartonnen doos, die ik tijdens het kakpeddelen door het gras achter mij aan sleep.

Wanneer deze doos voor driekwart vol is, dek ik haar af met een oude krant tegen de vliegen, de stank en de aanblik en zet ik haar achter het tuinhuisje klaar voor de vuilnisman.

Die komt iedere dinsdagmorgen, tegen tienen.

Daar staat de poepdoos dan, inmiddels bollend in de heupen, samen met drie à vier vuilniszakken gezellig aan de stoeprand.

De man of de vrouw die in vroeger tijden, voor de officiële ophaaldienst uit, het klaargezette huisvuil doorzocht op nog bruikbare elementen, werd de Morgenster genoemd en hij of zij kwam te voet of op een transport- of bakfiets.

Tegenwoordig heten zij gewoon werkloze of gepensioneerde en komen zij langs in een tien jaar oude Toyota, die stationair blijft draaien tot de bestuurder is uitgesnuffeld, de afgedankte bulletjes van zijn gading in de kofferruimte heeft gekieperd en schichtig weer instapt.

Als je toevallig voor het raam staat doe je of je hem niet ziet, uit gêne. Een man die blij is met jouw afval; je schaamt je dood. Ook voel je soms de redeloze aanvechting naar buiten te stormen en Hola wat doet u daar! te roepen, want hoewel je er al afstand van hebt gedaan, is die rotzooi nog wel degelijk van jou.

Sinds april rommelt een schriele zestiger elke dinsdag een paar minuten in de resten van ons huishouden. Bij de schikking van ons uitschot houd ik langzamerhand rekening met zijn komst: boven op de vuilniszakken plaats ik onze afgedankte luxeartikelen in een al van afstand duidelijk zichtbare rangorde van aantrekkelijkheid. Het kapotte schemerlampje zet ik bij voorbeeld rechtop in de maar een heel klein beetje lekke pan zonder deksel en aan weerszijden daarvan leg ik de afgedankte voetbalschoenen met de zolen naar boven, zodat hij in een oogwenk de vijftien nog prima bruikbare noppen zal opmerken. Elke dinsdagmorgen sta ik daar in feite een beetje te etaleren, in mijn pyjama. En iedere week tilt hij als eerste de poepdoos in zijn achterbak, waarschijnlijk denkend dat hij een karton vol oude kranten scoort. Moet ik hem waarschuwen? Of er een briefje met Opgepast Poep! bovenop leggen? Hij zal onze poepdoos toch niet elke dinsdagmorgen tegen koffietijd zijn huis binnendragen en zijn arme bedlegerige vrouw van onder aan de trap triomfantelijk iets toeroepen in de geest van: We hebben geluk schat, weer zes kilo oud papier ter waarde van tweeënveertig cent!? Dan had hij zijn tragische vergissing toch al lang moeten ruiken?

Nee, ik ga er voor onze gemoedsrust maar van uit

dat hij dinsdags linea recta naar de lompenhandel rijdt met mijn poepdoos en dat men hem er daar, eveneens zonder nadere controle, keurig de dagprijs oud papier voor betaalt.

Vorige week maandag hebben wij de oude etensbakken van onze honden vervangen door twee anderhalf maal zo grote exemplaren. Beide oude blikken heb ik dinsdagochtend zo aantrekkelijk mogelijk bij ons huisvuil opgesteld.

En toen Lucia, de oudste en intelligentste van de twee, mij aankeek en verbaasd vroeg waarom hij plotseling een dubbel zo grote portie hondediner kreeg voorgezet, heb ik zijn rechter hangoor opgetild en gefluisterd: Jij bent een brave, rijke hond en wij poepen voor de arme mensen.

Ik heb mij verschanst achter tweeëndertig ongelezen boeken, die ik stuk voor stuk na anderhalve bladzijde weer wegleg.

'Ben je lekker aan het lezen?' vraagt mijn vrouw, die stralend af en aan blijft lopen met kopjes thee, glazen kamille en kommen bouillon.

'Nee,' pruttel ik, 'mijn hoofd zit dicht. Het staat nergens naar. Het wordt alleen maar erger. Dit is geen normale griep. Ik ben nog nooit zo ziek geweest. Misschien moeten er foto's worden genomen. Dat zou wel eens een hersenoperatie kunnen worden. Nou: daar gaat mijn vakantie!'

'Zullen we even thermometeren?' probeert zij voorzichtig.

Dit is de cruciale vraag.

Als ik Ja zeg, mij laat temperaturen en, als zij drie minuten later terugkeert, op veertig graden koorts kan bogen, zit ik goed en kan zij mij niets maken. Maar als zij erbij blijft en de thermometer op zo'n halfzachte 37.4 blijft steken, kan ik het wel vergeten.

'Hier,' zegt mijn vrouw, 'stop hem erin.'

Ze heeft wat boter aan de punt van de thermometer gedaan. Dit heeft zij geleerd van mijn moeder. Dan glijdt hij makkelijker. Anders krijg ik een schraal rectum. En ik kan overal tegen, maar niet tegen een schraal rectum.

'Wat is dat in godsnaam voor een rare thermometer?'

'Een digitale.'

'Waar is onze oude thermometer dan? Die gewone, met kwik?'

'Die was gebroken.'

'Waarmee we de kinderen hebben opgenomen, al die jaren?'

'Ja, die. Stop hem d'r nou maar in.'

'Je had het kwik moeten bewaren. Had ik het ze kunnen demonstreren, dat van die kwikballetjes. Dat je die niet kunt oppakken.'

'Ja, ontzettend jammer. Zittie al? Een centimeter hoor, hij hoeft niet dieper.'

'Hij zit.'

'Goed zo. Een minuutje is voldoende, bij deze. Ik wacht wel even.'

Dan zwijgen wij. Ik kan het mij niet anders herinneren. In die drie minuten van het temperatuur opnemen werd bijna altijd gezwegen. Je streek je zieke kind bezwerend over het klamme voorhoofd, je mompelde beloften van uitstapjes, zodra het beter zou zijn, of je wees op een raar gezicht in een plooi van het gordijn, maar iets substantieels werd er zelden gezegd. Daar was die wachttijd op de een of andere manier te sacraal voor.

'Ik mag het plafond wel weer eens witten,' zeg ik.

'Zodra je beter bent,' zegt mijn vrouw.

'Kan hij eruit?'

'Ja, doe maar.'

Ik trek een pruimemondje, draai mij kreunend op mijn zijde en tover vertraagd de thermometer vanonder de dekens en uit mijn pyjamabroek. Gewoontegetrouw houd ik hem op een half metertje afstand voor mijn ogen en ik draai hem alvast een beetje heen en weer, om het kolommetje kwik goed grijs te kunnen zien afsteken. Maar dat hoeft allemaal niet meer, tegenwoordig, want het venstertje geeft uw koorts weer in digitale cijfertjes. De mijne bedraagt 37.6. Dat staat er tenminste: 37.6 C.

Ik weiger deze belachelijke verhoging te geloven. Ik wil koorts hebben!

‘Dat ding deugt niet,’ zeg ik dus.

‘Dat ding is prima,’ zegt mijn vrouw; ‘wees blij dat je geen koorts meer hebt.’

‘Ik heb minstens veertig,’ verzeker ik haar, ‘maar dat batterijtje is waarschijnlijk op.’

‘Zeur nou toch niet! Die batterijtjes gaan een jaar mee en ik heb hem vanmorgen nieuw gekocht!’

‘Waarom heb je dan niet gewoon weer zo’n ouwerwetse genomen? Wat was er mis met die oude thermometers? Wat mankeert er aan kwik? Niks, nooit!’

‘Met kwik had je ook nooit koorts, nee.’

‘Nee, maar ze deden het tenminste wel.’

‘Hier zit toch ook gewoon kwik in?’

‘Ja, dat zeggen ze misschien wel, maar je ziet het niet! Die van vroeger kon je bij voorbeeld afslaan. Kun je deze afslaan?’

‘Dan druk je gewoon op dit knopje. Dan is het weg, wat je had.’

‘Dat ding deugt niet, geloof mij nou maar! Als er iemand ervaring heeft met thermometers, dan ben ik het wel. Luister: ze zijn toch nog wel te koop, die kwikthermometers?’

‘De drogist had er nog een paar ja. Maar niemand moet ze meer.’

‘Neem er dan vanmiddag eentje mee, asjeblieft. Ik weet namelijk zeker dat ik koorts heb. Nu nog meer trouwens, want dit windt mij veel te veel op!’

Mijn vrouw zucht, belooft het en verlaat onze slaapkamer.

Ik pak de digitale thermometer, wrijf hem stevig met zijn punt over de wollen deken heen en weer en zie even later dat ik haar niet om die boodschap had hoeven sturen: precies zoals ik het met die oude kwikthermometer al veertig jaar deed, kan ik ook deze nieuwe, door zorgvuldig wrijven, de koorts laten krijgen die mij het beste uitkomt.

Tijd niet gezien, dus wij willen haar een hand geven.

Stralend steken wij de onze uit, maar snel bergt zij de hare angstvallig onder haar oksel.

Ter begroeting reikt zij ons haar elleboog en met een pijnlijk afgewend hoofd beduidt ze dat wij die maar beter kunnen drukken, zolang; tot het over is. Tot wat over is? Wat is er nu weer aan de hand? O, dat kan van alles wezen. Een lichte huidirritatie, verbrand bij het koken of onlangs gekneusd bij het wisselen van een band. Mensen bieden ons op die manier ook wel een armstompje aan als hun vingers nog nat zijn van iets huishoudelijks, maar bij haar is er altijd meer aan de hand. Het zou ons ook verbazen als dit niet zo was. Is het haar hand niet, dan zijn het haar voeten wel. Vorige week nog: de linker verstapt en de rechter verzwikt. Of haar knieën; gisteren doorheen gegaan. Of haar billen; per ongeluk in de brandnetels gaan zitten. Of haar hals; verdraaid bij het omkijken. Of haar schouders; verrekt bij het ophalen.

Zij mankeert nooit iets aan haar hart, milt, longen, nieren of lever. Daar is zij nog te jong en, vermoeden wij, veel te bang voor. Nee, dat komt later wel. Voorlopig zeikt zij nog uitsluitend over haar niet-organische microziektes: ingegroeide nagels, suizende oren, drukkende ogen, lopende neuzen, stijve vingers, stroeve kuiten, stramme tenen, jeukende hielen en krakende ellebogen – hoor maar. En zij houdt er eentje bij ons oor. Zodra zij tien minuten staat meldt zij dat zij, vanwege haar rug, even moet gaan zitten en als zij een kwartiertje zit kondigt zij aan dat zij, om haar billen te ontzien, nu een half uurtje op haar buik onder de zalf gaat liggen. Als zij twee uur later opstaat begint alles weer van voren af aan omdat zij, naar zij dodelijk vermoeid meldt, volkomen verkeerd heeft gelegen.

Uw vaders rechterhand, waarin de dobbelstenen dreigend rammelden, stond op het punt zich boven het ganzenbord te openen, toen de gezelligheid rinkelend verstoord werd door de deurbel.

Hè jesses. Wie kon dat nu toch wezen?

– Een ogenblikje, kinderen, zei uw vader; even kijken wie we daar hebben. Nergens aankomen hoor!

Jullie lieten die van vader op zijn plaats staan, maar schoven jullie eigen pionnen vijf nummers naar voren. Alle vier evenveel hokjes, anders was het niet eerlijk. Ook moeder deed mee. Daar had je vader alweer.

– Wie was het, Pa?

– O niemand. Een man met garen en band. En kammetjes en veters.

– Geen snoep?

– Nee, niks lekkers. En naalden. Hier moeder, ik heb een pakje naalden voor je gekocht.

– Hè vader nou toch! Waarom nou? Ik zwem nog in de naalden!

– Ik vond het zo sneu om niks te nemen. En een naald is nooit weg.

– Behalve in een hooiberg, zei u toen.

– Hou jij je grappen nou maar voor je, zei uw vader. Wie was er aan de beurt?

– Jijzelf Papa.

– Mooi zo. Wacht eens: jullie hebben mij toch niet stiekem achteruitgezet hè?

– Nee hoor Pa, dat lijkt maar zo.

– Ik maakte maar een grapje. Nou: let op het springen van de lintworm!

En toen gooide hij drie, u weet het nog precies. Drie punten. Met twee dobbelstenen. En op kantoor werd iedereen elk jaar vlak voor kerstmis bevorderd, behalve uw vader. Het was een onnozel incidentje, dat van die deurbel, maar u heeft het altijd onthouden: sinds die middag begreep u waar de bordjes toe dienden met ‘aan de deur wordt niet gekocht’ en ‘drukwerken worden niet teruggegeven’, die de meeste buurtbewoners onder het emaillen naamplaatje op hun buitendeur hadden geschroefd. Jullie niet.

Een paar jaar later kregen jullie telefoon, want uw vader moest ’s avonds gebeld kunnen worden, door de zaak. Dat was in feite een soort van bevordering, legde hij moeder uit. Kreeg hij de telefoonkosten dan vergoed? Nee, dat niet.

Jullie telefoon hing in de gang. Waarom wist niemand. Het zal wel te maken hebben gehad met de aanlegkosten. Hoe dichter de telefoons bij de buitendeur hingen, des te voordeliger de aansluiting. Het was altijd koud op die gang. Wanneer ’s winters de telefoon ging, trok uw vader eerst zijn jas aan.

Die zomeravond dat u die vreemde mevrouw aan het toestel kreeg.

– Is je vader thuis? had zij gevraagd en u was hem gaan roepen in de tuin en uw vader had minstens anderhalf uur in de gang gestaan met de hoorn nu eens aan zijn ene en dan weer aan zijn andere oor en hij had alleen maar af en toe ‘gut ja’ gezegd en ‘dat is natuurlijk wel een feit’ en ‘nou nee, dat niet direct’ en een week daarna was er een stapel boeken bezorgd, minstens twintig, allemaal hetzelfde zagen ze eruit.

– Nu is er niks meer wat wij niet weten! had uw vader geroepen en hij zette de boeken naast elkaar op de schoorsteen. Ze waren genummerd, van een tot en met vierentwintig.

Maar uw moeder was boos geweest en zij weigerde een paar weken lang de afgevallen knopen aan vaders manchetten te naaien en zijn sokken te stoppen en toen uw vader zei dat hij niet wist hoe hij dat moest doen, toen had uw moeder geroepen: dan zoek je dat maar op in je encyclopedie!

Ook via brieven liet uw vader zich tot allerhande uitgaven verleiden: door schrijvens waarin buitenkansjes werden aangeboden namens fabrieken met waterschade, door bedelbrieven van zogenaamde missionarissen uit Transsylvanië en vooral, wat jaren later, door op naam gestelde mailings van postorderbedrijven die bij voorbeeld openden met de zin 'Gefeliciteerd mijnheer van Bunen!'

Door deze persoonlijk gerichte aanhef voelde uw vader (de heer Van Buren) zich telkenmale zo gestreeld dat er eigenlijk nooit een week passeerde waarin jullie geen aangetekend verzonden doos kregen thuisbezorgd.

Door deze ervaringen wijs geworden heeft u, eenmaal volwassen, zich van meet af aan schrap gezet tegen de moderne verkooptechnieken.

Aan de deur komen ze niet meer (daar woont u ook te afgelegen voor) en omdat u vanzelfsprekend beschikt over een geheim nummer kan geen verkoper u telefonisch in de tang nemen.

Alle aan u persoonlijk gerichte commerciële brieven mikt u, ongelezen, in de open haard en u trapt evenmin in hun quasi echte telegrammen.

Onnodig te zeggen dat u de televisiereclame geen blik waardig keurt en dat u bij het bezoeken van de bioscoop altijd nadrukkelijk vraagt hoe laat, op de minuut nauwkeurig, de hoofdfilm begint.

Zo leek u er aardig in geslaagd uw huis, uw portemonnee en uw gemoedsrust te beschermen tegen alle trojaanse paarden van de gruwzame commercie.

Tot u vanmorgen om half negen uw werkkamer betrad en, in het bakje van uw fax-apparaat (dat altijd aanstaat omdat het hoofdkantoor u dag en nacht moet kunnen faxen), twee vreemde velletjes vond.

'Goedemorgen mijnheer van Buren!' opende blaadje I. 'Hoe lang blijft u nog ongefilterd water uit de kraan drinken? Mogen wij u even iets vertellen over de vele voordelen van het Aquastream Seagull Claire de Luxe Eurofilter?'

Wel potverdomme! riep u. Waren de verborgen verleiders er toch weer in geslaagd uw woning binnen te dringen!

Maar aan de andere kant was u toch al van plan om eindelijk uw water eens te gaan filteren. U durft uw vrienden en relaties, die allemaal al lang en breed filteren, immers bijna niet meer thuis te ontvangen, te midden van al die levensgevaarlijke, onaangeklede kranen.

Dus als ik u was zou ik hem maar bestellen en daarna meteen de PTT bellen om een ander, geheim fax-nummer aan te vragen.

Alles moest en zou anders in het nieuwe huis, was ik vast van plan. Een uur eerder opstaan om zonder paniek te ontbijten, de oude kranten niet langer in scheefzakkende stapels op de verwarming kwijten maar meteen in de vuilniszak kieperen, de washandjes niet meer slap over de rand van het bad kletsen maar elk aan hun eigen haakje netjes ophangen en vooral: de poezen discipline bijbrengen.

Ter verzilvering van dit laatste goede voornemen kocht ik een zogenaamd poezedeurtje – een naar beide kanten klapbaar paneeltje dat onder in de buitendeur wordt aangebracht, zodat poes zijn huis als hotel kan behandelen: zonder te bellen, te krabben of te mauwen kan uw lievelingsdier vrij in en uit lopen terwijl de gemiddelde inbreker er natuurlijk op geen stukken na doorheen kan. Het deurmatje zouden ze met een langgerekte arm hooguit kunnen roven, maar dan is hond Willem er altijd nog!

De poezedeur heet officieel Kat Deur Slot. Die van mij is een produkt van de engelse firma Staywell, die op de verpakking roept over 'Complete Controle van uw Lievelingsdier'. En de folder binnenin vervolgt: 'De Kat Deur Slot de Kat Deur voorziet een net montuur voor de binnen van de deur met een schuifpaneel met een slot voor gebruik als gewenst' – waarschijnlijk zit er op de reclameafdeling van Staywell een oude poes, met familie in Nederland of België, die op deze gronden tegen de directie heeft gezegd: 'Geef maar hier die engelse folder, dat vertaal ik wel eventjes.'

Om voldoende armslag te hebben en een foutloos stuk handwerk af te leveren, lichtte ik op een ochtend eerst de deur uit zijn scharnieren. Prachtig weertje was het, dus deur op twee schragen in de tuin gelegd. Passen en meten, boren en zagen. Overdrijven: bovenlichaam ontbloten. Denken: dit is pas werken. Tegen de avond was het karwei geklaard. Ik beloonde mijzelf met een pilsje, schoof een stoel naderbij en constateerde, tevreden boerend, dat de poezedeur zo vast zat als een huis.

Beide poezen, die de hele dag al quasi ongeïnteresseerd op steeds kleiner wordende afstandjes hadden zitten toekijken, begonnen nu spinnend langs mijn broekspijpen te slalommen. 'Ja baasje knap, baasje mooi klein deurtje voor poespoes gemaakt,' stelde ik tevreden vast; maar toen ik de deur in zijn sponning tilde, bleek het poezedeurtje op twee meter hoogte te zitten. Baasje bovenkant voor onderkant aangezien. Twee weken later was de fout hersteld, dat wil zeggen: we hebben nu een buitendeur met zowel van onderen als van boven (baasje duiven gaan houden?) een poezedeurtje. Jammer is alleen dat de poezen er geen gebruik van maken.

Uren heb ik met ze op de mat gelegen, alsmaar voordoend hoe het voortaan hoorde: m'n eigen hoofd heb ik er zelfs een paar maal doorheen gestoken, roepend, 'kijk, als baasje doet!' Ik heb hun etensbakjes binnen voor hun deurtje gezet en de beide heren er van buitenaf door het open luikje aan laten ruiken en naar kijken en daarna het deurtje weer dichtgedaan. Erdoorheen getrokken, geduwd en gesmeten heb ik ze – ze weigerden het echter op hun eigen poezehoutje te doen. Poesje spijt baasje, maar poesje nooit gehoord van Pavlov.

Dus ze mauwen en krabben nog steeds en dan zak ik door mijn knieën, klap het poezedeurtje omhoog, zeg: 'hier moet je door, rotkat!' en doe vervolgens de deur voor hen open.

De enige die vanaf de eerste dag begreep waar het poezedeurtje toe diende, was hond Willem. Als hij naar binnen wou, stak hij zijn kop door het poezedeurtje.

Twaalf jaar geleden, op een zaterdagmiddag ergens in Brabant, kwam zij met vijf andere pups in de stromende regen uit een hok gehuppeld, in blind vertrouwen kwispelend naar de kopers in spe die, hun vingers geklauwd in het hek van de kennel, kritisch hingen toe te kijken.

Onder dit publiek bevond zich ons uit vader, moeder en twee kleine kinderen bestaande gezin.

Vier jonge doggen hielden de gedwongen parade al snel voor gezien en keerden op een zwabberend holletje terug naar hun moeder, maar de vijfde bleef staan en likte door het gaas onze handen, terwijl de regen op zijn kop kletterde. Dus dat werd onze nieuwe hond.

Hij (zij) had een stamboom en kostte, als ik het mij goed herinner, vijfhonderd gulden, onder tafel te betalen.

Mijn dochter doopte hem Radjah.

Zij had liever een pony gehad en probeerde na een jaar, toen Radjah volgroeid was, op haar te rijden, maar daar zag onze deense dog de lol niet van in.

Bij wijze van tussenoplossing trachtte ik haar, door middel van een zelfontworpen tuigje, een klein karretje te laten voorttrekken, maar ook daar moest zij niets van hebben. Zij was er lief genoeg voor en in principe tot alles bereid, maar haar fantasie schoot tekort.

Slapen in de mand, lopen aan riem op straat, lopen los in bos, water drinken bak, niet mogen drinken vijver, geen krant opeten maar eten bak buiten – zolang haar hondeleven langs deze merkpaaltjes sukkelde was er niets aan de hand, maar de kleinste afwijking maakte haar vreselijk nerveus. Dan veranderde zij als bij toverslag in Pluto en leek zij geanimeerd door Walt Disney. Onmiddellijk na zo'n incidentje toeterden wij onze excuses in haar oren en verzekerden haar dat alles weer goed en zij braaf en er verder niets aan de hand was, maar nog uren later kroop zij rillend door de kamer, op haar buik, haar mondhoeken in een idiote lach omhooggetrokken.

Kenners verzekerden ons dat dit schichtige gedrag heel normaal was bij doggen. Dat die zenuwachtigheid in feite een bewijs van hun superieure intelligentie vormde. Moesten wij maar eens opletten als doggen op straat of in het bos een klein hondje of kindje tegenkwamen. Hoe zij er dan altijd in een grote, voorzichtige boog omheen liepen; zich bewust van hun verwoestende kracht en bang de weerloze tegenpartij te blesseren. Allemaal tekenen van een enorme fijngevoeligheid en innerlijke beschaving. O gelukkig, wij waren al bang dat het inteelt was.

Pas na drie jaar wisten wij het zeker: Radjah was gewoon ontzettend schijterig en stom, in plaats van voorzichtig en kien. De bogen die zij rond baby's en kleine honden maakte waren soms zo groot dat wij haar pas een paar straten verderop terugvonden, sidderend schuilend onder een geparkeerde auto. Ook het omgekeerde gebeurde: dan kon zij er met geen mogelijkheid toe worden bewogen ook maar het kleinste stapje opzij te zetten. Binnen of buiten, dat deed er niet toe. Om onnaspeurbare redenen kon zij verstenen en dan waren er twee volwassen mannen voor nodig om haar uit de weg te tillen en in haar mand te zetten, waar zij soms tot laat op de avond als een standbeeld bleef staan; nu eens bedroefd zuchtend, dan weer zachtjes grommend naar niets.

Zij is nu twaalf, wat voor een dog zeer oud is. Zij plast en poept naar eigen inzicht, vrijwel altijd binnen. Om beurten ruimen wij haar drollen op.

– Was het harde kak? vraagt de een bezorgd.

– Ja hoor, lekker hard, antwoordt de ander geruststellend. (Ook als het zacht is geweest en opgesopt moest worden.)

Als zij naar buiten wil, laten wij haar buiten. Dan wil zij weer naar binnen en laten wij haar binnen. Dan wil zij weer naar buiten. En krabt twee tellen later dat zij weer naar binnen wil. Wij openen de deur, zij kijkt ons tevreden aan, draait zich om en hobbelt de tuin in. Is zij vergeten dat zij naar binnen wilde of wou zij ons alleen maar even zien?

Ik sla haar gade door het keukenraam. Zij staat angstig naar een tennisbal te hijgen. Kunnen honden ook gaan dementeren, of zijn zij daar te dom voor? Wij houden meer dan ooit van haar, maar zo alleen was zij nog nooit.

Binnensmonds begin ik te tellen. Van kindsbeen af kom ik op zeven. Ik heb nu in totaal geleefd met zeven honden, die drie van bij mijn ouders meegerekend. En ik weet het plotseling zeker: ik wil, na Radjah, geen nieuwe hond meer. Zelfs als alles goed gaat, kan die mij nu al overleven. En ik hoef ook geen hond meer, want ik heb een prachtig grommende motor; om mee uit te gaan, onderweg tegen te praten en op zijn flanken te slaan. Een motor is een hond, die nooit dood hoeft.

Step, fiets, Mobylette, Puch, Eend. Dat was de volgorde waarin wij jongens van de oorlogsgeneratie ons motoriseerden.

In dit rijtje en binnen onze families kwam zelden een motorfiets voor. Alleen een verre oom, die het brood met zijn handen verdiende, reed motor. 's Zomers kwam hij twee- à driemaal langs, met een kleine, dikke tante achterop. Zij waren allebei streng in het leer en droegen lange bruine jassen met gele, grof gebreide dassen. Wanneer ze hun helmen afdeden leken zij op een goochelaar met zijn assistente en voelden wij ons opgelucht wanneer zij dezelfde hoofden van de vorige keer eronder vandaan toverden. Dan klosten zij de portiektrap op en mocht ik, zolang hun visite duurde, op de langs de stoeprand geparkeerde motor in de zon zitten grommen. Vriendjes kwamen kijken tot hoe hard hij kon.

Voordat zij weer vertrokken, mocht ik een blokje meerijden, geplet tussen hen in en bang dat oom Henk, dwars door zijn leren jas, mijn stijve piemel zou voelen, want die kreeg ik van tante Rietje's buusten in mijn rug.

Maar een paar jaar later een meisje voor je, op de stang van je fiets, jij met je neus in haar haar, was nog lekkerder. En weer drie jaar later werden wij achttien, haalden ons rijbewijs en kochten voor tweehonderdvijftig à driehonderd gulden onze eerste, twaalf jaar oude auto. Een auto had het onbetaalbare voordeel dat je erin kon vozen, zowel rijdend als stilstaand, zonder nat te worden. Je zou dus wel gek zijn als je een motor zou nemen.

Maar het bleef knagen en het sliepte mij uit. Straks was ik dood en ik had nooit motor gereden. Alsof je nooit van je leven een hoer had bezocht. Hoe oud was ik nu? Achtenveertig. Nu kon het nog!

Een amerikaanse oma die haar eerste parachutesprong maakte toen ze zesenzeventig was; een gepensioneerde franse postbode die pianoles was gaan nemen toen hij al tegen de tachtig liep en vorige week, in Metz, zijn eerste recital had gegeven; een brits echtpaar, samen honderdvierenzestig jaar oud, dat een zeilboot had gekocht en een tocht rond de wereld aan het maken was. Het stond zelf in de krant, elke dag.

Ik nam motorrijles, slaagde op het nippertje voor mijn examen en keek net zo voldaan naar mijn uitgebreide rijbewijs als vroeger naar een schoolrapport met maar twee onvoldoendes.

– Ik koop een motor, zei ik.

– Waarom in godsnaam? vroeg mijn vrouw.

– Voor de files, rechtvaardigde ik; dat gaat mij uren schelen.

– Als je maar niet denkt dat ik bij je achterop ga, huiverde zij.

Ik kocht een gloednieuwe, zwarte, zeer zware motor. Toen ik ermee thuiskwam, nam ik mijn zoon en dochter om beurten achterop, voor een korte feestrit. Zij en ik waren trots op mij. Ik was de enige vader in de buurt met een motor.

Mijn vrouw durfde er niet te dicht bij te komen en bekeek mijn nieuwe gedaante van een veilige afstand, met angstig gekruiste armen.

– Maar nu gaan we eten, zei ze; dus zet hem maar gauw in de schuur.

– Even draaien, zei ik. Ik schakelde hem in zijn eerste versnelling, gaf gas, liet mijn koppeling veel te snel opkomen, spoot weg, begon te slippen, zwabberde de straat over, kon de lantaarnpaal nog net met mijn voorwiel ontwijken maar klapte er met de linkerhelft van mijn stuur tegenaan, werd eraf geslingerd, de motor schoof en schaafde nog tien meter door en toen bleven we allebei brullend liggen. Mijn linkerarm was gebroken en de schade bedroeg veertienhonderd gulden, maar achteraf ben ik blij dat ik meteen die allereerste dag voorgoed mijn lesje had geleerd: nooit meer scheuren op mijn motor, maar uitsluitend rustig tuffen. Anders had ik evengoed zo'n gierende japanner kunnen kopen.

Het wegrijden met je benen losjes bungelend en die dan heel langzaam en ontspannen op je voetsteunen tillen – ik ken geen vorstelijker gevoel.

Mario Ga Eens Opendoen Er Werd Gebeld, het eerste de avond meer dan vullende toneelstuk van Kamagurka (Luc Zeebroek), werd in de zomer van 1992 gespeeld door het Nederlands Toneel Gent.

De aanvang was om half acht en wanneer je die tijd vanuit Nederland wilt halen, moet je, met de auto, uiterlijk om drie uur 's middags vertrekken om niet reddeloos te blijven steken in de avondspits. En omdat het een stuk van Kamagurka was kon het, dacht ik, ook makkelijk duren tot na de laatste trein terug, zodat waarschijnlijk alleen motorrijdende Nederlanders zoals ik deze theatergebeurtenis hebben kunnen bijwonen.

Ik ging gewoon om half vijf van huis, slipte langs en slalomde door files vol afgunstige automobilisten en draaide, gevaarlijk tevreden met mijzelf, om kwart over zeven de Gentse Koepoortkaai op, aan het einde waarvan ergens de Schouwburg van het NTG moest staan.

En wie zie ik daar? De schrijver zelf, die juist zijn huis verlaat, zijn vrouw en kinderen gedag kust en in zijn auto wil stappen.

Maar omdat motorritten van boven de tweehonderd kilometer mij een rellerige branie verlenen, roep ik 'Luc!' terwijl ik zijn trottoir opstuif.

De toneelschrijver schrikt, weet niet welke gek daar op hem af komt rijden, vertoont twee seconden de niet-begrijpende gelaatsuitdrukking van zijn eigen stripfiguur Bert en wil zich haastig in zijn huis terugtrekken, wanneer ik in een fraaie halve maan tot stilstand kom en mijn helm en bril afruk.

Opgelucht ziet de familie Zeebroek dat het die malle oom Kees uit Holland is en vervolgens neemt Kamagurka onverschrokken achter op mijn motor plaats, in T-shirt met korte mouwtjes en zonder helm; zo warm is het nog en zo dichtbij blijkt de toneelzaal.

Op de trappen voor het NTG-theater zit het publiek te wachten tot het half acht is, maar wanneer wij voorlangs knetteren om, terzijde van het gebouw, mijn motor te parkeren, herkennen de toeschouwers de auteur van het stuk dat zij zometeen gaan zien en haasten zij zich de zaal in, denkend dat dit er allemaal bij hoort en dat het al begonnen is: echt iets voor Kamagurka om de voorstelling elke avond buiten te laten starten met zijn eigen aankomst!

Toeschouwers die, terwijl ze gewoon blijven zitten, tijdens bepaalde gedeelten van een toneelstuk inzoomen op de voorstelling of, in hun geheel, een kwart slag draaien op een mobiele tribune? Was dat al eens eerder vertoond? Bij mijn weten niet. Zoals zoveel van wat er in Mario Ga Eens Opendoen Er Werd Gebeld te zien viel nog nooit vertoond was. Situaties die nog altijd 'Monty Python-achtig' worden genoemd, maar die allang Kamagurkaans hadden moeten heten.

Na afloop van de voorstelling betuig ik mijn dank en bewondering aan regisseur, schrijver en acteurs, onder het genot van twee biertjes. Nee vier, omdat het inmiddels tien uur maar nog altijd erg warm is. Dan keer ik terug naar Nederland. Het is wat graden koeler dan op de heenweg, dus rijd ik evenveel kilometers minder hard.

Ik spreek vlaams tegen mijn motor.

Goddank heb ik vanavond weer eens grensoverschrijdend theater gezien, denk ik wanneer ik, zonder dat ik de Douane heb opgemerkt, ineens terug in Nederland blijk te zijn. Ben al weer bijna bij Breda.

Wat doen die agenten daar bij die parkeerhaven?

Er staan er twee met verlichte knuppels te zwaaien dat wij naar de kant moeten, de twee auto's voor mij en ik. De auto achter mij mag doorrijden. Is er een ongeluk gebeurd?

Wij motorrijders hebben een speciale band met de motorpolitie: vaak groeten wij elkander door het opsteken van een hand of het luie strekken van een vinger en het is dat het er nu een beetje te veel worden, van een miljoen vrijbuiters kunnen ze natuurlijk niet alles door de vingers blijven zien, maar veel van wat automobilisten niet mogen (harder dan honderdtwintig rijden, op het trottoir parkeren, of onder het rijden een vrouw koesteren die haar armen om je middel houdt geslagen) wordt van ons stilzwijgend getolereerd.

Vandaar dat ik, tot stilstand gekomen, mij wijdbeens en met in vriendschap gespreide handschoenen openstel voor hun vragen of wensen. Wat heeft u van mij nodig heren? Wisselgeld? Een vuurtje? Moet ik een voortvluchtige automobilist voor u achtervolgen? Als u mij zijn nummer geeft en u ontslaat mij van de maximumsnelheid, breng ik hem binnen een kwartier bij u. Ontkleed, geboeid en geblinddoekt. In mijn bek. U zegt het maar.

– Goedenavond, dit is een alcoholcontrole.

– Een alcoholcontrole?

– Heeft u gedronken meneer?

– Maar die zijn toch alleen voor automobilisten, alcoholcontroles?

– Zo. Dan mag u hier even blazen.

Ik zet mijn motor op zijn standaard, doe mijn handschoenen uit en probeer met een subtiele embouchure te maskeren dat ik vier glazen bier heb gedronken. Ik geef het controleapparaat terug aan mijn agent, die een paar knopjes indrukt, fronsend naar het venstertje staart en mij dan een digitale A toont; wat betekent, legt hij mij uit, dat ik een riskant promillage alcohol onder mijn helm heb.

– Hoeveel heeft u gedronken?

– Eén biertje, zeg ik verbijsterd; dus er moet iets mis zijn met dat apparaat van u.

– En waar komt u vandaan? wil hij weten, terwijl hij een speurend rondje om mijn motor begint te draaien.

– Van Mario ga eens opendoen want er werd gebeld, zeg ik nors.

– Gebeld? vraagt de andere verkeerspolitieman achterdochtig, terwijl hij naderbij komt.

– Ja, zeg ik; in Gent.

Zij trekken om het hoogst hun wenkbrauwen op.

– Mag ik uw papieren even zien? vraagt de eerste agent nu weer.

Ik geef ze hem en zeg, in een wanhopige poging alles recht te trekken:

– Kamagurka, weet u wel?

– Kamagurka? vraagt nummer twee wantrouwend. Als ik hem door zijn knieën zie zakken om mijn papieren te vergelijken met het vignet op mijn tank, begrijp ik dat hij denkt dat Kamagurka een Japans Motormerk is. Een 1000 CC Kamagurka Zijklepper.

Ik krijg het warmer en warmer en til mijn helm van mijn hoofd.

– Zeebroek, zeg ik zwakjes.

– Zeebroek? herhalen zij ongelovig.

In Breda begint een kerkklok twaalf te slaan.

Mijn beide agenten laten vier slagen in stilte verstrijken.

Dan beslist degene die mij aanhield dat het hem het beste lijkt dat ik mijn motor hier op deze parkeerplaats laat staan en in hun auto meerijd naar het bureau, voor de precieze alcoholpromillagemeting.

Tijdens de rit tracht ik, misselijk van mijn eigen kruiperigheid, nog een gesprekje op te zetten over de gevaren van alcohol in het algemeen en dat ze wat mij betreft niet streng genoeg kunnen zijn met hun controles; trouwens roken is ook behoorlijk ongezond, dus het zou ze wel niet verbazen dat ik dit ook niet deed en kregen zij langzamerhand ook zo genoeg van die Romario? Zij zien mij aan en gapen.

In het Bredase wachtlokaal speelt iedereen In The Heat of The Night. Veel muggen op de muur en daardoorheen het geluid van MTV.

Ik ben hier de enige binnengebrachte dronkaard.

Na een half uur mag ik in een aparte blaaskamer, bij twee hele nieuwe agenten.

Ze zitten samen achter een elektronisch wonderorgel dat, nadat ik vier keer heb geblazen, staande houdt dat mijn alcoholpromillage nul komma acht promille bedraagt – drietiende promille boven de toegestane graad van aangeschotenheid.

Hardop twijfelen aan de betrouwbaarheid van deze ultra-geavanceerde apparatuur zou onzinnig zijn, dus beperk ik mij tot het uitspreken van mijn verbazing en ik vraag ze slijmerig of het promillage van twee proefpersonen kan verschillen, ook als zij dezelfde hoeveelheid alcohol hebben gedronken. Stel bij voorbeeld dat ik wèl goed had gegeten gisteravond en niet met de motor naar Gent was gegaan en geen opwindend toneelstuk had gezien waarom ik mij een hoge adrenalinespiegel had gelachen, maar een hele saaie lezing had bezocht waarbij ik zelfs nog even in slaap was gesukkeld – zou het dan mogelijk zijn geweest dat ik, terwijl ik zeg maar vier glazen bier had gedronken, dus drie meer dan nu het geval was, dat ik dan toch een lager promillage had gehad, o agent? Wat staan die snorren u trouwens meesterlijk.

O, zeker weten meneer. Nee, dat verschilt enorm van mens tot mens. Maar ja, regels zijn regels. En ik krijg een rijverbod opgelegd van drie uur. Om half vier mag ik weer vertrekken op mijn motor; dan zou de patrouillewagen mij wel even op de parkeerplaats aan de rand van Breda droppen. Ik was geen zwaar geval, dat zagen zij heus wel, maar je kon toch maar beter het zekere voor het onzekere nemen want een ongeluk zit in een klein hoekje en beter hard geblazen dan de mond gebrand want iedereen heeft graag een mooie porseleinkast, of niet soms?

Weet u wat een interessante aflevering van Het Beste uit Reader's Digest was? Het augustus-nummer uit 1956. Dat lag daar en daar las ik in dat Toneel, zoals wij het kennen, zich ontwikkeld heeft uit de Middeleeuwse Mirakelspelen, die op religieuze feestdagen werden uitgevoerd. In de zeventiende eeuw had Nederland een levendige toneelcultuur dank zij het werk van mannen als Bredero, Hooft en Vondel, die belangrijke stukken schreven. Misschien met uitzondering van Pieter Langendijk heeft het daarna tot de negentiende eeuw geduurd voor in Herman Heijermans een nieuwe Nederlandse toneelschrijver van belang verscheen. En wist u dat bij sommige planten de bloemen en bladeren 's nachts een slaaphouding aannemen, terwijl dan ook de gaswisseling afneemt? Maar dat is allemaal nog niets vergeleken bij een zekere Charley Rampant uit Wyoming, die zijn vliegbrevet haalde toen hij maar liefst drieëntachtig jaar oud was!

'Ik begin hier al te wennen. Als hij de tijd heeft voor me, meestal de zaterdag of ik geloof dat het dinsdag is, lopen we een rondje in het park of wat daar hier voor door moet gaan. Maar wat uitgaan betreft is alles beter dan bij haar, waar ik alleen dat tuintje had, waar alles stapvoets moest, vanwege de bloemen. En ik moet zeggen: ik vind trappenlopen wel iets hebben.

Verder staan er hier bij hem in de straat veel lantarenpalen, met heel veel dode fietsen scheef ertegen. Ik mis de kinderen het meeste. Ik had gedacht dat ze meer om me zouden hebben gegeven, achteraf. Maar ze hebben andere dingen aan hun hoofd, dat begrijp ik wel. Dat heet Huiswerk en dat halen ze uit hun tassen. Dat mis ik wel, huiswerk, want dat was altijd heel gezellig, vooral als het op straat wit was. Dan draaiden ze platen en gingen ze zitten lezen in de dingen die ze uit hun tassen haalden. Dan lag ik lekker onder een van hun bureautjes, en helemaal als ik bij die jongen lag, want die deed zijn schoenen uit bij huiswerk en als hij dan zat na te denken dan kon hij zo lekker met zijn voeten in mijn nek zitten kroelen.

Dat waren heerlijke middagen, die ik nooit zal vergeten, al word ik vijftien jaar. Volgens mij is hun moeder altijd al van plan geweest mij het huis uit te krijgen. Die heeft mij nooit gemoeten, die moeder. Zij heeft een bontjas en een te kleine auto. Als zij de deur voor me opendeed, dat ik in moest stappen, moest ik diep ademhalen om niet van de sokken te gaan door de zoete walm van haar parfum. Dat hele autootje stonk naar haar. God, wat haatte ik die ritten in dat autootje! Al die keren dat ik achterin mijn kots lag terug te slikken tot we dan eindelijk bij dat bos waren waar hij, die andere man zal ik maar zeggen, naast zijn auto te wachten stond met die rookstok in zijn mond. Dat was een mooie grote auto, waar ik helaas nooit in ben meegereden, wat ik best had willen meemaken. Ik ben namelijk gek op auto's. Van echt hollen in dat bos was evenmin ooit sprake. Ik mocht even roef roef uit dat parfumblik om over te geven en een plas te doen, maar aan rustig poepen kwam ik niet eens toe, want dan riep ze alweer 'Kom hier!' met die snerpstem van haar, en dan kon ik weer achterin kruipen. Ook zelf hebben die twee niet één keer in dat bos gewandeld. Ze gingen altijd meteen in zijn auto zitten en ik kon nooit zien wat ze daar deden, omdat zijn ruiten zo vlug besloegen.

Later kwam diezelfde vent ook bij ons thuis, 's middags, wanneer de baas naar kantoor was, maar ik geloof dat hij, die andere man zal ik dus maar zeggen, mij niet eens herkende, van het bos. Die kerel heeft nooit een woord tegen mij gezegd en dan doe ik verder ook geen moeite. Het is wat dat betreft graag of niet bij mij. In die tijd begon ze ook steeds minder aandacht aan mijn eten te besteden. Wekenlang leefde ik op blikken, die zij met die blik vol afgrijzen opendraaide, als ze tenminste een heldere bui had, want er waren ook dagen dat ik volkomen werd vergeten. Dan moest ik 's nachts wat eetbaars bij elkaar zien te scharrelen uit de pedaalemmer (altijd aan denken de klep weer dicht te klappen) en dan haalde ik mijn drinken uit de wc-pot, waar ik mij niks te groot voor voel maar wat erg lastig was, want ze hadden zo'n diepspoeler waarbij je voor een fatsoenlijke slok water met je bek bijna helemaal tot in het riool moet. En dan dat geschreeuw tussen de baas en haar, 's avonds! Nee, dat zeg ik: voor de kinderen was ik graag gebleven, maar ik had daar op het laatst geen leven.

Toen heb ik eerst een tijdje gependeld. In het begin kon ik er geen touw aan vastknopen. Dan stond mijn bak weer thuis en dan weer heel ergens anders; dan sliep ik weer een weekend bij haar in het halletje en dan ineens weer een week lang op de zoveelste vreemde vloer. Ik neem aan dat we hier nu voorlopig zullen blijven. De baas is tenminste aan het behangen. Dat is een nieuw woord wat ik versta: behangen. Toen ik hem twee weken geleden voor het eerst 'behangen' hoorde zeggen, ik meen in de telefoon, begreep ik 'wandelen' en stond al met mijn riem in mijn bek bij de deur, maar nu vergis ik mij niet meer: behangen is behangen en wandelen is wandelen. Of Uit, vanzelfsprekend. Er is hier ook al een paar keer bezoek geweest. Mannen en vrouwen, maar meer vrouwen dan mannen. Van sommige mannen herkende ik de gezichten en van twee vrouwen hun parfum. Dan is er nog een hele nieuwe vrouw, die mij op een ochtend al twee keer een bak vers water heeft gegeven, en een bak brokken. 's Ochtends! Was dat even feest. Dat is dus een buitengewoon attente, sympathieke vrouw.

Vanmorgen, toen de baas Kantoor had gezegd, heeft zij zelfs met mij gewandeld in het park en zij liet mij op mijn gemak minutenlang aan alles ruiken. Ik kwam helemaal opgewonden thuis en dat ben ik de hele dag gebleven. Ik verbeeld mij dat de kinderen hier zometeen zullen binnenstappen. Ik luister naar buiten en kijk naar de deur.'

'Toen mijn eerste vrouw en ik nog in Monaco woonden, vonden daar geregeld Concoursen d'Elégance plaats. Dit waren parades van allercharmantst uitgedoste dames in gezelschap van onaangeklede honden. Weliswaar herinner ik mij een meisje Fürstenberg met een aangelijnde poema die een smokingjasje droeg, doch gewoonlijk lieten de deelneemsters zich begeleiden door man's best friend, waarbij de combinatie dusdanig van opzet was, dat hond en vrouw elkanders natuurlijke gratie onderstreepten en completeerden.

Ach, 's nachts zie ik ze nog dikwijls voor me: de hooggehakte Debutantes met hun langpotige whippets, de Douairières en hun deense doggen, beiden in dezelfde bedaagde bruintint uitgevoerd, de elegant trippelende 'Geisha's' met hun teckels, pekineesjes of kunstmatig kleingehouden chow-chows en de nagenoeg topless langsdeinende Starlets met nerveuze reuen die, vlak voor hun opkomst, door ervaren stalknechten in een staat van opwinding werden gemasseerd opdat hun lila erectie maar fraai zou kleuren bij het roze of zalmgetinte ensemble van hun tijdelijke bazinnen!

'Een decadente schande', zou men thans dit etaleren van goede smaak en welvaart noemen, maar neemt u gerust van mij aan: Those were the days!

In de dagen die aan zo'n Grande Parade voorafgingen, zoemde de Corniche van de cabriolets, waarin de deelneemsters, met een kledingkoffer vol elegante toiletjes op de achterbank, langs de villa's van vrienden en bekenden reden om voor een etmaal de hond te lenen die haar op haar bevalligst zou doen uitkomen. Men wisselt immers frequenter van kleding dan van huisdier!

Wanneer het finale concours eenmaal daar was, gedroegen al deze opgetrommelde honden zich ten gevolge van hun tijdelijke uithuisplaatsing doorgaans zo nerveus, dat zij, wanneer men hen niet kort hield, hun 'madame' pardoes onder de Ferrari of de Morgan trokken, waarin de echtgenoot, een witlinnen pet joyeus op het van de beste wijnen rozige hoofd, ter verhoging van de elegantie stapvoets naast het koppel meereed. Op deze onfortuinlijke wijze heb ik mijn eerste vrouw verloren, die deelnam met een sint-bernardshond en ook zelf best tegen een stootje kon, maar ja: ik reed toen nog Bentley.

Het komt wellicht door deze mondaine achtergrond, dat ik mij bij de keuze van mijn honden altijd sterk heb laten leiden door het visuele aspect; de beeldende factor van de viervoeter. Hoe hoog is de hond in verhouding tot mijn eigen lengte? Detoneren kleur en structuur van de vacht niet bij mijn favoriete overjas? Verschillen wij niet al te gek qua dikte van de nek?

Zo heb ik, toen ik in de jaren zestig bij voorkeur kameelharen jassen droeg, bijzonder veel plezier beleefd aan en opzien gebaard met mijn bijpassende, gestreept getekende boxer. En toen het vijf jaar later plotseling al nappa en suède was wat de klok sloeg, kozen wij daar een plaatje van een ierse setter bij.

Een van de nadelen van honden is echter, dat zij maar zo kort representatief blijven. Ik schat het gemiddelde rendement op ten hoogste zes jaar, dus vergelijkbaar met de levensduur van een middenklasse autootje.

Zo verging het mijn derde vrouw en mij ook met Max, de in 1980 mede bij ons zwartlederen bankstel gekozen labrador. De eerlijkheid gebiedt mij te vertellen dat ik mij de laatste paar jaar lichtelijk voor het dier begon te generen, want in jaren telde Max er nog maar negen, maar puur in voorkomen maakte hij een vele malen oudere indruk dan zijn baasje. Max had, bij wijze van spreken, mijn vader kunnen zijn! Wanneer ik met hem over straat moest, liep ik het liefst een paar meter voor hem uit.

Dat ging op het laatst vanzelf, want onze hond werd zo traag als een schildpad, van welk dier hij ook de geloken oogopslag begon te vertonen. Nu kun je een oude schildpad nog in de soep doen, maar waar laat men een afgeleefde hond?

Voeg daarbij het rare gegeven dat wij op de een of andere manier aan het dier gehecht waren geraakt en het zal u niet verbazen dat ik, op aanraden van een vrindje, met mijn hond naar de dierfysiotherapeut ben gestapt.

Heerlijk, vond hij het! Kreunend van genot lag hij op de behandeltafel. En warempel: na een stuk of acht visites begon Max zijn tred weer de ouderwetse veerkracht te vertonen. Ik moest er werkelijk de pas in zetten om hem bij te houden! Restte het probleem van die ouwe kop. Die uitgezakte kinnebak, die wallen onder die bloeddoorlopen ogen, al dat grijs uitgeslagen baardhaar...

Ik had voortdurend de neiging om mij voor zijn voorkomen te verontschuldigen.

– Ach jeetje, is hij al zo oud?

– Ja, Max is niet een van de jongsten meer.

– Terwijl je vrouw er toch nog heel redelijk uitziet! Doe je haar vooral mijn groeten, Hortense?

Hortense is nu 70 en ziet er inderdaad al tien jaar uit als 65, aangezien zij zich, ieder jaar voor wij drie weken naar Capri gaan, grondig laat samenvatten en gladstrijken door onze plastisch chirurg. Niets bijzonders en daar hoeven wij niet geheimzinnig over te doen. Enfin: toen ik haar de laatste keer, in gezelschap van Max, kwam ophalen, vroeg ik zo langs mijn neus weg of er operatief niets te doen viel aan de representatieve teloorgang van onze trouwe viervoeter. Het antwoord was verbijsterend van achteloosheid. O wel zeker. De huid van het dier liet zich heel wat gemakkelijker bewerken en ophalen dan die van Hortense. Wilde ik misschien meteen een afspraak maken?

Twee dagen later werd Max geholpen en het is jammer dat u hem niet kent, want u zou hem niet herkennen. Weg wallen! Mooie strakke kin. Achterpoten allebei tien centimeter langer gemaakt. Buik ingenomen. Een soort van toupetjes onder alle vier de kale oksels. Voor nog geen drieduizend gulden was hij weer als nieuw!

– Hebben jullie een andere hond? ben ik al een paar maal staande gehouden.

En ook psychisch heeft het hem goedgedaan. Eens per twee dagen bewerkt Hortense zijn grijze baardharen met waterproof mascara en dan huppelt Max naar de hall, om zich te bekijken in de spiegel. En maar kwispelen!

Zelfs de honden uit de buurt schenken hem weer hun aandacht. Tot diep in de nacht krioelt het van de loopse teven aan de deur, maar dat hebben wij er, als rechtgeaarde kynofielen, graag voor over!'

Men moet wel een doorgewinterde en reddeloze cynicus zijn wanneer men bij alles wat wij nu weten blijft volhouden dat er niets is! Natuurlijk is er iets! Sed Quod? Toch doet dat er niet toe. Want of u het Quod nu Boeddha noemt, Chaos of God – zodra u van mening bent dat er 'iets' is, gelooft u ipso facto in een keten van buitenwereldlijke krachten, een onzichtbare (voorbe)schikking, een kosmische ordening waarvan wij de magische wetmatigheden nimmer zullen kunnen bevatten; zomin als de knapste computer er ooit in zal slagen de duizelingwekkend complexe loop van alle melkwegstelsels (na) te programmeren! Bent u dit met mij eens? Dan gaan wij nu een stapje verder.

Een stapje verder

Als er dus 'iets' is en wij, tot op zekere hoogte, onze afhankelijkheid van de natuurlijke gedaanten waarin dat iets zich manifesteert erkennen (de seizoenen, licht en donker, eb en vloed) dan is daarmee tegelijkertijd onze bereidheid verklaard om te geloven aan dat troostende houvast van alle tijden: de astrologie. U bent, lezer, vanzelfsprekend veel te rijk met ratio begiftigd dan dat u uw leven geheel naar de letter van de wekelijks in uw familieblad gepubliceerde horoscoop zult inrichten, maar vanuit uw eigen, sociale ervaring weet een ieder van u dat er toch wel 'iets' in zit (zou dat hetzelfde 'iets' soms zijn?): vaak zijn Leeuwen ijdel, Kreeften huiselijk en Maagden Pietjes precies. Herkent u dit? Dan gaan wij nog een stapje verder.

Nog een stapje verder

Wanneer wij er innerlijk van overtuigd zijn dat ons karakter van levend, denkend wezen in een zekere mate wordt bepaald door het bij ons geboortemoment behorende gesternte, dan getuigt het van een beschamende hovaardigheid wanneer wij het bestaan van deze astronomisch gefixeerde geaardheid zouden willen ontkennen als aanwezig te zijn in wezens van een lagere intelligentie dan de onze (apen, paarden, honden en katten).

In het licht van wat ik nu maar het Grote Plan Quod zal noemen, verhoudt ons denkvermogen zich immers tot dat van een kat zoals een lamp van veertig watt zich tot een kaars verhoudt en niet zoals wij in onze ijdele zelfoverschatting geneigd zijn te denken, als een laserkanon tot een glimwormpje!

Als u tot zover met mij mee heeft kunnen gaan, dan wilde ik nu een stapje terug zetten.

Een stapje terug

De Chinezen die in 2637 voor Christus hun Chinese Astrologie te boek stelden, gingen daarbij uit van de Maankalender, in tegenstelling tot ons westerse model, waarin de zon centraal staat. De Chinese Astrologie bestaat uit twaalf diertekens, omdat er, volgens de legende, twaalf dieren op kwamen dagen om afscheid te nemen, toen Boeddha de aarde verliet. Als dank vernoemde Boeddha een jaar naar ieder dier, in de volgorde van hun verschijnen: De Rat, De Os, De Tijger, Het Konijn, De Draak, De Slang, Het Paard, Het Schaap, De Aap, De Haan, De Hond en

Het Zwijn. Het dier dat behoort bij het jaar waarin u bent geboren, oefent een diepgaande invloed op uw leven uit, volgens de Chinezen. Zij zeggen dan ook: 'dit is het dier dat in je hart verborgen zit'. Dit alles was u al bekend.

Maar wat u nog niet wist, is dat ik vorig jaar zomer een Abessijnse Deegrol uit 2217 B.C. heb ontdekt, waarop in feite en in plat-Sumerisch precies het omgekeerde werd gedaan: hier werden, in volkse maar poëtische bewoordingen, de gesternten waaronder belangrijke Abessijnse katten werden geboren benoemd met de toentertijd meest voorkomende beroepen (twaalf!) van de mensen die actief waren binnen het sociale leven van Amknima-Prrut; tot diep in het tweede millennium de levendige (en niet ongevaarlijke!) hoofdstad, gelukkig gelegen aan het Chabrmeer, zodat zo'n deegrol, die alle gegoede burgers bij zich droegen, bleef drijven wanneer hij per ongeluk in het water terechtkwam... (Vaak werden ze ook in het water geworpen, bij wijze van spel op de zondagmiddag: de hond mocht de deegrol dan apporteren.)

Dit zijn, in mijn gebrekkige vertaling, de voornaamste karakterkenmerken van de verschillende kattetekens. Nochtans hoop ik dat u er 'iets' van uw eigen poes in herkent!

Poezen geboren tussen:

17 december en 8 januari
Havenmeester

Urenturend poeswezen, zelf nooit vooruit maar

naderen wachtend; zetten plaagse jongelingen haar een pet op – zij gedoogt dit.

8 januari-11 februari
Boekhouder

Haar roze kussentjes tellen de passen; passend op haar tellen ligt zij lang en saai van rekenen – en sluipt zij door de dagvertrekken, gaat dit om of alles er nog staat.

11 februari-19 maart
Atleet

Elk meubelstuk kiest zij als hindernis, steeds zo snel als doenbaar laag van hier naar daar.

Hoe hoog is de wasvrouw?

Laat mij eens in haar springen!

19 maart-1 april
Minister

O de onzichtbare trapleer van waaraf zij op ons neerziet: acht zij ons soms haar geheim niet waard?

1 april-30 april
Kastelein

Alle bruiloftsgasten lacht zij toe, maar nooit bekopt zij hun satijnen waden: laat ze maar naar haar komen!

Nog na lange rijen aaien het spinnen niet moede.

30 april-9 mei
Kluizenaar

Hoe krijgt zij haar huis nog kleiner?

Heeft zij dit krat al gehad?
Zou zij in de blauwe amfoor passen?
Tot laat roepen haar de bedienden, met bungelende lampen.

9 mei-26 juni
Badmeester
Alles kan altijd schoner; likt haar sidderende tong eerst de randen van de kom, dan de vis pas.
Dan zichzelf weer, met haar poot haar kopje bonkend, of zij ergens maar niet op kan komen.

26 juni-18 juli
Gids
Alle bezoekers voorafgaand, hun zetels voorwetend.
Breekreden van menige karaf; steeds vlak voor onze voeten!

18 juli-10 augustus
Edelman
Jij oudgeboren, gapend huisembleem, die ons jouw gast doet voelen!
Dus jij was het die al die weken speelde onder de nieuwe ligbank met de mooiste borstspeld van de oude dame!

10 augustus-15 september
Schout
Hoe laat wij ook thuiskeren van de Prrutse Rennen – zij ziet ons maar zij doet van niet.
’s Nachts maakt zij haar ronde; speurend naar het onraad dat zij zelf is.

Druppels niet vrezend, komt zij kijken met hoevelen wij ons baden.

15 september-2 november
Hoer

Haar spinnen onderbreekt zij slechts bij het verschuiven van de bezetene; iedere schoot is de hare.

Daarom versmaadt zij de benenloze bedelaar, die, tegen ons poorthek leunend, in honger zijn mok naar de zon heft.

2 november-17 december
Uitvinder

Vanaf de schraag kijkt zij de houtbewerker op zijn vingers en haar ogen schichten het weefgetouw heen en weer.

Hoe leergierig loopt zij rond, alle nieuwe voorwerpen ontledend en zich meermalen om hetzelfde verbazend, met een kleine sprong, om zich maar niet te vervelen.

'Nooit! Nooit ga ik meer met de auto! Voortaan alleen nog maar vliegen met enkel handbagage. Wat net zo duur is. Tel je tolgeld maar eens op en je benzine en je eten en je overnachtingen. Wij gingen dus naar Portugal en dan moet je achtenhalfhonderd kilometer door Spanje.

Dat gaat goed tot aan Bilbao, maar dan krijg je nog zeshonderd kilometer tweebaansweg. Ken je die Spaanse tweebaanswegen?

Dertig meter onderbroken streep, dan weer dertig meter dichte streep, dan weer dertig meter stippellijn, enzovoort. Tot de horizon. Honderden oude Toyota's, Opels en Mazda's, vol met terugkerende gastarbeiders. Niks op tegen, maar je schiet niet op. Slepen met hun kont over de weg door al die bij ons gekochte wasmachines en televisies op het dak. Dus die probeer je te passeren.

Het zal een uur of twaalf geweest zijn, op het heetst van de dag. Van dat uitgebeten licht. Achter je rug hoor je de walkmannen van de kinderen door mekaar heen snerpen. Ergens tussen Burgos en Valladolid, was het. Ik passeer een oplegger met stieren, zie dat de stippellijn aan mijn kant een ononderbroken streep wordt, wil dus terug naar rechts, maar de etter naast me geeft gas, ik kan niet invoegen, druk mijn pedaal tot op de bodem, kom hem voorbij en rij tien meter, meer kan het niet geweest zijn, over de witte lijn, waar hij weer dicht was.

En daar staan ze! Met laarzen aan. Met z'n tweeën zijn ze en ze steken allebei tegelijk hun hand op. Aan de kant, naast hun motoren. Paniek in de auto. Kinderen kruipen onder hun walkmannen vandaan en vragen wat er aan de hand is.

– Pappa deed een beetje dom, zegt mijn vrouw.

Ik stap uit.

– Qué passa? roep ik, met mijn vakantiestem.

Die ene spanjool blijft staan, de ander komt aangemarcheerd. Zonnebril op, met daar overheen die zwarte micaklep van zo'n rotpet. En je dan nog niet aankijken. Weigert Frans, Duits of Engels te spreken. Vraagt mijn rijbewijs, kentekenbewijs, paspoort, groene kaart en trouwboekje.

Gaat alles staan lezen. Ik voel me weer op school; ik heb een wiskundeproefwerk gemaakt en geen vraag geweten. Alle antwoorden ironisch bedoeld, maar dat werd toen nog niet begrepen.

– Qué? vraag ik.

– Cinquante mille pesetas, snauwt die guardia civil, want zo noem ik ze dan ineens weer. En hij sloft weg, met al mijn papieren, terug naar zijn motor.

– Wat zeidie? huivert mijn vrouw.

– Cinquante mille pesetas, herhaal ik en plak aan mijn stoel vast. Nooit meer kunstleer.

– Oude pesetas? vraagt ze.

– Weet ik veel! Rekenen ze hier nog in oude pesetas? Hoeveel staat de peseta, verdomme?

Mijn dochter pakt de perkamenten Nederlandse krant van de vorige dag van de hoedenplank en wij beginnen te decimalen.

Ik kom uit op vijftig gulden, het vriendinnetje van mijn dochter houdt de boete op een tientje, maar mijn vrouw pakt mijn arm, staart met grote angstogen in dat kale landschap en zegt, echt met de dood in haar stem: duizend gulden.

Ik voel dat zij gelijk heeft, maar kan het niet geloven.

Dit is potverjume Europa zeg! Daar ben ik nog voor wezen stemmen! Zo hemelsbreed mogen de verkeersboetes dan toch niet meer verschillen?

Ik stap uit en loop naar ze toe. Ik speel ineens de hoofdrol in mijn eigen western. Onderweg schop ik nonchalant nog wat steentjes van mijn pad.

– Where is? vraag ik, met zo'n beetje de glimlach van de televisieweerman; where stands is fifty thousand pesetas? Want ik dacht aan een opzetje. Dat die schoften mijn geld in hun eigen zak gingen steken.

Die gast met mijn papieren doet of hij zich mij al niets eens meer herinnert. Blijft, rug naar mij toe, de weg afkijken. De ander kijkt mij ook niet aan maar haalt een boekje uit de zijtas van zijn motor, bladert wat en houdt mij, zo, baf, een vuile bladzij onder mijn neus. Veel te dicht onder mijn neus. En verdomd, daar stond het. Zwart op wit. Links een kolom Spaanse overtredingen en rechts de boetes in pesetas. 150.000.– ptas., zie ik zelfs staan, voor het een of ander. Zal wel voor doodrijden van stier zijn geweest.

– No alte pesetas? durf ik nog te vragen; estas vieilles pesetas?

– Cinquante mille pesetas! Cash! blaftie en hij stopt zijn boekje terug. Ik probeer nog een beetje strijdvaardig te kijken, maar ik sta daar dus regelrecht te handenwringen. Want ik zie ons hotelletje een camping worden, om maar wat te noemen.

Omdat ik nou eenmaal zo opgevoed ben, neem ik

altijd wat extra's mee. Dus behalve mijn creditkaarten en girobetaalkaarten, ook een buffertje Hollands geld. Vijftien briefjes van honderd, had ik bij me. En ik laat ze hem zien.

– Cambiare, versta ik.

– Bueno, zeg ik en ik zwaai over zijn verlaten rotlandschap; Bueno signor! Cambiare. Mais donde banco, hè? Donde banco? Nou? Nau??

– Banks closed. Jour de fête. Cambiare souvenirshop, zegt die fascist en hij wijst honderd meter verderop, waar een keetje op instorten staat.

Ik ga daarheen. Gevlochten stierekoppen, marmeren reigers, Spaanse danseressen, enge wijnzakken, veel leren portemonneetjes, castagnetten; dat soort triefel. De beheerders lijken mij moeder en zoon. Ik wijs naar buiten en zucht pathetisch. Policia! kon ik nog net fluisteren. Ik was kapot.

– Ah madre mia, zucht die vrouw en zij slaat haar ogen ten hemel en haar zoon een arm om mijn schouders en eindelijk voel ik me weer onder de mensen!

– Cambio? vraag ik, bijna met tranen in mijn ogen. En ik wapper wat met mijn bosje Hollandse biljetten.

Die man kijkt ernaar en likt langs zijn lippen.

– Si, si, zegt hij, met zo'n air van bezorgdheid.

– Cinquante mille pesetas, zeg ik nog, maar hij is al aan het hoofdrekenen, met veel gefluit en klakken en krabben en van dat lippengetuit. Zijn moeder kijkt trots naar hem op.

Na een minuutje is hij eruit.

– Is Fourteen hundred Dutch guilders, zegt hij, doet dan of hij het nog even snel narekent, knikt gerustgesteld en zegt, meer voor zichzelf dan tegen mij:

Si. Cinquante mille pesetas is fourteen hundred Dutch guilder.

– Fourteen hundred Dutch guilder, jammert zijn moeder. En ik heb ze dus uitgeteld; veertien snippen. Hallo, mag ik u even zien? Waar haalde hij zo snel dat pakketje van precies vijftigduizend pesetas vandaan? Maar dat dacht ik pas onder het teruglopen.

Dus ik betaal die ene etterbak, zwijgend. En ik eis een reçu en mijn papieren.

En ik loop zonder groeten terug naar mijn auto. Ik stap in en rij weg. In mijn achteruitkijkspiegel zie ik ze op hun motoren springen en honderd meter verder terug remmen voor de souvenirshop.

Ik blijf driehonderdtachtig kilometer lang zwijgen.

Dat doen we ook, maar nu alle vijf, als wij twee weken later, op de terugweg, die plek opnieuw passeren.

– Cinquante mille pesetas! roepen Kwik, Kwek en Kwak op de achterbank.

– Een nieuwe wasmachine, zucht mijn vrouw.

En ik kijk opzij naar die souvenirshop en ze zijn hem aan het verbouwen.'

Geachte gast.

Wij verzoeken u, met het oog op ons milieu, de handdoeken meerdere malen te gebruiken.

Indien u nieuwe handdoeken wenst, laat dan de gebruikte op de grond liggen.

Bovendien, geachte gast, verzoeken wij u om, als u per se in bad wilt gaan, dit met zijn tweeën te doen. Mocht u een eenpersoonskamer bezetten neem dan, in het belang van ons milieu, contact op met een andere eenzame hotelgast en stel hem of haar voor samen met u te baden en ieder een zijde van de handdoek te gebruiken. Het gaat om de toekomst van onze kinderen!

Wilt u ook de zeepjes geheel 'op' wassen? Als er nog een flintertje van over is, gooi dit dan niet weg maar plak het s.v.p. op het nieuwe zeepje. De koalabeertjes zullen u er dankbaar voor zijn!

Mogen wij u bovendien verzoeken of u de beide bedlampjes met mate wilt gebruiken? Natuurlijk staat het u vrij 's avonds nog wat te lezen, maar doet u dit dan alstublieft met een lantaarn en onder de dekens; dat is wel zo gezellig en komt alle bedreigde diersoorten ten goede. Lantaarns en batterijen zijn verkrijgbaar bij de receptie.

Op uw kussen zult u elke avond een milieuvriendelijke bonbon vinden. Wij hopen dat deze attentie u zal smaken doch verzoeken u het cellofaantje van de verpakking niet weg te werpen maar netjes glad te strijken en op de minibar te leggen, zodat wij hier de bonbon voor de volgende dag in kunnen wikkelen, wat onze kostbare bossen ten goede komt.

Bedenk bovendien dat u een belangrijke bijdrage aan het voortbestaan van de tijger kunt leveren wanneer u zich op blote handen en voeten door uw kamer verplaatst, in plaats van rechtop in uw vuile schoenen.

Het zal u zijn opgevallen dat wij, met het oog op onze oceanen, geen wandversiering in uw kamer hebben opgehangen. Op het bureau vindt u een vel papier en een pijpje houtskool, waarmee u zelf een schilderij kunt maken. Wilt u dit echter niet aan de muur prikken? U bewijst hier de trekvogels een grote dienst mede!

Zoudt u ook zo vriendelijk willen zijn de beíde zijden van het toiletpapier, de tissues en het speciaal geprepareerde schoenpoetsdoekje te hanteren en, voor u deze artikelen in het pedaalemmertje deponeert, nog even willen controleren of u er bij voorbeeld geen leuke pochette van kunt vouwen? U voorkomt hiermee het smelten van onze poolkappen.

En voor wat onze pedaalemmertjes betreft: wilt u de pedalen met mate gebruiken en hen zoveel als mogelijk met de blote hand openen en sluiten? Dat zal de schoonmaak van de vervuilde landbouwgrond aanmerkelijk bespoedigen.

Wij spreken mede namens alle met uitsterven bedreigde planten wanneer wij u dringend verzoeken de trap te gebruiken, aangezien hier en in alle gangen dag en nacht dezelfde zeikmuziek als in de lift te horen is.

Geniet u voor het overige gerust van de klaterende fontein en de honderden gekleurde lampjes in onze hall, maak morgenochtend op uw gemak een keuze uit de tientallen kunststoffen bakjes vla, kwark en yoghurt van ons lopend ontbijtbuffet en schenk u zelf eens zo'n stijlvol plastic glas net echte sinasappelsap in.

Wij wensen u een plezierig en milieubewust verblijf in ons hotel! (Nog gunstiger voor de ozonlaag is het natuurlijk wanneer u de nachtònder uw bed wilt doorbrengen.)

Je zult tegenwoordig wel digitaal worden opgemeten of met een laserstraaltje en met een paar honderd aanvragers tegelijk, maar toen ik in 1959 mijn eerste paspoort kreeg mocht je nog in je eentje tegen een becentimeterde wand gaan staan, in een speciaal kamertje en op kousevoeten, waarna je klem werd gezet met een horizontale maatlat, op je schedeldak neergelaten door een bijziende stadhuisbode, wie het een zorg was welke officiële lengte jij genoteerd wilde zien.

Ik stond van inspanning trillend op mijn tenen en hield mijn achttienjarige hoofd onwerkelijk fier geheven. Zo hoopte ik de magische grens van Eén meter Tachtig te halen, want zo lang was mijn vader. Maar hoe ijlhoofdig ik mijzelf ook oprekte – ik kwam niet hoger dan éénmeterachtenzeventig. Die lengte werd mij zonder tegenstribbelen toegedicht en kwam, in handschrift en met inkt, voor altijd in mijn paspoort te staan. Sedertdien werd die 1.78 m, zonder nadere verificatie, bij elke verlenging overgenomen.

Laat ik in 1959 alles bij elkaar drie centimeter hebben kunnen smokkelen. Dan mat ik dus nog altijd éénmetervijfenzeventig! Daarmee heette je toentertijd dan wel geen ‘boom van een kerel’, maar ze durfden je evenmin een droppie, een dreumes of een kleine opsodemieter te noemen.

Een vader die 1.68 m mat, ontleende daar nog ruim voldoende gezag aan en het sprak vanzelf dat het gezinshoofd levenslang de langste bleef. Pas op twee- à drieëndertigjarige leeftijd wilde een enkele zoon nog wel eens zijn uitgegroeid tot ietsjes boven de schouder van zijn inmiddels lichtgekrompen papa.

Als ik het mij goed herinner, mocht je toen met een lengte van 1.63 m al bij de politie. Meisjes moesten daarvoor minimaal 1.59 m meten, maar zulke lange slierten zag je maar zelden. Ga maar na: Brigitte Bardot was destijds 1.51, Simone Signoret mat 1.48 en Edith Piaf haalde, op hoge hakken, krap 98 centimeter.

John Wayne en Gary Cooper – wat een reuzen leken dat niet, op het witte doek! Terwijl zij, in werkelijkheid, onderscheidenlijk 1.42 en 1.47 lang waren. En dat een onderdeurtje als James Dean (1.25!) zo'n opzien baarde met de film *Giant*, kan achteraf tot Hollywood's grofste 'gotspes' worden gerekend!

Maar zie: heel, heel langzaam werden de mensen langer. Yul Brynner passeerde, kaal nog wel, als eerste filmacteur de grens van 1.60 m en met Clint Eastwood kwam de echte doorbraak: die bleek me daar eventjes 1 meter en eenenzeventig centimeter lang! Maar: op laarzen.

Daarna ging het hard. In Nederland is, ten gevolge van het jarenlange zuivelgebruik, de gemiddelde lengte van een jongen van 17 stilaan uitgemolken tot 1.96 m en Hollandse meisjes zijn, met hun doorsneelijven van 1.82 m, de mooiste en langste vrouwen ter wereld.

En het einde is nog niet in zicht; laat staan dat wij de gevolgen van deze groei op langere termijn kunnen overzien!

Tot nu toe dacht men dat het ging om langere bedden en grotere kledingmaten. Die aanpassingen vormen slechts het topje van de ijsberg. Denk aan het verkeersgebeuren. Misschien kunnen de stoplichten zo blijven hangen, maar de praatpalen moeten langer. Benzinepompen en parkeermeters worden hoger. Wat dacht u van de gleufpositie bij de brievenbussen, van de openbare tafels en stoelen, van de sloten en bellen? Dat alles wordt zodanig aangepast, dat de tweemetermens niet meer hoeft te bukken. En wie zijn straks die tweemetermensen? Negen van de tien Nederlanders!

Hoe lang bent u? Een meter achtenzestig? Akkoord. Straks bent u vijfenzestig en dan wilt u rustig de mussen voeren, op een bankje in het park. Nou, probeer daar dan nog maar eens op te klimmen! Dat gaat allemaal omhoog. Toonbanken, balies, automaten, straatnaambordjes... Wanneer wij in het jaar 2000 een kroketje willen trekken, zullen wij elkaar een kontje moeten geven.

Als ze de publieke telefoons hoger gaan bevestigen (en die plannen liggen klaar; een nicht van mij zit bij de PTT), dan begint er een niet meer te stuiten sneeuwbal te rollen. Op alle fronten is het beleid gericht op het verhogen van alles wat er hangt en staat, in Nederland. Alleen al om de werkgelegenheid, die ze daarmee scheppen.

Over de gehele linie komt er zeventienenhalve centimeter bij. Mijn nicht spreekt van een voorlopig cijfer. Maar dat cijfer is geheim, dus waar.

Kapstokken in openbare gelegenheden, vergat ik nog te noemen! U kunt straks niet meer bij de knop van het licht, met uw enkele AOW. O het zal heel geleidelijk gaan. Bepaalde blikken in de supermart zullen onbereikbaar voor ons worden. Wij kunnen steeds moeilijker bij de bovenste rijen boeken in de bibliotheek. Om haltepalen te lezen hebben wij een verafbril nodig. U drinkt een kopje koffie op het terras, zitten op een morgen alle oortjes hoger. U bestelt tomatensoep en het bord is dieper. U vraagt de rekening; de twee meter lange ober hoort u niet. Noodgedwongen zullen wij steeds harder gaan praten. Dus als wij straks nog aan enige bak willen komen, moeten wij nu onze stemmen verheffen!

Er zijn Clubs van Lange Mensen en Verenigingen van Dwergen – waar blijft de belangengroepering van de tussenpersonen, zoals u en ik?

Het is de hoogste tijd dat deze consumentenkring er komt, want ik tel onder mijn vrienden en kennissen niet één vader meer met een opgroeiende zoon die hem nog niet in lengte heeft overtroffen, zo min als ik één dochter kan aanwijzen die heden ten dage korter is dan haar moeder!

Dat heeft – onnodig – verkrampt gedrag ten gevolge. Ik ken ouders die hun kleiner zijn voortdurend trachten te maskeren door het dragen van dubbele hakken of verheffende inlegzooltjes. Anderen zien er zorgvuldig op toe dat zij, in gezelschap, nooit direct naast hun kinderen komen te staan en weer anderen blijven zelfs consequent zitten, als hun zoon of dochter in de buurt is. Het kan bijna niet anders of de ontworteling van veel hedendaagse jeugd is het directe gevolg van de instinctieve angst die er bij volwassenen heerst om een grote mond op te zetten tegen iemand die langer is.

Nu valt die brutaliteit van onze twee kinderen gelukkig reuze mee. Mijn zoon van zeventien en dochter van vijftien zijn, gelet op hun lengte, juist ontzettend wellevend.

Gisteren stonden wij gedrieën, ik in het midden, in zo'n al te zeldzaam ogenblik van avondrust en gezinsvrede naar de waaierende tuinsproeier te kijken en toen tikten zij precies tegelijk op mijn kruin en zeiden ze unisono en u had eens moeten horen met hoeveel liefde en gevoel dat wel niet gepaard ging: 'Je wordt hier een beetje kaal, pap!'

De bekende televisiepresentator F. had mij uitgenodigd om eens een middagje te komen brainstormen. Hij wou in het nieuwe seizoen hele andere dingen gaan doen maar hij wist nog niet welke.

Het ging in elk geval iets met mensen worden; een programma voor en door mensen, waarin allerlei mensen, niet alleen gekke maar ook gewone, centraal zouden staan.

Ook het publiek zou zijn samengesteld uit de meest uiteenlopende mensen en inhoudelijk mocht het allemaal best een stapje verder gaan dan andere programma's van, met, door, over en voor mensen. F. denkt dat de tijd daar namelijk wel weer eens rijp voor is.

Om onze gedachten zo stimulerend mogelijk de vrije loop te kunnen laten, was er geen agenda voor de brainstorm opgesteld, maar zouden wij gewoon met een mannetje of tien rond F. zijn tabula rasa gaan zitten en dan maar zien wat daaruit zou rollen. En opdat alle deelnemers nog fris zouden zijn, werd er om tien uur 's ochtends begonnen en zouden wij na pak hem beet tweeënhalf uur brainstormen gezamenlijk de lunch gebruiken, om onze stroom van ideeën nog eens rielekst tegen het licht te houden.

Toen ik om vijf voor tien bij F.'s kantoor arriveerde, werd ik ontvangen door zijn secretaresse; een slanke blondine van een jaar of dertig, met ogen die net zo bruin waren als haar haarwortels. Ik had haar naam wel eens zien passeren bij de aftiteling van een actualiteitenprogramma. Zij droeg een groen T-shirt met

‘Festival De Cannes’ erop en een kort en vlekkeloos wit rokje over mooie, lange, maar schilferend bruinverbrande benen. Omdat F. een telefoontje uit Montreux verwachtte en ook de andere leden van zijn redactie nog een half uurtje elders vastzaten, stelde zijn secretaresse voor dat wij tweeën, op het terras tegenover de studio, zolang een kopje koffie zouden drinken.

Wij waren nauwelijks gezeten of er stopte, half op het trottoir, een afgeragde Toyota, waaruit een bezwete man te voorschijn sprong, die driftig naar ons wenkte. F.’s assistente mompelde een excuusje tegen mij en stapte vastberaden op hem af.

Onder haar rechterbil hing een paar centimeter zoom uit haar rokje. Het was zo’n man met haar dat krult van de energie en hij praatte heftig op haar in. Nu en dan knikte hij wantrouwend naar mij. Zij zei niets, maar schudde een paar keer bedroefd haar hoofd. Na een minuut of drie stapte de man weer in, knalde zijn portier dicht en gierde weg. Met een droefgeestige glimlach kwam mijn gastvrouw teruglopen naar ons tafeltje, ging weer zitten en zweeg.

– Nounou, die had haast, verbrak ik de stilte.

– Ik word er gek van, zei ze, boos een suikerklontje brekend.

Ik zocht mijn lepeltje. Het lag op de grond. Ik raapte het op, veegde het af aan mijn broek en vroeg of die opgewonden man van daarnet ook aan de brainstorm zou deelnemen.

– Nee, gelukkig niet! Want dat was namelijk haar man en die controleerde toch al de hele dag waar zij zat en wat zij aan het doen was, terwijl hij er nota bene zelf op had aangedrongen dat zij deze baan zou nemen. Maar daarna had hij aanvallen van jaloezie gekregen en verdacht hij haar van allerhande verhoudingen.

Ik knikte ernstig en zei dat de televisiewereld die naam nu eenmaal had en dat dit mij best lastig leek voor haar.

– Lastig? blies zij; er valt gewoon niet mee te leven!

– Dus zijn achterdocht slaat nergens op? vroeg ik quasi streng, door mijn linkerwenkbrauw vragend omhoog en de rechter vorsend omlaag te trekken.

– Wat denkt u wel van me? riep zij verontwaardigd.

Twee tafeltjes verder keken mensen naar ons om.

– Sorry, zei ik haastig; zo bedoel ik het niet. Ik maak u mijn excuses.

En toen kwam F. eraan gelopen, met drie vage bekenden in zijn slipstream. Wij schudden handen, vroegen hoe wij het maakten, waar wij elkaar ook alweer van kenden of voor het laatst gezien hadden en togen naar de vergaderruimte, waarbij iedere man F.'s secretaresse voorop liet gaan, zodat wij allemaal haar benen konden bekijken.

Behalve de vaststelling dat F.'s nieuwe show een open formule zou krijgen waarbinnen in principe alles mogelijk was zolang de wat zwaardere onderwerpen maar zouden worden gesandwicht tussen hoogwaardig amusement, had de brainstorm weinig concrete nieuwe ideeën opgeleverd; maar de stemming tijdens de samenvattende lunch leed hier niet onder.

Wij zaten met zijn tienen aan tafel, in een Italiaans restaurant; ik recht tegenover de geplaagde secretaresse. Aan haar rechterzijde zat F., in druk gesprek met een mij onbekende pijproker, die verhinderd was geweest aan de eigenlijke brainstorm deel te nemen, maar toch nog even een vorkje mee kwam prikken, zodat hij alsnog zijn uren kon declareren bij F.'s omroep.

Ik ben nog altijd een zwakke pasta-eter. Macaroni kan ik de baas, maar met spaghetti en tagliatelle blijf ik het moeilijk hebben. Toen ik zestien was had ik een vriendinnetje dat Irma heette en in haar ouderlijk huis zou ik op een avond voor het eerst Italiaans gaan eten. Om mij voor flaters te behoeden, had Irma 's middags bij ons thuis een pan spaghetti gekookt en mij de techniek van het opwinden en afhappen gedemonstreerd. Maar toen ik die avond in mijn eerste colbertje voor haar deur stond en, want hun bel deed het niet, door de brievenbus riep dat ik gearriveerd was, rook ik boerenkool met worst.

Waar is mijn servet nu weer? Op de plavuisvloer natuurlijk, omdat ik mijn benen nooit kan stilhouden, maar zolang ik ze onder tafel kan verbergen valt het niet zo op dat ik onafgebroken zit te wapperen. Klapwieken met mijn knieën, is het eigenlijk meer en wie goed kijkt ziet mijn bovenlichaam lichtjes op en neer gaan.

Terwijl ik mijn stoel achteruit schuif en me behoedzaam buk, neem ik me voor niet stiekem naar de benen van F.'s secretaresse te kijken, maar het vlees is zwak en de wijn was koppig, zodat ik, onder tafel, even snel mijn ogen de kost geef.

Ik durf niet te geloven wat ik zie. De adem stokt mij in de keel: de rechterhand van zijn secretaresse verdwijnt, tot aan haar Swatch, in de open gulp van F. zijn broek.

Wat moet ik doen? Zij weet wat ik nu zie. Elke seconde die ik nog langer met mijn blozende hoofd onder de tafel verblijf, maakt de situatie neteliger. Zij trekt zich niet terug, maar houdt haar onzichtbare hand en bruine arm onbeweeglijk in dezelfde ontuchtige positie. Ik waag het erop en kom weer te voorschijn, waarbij ik, met mijn herwonnen servet, het zweet van mijn bovenlip dep. Dan doe ik alsof ik nu pas het schilderijtje boven haar hoofd zie hangen. Het Lago Maggiore, bij zonsondergang.

Zij lepelt met de vrije hand ontspannen haar cassata-ijsje.

F. is nog altijd in gesprek met de pijp aan zijn rechterzijde en heeft, weet ik zeker, niet eens gemerkt dat ik even was verdwenen.

Dan wendt de populaire presentator zich tot mij.

– Ik zeg net tegen Hans hier, zegt hij, dat we het er hoe dan ook over eens zijn dat in de nieuwe opzet alles moet kunnen. Ja toch?

– Absoluut, knik ik ernstig; absoluut. Alles moet kunnen. Nee, dat kan een fantastisch seizoen worden.

– Reken maar! roept F.; hè mensen: ik heb er zin in!

– Mmmmm, zoemt zijn secretaresse.

– En nou alleen nog een lekkere pakkende titel. Jij soms een ideetje? vraagt hij aan zijn assistente, alsof hij zich nu pas herinnert wie er al die tijd naast hem zat. Zij kijkt op en meteen naar mij, met zulke kille ogen dat ik de mijne bijna neersla, maar ik geef geen krimp en kijk strak terug.

Dan tuit zij peinzend haar mond, om de koude van haar laatste hapje ijs te bedwingen en zegt ze:

– Alles moet kunnen, lijkt je dat niks?

Het is natuurlijk nog lang geen, kom hoe heet dat, praecox, maar het komt gewoon omdat ze alles maar steeds blijven veranderen. Tot de simpelste gebruiksvoorwerpen. Zo dacht ik vanmorgen in dit hotel dat ik het zoutvaatje in handen had, terwijl ik mijn scrambled eggs bestrooide met een stuk of vijftig tandestokers. Niks laten merken. Wanneer ik mij in mijn eentje kwaad dreig te maken om mijn stommiteiten, denk ik veiligheidshalve aan de man die ik ooit in Antwerpen zag wachten voor een rood voetgangerslicht. Hij graaide in een zak van zijn colbert en trof hier, tot zijn kennelijke verbazing, een handjevol vergeten confetti in aan, dat hij woedend op straat wilde kwakken; wat tot zijn stijgende ergernis mislukte – confetti kun je nu eenmaal niet gericht weggooien, maar uitsluitend vrolijk laten dwarrelen.

Alleen wanneer ik mijzelf op een openstaande gulp betrap, vertoon ik een instinctieve, woedende schrikreactie.

Dat mijn gulp tegenwoordig veel vaker openstaat dan vroeger, is niet het gevolg van stress of hoe heet het, zoals ik eerst vreesde, maar komt door de verdwijning van de knoopgulp, waarbij een man nu eenmaal bedachter op openstand was dan bij de gulp met rits. Er was aan mijn ouderwetse gulpen wel eens een knoopje los, maar het kwam nooit voor dat ik hem in zijn geheel vergat dicht te doen en de halve dag met een gapende broek rondliep, zoals tegenwoordig. Dit heeft weer te maken met het feit dat snit en rits van de moderne pantalon dermate zijn verfijnd, dat een openstaande gulp nauwelijks meer opvalt.

Laat tien willekeurige mannen na het wakker worden hun van een ritssluiting voorziene broek aantrekken, zet hen op een rij en rechtop naast elkaar en niemand zal kunnen aanwijzen hoeveel van de tien er een open gulp hebben. Pas bij lopen, bukken of zittengaan valt de vergeetachtige broekdrager door de mand. Is onze proefpersoon gewoon te ontbijten aan een met een overhangend kleed gedekte tafel, dan is het bovendien heel goed mogelijk dat hij pas in de auto, in de file op weg naar de zaak, ontdekt dat hij zijn gulp heeft laten openstaan. Deze zittend dichtritsen tot helemaal bovenaan toe lukt lastig, zodat je 's ochtends tussen zeven en negen, links, rechts, voor je en in je achteruitkijkspiegel mannen bezig ziet die, met hun hoofden scheef tegen het plafond van hun auto gedrukt en half overeind staand, verkrampt proberen hun gaapgulp te corrigeren.

Toen wij nog ouderwets sportief auto reden en per ochtendspits gemiddeld zo'n vierhonderd maal onze versnellingspook hanteerden, kruiste onze slaperige blik vroeg of laat de openstaande gulp, maar omdat steeds meer mannen automatisch rijden, zodat zij na instappen en starten oog en hand nog maar eenmaal naar beneden hoeven richten om de knuppel in de drive-stand te drukken, krijgt de helft van alle met open gulp van huis vertrokken ongelukkigen pas op kantoor te horen hoe zij voor gek lopen. Maar dit terzijde, want wat wilde ik nou ook alweer vertellen?

– Hè ik kan het duizend keer zeggen. Het lijkt op een soort kaas namelijk.

– Brie?

– Nee die niet.

– Roquefort? Camembert?

– Nee wacht...

– Stilton? Gouda? Parmezaanse?

– Kernheim! Zie je wel? Ik wist het wel: Kernheim, zo heet dat.

– Kernheim?

– De ziekte van Kernheimer ja. Die bedoel ik. Dat er gaten in gaan vallen.

– Gruyère heeft de meeste gaten dacht ik, qua kaas.

– Nee ik bedoel in je hoe heet het, in je geheugen.

– O jij bedoelt Alzheimer!

– Alzheimer ja, dat zei ik toch?

– Nee, je zei Kernheimer. Maar dat is kaas.

– Ja, dat weet ik ook nog wel.

– Maar Alzheimer is een ziekte, geen kaas.

– Daarom. Heb jij daar dan geen last van?

– Waarvan?

– Van vergeetachtigheid?

– Ja verrek, wie niet tegenwoordig.

– Het heeft ook niks met leeftijd te maken. Je hoeft er heus geen tachtig voor te zijn. Hoe oud was jij ook alweer momenteel?

– Ik? Negenendertig. Nee achtendertig, sorry.

– Zie je wel? Het is net zoiets als het syndroom van Gontsjarov.

– Gorbatsjov, bedoel je waarschijnlijk.

– Neenee, Gontsjarov. Ik ben niet gek. Dat krijg je door te veel alcohol.

– Elke avond wijn en kaas, bij de open haard.

– Of Gontsjarov, hoor mij nou! Korsakov bedoel ik natuurlijk. Het Korsakov-syndroom.

– Dat is toch die componist van de Twaalf Rovers?

– Wie?

– Remco Korsakov?

– Nee, Rimsky. Rimsky Korsakov van de Sabeldans heb ik het over. Dat je het gevoel krijgt dat je voortdurend spitsroeden moet lopen.

– Ik weet niet of dat met alcohol te maken heeft hoor. Ik las net ergens, waar stond dat nou ook alweer in, ik geloof in HP/De Tijd, nee Elsevier. Ja.

– Wat?

– Nee in het Cultureel Supplement van de NRC was het. Of kan ook de Volkskrant geweest zijn. Maar goed.

– Hè?

– Hoezo hè?

– Wat las je dan?

– Ik?

– Ja je las wat, zei je.

– O ja. Daar schreef dus iemand dat de hedendaagse mens gemiddeld tien keer zoveel heeft te onthouden als tien jaar geleden. Daar schijnt het van te komen.

– Ik heb het vaak als ik van de ene naar de andere kamer loop voor een telefoonnummer of de kurketrekker en dan halverwege weet ik al niet meer wat ik eigenlijk was gaan halen.

– En sleutels vanzelf. Ik moet elke week wel een

keer naar de Sleutelkoning, om duplicaten te laten maken.

– Van je reservesleutels.

– Gelukkig wel ja.

– Man ik zal je vertellen ik heb al drie keer hele nieuwe sloten moeten laten aanbrengen, omdat ik geeneens meer wist waar ik mijn reservesleutels had verstopt.

– In dat zelfde artikel stond geloof ik dat de huidige mens over acht keer zoveel sleutels beschikt als in 1960. Of in een ander stuk, maar daar gaat het nou niet om.

– Met namen heb ik het erg. Van de week, dinsdag of woensdag, zoiets.

– Vorige week dus.

– Hoezo vorige week?

– Het is vandaag toch maandag?

– Maandag alweer, moet je nagaan. Maar toen kwam ik dus dat vrouwtje van jeweetwel tegen.

– Van welke jeweetwel?

– Ach je kent hem wel. Hij doet in die dingen waarmee je je hoe heet dat kan vervangen. Tijdelijk natuurlijk. Die hadden hun eerste baby gekregen.

– Wie?

– Hij en zijn vrouw. Wij hadden ze net nog zo'n vrolijk dingetje gestuurd.

– Vrolijk dingetje?

– Zo'n rond blauw dingetje. Ze piepen als je er in knijpt. Je ziet ze ineens overal, van die dingetjes. Zullen wel weer uit Taiwan komen. Dus ik kom haar tegen, met een kinderwagen en ik wil vragen hoe het er mee gaat en ik kan met geen mogelijkheid meer op die naam komen!

– Op welke naam?

– Van dat kind.

– Dat komt omdat de mens van vandaag gemiddeld twintig keer zoveel namen heeft te onthouden als de vorige generatie. Ook omdat de namen veel en veel moeilijker zijn geworden. Vooral de straatnamen. Ik weet niet meer of ik dat ergens las of dat ik het op de radio hoorde, maar dat is gewoon een feit.

– Wat wou ik nou ook al weer zeggen?

– Van dat roze dingetje toch?

– Ja precies. Dus dan zie ik zo'n kind en dan weet ik bij god niet meer of het een jongetje of een meisje was!

– Dat ken ik ja. Het gekke is dat ik dan vaak wel de naam van hun hond weet, om maar wat te noemen, want er zit geen lijn in, dat is juist het enge. Het is heel selectief hoe dat werkt.

– Nee, laat me nou even uitpraten. Dus ik hou mij op de vlakte en ik vraag: hoe gaat het met de kleine tussen aanhalingstekens.

– Hoe gaat het tussen haakjes met de kleine.

– Nee, tussen aanhalingstekens. In zulke gevallen vraag ik voor de zekerheid altijd hoe gaat het met aanhalingstekens openen de kleine aanhalingstekens sluiten.

– Toch is dat geen reden voor ongerustheid hoor, want dat heb ik ook.

– Wat?

– Waar kwam ik nou bij voorbeeld vandaan, voordat ik jou zag?

– Van daar toch? Nee: van daar.

– Juist. Dan ben ik dus op weg naar huis. Maar anders was ik voor hetzelfde geld weer braaf naar de zaak gegaan.

– Ik zal het je nog sterker vertellen. Ik lag van de week in bed met de vrouw van een goeie vriend van me en ik wist ineens niet meer hoe ze heette. Maar dat is gênant, als je met iemand ligt te vrijen van wie je de naam bent vergeten.

– Hoe heb je dat opgelost?

– Ik heb gezegd dat ik even naar het toilet moest en toen heb ik gauw die vriend gebeld, met de looptelefoon.

– Op de zaak? Was het overdag?

– Nee 's avonds, dus thuis. Trouwens hij zit daar niet meer.

– Waar zat hij dan?

– Bij Huppeldepup en kom hoe heetie.

– Huppeldepup?

– Ja. Huppeldepup en Partners. Maar daar is hij dus weg. Hij zit tegenwoordig bij Bureau Dinges en Dinges.

– En wat heb je toen gezegd?

– Nou dat ik dus even naar het toilet moest.

– Nee tegen die vriend.

– Welke vriend?

– Die van Huppeldepup en Dingetje.

– Je bedoelt haar man?

– Ja. Wat zei je dan tegen hem?

– Nou niks.

– Niks?

– Nee. Ik had alleen een kutsmoesje van hoe het met hem en zijn vrouw ging en dat we gauw weer eens ergens gezellig moesten gaan eten met zijn vieren en toen liet hij gelukkig haar naam vallen, dus toen zat ik goed. Maar wel door het oog van de naald gekropen. En dat is het erge: jij moet haar kennen, maar als je me nu zou vragen hoe dat mens heette – al sla je me dood!

– Dat wou ik net gaan doen. Zet je bril af, schoft die je bent.

'De grote pluspunt van een hoofdsteun is dat in de eerste plaats men zijn hoofd niet meer moe wordt. Omdat men het hoofd kan laten steunen, laten rusten. Vorige week is Jaap tussen twee haakjes overleden maar dat wist je al. Ik zou niet meer zonder hoofdsteun kunnen. Niet alleen men zijn hoofd gaat er naar staan, nee, het verbetert je hele houding van gestalte. Je gaat veel rechterop zitten. Men zijn lichaam strekt zich en dat kan nooit kwaad want wanneer zit men nog wel eens mooi rechtop? En het is gezond, rechtop zitten. Dat je bloed eens een beetje. Nee, ik rij kaarsrechtop.

Ik moet wel, anders kom ik niet bij mijn hoofdsteun. Eerst heb ik een rubber zittinkje genomen maar achteraf zit ik op twee kussentjes en nu is het machtig rijden, rijden met hoofdsteun. Heb ik het nog niet eens over de kans dat je elke keer dat je bij een frontale klap je nek breekt, tot minder dan vijftig, vijfenvijftig procent wordt teruggeschroefd. Dat hebben ze uitgerekend met stuntmannen, achter het TNO.

De veiligheidsgordel zet ik op zijn allerstrakst want dat helpt ook nog een paar centimeter in de hoogterichting. Ik kan er nu echt wat je noemt lekker bij, bij mijn hoofdsteun. Het draait ook makkelijker met zijn hoofd als je opzij moet kijken. Die draai krijgt iets militairs, iets corrects. Ja dat vind ik wel een prettig gevoel, met mijn hoofd tegen iets draaien. Het is eigenlijk meer schurken dan draaien wat je met een hoofdsteun doet. Ja dat mag ik graag doen, met mijn hoofd even tegen iets aan schurken af en toe.

Jeuk op zijn achterhoofd is ook nooit meer een probleem voor de hoofdsteunrijder. Gewoon even wrijven tegen de hoofdsteun. Je krijgt vanzelf dat je veel vaker jeuk op je achterhoofd krijgt met een hoofdsteun, dus dat komt goed uit. De eerste weken toen het van dat warme weer was had ik ook wat uitslag in mijn nek, net onder waar bij mij de haargrens ophoudt. Blaasjes meer. Die blaasjes kunnen namelijk niet tegen skai.

Daar beginnen ze van te jeuken, van de combinatie skai warmte transpiratie. Toen heb ik eerst een kussensloop genomen en dat heb ik rond de hoofdsteun strak getrokken en aan de achterkant vastgezet met een dekenspeld. Maar dat krijgt toch gauw iets groezeligs. Dus ik heb met het oog op mijn verjaardag bij deze en gene zo terloops een sjaaltje laten vallen, dat ik eventueel best graag een sjaaltje zou willen hebben. En laat ik nou een sjaaltje krijgen! Van een hele ouwe vriend die ik door allerlei misverstanden al in geen eeuwigheid meer had gezien, laat staan gesproken want ik wacht nog steeds op telefoonaansluiting daar. Die komt 's avonds ineens onverhoeds langs (er was verder niemand, vakanties) en die zegt: ik dacht een sjaaltje kan je altijd wel gebruiken tegen de herfst. Ik zeg gebruiken? Joh ik zat om een sjaaltje te springen! Dus je begrijpt dat ging verder de hele avond over hoofdsteunen voor en hoofdsteunen na, want hij rijdt zelf ook hoofdsteun. Alleen hij gebruikt hem minder intensief, hij zit er dus niet consequent tegenaan met zijn hoofd. Dat doe ik dus wel. Ik vind als je een hoofdsteun hebt geïnstalleerd dan moet je hem ook gebruiken.

Op de passagiersstoel naast me heb ik nòg een hoofdsteun laten zetten. Voor het geval er eens iemand met mij mee zou moeten rijden of bij de een of andere gelegenheid. Dat ik dan een passagiersstoel met een hoofdsteun heb. Het geeft ook een beetje het idee van dat je met z'n tweeën een rally rijdt. Leuk idee wel. En het staat leuker, twee hoofdsteunen. Ook als je van buitenaf door de voorruit kijkt. Het heeft van zichzelf al iets gezelligs, ook als er niemand tegenaan zit met zijn hoofd. Omdat als je van opzij ernaar kijkt dan heeft een hoofdsteun half om half al iets van een hoofd. Je zou je kunnen indenken dat er uit je ooghoeken iemand met je meereed, met een hoofdsteun. Het maakt je auto voller. Als ik hard moet remmen dan knikt hij ook net zo een beetje naar voren als een mensenhoofd. Want ik heb hem dus expres niet in een vaste stand vastgezet zodat hij een beetje zit mee te wippen op de maat van hoe we rijden. Af en toe zou je zweren dat er iemand naast je zat.

Je ziet ze al wel rijden met víer hoofdsteunen, dus achterin ook nog twee.

Maar ik ben niet zo makkelijk met meer mensen, dat heeft natuurlijk ook met mijn lengte te maken, dus ik blijf liever met z'n tweeën. 's Avonds wind ik meestal voor het raam mijn wekker op en dan kijk ik gelijk altijd even naar buiten of ik hem nog zie zitten. God nee, ik zou niet meer zonder kunnen. Dan reed ik veel onzekerder. En helemaal geen aanspraak meer. Want als je ergens mee zit dan kan je het ook veel makkelijker kwijt aan je hoofdsteun dan aan een wildvreemde. Hij is dus donkerbruin, echt mooi diep donkerbruin; mooier nog dan die van mij.

Mijn moeder was er namelijk niet met mijn verjaardag want die zat op vakantie in Italië. En laat mijn moeder mij nou óók een sjaaltje sturen! Toen zat ik dus ineens met twéé sjaaltjes! Maar dat van haar was meer een damesmodelletje. Prachtig, met drakemotieven en precies de kleur van de tweede hoofdsteun er hier en daar in. Dus daar heb ik dat sjaaltje nu omheen gestrikt. Om de hals als het ware.'

– Wel, ten eerste zijn de veren die wij gebruiken van Spaanse buizerds.

– Echte vogelveren dus.

– Inderdaad. Geen plastic kunstveertjes meer. Daar hebben wij een honderdtal Japanse plukkers voor opgeleid. Zij plukken de veren onder Castellon, waar de meeste buizerds zitten. In ultralight vliegtuigjes.

– Die buizerds?

– Nee de plukkers. Want de veren moeten in de vlucht geplukt worden. Dan zijn ze het sterkst qua spankracht. En dan alleen de staartveertjes. En daarna worden de pennen elektronisch op lengte gebracht.

– En dan aan het slaggedeelte vastgemaakt.

– Nounee, vastgemaakt dat klinkt wat te simpel. U moet het zo zien dat elke veer met een computergestuurd laserstraaltje viervoudig wordt aangehecht.

– Aan dat halve balletje zal ik maar zeggen.

– Aan de pluchon ja.

– Waarvan dat dopje er altijd afging als kind. Dat weet ik nog goed. Dan gaf je een harde klap en dan vloog dat roodrubberen dopje eraf.

– U spreekt nu wel over de prehistorie hoor...

– En lijmen hielp niet.

– Lijm komt er helemaal niet meer aan te pas, tegenwoordig.

– En ze waren net te klein om als clown op je neus te zetten.

– Onze nieuwe Astra pluchon is dus opgebouwd uit

vijf lagen. Als ik met het binnenste gedeelte mag beginnen?

– Heel graag, maar houdt u het kort.

– Wel dat is dus een ik zal maar zeggen soort van holle knikker van verdicht fiberglas, waarin de luchtdruk op 7,4 kilogram wordt gebracht.

– Alstublieft. Dat is nog meer dan bij de Questra, die nieuwe voetbal van het WK.

– Ja. Niet alleen is de luchtdruk binnen de kernknikker hoger, maar ook de lucht zelf is anders van samenstelling.

– Is dat zo belangrijk, wat er voor lucht in zit?

– Dat is enorm bepalend voor het verend vermogen. Daarom gebruiken wij uitsluitend buitenlucht.

– Buitenlucht?

– Buitenlucht uit Parijs. Nu zult u zeggen lucht uit Parijs, lucht uit Parijs; is dat wel zulke goede lucht met al die koolmonoxyde, maar Parijse buitenlucht heeft precies dat vettige karakter dat het hart van de Astra deze fenomenale plasticiteit geeft.

– En de souplesse? Ik hoorde ook verhalen over een ongekende souplesse.

– Twee cushionlagen, denkt u maar aan de nieuwe tennisbanen, geven de Astra een revolutionaire flexibiliteit. Om het fiberglazen kernhart wordt eerst een koudgewalste aanhechtingslaag van acryl gespannen en daaromheen gieten wij een film van gedrilde polyethyleen.

– Met de hand, neem ik aan.

– Uiteraard met de hand. Elke Astra wordt exclusief met de rechterhand vervaardigd, in zeven uur tijd.

– Inclusief het plukken van de veren.

– Nee, dan is de jacht op de Spaanse buizerds niet meegerekend.

– En laag drie, als ik goed heb geteld?

– Laag drie is zonder meer de belangrijkste laag, omdat daar de getemporeerde expansiteit op berust.

– Dat dacht ik al.

– Hij is opgebouwd uit multigedisciplineerde polyurethaan, met een licht citroensmaakje.

– En dan daaroverheen dus dat oude vertrouwde roodrubberen dopje.

– Neenee. Ten eerste is de slagkamer niet rood meer maar paars. Winterpaars, om precies te zijn. Dat verhoogt de concentratie van de spelers en steekt beter af tegen het plafond.

– Maar de veren zelf zijn toch nog wel wit?

– De thermiekveertjes worden een voor een gewit met ultralicht synthetisch gips en het rubber is vervangen door een mousse van diepgevroren elastomeer, wat een ongekende vitaliteit geeft. En grip, stretch, extra stabiliteit en een dubbel zo groot effectpotentieel.

– Toe maar.

– Nee, dit kan een revolutionair badminton-EK worden.

Toen Angie Bowie haar boek over het liefdeleven van David Bowie op de markt pleurde, heb ik niet gereageerd; maar nu Christopher Anderson de schandaalbiografie 'Jagger Unauthorized' heeft gepubliceerd, kan ik niet langer zwijgen.

Dat Angie Bowie mij onvermeld liet, alla! Ik heb tenslotte maar één keer het bed gedeeld met David. Het was een opklapbed en ik weet nog goed hoe we een half uur hebben gehannest en vreselijk gelachen voordat we het uit hadden geklapt; omdat ik toen nog op dat kleine pestkamertje in Rotterdam woonde, waar ik elke avond eerst de wastafel van de muur moest slopen voor ik mijn bed kon neerlaten.

In die zelfde wastafel heeft David Bowie trouwens nog gepist, maar toen was hij al van de muur af, dus dat gaf nog een ontzettende rotzooi, want David Bowie was een van de grootste zeikerds die ik ooit ben tegengekomen en er waren die avond voor, tijdens en na het concert in de Ahoy nogal wat hectoliters achterover geklokt door de heer Ziggy Stardust, maar daar wil ik verder niet lullig over doen.

Toen mijn bed eenmaal stond waren we dermate aan het eind van onze krachten, dat we onmiddellijk in slaap zijn gevallen, dus verder heeft er niks sexueels tussen ons plaatsgegrepen en toen ik 's ochtends wakker werd zat mijnheer Bowie alweer breeduit te kakken op mijn gedemonteerde wastafel en ik was, zeker in die jaren, voor alles in, you've got to try everything thrice, maar persoonlijk heb ik weinig trek om het met iemand te doen die zich zojuist voor mijn ogen heeft zitten ontlasten, neem me niet kwalijk. Maar die zelfde morgen kon ondergetekende Ground Control wel mooi met zijn logé naar de diergaarde Blijdorp, omdat Major Tom panseksueel was en bij voorbeeld ook verschrikkelijk op struisvogels kickte. Die oppasser was een vriend van mij en helemaal gek van Aladdin Sane, dus die keek even een andere kant op toen D. Bowie, gewapend met het aluminium keukentrapje dat hij op zijn tournees altijd meezeulde, het hek opende en zich naar het object van zijn hitsigheid haastte. Okee, dat staat er allemaal niet in, maar waarschijnlijk komt het in de tweede druk, want ik heb die uitgever juridisch gedreigd, op het oude briefpapier van de eerste Nederlandse David Bowie Fanclub, waar ik destijds voorzitter van was en ik nog een velletje of twintigduizend van onder mijn bed heb liggen.

Maar dat er nergens in Jagger Unauthorized staat vermeld dat ik het in 1964, samen met Boudewijn Büch, na het Stones Concert van 1964 in het Scheveningse Kurhaus met Jagger heb gedaan of liever gezegd niet heb gedaan, demonstreert pijnlijk de onvolledigheid van dit schandaalnaslagwerk! Dat Jagger het heeft gedaan met Nourejev, Madonna, Andy Warhol, David Bowie en Prinses Margaret wist ik als secretaris van Aftermath, de Rolling Stones Fanclub van Rotterdam, natuurlijk al jaren. Ook dat hij onnozele groupies wijsmaakte dat ze met hem geen safe sex hoefden te bedrijven omdat hij immers Rubber Lips had. Maar goed, van mij mag Mick. Maar ik vind het uitgesproken lullig en kleinzielig van de schrijver Christopher Anderson dat, net als in dat boek over Bowie, alleen de spectaculaire veroveringen het vermelden waard worden geacht (zoals het verhaal van John Dunbar over alle keren dat hij Jagger in bed vond met Eric Clapton en dat het Jagger was die de bijnaam Mister Slowhand verzon), maar dat Mick's minstens zo spectaculaire mislukkingen op sexgebied nergens genoemd worden.

Want hij kon er nog niks van, in de sixties. Uren zijn Boudewijn Büch en ik met dat magere mannetje bezig geweest, maar hij begreep gewoon niet wat de bedoeling was! We hebben het hem zelfs een paar keer voorgedaan; kijk nou Mick, je doet zo en dan zo tot hij hard is en dan stop je hem hierin of daarin en dan doe ik intussen zo of zo, maar hij zat maar een beetje glazig te kijken en te ginnegappen, met zijn fluwelen broek op zijn schoenen en hij vroeg of ik toevallig albums van Kuifje in huis had. Mick Jagger! Pijnlijk.

Maar wat zegt het Engelse publiek de namen van K. Koets en B. Büch als twee van Jagger's lovers? Geen ene reet vanzelf. Het publiek geilt nou eenmaal op celebrities en kunstenaars en die geilen op elkaar, zodat ze altijd kunnen volhouden dat het niet gewoon een plat nummer is wat ze maken, maar dat ze het met elkaar doen om inspiratie op te doen.

Nee, het is allemaal van een schijnheiligheid die je in 1993 niet meer voor mogelijk had gehouden! Daarom heeft bijvoorbeeld ook Marianne Faithfull altijd over mij gezwegen, terwijl ik haar nota bene ontmaagd heb; of anders heeft ze dat vreselijk goed gespeeld, in 1961!

Tijd! Daar gaat het om. Meer Tijd heb ik nodig, want zoals het nu staat kom ik tijd te kort en daardoor bedenk ik plannen te veel, of andersom.

Had ik dubbel zoveel tijd, dan zou de helft van mijn plannen niet half afgemaakt blijven liggen. Jemig de pemig: ik kom er gewoon niet aan toe om mijn eigen geestesvruchtenplukker te worden! Al die vellen vol ideeën, hangmappen met schema's, laden met schetsen!

Daarom ga ik mij voorlopig bezighouden met zoeken naar hoe ik mijn manier van communiceren sneller kan maken; dus dat ik met zo weinig mogelijk woorden zoveel mogelijk kan zeggen. Dat ik geen woord te veel gebruik. Dus echt al het overbodige weglaten. De Yanks zijn daar goed in, in woorden zo kort mogelijk maken. Dat scheelt op een heel mensenleven dagen, weken, misschien wel maanden, als je dat op zou tellen, al die letters die ze uit woorden weglaten dus die je, als iedereen meedoet, nooit meer hoeft te schrijven of te tikken.

Terwijl zo'n woord of zinnetje toch precies dezelfde betekenis houdt.

Dan vervangen ze drie, vier, soms wel vijf letters in een woord door een cijfer en als je dat cijfer hardop meeleest hoor je toch precies hetzelfde woord! Te gek gaaf, vind ik dat.

Ook met letters doen ze dat wel, dat 1 letter voor een heel woord staat.

Prince is daar goed in. For You is het beste voorbeeld van hoe kort het kan.

Dat schrijft Prince dus als: 4 U.

Of: 2 B or not 2 B. 2 gether.

How do you spell New York? Knife, cork, bottle and 4k.

There's a bird in the 3.

The lonely man 8 his meal.

'9!' cried the German Soldier.

'Hello girl! You've got a beautiful sun10!'

Moet je nagaan wat dat scheelt, als iedereen zich daaraan zou houden!

Daarom ben ik zo'n beetje aan het uitvogelen welke Nederlandse woorden allemaal korter kunnen, zodat we 1s wat meer tijd krijgen voor belangrijkere dingen, zoals niks doen.

Dat we de teugels wat meer laten 4en!

Daar kan een 3ste spelling bij helpen.

Want we zitten maar te 5en en te 6en over arbeidstijdverkorting, maar Mo6kriebel: daar zit de 2spalt niet! Het wordt tijd dat ons kla4 1s een ander deuntje gaat pingelen dan het oude liedje van g1 tijd, g1 tijd!

Potver3!

Wat d8 u dat de Bata4en zeiden?

Die hadden all1 een vr8 kreten, meer niet!

Maar 4iel als ze waren en omdat 1dracht toen nog m8 maakte en ze nog geen min8ing voor elkaars woorden hadden (en natuurlijk ook nog niks van predes10atie wisten), trokken die gasten 1voudig hun hooisch11 open en lieten ze 1sgezind hun gehuil schallen! Z11behoud!

Maar gesl8 na gesl8 hebben wij ons laten inzw8elen door leraren Nederlands en bre4ende pastoors en andere be2ters en de taal werd wolliger en wolliger en schrijver de6 wordt daar langzamerhand behoorlijk obs10aat van!

Het doet hem 1voudig ver3t te zien dat er st1 en b1 geklaagd wordt over onm8ige communicatie, terwijl al die klagers z11 in het algem1 g1 moeite doen om bij tijd en wijle hun 7 op resten van al te omsl8ig en kramp8ig taalgebruik te inspecteren...

Maar wat kun je ook verw8en, als ieder1 braaf meespeelt met Cijfers en Letters, maar als g1 mens ge9 is om zijn eigen vocabulaire te bekijken op de mogelijkheid om versnellende cijfers binnen zijn woorden te voegen, teneinde meer slagkr8 in zijn taal te brengen?

Ik hoop dat u hier hetz11de over denkt en ik wens u veel suc6 bij uw pogingen om minder omsl8ig te formuleren.

Hoog8end, uw toege9,

Koos Koets

Deze week had ik het weer, op een verzekeringskantoor. Het ging om de beglazing; dat die gedekt was, bij braak. Toen ik gedaan had alsof ik de polisvoorwaarden had begrepen (door de verzekeringsman in het wilde weg te laten wachten bij het omslaan van de pagina's, die hij ondersteboven en sprongsgewijs met mij doornam) en toen ik halverwege de laatste pagina gehoor had gegeven aan zijn opmerking 'dan mag u hier even tekenen' (wat mij goed afging, al tekende ik in het hokje waar zijn handtekening had moeten staan, wat mijn agent goedmaakte door zelf te signeren in de ruimte die voor mijn ondertekening bedoeld was en er zuchtend een slang van een pijltje met twee punten tussen onze beide signaturen aan toe te voegen), toen wapperde hij achterwaarts terug naar pagina 1 en zei hij: 'En dan nog graag onderaan elke pagina een paraafje.'

Elke keer treft die vraag me weer als een sneeuwbal in mijn nek, want ik hèb geen paraafje. Een handtekening, jawel, maar geen paraafje. Ik had al heel jong een handtekening, maar heb nooit een vast en toonbaar paraafje ontwikkeld.

Het zou voldoende zijn om een K te schrijven, maar als er niets achteraan komt kan ik dat niet, één zwierige losse letter plaatsen. Dan zet ik er een punt achter, of een streepje onder, of ik voeg er nog een tweede K aan toe; maak deze de ene keer kleiner en op de volgende pagina groter dan de voorafgaande K, zet er na drie paraafjes een klein v-tje tussen en zo broddel ik maar door en lijkt achteraf elk van de twaalf parafen geplaatst door een andere rechtspersoon. Het zetten van mijn paraaf duurt dan ook een volle seconde langer dan het plaatsen van mijn handtekening, waarvoor een persoonlijk record staat van 1,38 seconden (Barcelona '92) en steeds wanneer het mij is overkomen besluit ik eens goed te gaan oefenen op een sterke paraaf; maar die krijg ik maar niet helder in mijn hoofd, onder de knie en uit mijn hand. Ik heb geloof ik nog nooit twee dezelfde paraafjes geplaatst.

Heeft u een vast paraafje? Gefeliciteerd! Dan behoort u tot de internationale kaste van mensen die gewend is dagelijks honderden paraafjes te zetten. En nooit van onder- maar altijd van bovenaf. Wij, de mensen die hun paraafje steeds opnieuw voor de eerste keer plaatsen, wij zijn de vragende accordeurs en u, met uw krankzinnige tempo van desnoods honderd perfecte paraafjes per minuut, u bent de eiser, de toestemminggever, de in orde bevinder, de door de vingers ziender, de vooruit dan nog maar een kerel.

Door mijn paraafje te zetten verklaar ik dat u aan mij moogt gaan verdienen of over mij mag beschikken en door uw paraafje bevestigt u dat u alles in het werk zult stellen om dit ook zoveel en zo lang mogelijk te doen. U hoeft geeneens uw handtekening te plaatsen: u heeft, met uw Spaanse kraag, zoveel macht dat uw enkele paraafje al toereikend is om mij op de knieën te krijgen. Nee, stel je voor dat u op een kwade dag in plaats van dat kutparaafje uw hele handtekening zou zetten! Dan kon ik het verder wel vergeten. Moet ik alles inleveren en voor morgenochtend zeven uur mijn huis uit. En het gaat maar door! De hele dag komen mensen zoals wij om uw paraafje smeken. Zonder uw paraafje kunnen wij niet naar huis, hebben we geen eigen parkeerplaats meer, mogen wij niet langer bij het raam zitten en komt er voorlopig geen nieuw toiletpapier.

O, als het een lekkere meid is, dan bent u scheutig met uw paraafje! U heeft er tussen twee etages zelfs wel eens eentje in de lift gezet, haar formuliertje over uw knokige, geheven knie gevouwen. Intussen kan ons soort mensen bidden en smeken en wachten tot zij een ons wegen, op dat allesbeslissende paraafje van u.

Hoe durft u dat trouwens een Paraaf te noemen, die grove, minachtende pennestreek? Dat is nergens voor nodig hoor, om u er maar zo'n beetje van af te maken, van die paraaf van u. We wéten toch dat u een vaste, almachtige paraaf heeft en dat onze toekomst daar mee valt of staat?

Doet u verdomme dan eens een beetje meer uw best op uw paraafje, meneer! Maak van het zetten van dat verrotte akkoordje van u dan tenminste iets feestelijks en beledig ons niet nodeloos met zo'n lusteloos handbeweginkje dat een lastig haartje op uw vulpen suggereert. Wij zijn geen bedelaars meneer! U gooit ons geen broodkorst toe: u zet uw paraafje! Het is al erg genoeg dat wij een paraafje nodig hebben van een man als u. Kunt u eigenlijk nog iets meer dan paraafjes zetten? Heeft u nog ergens anders verstand van, smaak voor, een mening over, zin in, honger naar, de pik op, aandrang toe, weerzin tegen of medelijden mee? Nee meneer, dat heeft u niet. U zegt bij voorbeeld dat u niets meer wilt horen over Rwanda, Bosnië, Haïti of de mensenrechten in Indonesië, omdat u 'daar zo somber van wordt en er niet meer tegen kan'. Het grijpt u bij de keel en daarom wilt u er niets van weten.

Dat heet Goed, in uw moderne ethiek. Iemand die er niets aan doet is goed, want wie zegt er niet meer tegen te kunnen geeft daarmee te kennen dat hij er wel degelijk door geraakt werd en dat is voldoende bewijs voor het feit dat hij in wezen okee is. Hij kàn zich niet in de ellende verdiepen of er geld naar overmaken. Dat is als het ware op doktersadvies. Daarom heten mensen zoals u, die zich pseudogekweld afzijdig houden, tegenwoordig aan de goede kant te staan meneer. En intussen volstaan overal ter wereld steeds meer paraafjes van steeds grotere schoften om steeds grotere groepen weerlozen weg te cijferen of te zuiveren, uit te hongeren of te vlakken, op te fokken of te knopen. De K van het paraafje van Karadzic! Wat denken ze wel, met hun fascistische geparafeer! Laten wij een handtekeningenactie starten.

'Wilt u een tasje?' vragen ze vaak, wanneer je drie of meer artikelen hebt gekocht.

Ja, een tasje! Dat komt goed uit, een plastic draagtasje. Wij zeulen al een half uur met twee armen vol boodschappen, want waren weer eens een keer vergeten de boodschappentas van huis mee te nemen. Zo vaak doen wij namelijk geen boodschappen. Hebben wij momenteel wel een vaste boodschappentas, thuis? Ik zou het werkelijk niet weten.

'Graag mevrouw,' zeg ik dus, verrast door dit attente aanbod; 'als u zolang een plastic draagtas voor mij heeft, dan graag.'

Zolang? Ben ik soms van plan die bedrukte zak morgen terug te brengen? Of zeg ik 'zolang' vanuit ongemak en om duidelijk te maken dat ik de geste op prijs stel? Daarom doe ik ook uitsluitend de hier gekochte artikelen in hun plastic draagtas. Pas wanneer ik buiten de winkel ben stop ik ook mijn andere boodschapjes erbij. Die spullen erin stapelen terwijl de mijnheer of de mevrouw van de winkel bovendien hulpvaardig de plastic draagtas voor mij openhoudt – nee, dat onderga ik als ongepast misbruik maken van hun tasje.

U heeft daar geen last van, heb ik begrepen. Nee, u wordt niet bepaald geplaagd door een overmaat aan fijngevoeligheid. U neemt bewust geen boodschappentas mee van huis, omdat u gewoon bent om in elke winkel om een plastic draagtas te vrágen. Laden vol, heeft u er thuis mee en op een dag wordt die verzameling nog eens heel veel geld waard, denkt u. Kijk maar wat er met die geëmailleerde reclameborden is gebeurd. En dat zag ik gisteren toch goed hè? Dat was ú toch, in dat paarse autootje met die spoiler? U begon toch te toeteren toen ik mijn parkeerplaats verliet en dat niet snel genoeg naar uw zin deedde? Omdat u had gezien dat er nog zeker zeven minuten op de parkeermeter zaten, die u nog snel even lekker voor niks wou meepikken? En een eenvoudig dankuwel was u al te veel moeite. Maar toen u een half uur later weer vertrok, beladen met gratis plastic draagtassen, terwijl uw parkeermeter nog een vol kwartier respijt bood, toen had u wel de brutaliteit om die op uw plaats willende parkerende zwangere vrouw in die Twingo om de tegenwaarde van uw luizige vijftien minuten te vragen.

En zojuist vertelt mijn vrouw mij hoe u gisteren, in de Silver Parking, met uw voor- tegen haar achterbumper aan bleef rijden, om samen met haar onder de slagboom door te kunnen; de slagboom voor het omhoog gaan waarvan mijn vrouw gezorgd had, door keurig haar barcodekaartje in de muil van de controlepaal te steken! Precies zoals u de drukte in tram, trein of metro als excuus gebruikt om in de bochten tegen jongedames op te rijden en wanneer ik had geweten dat die liftende student uw zoon was, dan had ik hem natuurlijk niet meegenomen. Wat een arrogant stuk vreten is dat kereltje! Om breeduit op mijn achterbank te gaan zitten foeteren tegen de milieuvervuilende rol van de auto! Eerst dacht ik nog dat meneer een grapje maakte en dat hij refereerde aan de film Five Easy Pieces, waarin Jack Nicholson hetzelfde overkomt met een vrouwelijke lifter, maar die film heeft hij natuurlijk evenmin gezien als u, want in uw consumptiepatroon komt nulkommanul cultuur voor en de enige films die u ziet zijn pornofilms op het mozaïek-kanaal: dat net waar je op zestien versprin-gende postzegels kunt zien waar ze in de rest van Europa naar kijken en het pijpeblokje van Filmnet wordt weliswaar om de minuut gewisseld met een redenaar op Moskou I, maar zonder geabonneerd te zijn komt u toch wel aan uw trekken, want u heeft gisteren een nieuw televisietoestel gekocht van een dusdanig beeldschermformaat dat de penissen zelfs in het mozaïekbeeld hun virtuele lengte bereiken, wat voor u de enige mogelijkheid tot identificatie blijft, omdat uw voorstellingsvermogen te beperkt is om enige werkelijkheid te vergroten of te verkleinen. En omdat wij onze zolder aan het opruimen zijn en wij de rommel die daar van af komt niet in vuilniszakken kwijt kunnen, hebben wij voor een periode van een weekje een kleine container voor onze deur laten plaatsen. En wie komt er vannacht tegen enen aangeslopen om in het geniep het piepschuim waarin zijn nieuwe teevee zat gevat in onze duurgehuurde afvalbak te dumpen, alsmede een met geen tang aan te vatten oude, pokdalige matras? U bent een teek mijnheer! Een kangoeroekoekoek.

De taxichauffeur die mij de eerste avond op de luchthaven meetroont, rijdt in een met posters van president Assad geblindeerde Opel Kapitän uit 1968. Als ze je vragen wat je van Assad vindt, vertelt *the lonely planet travel survival kit*, moet je voor je eigen veiligheid zeggen 'I think he's a clever man'; anders zetten ze je zo het land uit.

Het is natuurlijk altijd en overal een beangstigend gezicht, van die melkmuilen in fantasie-uniformen met geweren op straathoeken, maar hier ziet het er nog een graadje griezeliger uit, omdat veel vechtersbaasjes niet eens een legerpakje, maar gewoon een joggingbroek, een T-shirt en een kalasjnikov dragen. De mieren van de Mukhabarat.

Het dashboard van mijn taxichauffeur is een schoorsteen vol foto's van Assads oudste zoon, die in januari '94 dodelijk over de kop sloeg in zijn splinternieuwe BMW. Omdat hij tweehonderdtwintig reed, is hij als Martyr heiligverklaard en belichaamt hij het ultieme Syrische macho- en schoonheidsideaal. De stoere dode hangt op iedere Damasceense meisjeskamer. Nederlandse meisjes met een foto van Prins Willem Alexander aan de muur; maar die leeft nog. Die zoon van Assad is de Syrische James Dean.

'You must come to my house,' zegt de chauffeur.

Ik durf niet te weigeren en ben ook eigenlijk wel benieuwd.

'That's great,' zeg ik dus.

Dikke auto's, slanke duiven en de zang van de muezzin. Dit is een goeie. Dat scheelt per wijk zeer. In de betere buurt doen zij beter hun best. Je kunt ook een deal met ze maken om de luidsprekers tijdens de oproep tot gebed anders gericht te krijgen, maar dan staan ze twee dagen later weer zoals ze stonden; omdat de man die er nu de meeste hinder van ondervindt op zijn beurt de geluidsoverlast heeft afgekocht.

Na een half uur in Damascus is Assads alomtegenwoordige portret al even gewoon als de betrouwbaar bedoelde foto van de bedrijfsleider in onze supermart thuis. Op het vliegveld van Damascus hoorde ik een oudere Nederlandse dame vragen of die man soms gezocht werd. Begrijpelijk, want hoe groter ze het opblazen of aankleden, des te onbetrouwbaarder dat hoofd wordt. Zijn zoon, de martelaar, heeft het gebruikelijke, zorgvuldig ongeschoren vangnet onder zijn onderkin gecultiveerd. Ik moet ook van die Ray Ban af.

Bij mijn chauffeur thuis staan alle meubels opgesteld langs de lange zijden van de kamer. We zitten als in een oude tramwagon tegenover elkaar: de worstelaarsgestalte van de vader, die om het kwartier zijn snor opkamt, zijn echtgenote die nauwlettend haar honderdvijftig kilo heeft omzwachteld, hun beide dochters in hun strakke spijkerbroeken met hun grote zwarte ogen, hun lange zwarte haren en hun smalle zwarte snorzweem, en ik dus. Er dampt een schaal rijst op tafel.

Eet! gebiedt de taxichauffeur mij.

Dans! roept hij naar zijn jongste dochter.

O no, zeg ik, maar de oudste heeft al een Syrische housecassette opgezet en dan moet ze.

In het westen bewegen de meisjes de bekkens hoekiger. Hier deinen ze wellustiger, maar arabisch bewegende vrouwen hebben mij nooit kunnen opwinden.

Kun je nog last van iets hebben als het woord ervoor niet meer gebruikt wordt? In dat geval lijd ik aan penisangst; hun golvende bewegingen zijn mij te bedreigend. Die vrouwen voelen mij er veel te veel van. Daar kan ik nooit tegenop.

Ik weet niet anders voor de gastvrijheid te bedanken dan een stukje video te filmen. De dochters dansen nu samen en stralend uit de maat klapt de lieve dikke moeder mee. Mijn vriend vraagt hoe duur mijn camera is en ik zeg tweeduizend gulden. Hij kijkt dwars door mij heen in mijn portemonnaie. Zou ik in Nederland voor hem aan zo'n camera weten te komen? Nou dat zou niet meevallen, maar ik kon het natuurlijk altijd proberen.

'A camera is our dream,' zucht hij.

Ik zoom bibberig in op een grote kleurenposter van Assads zoon.

'That's my son,' zegt de taxichauffeur; 'he is a lady's hairdresser. He will give you a haircut tomorrow.'

Ik laat mijn camera zakken en grijp naar mijn hoofd.

'Maar dat is echt niet nodig hoor,' schrik ik.

'It's for free!' roept hij verontwaardigd.

'Because you are my friend!' zegt hij er met een houdgreep achteraan en zijn vrouw gorgelt glimlachend en snel een onverstaanbare zin.

'Mijn vrouw zegt dat zij er trots op is u in ons huis te mogen ontvangen en dat de grootste rijkdom is wanneer je vrienden over de hele wereld hebt zoals wij,' vertaalt hij; zo terloops en plichtmatig dat ik met een schok begrijp hoe ik hier gevangen zit in het oude toneelstukje over de gastvrijheid, dat al zo vaak is opgevoerd dat mijn gastheer niet eens de moeite meer neemt om er nog wat van te maken, maar meteen ter zake komt.

Hij neemt me mee naar de hoek van de kamer, waarbij hij de giechelende zusjes uit elkaar duwt, om mij erdoor te laten. Kijk, nu moet ik even precies noteren wat hij voor een Betamax-recorder heeft, dat hij daar de camera die ik hem op ga sturen op kan aansluiten en zij voor altijd gelukkig zullen zijn. Het is de SL-T 7 ME, zie ik. Uit 1971, schat ik. Hij tilt hem met zijn behaarde boomstammen van de plank en zegt mij dat ik moet noteren wat er bij VIDEO Input staat aangegeven, want die verbindingssnoeren hebben zij hier niet, maar alleen in Holland.

'You have everything in Holland,' zegt hij kwaad.

BNC Connector, 1. OV (p.p.), + 1.0, –0.5. V, 75 Ohms, unbalanced, schrijf ik met geknepen ogen over en ik steek het papiertje in mijn borstzak, waar ik er twee veelbelovende klopjes op geef, terwijl ik samenzweerderig naar hem knipoog.

Dan drinken wij koffie en eten zoete koekjes.

De volgende morgen word ik om half elf verwacht bij zijn zoon, de dameskapper. De salon heeft de maat van een op zijn kant gezette, grote badkuip en de jonge kapper knipt mij met heel zijn hart.

Zijn zweetdruppels kletsen op mijn blote armen. Onder de glazen plaat voor de spiegel is hij een verzameling vreemde munten en bankbiljetten begonnen. Hij heeft al tien verschillende. Zijn vader, die mij bij het hotel heeft opgehaald, zit op een klapstoeltje in mijn nek te kijken.

'Als mijn zoon een grotere salon heeft,' legt hij uit, 'kunnen we daar airconditioning in laten aanbrengen, wat tienduizend dollar kost.'

Met afgewend hoofd veegt de zoon zijn ogen droog.

Wat betaal ik in Nederland voor het knippen van mijn haren? wil de vader weten. De kapper houdt zijn schaar wijdbeens van spanning naast mijn rechterwang. Linkerwang. Ik zoek naar een niet al te decadent bedrag.

'Fifteen dollars,' zeg ik en ik zie in de spiegel hoe mijn chauffeur van zijn klapstoel valt.

Zijn zoon knipt, zachtjes zingend, dubbel zo bezeten verder. Samen rekenen zij uit dat hij in een Nederlandse kapsalon aan twintig klanten per dag genoeg zou hebben om binnen een jaar een eigen huis en een auto te kunnen kopen. Daarom moet ik een invitatiebrief voor hem schrijven. Dat hij naar Nederland kan komen, op uitnodiging, want anders krijgt hij geen visum. Ik begin uit te leggen dat de Nederlandse kappers, waar er al zoveel van zijn – hoewel ik er niet eentje ken die zo goed knipt als uw zoon, daar niet van –, maar dat zij bij ons steeds examen moeten doen om hun grote diploma's te kunnen laten zien aan onze geheime politie.

Maar ik zie de smekende ogen van mijn kappertje, een nicht als een paard, wat hij thuis nog niet heeft durven vertellen en ik zie de kille, sluwe blik in de ogen van zijn vader en ik beloof dat ik na thuiskomst zal telefoneren met het hoofdbestuur van de Nederlandse kappersbond; waarop de vader mij uitnodigt om vanavond bij hem thuis te komen eten, om te vieren dat zijn zoon een kapsalon in Nederland gaat beginnen.

'And then I will cut you every day,' lispelt het kappertje in mijn oor en hij vraagt zijn achtjarig assistentje om de föhn.

'Please no föhn!' wil ik mijn hand opsteken, maar hij heeft mij vakkundig vastgesnoerd in zijn laken en 's avonds zeggen de zusjes dat ik met dit haar op hun broer lijk en hoe ik meer met mijn heupen moet dansen.

'Like me!' lacht mijn taxichauffeur, die zich stilzwijgend tot mijn gids en privé-chauffeur heeft bevorderd en mij aan het eind van de avond vertelt dat wij morgen naar de oase Palmyra zullen rijden.

'Not as your driver, but as your friend,' verzekert hij mij en geroerd pak ik zijn beide kolenschoppen; wetend dat mijn gastheer mij, onder het mom van de vriendschap tussen alle volkeren, voor de rest van mijn verblijf in zijn ijzeren, satanische greep zal houden.

Vanaf het moment dat je de zogenaamde vriendschap bekrachtigt door de drempel van hun woning over te stappen, wanhopig kraaiend dat je nog nooit zo'n mooi interieur hebt gezien en nog nooit zulke thee, wijn of yoghurt hebt gedronken; vanaf dat moment ben je verstrikt in ongewenste intimiteiten, waar je alleen een eind aan kunt maken door de bierviltjes met hun adressen op de avond voor je vertrek te verkrummelen.

‘I have a brother in Palmyra,’ zegt de chauffeur; ‘we will visit him.’

‘Wonderful,’ zeg ik mistroostig.

‘Mijn bril is stuk,’ meldt hij de volgende morgen droevig vanachter zijn stuur.

De dag is net begonnen en ik besluit mij op de vlakte te houden.

‘Ik zie het,’ glimlach ik; alsof het hem leuk staat, die scheve zonnebril met die ene poot.

‘Dat is een dure reparatie,’ zegt hij langzaam.

‘Ja, dat zal best.’

‘En gevaarlijk rijden, met een kapotte bril.’

‘Nou: dat kan ik mij voorstellen.’

‘Ook voor de passagier,’ waarschuwt hij en hij mist op een haar een woestblaffende hond. Honden vallen auto’s aan, in de woestijn.

Ik denk aan enkele van mijn buitenlandse vrienden uit de afgelopen dertig jaar vakantie: die terriër van een schipper op dat kleine Griekse eilandje, de niet aflatende postbode in dat Joegoslavische kustdorp en die dronken Italiaanse olijfboer in Calabrië, voor wie mijn vrouw zo bang was. Geen van allen goddank nooit meer teruggezien.

Ik wil alleen nog maar naar landen waar ik geen schuld voel, omdat de mensen er gemiddeld rijker zijn en democratischer leven dan ik, denk ik. Dat zal niet meevallen.

Dan zie ik mijn eerste echte fata morgana, vijf of tien of twintig kilometer schuin achter een bedoeïenenkamp: een brede strook blauw, kabbelend water. Er achter staat een rijtje bomen, dat zich erin weerspiegelt.

Hoe kan dat? Die bomen zijn er en dat water is er niet. Waar komt die spiegeling dan vandaan?

Ik hoorde hem voor het eerst in 1968. Ergens in Amsterdam lagen wij op een vloer en op de draaitafel lag 'Streak of Luck'; de tweede elpee van The Strain.

Ik was er niet kapot van en kant één ging volledig langs mij heen. Ook de eerste twee tracks van de B-kant zeiden mij niks komma nada. Maar toen het derde nummer startte ('In the pits of your arms') begon net de doorgegeven joint te werken en raakte ik op een waanzinnige wijze gefascineerd. Niet doordat de tekst nou zo te gek was (tekstueel stelden de nummers van The Strain eigenlijk geen reet voor) of omdat de melodie mij zo aansprak (muzikaliteit is nooit het sterkste punt van The Strain geweest), maar gewoon doordat ik, of ik wou of niet, van top tot teen geraakt werd door een metalig tinkelend, waanzinnig stuwend geluid dat ik niet kon thuisbrengen...

Eerst dacht ik nog dat het van buiten kwam, dat het iets op straat was; zo waanzinnig aanwezig was dat geluid.

Of misschien moet ik juist waanzinnig áfwezig zeggen.

– Horen jullie dat ook? vroeg ik aan mijn vrienden.

– Wat? gaapten er twee.

– Ts, ts tjakke tjakke ts! imiteerde ik opgewonden, ritmisch meeklakkend met mijn duim en middelvinger; te gek geluid is dat! Waar komt dat vandaan?

– Van de plaat natuurlijk, zei er iemand.

– Maak dat je opoe wijs, gaf ik ten antwoord. Want ik kon het gewoon niet geloven, weet je wel.

– Dat is Stephen Scroop, zei een ander, achteloos.

– Wie? vroeg ik.

– The Scroop, zei een ander eerbiedig; Shakin' Stephen Scroop.

– Wat speelt ie dan voor instrument? riep ik boven de doorhengstende Strain uit.

Men zweeg. Ze versleten mij voor gek, terwijl ik enkel stoned was.

– Tamboerijn natuurlijk, zei de jongen naast de platenspeler toen.

Mijn bek viel open. Tamboerijn?!

Op school had ik met dertig andere zwetende pubers wel eens wat rondjes moeten lopen door de aula annex gymzaal, waarbij de gymleraar, afwezig naar buiten kijkend, plomp de maat sloeg op een nuffig houten trommeltje dat 'de tamboerijn' werd genoemd; maar nooit had ik vermoed dat je daar zo'n waanzinnig swingend bed van geluid uit kon bouwen!

Dat kon dan ook niemand; alleen de waanzinnig veel te vroeg gestorven Stephen Scroop. Hoeveel tamboerijnen heb ik versleten vanaf die keer dat ik hem voor het eerst hoorde swingen? Nou, ik wil niet veel zeggen, maar het waren er zeker twintig! Allemaal in woedende wanhoop kapot gegooid of het raam uit, omdat ik er maar niet in slaagde zijn waanzinnige sound te evenaren.

Terwijl ik de zeven jaar dáárvoor feitelijk niks anders had gedaan dan proberen net zo waanzinnig goed mondharmonika te spelen als Junior Walker!

Godweet had ik sax moeten leren, dat dat wel gelukt was. Maar hoe weet je dat van tevoren? Precies. Dus is het hele leven één waanzinnige practical joke, die nog veel en veel te kort duurt ook!

Waanzinnig uitgebreid vlooi- en speurwerk leerde mij dat Stephen Scroop in zijn korte leven maar op drie elpees had meegespeeld. Ik rustte niet voor ik ze had.

Na drie jaar koortsig zoeken had ik zijn oeuvre compleet. Behalve 'Streak of Luck' van The Strain bezat ik nu 'Hitchhiking to the Planets' van The Frozen Flags en 'Bring out more Babies' van Velvet Vomit. Op alle drie deze platen is Stephen Scroop waanzinnig aanwezig. Als simpele sessiemuzikant, want een eigen groep heeft hij nooit gehad.

En dan was er nog het raadsel van de tamboerijnpartij in het nummer 'Sand for Dessert' op 'Next stop Nirwana', de debuut-elpee van Streamlined Elephant uit 1970 – de hoestekst maakt geen melding van een aparte tamboerijnist, maar de sound is onmiskenbaar die van Stephen Scroop! En zo heb ik over zeker nog zo'n elpeetje of twintig van diverse groepen mijn twijfels, want zo ging dat in die late jaren zestig, begin jaren zeventig maar al te vaak: dikwijls werden de tamboerijn en zijn bespeler niet voor vol aangezien.

Moest er nog een ritmepartijtje worden ingedubd? Welja jongens: gaf de tamboerijn maar aan een muzikant die toevallig een handje vrij had! Trouwens het hoefde geeneens een muzikant te zijn. Ben je gek! Het is toch maar een tamboerijn?!

Als je erop gaat letten en goed de covers spelt, is het verbijsterend hoeveel producers en assistent-producers in die jaren een nummertje hebben meegewapperd 'op tamboerijn': vlak, fantasieloos en meer dan eens achter de maat aan hobbelend, maar natuurlijk wel mooi met hun naam op de hoes! Wat de tamboerijnspeler in de hoogtijdagen van de popmuziek meemaakte, kun je vergelijken met de manier waarop de eerste zwarte bebopmuzikanten met de nek werden aangekeken...

Dat mister tambourine man door vrijwel niemand serieus werd genomen heeft aan geen musicus zo gevreten als aan Stephen Scroop.

Het is dan ook geen wonder dat hij afwisselend troost zocht bij brother booze en sister morphine, voordat hij, na zestien mislukte pogingen, in 1976 zijn eerste geslaagde zelfmoord pleegde.

Beheerste deze zachtaardige, verlegen, onhandig lange jongeman uit die keurige Engelse bankiersfamilie dan geen andere instrumenten? Nee. Piano, gitaar, saxen – hij zou ze ongetwijfeld binnen de kortste keren onder de knie hebben gekregen, want hij was één brok muzikaliteit, intensiteit en authenticiteit, maar het was tekenend voor Stephens bescheiden en tegelijk bezeten instelling dat hij weigerde iets anders dan tamboerijn te spelen.

'Er zitten nog zo verschrikkelijk veel onbekende kanten aan de tamboerijn en ik heb nog zoveel jaar nodig om dit zo eenvoudig lijkende, maar in werkelijkheid waanzinnig gecompliceerde ritmewonder voor de volle tweehonderd procent te leren beheersen, dat het waanzin zou zijn om nu nog op een ander instrument over te stappen', zegt hij in 1972, in Time Out, gedurende een interview met Rick Przewalski, de bassist van Galopping Horses. Alleen omdat Stephen Scroop toevallig met een kan koffie langskwam in de studio waar dit gesprek plaatsvond (altijd stond hij voor anderen klaar en als er tijdens een tournee per ongeluk eens een Groupie binnenkwam op zijn hotelkamer stond hij uit beleefdheid voor haar op), is deze uitspraak in druk bewaard gebleven. Het is de enige zin die er ooit uit de mond van Stephen Scroop werd opgetekend en op geen enkele foto komt hij voor.

Zijn tamboerijnen (hij moet er zo'n honderd hebben bezeten) ontwierp en laste Scroop zelf. Hij stond ermee op en hij ging ermee naar bed. Letterlijk!

'Stephen always had those red circles of tambourine-imprints all over his body', herinnerde zijn moeder zich vorige week zondag, ten overstaan van The Sunday Times. Nu ja; nu stort de hele popmuziekwereld zich plotseling op een van haar grootste zonen. Nu, nu het te laat is...

Stephen Scroop was zonder enige twijfel de grootste bespeler uit de geschiedenis van de tamboerijn. Na jaren van studeren, experimenteren, vallen en opstaan slaagde hij erin twee tamboerijnen tegelijk te bespelen: het waanzinnigste voorbeeld van deze gesublimeerde techniek valt te horen in het nummer 'Won't get fooled again' op de elpee 'Love ain't for keeping' van The Knitting Factory uit 1975: daar slaat Stephen Scroop een waanzinnig gecompliceerd ritme volgens de door hem zelf ontwikkelde cross-thigh-method – op de eerste tel slaat hij met de in de linkerhand vastgehouden tamboerijn op de rechterdij en op de derde tel met de rechts vastgehouden tamboerijn op de linkerdij; en dit dan ook nog eens een keertje om de drie maten afwisselend op de zachte binnen- en de hardere buitenkant van het dijbeen, waardoor er een waanzinnig gevarieerde klankkleur ontstaat... ach, het is onbegonnen werk om te trachten de Stephen Scroopsound te omschrijven: Stephen Scroop moet je voelen, moet je proeven, moet je horen!

Dat kan nu, eindelijk! Want op het label Latrine 2000 is deze week een unieke CD verschenen, met de titel 'A Bed of Madness' – Een Bed van Bellust.

Twintig nummers staan erop, die tezamen de complete platencarrière van Stephen Scroop beslaan. Scroop-fanaten kennen die nummers natuurlijk wel, want het zijn alle songs van de oude Strain-, Frozen Flags- en Velvet Vomit-albums, maar Morris Ovsey, zelf een niet onverdienstelijk triangel-speler en Stephens huisgenoot in de laatste jaren van zijn leven, heeft elke track opnieuw gemixed en wel zo waanzinnig intens en liefdevol dat Scroops tamboerijn ten slotte terecht is gekomen waar hij in feite altijd al hoorde: op de voorgrond.

Gisteren, 'A Bed of Madness' lag amper in de platenzaken, heeft ook Morris Ovsey, met behulp van een overdosis slaappillen, het tijdelijke met het eeuwige verwisseld... En omdat Londen, die waanzinnige bakermat van het moderne muziekgebeuren, nog altijd niet over een fatsoenlijk popmuseum beschikt, is de waanzinnige tamboerijncollectie van Stephen Scroop sinds 1980 ondergebracht in het Victoria and Albert-museum. Op de speelgoedafdeling. Waarmee nog eens ten overvloede is aangetoond hoe waanzinnig ten onrechte men het bespelen van de tamboerijn altijd als kinderspel is blijven zien.

Ik heb het haar gevraagd maar zij weet het zelf niet zegt ze. Ik zeg dat is onzin je weet het wel want als iemand kan weten hoe het in elkaar zit dan ben jij het. Je hebt nota bene driekwart van alle vergaderingen genotuleerd en je hebt toegang tot alle stukken. Dan ken jij toch zeker de namen waar het om gaat? Maar zij zegt dat die namen haar niks zeggen want het gaat elke keer weer over andere maatschappijen en de mappen wisselen voortdurend en er staan steeds weer nieuwe logo's op.

Dat bijvoorbeeld De Boer die de vorige keer nog naast Roustier van Caleurop zat en de vergadering voorzat omdat hij toen nog voor meer dan de helft eigenaar van PPU-Control was, dat die zelfde De Boer gisteren helemaal aan de andere kant van de tafel zat, tussen Brentjens van de Plonsgroep en Vacher van Boterama en dat hij twee uur lang geen mond had opengedaan!

Wie had er dan de leiding, vraag ik; wie nam er dan het woord?

Zegt zij: Ingenieur Krechting. Ik zeg: Krechting? Krechting van Les Pneus Rustiques? Ja, zegt ze; alleen heeft hij daar geen meerderheidsbelang meer in, want de Pneus vallen nu voor zestig procent onder het Vlaamse Téléflut S.A., had zij begrepen.

Téléflut van de gebroeders Parein? vraag ik zo langs mijn neus weg.

Ja, zegt ze; in elk geval één van de twee, zegt ze.

Dus ik wil weten welke, want als het Alain is, de oudste, die in augustus vorig jaar het Biofracture Consort heeft afgestoten, dan zou dit betekenen dat Roger, de jongste Parein, die Curtains Unlimited heeft opgeblazen, in feite is weggeparkeerd bij de Lauritzen-tak van Internazionale Panini; waarmee de Luxemburgse poot van Lecturécran nog hooguit twintig procent van de aandelen in het Pro Domo-gebeuren zou hebben en de VAG van Tromp en Davis vanzelfsprekend geen enkele say meer heeft in een eventueel afsplitsen van de uitgeversactiviteiten van Caramélior NV; tenzij Boekhoven, de Nederlandse tegenhanger van Alexis, zijn 2,8 miljoen warrants binnen vijf jaar zou uitoefenen, maar dat hoeven ze bij Albert Kosterman natuurlijk niet te proberen.

Maar het was Roger, de jongste; zei ze goddank!

En liet hij toevallig iets los over die nieuwe Megaparking in Capelle? vroeg ik. Nee hij niet, maar onder de lunch had ze De Geus wel iets horen zeggen in die richting. Het ging om tachtigduizend ondergrondse plaatsen.

De Geus van Mondiplace? vraag ik. Ja, zegt ze, die zat er ook bij.

Moet je nagaan, De Geus van Mondiplace! Die ervoor gezorgd heeft dat Struwez aan het eind van het vorige boekjaar uit het raam van Distri Panta is gesprongen, nadat heel Primus Brabant in vijf minuten was opgekocht door de Société Perla van de familie De Coster! Dus ik vraag haar sinds wanneer De Geus in die board-meetings zit. O pas een week of twee, maar zij dacht dat hij daar niet als zichzelf zat maar meer namens de Editions Caramel omdat de oude meneer Toffé daar nog maar drieëndertig procent van de aandelen heeft, dus om de drie weken aanwezig was en verder al zijn tijd in Jessie stak.

In Jessie? vraag ik, want die naam was nieuw voor mij.

Ja, het tienerblad Jessie zegt ze, waar Alain Parein ook schijnt in te zitten. Tot hoever dan? wilde ik weten. Ongeveer tot aan zijn oksels, dacht ze en toen begon ze ineens te huilen dat ze het niet meer zag zitten; dat ze in een identiteitscrisis zat omdat ze niet meer wist wie wie was en voor wie ze feitelijk werkte.

Ik zei dat ze zich niet moest aanstellen, dat ze het bij mij vergeleken nog makkelijk had, dat zij tenminste nog levende mensen tegenkwam, ook al waren dat dan elke week weer andere types, maar dat ik mijn opdrachten van mijn beeldschermpje kreeg en uit de coderingen bovenaan de faxen moest proberen af te leiden wie uiteindelijk mijn baas was en dat dat in laatste instantie, voor zover die kluwens overhoofd nog vielen te ontwarren, een bulkend rijke bonthandelaar in Genève, een anonieme, geblondeerde relnicht in Stockholm of een in Andorra zetelende alcoholische quasiprins uit het huis Habsburg kon zijn.

En toen hebben we nog wat verder gepraat en globaal wat gezakjapannerd en besloten dat we er allebei uitstappen nu het nog kan.

Zij wil dolgraag werken in een egelcrèche en dan blijf ik gewoon thuis als huisman, ik timmer een beetje, ga mijn eigen groente verbouwen en misschien wat rommelen in tweedehands motoren.

In de buurt van Deurne kan ik een stukje grond kopen via haar tante, een zuster van de kapelaan, die beloofd heeft dat hij de wethouder zal bewerken, omdat er daar een fabriek zou worden neergezet maar die grond eigenlijk van de kerk is; dus dat ze via een journalist die dat zaakje aanzwengelt zogenaamd geen bouwvergunning kunnen geven wegens te verwachten milieu-overlast; zodat wij daar dan eventueel kunnen gaan wonen, met niemand meer iets te maken hebben en alleen nog maar van elkaar zijn.

– Ik ben hier binnendoor naartoe gereden. En u?

– Ik ook. Is mooi hè, hier nog.

– Heeft u dat bord gezien, even terug, links van de weg?

– Welk bord?

– Van een Majorette-optocht, denk ik. Daar stond op: ALS HET MORGENMIDDAG REGENT, WORDT DE OPTOCHT MORGENOCHTEND GEHOUDEN.

– Ja?

– Dat kan toch niet?

– Hier kan alles nog, dat is juist het unieke van deze streek.

– Nee, ik bedoel in de tijd.

– Op die manier. Nou het is dat ik vanmiddag alle tijd had, maar anders had ik hier nog niet gezeten hoor. Laat ik niet overdrijven, maar dan was ik toch zeker pas over een kwartier, twintig minuten gekomen.

– O, anders ik wel. Ik kan bij n'importe welke meeting binnen de zaak makkelijk tien minuten te laat komen. Zal niemand iets van zeggen.

– Maar wachten ze dan ook op u?

– Nee, d'r wordt gewoon begonnen, maar als ik tien minuten na aanvang binnenstap, is er nada aan het handje.

– Wanneer bent u bij de zaak gekomen?

– In 1972.

– Dat zal het zijn. Ik zat namelijk al in 1969 op het hoofdkantoor Arnhem. Daarom wordt er altijd een kwartier op mij gewacht voor ze überhaupt beginnen.

En dan na nog eens tien minuten stap ik pas binnen. Niet dat ik daar zelf zo aan hecht, maar die dingen horen er nou eenmaal bij. Dat is een stilzwijgende policy. Ik heb een hekel aan het woord Status, maar daar komt het wel op neer.

– Mooi horloge, heeft u daar trouwens.

– Daarom. Niet bepaald het goedkoopste, maar je moet wel, op mijn niveau. Het moet tot op de seconde gelijk lopen, anders kan ik nooit goed te laat komen. En ook privé hoor, vergis u niet. Recepties, een opening, sommige voorstellingen. Waar wij wonen hoor je nou eenmaal snel tot de notabelen en dan kun je het eenvoudig niet maken om overal altijd precies keurig voor aanvang te komen. Maar met een of ander goedkoop horloge loop je natuurlijk het risico dat het op een dag tien minuten voorloopt en dat je per ongeluk op de kop af op tijd binnenstapt!

– Wat is nou uw maximum, ongeveer, qua te laat komen? Wat is uw tax?

– Ik zit in elk geval nog lang niet aan mijn limiet. Binnen de zaak is het duidelijk; daar hoor ik bij de groep van een mannetje of twintig die allemaal goed zijn voor een kwartiertje. Dat staat nergens op papier, dat kwartier, maar als je eenmaal het recht hebt verworven om 's ochtends een vast aantal minuten later te komen, mag je 's avonds ook diezelfde tijd weer eerder weg; zo werken die dingen. Ik heb het buiten de zaak wel eens uitgezocht hoor, waar mijn grens ligt. Probeerde ik een half uur te laat te komen, maar was de party al begonnen zonder mij. Keer daarop wacht ik exact 25 minuten, is de deur al dicht, bel ik aan, doen ze niet open. Wat jammer was, want ik rook gegrillde zalm door de brievenbus. Drie weken later kom ik precies twintig minuten na de uiterste tijd die op de uitnodiging stond. Deur was al dicht, maar ik werd stralend opengedaan en met gejuich verwelkomd. Toen dacht ik: juist. Vasthouden, die marge!

– Dus u zit in de twintig minuten klasse?

– Voorlopig. Maar dat moet op den duur een half uur kunnen worden. Kijk: ik word natuurlijk nooit een Gullit die overal anderhalf uur te laat kan komen of de Koningin of een Sinatra, die een volle zaal desnoods zes uur kan laten wachten, maar als je binnen de zaak en in de privé-sfeer uiteindelijk altijd een half uur op je kunt laten wachten dan heb je toch niet gek geboerd, alles bij elkaar. En wat een tijdwinst dat geeft, in een jaar!

– Waar blijft hij trouwens?

– Van Walsem? Die mag gemiddeld drie kwartier te laat komen hoor.

– Dan moeten wij hier nog een half uur zitten wachten zeg!

– Pardon: u. Ik niet. Ik heb nu een kwartier hier gezeten en dat is mijn maximum en dat weet Van Walsem donders goed. Dus doet u hem de hartelijke groeten?

Als je hun vraagt hoe het met ze gaat, barsten zij unisono los in Dreigspraak.

Hoe gaat het met jullie?

Met ons? Nou, het is dat je het vraagt, maar dat gaat dus absoluut niet langer, zo!

Er is toch niks mis tussen jullie, hopen wij?

Tussen ons persoonlijk? Godnee, tussen ons is er niks, tussen ons an sich gaat alles fantastisch, steeds beter bijna, maar het is hoe we momenteel wonen of hoe frustrerend zij het op haar werk heeft en dat geen dokter iets heeft kunnen vinden in zijn rug of dat hij nu al zeven jaar overhoop ligt met de onroerend-goed belastingen en zij trouwens nog steeds met het GAK en de hondenbelasting en dat ze allebei zo iebel worden van de hokjesgeest, hier in Nederland. En dat wéér! Nee, als dit weer niet snel ophoudt dan pakken ze van de week hun koffers nog, ergens de zon in.

Trouwens, ze kijken het nog even samen aan, maar als er een paar zaken niet heel snel en drastisch veranderen dan hebben zij hier hun langste tijd gehad en dan zouden deze en gene nog wel eens raar op hun neuzen kunnen staan te kijken als zij samen ineens, van de ene dag op de andere, vertrokken zouden bleken te wezen!

Misschien wordt het wel Amerika of anders naar België, waar ze niet zo moeilijk doen als hier, met alles. In elk geval moeten ze weg uit dat gat waar zij nu zitten, want daar worden zij namelijk gek.

Wij vragen wat zij willen drinken, maar met hoekige en vastbesloten armgebaren wordt ons aanbod afgewimpeld.

Wisten wij dat niet? Zij drinken namelijk helemáál niet meer, geen van tweeën.

Echt niet? dringen wij aan.

Geen druppel! herhalen zij dreigend in koor.

Wanneer men hen, vier uur later, met zachte drang het café tracht uit te werken, dreigen zij met dikke, dronken tongen dat zij hier nooit meer een voet over de drempel zullen zetten.

In 1984 slaagde ik erin toe te treden tot de selecte groep mensen die de oudejaarsavond van 1999 op de maan gaat vieren. Op 1 januari 2000 zullen wij dan, na het champagne-ontbijt, terug naar de aarde keren. Weet u nog wel? In 1984 zat u op een doordeweekse avond voor de televisie en toen hoorde u de nieuwslezer (wie was dat ook alweer?) met ironisch gegolfde wenkbrauwen melden dat de Amerikaanse luchtvaartmaatschappij PanAm, in samenwerking met NASA, tweehonderd tickets voor de eerste passagiersvlucht naar de maan in de aanbieding had. Die plaatsen kostten precies één miljoen dollar per stuk, wat mij logisch leek, omdat water immers ook precies bij honderd graden begint te koken. En ze vlogen weg!

Ik beloofde Humo, Esquire, Playboy, De Morgen, Cosmopolitan, Elle, Paris Match en de Juinensche Courant een exclusief verslag van mijn toekomstige maanvlucht en kon dank zij de losgepeuterde voorschotten het gevraagde bedrag ophoesten. Frank Sinatra zou ook meegaan. En Barbra Streisand, Urbanus, Mick Jagger, ex-president Trudeau van Canada, Jean-Pierre Van Rossem, Johan Cruijff, Sylvester Stallone, Yves Saint-Laurent, Lucille Ball en alle nog levende Kennedy's. Zodra we met de raket tien kilometer boven de bebouwde kom van Cape Kennedy zijn, mag Prins Bernhard een stukje sturen. De namen van de andere beroemdheden ben ik eerlijk gezegd vergeten. Keith Moon was toen al dood.

In het begin schreven wij elkaar natuurlijk opgewonden brieven – welke spelletjes we voor onderweg moesten meenemen en wat we aan zouden trekken en of het niet te flauw was als we Sinatra vroegen om ergens halverwege de 363.300 kilometer 'Fly me to the moon' te zingen – maar na een tijdje begonnen de contacten te verwateren; ook omdat het jaar 2000 nog zo ver weg leek. De aandacht van de pers verflauwde en tegenwoordig spreek ik bijna niemand van mijn aanstaande reisgezelschap meer. Alleen Mick Jagger af en toe, maar dan praten we veel liever over onze nieuwe mountain-bikes dan over die komende vlucht naar de maan. Heel gek is dat.

Ik weet niet hoe het komt, maar het is net of de aardigheid er een beetje af is, van de maan. Zij trekt ons lang niet meer zo aan als tien jaar geleden. En het is ergens natuurlijk ook wel vreselijk decadent; zo'n ruimteschip vol champagne en celebrities in avondkleding, door hun verrekijkers turend naar de aarde met zijn droge woestijnen en radioactieve oceanen.

Van de brandstof die wij in dat weekje uit en thuis gaan verstoken zouden alle auto's van een land als Zwitserland een jaar lang stationair draaiend in een file van hier tot Andorra kunnen staan; dus je kunt onze maanreis nu ook niet bepaald milieuvriendelijk noemen.

Het is een existentieel gevoel van twijfel, onvrede en verveling, dat Barbra Streisand er bij voorbeeld toe gebracht heeft haar complete kunstcollectie te verkopen om van de opbrengst, 24 miljoen dollar, heel eenvoudig te gaan leven.

Ik ben bang dat zij niet eens meer meegaat naar de maan, Barbra; en ik moet u tot mijn schande bekennen dat ik haar een beetje benijd. Dat ik heimelijk heb gehoopt dat die hele rottige maanreis zou worden afgeblazen, toen PanAm min of meer failliet ging. Ook omdat de oudejaarsavond van 1999 natuurlijk fantastische televisie gaat brengen. Nu kan ik voor mijn vertrek de video wel programmeren, maar dan kijk je toch anders.

Mijn ticket ligt nu zo'n jaar of tien klaar op de piano. Voor de heenreis heb ik stoel D7 in de Smoking Section en voor de terugreis (goede voornemens!) natuurlijk een stoel in het Non Smoking-gedeelte van de raket. Bij het raam. Al mijn vrienden en kennissen hebben mijn kaartje inmiddels bewonderd, maar niemand kijkt er meer van op, als je zegt dat je over een paar jaar naar de maan gaat. Heel eigenaardig. Jij liever dan ik, zeggen ze. En iedereen vraagt of je een kaartje wilt sturen. Nee, zij zegt de mensen helemaal niks meer, de maan. Griezelig hoor.

Om haar niet ongerust te maken had ik mijn moeder er tot nu toe nog maar niets van verteld.

'In 1999 zit ik met Oud en Nieuw op de maan mam,' zei ik gisteren voorzichtig.

'Dus ik hoef niet op je te rekenen met de oliebollen?' vroeg ze.

Wat een ongeïnspireerd, tragisch, duf en troosteloos zootje ongeregeld vormen die middelbare Nederlandse heteroseksuele mannen langzamerhand! Slaapverwekkende, murwgebeukte verschijningen zijn het geworden, zonder kraak of smaak; grijze muizen aan wie niets valt te beleven, waar niemand naar omkijkt, geen haan naar kraait en geen hond tegenaan pist. Dag aan dag sjokken wij bronstig rond in een fantasieloze pantoffelparade van schijterig zwijgende gelijkgestemden.

Gelijkgestemdheid, het mocht wat! Immers: waar blijkt die overeenkomstige seksuele geaardheid nog uit en op welk niveau speelt zij zich af? Ik zal het u zeggen: zij komt neer op de twee lege stoelen tussenruimte waar wij toe besluiten wanneer we, in ons eentje, des middags een sexbioscoop bezoeken! Waar is de heteroseksuele camaraderie gebleven zoals zij lustig tierde in het Frankrijk van de achttiende eeuw; 'das erotische Jahrhundert par excellence'? Waarom durven de hedendaagse Nederlandse heteroseksuelen – brooddronken studenten op vrijgezellenavondjes in bananenbars buiten beschouwing gelaten – niet langer tezamen en met open vizier van het rijker dan ooit aanwezige vrouwelijk schoon te genieten? Wanneer wij op het pompstation een verstolen blik op een naakte pornomevrouw werpen, over de beroosde schouder van een burgerlijk ruikende sukkel die de moed heeft gehad een seksblad uit het rek te pakken om het ingehouden ademend door te bladeren – ja, dan voelen wij nog een zekere lotsverbondenheid, maar veel vrolijker worden wij hier niet van. Ik althans niet.

Door de overkill van het vrouwelijk naakt in films, op televisie en in de reclame (in de met erotische damesonderkleding-affiches behangen abri's schijnt 's nachts bij het licht van de straatlantaarn driftig te worden gemasturbeerd) is de mannelijke heteroseksualiteit gedegradeerd tot een vorm van muzak en daar komt ons schaamtevolle ongemak vandaan, denk ik wel eens. Er is geen ontkomen aan. Niks hoofse minneliederen meer. Overal en altijd worden wij ordinair in onze kraag gepakt en plat met onze neuzen op onze aangeboren seksuele voorkeur gedrukt.

Wie bekwaamt zich nog in de Ars Erotica?

Er zijn chartervluchten naar Thailand voor in de plaats gekomen, waar meedogenloze hetero's met kindvrouwtjes onder de douche gaan. En de thuisblijvers kachelen in hun middenklasse-autootjes naar zogenaamde 'afwerkplekken', om zich tussen de schaamschotten zakelijk en gehaast van hun witte waan van de dag te laten afhelpen.

En wanneer je in de krant een foto van een stel leuke kleine meisjes ziet, durf je ternauwernood het onderschrift te lezen, bang dat er bij zal staan dat dit piepjonge, per container aangevoerde Oosteuropese prostituées zijn. Ach, je schaamt je er toch stilaan voor zo'n ouderwetse, door het zakenleven en de seksindustrie geëxploiteerde heteroseksueel te zijn? Heeft u de laatste tijd nog wel eens een oorspronkelijke mannelijke vrouwenliefhebber ontmoet? Iemand die zijn seksuele voorkeur op een niet hijgerige, maar sprankelende wijze belijdt en gestalte geeft?

Een vent die een verfrissende vorm voor zijn op de vrouw gerichte libido heeft ontwikkeld?

Nee, dan de miljoenen Nederlandse andersgeaarden; die maken er tenminste iets aparts van, met hun gay games, roze festivals en homobraderieën. Koop maar eens een homokrant of lesboblad en vergaap u aan het ongedachte scala van hun seksuele archetypen. Als u zelf een lesbienne bent, vertel ik u natuurlijk niets nieuws, maar voor de saaie heteroseksuele lezeressen zal ik eens een paar mogelijke lesbische verschijningsvormen op een rijtje zetten.

'Hoe zal ik nu 'ns uitgaan?' vraagt een creatieve lesbo zich bij voorbeeld af. En dat uitgaan beperkt zich heus niet tot die bij heteroseksuelen al eeuwen in zwang zijnde brave zaterdagavond; nee, homoseksuele mensen gaan net zo makkelijk op een doodgewone maandag of dinsdag uit dansen! En dan dost de swingende Lesbo zich uit als Butch of als Femme, als Leerpot of Latexlesbo, als Vrachtwagenchauffeur of als Softe Sok. Maar ze kan ook opereren als Academico, als Page of Reiselesbe, als Zonnebankpot, als Lipsticklesbo of als Bospot!

Ik bedoel maar: mijn eigen (heteroseksuele) vrouw blijft qua verbeeldingskracht al steken bij de vraag of ze op platte of op halfhoge hakken naar de verjaardag van haar nicht zal gaan.

En dan de schier oneindige variatie die onze homoseksuele medemannen aan hun uitdagende gedaanten weten te verlenen! Ze gaan de deur uit als Leernicht, als Stud of als Hengst. Ze verschijnen als Marlene Dietrich, als Kortgebroekte Cowboy, als

Indiaan, Brandweerman, Boswachter, Topless Apotheker of New Yorkse politieagent. En heus niet alleen in de disco en niemand die er vreemd van opkijkt! Integendeel; ik woonde gisteren een vergadering bij die uitstekend werd voorgezeten door een van top tot teen met goudverf bestreken homoseksuele accountant, die slechts een spijkerstoffen tanga droeg en geen van de aanwezigen die hier over viel of er iets van zei.

Was ik maar nooit heteroseksueel geworden, denk ik tegenwoordig steeds vaker. Enfin, ik ga vanmiddag maar weer eens een nieuwe, wilde stropdas kopen.

In de reclame komen en gaan De Grote Namen stilaan even snel als in de Popmuziek. Wanneer we de Nederlandse Nestor der Copywriters Karel Sartory bijvoorbeeld vergelijken met Perry Como (een vergelijking behoeft, zeker in de reclame, nergens op te slaan; ja hoe manker zij gaat, des te beter scoort en penetreert zij vaak!) en Martin Veltman met Elvis Presley, dan was Jim Prins Joe Cocker, Bela Stamenkovics Prince en Paul Meyer Ice T.

Maar met wie moet je Fuk de Bock vergelijken? Wij zouden het niet weten! Fuk de Bock, de jongste wonderloot aan de vaderlandse publiciteitsboom, was met zijn bureau De Bock, Van Ooyen, Geitenstein, Kool en Partners binnen een maand goed voor een jaaromzet van eenendertig miljoen gulden en een personele bezetting die vanmorgen nog 17 man bedroeg, maar vanmiddag om vijf uur alweer tot 22 was opgelopen. Kortom: Fuk de Bock (24) is, naar eigen en andermans zeggen, een Wereldaap.

ZO ANDROGYN ALS ZIJN KLEREN

Dat geldt niet alleen voor zijn keiharde, bruuskerende campagnes maar ook voor zijn, op zijn zachtst gezegd, opvallende persoonlijkheid.

'In de eerste plaats ben ik zo androgyn als de kolere,' verklaart Fuk zijn verschijning. Witte Katrien Duck-pumps, behaarde benen in gescheurde netkousen, zeer korte, wijd en stijf uitstaande petticoat, paars overhemd met geruite vlinderdas onder *double-breasted* krijtstreep colbert, een Ikat vechtpet achterstevoren op het voor de linkerhelft kaalgeschoren hoofd, elektrische deurbel in de rechteroorlel; want moet dag en nacht bereikbaar zijn.

'Ik heb me nu driemaal laten vertimmeren, van man tot vrouw en weer terug, maar daar nok ik nu mee. In feite zou iedere reclameman het ene jaar man en het volgende jaar vrouw moeten zijn, je richt je tenslotte op doelgroepen van beide seksen, maar ik heb er eenvoudig de tijd niet voor en ik ben er nu wel achter dat je androgyne attitude eerder tussen je oren dan tussen je benen zit.'

Voelt Fuk enige verwantschap met Paul Meyer, de publicitaire revolutionair die met zijn Mazda- en Droste-campagnes het mes in het reclamevak heeft gezet?

'Nog geen microchip!' verzekert De Bock, bijna kokhalzend. 'Ik geef toe dat Meyer een leuke pot geknuppeld heeft in het Hollandse hoenderhok, maar mijn grootste bezwaar blijft dat het allemaal weer zo snel een maniertje is geworden. Zo bravo, zo tutty, zo burgo!'

Braaf? De donkere vrouw die haar blanke baby eerst de borst en dan een Drosteflik geeft? Tuttig, de kraanvogel die een paringsdans uitvoert met een Sony-geluidsbox? Noemt hij dat Burgo, die teeveecommercial van de zwervers die zich warmen aan de elektrische buitenspiegel van de nieuwste Mazda?

'Alles ist schon Dada gewesen,' wuift De Bock onze verbazing weg, 'als ze voor de zescilinder Mazda zes lilliputters op en neer laten springen en daar in Cannes een Bronzen Leeuwtje mee schieten, dan komt dat omdat zo'n jury gewoon te weinig reclamehistorische *know how* heeft! In 1951, *mind you*, werd in Amerika dat spotje voor Burlington Socks bekroond waarin je zo'n zakenpik op en neer zag springen in zijn boxershort, zonder dat zijn sokken afzakten, weet je wel? '*These socks won't let you down*' was de slogan toen, of iets in die trant. Maar daar wil ik van af wezen. Zoals ik eigenlijk van zoveel af zou willen wezen en vooral van die mekaars kruizen bestuivende Nederlandse Reclameboys!'

THE BORDER OF THE BRINK OF THE EDGE

'Kijk,' doceert Fuk, terwijl hij tegelijkertijd een sigaret, een sigaar en een pijp opsteekt, 'zo'n Paultje Meyer roept van de daken dat hij *On The Edge* bezig is en het liefst net iets over the edge; dus dan weet je het wel. Hij erkent dus dat er een *edge* ís, dat er een *borderline* bestaat die ge*cross*t kan worden, maar ik kèn helemaal geen *edges*! Ik geloof niet in het bestaan van grenzen; op geen enkel gebied. Punt uit! Kijk maar om je heen – als dit laatste decennium van dit niet te korte millennium ergens door gekenmerkt wordt, dan is het door het wegvallen van de grenzen op alle gebieden; geografisch, seksueel en ethisch. Wàt nou 'balanceren *on the brink*'? De Brink? Dat is het Nederlandse dorpsplein en daar speelt de Publiciteit zich per definitie *altijd* op af! Ik heb er dus geen zin in om voor een bepaald produkt eerst eens te gaan uitvogelen waar de acceptatiegrens van de consument ligt, om daar dan vervolgens met opzet een keurig streepje overheen te gaan. Dat is ook mijn grootste bezwaar tegen die boys van Benetton! Het was wel even leuk, die foto van die terminale AIDSpatiënt met het Benetton-logo rechtsonderin zijn sterfbed, maar dat shockeren wordt zo gauw een maniertje. Harde realiteit, gelul! Natuurlijk moet de reclame *in touch* staan met het wereldgebeuren. Daar hoeven we niet over te discuzeuren. Maar dat je moet opvallen om in de *overkill* aan reclame rendement te scoren is absolute nonsico! Het merk als mentaliteit, weet je wel? God wat een achterhaalde opvatting!'

Wat moet reclame dan wèl doen, volgens Fuk de Bock?

'Heel simpel: reclame moet vooral *niet* opvallen, *niet* amuseren, *niet* koetkekoet de mensen bij hun taas willen pakken.

'Als ik door een hoerenstraat loop, wat ik graag mag doen, en daar zie ik allemaal gewaagd geklede wijven zitten, maar dan ineens zit er een *chick* met een hooggesloten bloes en een jurk tot op haar enkels, ja, dan kick ik toch op dat ene mevrouwtje. Daar wil ik dan meer van weten, begrijp je wel?'

Is dat niet een hele ouderwetse opvatting? En het omgekeerde van de stelling dat, hoe meer een vrouw uittrekt, hoe meer ze aantrekt? En geldt dat, mutatis mutandis, niet evenzeer voor de reclame?

'Met je eens,' zegt Fuk voor het eerst, 'maar vergelijk zo'n hoerenpromenade nou eens met een schappenstraat in de supermarkt. De klant is zo murw gebeukt door het kiezen van de hardst schreeuwende, meest opvallende, door de STER erin geramde artikelen, dat ik juist de komende jaren een terugkeer naar het grauwe zie, naar het gewone. Grijstinten, muffe luchtjes; goedkope, natuurlijke materialen. Er zit voor de consument veel meer avontuur in een artikel dat bij wijze van spreken wat vaker stuk gaat dan in een produkt waarop je een garantie tot je dood krijgt. Want de mensen vervelen zich te pletter en Neil Postman *always rings twice*! Piet Publiek wil wat te doen hebben en is dolblij als hij zelf weer eens in de weer kan met een snelkookpan die een keertje explodeert, een stofzuiger die af en toe blaast in plaats van zuigt, een fiets waarop je binnen de kortste keren en bij de eerste de beste hobbel door het frame zakt. Ik noem maar wat. Amusement! Het publiek wil wat meemaken en volgens de Meyer-methode beleven ze als optimaal evenement alleen de Commercial zelf! Want hoe groot is de kans dat ze, zoals in zijn Mazda-spotjes, overigens best geinig gedraaid – van *jalousie de métier* heb ik geen last, ik ken überhaupt geen Frans – zèlf een keer op hun hoofd worden gescheten door een kapmeeuw of een albatros? Dan zeg ik: niks grappig autootje met open dak! Maak een auto zónder dak! Dat is *entertainment*! Zo draag je bij aan het Camel-gehalte van de belevingswereld van de consument!

'Want vergeet niet dat je door die opgefokte, opgeklopte, onwezenlijke beelden, Karel Klant zo programmeert dat het artikel na aanschaf alleen maar kan tegenvallen. Kijk, het is geen kunst om een slagzin te verzinnen voor een wasmiddel en een *contest* te *faken* en een vergelijking te maken in de trant van: ziet u dit truitje en kijkt u nu eens hoe mooi het er nog uitziet na dertig wasbeurten – geef mij een bierviltje en ik ontwikkel hier en nu in vijf minuten een campagnetje met als thema Vijf Jaar Na Dato, ik roep maar wat, maar de tijd van de gekke beelden en de leuke zinnetjes en de *crazy* situaties is passé. O, ik heb me er zelf ook aan bezondigd hoor! Je kent mijn Shampoo-campagne toch wel met die uitgemergelde Somalische kinderen? Alleen die keiharde foto waaronder dan die fles stond met als enige tekst: '*Maar laten wij ons liever om onze gespleten haarpunten bekommeren!*'

'Herinner je je mijn advertentie voor Evaluatie Damesverband? Die foto van die kist appelen – de appel weet je wel, de appel als vrouwbeeld? Al die appels hadden we gewikkeld in onze Evaluatiekruisjes behalve die ene in het midden, daar zat een gevalletje van het bekende onbekende merk omheen en die appel zag er dus totaal verrot uit. Waarmee ik behoorlijk heavy appelleerde aan het vrouwelijk schaamtegevoel – zo van één rotte appel in de mand maakt alle anderen te schand, ik zeg maar wat. Nou, dat ging behoorlijk ver in 1991 en daar ben ik nog over aangevallen in *Opzij*, en dat zou ik nu ook nooit meer doen. Niet omdat het op zichzelf geen sterk beeld was of geen goeie reclame (het marktaandeel van mijn Evaluatiekruisje schoot in een maand van nul komma acht naar zestig procent), maar omdat het te goed was, te opvallend, veel te van Kijk mij eens scoren. Daarom wil ik ook niet op de foto. De reclamemaker als Superstar en als bekende Nederlander: daar doen De Bock, Geitenstein, Kool en Van Ooyen en Partners van ze lang zal ze leven niet aan mee!'

GEEN UNDERDOG MAAR BOVENHOND

'Dus wij beginnen als reclamemakers met de fabrikant te praten en dan gaat het er niet over wat er beter of glamoureuzer aan zijn produkt kan, nee, je zegt:

jongens, nu even de koppen bij mekaar en de neuzen dezelfde kant uit graag, maar er deugt momenteel natuurlijk geen ene mallemoerereet van! Dus wat gaan we doen: we gaan niet kijken hoe het beter kan, maar we gaan van jullie artikel een underdog maken in plaats van zo'n ouwerwetse bovenhond. Kijk, je had na de komst van Gorbatsjov even zo'n hausse in Russische Horloges, remember? Die liepen voor geen meter en als je een cappuccino dronk besloeg je wijzerplaat van binnenuit! Maar ze waren niet aan te slepen! Je kreeg hier toen toch ook van die Russische motoren met een zijspan? Bij de eerste de beste scherpe bocht brak dat zijspan af en kachelde op zijn eigen houtje nog een metertje of honderd rechtdoor. Maar ze vlogen weg meneer! En waarom? Door het aggutteguttegut-gevoel, noem ik dat. Ik klets maar wat. Medelijden oproepen, dat wordt de trend! Koos Konsument wil medelijden met never mind welk artikel en dat is het sentiment waar De Bock, Kool, Van Ooyen, Geitenstein en Partners de komende vier, vijf maanden op gaan *aimen*.

'Daarna zien we wel weer verder. Ga ik misschien ezels fokken in Argentinië, ik zeik maar wat. Maar voorlopig is het nog altijd zo dat de kranten *day in day out* bol staan van de afschuwelijkste foto's die op ons medeleven mikken. Waarom doet de reclame dat dan niet? Als je leest dat er bij Philips dankzij operatie Centurion nog eens 50.000 man uitgetimmerd gaan worden, dan zou ik tegen Eindhoven zeggen: draai het nou eens om, maak je borst niet nat en groot en breed, maar maak je klein, durf zielig te zijn, mik op ons medelijden. De mensen gireren zich een tennisarm aan Greenpeace en Artsen zonder grenzen, in honderden huizen worden bovenkamertjes gewit om Bosnische vluchtelingen in op te vangen, nou: waarom trekken we dat potentieel aan menselijkheid dan niet door in de reclame? Bedrijven moeten weer Mens worden, herkenbare Mensen die op straat komen te staan als wij hun produkten niet kopen! Niet die kuttige foto's van een roedel kapsoneslijers dat poseert als betrouwbare bankdirecteuren, maar een pregnante prent van zo'n gepermanent ABN AMRO, NMB of Postbank-balieneesje met een bovenbeugel en de foute make-up, en daar dan een tekst onder van: 'Wilt u dat Willy Sillevis morgen de laan uitvliegt en de hoer moet gaan spelen om te kunnen overleven? Nee toch? Open daarom vandaag nog een rekening bij de Huppeldepup-Bank, want al die banken geven toch allemaal evenveel rente en wat kan het u nou verrotten of u door de hond of de kat wordt gebeten?' Die toer dus meer. Ik klets maar wat.'

Waar is Fuk momenteel mee bezig?

Vermoeid wijst de wonderboy vanaf driehoog naar buiten. Een Amsterdamse Volksbuurt. Hier hebben De Bock, Kool, Geitenstein en Van Ooyen en Partners een kale voorkamer gehuurd, waar Fuk twee middagen per week uit het raam zit te kijken, om de sfeer te snuiven die nodig is om zijn campagnes de onmisbare *street credibility* te geven. Een doorsnee straatbeeld. Het regent. Een tram komt de hoek om, een jongen zwoegt op een bakfiets, met een punkmeisje op een kapotte crapaud in de bak, twee schuifelende oude dames met identieke regenkapjes, een lantarenpaal waaromheen een fietsband is geworpen, drie honden die samen een vuilniszak te grazen nemen, een dakloze die met smaak een papierbak inspecteert.

En pas nu zien wij de camera die, op statief, het geheel registreert. ‘Kijk,’ zegt Fuk, ‘dit raam is het televisiebeeldscherm. De wereld. En dit is dus de ideale commercial, die linea directa de werkelijkheid jouw huiskamer inknalt. Vijftien seconden STER, langer hoeft niet.’

Nu houdt hij een smalle, witte strook papier rechtsonderin de hoek van het raam en zegt: ‘Zeg het maar! Welk merk en wat voor logo of vignet je hier ook opzet – altijd goed. Kat in het bakkie!’

Meneer De Bock, hartelijk dank voor dit college.

Fuk haalt zijn schouders op. ‘Ach,’ zegt hij, ‘ik lul maar wat. En dat doen we in feite allemaal bij De Bock, Geitenstein, Kool en hoe heet-ie ook alweer en Partners. Ik denk ook dat dat onze grootste kracht is.’

Ik begreep het wel van mijn zoon, want toen ik zelf zestien was had ik haar net zo min kunnen weerstaan: die droevig stemmende aanvechting om er voorgoed mee te stoppen. Alsof je het uitmaakte, met je meisje. Van de ene op de andere dag vond ik voetballen niet leuk meer.

Die uren durende fietstochten voor het spelen van sacherijnige uitwedstrijden en het gedwongen verblijf in van boeren en scheten vergeven kleedkamers en het door regen en wind terug naar huis pompen, met de cijfers van de nederlaag bonkend in je achterhoofd en al voorvoelend dat ik het hele weekeinde, dwangmatig, de door mij gemiste pinantie nog een keer of honderd op mijn netvlies herhaald zou krijgen – nee, ik vond er ineens geen bal meer aan.

En was de training nou nog maar een beetje stimulerend geweest, maar die werd geleid door een pukkelige sadist uit Junioren A1 en bestond elke woensdagmiddag uit twintig rondjes looppassen rond het hoofdveld, vijf minuten koppen, vijf minuten stoppen en ten slotte het spelen van een freedikeetje; tot het te donker werd en het oefenpartijtje steevast eindigde in ruzie, omdat we ijzeren bijzetdoelen gebruikten, zonder net, zodat in de vallende schemering niet goed viel waar te nemen of de bal, die wij om beurten uit de sloot moesten vissen, nu had gezeten of niet.

Ik liet mijn vader, als reden voor mijn bedanken, 'tijdgebrek door studie' invullen en ging basketballen.

Die bevlieging duurde precies één seizoen. Bij het voetballen scoorde ik al vrijwel nooit, maar de weg naar dit netje wist ik nog minder te vinden. Dus weer gestopt en nooit meer officieel aan sport gedaan, daarna. Beetje fietsen, potje pingpong, robbertje sjoelbakken en honderden balletjes met mijn zoon getrapt, dat wel.

Bij elkaar toch nog wel zo'n vijftig corners genomen, op gewone schoenen. Voor de aanvang van door mijn zoon gespeelde wedstrijden, als zijn elftal nog niet compleet was. Liepen er pas een jongetje of vijf, zes. Dribbelde ik zo'n beetje rond, eerst langs de lijn en dan erbinnen, hopend op een afzwaaiend schot.

Maar in de negen jaar die mijn zoon daar voetbalde raakte ik met alle spelertjes uit zijn elftal zo vertrouwd dat ze mij vaak bij hun warming-up betrokken en ik steeds meer ballen kreeg aangespeeld: Zet u even voor, meneer Van Kooten?

Toen ze allemaal net met voetballen waren begonnen, vervoerde ik om de andere week bijna het hele pupillen-elftalletje in mijn auto. Met gemak, want ze zaten zonder onderlinge tussenruimte op mijn achterbank, volgens dezelfde kluit-formatie waarin ze tijdens de wedstrijd achter de bal aan huppelden. Binnen negen seizoenen wisselde ik een paar maal van auto en hoewel de nieuwe wagen altijd iets ruimer was dan de vorige, pasten er op het laatst nog maar vier junioren achterin. Mijn zoon zat nu naast me en vulde in zijn eentje de stoel waarop ik ze, in gedachten, nog met hun drietjes vastgesnoerd zag zitten, achter de veiligheidsgordel. Alles leek een week geleden.

In navolging van mijn eigen vader die, vijfendertig jaar terug, de spelers van mijn elftal na elke overwinning op een zogeheten zoute schuine fuifde (grote, ruitvormige plakken drop die alleen dubbelgevouwen in je mond pasten), had ik een premiestelsel in het leven geroepen.

Bij een nederlaag kregen ze niets, als ze gelijk speelden een Mars en voor een overwinning toucheerden zij de man een Mars en een Cola.

Het waren mijn gelukkigste momenten van de week: na een zege in de kantine mijn triomfantelijke bestelling plaatsen en vijf minuten later juichend ontvangen worden in hun dampende kleedkamer.

Daarom kromp mijn hart een paar maten toen mijn zoon, nu een jaar geleden, verklaarde dat hij met voetballen wou stoppen.

– Weet je het zeker? vroeg ik; krijg je daar geen spijt van?

Nounee, hij dacht van niet. Want hij ging lekker basketballen.

– Ook fantastisch, zei ik; basketballen. Dat heeft je vader ook nog een paar jaar gedaan, wist je dat?

Ja, dat had ik al eens verteld.

Dus ik zei zijn lidmaatschap op, maar bleef zelf wel donateur.

Eén keer ben ik nog gaan kijken naar een wedstrijd van zijn voormalige elftal, dat nu B1 heette. Ik ging alleen, want mijn zoon moest basketballen.

De jongens groetten mij met strakke monden en bij het intrappen kon er geen balletje voor mij af. De keeper had een snor gekregen en zij verloren. Dat kwam wel goed uit, want bij een overwinning had ik niet geweten of en hoe ik mijn oude premie moest ronddelen.

En toen, nu twee maanden geleden, zei mijn zoon na een met 86-24 verloren basketballwedstrijd:

– Ik denk dat ik weer ga voetballen.

Mijn hart sprong op.

– Prima! juichte ik; in welk elftal kom je dan?

– In A1, zei hij; Rob en Frank zeiden dat ik in A1 kon komen.

– Ik bel nu meteen naar de secretaris voor een nieuw inschrijfformulier, redderde ik.

Mijn zoon voetbalt weer! En hoe! En ik mag weer mee! Maar god, wat zijn die wedstrijden sneller en harder geworden, in dat jaar tussenruimte! Vliegende tackles, krakende frontale botsingen. De eerste keer liep ik trillend van verontwaardiging mee, langs de lijn. Hee, hola, hee! wilde ik voortdurend roepen; kan dat niet een beetje minder, jongeman? Maar omdat ik bij de andere vaders, ook na de hardste overtreding, geen greintje verbolgenheid constateerde, heb ik mij aangepast en houd ik mij in.

Corners durf ik niet meer te nemen voor aanvang van een wedstrijd (zo hoog als zij, door hun lengte, de ballen moeten hebben – zo hoog krijg ik ze geeneens), maar bij uitwedstrijden zit mijn auto weer ouderwets vol met drie à vier beleefde reuzen.

Mijn zoon meegerekend, spelen er in dit hoogste juniorenelftal vijf jongens die in 1979 ook al deel uitmaakten van het allerlaagste pupillenploegje; aan welke tijd zij, met lieve, diepe stemmen, fonkelende herinneringen ophalen.

Wij kregen pas na een jaar of twintig last van Jeugdsentiment; zij lachen nu al om hoe ze toen waren.

Ik zie hun ogen schitteren in mijn achteruitkijkspiegel en beluister ademloos hun toekomstplannen: Frank gaat bij de luchtmacht om straaljagerpiloot te worden, Rob wil een jaar studeren in Amerika, en Michiel is gevraagd om, als vrijwilliger, te komen werken in een Portugees afkickcentrum.

– Wat denk je? neem ik mijn zoon na drie nieuwe voetbalweken even apart; zal ik weer wat in de kleedkamer brengen na afloop, als jullie hebben gewonnen? Of wordt dat langzamerhand een beetje kinderachtig?

Hij moet er even over nadenken. Trapt een putje in het gras.

– Doe maar, zegt hij; alleen geen Mars en Cola.

– Wat dan? vraag ik zenuwachtig.

– Een broodje, besluit hij; een broodje als we gelijk spelen en als we winnen een broodje en een pils. En denk aan de reserves. Twee.

Dan sprint hij weg, om in te gaan trappen.

Ze winnen die middag. Drie-nul. Mijn zoon scoort twee keer. Hij is links, wat zijn doelpunten nog mooier maakt. Joesoef, de Marokkaanse jongen die pas halverwege dit seizoen de gelederen kwam verfraaien, zet de derde, met een kopbal.

– Mag ik dertien broodjes kroket en dertien pils?

vraag ik aan de kantinejuffrouw van de ontvangende club.

Tien minuten later stap ik, de premies torsend, voor het eerst na ruim een jaar weer een jongenskleedkamer binnen. Vijf spelers slaan snel een handdoek om, maar de ouwe hap van het elftal blijft gewoon rondpoedelen in zijn blote kont. Ha, meneer Van Kooten, te gek!

Ik deel de broodjes rond en mijn zoon het blad met bier.

Joesoef lacht verlegen als ik hem zijn kadetje met de walmende kroket toesteek.

– Dat mag ik niet hebben mijnheer, schudt hij ernstig; geen kroket.

– Dan krijgt hij stront met zijn vader, roept de keeper; hè Joes? En ook geen alcohol. Nou, daar ben je mooi klaar mee, met die godsdienst van hem!

– Valt best mee hoor, zucht Joesoef. Hij kijkt naar het deinende blad met bier.

– Te gekke kopbal was dat trouwens, zeg ik; maar wat zal ik dan voor je halen?

– Haal dan maar een Mars en een Cola, beslist mijn zoon.

– Ja, is lekker, lacht Joesoef.

– Ik ben zo terug, beloof ik.

Het hele volgende seizoen mag ik dit weer meemaken, realiseer ik mij op de terugweg naar de kantine. Ik klok het pilsje achterover en hap snel Joesoef zijn broodje kroket weg. Ik grom van geluk. En ik smak. Zo smaakt alleen het vaderschap.

Soms, als zij alle andere onderwerpen hebben behandeld (zoveel zijn dat er immers niet), komen zij wel eens te spreken over Scheren. Binnen een kwartier zijn zij het erover eens dat scheren het mannenbestaan overschaduwt zoals periodieke ongesteldheid het leven van de vrouw; maar dan elke ochtend, dus eigenlijk nog erger.

Elektrisch? Godnee; voor mij geen elektrisch! Daar knalt mijn kop van open; kloven, brandende bek, schrijnende huid, schei uit alsjeblieft! Nee, kwast en zeep voor mij. En het mesje wat er toevallig in de aanbieding is.

Maar heel gek is dat: ik heb het alleen hier, baardgroei. Kin en snor, verder niks. Gek hè?

Ja! roept zijn vriendin, blij dat zij ook eens iets geks hebben – zo gek is dat, maar opzij heeft Bob absoluut geen baard!

Ik zou nog geeneens bakkebaarden kunnen laten staan, gooit Bob er nog een schepje bovenop.

Krankzinnig hè? slaat zijn vriendin de zinnetjes nu terug zonder ze nog te laten stuiten: volslagen idioot dat Bob geen baard heeft! Wisten jullie dat niet?

Nee, dat wisten wij niet, van Bob zijn baard.

Zij straalt. Bob zit erbij als een man die zijn noodlot weet te dragen. Maar binnen een jaar begint er iets aan haar te knagen: weet zij, behalve dat van die baard, eigenlijk nòg iets op te scheppen over Bob?

De baby die maar niet kon geloven dat die duim van zijn vader in het niets verdween en daar ook weer uit verscheen, werd de kleuter die dacht dat zijn opwindauto, waarin een blikken mannetje met een hoed op achter het stuur zat, eenmaal opgewonden buiten op het trottoir geplaatst, linea recta weg zou stuiven naar precies zo'n zelfde opwindauto drie straten verderop; achter het stuur waarvan het vrouwtje zat van wie hij lang geleden in de fabriek tot zijn verdriet was gescheiden. Dezelfde kleuter dacht dat poppen 's avonds tegelijk met hem in slaap vielen maar elke morgen net iets eerder wakker waren, ook al hielden ze hun glazen ogen nog gesloten. Dan deden ze alleen maar of ze sliepen.

Deze kleuter werd een kind dat dacht dat zijn ouders niet zijn echte ouders waren, maar dat zich desondanks niets verschrikkelijkers kon voorstellen dan dat deze ouders hem ooit zouden verlaten. Er zou nog eens een dag komen dat hij zich niets verschrikkelijkers kon voorstellen dan dat zijn ouders hem nooit zouden verlaten, maar zover waren we nog niet. Het kind had nog een lange weg te gaan en moest nog van vele geloven vallen: dat zijn vader en moeder geen naakte liefde bedreven, Sinterklaas bestond en de Koningin nooit naar het toilet ging.

En het kind werd een puber die na elke keer masturberen via de kapspiegel van zijn moeder en de scheerspiegel van zijn vader keek of zijn ruggemerg al was aangetast; een jongeman die geloofde dat er in zijn familie niemand had geheuld met de bezetter; een meisje dat zich een half jaar lang elke avond in slaap huilde omdat zij ervan overtuigd was dat deze Paul McCartney niet de echte Paul McCartney was. Het gerucht ging immers dat de echte Paul McCartney dood was en dan wilde zij ook niet langer leven.

Inderdaad had onze aarde gered kunnen worden wanneer The Beatles een Wereldregering zouden hebben gevormd, dachten net volwassen geworden tieners nog een tijdje. En alles zou ook nog goed zijn gekomen wanneer Kennedy niet was doodgeschoten, bezwoeren de twintigers elkaar, zolang ze nog niet wisten wat de Amerikaanse President allemaal met Marilyn Monroe had uitgespookt.

En toen de oorspronkelijke oorlogsbaby zelf een baby had gekregen, wilden de grootouders nog steeds geen kwaad woord over Prins Bernhard horen, maar wisten de jonge ouders intussen wel beter. Toch weigerden zij, weer een decennium verder, te geloven dat hun eigen kind zulke dingen deed. Welke dingen? Nou gewoon; van die dingen.

Wel was tot hun inmiddels grijzende hoofden doorgedrongen dat er op de hele wereld geen bank bestaat die het beste met je voorheeft, dat de kerk slechts heerst door de uitvinding van de zonde, dat ieder isme een hiërarchie creëert waarin de hoogste klasse vrijuit gaat, dat gratis spaarzegels nooit echt gratis zijn en dat de dolfijnen zelf die kunstjes helemaal niet leuk vinden.

Nu lopen zij tegen de vijftig en schamen zich ervoor dat zij hun kinderen zo moeilijk in of aan iets kunnen laten geloven. Zij hebben een blanco strafblad, goed geboerd en niets origineels te klagen, maar de ongegeneerdheid waarmee de boven hen gestelde mensen en instanties de normen en waarden gebruiken om er hun reet mee af te vegen, werkt hun op de zenuwen. Want ergens diep, diep in een hoekje van hun bewustzijn gloeide nog een vonkje kinderlijk geloof aan de democratische uitgangsstelling dat de machthebbers in laatste instantie altijd het beste met het eigen land en volk voorhebben.

Tot een schrijven van de Kamer van Koophandel, de officiële instantie ter bevordering van de Nederlandse Handel en Nijverheid, ook dit laatste sprankje doofde (zie brief volgende pagina).

Aan alle achttienjarige jongens is nu een brief onderweg van het Ministerie van Defensie, betreffende een aantal voorlichtingsbijeenkomsten waar verteld wordt hoe men de Militaire Dienst kan ontlopen; de staatssecretaris van Verkeer en Waterstaat doet in een handige brochure uit de doeken waar in Nederland zich de camera's bevinden die onze maximumsnelheid controleren en de Koninklijke Nederlandse Wielren Unie stuurt binnenkort alle renners een lijstje met niet op te sporen dopingpreparaten.

Maar de baby van toen is niet van plan deze nieuwe handreikingen af te wachten. Hij verkoopt zijn bedrijfje en verkast binnenkort inderdaad naar België; waar hij met een schone lei en van onderaf wil beginnen als loopjongen van de Russische maffia in Antwerpen.

Illegaal? Okay! Maar dan ook helemaal!

kamer van koophandel
en fabrieken
voor gooiland
hilversum

HILVERSUM, 24 maart 1994

UW REF

ONZE REF HB/GvW/411

ONDERWERP

AAN DE DIRECTIE VAN:
[redacted].

Kamer organiseert voorlichtingsbijeenkomst over emigratie naar België

Dames en heren,

Gelokt door fiscale voordelen zijn de afgelopen jaren heel wat vermogende Nederlanders naar België verhuisd. Wat hun fiscale drijfveren zijn, wordt in een bijeenkomst, die de Kamer in samenwerking met Deloitte & Touche Belastingadviseurs kantoor Hilversum organiseert uit de doeken gedaan. Daarbij zal onder andere worden ingegaan op de aspecten die samenhangen met de oudedagsvoorzieningen en de verkoop van aandelen van de eigen B.V.

Recentelijk is de ministerraad accoord gegaan met een afkoopverbod van pensioenen. Wat de gevolgen zijn van dit verbod voor de emigrerende Nederlanders en welke ontsnappingsmogelijkheden er zijn, zal eveneens de revue passeren. Tevens zal aan de hand van een cijfervoorbeeld worden duidelijk gemaakt waarom er opvallend veel rijke landgenoten in de buurt van Turnhout wonen.

De presentatie wordt verzorgd door de heer Mr. E.O.M. Vulto, verbonden aan Deloitte & Touche Belastingadviseurs te Hilversum. Afhankelijk van het aantal deelnemers zal de bijeenkomst plaatsvinden op woensdag 27 april 1994 van 16.00 uur tot circa 18.00 uur bij de Kamer van Koophandel aan het Melkpad 26 te Hilversum of in het Theater 't Spant te Bussum.

Kosten van deelname bedragen f 50,-- per persoon. Aanmelding kan geschieden door het opsturen van bijgaand aanmeldingsformulier.

Met vriendelijke groet,

Mr. J.E. Broug,
secretaris

Melkpad 26
1217 KD Hilversum
Postbus 378
1200 AJ Hilversum

Telefoon 035 - 72 12 12
Telefax 035 - 23 49 31

Postrekening 9434
Bankrelatie:
ABN-AMRO: 44.94.47.707

Voor informatie uit het
Handelsregister, Verenigingen- en
Stichtingenregister
035 - 72 12 72

Zijn hedenmorgen gekochte pakje sigaretten, halfvol was het nog, heeft hij vanmiddag weggekieperd, waarbij hij hardop Ziezo! riep en toen wij vroegen wat hij daarmee bedoelde bitste hij dat hij zojuist gestopt was met roken.

Bravo! riepen wij, maar achter zijn rug gaven wij elkaar een knipoog, want we weten wat ze waard zijn, zijn besluiten: niets. Hij neemt er veel te veel, dat is het. Zijn dagen wemelen van de verse, vaste voornemens, die ten hoogste vierentwintig uur standhouden. En hield hij ze nu maar voor zichzelf, maar nee, iedereen moet meedoen als hij weer eens een aanval van strengzwenk krijgt. Kom op! roept hij als we net even rustig zitten: we gaan een end langs het strand hollen, want we worden te dik. En wanneer wij, doorweekt en uitgeput thuisgekomen, aan tafel schuiven, ons verheugend op een lekker glaasje wijn bij het eten, besluit hij plotseling dat er vanaf vandaag geen alcohol meer gebruikt wordt bij de maaltijden.

Vanmorgen kregen wij, in plaats van ons uitgeperste sinaasappeltje, een groot glas paprikasap te drinken en vanavond moesten wij voor het slapen gaan allemaal een rauwe ui eten.

Daarom zitten wij, op de rand van ons bed, hem te vervloeken met zijn onvoorspelbare, zogenaamd ascetische verordeningen en zijn op niets dan wispelturigheid gebaseerde, quasi-spartaanse maatregelen. Wedden dat meneer zelf op dit moment een lekker sigaretje zit te roken?

Op de vier pasfoto's was ik belachelijk kwaad. Niet op mijzelf en niet op de automaat, maar op het Russisch Consulaat in Den Haag; waar ik woensdagochtend vanaf tien uur mijn visum voor het GOS kon ophalen.

Ik had een invitatiebrief van de Nederlandse viceconsul uit Sint Petersburg bij me, dus mij kon niets gebeuren. Daarom dronk ik thuis geen koffie, want die zou mij wel op het Consulaat worden aangeboden – waarschijnlijk door de ambassadeur zelf. Wat leuk dat u ons prachtige land nu eindelijk eens wilt bezoeken, mijnheer Van Kooten! Gebruikt u melk en suiker? Misschien wilt u zo goed zijn hier plaats te nemen, dan krijg ik als de wiedeweerga uw visum van boven!

De Javastraat, waar het Russisch Consulaat zetelt, heeft een honderdjarige allure, die je marmeren trappen en kroonluchters voorspiegelt. Maar aan de buitenkant beloven de met schrikgaas gewapende ramen niet veel goeds en eenmaal binnen stammen de planken vloer en de natte jassen uit The Gold Rush van Chaplin; in een kale, kantine-achtige ruimte jengelt hier een honderdtal gelukszoekers om een kaartje voor Terra Nova. Ik tel vier grimmige loketten en drie formica tafels met beroeste metalen poten, waaraan vakantiegangers en zakenmensen bangelijk doende zijn de benodigde formulieren in te vullen. Zelfverzekerd wapperend met mijn diplomatieke invitatie (ik ben officieel gevraagd om, op Koninginnedag, een optreden te verzorgen voor de ongeveer honderd genodigden op het Nederlands Consulaat te Sint Petersburg), sluit ik aan bij de kortste rij. Wanneer ik op vier personen na aan de beurt ben, word ik behulpzaam op mijn schouder getikt door de man achter mij. Hij heeft gelukkig zo'n beetje staan mee te lezen in mijn accreditaties en wijst me erop dat ik desondanks een extra formulier moet invullen; verkrijgbaar uit het bakje achter tafel drie. En daarna weer gewoon achter in de rij aansluiten. Want naar Rusland willen we allemaal wel, maar ieder op zijn beurt graag.

Als ik een half uur later mijn paspoort, het in zelfverzonnen blokletters gekalligrafeerde formulier, de invitatiebrief van de Nederlandse vice-consul en twee pasfoto's in het onderdoorschuiflaatje leg, trekt de apparatsjik (ik had hem graag 'beambte' willen noemen, maar ben inmiddels al zo over mijn toeren dat ik alleen nog maar in vooroordelen kan denken), trekt die apparatsjik dus mijn hele handel naar zich toe, schoffelt er met zijn lompe vingers minachtend doorheen en blaft door de ruit dat het er drie moeten zijn.

Drie wat? Drie pasfoto's!

'Njet, dwa!' protesteer ik zwetend, want dat had ik zelf gelezen in de instructies: *buitendien benodigd twee pasfoto's* en daarna had ik de Kosmos taalgids WAT & HOE Russisch gekocht en in twee weken van een tot tien leren tellen en het zinnetje *jeeslie wy nje atajdjotje, ja zakrietsjoe (als u niet weg gaat, ga ik gillen)* uit mijn hoofd geleerd; maar de Rus houdt voet bij stuk en duwt zijn papierlade terug. Ik kef dat mijn vliegtuig morgen vertrekt en dat het nu half twaalf is en dat zijn prachtige consulaat om twaalf uur alweer dichtgaat dus dat wij geen keuze hebben en ik schuif met een beslistheid waar ik zelf van schrik mijn bescheiden weer onder zijn kin. Hij raapt er een paar van mijn papieren uit, kijkt mij schattend aan, zwijgt alsof tijd mij geen geld zou kosten en zegt ten slotte dat ik over een uur mijn visum kan komen halen, tegen overhandiging van honderdzevenenzestigguldenvijftig en dit fietsenstallingbonnetje met volgnummer 14; en dat ik een derde pasfoto moet laten maken.

Wanneer ik met twee trillende handen vol paperassen op de stoep sta, word ik omstuwd door een groep van ongeveer twintig Pakistani, die mij vragen of ik weet waar zich hier in de buurt hun ambassade bevindt. Ik leg hun uit dat dit hier het Russische Consulaat is, maar dat zij zich ergens daar rechtuit en dan een paar keer rechtsaf en dan nog maar eens vragen moeten vervoegen. Zij bedanken me met uitgelaten schouderklappen en reppen zich op een looppasje in de aangewezen richting. Ik doe de deur van mijn auto open, zak op mijn stoel, orden mijn papieren en mis mijn paspoort. Het is weg. Mijn paspoort is weg! Het angstzweet breekt mij uit en ik kan niet redelijk meer denken. Ik stap weer uit en loop terug naar het Consulaat. Dit is dicht. Dan begrijp ik wat er natuurlijk gebeurd is. Zo gaat dat waarschijnlijk dagelijks, hier in deze buurt: groepjes illegale immigranten die in portieken staan te wachten tot een domme Hollander met zijn armen vol papieren dat Russische Consulaat verlaat. Dan die blanke sukkel zogenaamd de weg vragen en hem in het bedanken zijn paspoort afhandig maken. Juist! Zo was het gegaan! Geen paniek nu niet. Als ik dit verhaal straks stipt aan de politie in de Jan Hendrikstraat ga vertellen, kan ik met hun rapport morgenochtend wel zolang een toeristenkaart van de marechaussee op Schiphol krijgen, plus dat visum natuurlijk en komt alles allemaal goed. Eerst die ene kutfoto laten maken, anders ben ik nergens. Waar? Op het station dan maar.

Er moet een vijfguldenstuk in de fotoautomaat met het voor de helft van de rails geritste gordijntje, maar dat heb ik niet, want mijn kleinste biljet is er eentje van vijfentwintig, dus kies ik in de snaaihal een blad dat mij na betaling in elk geval een teruggegeven munt van vijf oplevert en dat blijkt de Cosmopolitan te zijn, van Derk Sauer uit Moskou, voor het eerst in een Russische editie; dus dat is een goed voorteken.

Kwartetje foto's droogwapperend zonder te kijken hoe ik erop sta, hol ik terug naar mijn auto, stuif naar het Russisch Consulaat en timmer op de deur tot er een ex-KGB'er opendoet, die protesteert dat ze zijn gesloten, maar ik vecht mij tot voor loket 3. De mevrouw erachter trekt juist haar grauwe, nog natte mantel aan. Achter haar matglas zie ik in een gefiguurzaagd bakje mijn paspoort staan. Misverstand! Alles geheel mijn fout en schuld en boete! En Pakistani zijn fantastische mensen! En die derde foto was achteraf niet nodig, want ze had nummer twee gewoon gefotokopieerd, dat mens, voor mij. Ze zijn niet allemaal hetzelfde.

Een half uur voor mijn eerste landing in Rusland offreert de purser ons de KLM-brochure 'Welcome to St. Petersburg'. Onder de kop 'City Information' staat: WARNING. Look out for suspicious 'fixers' in the streets. Drink only water from bottles and avoid ice in the drinks. Ja, nee, dat zal ik zeker doen.

Drie uur later, nog geen druppel alcohol, fiets ik in

een aan dronkenschap grenzende staat van vervoering door de straten van de oude binnenstad van het voormalige Leningrad.

Where were you born?

St. Petersburg.

Where did you go to school?

Petrograd.

Where do you live now?

Leningrad.

And where would you like to live?

St. Petersburg.

Naast mij fietst Wim Rijkers, de Nederlandse viceconsul. Wij dragen allebei een metalen broekveer om onze rechterpijp. De vice-consul heeft deze twee mountain-bikes meegenomen uit Bejing, zijn vorige standplaats. Op mijn bagagedrager prijkt nog een diplomatiek nummerplaatje; dus ik zit hier goed. Slalommend langs de scheuren en kuilen in het asfalt waaieren wij om de paar meter uit elkaar en bezwieren wij de compleet overdreven breedte van deze lege straten. Met zijn grandioze façades in zoetroze, moegroene en zuurgele Wedgwood-kleuren, oogt de oude stad als een verlaten filmset: achter al die pompeuze gevels van spaanplaat zit niets. Om het kwartier richt de regie ander licht op de stad. Nu eens ijzig en meedogenloos, dan weer warm en Toscaans; waardoor het Dvortsovaya Plein achter het Winterpaleis verandert in de vijfmaal zo kale en grote Campo van Siena. Ik fiets zoals ik dat in geen veertig jaar heb gedaan, met de baldadige motoriek van een schooljongen: vaak de voeten van de pedalen halen en met branie laten bungelen en slingeren. Zoals je naar huis reed wanneer je een proefwerk verknald had en voor je vrienden deed alsof je dat geen hol kon schelen.

Op de Nevskiy prospekt, de Champs Elysées van Petersburg (maar dan zes keer zo lang en boeiend; met zijn honderden achttiende-eeuwse Barok- en zijn fin-de-siècle Russische Art Nouveau-gebouwen) gaat mijn gastheer even het Litaratornoe Café binnen om een paar kranten te kopen. Ik blijf buiten in de noorderzon staan wachten, met onze twee fietsen.

'Hou ze goed vast,' drukt hij mij op het hart.

Als hij weg is groeit er snel een kringetje belangstellenden. Mannen in Trevira pakken knijpen in mijn banden, tellen op hun hurken het aantal versnellingen en wrijven hun duimen en wijsvingers vragend over elkaar. Ik schud van nee, want fixers. Deze fietsen zijn niet te koop, zeg ik; Hollanski diplomaatski. Hierheen rijden met een vrachtwagen vol mountain-bikes en je bent voor de rest van je leven binnen; denk ik er met hollandse koopmansgeest achteraan. Tien minuten later geven wij ze in bewaring bij de garderobe en drinken wij wodka in de eetzaal van het Europa Hotel. Op het podium swingen vijf twintigjarige jazzmusici de pan uit. 'So What' van Miles Davis spelen ze en zelfs 'Donna Lee' van Parker. In het Wilde Oosten kan en mag alles. Westeuropese zakenmannen van zestig laten zich bepamperen door de prachtigste Petersburgse meisjes, om een bontjas.

De vice-consul vertelt mij hoe hij anderhalf jaar bezig is geweest het monumentale pand te verwerven waar thans het Nederlands Consulaat zetelt. Bijna alle gebouwen in de oude stad zijn volslagen uitgewoonde 'kommunalja's'. De instantie die er eentje wil aankopen, moet eerst zo'n dertig gezinnen eruit zien te krijgen en iedere Rus mag zijn bezit aan woonruimte één keer privatiseren. Dit betekent dat je ze, in ruil voor hun anderhalve kamer, waarin grote honden een belangrijke, centraalverwarmende rol spelen, een nieuwe flat buiten het centrum moet kunnen aanbieden: drie à vier kamers, badkamer, keuken – dus dat willen de bewoners wel. Het uitzicht op de Neva kan ze gestolen worden, mits zij meer ruimte en privacy krijgen. Omdat deze arme mensen heel goed begrijpen hoe graag de rijke investeerders hun prachtpand willen overnemen, rusten zij niet voordat zij het onderste uit de kan hebben onderhandeld. Er moet bij voorbeeld een piano worden bijgeleverd, omdat de jongste zoon concertpianist wil worden; of er mag geen trolleybus door de straat rijden want daar krijgt moeder bloedneuzen van; of de deuren in het nieuwe onderkomen dienen tweeënhalve meter hoog te zijn, want anders kan de spiegel, waarin Peter de Grote nog een keer heeft gekeken, niet naar binnen; of de vijfenzeventigjarige Prinses Obolenskaya, exprima-ballerina van het Kirov Theater, eist dat de ramen van haar nieuwe woonruimte worden voorzien van tralies, om 's nachts haar opdringerige fans te weren. Alleen door de privatiserende kamerbewoners te herinneren aan het sprookje van Poesjkin, waarin de door een arme man gevangen goudvis, in ruil voor zijn vrijlating, een wens belooft te vervullen – waarna de wensen steeds onmogelijker worden en de loze visser uiteindelijk weer met lege handen staat – kunnen de slepende onderhandelingen enigszins worden versneld.

Sint Petersburg wemelt van de sprookjes. Je kunt het huis bezoeken waarin Dostojevski 'Schuld en boete' schreef, maar ook de kamer waar Raskolnikov het hoofd van de oude woekeraarster Alyona Ivanovna kliefde. Verbeelding en werkelijkheid zijn hier volstrekt gelijkwaardig. Vooral op Nevskiy prospekt kurketrekken heden en verleden, communisme en kapitalisme, vergane glorie en nieuwe rijkdom achttien uur per dag voorbij: gedecoreerde oorlogsveteranen en meisjes in minirokken, barrevoetse zigeunerinnen en bebloede dronkaards, arm in arm passagierende matrozen van de Potemkin en allesverhandelende *Perekupchiki* (Fixers!).

Waar is de Maffia, die in het kielzog van Jeltsin uit Sverdslovsk naar de twee grootste steden heet meegekomen en Sint Petersburg tot Chicago van Rusland heeft gemaakt? Geen zwarte limousines met gierende banden. Er wordt volop geschoten, maar voorlopig nog te voet.

's Avonds spreek ik de tweeëndertigjarige Nederlandse ondernemer K., die natuurlijk uit Rotterdam komt. K. is in 1992 Sint Petersburg binnengedenderd met een vrachtwagen vol gescheurde spijkerbroeken, wist na een week al niet meer wat hij met zijn geld moest doen en richtte een Betere Bar in. Deze gelegenheid werd, op de avond van de opening, deskundig verbouwd door twee Petersburgse mafiosi. De volgende avond treden er twee andere heren binnen, die onze Nederlandse exploitant hun bescherming aanbieden. Eerst wijst K. hun voorstel af, zeggende dat hij in geval van nood wel een container sportschooljongens uit Rotterdam laat komen, maar wanneer die twee zijn provisorisch herstelde bar opnieuw in elkaar timmeren, kiest hij eieren voor zijn geld. 'Russische eieren,' lacht K. Die twee voortanden is hij kwijtgeraakt door nog wat tegen te sputteren.

Enfin, de daaropvolgende avond staan zijn twee slissend benoemde beschermers op de stoep voor zijn bar en vragen de Rotterdamse portier beleefd of eigenaar K. even naar buiten wil komen. De ongewenste bezoekers houden hun armen stevig om een derde man heen geslagen.

'Is dit soms een van de mannen die eergisteren zo'n stennis maakten in uw nieuwe café?' vragen ze.

K. herkent de amokmaker en zegt Da.

'En toen,' zegt hij, een Marlboro opstekend, 'toen trekt die ene gast een pistool en die schiet die gozer zo dwars door ze harses.'

'Het is niet waar,' stamel ik.

'Recht door z'n knijter!' schatert K.; 'het bloed spoot op m'n pui. Ze wilden even bewijzen dat ik qua bewaking een goeie aan ze had, voel je wel?'

'En toen?'

K. haalt z'n schouders op.

'In de Neva natuurlijk hè. In de Neva met die hap. Heb je die al gezien, de Neva? Daar is de Maas een slootje bij.'

Sint Petersburg is, als New York, een stad waar je niet 'bent' maar 'zit'. Je bènt dan en dan in Den Haag, maar je zít in Amsterdam. 'Nee, dan zit ik in Sint Petersburg,' had ik dan ook pochspijtig gezegd, toen mij werd gevraagd of ik zin en tijd had om, op 29 april 1994, naar de Amsterdamse première van Peter Schat zijn opera 'Symposion' te komen. Het libretto, van Gerrit Komrij, bezingt de zelfmoord waartoe de homoseksuele Peter Iljitsj Tsjaikovski honderdeneen jaar geleden zou zijn gedwongen, door de tsaristische fatsoensrakkers.

Ik mocht op 27 april de generale repetitie bijwonen, zou de volgende morgen vertrekken en beloofde de beide makers en decorontwerper Floris Guntenaar dat ik straks een bosje bloemen zou leggen bij het graf van Tsjaikovski.

Op mijn eerste fietstochten door Petersburg kom ik niet één bloemenwinkel tegen, maar op 30 april worden er op het Nederlands Consulaat, vanuit Aalsmeer, drieduizend oranje tulpen bezorgd. Iedere bezoeker mag na afloop van de Koninginnedag-receptie een paar bosjes mee naar huis nemen. Ik plaats 's nachts drie bossen tulpen in de toiletpot van mijn riante appartement en fiets de volgende morgen bij knisperend weer naar het Alexander Nevsky Klooster waar je, op de kleine Tikhvin begraafplaats, de grootste Russische kunstenaars ziet uitgestald; wanneer je althans de Cyrillische inscripties kunt lezen.

Ik slenter met mijn tulpen langs de graven. Voor sommige hebben zich wat murmelende Russen verzameld; vasthoudende bewonderaars van hun overleden genieën.

Rimsky-Korsakov schijnt hier te liggen, Borodin, de schilders Serov en Kustodiev en de beroemde criticus Stasov. In een marmeren zuil meen ik de Russische D van Dostojewski te ontcijferen. Ja dat klopt. Kijk maar naar die gebeeldhouwde boeken.

Maar waar ligt Peter Iljitsj Tsjaikovski?

Ik schuifel speurend verder.

Twintig meter voorbij Dostojewski passeer ik een praalgraf met de buste van een mannenkop, waaronder een halve meter notenbalk is uitgehakt, maar muziek kan ik ook niet lezen. Dit zal hem zijn, want hij had toch zo'n puntbaardje? Ik schik mijn bloemen aan de voet van het bronzen monumentje en doe een eerbiedig stapje achteruit.

Een gele oude man komt naast mij staan, knikt mij genietend toe, wijst neuriënd op de muzikale inscriptie en zucht 'Oi Moessorgski'. Zo sta ik een kwartiertje voor het graf van de verkeerde componist.

Mijn kunstbroeder kent al het werk van Moessorgski. Zeker zeven thema's zingt hij me voor, met opgeheven wijsvinger. Voorzichtig doseer ik mijn daas, ojaas en ahaas. Wanneer ik iets voorspelbaars in de gebaste melodie meen te horen, brom ik tastende flarden mee, terwijl ik hem strak blijf aankijken. Straks moet ik met hem mee naar huis, waar wij de hele avond schellak platen van Moessorgski zullen draaien en wij liters wodka drinken en als het ochtend wordt ga ik met mijn dronken schoenen op zijn liefste schijf staan.

Na een minuut of twintig zijn wij met zijn tienen. Ik ben de enige die niet uit volle borst meezingt. Ik kijk omstandig op mijn horloge, speel schrik, geef ze allemaal een hand, verdwijn in looppas, verstop mij zolang achter de zerk van de componist Glinka (die naam herken ik, omdat ik vanavond in het Mariinskiy Theater naar zijn opera 'Ruslan ie Ludmilla' ga en al een programma heb), en kijk voorzichtig om de hoek naar het graf van Moessorgski, waar het groepje zondagsrouwenden zich al half heeft opgelost. Wanneer ook de laatste man, na aan mijn tulpen te hebben geroken, is doorgelopen, keer ik op mijn schreden terug.

Ik pluk de bloemen van Moessorgski's graf, loop naar het hokje aan de ingang van het kerkhof, waar de babushka op mijn fiets past en vraag haar mij te wijzen waar Tsjaikovski zich bevindt. Als ik de tombe heb gevonden steek ik de tulpen sierlijk in het smeedijzerengrafhek en vraag aan een langsschoffelende vrouw of zij een foto voor thuis van mij wil maken. Tot slot van mijn kleine plechtigheid neurie ik de beroemde strofe uit Tsjaikovski's Pathétique en zij valt onmiddellijk in en zingt met mij mee; hoog en hard en helder als het weer: Da dada da da daaaaa da!

Daarna wil ze mijn toestel ruilen tegen haar hark, een zonnebril en een blikken broche. 'This is very old gold,' fluistert ze samenzweerderig, maar ik weiger met mijn kilste glimlach, want ik zit hier in Sint Petersburg.

De zalen van de Hermitage zijn zo onwezenlijk groot, dat je niet vreemd zou opkijken als er een met paarden bespannen koets om een van de hoeken gerateld zou komen. Alle negenduizend schilderijen hangen er scheef van kleur te verschieten en wanneer je een Rembrandt wilt rechthangen kun je je sigaret gerust zolang op de rand van de lijst leggen, want alle suppoostes zitten te dutten. Maar Petersburg telt ook tientallen musea die niet meer dan twee à drie kamers tellen: de geboorte- of woonhuizen van haar grote kunstenaars.

Op een middag tegen drieën fiets ik, door woestijnen van zwijgende pleinen, naar het Blok Museum. Er hangt een mooi, rond rijm met de triomfantelijke terugkeer van Solzjenitsyn in de strakblauwe lucht.

Aleksandr Blok behoorde tot de zogenoemde 'Zilveren Eeuw' van de Russische literatuur en hij maakte, met onder anderen Osip Mandelstam, Goemiljov, Lozinski en Anna Achmatova, deel uit van het strijdbare dichtersgilde van vlak voor de Revolutie.

Recht tegenover het Blok Museum heeft Anna Pavlova gewoond, maar Ballet kan ik er echt niet meer bij hebben hoor, daar ben ik te oud voor. Als ik me daar nou óók nog in moet gaan verdiepen! Ik heb al nauwelijks kennis van de Russische literatuur. Wist bij voorbeeld niet eens dat Anna Achmatova getrouwd is geweest met de gefusilleerde Goemiljov, intiem bevriend was met de verbannen Osip Mandelstam en de aan ondervoeding gestorven Aleksandr Blok en dat zij in Parijs, in 1911, toen ze eenentwintig was, verliefd werd op de broodarme, miskende schilder Amadeo Modigliani.

Dit leek mij dus de juiste volgorde: eerst het Aleksandr Blok- en daarna het Anna Achmatova Museum bezoeken. Zoals je, naarmate de avond vordert en je klaargezette voorraad flessen op raakt, volgens mij juist steeds betere wijnen moet gaan drinken; ik ben geen aanhanger van de omgekeerde stelling, die uitgaat van de platte gedachte 'dat ze tegen die tijd het verschil toch niet meer proeven'.

Het Aleksandr Blok Museum is dicht, maar ik bel aan en ze moet achter de deur hebben klaargestaan: er wordt opengedaan door mijn oma van moederszijde. Precies zo'n lief, schriel vrouwtje is dit; met dezelfde opgebonden vlechten. Als kinderen schaamden wij ons een beetje voor dat Russische haar van onze grootmoeder. 'Een echte communistenkop', heb ik een jongen uit haar straat eens over de haardracht van mijn oma horen zeggen.

De generatie Nederlanders van voor de tweede wereldoorlog dacht tenminste nog enigszins genuanceerd over 'de Russen'; maar wat een McCarthyiaans negatief, grijs, kil en vreugdeloos portret werd ons toch al op de lagere school van Rusland aangepraat! En moet je hier nu eens een kerk binnenlopen. Uitzinnig versierde stationshallen zijn het, waar je aan van relisnuisterijen uitpuilende kiosken kaarsjes voor de hemel kunt kopen. Je kijkt achterom en zoekt waar dat schitterende koor staat; maar dat blijken zevenentwintig vierstemmig zingende, gewone huisvrouwen met plastic tassen te zijn. Zij hebben tussen het winkelen door even een kerkje gepikt, omdat hier een dode buurman ligt opgebaard. Zonder glazen deksel op zijn kist, zodat ze, af en toe ruziënd met elkaar, nog wat kunnen verschikken aan zijn colbert, zijn das en zijn haar. Buurmannen roken onderhands hun sigaretje en blazen hun trekken in de richting van het grote open voorportaal met de Dostojevskiaanse bedelaars, opdat de dierbare dode geen hinderlijke rook in zijn gezicht krijgt.

En moet u mijn overleden omaatje hier nu toch zien stralen! Zonder te vragen waar ik vandaan kom begint zij, met glinsterende ogen, onmiddellijk te praten en om zich heen te wijzen. Hier heeft Aleksandr

Blok gewoond, ja dat begrijp ik. Op de donkere, hoge hall waar wij echoënd tegenover elkaar staan, komen vier huisdeuren uit. Door eentje ervan stamelt pianomuziek. Ik stel mij er een klein meisje met een brilletje bij voor, dat de kruk heeft opgehoogd met twee telefoonboeken. Door de andere drie deuren walmt de geur van gestoofde kool.

De beheerster gaat mij babbelend voor naar een grote haverkist, die tot de rand is gevuld met vilten overschoenen. Ik mag er twee uitzoeken en dan schaats ik achter haar aan, de holgelopen trap op naar de eerste verdieping. Ik ben de enige bezoeker van het Blok Museum.

'Tjelefonaja', pik ik op uit de razende woordenstroom van mijn oma. Daar hangt inderdaad een onvervalste, honderd jaar oude telefoon aan de wand van de gang. Hierdoor heeft, wie weet, Blok of Mandelstam nog met Stalin gesproken, aangaande de censuur. Hoort u wel?

'Stalien', zei mijn oma net, dus dat ga ik thuis op mijn gemak eens allemaal nalezen en uitpluizen. Ik heb nog zes jaar de tijd om in kaart te brengen hoe alles nou eigenlijk gegaan is in deze eeuw. Na het jaar 2000 kun je je daar natuurlijk niet meer mee bezighouden.

Nu betreden wij een bescheiden kamer, die uitkijkt op een gracht; waardoor het hier binnen Petersburg is en daar buiten Venetië. Aan de wand hangen ingelijste schoolschriften, diploma's, klassefoto's en kindertekeningen van Aleksandr Blok en in een wankele vitrinekast staan en liggen eerste drukken en manuscripten gerangschikt. Ik tel zes edities van zijn meesterwerk 'De Twaalf'.

Mijn oma ratelt maar door: Bloks schoolrapporten worden cijfer voor cijfer door haar becommentarieerd en zijn eerste opstel leest zij hardop voor, woord voor woord.

Ik voel dat ik hier makkelijk een uur kan zoetbrengen; maar dan wel in mijn eentje en in mijn eigen tempo. Heeft ze echt niet in de gaten dat ik een buitenlander ben en dat ik, behalve 'Blok', geen letter van haar verhaal versta? Even vlei ik mij met de gedachte dat ik er, na vier dagen Petersburg, al een heel klein beetje Russisch uitzie, maar dan besluit ik haar een brutaal voorstel te doen, in gebarentaal.

Op de tast peuter ik een dollar uit mijn broekzak en palmeer deze in mijn rechterhand, met welke ik vervolgens doe alsof ik aan een geschilderd portret van Blok wil gaan krabben. Dan geef ik mijzelf met mijn linkerhand een snelle, verontwaardigde klap in mijn gezicht, ten teken van mijn belofte dat ik nergens aan zal komen. Mijn pantomime afrondend, bied ik haar het dollarbiljet aan en gebaar ik, vriendelijk maar dwingend, naar de deur.

De gidse is opgehouden met praten en heeft een paar behoedzame stapjes achteruit gedaan, maar zij kan er geen chocola van maken.

Ik herhaal mijn voorstel nog een keer in slow-motion, maar tevergeefs. Omzichtig, als was het een vuile zakdoek waarin ik zoëven stiekem geniest heb, steek ik de dollar weer bij me en aarzelend pakt zij de draad weer op, maar al snel heeft zij haar razende tempo hervonden.

Het Aleksandr Blok Museum omvat twee verdiepingen; de tweede en de vierde etage van dit oude pand. ('Ik houd niet van mensen die meer van even dan van oneven cijfers houden' – Anna Achmatova.)

Op weg naar boven halen wij een bejaarde medebewoonster in. Zij zeult met een zware rieten mand en mijn oma kijkt wat erin zit. Het zijn knollen of kolen, waar de vrouwen kritisch in knijpen. De buurvrouw vertelt hoeveel er nog van te krijgen zijn en waar en even vertoont de conservatrice de gehaaste trekken van de overbezette huisvrouw. Maar wanneer ik op de werkverdieping van Blok met gekanteld hoofd langs zijn boekenkast loop, glijdt zij gretig terug in haar rol en begint zij de uitgestalde schrijvers op te sommen; de grote Grieken, Vergilius, Dante, Mallarmé en daar, hela, intrigerend, Les Chants de Maldoror van Comte de Lautréamont. 'Dat ze hier voor de Revolutie al dingen uit onze fifties lazen,' denk je dan.

Naast de hoge boekenkast een pracht van een wand vol originele affiches, verkleurd als oude vaandels. Aankondigingen van poëzie-avonden met optredens van Blok, Goemiljov, Mandelstam. Als zij het werkjasje van Aleksandr Blok op de canapé ziet liggen, klakt mijn oma misprijzend met haar tong.

Foei, die slordige mijnheer Blok toch! speelt ze en zij schikt het mouwvest liefdevol over de rugleuning van de fauteuil, waar het hoort. Heeft zij de dichter gekend als meisje? Zij lijkt mij in de tachtig, dus dat kan heel goed.

Ik heb wel meer woon- en werkkamers annex ateliers van grote schrijvers en schilders gezien en hun geloofwaardigheid varieert van nul tot negentig. De mate waarin het oorspronkelijke interieur gehandhaafd kon worden is vanzelfsprekend afhankelijk van de publieke belangstelling. Die lijkt mij in het geval van Blok niet zo groot, wat de authenticiteit van dit huis verklaart. Ongeveer even overtuigend ('alsof de kunstenaar hier elk moment kan binnenstappen') herinner ik me het schelpenwinkeltje met de daarboven gelegen woonkamer van James Ensor in Oostende en, op het kanaaleiland Guernsey, de vuurtorenachtige woning waarin Victor Hugo zijn ballingschap uitzat. Mocht u daarentegen ooit in Stratford upon Avon belanden: het geboortehuis van Shakespeare kunt u gevoeglijk overslaan. Dat is een glimmend geboende, doodgerestaureerde, op een dekenkist, een fornuis en een kachelpook na ontruimde modelwoning, waar zich een polonaise van Amerikanen doorheen slingert.

Nu zie ik ineens een kitscherig, porseleinen hondje op Blok zijn bureau zitten. Het diertje detoneert pijnlijk tussen de kristallen schrijfset, het mahoniehouten vloeiblok en de ivoren briefopener. Mijn eigen oma had ook een paar van zulke beeldjes op haar dressoir staan, herinner ik mij. Een jongen op blote voeten, met een gans, een meisje dat, met een strohoed op, op een varken zat en precies zo'n hondje, met zijn kopje guitig scheef. Dat hondje hoort hier niet.

'Woef?' vraagt ik dus, wijzend op Bloks vloeiblad. Zij volgt mijn blik en wil haar lesje oplepelen, maar als ze begrijpt waar ik op doel stapt zij met een verlegen lachje uit haar rol. Zij lijkt mij zelfs een beetje te kleuren, maar dat kan ook van de rood binnentuimelende middagzon zijn.

'Woef,' herhaalt zij vertederd, buigt zich over het

rode koord dat ter bescherming rond Bloks schrijfhoek is gespannen en pakt het porseleinen prulletje. Zij drukt een snelle kus op het hondje zijn neus en ik kan nauwkeurig vertalen wat zij mij wil zeggen: dit is haar eigen beeldje, maar zij wou het alleen wat gezelliger maken voor die arme mijnheer Blok, in dit verloederde Leningrad.

Buiten passeer ik, op mijn geleende fiets en met gemak, een auto met drie wielen. Het rechterachterwiel ontbreekt en links achterin zitten twee mannen, om het voertuig in evenwicht te houden, bij elkaar op schoot. Zonder te lachen.

– Hadie meneer Koot!

– Goedemorgen John.

– Problemen, meneer Koot?

– Ja John. Hoewel, het is eigenlijk meer een lulligheidje.

– Wij zijn er ook voor de lulligheidjes meneer Koot.

– Daarom. Jullie hebben toen op mijn racefiets dat computertje gezet.

– Ben ik niet bij geweest.

– Nou ja, is in elk geval hier gebeurd. De Delta Sport OJ 400. Ik heb de bon meegenomen. En het garantiebewijs. En dit is mijn paspoort.

– Dat zit wel goed hoor meneer.

– En hier is een giropas en een betaalcheque. Maar ik kan natuurlijk ook contant betalen.

– Doettie het niet?

– Hij doet het super. Ik heb er een plezier van, dat is gewoon enorm. Je fietst nooit meer alleen, dat is het leuke.

– Geen toertochten, meneer Koot?

– Nee nooit. Altijd alleen. Naar Bussum, Naarden; dat soort ritjes in die contreien. Ik haat dat fietsen in van die kleffe pelotonnetjes met twintig middelbare buiken in sponsorshirtjes van de slager. Nee: solo. Hoe sterk is de eenzame fietser, dat idee. Maar dat zeg ik: met zo'n tellertje ben je altijd met z'n tweeën.

– Mevrouw Koot fietst niet mee?

– Mevrouw Koot en ik zijn uit elkaar John. Dat was het beste voor alle partijen. Maar daar ben ik overheen, want ik heb alles lekker van me af kunnen fietsen.

– En onderweg een beetje met uw computertje spelen.

– Zalig! Je kent dat wel. Trip distance op nul zetten, stopwatch indrukken, vijf minuten alles geven, echt tot aan de pijngrens en dan gauw kijken wat je average speed was.

– En dat geeftie allemaal goed aan?

– Geen klachten John.

– Ook de total distance?

– Nou daar gaat het dus om. Ik heb hier de bon. 14 juli heb ik hem gekocht. En we hebben nu 16 september en gisteravond om half acht wees hij dus nog 56 kilometer aan.

– Zozo. Op en neer naar Amersfoort geweest?

– Nee, die 56 kilometer was dus de total overall distance. Ik heb het door alle toestanden gruwelijk druk gehad, maar dat gaat nu veranderen. Als het tenminste mooi weer blijft.

– Dus wat was uw total distance in twee maanden?

– Ja, nee, ik kon dus pas in augustus beginnen te trainen. Half augustus.

– Dat vraag ik niet, ik vraag wat de teller dus aangaf.

– Vijf zes John. Zesenvijftig kilometer. Maar die zijn dus weg.

– Hoezo weg?

– Hier, ik heb de gebruiksaanwijzing bij me. En ik ken mijn PIN-code uit het hoofd. Kijk: wisselen van de batterijen zonder gegeven-verlies.

WISSELEN VAN DE BATTERIJEN ZONDER GEGEVEN-VERLIES
Batterijen: 2 x 1.5 volt, type SR 44 (G 13) 11,6 x 5,4 mm
Verwissel de batterijen na 2 jaar, of wanneer het scherm zwakker wordt. Als de batterijen binnen 30 seconden worden verwisseld blijven de gegevens in de computer (fig. 21 – 24).
Belangrijk: de batterij-wisseling is pas beeïndigd als het deksel van het batterijvak is vergrendeld.

– Ja. Fluitje van een cent.

– Maar ik ben de gegevens verloren. Kwijt.

– Moest u dan al batterijtjes wisselen? Die gaan twee jaar mee hoor.

– Ik had hem aan laten staan.

– Wat had u aan laten staan?

– De stopwatch.

– Ja, die telt door als je hem niet uitzet.

– Zodoende. Ik had een week niet kunnen trainen en ik kom in de garage en hij stond op 123 uur en 40 minuten en nog wat. Hele flauwe cijfertjes nog maar.

– Ja, dat vreet natuurlijk batterijen.

– Dus ik wisselen. Ik had batterijtjes gehaald bij het tankstation.

– Dat zijn niet de goeie hoor.

– Jawel, ze waren van het type 2 x 1,5 volt, Type SR 44 (G 13), 11,6 x 5,4 mm. En jullie waren al dicht.

– Dat moet in een halve minuut, wisselen.

– Dat las ik ja, dus daar werd ik ontzettend nerveus van. Ik had een kathedraal van een kater, beetje trillende handen, daarom wilde ik ook juist gaan fietsen, maar wat is dertig seconden nou helemaal?

– U doet gewoon hap de ouwe deruit en hup de nieuwe derin.

– Ik liet er eentje van de nieuwe vallen, in het gras. Ik op mijn knieën, maar ik had mijn lenzen niet in.

Heb ik nooit, met fietsen. Dus ik haalde het niet. En toen ik hem eindelijk terug had kreeg ik het dekseltje van het batterijvak niet vergrendeld. Adieu 56 kilometer!

– Tja. D'r zijn ergere dingen, meneer Koot, op de wereld.

– Tuurlijk! Maar misschien kan ik nou tot april volgend jaar niet meer trainen en dan kan fietser dezes dus weer helemaal opnieuw beginnen! Is alles in feite voor niks geweest. Zesenvijftig kilometer John, en daar zaten hele gemene stukken tussen. Veel tegenwind, vals plat, soms wel drie bruggen op 1 rit. Het begon zelfs een keer te regenen. Nou, en achteraf kan ik dat dus allemaal net zo goed niet hebben gereden. Dat valt niet meer te bewijzen.

– Als u het straks wat rustiger hebt, begint u weer gewoon lekker op nul. Laat mij ze maar even goed erin zetten.

– Dus ik kan vrolijk weer op nul beginnen, bedoel je? John, je hebt geen idee wat een geschuif met agenda's en een gebel en een afzeggen van eteborrels die zesenvijftig kilometer mij hebben gekost! Wat het voor mij betekende, dat ik mijn total distance zag oplopen. Het is een woord uit de sixties John, het spijt me, maar die total overall distance die drukte mijn personal freedom uit. Kilometers waarin ik van niemand afhankelijk was, niet gebeld kon worden, waarin er bloemblaadjes om mijn oren vlogen in plaats van faxen. Dus wat ik wou vragen is: hoe krijg ik ze terug?

– Hoe bedoelt u terug?

– Terug in mijn stuurcomputertje. 56 kilometer. Of

weet je wat? Maak er maar zestig van. Dat telt wat makkelijker.

– Dat gaat niet.

– Gaat niet.

– Nee. Kan niet.

– Hebben jullie daar geen trucje voor?

– Dat is allemaal digitaal meneer Koot.

– Dus jullie kunnen hem niet even kraken?

– Dat gaat alleen met fietsen.

– Alleen met fietsen.

– Alleen door echt te fietsen. Of u moet een week lang elke nacht aan dat voorwiel gaan zitten draaien, maar dan is dat nog veel hoor, zesenvijftig kilometer.

– I see.

– Dus zo zit dat.

– Jij wielrent zelf toch ook nog steeds, John?

– Bij de nieuwelingen ja. Volgend seizoen amateurs.

– Ja ik kom je wel eens tegen in de Wieler Revue, bij de uitslagen.

– Veel pech gehad, dit seizoen.

– En wat train jij nou zo, gemiddeld?

– Honderd, honderdtwintig.

– Kilometer.

– Ook wel eens honderdvijftig, als ik hier wat eerder weg kan.

– En elke week.

– Nee, per dag. 's Avonds. Dan ga ik hier om vijf uur weg, want god het is nog licht tot half acht.

– En vanavond? Ga je vanavond ook nog? Trainen?

– Ja, het ziet er goed uit. Ik denk Zwolle op en neer.

– Is misschien een lullige vraag John en begrijp me asjeblieft niet verkeerd, maar als ik jou honderd gulden geef, zou je dan op mijn fiets willen gaan?

– Ben u gek, meneer Koot? Dat wil ik wel voor niks, een keertje op de uwe. Special AA-frame, toe maar! Ik heb zelf maar een heel gewoon fietsje hoor. Nee, doen we. Service van de zaak.

– Fantastisch! Geregeld! Pak van mijn hart. Het gaat mij er echt niet om dat ik iedereen wil laten zien hoeveel er op mijn teller staat hoor John; het is enkel en alleen voor mezelf.

– Ik begrijp het meneer Koot.

– Puur voor mijn zelfrespect, hoe gek dat ook klinkt.

– Is geen punt. Maar nou ik u toch hier heb: heeft u onze Triathlon-sturen gezien? Die zijn in de reclame. De hele set. Dus de beugel, twee elleboogsteunen, bouten, vleugelmoertjes, stuurlint.

– Dat ziet er mooi uit John.

– Zal ik vanavond als ik terug ben d'r eentje voor u op zetten?

– Doe dat maar, John. Dat stimuleert weer.

Als zij in haar eentje is schaamt zij zich niet, nergens voor, maar in gezelschap lijdt zij aan schaamdemp. Zij schaamt zich voor haar man, voor haar kinderen en voor haar ouders. Door bij voorbaat te lachen om alles wat zij zeggen, smoort ze haar overal en altijd ontkiemende schaamte.

Hoewel de oren van haar moeder bij voorbeeld nog prima zijn, spreekt zij haar in gezelschap toe alsof moeder een beetje doof aan het worden is.

Wanneer haar man iets gezegd heeft waarvan zij niet zeker is hoe het bij de andere aanwezigen zal vallen, aait zij even vlug zijn haar in de war.

Als zij met haar kinderen bij iemand anders thuis is, noemt zij hen voor de zekerheid bij hun voor- en achternaam. Haar kinderen doen nooit iets, maar er mocht eens gedacht worden dat zij de wind er niet onder zou hebben.

Zij gaat een paar maal naar het toilet en roept bij haar terugkeer dat zij er niet uitziet, de laatste tijd. Wat zij ook serveert aan zelfgebakken en -gebraden eterijen: altijd waarschuwt zij luidkeels dat het niet helemaal gelukt is.

Ben je gek meid, het is héérlijk! roept haar vriendin, terwijl zij een gevulde tomaat op haar witte broekrok laat glijden. Ze hadden de bordjes gezellig op hun knieën omdat zij zich schaamde voor haar tafel, dat die te klein was.

Blozend van schaamdemp stuift de gastvrouw naar de keuken en daar is ze alweer terug met een pan warm water, schone theedoeken, keukenzout, vlekkenpasta, tissues en een ongebruikt fruitmesje.

Zij knielt voor haar vriendin, gaat zo zitten dat de anderen er niets van kunnen zien en begint te redderen. Er is niets gebeurd, niets gebeurd, zegt zij deppend en wrijvend tegen zichzelf. Alles gaat goed, ze praten alweer. Heeft iedereen nog te drinken? Stommeling, sist zij tegen haar beste vriendin.

Ik dacht eerst: ik schrijf een dialoog tussen twee mannen over Joegoslavië. Geen van beiden weet er het fijne van, maar ze hebben natuurlijk wel allebei een mening over een bepaalde aanpak, waardoor er ginds binnen een maand weer vrede heerst. De een bepleit een militante oplossing, bombarderen die handel; de ander kiest voor het overlegmodel en keiharde economische sancties. Na vijf minuten discussie slaan ze elkaar de hersens in.

Toen dacht ik: ik vertel mijn persoonlijke herinneringen aan Joegoslavië. Vakantietrektochten in de jaren zestig. Zagreb, Belgrado, de watervallen van Plitvice, de beer die wij zagen in de bossen van Karlovac. De eilanden Cres, Krk en Rab. Hoe ik mijn jonge vrouw in Mali Losinj (kan ook Veli Losinj geweest zijn) moest beschermen tegen de hitsige avances van Joegoslavische nozems en vissers. Maar dit niet deed, want niet durfde. Haar wijsmaakte dat zij zich af en toe een kleine kontknijperij moest laten welgevallen, omdat dit 's lands wijs en zeker niet agressief bedoeld was, maar eerder een uiting van hun romantische cultuur; ja zelfs een non-verbaal compliment.

Ze hadden al een slechte naam toen, de Joegoslaven, maar dat was natuurlijk tijdelijk. Wij moesten niet vergeten dat dit het eerste volk uit het oostblok was dat zich tot ons bekeerde. Zij dienden dus een heleboel communistische lompheid af te leren en wij moesten voorlopig nog maar het een en ander door de vingers zien. Hun nationale Waterpoloploeg bestond uit mensenetende haaien, de Joegoslavische voetballers die in het Westen kwamen spelen introduceerden hier de scheenbeenbrekende tackle en wanneer er in de krant een bericht over een huurmoordenaar verscheen, betrof dit altijd een Joegoslaaf. Maar heb besloten ook dit niet op te schrijven. Bepaalde vooroordelen mogen dan waar zijn – je moet er toch voor waken ze in het openbaar te bevestigen.

Ik dacht: ik zoom zogenaamd nog wat verder in op die multiculturele lappendeken en ik beschrijf de problemen van een etnische minderheid die in de conflicten tot nu toe over het hoofd is gezien. Een sekte in Oost-Hrvatska, die zelfs voor Balkan-begrippen buitengewoon fanatiek is, maar desondanks vermorzeld dreigt te worden tussen de Rooms-Katholieke Stjepanomilen in Srbija en de Islamitische Spahopalen uit Zuid-Hongarije. Ik doel hier op de Gavrilo's; doopsgezinde albino's die hun overwonnen mohammedaanse vijanden het mannelijk lid afbijten om dit vervolgens op hun hoed te naaien. (Zoals het Engelse scheldwoord 'Bugger' een verbastering is van Bogomil, de naam waaronder de manicheïstische ketters uit Bulgarije berucht werden en de Fransen met het scheldwoord 'Balkan' een onbetrouwbare parvenu aanduiden, zo stamt de uitdrukking 'een lullige hoed' van deze gruwelijke, sinds de derde eeuw na Christus beoefende Gavrilo-praktijken.)

Daarna ik dacht: ik schrijf of ik een jonge vader ben en mijn vierjarige dochter komt met de krant aanstruikelen en vraagt waarom die oude mevrouw daar midden op straat zit te huilen. Dan leg ik uit dat dat komt omdat er in haar straat boze mannen wonen, die zeggen dat de Lieve Heer die de bloemen en de vogels en Nintendo heeft gemaakt heel anders heet dan dat andere boze mannen zeggen dat hij heet en dat die meneren elkaar daarom schoppen geven en dat die oma daarom moet huilen, maar dat dat kindje dat daar op straat ligt niet ziek is, maar slaapt en dat dat bij haar mond geen bloed is maar hele lekkere jam. Maar ik heb geen klein kind meer. Ik ben de vader van twee volwassenen die, net als wij zelf, vloekend van machteloze woede het journaal bekijken. Met onze laptops op schoot, om onmiddellijk de nieuwste gironummers voor de laatste slachtoffers te kunnen noteren. Maar dacht u dat ik in mijn huis een kamer ga vrijmaken voor de opvang van een uit Bosnië verdreven oud moedertje? Ik moet er niet aan denken! Hoe lang gaat zo iemand niet blijven? Misschien wordt ze wel honderd! Na drie dagen logeren word ik al gek van mijn eigen moeder!

Wat draag ik dus bij aan de leniging van de Joegoslavische noden? Niets. Zoals nu viermaal gezegd heb ik even overwogen erover te schrijven (desnoods iets in de trant van: op termijn bestaat de enige redding voor het mensdom daar uit een gecultiveerd stilzwijgen – een ieder mag geloven wat hij wil, zolang hij maar niet hardop zegt waarin en ook zijn afstamming staat iedereen vrij, zolang hij haar maar niet bekend maakt of zich erop laat voorstaan) maar ik heb ten slotte besloten er voorlopig alleen nog maar over te lezen. En dan geen krantecommentaren en weekbladanalyses, maar het meest indrukwekkende en verhelderende boek dat ooit over Joegoslavië werd geschreven: Black Lamb and Grey Falcon. Het onweerlegbare en na inzage niet meer weg te leggen

Magnum Opus van Rebecca West, geschreven in 1940, elfhonderd bladzijden dik.

Ik zal één kleine alinea voor u vertalen:

'Daarom trokken humanitair bewogen, religieuze Engelsen voortdurend naar het Balkan Schiereiland om uit te zoeken wie in feite wíe kwaad deed, en daar zij door de aard van hun onwankelbare geloof weigerden uit te gaan van de afschuwelijke hypothese dat daar iedereen iederéén kwaad deed, keerden ze allemaal terug met in hun harten gesloten een lievelingsbalkanvolkje dat volmaakt onschuldig heette te zijn en permanent leed; een volk dat constant vermoord werd en nimmer de moordenaar was.'

Zet het beschermingskapje op. Knip het puntje van de dop. Aquaria, etenswaren en vogelkooien afdekken. Smeer wat boter langs de rand. Blijf een meter van de wand. Steek de tong in de grendelgesp.

De groene flappen moeten hangen. Stapel, ter voorkoming van ijsvorming, de pakjes niet te hoog op elkaar. Monteer nu de witte stangen. M.a.w.: brandt het rode lampje niet? Iets achterover kantelen.

Trekken aan het gele strookje. Vastzetten met b.v. muntstuk. Achter de blauwe lijn blijven. Verzet nu het rode pookje. Staan alle mannetjes rechtop? Overtuig u ervan dat de rollers goed schoon zijn. Ongeacht uw haartype.

Plaats alle personen op dezelfde afstand. Spoelen in een luchtig sopje. Deppen met een wattenpropje. Verwijder nu het rechterplaatje. Steek het haakje door het gaatje. Zet dit vast d.m.v. draadje. Maximaal per pot één zaadje!

Uit het gerecht druipend vocht opvangen. Bij verstopping de nummers 3 en 5 doorblazen. Deksel stevig dichtdoen. Pompnummer onthouden. Maak los door zachtjes met de hand te wrikken. Schakel uit bij zoemen. Neem nooit indien verkouden. Bij verhitting nummer 4 geheel uittrekken.

Let op de insnijding van de kraag. Doe dit om en om. Houd afstand. Leg de natte stroken thans te drogen op de badrand. Borstel uitsluitend in de richting van de pijl. Verder droogwrijven met keukenpapier. Niet krabben. Bittere kern wegsnijden. Vergeet de achterzijde niet. Hoekjes!

Vijf minuten koken. Daarna tien minuten bakken. Zodra de pot gaat roken snel het schermpje laten zakken. Draai de knop nu langzaam naar rechts, totdat het landschap zijn oorspronkelijke kleur terug heeft. Vul desnoods de neuzen op met enkele tissues. Herhaal deze handelingen gedurende 8 à 10 dagen.

Houd u aan de tijden. Houd de bus rechtop bij spuiten. Geen leidingwater gebruiken. Draai A en B naar binnen. Draai C en D naar buiten. Niet met speeksel proberen! Lichtjes kloppen. Stevig wrijven. Zie voor braden onder Vlees 4. Riempje stevig aantrekken. Houdt u last van dode haren, dan de dosis iets verzwaren. Wilt u voor geschenken sparen, dan moet u de bon bewaren.

De oplossing niet opnieuw gebruiken. Laat dit overal goed intrekken. Drogen en in model brengen. Spuit nu krachtig in de andere hand. Denk vooral ook aan de buren. Bewaar kalmte. Verdeel gelijkmatig. De klacht zo duidelijk mogelijk omschrijven. Altijd uw nummer vermelden.

Uitsluitend op deze wijze wordt u gelukkig.

Tweeëndertig graden.

De knalblauwe hemel, de rossige aarde en de grijsgroene parasoldennen. Het onafgebroken tsjilpende raderwerk van de krekels en af en toe een hagedis, die vlak voor mijn fiets oversteekt en ritselend wegschiet tussen de matpaarse lavendel tegen de uitgebleekte rotswand. Ik voel mij zo gelukkig en gezond, dat ik zin krijg om te masturberen. Niet uit geilheid, maar vanuit een gevoel van complete harmonie, van eenzijn met de natuur, van samenvallen met mijzelf; ik wil als het ware onaneren van plezier.

Ik besluit af te stappen.

In 'Mijn leven als genie' heeft Salvador Dalí deze onverhoeds opkomende, aardse zin in zelfbevrediging mooi beschreven. In een scène die mij altijd is bijgebleven, stort hij zijn zaad op de kale rotsen van Cadaques. Ik meen mij te herinneren dat hij daarbij de verwachting uitsprak dat er op deze plek na een paar jaar rozen zouden bloeien, maar die kracht dicht ik mijn zaad niet toe en bovendien wil ik mijn daad niet mythologiseren. Gewoon even kort en zakelijk onaneren om mijn bestaan te vieren en mijn schepper te eren. Dus ook geen prikkelende beelden aan de binnenkant van mijn voorhoofd projecteren, want dan ben je toch weer tragisch met zijn tweeën aan het rukken, nee, wij zullen eens zien of ik op tweeënvijftigjarige leeftijd nog de geestkracht bezit om, slechts geholpen door de geuren, geluiden en kleuren van dit landschap, eigenhandig mijn hoogtepunt te bereiken.

Ik til mijn fiets tien meter terzijde van de weg, zet

hem tegen een eikje en zak spiedend door mijn knieën. Voor die ene, om het uur passerende auto, ben ik onzichtbaar. Mooi zo, ik krijg er zin in. Wat een gekke kerel ben ik toch. Zit ik zo niet midden boven een mierenhoop? Ik kijk gehurkt langs mijn kruis naar beneden en spring geschrokken overeind. Wat is dat voor een eng dier? Nu is het weg, maar in de flits waarin ik het zag, wist ik waaraan het mij deed denken: aan de zogenoemde 'Gurken' in de Adriatische Zee, toen wij nog met vakantie naar Joegoslavië gingen. Van die harige, gerimpelde, langzaam af- en opzwellende komkommers van zeedieren waren dat.

Ik buig mij voorover en pak een takje, waarmee ik behoedzaam de begroeiing opzij duw. Heeft het dier zich verstopt? Nee, daar is het weer! Ik zak dieper door mijn hurken, zet mijn zonnebril op en dan zie ik de ontluisterende werkelijkheid: het was mijn zak. Het is mijn eigen zak, die uit de te wijd geworden binnenslip van mijn voetbalbroekje bungelt! Mijn grotendeels grijs behaarde, als een vijg zo gerimpelde oude zak, die er nu precies zo krachteloos bij hangt als de zak van mijn vader vroeger kon doen. Op het strand, in die uitgelubberde, donkerblauwe wollen zwembroek. Buurmeisjes gingen daar speciaal voor liggen, om hem goed te kunnen zien.

– We hebben jouw vader zijn zak zien hangen.

– Je liegt. Dat is niet waar want dat kan niet.

– Welles. Zijn hele klokkenspel kan je zien hangen bij je vader als hij graaft.

Ik heb geen zin meer en kom overeind. Ik was dus toch met zijn tweeën en ben seksueel op die ander afgeknapt. Medio de fonte leporum surgit amari aliquid, quod in ipsis floribus angat. Dat schreef Lucretius: juist uit de bron der genietingen welt iets bitters op, dat ons te midden van de bloemen beklemt.

Zorgzaam drapeer ik mijn afgewezen geslacht op het fietszadel en verder peddelend bedenk ik, om mijzelf wat op te vrolijken, een grappig theorietje.

Mannen die rechts dragen, zoals ik zelf, houden hun fiets, wanneer zij ernaast wandelen, altijd aan hun linkerzijde. De anderen, die bij het lopen gewoon zijn hun rijwiel rechts met zich mee te voeren, dragen hun edele delen zonder uitzondering links. In beide gevallen worden hierdoor blessures bij het opstappen voorkomen. Wat zit de natuur toch mooi in elkaar.

Mmm, wat heeft hij weer lekker gekookt! Daar zijn wij het tongklakkend, om het hardst over eens. Kennen wij iemand die lekkerder of zelfs maar net zo lekker kookt als hij? In geen velden of wegen! Nee echt: het is zaaa-lug! Maar hij kijkt beteuterd onze kring rond, zet de tanden van zijn vork bozig in het tafellinnen en wuift onze complimenten weg met zijn servet. Alles is mislukt, zucht hij. Geschrokken houden wij op met happen, leggen ons eetgerei, als ging het om breekbare roeispanen, voorzichtig op de rand van ons bordje en protesteren, zo hartgrondig als wij maar kunnen. Alles mislukt? Hoe komt hij daar nou bij? En deze Canard au Givrée dan? Kunnen wij ons soms herinneren ooit, ergens zo'n eindeloze eend te hebben gegeten? Onze protesten baten niet. Steeds opgewondener worden onze loftuitingen, maar onze gastheer wil er niets van weten. En dat wij ons vooral niet verplicht moeten voelen om verder te eten, want hij kan zich levendig voorstellen dat wij hier behoorlijk tegen heug en meug zitten te prikken. Potverdomme Johan (nu gieten wij onze erkentelijkheid voor het genotene in quasi-kwaadheid) wat zeur je nou toch? Maak het ons toch niet zo moeilijk! Leer toch eens een compliment te aanvaarden! Deze Canard au Givrée is snotverdomme om te smullen! Dat helpt, eventjes. Of wij het dan echt een beetje lekker vinden? Ja-haa! Eerlijk zeggen als het niet te eten is hoor. Nee-hee! Dus wij willen nog wel een toetje? Graag Johan, alsjeblieft, we zijn benieuwd, heerlijk, alles is lekkerder dan lekker, zalig, zalig, heus! En dat nieuwe jasje staat je fantastisch. Ach welnee, weert hij af. En daar gaan wij weer. Wel Johan, wel! Maakt het me niet te dik? Te dik? Hoe kom je daar nou bij! Eerder te dun, geloof ons nou toch. Nou, dan gaat hij verder de dessertjes doen. En hij waarschuwt ons maar even liever van tevoren – ze zijn niet helemaal gelukt hoor. De mangopitten hadden verser gemoeten. Maar hij zal gelijk een grote pot koffie zetten om de smaak van de canard een beetje weg te spoelen. En hij de kamer uit, zodat wij elkaar aan kunnen kijken met onze vaste glimlach van vertedering, want wij zijn stapelgek op Johan. Ook omdat wij altijd van die mooie verjaardagscadeaus van hem krijgen. Hier, zegt hij dan, een andere kant opkijkend: ik kon niks vinden en je hebt het waarschijnlijk al en anders gooi je het maar weg, het stelt toch niks voor. Blijkt het aan het einde van de feestdag je mooiste cadeau te zijn! Bel je hem daar nog eens extra over op, kun je hem dat niet aan zijn verstand brengen. Hij is zo lief en zo onzeker. Of maakt die onzekerheid hem zo lief? Bleef hij maar geen vrijgezel. Werd Johan maar eens zeker van een levenspartner, wensen wij in stilte; dan werd hij het ook wel van zichzelf. Dan zouden wij nog wel eens kunnen meemaken wat een opschepper hij feitelijk is. En terecht.

Onze zoon woont in Amsterdam, waar hij een half jaar geleden 's nachts een muis tegenkwam, die op een stille straathoek naar het sluiten van de cafés zat te kijken. Hij trekt zulke dingen aan, onze zoon. In de stad wordt hij regelmatig staande gehouden door verwarde oude vrouwtjes die beweren dat zij zijn moeder of de koningin zijn. Zag hij vroeger vanuit de auto langs de weg een eenzame hond lopen, dan begon hij te huilen en moesten wij rechtsomkeert maken om te controleren of het dier wel een halsband en een baasje had.

Voor een muis leek de muis een paar maten te groot. Zou het misschien een kleine rat zijn? Maar een rat blijft niet nieuwsgierig op zijn achterpootjes zitten kijken wie daar voorzichtig naderbij komt, om hem op te pakken.

De tweeëntwintigjarige jongeman pulkte een kartonnen doos tussen het buitengeplaatste huisvuil vandaan, liet zijn vondeling erin glijden en nam de muis mee naar huis. Bedje van watten en versnipperde kranten op de bodem van de doos gemaakt. Eierdopje met melk en zes dobbelsteentjes kaas klaargezet. Elkaar die hele eerste nacht uit de slaap gehouden, want allebei voortdurend willen weten of de ander nog leefde.

In de straat waar hij de zwerver had aangetroffen, wist niemand ergens van, de volgende morgen. Bij de kruidenier hangt permanent een lijst van verdwenen fietsen en huisdieren, maar deze muis werd niet officieel vermist. De slager dacht dat het door mijn zoon getoonde dier geen muis maar een cavia was en de kastelein van Café de Doffer hield het op een marmot of een chinchilla. In dit laatste geval adviseerde hij er snel een mannetje of een vrouwtje bij te zoeken, want dan kon je in een half jaar tijd een lange bontjas fokken.

'Het lijkt wel de een of andere hamster,' zei de dierenarts peinzend.

Onze studerende zoon had inmiddels besloten van deze muis zijn eerste eigen huisdier te maken.

'Is hij gezond dokter?'

'O zeker. Zijn vacht, zijn gebitje, de ligging van de spiertjes, nee, dat ziet er allemaal prachtig uit. En kijk eens, als ik zo hier op zijn buikje kietel? Zie je wel? Het is een mannetje. Maar wàt voor een mannetje, dat is de vraag. Zoekt u eens bij de springmuizen, zuster?'

Bladerend door het deel Knaagdieren van de grote geïllustreerde veterinaire encyclopedie, zag de assistente op zekere pagina de gevonden muis afgebeeld.

'Het is een Gerbil!' riep zij blij; 'een Australische springmuis!'

'Juist,' knikte de dierenarts; 'dat dacht ik al.' Hij hield het dier nu aan het puntje van de lange staart omhoog, om de reflexen te testen.

'Gerbils worden ongeveer anderhalf à twee jaar oud,' las de zuster hardop voor, 'en je moet ze nooit oppakken bij hun staart, want dan breekt deze af.'

Midden in deze beschrijving, vertelde mijn zoon later, was zijn huismuis panisch piepend op de behandeltafel geploft en stond de dierenarts verbluft te kijken naar de circa drie centimeter lange staartrest tussen de duim en wijsvinger van zijn rubberen handschoen. Nu moest het staartdeel dat er nog aan zat worden afgehecht, anders ging het zweren.

'Hoe oud schat u hem ongeveer?' vroeg mijn zoon, bang dat het diertje zijn maximale leeftijd al bijna bereikt zou hebben. Maar daar kon de dierenarts geen zinnig woord over zeggen.

Twee weken later werden de hechtinkjes weer verwijderd. Onze zoon betaalde de operatie van zijn studiefinanciering. Van deze uitkering kocht hij ook een kleine plastic reisdoos, alsmede een grote vogelkooi en een paar balen zaagsel en knaagdiervoer.

Gerrit, noemde hij zijn gerbil en hij was er gek mee. Overdag liep Gerrit los door zijn Amsterdamse kamer, waar hij binnen een week alle elektrische bedrading had doorgeknaagd. Wij namen de nieuwe telefoonaansluiting voor onze rekening en mijn zoon leidde alle snoeren langs het plafond.

Vrijdagsavonds neemt hij Gerrit, verstopt tussen de vuile was, in de trein mee naar het ouderlijk huis en hier bivakkeert zijn muis zaterdag en zondag in zijn kooi op onze keukentafel. Hij heeft dus een kooi in Amsterdam en eentje in Hilversum. Precies dezelfde kooien zijn het, om hem niet in de war te brengen.

In het begin wisten de poezen niet wat zij van deze nieuwe situatie moesten denken; zeker niet wanneer Gerrit, tussen zijn tralies door en opgewonden morsekreetjes slakend, Tom en Jerry met ze wilde spelen. Dan hieven de katten een aarzelende poot, klaar om uit te halen, maar dan gaven wij ze een opvoedende tik op hun neus. Nu zij hebben begrepen dat deze logé onschendbaar is, interesseert hij hen niet meer. Wanneer Gerrit een salto demonstreert, kijken zij gapend een andere kant op. (Gerrit kan achterwaartse salto's maken en wanneer je met je voet op de vloer klopt, kruipt hij door de broekspijp van het bijbehorende been omhoog. Als je dan voorzichtig je broek openritst, steekt hij even later zijn kopje uit je gulp. Ik heb hier veel succes mee bij het bezoek.)

Vorige week zaterdag ging mijn zoon voor een week uit zeilen.

'Zorgen jullie goed voor Gerrit?' vroeg hij.

Ik zette de kooi op mijn werkkamer om, bij gebrek aan inspiratie, onze gerbil af en toe gezellig onder zijn kin te kunnen kriebelen. Dan voel je zijn keeltje snorren en doet hij van genot zijn oogjes dicht.

Maar gisteren kwam mijn vrouw zeer opgewonden thuis. Zij was naar de dierenwinkel geweest, om een nieuwe zak knaagvoer te halen. En daar had zij vijf Gerrits zien zitten, in een groot poppenhuis.

'Gerbils?' vroeg ik.

'Ik moet eerst een borrel,' zei ze.

Ik schonk er twee in en zij vertelde hoe ze even met de gedachte had gespeeld om er eentje mee te nemen, een mannetje natuurlijk, zodat onze Gerrit de laatste paar maanden van zijn leven nog wat gezelschap zou hebben. Maar toen had de baas van de dierenwinkel haar verteld dat dit helemaal geen gerbils waren, maar dego's.

'Dego's?' echode ik, met een bang voorgevoel.

'Dego's,' zei mijn vrouw; 'hij wist niet precies hoe je dat schrijft, maar Gerrit is een dego! En dego's zijn hele andere knaagdieren dan gerbils.'

'Ach, what's in a name,' filosofeerde ik nog luchtig, maar toen vertelde mijn vrouw hoe zij de man van de dierenwinkel had verteld dat onze gerbil hooguit twee jaar oud kon worden en hoe die man haar toen min of meer getroost had.

'Maakt u zich maar niet ongerust hoor mevrouw,' had hij gezegd; 'gerbils leven inderdaad maar een jaar of anderhalf, maar een gezonde dego kan met gemak de achttien halen!'

'Achttien jaar!' schrok ik.

'Stel je voor,' rekende mijn vrouw hardop; 'dan ben jij eenenzeventig en dan zitten we nòg elke vakantie met dat beest opgescheept!'

'Dan is Kasper veertig,' fluisterde ik.

'Verschrikkelijk,' zuchtte zij en samen staarden wij in de toekomst en naar Gerrit, die ons met een dubbele salto probeerde op te vrolijken.

Ons eerste kleinkind.

INHOUD

(De vierendertig, met een asterisk gemerkte verhalen verschijnen hier voor het eerst in boekvorm; met uitzondering van het verhaal Motorhond, dat eerder werd gepubliceerd in de bundel *De Donderprofeet.*)